Excalibur

Herausgegeben von
Melissa Andersson
und
Gerd Rottenecker

David Farland

DIE HERREN DER RUNEN
3

Schattenherz

Ins Deutsche übertragen
von Caspar Holz

Knaur

Die amerikanische Originalausgabe erschien 1999
unter dem Titel »Runelords: Brotherhood of the Wolf,
Chapters 1–27« bei Tor Books, New York

Besuchen Sie uns im Internet:
www.droemer-knaur.de

Deutsche Erstveröffentlichung 1/99

Umschlagkonzept: Melissa Andersson
Umschlaggestaltung: Agentur Zero, München
Umschlagillustration: Keith Parkinson, »Chernevog«
Karten: Detlev Henke, Bielefeld
Redaktion: Andreas Helweg
Satz: Ventura Publisher im Verlag
Druck: Clausen & Bosse, Leck
Printed in Germany
ISBN 3-426-70147-2

2 4 5 3 1

KARTEN

Ghoratmeer
Oriwynne
Heredon
Nord-Crowthen
Süd-Crowthen
Devazz
Fleeds
Lysle
Kuhran
Hawat
Dharmad
Muttaya
Königreiche von Indhopal
Linah
Aven
Tair
Indhopal
Totes Meer

Internook
Ashoven
Eyremoth
Alnick
Eyremoth
Seward
Toom
Inook
Lonnock
Havesind
Carollmeer
Mystarria
Alcairgebirge
Königreiche von Inkarra

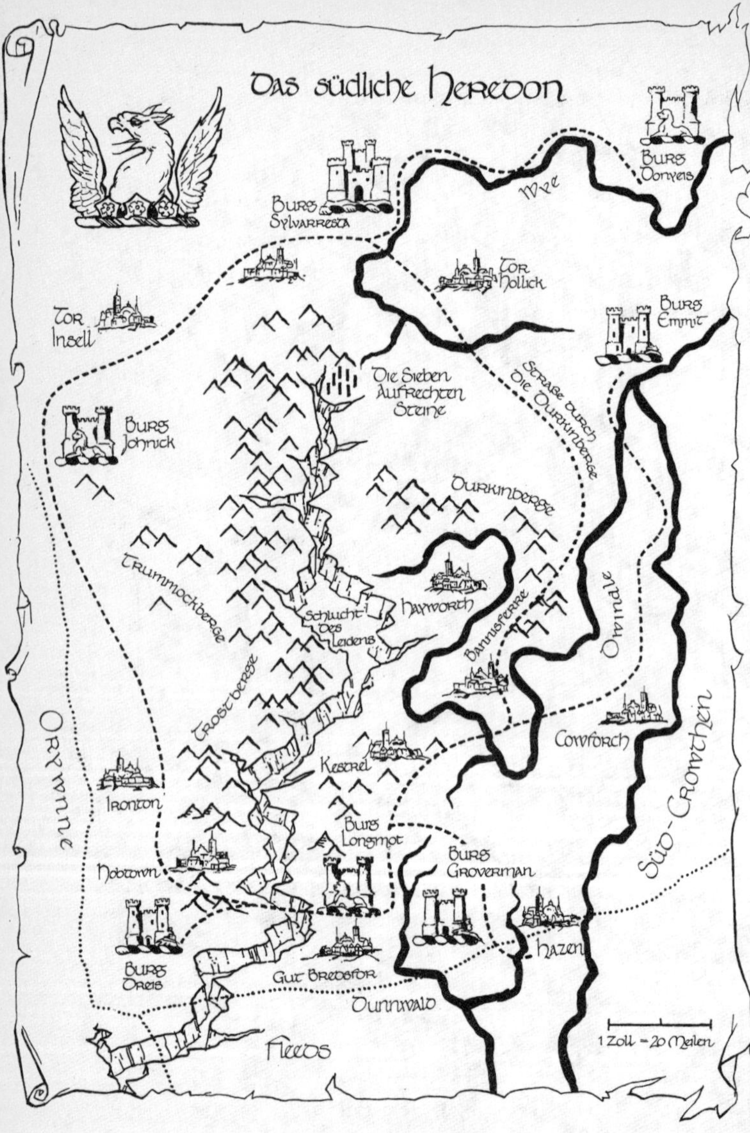
Das südliche Heredon
Burg Sylvarresta
Burg Donyeis
Wye
Tor Hollick
Tor Insell
Burg Emmit
Die Sieben Aufrechten Steine
Straße durch die Durkinberge
Burg Johnick
Durkinberge
Trummockberge
Hayworth
Bannisferre
Schlucht des Leidens
Trostberge
Orwindale
Orwynne
Cowforth
Kestrel
Süd-Crowthen
Ironton
Burg Longmot
Burg Groverman
Hobtown
Hazen
Burg Dreis
Gut Bredsfor
Dunnwald
Fleeds
1 Zoll = 20 Meilen

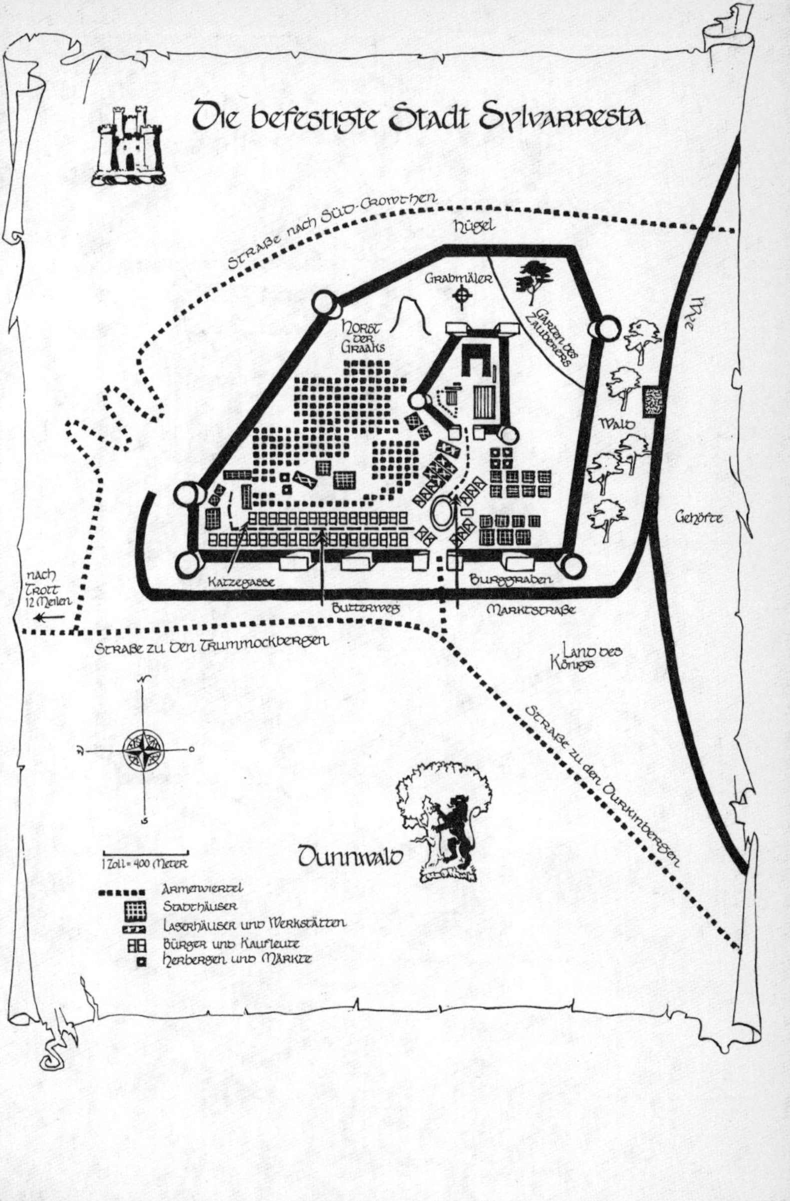
Die befestigte Stadt Sylvarresta
Straße nach Süd-Crowthen
Hügel
Grabmäler
Garten des Zauberers
Horst der Graaks
Wye
Wald
Gehöfte
nach Trott 12 Meilen
Katzegasse
Butterweg
Burggraben
Marktstraße
Straße zu den Trummockbergen
Land des Königs
Straße zu den Durkinbergen
N
W
O
S
Dunnwald
1 Zoll = 400 Meter
Armenviertel
Stadthäuser
Lagerhäuser und Werkstätten
Bürger und Kaufleute
Herbergen und Märkte

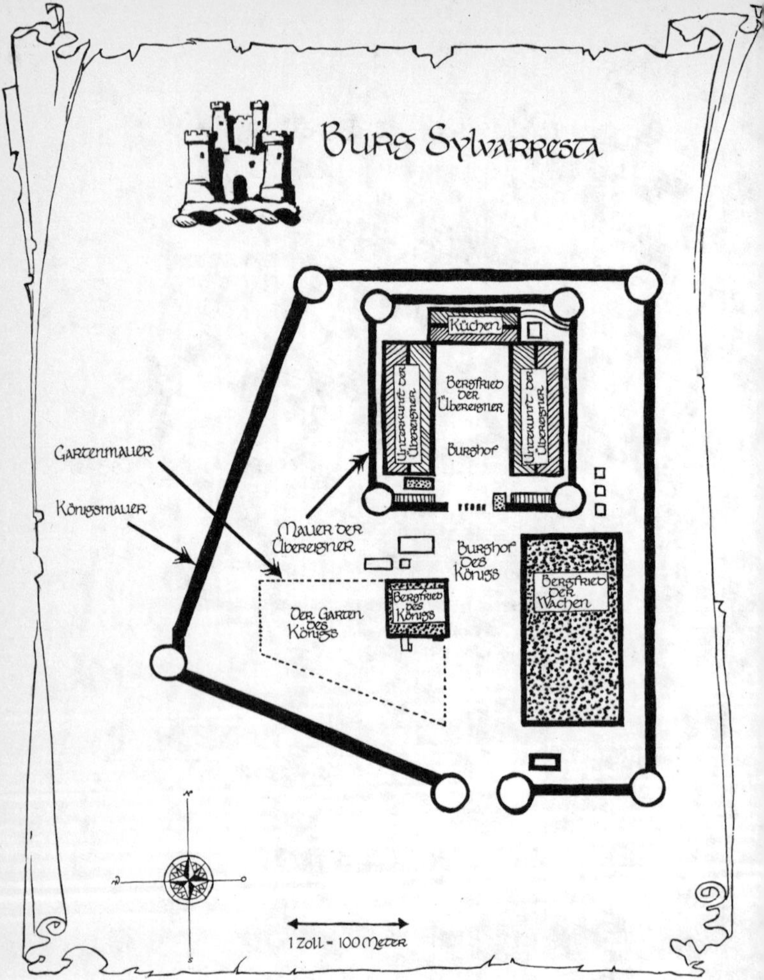
Burg Sylvarresta
Küchen
Unterkunft der Übereigner
Bergfried der Übereigner
Unterkunft der Übereigner
Burghof
Gartenmauer
Königsmauer
Mauer der Übereigner
Burghof des Königs
Bergfried der Wachen
Bergfried des Königs
Der Garten des Königs
1 Zoll = 100 Meter

ERSTES BUCH

Der 30. Tag im Monat der Ernte:
Ein Tag der Entscheidung

KAPITEL 1
Mäusestimmen

Als König Gaborn Val Orden am letzten Tag des Hostenfestes, am Tag der Großen Feier, auf Burg Sylvarresta zuritt, verhielt er sein Pferd und spähte die Straße entlang, die in die Durkinberge hinaufführte.

An dieser Stelle, drei Meilen vor der Stadt, hatte man die Bäume des Dunnwaldes zu beiden Seiten gerodet. Die Sonne lugte soeben über den Horizont und warf ihr silbernes Licht über die Hügel im Osten, und die blattlosen Eichen vor ihm überzogen die Straße mit einem verflochtenen Schattenmuster.

Auf einem sonnigen Flecken hinter der Kurve entdeckte Gaborn drei große Hasen. Einer von ihnen hielt offenbar Wache, während der zweite an den süßen, goldenen Honigblumen knabberte, die am Straßenrand wuchsen. Der dritte hoppelte sinnlos umher und schnupperte nur an frisch gefallenen braunen und goldenen Blättern.

Obwohl die Hasen über einhundert Meter entfernt waren, sah Gaborn die Szene übernatürlich klar. Die letzten drei Tage, die er in der Dunkelheit unter der Erde verbracht hatte, schienen seine Sinne geschärft zu haben. Das Licht wirkte heller als je zuvor, das frühmorgendliche Gezwitscher der Vögel drang deutlicher an seine Ohren. Selbst der kühle Morgenwind, der von den Bergen herunterwehte, fühlte sich neu und anders auf seinem Gesicht an.

»Wartet«, raunte Gaborn Zauberer Binnesman zu. Er griff hinter sich und band Bogen und Köcher von seinem Sattel los. Seinem Days, dem knochendürren Gelehrten, der ihm seit seiner Kindheit auf Schritt und Tritt gefolgt war, warf er kurz einen warnenden Blick zu, mit dem er ihn aufforderte, sich nicht von der Stelle zu rühren.

Die drei waren allein auf der Straße. Sir Borenson folgte der Dreiergruppe mit seiner Trophäe von der Jagd anläßlich des Hostenfestes, Gaborn dagegen hatte es eilig gehabt, nach Hause zu seiner neuen Frau zu kommen.

Binnesman runzelte die Stirn. »Ein Kaninchen, Sire? Ihr seid der Erdkönig. Was werden die Menschen sagen?«

»Pst«, machte Gaborn leise. Er langte in seinen Köcher, zog seinen letzten Pfeil heraus und fühlte sich gekränkt. Binnesman hatte recht. Gaborn war der Erdkönig, daher schien es nur angemessen, daß er einen prächtigen Eber erlegte. Sir Borenson hatte eine Greifermagierin erschlagen und schleifte deren Kopf in die Stadt.

Zweitausend Jahre lang hatte das Volk von Rofehavan mit Freuden dem Erscheinen des Erdkönigs entgegengesehen. Jedes Jahr diente der siebente Tag des Hostenfestes, der Tag der Feierlichkeiten, der Tag des Großen Festes, als Erinnerung an das Versprechen des Erdkönigs, sein Volk mit ›allen Früchten des Waldes und der Felder‹ zu segnen.

Vergangene Woche hatte der Erdgeist Gaborn gekrönt und ihn mit der Errettung der Menschheit in den bevorstehenden finsteren Zeiten beauftragt.

Während der letzten drei Tage hatte er lange und hart

gekämpft, und der Kopf des Greifers gehörte eigentlich Sir Borenson nicht allein, sondern auch Gaborn und Binnesman.

Trotzdem konnte sich Gaborn bereits ausmalen, wie die Komödianten und Puppenspieler sich über ihn lustig machten, wenn er zum Großen Fest nur einen Hasen mitbrachte.

Er wappnete sich für den Spott der Komödianten, rief dem Schlachtroß ein leises ›bleib stehen‹ zu und schwang sich behende aus dem Sattel. Das Tier war ein Kraftpferd, sein prächtiges Jagdroß, dem man entlang des Halses Runen der Geisteskraft eingebrannt hatte. Vollkommen bewegungslos verharrte es und blickte Gaborn wissend an, derweil er das untere Ende seines Bogens auf die Erde stellte, ein Bein zwischen Holz und Sehne klemmte, den Bogen anschließend krümmte und die Sehne oben fest in ihre Kerbe spannte.

Nachdem der Bogen bespannt war, nahm er seinen letzten Pfeil, begutachtete die grauen Gänsefedern und legte ihn ein.

Geduckt drückte er sich an die mit Gestrüpp bewachsene Seite der Straße und schlich voran. Solange er sich im Schatten hielt, würden sie ihn wahrscheinlich nicht bemerken. Solange er kein Geräusch verursachte, würden sie ihn vermutlich nicht hören. Solange ihm der Wind ins Gesicht wehte, konnten sie ihn nicht wittern.

Gaborn warf einen Blick nach hinten und sah, daß sein Days und Binnesman auf ihren Pferden sitzen geblieben waren.

Er pirschte die verschlammte Straße entlang.

Dabei fühlte er sich nervös, ja, nervöser, als sich durch das Jagdfieber erklären ließe. Eine verschwommene Ahnung befiel ihn. Zu den neuentdeckten Kräften, die die Erde Gaborn gewährt hatte, gehörte auch das Gespür für die Gefahr rings um die Menschen, die er Erwählt hatte.

Eine Woche zuvor hatte er gefühlt, wie sich der Tod seinem Vater annäherte. Gaborn hatte nichts dagegen tun können. Andererseits hatte ihn erst gestern nacht dasselbe übermächtige Gefühl veranlaßt, einer Katastrophe auszuweichen, denn die Greifer hatten einen Hinterhalt in der Unterwelt gelegt.

Jetzt spürte er Gefahr, wenn auch undeutlich und fern. Der Tod stand im Begriff, sich an ihn anzuschleichen, so wie Gaborn sich an diese Hasen heranpirschte.

Der einzige Schwachpunkt dieser neuentdeckten Kraft lag darin, daß er die Gefahrenquelle nicht erkennen konnte. Alles mögliche kam dafür in Frage – ein wahnsinnig gewordener Untertan, ein Eber, der im Unterholz lauerte.

Dennoch hatte Gaborn eine Vermutung: Es handelte sich um Raj Ahten, den Wolflord aus Indhopal, der Gaborns Vater erschlagen hatte.

Reiter auf Kraftpferden hatten Nachricht aus Mystarria gebracht, in Gaborns Heimat hätten Raj Ahtens Truppen kurz vor dem Hostenfest durch eine List drei Burgen eingenommen.

Gaborns Großonkel, Herzog Paldane, hatte Truppen aufgestellt, um das Problem in den Griff zu bekommen. Paldane war ein alter Lord, ein Meisterstratege mit mehreren Gaben der Geisteskraft. Gaborns Vater hatte ihm unbedingt vertraut und ihn oft losgeschickt, um Verbrecher aufzuspüren oder überheblich gewordene Lords in die Schranken zu weisen. Aus diesem Grund wurde er von einigen ›Jäger‹, von anderen ›Bluthund‹ genannt. Paldane war in ganz Rofehavan gefürchtet. Wenn sich ein Mann mit Raj Ahten an Geisteskraft messen konnte, dann Paldane.

Der Wolflord würde seine Truppen ganz sicher nicht nach Norden marschieren lassen. Den Dunnwald würde er nicht riskieren.

Dennoch war Gefahr im Anzug, das hatte Gaborn im Gespür. Behutsam setzte er seine Füße auf den getrockneten Schlamm der Straße und bewegte sich so lautlos wie ein Geist.

Doch als er die Straßenbiegung erreichte, waren die Hasen verschwunden. Im Gras neben der Straße hörte er ein Rascheln, aber das waren nur aufgescheuchte Mäuse, die unter dem trockenen Laub hin und her flitzten.

Einen Augenblick lang stand er da und fragte sich, was passiert sein mochte. *Ach, Erde,* sprach er in Gedanken, *könntest du mir nicht wenigstens einen Hirsch aus dem Wald schicken?*

Aber keine Stimme antwortete. Nie antwortete eine.

Augenblicke später kamen Binnesman und der Days die Straße heraufgetrottet. Der Days hielt die Zügel von Gaborns schwarzbrauner Stute in der Hand.

»Wie es scheint, sind die Hasen heute scheu«, stellte Binnesman fest. Er lächelte verstohlen, als hätte er seinen Spaß daran. Das morgendliche Licht betonte die Fältchen im Gesicht des Zauberers und hob die rostbraunen Farben seines Gewandes hervor. Eine Woche zuvor hatte Binnesman einen Teil seines Lebens geopfert, um einen Wylde herbeizurufen, ein Geschöpf, das stark an Erdkräften ist. Zuvor war Binnesmans Haar braun gewesen und sein Gewand grün wie ein Blatt im Sommer. Danach hatte es die Farbe gewechselt, und Gaborn erschien es, als sei der gute Mann während der letzten Tage um Jahrzehnte gealtert. Und der Wylde, den er gerufen hatte, war verschwunden.

»Ja, die Hasen sind scheu«, erwiderte Gaborn argwöhnisch. Als Erdwächter war es Binnesmans Streben, der Erde zu dienen, und er behauptete, Mäuse und Schlangen lägen ihm ebenso am Herzen wie die Menschen. Gaborn fragte sich, ob der Zauberer die Hasen mit einem Bann oder vielleicht auch nur mit etwas so Simplen wie einer Handbewegung verscheucht hatte. »Ich würde sagen, mehr als nur ein bißchen scheu.« Gaborn schwang sich in den Sattel, ließ den Bogen jedoch gespannt und den Pfeil eingelegt. Sie befanden sich nahe der Stadt, trotzdem hielt er es nach wie vor für möglich, daß ihnen in der Nähe der Straße ein Hirsch begegnete, ein gewaltiger alter Großvater mit einem Geweih so mächtig wie seine ausgebreiteten Arme, der aus den Bergen herabgestiegen war, um vor seinem Tod noch einen letzten süßen Apfel zu verspeisen.

Gaborn sah zu Binnesman hinüber. Der hatte noch immer dieses heimlichtuerische Grinsen im Gesicht, Gaborn konnte jedoch nicht genau erkennen, ob es sich um ein verschlagenes Feixen oder ein bekümmertes Lächeln handelte.

»Seid Ihr froh, daß mir die Hasen durch die Lappen gegangen sind?« versuchte Gaborn ihn zu locken.

»Ihr wart mit ihnen nicht zufrieden gewesen, mein Lord«, gab Binnesman zurück. »Mein Vater war Gastwirt. Er meinte immer: ›Wer in seinem Innersten unentschlossen ist, ist nie zufrieden.‹«

»Und das bedeutet?«

»Entscheidet Euch, was Ihr jagen wollt, mein Lord«, antwortete Binnesman. »Wenn Ihr auf Greifer Jagd macht, ist es albern, Hasen hinterherzulaufen. Das würdet Ihr nicht mal Euren Hunden erlauben. Dann solltet Ihr es auch nicht tun.«

»Aha«, machte Gaborn und fragte sich, ob sich hinter den Worten des Zauberers eine tiefere Einsicht verbarg.

»Abgesehen davon stellten die Greifer harte Widersacher dar, und damit hatte keiner von uns gerechnet.«

Binnesman hatte recht, wie Gaborn schmerzlich eingestehen mußte. Trotz der vereinten Kräfte von Gaborn und Binnesman hatten im Kampf gegen die Greifer achtundvierzig kräftige Ritter das Leben verloren. Von Gaborn, Binnesman und Sir Borenson abgesehen, hatten nur neun weitere lebend aus den Ruinen entfliehen können. Es war ein erbitterter Kampf gewesen. Die neun befanden sich jetzt hinten bei Borenson und halfen, den Kopf des Greifers in die Stadt zu schleppen. Sie hatten sich entschlossen, bei ihrer Trophäe zu bleiben.

Gaborn wechselte das Thema. »Ich wußte gar nicht, daß Zauberer Väter haben«, stichelte er. »Erzählt mir mehr von Eurem.«

»Das ist lange her«, antwortete Binnesman. »Ich erinnere mich nicht sehr gut an ihn. Ich glaube, im Grunde habe ich Euch schon alles erzählt, was ich von ihm weiß.«

»Ihr wißt doch sicher mehr als das«, entgegnete Gaborn tadelnd. »Je länger ich Euch kenne, desto weniger traue ich Euren Worten.« Er hatte keine Ahnung, wie viele hundert Jahre der Zauberer bereits lebte, aber ganz bestimmt hatte Binnesman die eine oder andere Geschichte zu berichten.

»Also gut«, ergab sich Binnesman. »Tatsache ist, Ihr habt recht. Ich habe keinen Vater. Wie alle Erdwächter wurde ich aus der Erde geboren. Bis ich aus eigenem Antrieb dieses Fleisch für mich bildete, war ich nichts weiter als ein Wesen, das jemand aus Schlamm geformt hatte.« Binnesman zog geheimnisvoll eine Braue in die Höhe.

Gaborn sah zum Zauberer hinüber und hatte einen winzigen Augenblick lang das bohrende Gefühl, der Zauberer sei ehrlicher, als er zu sein vorgab.

Dann war der Moment vergangen, und Gaborn mußte lachen. »Was für ein Lügner Ihr doch seid! Man könnte schwören, Ihr hättet diese Kunst erfunden!«

Jetzt war es an Binnesman zu lachen. »Ach was, es ist eine hohe Kunst, aber erfunden habe ich sie nicht. Ich trachte lediglich danach, sie zu vervollkommnen.«

In diesem Augenblick donnerte ein Kraftpferd von Süden her die Straße entlang. Das Tier war schnell und mußte drei oder vier Gaben erhalten haben – ein weißes Roß, das stets grell in der Sonne aufleuchtete, wenn es sich aus dem Schatten eines Baumes bewegte. Sein Reiter trug das Zeichen von Mystarria, einen grünen Mann auf einem blauen Feld.

Gaborn stieg in den Sattel und wartete. Er spürte Gefahr und fürchtete die Nachrichten, die der Kurier bringen würde.

Der Bote ritt rasch heran und zügelte sein Pferd nicht, bis Gaborn die Hand hob und ihn anrief. Jetzt erst erkannte er seinen König, denn der trug lediglich einen grauen Reisemantel, der voller Staub war.

»Euer Hoheit«, grüßte der Reiter.

Er griff in einen Lederbeutel an seiner Hüfte und bot ihm eine kleine Rolle dar, deren roter Wachsverschluß das Siegel von Paldanes Ring zierte.

Gaborn öffnete die Rolle. Während er las, sank ihm der Mut, und er keuchte.

»Raj Ahten ist südlich nach Mystarria marschiert«, berichtete er Binnesman. »Dort hat er die Burgen Gorane, Aravelle und Tal Rimmon eingenommen. Das ist zwei Tage her.

Paldane schreibt, seine Männer und einige Unabhängige Ritter hätten Raj Ahten dafür bluten lassen. Ihre Armbrustschützen haben die Soldaten des Wolflords in einen Hinterhalt gelockt. Von dem Dorf Eberkopf bis zum Gowergrat kann man auf Leichen spazieren.«

Gaborn wagte es nicht, weitere der schrecklichen Neuigkeiten preiszugeben. Paldanes Bericht war bis in die Einzelheiten genau und beschrieb die exakten Zahlen der feindlichen Verluste – 36 909 Männer, von denen die große Mehrheit gemeine Soldaten aus Fleeds waren. Er hatte ebenfalls die Zahl der verbrauchten Pfeile

(702000), die gefallenen (1274) und verwundeten (4951) Verteidiger sowie die getöteten Pferde (3207) hinzugefügt und auch die erbeuteten Rüstungen, Goldbestände und Pferde aufgelistet. Daraufhin beschrieb er ausführlich die Bewegungen des Feindes und die gegenwärtigen Stellungen seiner eigenen Männer. Raj Ahtens Soldaten marschierten von den Burgen Crayden, Fells und Tal Dur auf Carris zu. Paldane schickte Verstärkungen nach Carris, da er überzeugt war, daß der Wolflord diese mächtige Festung eher erobern denn nur einfach zerstören wollte.

Gaborn las die Nachrichten und schüttelte bestürzt den Kopf. Raj Ahten war mit äußerster Brutalität vorgegangen. Paldane hatte Gleiches mit Gleichem vergolten. Die Neuigkeiten erfüllten Gaborn mit Abscheu.

Paldanes letzte Worte lauteten: »Offensichtlich hofft der Wolflord von Indhopal, Euch in diesen Konflikt mit hineinzuziehen. Er hat Eure Nordgrenze arg dezimiert, damit Ihr keine Truppen nach Süden führen könnt, die irgend etwas ausrichten würden. So bitte ich Euch, bleibt in Heredon. Soll der Jäger diesen Hund zur Strecke bringen.«

Gaborn rollte den Brief auf und schob ihn in die Tasche.

Das ist verrückt, dachte er. Da sitze ich tausend Meilen in der Ferne und erfahre erst nach Tagen, daß mein Volk dahingemetzelt wird.

Raj Ahten konnte er kaum aufhalten. Aber die Neuigkeiten vermochte er rascher zu bekommen …

Er betrachtete den Boten, einen jungen Kerl mit lockigem braunem Haar und klaren blauen Augen. Bei Hofe hatte Gaborn ihn zu verschiedenen Gelegenheiten getroffen. Er sah dem jungen Mann in die Augen und gebrauchte seinen Erdblick, um ihm ins Herz zu schauen. Der Kurier war stolz, sowohl auf seine Stellung als auch auf seine Reitkünste. Er war wagemutig und fast begierig darauf, sein Leben für den Dienst an seinem Herrn aufs Spiel zu setzen. Ein Dutzend Mädel in Gasthäusern quer durch Mystarria glaubten, sie würden ihn lieben, denn er ließ sich nicht lumpen und küßte dazu wunderbar. Allerdings war er zwischen zwei bestimmten Frauen mit sehr unterschiedlichem Charakter hin- und hergerissen.

Auf Gaborn machte der junge Kerl keinen ausgesprochen guten Eindruck, trotzdem fand er keinen Grund, aus dem er ihn hätte nicht Erwählen sollen. Gaborn brauchte Diener wie ihn – Boten, auf die er zählen konnte. Er hob die Linke, starrte ihm in die Augen und flüsterte: »Ich Erwähle dich für die Erde. Ruhe dich jetzt aus, aber breche noch heute nach Carris auf. Gegenwärtig habe ich einen Erwählten Boten dort. Falls ich Gefahr für euch beide spüre, weiß ich, daß Raj Ahten einen Angriff auf die Stadt plant. Solltest du je meine Stimme in deinem Kopf hören, die dich warnt, so beachte sie.«

»Ich wage nicht zu rasten, Hoheit«, entgegnete der Bote, »solange Carris bedroht wird.«

Zu Gaborns Zufriedenheit riß der junge Mann sein Pferd nach Süden herum. Momente später war er verschwunden, und nur der Staub, der noch in der Luft hing, erinnerte überhaupt an seine Gegenwart in Heredon.

Mit schwerem Herzen dachte Gaborn nach. Er würde

seine Lords in Heredon von diesen beunruhigenden Neuigkeiten in Kenntnis setzen müssen.

Während sie in der Morgendämmerung dahinzogen, verspürte Gaborn plötzlich den Drang, einfach davonzureiten. Er bohrte seine Fersen in die Flanken des Pferdes, und schon raste sein geschecktes Jagdpferd unter den schattigen Bäumen längs der Straße dahin. Binnesmans Reittier hatte keine Mühe, neben ihm Schritt zu halten, während der Days auf seinem weißen Maultier sich hinter ihnen vorwärts kämpfte. Schließlich erreichten sie eine weitgeschwungene Kurve auf dem Gipfel eines Hügels, einen Aussichtspunkt, von dem aus Gaborn Burg Sylvarresta sehen konnte.

Gaborn zügelte sein Pferd, der Zauberer tat das gleiche, und beide schauten überrascht drein.

Burg Sylvarresta lag auf einer kleinen Anhöhe in einer Biegung des Flusses Wye, ihre hohen Mauern und Türme ragten auf wie Zinnen. An den Hügel schmiegte sich zu allen Seiten eine befestigte Stadt. Jenseits der Stadtmauern befand sich nur freies Land – Felder mit einigen Heuschobern, Obstgärten, Bauernkaten und Scheunen.

In der letzten Woche jedoch, während sich die Kunde vom Aufstieg eines Erdkönigs verbreitete, hatten sich Lords und Bauern aus ganz Heredon – und selbst aus Königreichen jenseits von Heredon – hier versammelt. Gaborn beschlich eine Vorahnung dessen, was geschehen würde. Die Felder um Burg Sylvarresta waren von Raj Ahten verbrannt worden, und bereits jetzt waren so viele Bauern zusammengekommen, daß das Gelände rings um die große, befestigte Stadt Sylvarresta mit

Großzelten übersät war. Nicht alle dieser Großzelte gehörten Bauern. Es gab viele, die den Lords und Rittern aus der Gegend um Heredon gehörten – ganze Armeen, die sich in Marsch gesetzt hatten, als sie von der Invasion erfuhren, die jedoch zu spät eingetroffen waren, um noch Hilfe leisten zu können. Banner aus Orwynne, Nord-Crowthen und Fleeds sowie von verschiedenen Kaufmannsprinzen aus Lysle mischten sich unter die Heerscharen, und seitab auf einem Hügel lagerten Tausende von Kaufleuten aus Indhopal, die – nachdem König Sylvarresta sie vertrieben hatte – zurückgeeilt waren, um dieses neue Wunder, den Erdkönig, in Augenschein zu nehmen.

Die Felder rings um Burg Sylvarresta waren dunkel, aber nicht mehr vom schwarzverbrannten Gras. Sie waren dunkel von den dichtgedrängten Leibern Hunderttausender Menschen und Tiere.

»Bei den Mächten«, fluchte Gaborn. »Ihre Zahl muß sich während der letzten drei Tage vervierfacht haben. Es wird mich mehr als eine halbe Woche kosten, sie alle zu Erwählen.«

Aus der Ferne hörte er Musik, die von den rauchenden Kochfeuern herüberwehte. Der Knall einer Turnierlanze hallte durch die Landschaft, augenblicklich gefolgt von Jubelrufen. Binnesman saß auf und blickte auf den Days hinab, der angeritten kam. Alle drei Reittiere atmeten schwer nach ihrem kurzen Sprint.

Doch irgend etwas machte Gaborn stutzig. Im Himmel über dem Tal flog ein Starenschwarm, Tausende stark, einer lebenden Wolke gleich. Sie schwenkten mal hierhin, mal dorthin, kehrten um und stiegen wieder auf. Es war, als hätten sie die Orientierung verloren, als suchten sie nach einem Landeplatz, seien aber nicht imstande, eine sichere Stelle zu finden. Im Herbst flogen des öfteren Stare auf diese Weise umher, diese Vögel dagegen wirkten außergewöhnlich gehetzt.

In der Ferne hörte Gaborn das Geschrei von Gänsen. Er blickte den Wye entlang, der sich wie ein Silberfaden durch die grünen Felder wand. Einhundert Meter oberhalb des Flusses, Meilen entfernt, flogen die Gänse in Keilformation an dessen Lauf entlang. Ihre Stimmen klangen angestrengt und derb.

Binnesman richtete sich neben Gaborn auf und wandte sich ihm zu. »Ihr hört es auch, nicht wahr? Ihr spürt es in Euern Knochen.«

»Was?« fragte Gaborn.

Der Days räusperte sich und schien etwas fragen zu wollen, sagte aber nichts. Der Historiker sprach selten. Mit jedem Wort riskierte er, sich in die Angelegenheiten der Menschen einzumischen, und das war ihm von den Zeitlords verboten, denen die Days dienten. Dennoch war er sichtlich neugierig.

»Die Erde. Die Erde spricht zu uns«, erklärte Binnesman. »Sie spricht zu Euch und zu mir.«

»Was sagt sie?«

»Das weiß ich nicht, noch nicht«, antwortete Binnesman wahrheitsgemäß. Der Zauberer kratzte sich am Bart und runzelte schließlich die Stirn. »Aber für gewöhnlich spricht sie auf diese Weise zu mir: durch das besorgte Aufschrecken von Hasen und Mäusen, durch die unstete

Flugbahn eines Vogelschwarms, durch den Schrei der Gänse. Und jetzt flüstert sie sogar dem Erdkönig etwas zu. Ihr seid im Wachsen begriffen, Gaborn. Eure Macht nimmt zu.«

Gaborn musterte Binnesman. Die Haut des Zauberers wies eine eigenartige, leicht rötliche Färbung auf, die fast der seines ausgebeulten Gewandes entsprach. Er roch nach den Kräutern, die er in seinen übergroßen Taschen aufbewahrte – nach Lindenblüten, Minze, Borretsch, Zaubererveilchen, Basilikum und hundert anderen Gewürzen. Er wirkte wie ein vergnügter alter Mann, Gaborn jedoch erkannte die Weisheit in seinem Gesicht.

»Gegen Abend werden wir mehr wissen«, versicherte Binnesman ihm. Gaborn machte sich Sorgen. Vermutlich mußte er einen Kriegsrat einberufen, doch wagte er dies nicht, bevor er mehr über die Bedrohung erfahren hatte, vor der seine Erdkräfte ihn warnten.

Die drei Reiter hielten die Straße hinunter auf einen tiefen Einschnitt zwischen zwei Hügeln zu, der vergangene Woche abgeflämmt worden war.

Dort, am Fuß des Hügels, entdeckte Gaborn ein weibliches Wesen, das er für eine alte Frau hielt, die mit einer Decke über dem Kopf am Straßenrand kauerte.

Während die Pferde die Straße hinunterstampften, hob die Frau den Blick, und Gaborn erkannte, daß sie alles andere als alt war. Im Gegenteil handelte es sich um ein junges Mädchen, und zwar eines, das er schon einmal gesehen hatte.

Eine Woche zuvor hatte er eine ›Armee‹ von Burg

Groverman nach Longmot geführt. Diese hatte aus einhunderttausend Rindern bestanden, getrieben von Bauern und Bäuerinnen, von Kindern und ein paar älteren Soldaten. Der Staub, den die Herde beim Durchqueren der Ebene aufwirbelte, hatte ausgereicht, um den Wolflord Raj Ahten zu täuschen und aus seiner Angriffsstellung vor Longmot zu locken.

Hätte Raj Ahten diese List durchschaut, dann hätte der Wolflord, dessen war sich Gaborn sicher, jede Frau und jedes Kind aus seinem Gefolge aus purer Gehässigkeit niedergemetzelt. Das Mädchen am Fuß des Hügels war mit der Armee geritten. Er erinnerte sich gut an sie. In einer Hand hatte sie ein schweres Banner gehalten und in der anderen einen Säugling.

Sie hatte mutig und selbstlos gehandelt. Über die Unterstützung von Menschen wie ihr hatte er sich besonders gefreut. Und doch war Gaborn überrascht, sie hier vorzufinden – eine einfache Bäuerin, die wahrscheinlich kein Pferd zur Verfügung hatte – vor Burg Sylvarresta, über zweihundert Meilen nördlich von Longmot, und das nur eine Woche nach der Schlacht.

»Oh, da seid Ihr ja«, begrüßte ihn das Mädchen, und senkte den Kopf, als wollte sie sich verbeugen.

Gaborn erkannte, daß sie hier am Straßenrand darauf gewartet hatte, daß er von der Jagd zurückkehrte. Drei Tage lang war er von Burg Sylvarresta fort gewesen. Er fragte sich, wie lange sie bereits Wurzeln geschlagen hatte.

Umständlich erhob sie sich, und Gaborn bemerkte, daß ihre Kleider vom Staub der Straße schmutzig waren. Sie war unverkennbar zu Fuß hierhergekommen. In der rechten Hand wiegte sie ihr Kind. Im Aufstehen schob sie ihre Hand unter den Schal, um ihre Brustwarze aus dem Mund des Säuglings zu befreien und sich züchtig zu bedecken.

So mancher Lord wäre nach der Unterstützung in einer siegreichen Schlacht gekommen und hätte um einen Gefallen gebeten. Bei einem Bauern hatte Gaborn das selten beobachtet. Trotzdem wollte dieses Mädchen etwas von ihm, und zwar dringend.

Lächelnd fragte Binnesman: »Molly? Molly Drinkham? Bist du das?«

Das Mädchen lächelte schüchtern, derweil der Zauberer von seinem Pferd abstieg und zu ihr trat. »Ja, ich bin's.«

»Dann laß mich mal dein Kind anschauen, Kind.« Binnesman nahm es ihr aus den Armen und hielt es in die Höhe. Der Säugling, ein dunkelhaariges Etwas, der kaum älter als zwei Monate sein konnte, hatte die Fäustchen in den Mund gesteckt und nuckelte mit geschlossenen Augen eifrig daran. Der Zauberer strahlte vor Glückseligkeit. »Ein Junge?« fragte er. Molly nickte. »Ja, und er ist seinem Vater wie aus dem Gesicht geschnitten.« Binnesman schnalzte mit der Zunge. »So ein prächtiges Kerlchen. Verrin wäre stolz auf ihn gewesen. Aber was bringt dich hierher?«

»Ich bin gekommen, um den Erdkönig zu sehen«, antwortete Molly.

»Tja, er steht vor dir«, sagte Binnesman. Er wandte sich Gaborn zu und stellte Molly vor. »Eure Hoheit, Molly

Drinkham, eine ehemalige Bewohnerin von Burg Sylvarresta.«

Plötzlich erstarrte Molly, das Gesicht blaß vor Schreck, als könnte sie die Vorstellung nicht ertragen, mit einem König zu sprechen. Oder vielleicht hat sie bloß Angst, mit mir, dem Erdkönig, zu sprechen, überlegte Gaborn. »Verzeiht, Sire«, sagte sie mit viel zu schriller Stimme. »Ich hoffe, ich störe Euch nicht – ich weiß, es ist noch früh am Tage. Wahrscheinlich erinnert Ihr Euch nicht mehr an mich …«

Gaborn stieg ab, um nicht zu hoch über ihr zu sitzen, und versuchte, ihr die Befangenheit zu nehmen. Mit sanfter Stimme erwiderte er: »Du störst mich nicht. Du hast von Longmot einen weiten Weg zu Fuß zurückgelegt. Ich weiß noch genau, wie du mir geholfen hast. Etwas sehr Dringendes muß dich hergetrieben haben, ich kann es kaum erwarten, mir deine Bitte anzuhören.«

Sie nickte verlegen. »Seht Ihr, ich dachte …«

»Nur weiter«, forderte Gaborn sie auf, während er seinem Days auf dem Maultier einen Blick zuwarf.

»Ich war nicht immer bloß eine Scheuermagd bei Herzog Groverman, müßt Ihr wissen«, erzählte sie. »Mein Vater hat früher die Ställe für König Sylvarrestas Soldaten ausgemistet, und ich habe in der Burg gewohnt, bevor ich Schande über mich brachte und mein Vater mich in den Süden schickte.« Sie warf einen Blick auf ihr Kind. Ein Bastard.

»Ja?« sagte Gaborn.

»Die Sache ist die, letzte Woche bin ich an Eurer Seite geritten, und ich weiß eins: Wenn Ihr der Erdkönig seid, dann habt Ihr bestimmt auch alle Macht von Erden Geboren. Denn das erst macht Euch zum Erdkönig.«

»Wo hast du dies aufgeschnappt?« wollte Gaborn wissen, dessen Ton seine Besorgnis nicht verbergen konnte. Plötzlich fürchtete er, sie könnte etwas Unmögliches von ihm verlangen. Erden Geborens Taten waren der Stoff von Legenden.

»Von Binnesman«, antwortete Molly. »Ich habe ihm beim Trocknen seiner Kräuter geholfen, und er hat mir dafür Geschichten erzählt. Wenn Ihr der Erdkönig seid, dann stehen schlechte Zeiten bevor, und die Erde hat Euch die Macht gegeben, zu Erwählen – die Ritter zu Erwählen, die an Eurer Seite kämpfen werden, und zu Erwählen, wer unter Eurem Schutz lebt und wer nicht. Erden Geboren wußte, wann sein Volk in Gefahr war, und er hat die Menschen über ihre Herzen und ihren Verstand gewarnt. Also solltet Ihr das auch können.«

Gaborn glaubte zu wissen, was sie wollte. Sie wollte überleben. Er sollte sie Erwählen, jetzt sofort. Gaborn betrachtete sie eine ganze Weile lang und sah mehr als ihr rundliches Gesicht und den hübschen Körper unter ihren verdreckten Kleidern, mehr als ihr langes Haar und die tiefen Sorgenfalten um ihre blauen Augen. Er bediente sich seines Erdblickes und schaute in die Tiefen ihrer Seele.

Dort fand er die Zuneigung, die sie für Burg Sylvarresta empfand, ihre Unschuld, die sie dort verloren hatte, und die Liebe für einen Mann namens Verrin, einen Stallmeister, der an der Verletzung durch ein Pferd gestorben war. Er sah ihre Verzweiflung darüber, daß sie sich auf Burg Groverman wiederfand, wo sie niedere Dienste verrichten mußte. Große Ansprüche stellte sie nicht an das Leben. Sie wollte nur nach Hause, um ihrer Mutter das Kind zu zeigen, sie wollte an den Ort zurück, wo sie Liebe und Wärme erfahren hatte. Er konnte kein Arg in ihr erkennen, keine Grausamkeit. Darüber hinaus war sie stolz auf ihren Sohn, den sie über alles liebte.

Ihr ganzes Wesen konnte der Erdblick Gaborn nicht offenbaren. Wenn er viele Stunden lang in ihr Herz blickte, würde er sie vermutlich besser kennen als sie sich selbst. Doch die Zeit war knapp, und in den wenigen Sekunden entdeckte er genug.

Kurz darauf entspannte sich Gaborn wieder. Er hob die linke Hand. »Molly Drinkham«, begann er leise seinen Bann zu sprechen, »ich Erwähle dich. Ich Erwähle dich, um dich in den bevorstehenden finsteren Zeiten zu beschützen. Solltest du meine Stimme je in deinem Herzen oder Verstand hören, so beachte sie. Ich werde dir zur Hilfe eilen oder dich in Sicherheit bringen, so gut ich kann.«

Es war vollbracht. Sofort verspürte Gaborn die Wirksamkeit des Bannes, die Bindung, das mittlerweile vertraute Ziehen in seinem Unterleib, das ihn ihre Gegenwart spüren ließ und das ihn warnen würde, sobald sie in Gefahr geriet.

Molly riß die Augen auf, als spüre sie es ebenfalls, und dann wurde sie vor Verlegenheit rot. Sie fiel auf ein Knie.

»Nein, Euer Hoheit, Ihr mißversteht mich«, sagte sie. Sie hielt das Kind in ihren Armen in die Höhe. Dem

Kleinen glitt das Fäustchen aus dem Mund, doch er schlief halb, und es störte ihn nicht. »Ich möchte, daß Ihr ihn Erwählt, daß Ihr ihn eines Tages zu Eurem Ritter macht!«

Gaborn starrte das Kind an und ihn fröstelte. Die Bitte machte ihm angst. Offenbar war die Frau mit Geschichten über die Großtaten von Erden Geboren groß geworden, daher erwartete sie viel von einem Erdkönig. Nur hatte sie keinen Begriff, wo Gaborns Grenzen lagen. »Du verstehst nicht«, versuchte er, behutsam zu erklären. »So einfach ist das nicht. Wenn ich dich Erwähle, bemerken meine Feinde das. Der Krieg, den ich führe, gilt weder Menschen noch Greifern, er gilt den unsichtbaren Mächten, die diese antreiben. Wenn ich dich Erwähle, bringt dich das in große Gefahr, und selbst wenn ich in der Lage sein sollte, Ritter zu deiner Hilfe zu schicken, wirst du dir in den meisten Fällen selbst helfen müssen. Meine Mittel sind viel zu beschränkt, unsere Feinde zu zahlreich. Du mußt in der Lage sein, dir selbst zu helfen und mir zu helfen, dich aus der Gefahr zu befreien. Einem – einem Kind könnte ich das niemals zumuten. Ich könnte es unmöglich in Gefahr bringen. Er kann sich doch nicht verteidigen!«

»Aber er braucht jemanden, der ihn beschützt«, beharrte Molly. »Er hat keinen Vater.« Sie wartete einen Augenblick, ob er etwas erwidern würde, dann flehte sie: »Bitte! Bitte Erwählt ihn statt meiner!«

Gaborn musterte ihr Gesicht, und seine Wangen brannten vor Scham. Sein Blick wanderte hin und her, von Binnesman zu seinem Days, wie ein Ferrin, den man in einer Ecke der Küche erwischt hatte und der noch zu fliehen hofft.

»Molly, du bittest, man möge dem Kind erlauben, so aufzuwachsen, daß es ein Krieger in meinen Diensten werden kann …« stammelte Gaborn. »Nur glaube ich, soviel Zeit bleibt uns nicht! Uns stehen finstere Zeiten bevor, die finstersten, die diese Welt je gesehen hat: vielleicht schon in ein paar Monaten, vielleicht in einem Jahr werden sie uns ernsthaft eingeholt haben. Dein Kind wird nicht im Krieg kämpfen können.«

»Erwählt ihn trotzdem«, beharrte Molly. »Wenigstens wißt Ihr dann, wenn er in Gefahr gerät.«

Gaborn starrte sie entsetzt an. Eine Woche zuvor hatte er mehrere seiner Erwählten in der Schlacht um Longmot verloren: seinen Vater, Chemoises Vater, König Sylvarresta. Ihr Tod hatte ihn bis auf den Grund seiner Seele erschüttert. Er hatte nicht versucht, sich selbst oder einem anderen das Gefühl zu erklären, aber er kam sich vor als … besäße jeder einzelne von ihnen Wurzeln, die man ihm aus dem Leib gerissen hatte und die dunkle, klaffende Wundlöcher hinterlassen hatten, welche nie wieder zuwachsen würden. Es war, als verlöre man ein nicht zu ersetzendes Glied, und die Vorstellung, ihr Tod könnte eine Warnung vor seinem persönlichen Versagen sein, verletzte ihn zutiefst. Seine Schuld belastete ihn wie einen Vater, der seine Kinder aus Unachtsamkeit in einem Brunnen hat ertrinken lassen.

Gaborn benetzte sich die Lippen mit der Zunge. »So stark bin ich nicht. Du ahnst nicht, was du von mir verlangst.«

»Er hat niemanden, der ihn beschützt«, antwortete Molly. »Weder Vater noch Freunde. Nur mich. Seht nur, er ist noch ein Säugling!«

Sie wickelte den schlafenden Jungen aus, hielt ihn in die Höhe und trat ganz nah an ihn heran. Das Kind war mager, schlief aber tief und fest und schien keinen Hunger zu leiden. Sein Atem hatte den süßen Geruch eines Neugeborenen.

»Sei doch vernünftig«, drängte Binnesman sie. »Wenn Seine Majestät sagt, er kann das Kind nicht Erwählen, dann kann er es auch nicht.« Binnesman nahm Molly sanft beim Ellenbogen, als wollte er sie in die Stadt lotsen.

Molly ging wütend auf Binnesman los. »Was soll ich Eurer Meinung nach denn tun? Den Kopf des kleinen Bastards gegen einen Stein am Straßenrand schmettern und fertig? Ist es das, was Ihr wollt?«

Gaborn fühlte sich verzweifelt, dem Schicksal ausgeliefert. Er blickte zu seinem Days hinüber und fürchtete sich davor, was man über seine Entscheidung schreiben würde. Hilfesuchend sah er Binnesman an. »Was soll ich tun?«

Der Erdwächter betrachtete das Baby und runzelte die Stirn. Kaum merklich schüttelte er den Kopf. »Ihr habt ganz recht. Es wäre unklug, ihn zu Erwählen. Ich hielte es auch nicht für rechtmäßig.«

Molly fiel vor Entsetzen die Kinnlade herunter, und sie trat einen Schritt zurück, als hätte sie soeben erkannt, daß Binnesman, ein alter Freund, zum Feind geworden war.

Binnesman versuchte zu erklären: »Molly, Gaborn hat von der Erde den Auftrag erhalten, den Samen der Menschheit zu sammeln und in den finsteren Zeiten, die bevorstehen, alle zu beschützen, die er beschützen kann. Doch selbst das genügt vielleicht nicht. Andere Arten sind bereits vom Angesicht der Erde verschwunden – die Toth, die Duskiner. Die Menschheit könnte die nächste sein.«

Der Zauberer übertrieb keineswegs. Bei ihrer Offenbarung in Binnesmans Garten hatte der Erdgeist im großen und ganzen dasselbe gesagt. Wenn überhaupt, dann ging Binnesman viel zu schonend mit Molly um, indem er mit der Wahrheit zurückhielt.

»Die Erde hat versprochen, Gaborn zu beschützen, und er hat im Gegenzug geschworen, dich so gut zu beschützen, wie er nur kann. Aber mir erscheint es das beste, wenn du dein Kind selbst beschützt.«

Gaborn hatte einen solchen Plan in Erwägung gezogen. Während der letzten Tage hatte er über einhunderttausend Menschen rings um Heredon Erwählt und so viele ausgesucht, wie er nur konnte – alt und jung, Lords und Bauern. Wenn er an einen dieser Menschen dachte, konnte er jederzeit seine Gedanken ausschwärmen lassen und kannte ihren Aufenthaltsort. Er war imstande, sie zu finden, wenn er mußte, und er wußte, ob sie in Gefahr waren. Aber es waren so viele! Daher hatte er begonnen, Ritter und Lords zu Erwählen, die bestimmte Enklaven beschützen sollten.

Er versuchte, weise zu Erwählen, und wagte es nicht, die Gebrechlichen, die Tauben, die Blinden, die Jungen oder die Schwachsinnigen zurückzuweisen. Diese wollte er nicht als geringer denn andere betrachten, weil er sie auf diese Weise zu Opfern seiner persönlichen Vorstellungen herabwürdigen würde. Indem er einem Lord, oder auch nur einem Vater oder einer Mutter, die Verantwortung über seine oder ihre Schützlinge übertrug, gab er ein wenig jenes Drucks ab, den er selbst verspürte. Und genau das hatte er in hohem Maß getan. Er hatte sich seiner Kräfte bedient, um seine Lords anzuweisen und von ihnen zu verlangen, ihre Verteidigungsanlagen mit Waffen zu bestücken und sich auf den Krieg vorzubereiten.

Molly erblaßte bei der Vorstellung, man könnte ihr die Verantwortung für ihr Kind übertragen. Sie wirkte so entsetzt, daß Gaborn befürchtete, sie würde in Ohnmacht fallen. Sie hatte ganz recht mit ihrer Vermutung, das Kind nicht angemessen beschützen zu können.

Als Trost bot Binnesman an: »Ich werde ebenfalls helfen, dein Kind zu beschützen.« Er murmelte einige kaum verständliche Worte, befeuchtete seinen Finger mit der Zunge und kniete am Straßenrand nieder, um damit im Staub zu rühren. Er erhob sich wieder und zeichnete mit seinem schlammbedeckten Finger gewissenhaft eine Schutzrune auf die Stirn des Kindes.

Allerdings war Molly offenbar in dem Glauben, die Hilfe des Zauberers werde nicht genügen. Tränen liefen ihr über die Wangen, und sie stand zitternd und schockiert da.

»Wenn es Eures wäre«, flehte Molly Gaborn an, »würdet Ihr es Erwählen? Würdet Ihr es dann Erwählen?«

Gaborn wußte, er würde es tun. Molly hatte ihm die Antwort offenbar im Gesicht angesehen.

»Dann überlasse ich ihn Euch …«, meinte Molly. »Als Hochzeitsgeschenk, vorausgesetzt, Ihr wollt ihn überhaupt. Ich schenke ihn Euch, damit Ihr ihn als Euren Sohn aufzieht.«

Gaborn schloß die Augen. Die Verzweiflung in ihrer Stimme traf ihn wie ein Axthieb.

Er konnte dieses Kind schwerlich Erwählen. Es erschien ihm grausam. Andererseits überlegte Gaborn: *Das ist Wahnsinn. Wenn ich es Erwähle, wie viele andere Mütter werden dann zu Recht dieselbe Bitte vorbringen? Zehntausend? Hunderttausend? Aber was ist, wenn ich es nicht Erwähle und Molly behält recht? Wenn ich es durch meine Untätigkeit zum Tode verurteile?* »Hat das Kind einen Namen?« fragte Gaborn, denn in manchen Ländern erhielten Bastarde keinen.

»Ich nenne ihn Verrin«, sagte Molly, »wie seinen Vater.«

Gaborn starrte das Kind an, sah hinter sein Gesicht und seine glatte Haut bis tief in seinen kleinen Verstand. Viel zu sehen gab es nicht – ein noch ungelebtes Leben, ein paar vage Sehnsüchte. Die Brustwarze der Mutter, die Wärme ihres Körpers, ihre Art, es mit holder Stimme in den Schlaf zu singen, beruhigten es und erfüllten es mit Dankbarkeit. Doch Verrin begriff seine Mutter nicht als Person, liebte sie nicht auf dieselbe Art, wie sie ihn liebte.

Gaborn unterdrückte ein Schluchzen. »Verrin Drinkham«, sprach Gaborn mit leiser Stimme, die linke Hand hebend, »ich Erwähle dich. Ich Erwähle dich für die Erde.

Möge die Erde dich heilen. Möge die Erde dich verbergen. Möge die Erde dich zu dem ihren machen.«

Gaborn spürte wie die Bindung in Kraft trat.

»Danke, Euer Hoheit«, sagte Molly. In den Augen des Mädchens glitzerten Tränen. Sie machte kehrt und steuerte auf Burg Groverman zu, bereit, die zweihundert Meilen bis nach Hause zu Fuß zu gehen.

Doch als sie dies tat, überkam Gaborn ein übermächtiges Gefühl der Angst, und er spürte die Warnung der Erde, daß sie in Gefahr schwebte. Wenn sie nach Süden zurückkehrte, würde sie sterben. Ob ihr ein Bandit nachstellen, sie auf der Reise erkranken oder sie einem entsetzlichen Schicksal begegnen würde, wußte er nicht. Über die Art der Gefahr konnte Gaborn keine Mutmaßungen anstellen, trotzdem spürte er sie ebenso stark wie an dem Tag, als sein Vater ums Leben gekommen war.

In dieser Richtung erwartet dich der Tod, Molly. Mach kehrt und gehe nach Burg Sylvarresta, dachte Gaborn.

Sie hielt mitten im Schritt inne und blickte ihn aus ihren großen blauen Augen fragend an. Eine halbe Sekunde lang zögerte sie, dann fuhr sie herum und rannte in nördlicher Richtung die Straße nach Burg Sylvarresta hinauf, als wären ihr die Greifer auf den Fersen.

Gaborn, der das sah, stiegen vor Dankbarkeit die Tränen in die Augen.

»Gutes Mädchen«, murmelte er. Er hatte befürchtet, sie würde seine Warnung nicht vernehmen oder nicht gleich befolgen.

Der Days auf seinem weißen Maultier blickte von

Gaborn zu dem Mädchen. »Habt Ihr sie gerade *zur Umkehr* bewegt?«

»Ja.«

»Ihr habt Gefahr im Süden gespürt?«

»Ja«, antwortete Gaborn abermals, der es vorzog, die unbestimmte Angst, die ihn beschlichen hatte, für sich zu behalten. »Jedenfalls für sie.«

Er wandte sich an Binnesman. »Ich weiß nicht, ob ich auf diese Weise fortfahren kann. So hatte ich mir das nicht vorgestellt.«

»Von einem Erdkönig erwartet man nicht, daß er es sich leichtmacht«, erwiderte Binnesman. »Nach der Schlacht bei Caer Fael, heißt es, habe man am Leichnam Erden Geborens keine Wunden entdeckt. Einige waren der Meinung, er sei an gebrochenem Herzen gestorben.«

»Welch ein Trost mir Eure Worte sind«, gab Gaborn voller Bitterkeit zurück. »Ich möchte das Kind retten, nur weiß ich nicht, ob ich durch sein Erwählen Schaden oder Gutes angerichtet habe.«

»Und vielleicht ist alles, was wir tun, für die Katz«, meinte Binnesman, ganz so, als hätte er sich mit der Erkenntnis abgefunden, auch mit größter Anstrengung sei es ihnen nicht möglich, die Menschheit zu retten.

»Nein, ich muß daran glauben, daß es nicht für die Katz ist«, erwiderte Gaborn. »Ich muß davon überzeugt sein, daß sich die Mühe lohnt. Allerdings wüßte ich nur eins zu gerne: Wie kann ich sie alle retten?«

»Die gesamte Menschheit retten?« fragte Binnesman. »Das ist unmöglich.«

»Dann muß ich mir eben überlegen, wie ich die meisten

retten kann.« Gaborn blickte sich nach seinem Days um, dem Historiker, der ihm seit seiner Kindheit auf Schritt und Tritt folgte.

Der Mann trug das schlichte braune Gewand des Gelehrten, und sein knochendürres Gesicht mit den unerschrockenen Augen war auf ihn gerichtet. Als Gaborn jedoch den starren Blick erwiderte, wandte sich der Days schuldbewußt ab.

Das Gefühl der Gefahr, das Gaborn spürte, hatte etwas Unbehagliches, und er war überzeugt, der Days könnte ihn, wenn er nur wolle, vor dem Ursprung der Gefahr warnen.

Doch der Days hatte schon vor langer Zeit seinen Namen, seine Identität für die Dienste bei den Zeitlords aufgegeben. Er würde nicht sprechen.

Trotzdem – obwohl die Verehrung für die Zeitlords angeblich wenig Raum ließ, sich in die Angelegenheiten der Menschen einzumischen, hatte Gaborn von Days erzählen hören, die ihr Gelübde gebrochen hatten.

Er wußte, weit oben im Norden, in einer klösterlichen Siedlung auf den Inseln jenseits von Orwynne, lebte ein zweiter Days, der Gaborns Days eine Gabe der Geisteskraft abgetreten und im Gegenzug eine ebensolche Gabe erhalten hatte. Auf diese Weise teilten sich die beiden Days jetzt ein und denselben Verstand – ein Bravourstück, das außerhalb des Klosters nur selten nachgeahmt wurde, da es in den Wahnsinn führte.

Gaborns Days wurde *Zeuge* genannt und war von den Zeitlords damit beauftragt worden, Gaborn zu beobachten und auf seine Worte zu lauschen. Sein Gegenpart, der *Schreiber*, trat als Protokollant auf und verzeichnete Gaborns Taten bis zu dessen Tod, nach dem das Buch seines Lebens veröffentlicht werden würde.

Und da sämtliche Protokollanten gemeinsam in einer Siedlung lebten, tauschten sie ihr Wissen aus. Tatsächlich erfuhren sie alles, was unter den Runenlords ruchbar wurde.

Daher glaubte Gaborn, daß die Days zuviel wußten und dieses Wissen zu selten preisgaben.

Binnesman bekam den vorwurfsvollen Blick mit, mit dem Gaborn den Days bedachte, und fragte sich laut: »Angenommen, wir müßten die Samen für den Garten im nächsten Jahr aussuchen, wäre ich mir nicht sicher, ob ich die meisten oder nur die besten retten wollte.«

KAPITEL 2
Seltsame Bettgefährten

Das Dorf Hay war ein verwahrloster Flecken in einer ansonsten wenig bemerkenswerten Landschaft, aber es besaß ein Gasthaus, und ein Gasthaus war alles, was Roland wollte.

Mitternacht war längst vorüber, als er nach Hay hineinritt, ohne auch nur einen einzigen Dorfköter zu wecken. Der Himmel im fernen Südosten besaß die Farbe von Feuer. Stunden zuvor war Roland einem der Weitseher des Königs begegnet, einem Mann, der über ein halbes Dutzend Gaben der Sehkraft verfügte. Dieser hatte von einem Vulkanausbruch berichtet, Roland war allerdings zu weit entfernt, um die Explosion zu hören. Der Feuerschein jedoch wurde von einer Säule aus Rauch und Asche zurückgeworfen. Das ferne Inferno trug seinen Teil zum Leuchten der Sterne bei und tauchte alles in ein unnatürlich klares Licht.

Das Dorf bestand aus fünf steinernen Katen mit Strohdächern. Der Gastwirt hielt sich Schweine, denen es gefiel, im Schlamm vor seiner Schwelle zu wühlen. Als Roland abstieg, wachten ein paar der Tiere grunzend auf, kamen taumelnd auf die Beine, sogen witternd die Luft ein und blinzelten weise. Roland hämmerte an die Eichentür und starrte auf die dort angenagelte Hostenfeststatue – ein abgestoßenes Holzbildnis des Erdkönigs, bekleidet mit einem neuen grünen Reisegewand und mit einem Kranz aus Eichenlaub um den Kopf. Das Zepter des Erdkönigs hatte jemand gegen einen Thymianzweig mit violetten Blüten ausgetauscht.

Die Schürze des feisten Gastwirts, der ihn begrüßte, war so verdreckt, daß man ihn kaum von seinen Schweinen unterscheiden konnte. Roland schwor sich insgeheim, noch vor dem Frühstück wieder loszureiten. Jetzt aber wollte er schlafen, also zahlte er für ein Zimmer.

Da sämtliche Zimmer mit Reisenden auf der Flucht von Norden her belegt waren, war er gezwungen, das Bett mit einem riesenhaften Kerl zu teilen, der nach Fett und zuviel Bier stank.

Immerhin, das Zimmer war im Gegensatz zum Boden draußen trocken, also kletterte Roland zu dem Hünen ins Bett, drehte ihn auf die Seite, damit er zu schnarchen aufhörte, und versuchte einzuschlafen.

Das Vorhaben mißlang. Kaum zwei Minuten später hatte sich der Kerl wieder herumgewälzt und schnarchte Roland laut ins Ohr. Immer noch im Schlaf legte er ein Bein über Roland und griff ihm schließlich an die Brust. Der Mann hatte einen so festen Griff, daß er Gaben der Muskelkraft übernommen haben mußte.

Roland flüsterte drohend: »Laß das, oder morgen früh bleibt eine abgetrennte Hand in diesem Bett zurück.«

Der dicke Kerl, in dessen buschigem Bart sich Eichhörnchen hätten verstecken können, sah Roland im trüben Schein des Feuers, der durch das Pergamentfenster drang, blinzelnd an.

»Oh, verzeiht!« entschuldigte er sich. »Ich dachte, Ihr

wärt meine Frau.« Er drehte sich um und fing augenblicklich wieder an zu schnarchen.

Ein schöner Trost. Roland hatte Geschichten von Männern gehört, die unter ähnlichen Umständen sodomisiert worden waren.

Roland drehte sich auf die Seite und wärmte seine Hinterbacken am Rücken des Kerls, dann versuchte er zu schlafen. Eine Stunde darauf packte ihn der Kerl wieder an die Brust. Roland versetzte ihm einen heftigen Ellenbogenstoß in die Rippen.

»Verdammt, Weib!« stöhnte der Kerl im Schlaf und wälzte sich mit einem ärgerlichen Schnauben herum. »Du bist ja nichts als Haut und Knochen.«

Roland nahm sich vor, in der nächsten Nacht bei den Felsen auf dem Feld zu schlafen.

Der Gedanke schien ihm eben erst durch den Kopf gegangen zu sein, als er aus einem tiefen Schlummer erwachte.

Abermals lag er in den Armen dieses Kerls verschlungen, Arme, groß wie Baumstämme. Sein Bettgefährte hatte ihn soeben auf die Stirn geküßt.

Durch das Fenster fiel das trübe Licht des Morgens. Der Mann schien fest zu schlafen. Er atmete tief und hatte die Augen geschlossen.

»Entschuldigung«, meinte Roland, zog den Kerl am Bart und rüttelte ihn hin und her. Er stieß den Kopf des Kerls von sich. »Ich bewundere Männer, die ihre Zuneigung offen zeigen können, aber bitte zeigt sie nicht mir.«

Der Kerl öffnete die blutunterlaufenen Augen und

starrte ihn eine halbe Sekunde lang an. Roland erwartete, der Kerl würde sich verlegen entschuldigen.

Statt dessen wurde er bleich vor Schreck. »Borenson?« brüllte er, plötzlich hellwach. Er schob seinen massigen, dreihundert Pfund schweren Körper rücklings zur Wand, schmiegte sich schlotternd an sie, als hätte er fürchterliche Angst, Roland könnte zuschlagen. »Was macht Ihr denn hier?«

Ein riesenhafter Kerl mit schwarzem Haar und nicht wenig Grau im Bart. Roland kannte ihn nicht. Allerdings habe ich einundzwanzig Jahre lang geschlafen, überlegte er. »Kenne ich Euch?« fragte Roland.

»Mich kennen? Ihr hättet mich fast umgebracht, wenn ich auch zugeben muß, ich hatte es verdient. Ich war damals ein Narr. Aber ich habe bereut, und jetzt bin ich nur noch ein halber Narr. Erinnert Ihr Euch nicht mehr? Baron Poll!«

Roland war dem Mann noch nie begegnet. Er verwechselt mich mit meinem Sohn, Ivarian Borenson, vermutete Roland, von dessen Existenz er erst nach dem Erwachen aus seinem langen Schlaf erfahren hatte.

»Ah, Baron Poll!« erwiderte Roland begeistert, und wartete darauf, daß der Kerl seinen Fehler bemerkte. Roland erschien es unwahrscheinlich, daß sein Sohn ihm mit seinem feuerroten Haar und dem blassen Teint so ähneln sollte. Die Mutter des Jungen hatte recht dunkle Haut gehabt. »Schön, Euch zu sehen.«

»Gleichfalls. Außerdem bin ich froh, daß Ihr die Sache so betrachtet. Unser Streit ist also vergessen? Ihr verzeiht mir … den Diebstahl Eures Geldbeutels? Alles?«

»Soweit es mich betrifft, ist es so, als wären wir uns nie begegnet«, sagte Roland.

Plötzlich erweckte Baron Poll einen verwirrten Eindruck. »Ihr seid in großzügiger Laune … nach all den Prügeln, die ich Euch verabreicht habe. Aber wahrscheinlich hat Euch das zum Mann gemacht. Fast könnte man sagen, Ihr steht in meiner Schuld. Hab' ich recht?«

»Ah, die Prügel«, wiederholte Roland mechanisch, immer noch verwundert, weil der Kerl seinen Irrtum nicht bemerkte. Roland wußte nur eins über seinen Sohn: er war Kommandant in der Garde des Königs. »Schon in Ordnung. Ich habe es Euch doch sicher mit gleicher Münze heimgezahlt, oder?«

Baron Poll starrte Roland an, als sei er vollkommen verrückt geworden. Roland mußte sich eingestehen, daß sein Sohn offenbar wohl nicht mit gleicher Münze zurückgezahlt hatte. »Na ja …«, wagte Baron Poll sich immer noch argwöhnisch vor, »unsere Aussöhnung freut mich. Aber … was macht Ihr hier unten? Ich dachte, Ihr seid nach Norden aufgebrochen, Richtung Heredon?«

»König Orden ist leider tot«, antwortete Roland ernst. »Raj Ahten ist mit ihm bei Longmot zusammengestoßen. In der Schlacht sind Tausende unserer Männer gefallen.«

»Und der Prinz?« erkundigte sich Poll mit bleicher Miene.

»Dem geht es gut, soweit ich weiß«, sagte Roland.

»Soweit Ihr wißt? Ihr seid doch sein Leibwächter?«

»Aus ebendiesem Grund habe ich es auch eilig, zu ihm zurückzukehren«, erwiderte Roland und kletterte vom

Bett herunter. Er warf sich seinen neuen Reiseumhang aus Bärenfell über die Schultern und streifte seine Stiefel über.

Baron Poll wuchtete seinen schweren Leib an die Bettkante und sah sich sprachlos um. »Wo ist Eure Axt? Euer Bogen? Ihr reist doch nicht etwa unbewaffnet?«

»Doch.« Roland hatte es eilig, nach Heredon zu gelangen. Er hatte sich nicht die Zeit genommen, Waffen zu kaufen, und erst gestern, nachdem er immer häufiger Flüchtlingen aus dem Norden begegnet war, hatte er erfahren, er werde sie womöglich brauchen.

Baron Poll betrachtete ihn, als sei er nicht recht bei Verstand. »Ihr wißt, daß Burg Crayden vor sechs Tagen gefallen ist, zusammen mit Burg Fells und der Festung bei Tal Dur? Und vor zwei Tagen hat Raj Ahten Tal Rimmon, Gorane und Aravelle gestürmt. Zweihunderttausend Männer marschieren gegen Carris und dürften es morgen früh bei Dämmerung erreichen. Dort wollt Ihr mitten hineinreiten? Unbewaffnet?«

Roland war mit den landschaftlichen Gegebenheiten nicht sonderlich vertraut. Da er Analphabet war, konnte er keine Karte lesen, außerdem hatte er sich bis jetzt nie weiter als zehn Meilen vom Zuhause seiner Kindheit in den Höfen von Tide entfernt. Allerdings war ihm bekannt, daß die Burgen Crayden und Fell die Pässe an Mystarrias Westgrenze sicherten. Von Tal Dur hatte er noch nie gehört. Die Burgen im Norden kannte er dagegen.

»Schaffe ich es vor ihnen bis nach Carris?« wollte Roland wissen.

»Habt Ihr ein schnelles Pferd?«

Roland nickte. »Es besitzt eine Gabe des Durchhaltevermögens, eine der Körperkraft und eine des Stoffwechsels.« Es war ein prächtiges Tier, wie es die Boten des Königs ritten. Vor einer Woche auf der Straße war Roland einem Pferdehändler begegnet und hatte das Tier von dem Geld gekauft, das er, wie er herausgefunden hatte, während seines Schlafes geerbt hatte.

Baron Poll sagte: »Dann solltet Ihr heute leicht hundert Meilen schaffen. Aber vermutlich sind die Straßen tückisch. Raj Ahtens Meuchelmörder sind überall unterwegs.«

»Schön«, sagte Roland. Hoffentlich war sein Pferd der Herausforderung gewachsen.

Er wollte gehen. Baron Poll rief: »Augenblick mal, Ihr könnt nicht einfach so losziehen. Nehmt meine Waffen und Rüstung – was immer Ihr wollt.« Er deutete mit dem Kopf in eine Zimmerecke. Baron Polls Brustharnisch lehnte an der Wand, zusammen mit einer gewaltigen Axt, einem mannsgroßen Schwert und einem Kurzschwert.

Der Brustharnisch war für Roland um die Hälfte zu breit, und er bezweifelte, ob er das riesige Schwert überhaupt weit genug hochheben konnte, um es im Kampf zu benutzen. Er war von Beruf Metzger. Die Axt war nicht größer als die vierzig Pfund schweren Hackmesser, mit denen Roland Rinder in Hälften gespalten hatte, er hatte jedoch seine Zweifel, ob er bei einem Streit überhaupt eine so schwerfällige Waffe benutzen wollte. Doch da war noch das Kurzschwert. Es war unwesentlich größer als ein gutes, langes Messer. Trotzdem, Roland konnte nicht ein solches Geschenk aufgrund einer Täuschung annehmen.

»Baron Poll«, entschuldigte sich Roland, »ich fürchte, Ihr habt Euch geirrt. Mein Name ist Roland Borenson. Ich bin kein Mitglied der Königlichen Garde. Ihr verwechselt mich mit meinem Sohn.«

»Was!« spie Baron Poll. »Der Borenson, den ich kenne, ist ein vaterloser Bastard. Jeder hat das gesagt. Wir haben ihn erbarmungslos damit aufgezogen!«

»Niemand ist vaterlos«, erklärte Roland. »Ich habe während der letzten einundzwanzig Jahre als Übereigner im Blauen Turm gedient und in Diensten des Königs Gaben des Stoffwechsels abgetreten.«

»Aber alle behaupteten, Ihr seid tot! Nein. Wartet … jetzt erinnere ich mich wieder an die Geschichte: Es hieß, Ihr wärt ein gewöhnlicher Verbrecher, ein Mörder, der vor der Geburt Eures Sohnes hingerichtet worden sei!«

»Hingerichtet nicht«, wandte Roland ein, »auch wenn die Mutter meines Sohnes sich das vielleicht gewünscht hat.«

»Ah, ich erinnere mich noch gut an dieses gierige Weib«, meinte Baron Poll. »Wenn ich mich nicht irre, hat sie allen Männern oft den Tod gewünscht. Mich hat sie jedenfalls oft genug verflucht.« Baron Poll wurde plötzlich rot, als sei es ihm peinlich, weiter nachzufragen. »Ich hätte es wissen sollen«, fuhr er fort. »Ihr seht zu jung aus. Der Borenson, den ich kenne, besitzt Gaben des Stoffwechsels und ist dementsprechend gealtert. Er dürfte während der letzten acht Jahre um zwanzig Lenze gealtert sein. Stellte man euch nebeneinander, würdet Ihr inzwischen wahrscheinlich wirklich wie Vater und Sohn aussehen – nur daß er aussähe wie der Vater und Ihr wie sein Sohn.«

Roland nickte. »Jetzt habt Ihr es begriffen.«

Baron Poll zog nachdenklich die Brauen zusammen. »Ihr seid unterwegs, um Euren Sohn zu finden?«

»Und um in den Dienst meines Königs zu treten«, antwortete Roland.

Poll wagte sich mit der Bemerkung vor: »Ihr besitzt keine Gaben. Ihr seid kein Soldat. Ihr schafft es nie bis nach Heredon.«

»Wahrscheinlich nicht«, gab Roland ihm recht.

Er wollte zur Tür.

»Wartet!« rief Poll. »Es steht Euch frei, in den sicheren Tod zu rennen, aber macht es ihnen wenigstens nicht so einfach. Nehmt zumindest eine Waffe mit.«

»Danke«, sagte Roland und griff nach dem Kurzschwert. Er besaß keinen Gürtel, um die Scheide zu befestigen, also steckte er es unter sein Hemd.

Baron Poll, dem seine Waffenwahl mißfiel, schnaubte verächtlich. »Nur zu. Und viel Glück.«

Baron Poll kletterte aus dem Bett und schüttelte Rolands Hand am Handgelenk. Der Mann hatte einen Griff wie ein Schraubstock. Roland schüttelte ebenfalls heftig, als besäße er Gaben der Muskelkraft. Die jahrelange Arbeit mit dem Messer hatte seine Handgelenke gekräftigt und ihm einen deftigen Händedruck verliehen. Selbst nach jahrzehntelangem Schlaf waren seine Muskeln noch fest und seine Hände mit Schwielen überzogen.

Er eilte nach unten. Der Schankraum war voller Menschen. Um einige Tische drängten sich Bauern, die sich auf der Flucht nach Süden befanden, an anderen saßen Knappen, die mit ihren Lords auf dem Weg nach Norden waren. Die jungen Burschen beschäftigten sich damit, Klingen zu schleifen oder Leder und Kettenrüstungen mit Öl einzureiben. Einige der Lords, seltsamerweise mit Hemd und Kniehose und gestepptem Wams bekleidet, saßen längs der Bar auf Hockern.

Der Geruch von frischem Brot und Fleisch war so einladend, daß Roland sein Gelübde bedauerte, hungrig von hier aufzubrechen. Daher nahm er auf einem unbesetzten Hocker Platz. Zwei Ritter stritten leidenschaftlich darüber, wieviel man einem Schlachtroß vor der Schlacht zu fressen geben sollte, und einer der Männer nickte Roland zu, als wolle er ihn auffordern, sich in die Auseinandersetzung einzumischen. Roland fragte sich, ob der Bursche ihn kannte oder ob er ihn lediglich wegen seines prachtvollen neuen Bärenfells, seiner neuen Jacke, Hose und Stiefel für einen Lord hielt. Er war sich bewußt, daß er wie ein Adliger aussah. Kurz darauf hörte er den Knappen jedoch den Namen Borenson flüstern.

Der Wirt brachte ihm mit Honig gesüßten Tee in einer Schnabeltasse, und er machte sich über einen Laib Roggenbrot her, den er in eine Sauciere mit fetter Soße stippte, in der Schweinefleischbrocken schwammen.

Während des Essens wurde Roland nachdenklich. Jetzt war er schon zum zweitenmal in einer Woche mit einem Kuß geweckt worden …

Sieben Tage zuvor hatte er gespürt, wie ihn etwas an der Wange berührte – sachte und zaghaft wie eine Spinne, die über ihn krabbelt –, und er war klopfenden Herzens aus dem Schlaf hochgeschreckt.

Zu seiner Bestürzung hatte er sich, mittags noch im Bett liegend, in einem düsteren Zimmer wiedergefunden. Die Wände bestanden aus schwerem Mauerwerk, seine Matratze aus Federn und Stroh. Er hatte den Ort sofort am salzigen Geruch der Meeresluft erkannt. Draußen kreischten Seeschwalben und Möwen, als wollten sie ein einsames Klagelied anstimmen, während gewaltige Meereswellen am Fuß des Turmes gegen aus uraltem Felsgestein geschlagene Festungsmauern brandeten. Irgendwie hatte Roland während all der Jahre, die er geschlafen hatte, im Sturm das Peitschen der Wellen gespürt, die den gesamten Bergfried unter ihrer Wucht erzittern ließen und ohne Unterlaß den Fels abschliffen.

Er war im Blauen Turm aufgewacht, ein paar Meilen südlich der Höfe von Tide im Carollmeer.

Das kleine Zimmer, das er bewohnt hatte, war in seiner Ausstattung überraschend kärglich, fast wie eine Grabkammer: weder Tisch noch Stühle, kein Wandbehang oder Teppich, um die nackten Wände oder den Boden zu bedecken. Kein Schrank für die Kleidung, nicht einmal ein Haken an der Wand, an dem man ein Kleidungsstück aufhängen konnte. Es war nicht als Wohnraum gedacht, hier sollte man nur endlos schlafen. Abgesehen von der Matratze und Roland selbst hatte sich in der winzigen Kammer nur eine junge Frau befunden, die am Fußende des Bettes, neben einem Wascheimer, erschrocken zusammengezuckt war. Er hatte sie im trüben Licht, das durch die salzverkrusteten Fenster hereinfiel, sofort bemerkt. Sie war ein süßes Ding mit ovalem Gesicht gewesen, die Augen blaßblau, das Haar strohfarben. Im Haar trug sie einen Kranz aus Trockenblumen – winzig kleinen Veilchen. Eine Berührung ihres langen Haars auf seinem Gesicht hatte ihn geweckt.

Ihr Gesicht war vor Verlegenheit errötet, und sie war im Sitzen ein Stück zurückgeschreckt. »Verzeiht«, hatte sie gestammelt. »Herrin Hetta hat mich gebeten, Euch zu waschen.« Dabei hatte sie wie zum Schutz einen Waschlappen hochgehalten, als wollte sie ihre guten Absichten unter Beweis stellen.

Ihre feuchten Lippen hatten allerdings nicht wie ein muffiger Lumpen geschmeckt, sondern wie der Kuß eines jungen Mädchens. Vielleicht hatte sie vorgehabt, ihn zu waschen, dann aber doch entschieden, sich ein wenig zu vergnügen.

»Ich hole Euch Hilfe«, hatte sie gesagt und den Lappen in den Eimer fallen lassen. Dann hatte sie sich auf der Stelle halb herumgedreht.

Roland hatte sie am Handgelenk gepackt, flink wie ein Mungo, der nach einer Kobra schnappt. Seine Behendigkeit war der Grund gewesen, weshalb er seinen Stoffwechsel in den Dienst des Königs gestellt hatte.

»Wie lange habe ich bloß geschlafen?« fragte er sie flehend. Sein Mund fühlte sich entsetzlich trocken an, und die Worte kratzten ihm im Hals. »Welches Jahr schreiben wir?«

»Jahr?« entgegnete die junge Frau, die sich kaum

gegen seinen Griff wehrte. Sehr fest hielt er sie nicht. Sie hätte sich losreißen können, entschloß sich aber statt dessen zu bleiben. Er roch ihren Duft – oder vielleicht die getrockneten Veilchen. »Wir schreiben das zweiundzwanzigste Jahr der Herrschaft von Mendellas Val Orden.«

Die Neuigkeit überraschte Roland nicht, trotzdem trafen ihre Worte ihn wie ein Schlag. Einundzwanzig Jahre war es her, daß er seine Gabe des Stoffwechsels in die Dienste des Königs gestellt hatte. Einundzwanzig Jahre hatte er auf dieser Pritsche geschlafen, während gelegentlich junge Frauen gekommen waren, um ihn zu waschen oder ihm Brühe oder Wasser in den Hals zu löffeln und nachzusehen, ob er noch atmete. Er hatte seinen Stoffwechsel einem junger Krieger abgetreten, einem Unterkommandanten namens Drayden.

Während dieser einundzwanzig Jahre dürfte Drayden mehr als vierzig Jahre gealtert sein, Roland dagegen hatte geschlafen und war nicht einen Tag älter geworden.

Erst wenige Augenblicke zuvor schien Roland vor Drayden und dem jungen König Orden gekniet und die unsäglichen Schmerzen der Zwingeisen gespürt zu haben, die sich in seine Brust einbrannten, während die Annektoren ihm seinen Stoffwechsel entzogen.

Roland war aufgewacht und hatte gewußt, daß Drayden nicht mehr lebte. Wenn ein Mann einem Lord den Gebrauch seiner Eigenschaften überließ, bekam der Übereigner diese beim Tod des Lords zurück. Ob Drayden im Kampf oder im Bett gestorben war, war für Roland nicht ersichtlich. Doch daß Drayden nicht mehr lebte, stand jetzt, da Roland zu einem Wiederhergestellten geworden war, fest.

»Ich gehe jetzt«, sagte das Mädchen, das sich immer noch nur zaghaft zur Wehr setzte.

Roland spürte den weichen Flaum auf ihrem Unterarm. Sie hatte zwei Mitesser im Gesicht, mit der Zeit jedoch, so nahm er an, würde sie zu einer Schönheit werden.

»Mein Mund ist trocken«, erwiderte Roland, ohne sie loszulassen.

»Ich gehe Wasser holen«, versprach sie ihm daraufhin. Sie hatte es aufgegeben, sich zu wehren – so als hoffte sie, er würde sie deswegen laufenlassen.

Roland gab ihr Handgelenk nun frei, blickte ihr jedoch fest ins Gesicht. Er war ein gutaussehender junger Mann – mit seinem langen roten, nach hinten gebundenen Haar, einem kräftigen Kinn, durchdringenden blauen Augen und einem schlanken, muskulösen Körper.

»Gerade eben, als du mich im Schlaf geküßt hast, was hast du da gewollt – mich, oder hast du dir etwa einen anderen Mann vorgestellt?«

Das Mädchen zitterte vor Angst und schaute zur kleinen Holztür von Rolands Kammer hinüber, als wolle sie sich vergewissern, daß sie auch bestimmt geschlossen war. Schüchtern zog sie den Kopf ein. »Euch.«

Daraufhin betrachtete Roland ihr Gesicht. Ein paar Sommersprossen, ein gerader Mund, eine grazile Nase. Er wollte sie küssen, gleich hinter ihre kleinen Ohren.

Dann begann das Mädchen, um die Stille zu füllen, zu plappern. »Ich beobachte Euch, seit ich zehn bin. Ich …

in dieser Zeit habe ich Euren Körper sehr gut kennengelernt. Euer Gesicht hat etwas Gütiges, etwas Grausames und Schönes. Manchmal habe ich mich gefragt, was Ihr wohl für ein Mann seid, und gehofft, Ihr würdet aufwachen, bevor ich heirate. Ich heiße Sera, Sera Crier. Meine Eltern und meine Geschwister sind alle bei einem Erdrutsch umgekommen, als ich noch klein war, deshalb diene ich jetzt hier im Bergfried.«

»Kennst du meinen Namen?« erkundigte er sich.

»Borenson. Roland Borenson. Jeder im Bergfried kennt Euch. Ihr seid der Vater eines Kommandanten der Garde des Königs. Euer Sohn dient Prinz Gaborn als Leibwächter.« Das gab Roland zu denken. Seines Wissens hatte er gar keinen Sohn. Aber zu dem Zeitpunkt, da er seine Gabe abgetreten hatte, hatte er eine junge Frau gehabt, die vermutlich inzwischen bereits alt war. Damals wußte er nicht, daß sie schwanger war.

Er fragte sich, ob das Mädchen die Wahrheit sagte. Wunderte sich, wieso sie sich zu ihm hingezogen fühlte. Laut fragte er: »Du kennst meinen Namen. Weißt du auch, daß ich ein Mörder bin?«

Das Mädchen wich erschrocken zurück.

»Ich habe einen Mann getötet«, hatte Roland zugegeben. Wieso erzählte er ihr das? Vielleicht weil der Mann vor zwanzig Jahren gestorben war, für ihn jedoch war es nur Stunden zuvor geschehen, und das Gefühl der Gedärme des Mannes in seiner Hand war ihm noch frisch im Gedächtnis.

»Ihr hattet sicher einen guten Grund.«

»Ich habe ihn mit meiner Frau im Bett erwischt. Ich

habe ihn aufgeschlitzt wie einen Fisch, aber noch währenddessen mußte ich mich fragen, wieso. Unsere Heirat war abgesprochen und sie in jeder Hinsicht eine jämmerliche Partie. Ich mochte sie nicht, und sie hat mich gehaßt. Den Mann zu töten war überflüssig. Vermutlich wollte ich ihr nur weh tun. Ich weiß nicht.

Du hast dich bestimmt jahrelang gefragt, was für ein Mann ich bin, Sera. Glaubst du, jetzt weißt du es?«

Sera Crier fuhr sich mit der Zunge über die Lippen. Jetzt fing sie an zu zittern. »Jeden anderen Mann hätte eine solche Tat den Kopf gekostet. Der König muß Euch sehr gemocht haben. Vielleicht hat er auch hinter Eurer Grausamkeit ein wenig Güte gesehen.«

»Ich sehe da nur Dummheit und Unsinnigkeit«, antwortete Roland daraufhin.

»Und Schönheit.« Sera beugte sich vor, um Roland auf die Lippen zu küssen. Er wendete den Kopf ein wenig ab.

»Ich habe mich selbst geopfert.«

»Für eine Frau, die nichts mit Euch zu schaffen haben will und vor langer, langer Zeit einen anderen geheiratet hat …«, entgegnete Sera. Roland war sicher, sie wußte, wovon sie redete, als sie von seiner Frau gesprochen hatte. Die Neuigkeiten betrübten ihn. Seine Gemahlin war die Tochter eines anderen Metzgers – und ihr Verstand war schärfer als die Messer ihres Vaters. Sie hatte ihn für dumm gehalten, er sie für grausam.

»Nein«, antwortete er, als er spürte, daß sie die tiefere Wahrheit nicht erkannte. »Ich bin nicht meinem Weib ergeben, sondern meinem König.«

Nun setzte er sich auf seiner Pritsche auf und starrte seine Füße an. Er war nur mit einer Jacke bekleidet – ein edles Stück aus roter Baumwolle, das in der feuchten Luft atmen konnte. Nicht mit den alten Arbeitskleidern, die er vor einundzwanzig Jahren bei der Abtretung seiner Gabe getragen hatte. Die waren längst verfault.

Sera holte ihm eine Hose und ein Paar schafslederne Stiefel und bot ihm an, ihm beim Anziehen zu helfen, obwohl er keine Hilfe brauchte. Noch nie hatte er sich so vollkommen ausgeruht gefühlt.

Obwohl Roland heute bereits zum zweitenmal in einer Woche mit einem Kuß geweckt worden war, hatte er Seras Lippen erheblich mehr genossen als die von Baron Poll.

Während er aß, betrat ein junger Ritter in einer Gelenkrüstung durch die Vordertür den Raum. »Borenson!« begrüßte er ihn mit lauter Stimme. Baron Poll war im selben Augenblick die Treppe heruntergekommen und auf dem Absatz stehengeblieben. »Und Baron Poll!« fügte der junge Bursche entsetzt hinzu.

Plötzlich geriet der gesamte Raum in Bewegung. Die beiden Lords neben Roland warfen sich zu Boden. Der Ritter an der Tür zog sein Schwert, das klirrend aus der Scheide fuhr. Die Knappen in der Ecke riefen: »Schlägerei!«, »Blutfehde!« und ähnliches. Einer der Burschen stürzte einen Tisch um und verbarrikadierte sich dahinter. Ein Mädchen, das damit beschäftigt gewesen war, den Bauern aufzutragen, schleuderte einen Korb mit Brotlaiben in die Luft und floh in die Vorratskammer, wobei es schrie: »Baron Poll und Sir Borenson im selben Zimmer!« Der Wirt kam mit blasser Miene aus der Küche hervorgeschossen und hoffte nur, sein Mobiliar retten zu können.

Wohin Roland auch blickte, er sah verängstigte Gesichter.

Baron Poll stand einfach auf dem Treppenabsatz und betrachtete die Szene mit einem amüsierten Lächeln auf den Lippen.

Roland hatte seine Freude an dem kleinen Scherz. Er senkte gefährlich seine Brauen, zog das Kurzschwert, und blickte drohend zu Baron Poll hinüber. Dann hackte er einen Brotlaib entzwei und versenkte die Spitze des Schwerts in der Theke, daß es zitternd steckenblieb.

»Wie es scheint«, sagte Roland, »ist der Hocker neben mir frei geworden, Baron Poll. Vielleicht möchtet Ihr mir beim Frühstück Gesellschaft leisten.«

»Aber gern, danke«, brummte der andere. Er watschelte zum Hocker hinüber, setzte sich, nahm den halben Brotlaib und tunkte ihn in Rolands Sauciere.

Sämtliche Anwesenden sperrten verwundert den Mund auf. Roland fand, sie hätten kaum erstaunter sein können, wären Baron Poll und ich zwei Kröten, die wie die Kolibris mit langer Zunge auf Fliegenjagd durch den Raum geschwirrt wären.

Der junge Ritter entsetzte sich: »Aber Ihr dürft Euch doch nicht einmal auf fünfzig Meilen nähern – so hat es der König persönlich angeordnet!«

Baron Poll erwiderte zufrieden: »Ganz recht. Durch

reinen Zufall jedoch sind Borenson und ich gestern in derselben Pritsche gelandet. Und ich muß sagen, einen angenehmeren Bettgenossen hatte ich noch nie.«

»Ich auch nicht«, brachte Roland vor. »Nicht viele können einem den Rücken wärmen wie der Baron. Der Mann ist groß wie ein Pferd und heiß wie die Esse eines Schmiedes. Vermutlich könnte er ein ganzes Dorf über Nacht warm halten. Auf seinen Füßen kann man Fische braten und auf seinem Rücken Ziegel backen.«

Alles starrte die beiden an wie Verrückte, also gingen Roland und Baron Poll dazu über, lauthals nebensächliche Dinge zu besprechen: das Wetter, das mit den jüngsten Regenfällen die Gicht, unter der Polls Schwiegermutter litt, verschlimmert hatte, oder wie man Wildfleisch am besten zubereitete und so weiter.

Ein jeder im Raum hielt ein aufmerksames Auge auf die beiden, als könne die friedliche Fassade jeden Augenblick zusammenbrechen und die beiden Männer mit Messern übereinander herfallen.

Zu guter Letzt versetzte Borenson Baron Poll einen Schlag auf die Schulter und trat nach draußen in den frühen Morgen. Um das Dorf Hay herum standen überall auf den Feldern Heuschober, und die Schwarzäugigen Susannen hatten zu dieser späten Sommerzeit eine riesige Größe erreicht. Der Rand der aus dem Dorf hinausführenden Straße war ein Fest in tiefen Gelb- und Brauntönen. Das Land war eben, und das Gras, das den Sommer über emporgeschossen war, leuchtete jetzt verblichen und abgestorben in der Sonne.

Er stand da und blickte hinauf in den diesigen Himmel. Die Luft war feucht von Morgennebelfetzen. Vulkanasche trieb im Dunst wie Flocken warmen Schnees.

Baron Poll kam aus dem Haus, gesellte sich zu ihm, strich sich den Bart, starrte in den Himmel. »Hinter diesem ausbrechenden Vulkan steckt Absicht und mächtige Magie«, knurrte er. »Raj Ahten hat Flammenweber in seinem Gefolge, wie ich hörte. Ich frage mich, ob sie in die Geschichte verwickelt sind.«

Roland hielt es für unwahrscheinlich, daß Flammenweber damit etwas zu tun hatten. Der Vulkan war tief im Süden ausgebrochen, und Raj Ahtens Soldaten standen einhundert Meilen weiter nördlich. Trotzdem schien es Unheil zu bedeuten.

»Wie war das mit der Anordnung des Königs?« wollte Roland wissen. »Wieso dürft Ihr Euch meinem Sohn nicht auf fünfzig Meilen nähern?«

»Ach, das hat nichts zu sagen«, grinste Baron Poll verlegen. »Längst vergessen. Ich würde Euch die Geschichte ja erzählen, aber ich könnte mir denken, Ihr werdet sie noch früh genug von einem fahrenden Sänger hören. Die schildern sie meist ganz treffend.« Baron Poll sah sich ein wenig hilflos um und wischte sich eine heruntergefallene Ascheflocke vom Mantel. »Ich habe während der letzten zehn Jahre in Todesangst vor Eurem Jungen gelebt.« Roland fragte sich, was sein Sohn getan hätte, wäre er in den Armen dieses Mannes aufgewacht. »Aber in finsteren Zeiten werden sogar die ärgsten Feinde zu Freunden, was?« philosophierte Baron Poll. »Außerdem können Menschen sich doch ändern, oder nicht?

Bestellt Eurem Sohn die besten Grüße von mir, solltet Ihr ihn treffen.«

Sein Gesichtsausdruck erschien Roland wie eine Bitte um Verzeihung, und er hätte sie ihm nur zu gern gewährt, konnte jedoch nicht für seinen Sohn sprechen. »Werde ich tun«, versprach er.

Ein gutes Stück weiter südlich auf der staubigen Straße jagten fünfzig Ritter nach Norden. Die Hufe ihrer Schlachtrösser donnerten über den Erdboden.

»Vielleicht ist die Straße Richtung Norden doch nicht so gefährlich«, mutmaßte Baron Poll. »Aber hört auf meine Worte. Hütet Euch vor Carris.«

»Geht Ihr nicht nach Norden? Ich dachte, Ihr würdet mit mir reiten?«

»Bah«, spie Baron Poll aus. »Ich ziehe in die falsche Richtung. Ich habe einen Sommersitz außerhalb von Carris, daher wollte meine Frau, daß ich ein paar Wertgegenstände fortschaffe, bevor Raj Ahtens Männer das Haus plündern. Ich helfe den Dienern, den Karren zu bewachen.«

Das schien feige, aber Roland sagte nichts.

»Ja«, fuhr Baron Poll fort. »Ich weiß, was Ihr denkt. Aber sie werden ohne mich kämpfen müssen. Bis zum letzten Herbst, als zwei meiner Übereigner erschlagen wurden, war ich im Besitz zweier Gaben des Stoffwechsels. Für eine ausgewachsene Schlacht fühle ich mich zu alt und fett. Meine Rüstung paßt mir nicht besser als die Unterkleider meiner Frau.«

Das einzugestehen war ihm schwergefallen. Der Baron wäre gern mitgekommen. Trotz allem wirkte sein Gegenüber nicht älter als etwas über vierzig. Wenn er die Übereigner zehn Jahre lang gehabt hatte, dann wäre er jetzt zwanzig nach üblicher Zeitrechnung. So alt wie Roland.

»Wir könnten diese Schlacht bei Carris umgehen«, schlug Roland vor, »und uns eine suchen, die uns mehr zusagt. Wieso begleitet Ihr mich nicht?«

»Ha!« lachte Baron Poll schallend. »Achthundert Meilen bis nach Heredon? Wenn Ihr Euch schon nicht um meine oder Eure Gesundheit sorgt, dann zeigt wenigstens Mitleid mit meinem Pferd!«

»Laßt Eure Besitztümer von Euren Bediensteten fortschaffen. Sie brauchen Euch nicht als Bewacher.«

»Dann würde ich von meiner Frau einiges zu hören bekommen – diese Xanthippe! Besser man überwirft sich mit Raj Ahten als mit diesem Weib.«

Eine Magd trat aus dem Gasthaus und schnappte sich gekonnt eine der Hennen am Hals, die im Dreck herumpickten. »Ihr kommt mit mir. Lord Collinsward verlangt es zum Frühstück nach Eurer Gesellschaft.« Sie drehte der Henne den Hals um und war bereits damit beschäftigt, ihr die Federn auszurupfen, während sie das tote Tier hinters Haus trug.

Augenblicke später erreichten die Ritter aus dem Süden das Dorf und schwenkten ihre Rösser zu den Stallungen herum. Offenbar hatten sie die Absicht haltzumachen, ein paar Neuigkeiten zu hören und ihre Pferde versorgen zu lassen.

Da ihm der Stallbursche nun sein Pferd brachte, saß Roland auf und warf ihm eine kleine Münze zu. Die junge

Stute war ausgeruht und ausgelassen. Es war ein großes, rötliches Tier mit einer weißen Blesse an den Fesseln und auf der Stirn. Es gebärdete sich, als sei es bereit für einen flotten Ritt in der kühlen Morgenluft. Roland brach auf und nahm die Straße, die durch ein Feld führte, über dem ein Dunstschleier hing, der bald darauf in Bodennebel überging.

Roland sog den Aschegeruch ein. Auf der Straße vor ihm marschierte Raj Ahtens Armee – eine Armee, von der es hieß, Zauberer und Unbesiegbare, Frowth-Riesen und wütende Kampfhunde gehörten ihr an.

Er mußte daran denken, wie ungerecht das Leben sein konnte. Das arme Huhn dort vor dem Gasthof war nicht auch nur eine Sekunde vor seinem Tod gewarnt worden.

Augenblicke später riß Roland das Geräusch eines forsch gerittenen Pferdes aus solch düsteren Gedanken.

Erschrocken sah er sich um, denn er befürchtete, es könnte sich um einen Räuber oder Meuchelmörder handeln.

So gab er seinem Pferd die Sporen, verließ die Straße und wollte gerade nach seinem Kurzschwert greifen, als ein riesenhafter Schatten hinter ihm aus dem Nebel donnerte.

Baron Poll saß hüpfend auf seinem Pferd. »Das trifft sich gut!« rief er. Der dicke Ritter hockte unsicher auf seinem Schlachtroß, einem Tier, das sich mit erschrockener Miene umsah, die Augen aufgerissen, die Ohren angelegt, als habe es Angst, sein Herr könnte ihm einen ordentlichen Knuff verpassen.

»Wolltet Ihr nicht zusammen mit Euren Reichtümern nach Süden reisen?« fragte Roland.

»Verdammte Reichtümer. Sollen sich von mir aus die Diener damit aus dem Staub machen! Die Xanthippe von einem Weib können sie gleich mitnehmen!« grölte Baron Poll. »Ihr hattet recht: Besser man stirbt jung, solange das Blut noch heiß in den Adern fließt, als alt zu krepieren und langsam dahinzusiechen, weil man zu fett ist!«

»Das habe ich nie behauptet«, protestierte Roland.

»Pah! Eure Augen haben es gesagt, Bursche.«

Roland steckte sein Schwert in die Scheide zurück. »Nun, wenn meine Augen so gesprächig sind, sollte ich meiner Zunge vielleicht eine Pause gönnen.« Damit lenkte er sein Pferd in den Nebel.

KAPITEL 3
Hostenfest

Im Morgengrauen wachte Myrrima mit Tränen in den Augen auf. Sie wischte sie sich aus den Augen und dachte noch im Liegen über das seltsam schwermütige Gefühl nach, das sie seit drei Tagen jeden Morgen überkam. Sie wußte nicht, wieso sie weinend aufwachte.

Eigentlich sollte sie sich nicht so fühlen. Es war der letzte Tag des Hostenfests – der Tag der Großen Feier, und eigentlich hätte dies der glücklichste Tag des Jahres sein sollen.

Außerdem hatte sie im Laufe der letzten Wochen mehrere kleine Siege errungen. Statt in ihrer Hütte draußen in Bannisferre zu schlafen, war sie in ihrem Zimmer im Turm des Königs auf Burg Sylvarresta aufgewacht. Während der letzten drei Tage hatte sie die Freundschaft von Königin Iome Orden gewonnen, und sie hatte zudem einen recht wohlhabenden Ritter geheiratet. Ihre Schwestern und ihre Mutter wohnten als Übereigner hier in der Burg, wo man sie ein Leben lang versorgen würde.

Sie hätte glücklich sein sollen. Statt dessen fühlte sie sich, als lastete die Hand des Schicksals auf ihr.

Draußen vor ihrem Fenster konnte sie die Annektoren des Königs hören, die im Bergfried der Übereigner ihren Sprechgesang anstimmten. Während der vergangenen Woche hatten Tausende von Menschen angeboten, ihre

Fähigkeiten in den Dienst des Königs zu stellen. Obwohl Gaborn ein Eidgebundener Lord war und geschworen hatte, weder Muskel- oder Geisteskraft noch Durchhaltevermögen eines Mannes zu übernehmen, es sei denn, dieser trat es ihm aus freien Stücken ab, hatte er noch immer keine einzige Gabe akzeptiert. Manche befürchteten, er hätte diesen Brauch ganz aufgegeben, was allerdings seine Ritter nicht daran hinderte, ihn fortzusetzen.

Gaborn Val Orden schien über einen unerschöpflichen Vorrat an Zwingeisen zu verfügen, und während der letzten Woche hatte der Oberste Annektor mit seinen Gehilfen Tag und Nacht gearbeitet, behutsam Gaben an die Ritter Heredons ausgeteilt und versucht, die stark geschwächten Truppen des Königreichs wieder aufzufrischen. Bislang jedoch war der Bergfried der Übereigner erst halb voll.

Es klopfte leise an Myrrimas Tür. Sie wälzte sich auf den Seidenlaken ihres Betts herum und blickte durch ihr Erkerfenster nach draußen. Das Morgenlicht schien durch das bunte Glasbild ihres Fensters, Tauben zogen mit klagendem Gurren ihre Runden am blauen Himmel, den man durch einen Vorhang aus Efeu sah. Ihr wurde bewußt, daß sie das leise Klopfen geweckt hatte.

»Wer ist da?«

»Ich bin es«, rief Borenson.

Sie warf die Laken zurück, sprang auf, eilte zur Tür und riß sie auf. Er stand im Türrahmen, eine Lampe in den Händen, deren kleine Flamme in der zugigen Burg flackerte. Dort in der Dunkelheit wirkte er riesig, und er feixte wie ein Junge, der einen Scherz loswerden will. Seine blauen Augen funkelten, und sein roter Bart stand von seinem Gesicht ab.

»Du brauchst doch nicht zu klopfen«, lachte sie. Sie waren jetzt seit vier Tagen verheiratet, er hatte allerdings die letzten drei auf der Jagd verbracht. Schlimmer noch, sie hatten die Ehe nicht vollzogen, und Iome kam nicht umhin, sich über ihn zu wundern.

Sir Borenson schien durchaus von ihr hingerissen, als sie jedoch in ihrer Hochzeitsnacht bei ihm hatte schlafen wollen, hatte er bloß gemeint: »Wie kann ein Mann sich solchen Freuden hingeben, wenn er noch am selben Abend im Dunnwald auf Jagd gehen soll?«

Myrrima hatte keinerlei Erfahrungen mit Männern. Sie wußte nicht, ob es richtig war, sich durch seine Zurückweisung verletzt zu fühlen. So hatte sie sich gefragt, ob er tatsächlich dermaßen übermäßig aufgeregt war wegen der Jagd. Hatte er vielleicht eine Kriegsverletzung, die ihn hindere, seine Zuneigung zu zeigen? Oder hatte Borenson sie vielleicht bloß geheiratet, weil Gaborn dies vorgeschlagen hatte?

Daher hatte sie sich tagelang verletzt und verwirrt gefühlt und sehnsüchtig auf seine Rückkehr gewartet. Jetzt war er wieder zu Hause.

»Ich hatte Angst, du würdest fest schlafen«, brachte er vor.

Er trat auf sie zu, hielt die Lampe weit zur Seite und wagte einen schüchternen Kuß. Sie nahm ihm die Lampe aus der Hand und stellte sie auf eine Truhe. »So doch nicht«, sagte sie. »Wir sind doch verheiratet.« Nun packte sie ihn beim Bart und zog ihn nach unten, gab ihm einen deftigen Kuß und führte ihn zum Bett. Hoffentlich betrachtete er die Sache inzwischen gelassener.

Sie bedauerte es fast augenblicklich. Er war dreckverschmiert, und sein Kettenpanzer war mit einer dicken, getrockneten Schlammschicht bedeckt. Es würde Stunden dauern, ihr Bettzeug wieder zu säubern.

»Oh, das wird warten müssen«, grinste Borenson. »Natürlich nicht zu lange. Nur bis ich mich gewaschen habe.«

Sie blickte ihm fest in sein Gesicht, und die Schwermut, die sie noch Augenblicke zuvor empfunden hatte, war verflogen. »Dann geh und wasch dich.«

»Noch nicht sofort«, meinte er vergnügt. »Ich muß dir etwas zeigen.«

»Hast du mir einen Eber zum Hostenfest geschossen?« lachte sie.

»Zu diesem Hostenfest gibt es keine Eber«, antwortete er. »Die Jagd verlief nicht wie geplant.«

»Nun, die Lords bei Tisch werden sich mit einem Kaninchen begnügen können«, neckte sie. »Etwas Kleineres möchte ich allerdings nicht. Feldmäuse haben mir noch nie so recht geschmeckt.«

Borenson lächelte geheimnisvoll. »Komm endlich. Beeil dich.« Er ging zum Kleiderschrank und zog ein schlichtes blaues Kleid heraus. Myrrima ließ ihr Nachtkleid von den Schultern gleiten, streifte das Kleid über und ging daran, die Bänder ihres Mieders zu schnüren. Borenson beobachtete sie dabei mit unverhohlenem Vergnügen. Sie zog ein paar Schuhe über, und wenige Augenblicke später mußte er mit ansehen, wie sie die

Stufen des Bergfrieds hinuntersprang, und hatte Mühe, mit ihr Schritt zu halten.

»Die Jagd ist nicht sehr gut verlaufen«, berichtete Borenson, während er ihre Hand ergriff. »Wir mußten einige Verluste hinnehmen.«

Das erstaunte sie. Noch immer streiften schwarzfellige Nomen und Frowth-Riesen durch die Wälder. Raj Ahten war vor über einer Woche nach Süden geflohen und hatte alle Truppenteile zurückgelassen, die zu erschöpft waren. Sie fragte sich, wie die Männer umgekommen waren. »Verluste?«

Er nickte, nicht bereit, mehr darüber preiszugeben.

Kurz darauf erreichten sie die kopfsteingepflasterte Straße. Die Morgenluft trug eine scharfe, beißende Kälte in sich, und Myrrimas Atem dampfte vor ihrem Gesicht. Borenson drängte sie hastig durch das Fallgatter der Königspforte und eilte mit ihr die Marktstraße zum Stadttor hinunter. Dort, gleich hinter der Zugbrücke, neben dem Burggraben, lief soeben eine große Menschenmenge zusammen.

Auf den Feldern vor Burg Sylvarresta standen leuchtendbunte Großzelte, die sich wie eine Stadt aus Segeltuch ausbreiteten. Vergangene Woche waren hier vierhunderttausend Bauern und Adelige aus Heredon und ferneren Königreichen eingetroffen, um den Erdkönig, Gaborn Val Orden, zu sehen. Die Felder verwandelten sich zunehmend in ein endloses Labyrinth, in einem solchen Maße, daß die Zelte bereits die nahen Hügel bedeckten und draußen auf den Ebenen nach Süden und Westen ganze Städte wie Pilze aus dem Boden schossen.

Überall waren Kaufleute und Straßenhändler damit beschäftigt, Stände zu errichten, wodurch in dem Gedränge behelfsmäßige Märkte entstanden. Über der Menschenmenge hing der Duft gebratener Würste, und da es sich um einen Festtag handelte, spielten bereits Hunderte von fahrenden Sängern ihre Lauten und Harfen ein.

Ein Stück weiter vorn sangen vier Bauernjungen so erbärmlich zu Flöte und Laute, daß Myrrima nicht recht wußte, ob sie es ernst meinten oder nur die jämmerlichen Bemühungen des jeweils anderen lächerlich machen wollten. Sie standen am Rand der Menschenmenge, auf die Borenson zuhielt.

Er drängte einige Bauern zur Seite und scheuchte ein paar Mastiffs fort, damit Myrrima sehen konnte, was sich dort zwischen den Menschen befand.

Der Anblick erfüllte sie mit Abscheu: Im Gras lag ein Klumpen grauen Fleisches, groß wie ein Karren – der augenlose Kopf eines Greifers. Seine Fühler hingen ihm wie totes Gewürm über die hintere Schädelseite, und die Reihen kristalliner Zähne sahen beängstigend aus, sobald die Morgensonne sie beschien. Das Ding starrte, nachdem man es viele Meilen weit geschleppt hatte, nur so von Dreck. Unter diesem Schmutz jedoch, quer über der Stirn, konnte sie die Runen erkennen, die man in das grauenerregende Fleisch des Ungeheuers gebrannt hatte – Runen der Macht, die selbst jetzt noch glommen wie ein trübes Licht. Jedes Kind in Rofehavan kannte die Bedeutung dieser Gesichtsrunen.

Das war kein gewöhnlicher Greifer. Es war eine Magierin.

Myrrimas Herz pochte unter ihren Rippen, als wollte es sich mit Gewalt einen Weg aus ihrem Brustkorb schlagen. Sie ertappte sich dabei, daß sie schwer atmete und ihr ein wenig schwindlig wurde. Plötzlich wurde ihr kalt, und sie ließ sich von der Hitze der fremden Leiber wärmen, während die Mastiffs nervös mit ihren Schwanzstummeln wedelten und am Kopf des Greifers schnupperten.

»Eine Greifermagierin?« fragte sie teilnahmslos. Seit über sechzehnhundert Jahren hatte hier in Heredon niemand mehr eine solche getötet. Sie betrachtete den Kopf. Das Ungeheuer hätte ein Schlachtroß in Stücke beißen können. Oder einen Menschen.

Bauern tuschelten. Kinder streckten zaghaft die Hände aus, um das gräßliche Wesen zu berühren.

»Wir haben sie im Dunnwald gefangen, unten in ein paar alten duskinischen Ruinen, tief unter der Erde. Sie hatte ihre Gefährten und ihren Nachwuchs dort, also haben wir sie alle getötet und ihre Eier zerstört.«

»Wie viele sind gestorben?« fragte Myrrima benommen.

Borenson antwortete nicht sofort. »Einundvierzig Ritter«, sagte er schließlich. »Sie haben sich tapfer geschlagen. Es war ein erbitterter Kampf.« So bescheiden wie möglich setzte er hinzu: »Die Greiferin habe ich getötet.«

Sie wirbelte zornentbrannt zu ihm herum. »Wie konntest du das tun?«

Verlegen hüstelnd meinte er: »Einfach war es nicht, das gebe ich zu. Die Magierin hat es mir nicht gerade leichtgemacht. Sie schien nur äußerst ungern ihren Kopf verlieren zu wollen.«

Plötzlich sah sie es in aller Deutlichkeit vor sich: wieso sie jeden Morgen von Schwermut überwältigt aufwachte, wieso sie nachts kaum schlafen konnte. Sie hatte Angst. Ganz entsetzliche Angst sogar. Da hatte sie einen Mann wegen seines Reichtums heiraten wollen, und statt dessen hatte sie sich verliebt. Und mittlerweile schien dieser Mann mehr daran interessiert zu sein, sich umbringen zu lassen, als Zärtlichkeiten mit ihr auszutauschen.

Sie drehte sich um und stapfte, Umstehende zur Seite stoßend, durch die Menschenmenge davon, bahnte sich, von Tränen geblendet, einen Weg zum Burgtor.

Borenson eilte ihr hinterher, holte sie am Ende der Zugbrücke ein und drehte sie mit einer seiner groben Hände herum. »Worüber bist du so erzürnt?«

Seine Stimme klang so laut, daß sie einen Fisch unten im Schilf des Burggrabens aufschreckte. Das Wasser kräuselte sich, als das große Etwas sich schwimmend entfernte. Ganze Scharen von Menschen mußten auf dem Weg in die Burg einen Bogen um Borenson und Myrrima machen, als wären sie Inseln in einem Strom.

Dann hob sie den Kopf und sah ihm ins Gesicht. »Ich bin wütend, weil du mich verläßt.«

»Sicher verlasse ich dich in ein paar Tagen«, gab er zurück. »Aber doch nicht aus freien Stücken.«

Borenson hatte König Sylvarresta getötet, und Myrrima wußte, wie sehr ihn diese Tat mit Scham erfüllte – obwohl Sylvarresta Raj Ahten eine Gabe abgetreten und dem Wolflord damit Geisteskraft verliehen hatte. Sylvarresta war zwar ein guter Mann gewesen, der seine Gabe nur unter Zwang abgetreten hatte, doch in einem entsetzlichen Krieg wie diesem galt der Grundsatz, daß kein Freund den anderen verschonen durfte. Und kein Bruder den anderen.

Indem er Raj Ahten eine Gabe der Geisteskraft überließ, hatte König Sylvarresta sich zum Feind eines jeden gerechten Mannes gemacht, und Borenson hatte sich verpflichtet gefühlt, seinem alten Freund das Leben zu nehmen.

Nach vollbrachter Tat hatte ihn des Königs Tochter, Iome, nur äußerst ungern bestrafen wollen, doch vergeben konnte sie ihm genausowenig. Also hatte sie Borenson im Namen der Gerechtigkeit eine Suche auferlegt, ihm befohlen, einen Akt der Reue zu leisten und in die Länder jenseits von Inkarra zu reisen, um den legendären Dylan Hammer zu finden, die Summe Aller Menschen, und ihn hier nach Heredon zu bringen, damit er sie im Kampf gegen Raj Ahten unterstützte.

Die Suche schien vergeblich. Gerüchten zufolge lebte er zwar noch, aber eigentlich war es ausgeschlossen, daß Dylan Hammer nach sechzehn Jahrhunderten noch existierte. Sir Borenson weigerte sich, solange er bessere Möglichkeiten sah, sein Volk zu beschützen. Dennoch war er bei seiner Ehre verpflichtet, aufzubrechen, und dies mußte er bald tun.

»Ich *will* nicht gehen«, erklärte Borenson. »Ich muß.«

»Bis nach Inkarra ist es weit. Ein langer Weg für einen Mann, der allein reist. Ich könnte dich begleiten.«

»Nein!« Borenson entschuldigte sich. »Das würdest du nicht überleben.«

»Wie kommst du darauf, daß du überlebst?« fragte Myrrima, obwohl sie die Antwort kannte. Er war Kommandant in der Garde des Königs, besaß Gaben der Muskelkraft, des Durchhaltevermögens und des Stoffwechsels. Wenn irgendein Mann es schaffte, das feindliche Gebiet zu durchqueren, dann Borenson. Inkarra war gefährlich: ein seltsames Land, in dem Nordländer nicht geduldet wurden. Weder er noch Myrrima könnten ohne weiteres hindurchreisen: die Inkarraner hatten alle elfenbeinblasse Haut, dazu glattes silberfarbenes Haar. Borenson und Myrrima könnten ihre Herkunft nicht verbergen.

Und falls Borenson gefaßt wurde, würde man ihn zwingen, in der Arena zu kämpfen. Wenn er überleben wollte, würde er heimlich und ausschließlich nachts reisen und jeden Kontakt mit den Inkarranern vermeiden müssen.

»Ich kann dich unmöglich mitnehmen. Du würdest mich aufhalten, was unser beider Tod bedeuten würde.«

»Es gefällt mir nicht«, erwiderte Myrrima. »Die Vorstellung, daß du alleine losziehst, gefällt mir nicht.« Ein Händler, der einen Handkarren zog, kam auf sie zu, und Myrrima wich ihm aus, wobei sie Borenson mit sich zog.

»Mir auch nicht, aber du kannst unmöglich auch nur einen Augenblick glauben, du könntest mir von Nutzen sein.«

Sie schüttelte den Kopf, und eine Träne rann ihre Wange hinunter. »Ich habe dir von meinem Vater erzählt«, erwiderte sie. Er war Kaufmann gewesen, ein recht wohlhabender, den man offenbar ausgeraubt und umgebracht und anschließend, um das Verbrechen zu decken, mitsamt seinem Laden verbrannt hatte. »Manchmal frage ich mich, ob ich ihn hätte retten können. In der Nacht, in der er getötet wurde, war er weder der reichste Mann in Bannisferre noch der schwächste. Er war lediglich allein. Vielleicht, wenn ich bei ihm gewesen wäre …«

»Wärst du bei ihm gewesen, wärst du wahrscheinlich ebenso tot wie er«, fiel Borenson ihr ins Wort.

»Vielleicht«, flüsterte sie. »Aber manchmal glaube ich, ich wäre lieber tot, als daß ich mit dem Gedanken weiterleben muß, ich hätte etwas ändern können.«

Borenson blickte ihr fest in die Augen. »Ich bewundere deine Treue und weiß sie sehr zu schätzen. Doch als ich letzte Woche erfuhr, du seist nach Longmot geritten, in der Absicht, mir in der Schlacht beizustehen, war dies der schwerste Tag in meinem Leben. Ich möchte, daß du an meiner Seite schläfst. Aber an meiner Seite kämpfen sollst du nicht, auch wenn in dir das Herz einer Kriegerin schlägt.« Er gab ihr zärtlich einen Kuß.

Für einen winzigen Augenblick begegneten sich ihre Blicke. Sie hielt seine ausgestreckte Hand. Ein Vorwand. »Wenn ich dich nicht begleiten kann«, sagte sie, »dann will ich erst wieder glücklich sein, wenn du zurück bist.«

Borenson lächelte, legte seine Stirn an ihren Kopf und gab ihr einen Kuß auf die Nase. »Dann laß uns etwas abmachen. Keiner von uns wird glücklich sein, bis ich zurück bin.«

Er nahm sie eine volle Minute in die Arme und ließ die Menge der Bauern, die auf die Burg zuhielten, einfach vorüberziehen.

Hinter sich hörte sie, wie eine Gruppe Männer sich unterhielt. »Er hat diese Hure Bonny Cleads Erwählt, jawohl, gerade mal vor einer halben Stunde! Warum sollte der Erdkönig ausgerechnet jemanden wie sie Erwählen!«

»Er sagt, er Erwählt die, die ihre Nächsten lieben«, meinte einer, »und ich kenne wirklich keine, die mehr davon geliebt hätte als sie.«

Myrrima spürte, wie Borensons Körper sich in ihren Armen spannte und er sein Augenmerk auf die Bauern richtete. Zwar schien er wütend über diese Kritik am König zu sein, stellte die Bauern aber nicht zur Rede.

Sie hörte einen Aufschrei und ein Klatschen, als hätte jemand etwas in den Burggraben geworfen. Jedoch achtete sie nicht weiter darauf, bis Borenson seinen Kopf von ihr löste und sich umdrehte.

Nun sah sie nach, was seine Aufmerksamkeit erregt hatte. Vier Halbwüchsige standen auf dem Deich und schauten ungefähr einhundert Meter flußaufwärts in den Burggraben. Sie standen auf einer kleinen Erhebung unter einer mächtigen Weide.

Die Sonne strahlte in einem wolkenlosen Himmel. Morgennebel stieg von den dunklen Fluten auf. Ein riesiger Fisch kam an die Oberfläche des Burggrabens und zog träge seine Kreise. Einer der Jungen schleuderte einen Speer nach ihm, doch der Fisch schoß behend nach vorn und tauchte unter.

»He!« rief Borenson und legte Wut in seine Stimme. »Was treibt ihr Burschen da?«

Einer der Burschen, ein schmächtiger Junge mit strohigem Haar und spitzem Gesicht, antwortete: »Wir fangen einen Stör fürs Hostenfest. Heute morgen sind ein paar ganz große im Graben herumgeschwommen.«

Noch während er sprach, schwamm ein gewaltiger Fisch von sechs oder acht Fuß Länge an die Oberfläche und begann mit den Flossen schlagend in seltsamen Mustern zu kreisen. Er übersah ein Entenküken, das neugierig im nahen Schilf herumstöberte, und schien auch nicht auf Fliegenjagd zu sein. Ein Bursche machte seinen Speer bereit.

»Halt – im Namen des Königs!« befahl Borenson, und Myrrima mußte lächeln, als sie ihn den Namen des Königs mit solcher Selbstverständlichkeit in Besitz nehmen hörte. Der Junge mit dem Speer in der Hand sah Borenson an, als sei dieser ganz offenkundig irre. »Aber«, protestierte der Junge, »ein so großer Fisch ist noch nie im Burggraben herumgeschwommen!«

Borenson befahl dem Jungen: »Lauf und hol sofort den König! Und den Zauberer Binnesman ebenfalls! Sag ihnen, es handele sich um einen Notfall, im Burggraben befänden sich einige äußerst gewaltige Fische.« Der Junge warf einen sehnsuchtsvollen Blick in Richtung Stör, während er den Speer weiter bereithielt. »Und zwar sofort«, fügte Borenson mit donnernder Stimme hinzu, »oder ich schwöre, ich nehme dich auf der Stelle aus wie einen Fisch.«

Der Blick des Jungen wanderte zwischen dem Mann

und dem Fisch hin und her, und schließlich ließ er den Speer zu Boden fallen und lief in Richtung Burg davon.

Als Gaborn, mit seiner Frau händehaltend und gefolgt vom Zauberer Binnesman, am Burggraben eintraf, hatte sich an dessen Ufern bereits eine riesige Menschenmenge versammelt. Man schien gleichermaßen erstaunt wie erzürnt zu sein, mit ansehen zu müssen, daß dort ein König zum Schutz der riesigen Störe stand, die keine zwanzig Fuß vom Ufer entfernt schwammen. Ein unüberhörbares Murren ging durch die Reihen, die Fische seien ›wohl gut genug für den Magen des Königs, aber nicht für unseren‹.

Borenson hatte sich über die Fische erkundigt. Neun Störe waren bei Tagesanbruch dabei beobachtet worden, wie sie aus dem Fluß Wye in den Burggraben geschwommen waren. Jetzt schlugen alle neun Fische an der Wasseroberfläche mit den Flossen und vollführten einen fremdartigen und wellenförmigen Tanz.

Iome stellte sich neben Myrrima, sichtlich hoch erfreut, ihren Mann wieder zu Hause zu haben. Gaborns und Iomes Days folgten dicht hinter ihnen.

»Ihr seht gut aus«, sagte Myrrima. »Um die Wahrheit zu sagen, Ihr strahlt geradezu.« Das stimmte.

Iome lächelte bloß über die Bemerkung. Während der letzten Tage hatte Iome sie bei jeder Mahlzeit eingeladen, mit ihr zu speisen, als sei sie eine Dame, die am Hof geboren war. Myrrima stimmte dieses Verhalten seltsam ängstlich, so als gäbe sie nur vor, die Frau eines vornehmen Mannes zu sein, dabei wirkte Iome über ihre Gesellschaft in jeder Hinsicht aufrichtig erfreut.

Iomes Hofdame, Chemoise, war in dieser Woche zum Pachtgut eines Onkels nach Norden aufgebrochen. Sechs Jahre lang waren Iome und Chemoise unzertrennliche Gefährtinnen gewesen. Doch jetzt, da Iome verheiratet war, benötigte sie keine Hofdame mehr, die sich ständig in ihrer Nähe aufhielt. Trotzdem fragte sich Myrrima, ob die Königin sich nicht nach der Gesellschaft einer Frau sehnte. Denn sie hatte sich gewiß sehr schnell darum bemüht, sich mit ihr anzufreunden.

Iome gab Myrrima einen Kuß auf die Wange und begrüßte sie mit einem Lächeln. »Ihr seht ebenfalls sehr gut aus. Was ist der Grund für die Aufregung?«

»Ein paar große Fische, nehme ich an«, erklärte Myrrima. »Ich glaube, unsere Lords und Ritter sind im Herzen einfach immer noch junge Burschen.«

»Tatsächlich, unsere Ehemänner legen heute ein sehr merkwürdiges Benehmen an den Tag«, erwiderte Iome, und Myrrima hätte fast gelacht, da beide gerade mal vier Tage verheiratet waren, und weder sie noch Iome waren es gewöhnt, von ›unseren Ehemännern‹ zu sprechen.

Augenblicke später kniete König Orden am Burggraben nieder – ein junger Mann mit dunklem Haar und blauen Augen, der in die Tiefen bei den rosa Wasserlilien spähte. Erdwächter Binnesman, der ein Zauberergewand in tiefroten und rostbraunen Tönen trug, folgte seinem Beispiel.

Als Gaborn den Fisch erblickte, verhehlte er sein

Erstaunen nicht. Er gesellte sich zu Borenson, ging dann in die Hocke und sah den Fischen beim Kreisen und Abtauchen zu.

»Wasserzauberer?« erkundigte sich Gaborn. »Hier im Burggraben?«

»Sieht ganz so aus«, meinte Borenson.

»Was meinst du mit ›Wasserzauberern‹?« fragte Iome ihren Gemahl. »Es sind doch nur Fische.«

Erdwächter Binnesman bedachte Iome mit einem geduldigen Blick und strich sich durch den ergrauten Bart. »Glaubt nicht, man müßte ein Mensch sein, um Zauberer zu sein. Häufig ziehen die Mächte Tiere vor. Hirsche, Füchse und Bären lernen oft ein paar magische Banne, die ihnen helfen, sich in den Wäldern zu verstecken oder lautlos fortzubewegen. Und diese Fische erwecken den Eindruck, als seien sie recht mächtig.«

Gaborn sah Iome fröhlich an. »Vor ein paar Tagen hast du mich gefragt, ob mein Vater zu unserer Hochzeit Wasserzauberer mitgebracht habe, und jetzt überrascht mich Heredon selbst damit.«

Iome strahlte wie ein Kind und drückte Myrrimas Hand.

Diese betrachtete die Fische nur staunend. Es gab Gerüchte über sehr alte Fische oben im Oberlauf des Wye, die Magie besaßen und die angeblich kein Mensch fangen konnte. Sie fragte sich, was sie hier wollten.

Iome fragte: »Aber auch wenn die Mächte sie vorziehen, was können sie uns nützen? Wir können nicht mit ihnen sprechen.«

»Wir können uns vielleicht nicht gut mit ihnen unterhalten«, antwortete Binnesman, »aber Gaborn kann ihnen zuhören.« Der König schaute zum Zauberer hoch und zeigte Überraschung darüber, daß der Erdwächter ihn dieses Kunststückes für fähig hielt. »Benutzt den Erdblick«, wies Binnesman ihn an. »Dafür ist er da.«

Hinter ihnen versammelte sich eine Menschenmenge aus Kindern und Schaulustigen. Mehrere große Jungen hatten Fischnetze vom Flußufer herbeigeholt, andere hatten in der Hoffnung Speere und Bögen zusammengetragen, die Störe in eine Mahlzeit zu verwandeln, vorausgesetzt, der König erlaube dies. Die Aussicht, ihnen könnte ein Festessen entgehen, stimmte sie ein wenig unglücklich.

Jetzt, da die Sonne ein wenig höher gestiegen war und ihre Strahlen im schrägen Winkel einfielen, konnte Myrrima die riesigen Störe mit ihren dunkelblauen Rükken ohne Schwierigkeiten erkennen. Ihre Rückenflossen durchschnitten das Wasser, während sie nahe der Oberfläche kreisten und nach einem seltsamen Muster umherschwammen. Ein zufälliger Beobachter konnte den Eindruck bekommen, sie schlügen mit den Flossen auf die Wasseroberfläche wie Lachse, die sich auf das Laichen vorbereiten.

»Was mag mit dem Wasser hier im Graben geschehen sein, seit sie damit angefangen haben?« überlegte Gaborn laut.

»Der Wasserstand im Graben steigt«, antwortete Binnesman. »Ich würde sagen, seit heute morgen wenigstens um einen Fuß.« Er kletterte zum Rand des Grabens hinunter und tauchte seine Finger hinein. »Und das

Wasser wird zusehends kälter, ist allerdings auch sehr viel klarer geworden. Die Trübstoffe setzen sich ab.«

Ein Fisch schwamm träge ein ›S‹, tauchte dann unter die Oberfläche und kam wieder hoch, einfach so, um einen Punkt unter das Ende zu setzen, den er dann durchstrich. Gaborn zeichnete die Figur mit seinem Finger nach.

»Seht dort drüben«, sagte Binnesman, auf den Stör zeigend. »Der Fisch malt Schutzrunen.«

Gaborn erwiderte: »Ich sehe sie. Es sind einfache Wasserrunen, die mir mein Vater als Kind beigebracht hat. Wovor, glaubt Ihr, suchen sie Schutz?«

»Das weiß ich nicht.« Binnesman starrte versunken vor sich hin und schien die Antwort im Auge eines Störs abzulesen. »Wieso fragt Ihr sie nicht selbst?«

»Gleich«, versprach Gaborn. »Ich habe noch nie versucht, meinen Erdblick bei einem Tier anzuwenden. Zuerst möchte ich meine Gedanken ordnen.«

Einige tiefgrüne Libellen flogen summend vorüber, während Myrrima und Iome lange Hand in Hand dastanden und die Runen betrachteten, die die Fische zeichneten. Jeder der Störe hatte sich eine Stelle ausgesucht, die frei von Schilf und Lilienblättern war. Gaborn und Binnesman unterhielten sich über die Runen. Einer der Störe malte gleich neben einigen Teichkolben wieder und wieder Schutzrunen. Gaborn berichtete, ein anderer ziehe nahe der Teichmitte Runen der Reinheit, eine Rune, die der Reinigung des Wassers diente. Ein dritter malte Runen, in denen Binnesman jene der Heilkunst erkannte. Wieder und immer wieder.

Etwas weiter entfernt schwamm ein Fisch in den Tiefen des Burggrabens Runen, die weder Gaborn noch Binnesman je zuvor gesehen hatten. Selbst Gaborn, der als Prinz an den Höfen von Tide erzogen worden war, wo Wasserzauberer alltäglich waren, konnte sich keinen Reim darauf machen. Er vermutete, daß dieser Zauberer das Wasser kühlte, war sich dessen aber nicht sicher.

»Glaubt Ihr wirklich, das Wasser ist so viel kälter?« fragte Iome tuschelnd Myrrima.

»Ich werde es herausfinden«, antwortete sie, kletterte hinunter und steckte die Hand hinein, was sich niemand sonst am Ufer traute. Es war bitterkalt, so kühl und frisch wie die tiefsten Seen in den Bergen. Die Uferlinie des Grabens kam ihr tatsächlich höher vor als in der vergangenen Woche.

Myrrima nickte Iome zu. »Es ist eiskalt.«

Gaborn kletterte zu einem riesigen flachen Fels in Myrrimas Nähe hinunter, beugte sich über die glasklare Oberfläche des Burggrabens und begann nun ebenfalls, Runen auf das Wasser zu zeichnen. Myrrima verfolgte seine einfachen Schutzrunen, in denen sich die Bewegungen der Störe widerspiegelten.

Ein großer Stör schwamm herbei, dicht unter seine Hand. Sein blauschwarzer Rücken war Gaborn ganz nahe. Seine Kiemen öffneten und schlossen sich rhythmisch, während er den König ansah und seine Finger wie eine Beute betrachtete. Der Fisch näherte sich Myrrima beängstigend.

»So ist es recht. Ich werde dich beschützen, wenn ich

kann«, flüsterte Gaborn dem Fisch in unbekümmertem Tonfall zu. »Verrate mir, was macht dir angst?«

Er fuhr fort, Runen zu zeichnen, starrte lange Minuten in die Augen des Fisches und in seinen Geist. Schließlich runzelte er die Stirn, als verwirre ihn das, was er dort erfuhr. »Ich sehe Finsternis im Wasser«, murmelte er. »Ich sehe Finsternis, und ich schmecke Metall. Ich spüre ... ein Würgen. Ich schmecke ... Metall. Etwas Rotes kommt auf uns zu.«

Der junge König hielt inne und schien fast das Atmen einzustellen. Seine Augen brachen und verdrehten sich nach oben. Myrrima befürchtete schon einen Anfall. Binnesman rief: »König Orden«, doch Gaborn rührte sich nicht. Myrrima überlegte, ob sie den König festhalten sollte, um zu verhindern, daß er stürzte, doch Binnesman kletterte hinunter zum Rand des Wassers und berührte ihn an der Schulter.

»Was ist?« fragte Gaborn, nachdem er aus seiner Erstarrung erwacht war. Er stützte sich auf den flachen Felsen.

»Wovor fürchten sie sich?« fragte Binnesman.

»Ich glaube, sie fürchten sich vor Blut«, antwortete Gaborn. »Sie befürchten, der Fluß könnte sich mit Blut füllen.«

Binnesman zog seinen Stecken fest an seine Brust und runzelte, entsetzt den Kopf schüttelnd, die Stirn.

»Das kann ich nicht glauben. Nichts deutet darauf hin, daß sich eine Armee im Anmarsch befindet, und es wäre schon eine gewaltige Schlacht vonnöten, um den Fluß mit Blut zu füllen. Raj Ahten ist weit fort. Und doch geschieht etwas Seltsames«, meinte er. »Ich habe es die ganze Nacht über gespürt. Die Erde leidet Qualen. Ich spüre es wie Nadelstiche auf meiner Haut – nördlich von hier, in Nord-Crowthen, und dann wieder tief im Süden. Sie bebt an weit entlegenen Orten, und sogar hier, unter unseren Füßen, gibt es schwache Bewegungen.«

Gaborn zuckte die Achseln. »Ich finde, es ist trotzdem ein Trost, die Zauberer im Burggraben zu wissen.« Er wandte sich um und richtete das Wort an die Menge aus jungen Burschen mit ihren Speeren, Bögen und Netzen. »Erlaubt niemandem, in diesem Gewässer zu fischen oder es auf irgendeine Weise zu verunreinigen. Erlaubt niemandem, darin zu schwimmen. Diese Zauberer werden bleiben und unsere Gäste sein.«

Gaborn fragte Binnesman: »Können wir den Burggraben vom Fluß abriegeln?« Myrrima wußte, dies dürfte nicht allzu schwer sein. Ein kleiner Damm flußaufwärts lenkte das Wasser in den Kanal, der wiederum den Graben speiste.

»Natürlich«, antwortet Binnesman. Er sah sich um. »Du, Daffy und Hugh, lauft und schließt den Zulaufkanal. Und beeilt euch.«

Zwei stramme Jungen rannten mit fliegenden Hemdzipfeln flußaufwärts.

Der Zauberer richtete sich zu seiner vollen Größe auf und schaute hinauf in die Morgensonne. »Mein Herr«, sagte er so leise, daß die meisten der Umstehenden es nicht gehört haben konnten. »Die Erde spricht zu uns. Manchmal spricht sie in den Bewegungen der Vögel und Tiere, manchmal im Zermalmen von Gestein. Aber nichtsdestotrotz, sie spricht. Ich weiß nicht, was sie sagt, aber diese Geschichte gefällt mir nicht: Flüsse, die mit Blut gefüllt sind.«

Gaborn nickte. »Was soll ich tun?«

Nachdenklich sagte Binnesman: »Raj Ahten hatte, bevor Ihr sie getötet habt, eine mächtige Feuerdeuterin in seinem Gefolge. Trotzdem bin ich überzeugt, daß nach wie vor ganze Wälder jenen Kräften geopfert werden, denen die Flammenweber dienten.«

»Ja«, meinte Gaborn.

»Ich würde nicht bei Tageslicht von Plänen sprechen, an deren Geheimhaltung mir etwas liegt. Ich würde es auch nicht in Anwesenheit eines Feuers tun, nicht einmal vor der Flamme einer Kerze. Haltet Eure Ratsversammlungen, wenn es sein muß, bei Sternenlicht ab. Oder noch besser, in einem abgedunkelten, gemauerten Saal, wo die Erde Eure Worte abschirmen kann.«

Gaborn nickte. Myrrima wußte, gelegentlich behaupteten mächtige Flammenweber, sie könnten die Worte, die andere ihrer Art Hunderte von Meilen entfernt sprachen, klar und deutlich verstehen, wenn sie nur den leise flüsternden Zungen der Flammen lauschten. Myrrima hatte allerdings noch nie einen Flammenweber gesehen, der tatsächlich zu solchen Kunststücken fähig war.

»Also gut«, willigte Gaborn ein. »Wir werden unsere Ratsversammlungen im Großen Saal abhalten, und ich werde dort den ganzen Winter über kein Feuer anzünden lassen. Darüber hinaus werde ich den Befehl ausgeben, daß militärische Strategien oder Geheimnisse weder bei

Tageslicht noch im Schein eines Feuers besprochen werden dürfen.«

»Das sollte genügen«, meinte Binnesman.

Das erledigt, gingen der König und Iome sowie ihre beiden Days und Binnesman hinüber, um sich den Kopf des Greifers anzusehen, und anschließend zurück in die Burg. Borenson blieb noch eine Weile dort, postierte ein paar Jungen am Burggraben und trug ihnen auf, sich um die Fische zu kümmern.

Myrrima stand untätig daneben und staunte. Im Laufe der vergangenen Woche hatte sich in ihrem Leben viel verändert. Doch Binnesmans Warnung deutete auf schlimme Omen hin. Flüsse voll Blut. Angesichts Hunderttausender von Menschen, die rings um die Stadt Sylvarresta ihr Lager aufgeschlagen hatten, konnte man den Eindruck gewinnen, daß die gesamte Welt in Heredon zusammenströmte, am Hofe des Erdkönigs. Welche Veränderung auch bevorstand, sie befand sich im Zentrum von alledem.

Sie kletterte den Deich hinauf und blickte über die weite Menschenmenge hinweg, über die Großzelte, die hier in der vergangenen Woche aus dem Boden geschossen waren. Im Süden und Westen stieg Staub von den zahlreichen Reisenden auf, die über die Straße zogen. Gestern abend hatte Myrrima gehört, Kaufleute und Prinzen seien von so weit entfernten Orten wie Lysle hierhergekommen.

Die gesamte Welt soll an diesem Ort zusammenkommen, dachte Myrrima. Die Kräfte eines Erdkönigs waren legendär und wurden nur in äußerst finsteren

Zeiten gewährt. Jeder einzelne aus jedem einzelnen Land, der überleben will, wird sich hierher begeben. Und das bereitete ihr angst. Im Dunnwald gab es Greifer, und Wasserzauberer im Burggraben. Bald würden genug Menschen versammelt sein, um ganze Ströme von Blut zu erzeugen.

Die Erkenntnis gab ihr das Gefühl, klein und hilflos zu sein. Sie sorgte sich um die Zukunft. Und Borenson würde bald aufbrechen. Auf ihn würde sie sich nicht verlassen können.

Ich muß mich vorbereiten auf das, was kommt, überlegte Myrrima.

Gemeinsam mit Borenson ging Myrrima wieder hinauf in die Burg. Auf der Zugbrücke blieb sie ein paar Augenblicke stehen und beobachtete die großen Fische, die flossenschlagend im Burggraben ihre Kreise zogen. Ihre Gegenwart beruhigte sie. Wasserzauberer waren stark in der Kunst des Heilens und Beschützens.

An diesem Morgen nahm Myrrima das Frühstück im Turm des Königs ein. Außer ihr waren nur König Gaborn und Königin Iome, sowie deren Days im Raum. Obwohl Myrrima im Begriff stand, eine Freundin Iomes zu werden, war es ihr noch immer unangenehm, in Anwesenheit des Königs zu speisen.

Und tatsächlich herrschte während des gesamten Frühstücks ein beklemmendes Schweigen. Gaborn und Borenson weigerten sich, über ihre Jagd während der drei vergangenen Tage zu sprechen, und benahmen sich überhaupt recht wortkarg. Gaborn hatte beunruhigende

Nachrichten aus Mystarria erhalten, und den ganzen Morgen über wirkte er bedrückt, ernst und zurückgezogen.

Sie waren fast mit Frühstücken fertig, als der ältliche Kanzler Rodderman, der mit seinem weißen, gekämmten Bart und in seiner schwarzen Amtstracht eine strahlende Erscheinung bot, an die Tür des Speisesaals kam. »Mein Lord, meine Dame«, grüßte er. »Im Großen Saal wartet Herzog Groverman und ersucht um eine Audienz.«

Iome sah Rodderman abgespannt an. »Geht es um etwas Wichtiges? Ich habe meinen Gatten drei Tage lang nicht gesehen.«

Rodderman erwiderte: »Das weiß ich nicht, aber er drückt sich bereits seit einer halben Stunde hier draußen herum.«

»Er drückt sich herum?« lachte Iome. »Nun, das dürfen wir auf keinen Fall zulassen.« Obwohl sie sich über Roddermans Wortwahl amüsierte, spürte Myrrima, daß sie den Herzog nicht besonders mochte.

Kurz darauf betrat der Herzog den Raum. Er war untersetzt, hatte überlange Gliedmaßen, ein scharf geschnittenes Gesicht und dunkle Augen, die so dicht beieinander standen, daß man ihn nicht anders als häßlich beschreiben konnte. In einer Familie aus Kriegern und Adligen wirkte er deplaziert. Myrrima hatte gerüchteweise gehört, ein Stallbursche habe den Herzog gezeugt.

Zu Ehren des Hostenfestes trug Groverman ein prächtiges schwarzes, mit dunkelgrünen Blättern besticktes Gewand. Sein Haar war frisch gekämmt, sein ergrauender Bart fachmännisch gestutzt, so daß er gabelförmig von seinem Kinn abstand. Für einen häßlichen Menschen pflegte und kleidete er sich gut.

»Eure Hoheit«, sagte der Herzog freundlich lächelnd und verneigte sich dabei tief, »hoffentlich störe ich nicht Euer Mahl?« Myrrima sah, daß Groverman Kanzler Rodderman gebeten hatte, mit der Bekanntgabe seiner Anwesenheit zu warten, bis der König und die Königin zu Ende gespeist hatten.

»Keineswegs«, erwiderte Gaborn. »Es war freundlich von Euch, so geduldig zu warten.«

»Offen gesagt, habe ich eine Angelegenheit vorzubringen, die meiner Ansicht nach ein wenig drängt«, fuhr der Herzog fort, »auch wenn andere vielleicht nicht derselben Meinung sind.« Dabei warf er Iome einen scharfen Blick zu. Myrrima fragte sich, was er mit einer solchen Warnung meinen könnte. Selbst Iome schien verwirrt. »Ich bringe Euch ein Hochzeitsgeschenk, Euer Hoheit – wenn ich mir diese Kühnheit erlauben darf.«

Während der letzten drei Tage hatten die Lords des Königreiches den neuen König und die neue Königin mit Hochzeitsgeschenken überhäuft – bei einigen handelte es sich um kostbare Präsente, mit denen man um die Gunst des Herrscherpaars buhlte. Die meisten Lords hatten ihre Söhne oder vertraute Gefolgsleute mitgebracht, um die Reihen der Königsgarde wieder aufzufüllen. Diese Söhne erfüllten eine vierfache Pflicht: Sie bauten nicht nur die Armee des Königs wieder auf, sondern dienten dem König auch als ständige Erinnerung an die Ergebenheit ihrer Lords. Ein Sohn, dem man vertraute, konnte

Begünstigungen für seinen Vater erwirken oder als dessen Spion dienen. Und schließlich konnte der Junge selbst neue Bündnisse mit anderen Adligen schließen, die vielleicht in entlegenen Winkeln des Königreiches oder gar in anderen Ländern lebten.

Während der letzten drei Tage hatten sich die Reihen so rasch mit neuen Soldaten gefüllt, daß Gaborn scheinbar keine weiteren Truppen bei seinen Untertanen auszuheben brauchte – und das, obwohl Raj Ahten der Königsgarde schwere Verluste beigebracht hatte. Statt dessen hatte Myrrima den Eindruck, Gaborn hätte Schwierigkeiten, Posten für alle seine neuen Männer zu finden.

»Und?« fragte Iome, »welches Geschenk bringt Ihr, das so dringend ist?«

Groverman kam zur Sache. »Es handelt sich um eine etwas delikate Angelegenheit«, erklärte er. »Wie Ihr wißt, bin ich weder mit Söhnen noch mit Töchtern gesegnet, sonst böte ich Euch an, einen davon in Eure Dienste zu entsenden. Daher möchte ich Euch ein Geschenk darbieten, das mir ebensosehr am Herzen liegt.«

Er klatschte in die Hände und blickte erwartungsvoll zur Tür des Speisesaals.

Ein Junge trat ein, die Arme ausgestreckt. In jeder Hand hielt er einen gelben Welpen am Genick gepackt. Die Welpen sahen sich mißmutig aus ihren großen braunen Augen um. Myrrima war die Rasse unbekannt. Weder handelte es sich um Mastiffs noch irgendeine andere Art Kampfhund. Noch waren es Bluthunde oder eine der Jagdhundsorten, mit denen sie vertraut war, und auch keine Schoßhündchen, die bei den Frauen in kälteren Gegenden beliebt waren.

Sie hätten Promenadenmischungen sein mögen, wären nicht beide Welpen von gleicher Färbung gewesen – gelbbraunes, kurzes Fell auf dem Rücken und ein bißchen Weiß am Hals.

Der Junge, ein Zehnjähriger in einer schweren Lederhose und einer neuen Jacke, war ebenso sauber und gepflegt wie Herzog Groverman. Er überreichte Gaborn und Iome je einen der Welpen.

Eines der kleinen Fellknäuel roch das Fett der Frühstückswürstchen an Gaborns Hand. Der Welpe begann mit seiner nassen Zunge den Finger abzulecken, und knabberte spielerisch daran herum. Gaborn kraulte dem Welpen die Ohren, drehte ihn um und überprüfte, ob er Männchen oder Weibchen war. Es war ein Männchen. Der kleine Hund wedelte heftig mit dem Schwanz und wollte unbedingt nach oben, als sei er geradezu erpicht, Gaborns Fingern ernstlich Schaden zuzufügen. Ein echter Kämpfer.

Er betrachtete das Tier. »Danke«, sagte er verblüfft. »Allerdings bin ich mit dieser Rasse nicht vertraut. Was fängt man mit ihnen an?«

Myrrima sah kurz zu Iome hinüber, um die Reaktion der Königin auf ihren Welpen festzustellen, und war überrascht. Ihre Augen funkelten wütend, und sie vermochte sich kaum mehr zu beherrschen.

Dem Herzog war ihr Blick nicht entgangen. »Hört mich zu Ende an«, sagte er zu Gaborn. »Ich biete Euch diese Welpen nicht leichtfertig dar, Eure Hoheit. Ihr habt

Gaben von Männern übernommen, und ich weiß, als Eidgebundener Lord verspürt Ihr einen gewissen Widerwillen dagegen. Zwar haben sich während der vergangenen Woche viele erboten, Euch als Übereigner zu dienen, doch tatsächlich haben weder Ihr noch Eure Königin Gaben übernommen. Nichtsdestotrotz müssen wir uns auf das vorbereiten, was da kommt.«

Myrrima erschrak, als sie den Herzog eben jenen Gedanken laut wiederholen hörte, der sie noch vor einer Stunde so bedrückt hatte.

»Das ist eine schwerwiegende Entscheidung«, pflichtete Gaborn ihm bei. Sein Blick wirkte gehetzt, gequält. Myrrima hatte sich bereit erklärt, Gaben der Anmut und Geisteskraft von ihren Schwestern und ihrer Mutter zu übernehmen. Sie wußte nur zu gut, welche Schuldgefühle aus einer solchen Tat erwuchsen. Der König sagte: »Nie mehr werde ich leichtfertig die Kraft, das Durchhaltevermögen oder die Geisteskraft eines anderen Mannes übernehmen. Dennoch habe ich mir überlegt, es zu tun, zum Wohl des Königreichs.«

»Verstehe«, erwiderte Groverman aufrichtig. »Aber ich bitte meinen Lord und meine Dame zu überlegen, ob es Rechtens ist, die Gaben eines Hundes zu übernehmen.«

Iome straffte sich. »Herzog Groverman«, fauchte sie, »das ist ein Verbrechen!«

Der Herzog blickte sich nervös um. Jetzt erkannte Myrrima die Rasse, nicht weil sie je solche Welpen gesehen, sondern weil sie von ihnen gehört hatte. Manche Männer züchteten Hunde um ihrer Gabe willen –

Hunde, die ein ausgeprägtes Durchhaltevermögen besaßen und eine starke Nase hatten.

»Ist es ein geringeres Verbrechen, die Gabe eines Mannes zu übernehmen?« konterte Groverman zu seiner Verteidigung. »Es heißt, man benötige die Gaben des Geruchssinns von fünfzig Männern, um den eines einzigen Hundes zu erlangen. Ich bin überzeugt, die Nasen meiner Welpen sind hundertmal besser als die eines normalen Mannes. Ich frage Euch also, was ist besser, die Gabe des Geruchssinns von einhundert Männern zu übernehmen oder die von einem einzigen Hund?

Was das Durchhaltevermögen anbelangt, diese Hunde sind auf Zähigkeit gezüchtet. Über Tausende von Generationen haben die Wolflords sie auf dem Kampfplatz gegeneinander antreten lassen, damit nur die kräftigsten überleben. Unze für Unze kann Euch kein Mann einen besseren Quell des Durchhaltevermögens liefern.

Auch Stoffwechsel und Gehör können von solchen Hunden übernommen werden, allerdings fürchte ich, meine Welpen sind zu klein, um Muskelkraft zu liefern. Und wohingegen ein Mann seine Gabe bereitwillig abtreten muß, weshalb es ihm oft nicht gelingt, eine Eigenschaft vollständig zu übertragen, werden diese Welpen, vorausgesetzt Ihr spielt mit ihnen ein, zwei Tage lang, eine so unvergängliche Treue entwickeln, daß ihre Eigenschaften verlustlos übertragen werden können. Kein anderes Lebewesen liebt den Menschen so vollkommen, wird Euch so vollständig treu ergeben sein wie diese Welpen.«

Iome sah so wütend aus, daß sie kein Wort hervorbrachte. Gaben von einem Hund zu übernehmen galt gemeinhin als Greueltat. Mancher edelmütige König hätte den Herzog für seinen Vorschlag, die Welpen für die Übernahme von Gaben zu benutzen, in den Burggraben geworfen.

Gaborn selbst war ein Eidgebundener Lord, und Iome war die Tochter eines solchen. Ein Eidgebundener Lord legte ein Gelübde ab, nur Gaben von solchen Untergebenen entgegenzunehmen, die bereit waren, diese abzutreten. Bei solchen Untertanen handelte es sich um Männer oder Frauen, die über eine herausragende Eigenschaft verfügten, zum Beispiel einen regen Verstand oder ein außerordentliches Durchhaltevermögen, denen es aber häufig an den anderen notwendigen Eigenschaften eines guten Kriegers mangelte. In dem Bewußtsein, ihrem Lord nicht als Soldat dienen zu können, entschieden sie sich dann vielleicht, ihre Geisteskraft oder ihr Durchhaltevermögen zur Verfügung zu stellen, was sie, zum größeren Wohl der Menschen in ihrer Umgebung, der Demütigung durch das Zwingeisen aussetzte.

Aber nicht alle Lords in Rofehavan waren Eidgebunden. Gaborns eigener Vater hatte sich einst als ›Pragmatiker‹ bezeichnet. Pragmatiker kauften des öfteren Gaben. Manch einer war bereit, seinem Lord gegen Gold die Dienste seiner Augen oder Ohren zu überlassen, denn so mancher liebte das Gold mehr als sich selbst. Iome hatte Myrrima jedoch erzählt, sogar Gaborns Vater habe schließlich diesen Pragmatismus aufgegeben, denn der König habe sich nicht immer der Beweggründe eines Mannes sicher sein können, der seine Eigenschaften verkaufte. Oft sah ein Bauer oder gar ein unbedeutender Lord, der unter großen Schulden litt, keinen anderen Ausweg und versuchte daher, eine Gabe an den Meistbietenden zu verhökern.

Gaborns Vater hatte daher vor der Erkenntnis gestanden, daß sein eigenes pragmatisches Wesen eigentlich gewissenlos war – denn nie konnte er völlig sicher sein, was einen Mann dazu trieb, seine Gaben zu verkaufen. War es Habgier? Oder war es Hoffnungslosigkeit oder gar schlichte Dummheit, die einen Mann veranlaßte, seine größten Vorzüge gegen ein paar Goldstücke einzutauschen?

Tatsächlich wußte Myrrima, daß manch habsüchtiger Lord seine Gier nach den Eigenschaften anderer unter dem Deckmantel seines Pragmatismus verbarg. Solche Lords waren nur allzu gern bereit, anstelle von Steuerzahlungen Gaben anzunehmen, und jedesmal, wenn ein König die Steuern erhöhte, fragten sich die Bauern in diesen Reichen, worauf er es denn nun wirklich abgesehen hatte.

Die schlimmsten aller Lords waren natürlich die Wolflords. Da ein Untertan ›gewillt‹ sein mußte, eine Gabe abzutreten, bevor eine Eigenschaft auf seinen Lord übertragen werden konnte, waren die Wolflords ständig auf der Suche nach Möglichkeiten, die Menschen gefügiger zu machen. Die Mittel der Wolflords waren Folter und Erpressung, sowohl körperlich als auch seelisch. Raj Ahten hatte König Sylvarresta dazu erpreßt, ihm seine Geisteskraft zu überlassen, indem er drohte, seine einzige Tochter Iome zu töten. König Sylvarresta hatte bereits eingewilligt, als Raj Ahten Iome anschließend zwang, selbst eine Gabe der Anmut abzutreten, damit sie nicht mit ansehen mußte, wie ihr blödsinniger Vater gefoltert, ihre Freundin Chemoise ermordet, ihr Königreich geraubt wurde.

Somit gehörte Raj Ahten zu der verabscheuungswürdigsten Sorte Mensch – den Wolflords.

Die beschönigende Bezeichnung ›Wolflord‹ war auf Männer von solch unbarmherziger Habgier gemünzt worden, die sogar Hundeeigenschaften stahlen. In längst vergangenen dunklen Zeiten hatten Männer Hunden mehr als nur die Gaben des Geruchssinns, des Durchhaltevermögens oder des Stoffwechsels, sondern sogar Gaben der Geisteskraft abgenommen. Es hieß, ein Mann vergrößere dadurch seine Gerissenheit im Kampf und seine Gier nach Blut.

Daher war bereits der Gedanke, Gaben von Hunden auf sich zu übertragen, in Rofehavan zu einer verhaßten Vorstellung geworden. Gaborns großer Widersacher, Raj Ahten, hatte sich zwar niemals herabgelassen, die Gabe eines Hundes zu übernehmen, ›Wolflord‹ wurde er dennoch genannt. Und jetzt besaß Groverman die Stirn, Iome einen solchen Vorschlag zu unterbreiten.

»Solange man nicht eines Hundes Gabe der Geisteskraft übernimmt, ist dies kein schlechter Brauch«, erklärte Groverman, wie durch den Umstand, daß niemand widersprach, ermutigt. »Ein Hund, der keinen Geruchssinn besitzt, gibt ein vorzügliches Haustier ab. Solange man über einen guten Hundeabrichter verfügt, der sich um das Tier kümmert, läßt er sich problemlos halten.

Sogar lieben. Er wird Euch seinen Geruchssinn überlassen, während Eure Kinder mit ihm auf dem Fußboden herumtollen.

Ich habe einmal die Zahl der Bauern und Gerber, der Handwerker, Baumeister und Tuchhändler ausgerechnet, die nötig sind, um einen einzigen Übereigner zu versorgen. Meinen Berechnungen nach benötigt man die gemeinschaftliche Arbeit von vierundzwanzig Personen, um einen einzigen menschlichen Übereigner zu versorgen, und weitere acht für ein Übereignerpferd. Dagegen braucht man nur einen einzigen Mann, der sich um sieben Übereignerhunde kümmert. Das ist einer sparsamen Haushaltsführung zuträglich.

Für einen kriegführenden König sind edle Hunde ebenso wichtig wie Waffen oder Rüstung. Raj Ahten hat Kampfhunde in seinen Waffenarsenalen – Mastiffs, die Gaben übernommen haben. Wenn Ihr schon nicht zulaßt, daß diese Welpen Euch als Übereigner dienen, dann überlegt doch wenigstens, ob sie nicht Euren eigenen Kampfhunden Gaben überlassen können.«

»Das ist eine Ungeheuerlichkeit!« rief Iome. »Eine Ungeheuerlichkeit und eine Beleidigung!« Sie blickte Gaborn flehend an.

»Gedacht ist es weder als das eine noch als das andere«, entgegnete Groverman. »Ich erwähne die Möglichkeit nur aus praktischen Erwägungen. Während Ihr gespeist habt, stand ich eine halbe Stunde vor Eurer Tür, und Ihr wußtet nichts davon! Wäre ich ein Meuchelmörder gewesen, hätte ich Euch leicht hinterrücks überfallen können. Hättet Ihr dagegen aber die Gabe des Geruchssinns eines einzigen Hundes besessen, brauchtet Ihr mich weder zu sehen noch zu hören, um zu wissen, daß ich vor Eurer Tür stehe.«

»Ich will nicht ›Wolflord‹ genannt werden«, wandte Iome ein. Sie setzte den Welpen auf den Fußboden. Er trollte zu Myrrima hinüber und schnupperte an ihrem Bein.

Sie kraulte ihn am Ohr.

Gaborn schien der Vorschlag nicht aus der Fassung gebracht zu haben. Myrrima fragte sich, ob das am Einfluß seines Vaters lag. Sein Vater hatte stets im Ruf gestanden, ein kluger Mann zu sein.

Myrrima überlegte: Konnte ein Mann mit Prinzipien, eine Führungspersönlichkeit, sowohl ein Eidgebundener Lord *als auch ein* Wolflord sein?

»Eure Hoheit«, bedrängte Herzog Groverman Gaborn, »ich muß Euch bitten, darüber nachzudenken. Es ist nur eine Frage der Zeit, bis Raj Ahten erneut Meuchelmörder schickt. Weder Ihr noch Eure Gattin seid auf den Zusammenstoß mit einem Unbesiegbaren vorbereitet, zudem wird bereits überall herumerzählt, Eure Hoheit habe geschworen, ein Eidgebundener Lord zu werden. Ich weiß nicht, wie Ihr Raj Ahten Widerstand leisten wollt. In der Tat reden die Lords von Heredon kaum über etwas anderes. Gut möglich, daß Ihr dringend Übereigner braucht, wenn Ihr Euch weigert, die Männer für ihre Gaben zu bezahlen.«

Gaborn streichelte nachdenklich das dicke Fellknäuel unter seiner Nase. Der Welpe knurrte und biß Gaborn fest in den Daumen.

»Nehmt Eure Promenadenmischungen und macht, daß Ihr von hier verschwindet«, fuhr Iome Groverman an. »Ich persönlich habe keinerlei Verwendung für die Gaben von Hunden«, erklärte Gaborn. Zu Iome gewandt sagte er: »Und wenn du kein Wolflord sein willst, dann soll dein Wunsch erfüllt werden. Wir können dem Welpen immer noch beibringen, Fremde zu verbellen, und ihn in unseren Gemächern halten. Der Kleine wird auf dich aufpassen und dir auf diese Art vielleicht das Leben retten.«

»Ich dulde nicht, daß er mir unter die Augen kommt«, entschied Iome. Myrrima nahm den Welpen der Königin beschützend auf den Arm, wo er seinen Kopf an ihrem Busen rieb, dann blickte sie ihm einfach fest in die Augen.

»Dann steht unsere Entscheidung fest«, sagte Gaborn zu Iome. »Aber was die Truppen anbelangt, hat Groverman recht. Ich brauche Späher und Gardisten mit guten Nasen, die Hinterhalte wittern können. Meine Männer sollen selbst entscheiden, ob es ein Kompliment oder ein Fluch ist, Wolflord genannt zu werden.«

Mit einem Nicken gab Gaborn Groverman zu verstehen, daß er das Geschenk entgegennahm. »Meinen Dank an Euch, Euer Lordschaft.«

Gaborn betrachtete den Jungen, der die Welpen hereingebracht hatte, und Myrrima erkannte, daß das Geschenk nicht bloß die Hunde, sondern auch den Jungen beinhaltete. Es war ein dunkelhaariger, schlanker Bursche. Selbst wie ein Wolflord.

»Sag mir deinen Namen!« bat ihn Gaborn.

»Kaylin«, antwortete der Junge und ging auf ein Knie.

»Das sind prachtvolle Hunde. Du bist ihr Ausbilder, denke ich.«

»Ich hab' dabei geholfen.« Die Sprache des Jungen war unfein, aber seine wachen Augen verrieten seine Intelligenz.

»Magst du diese kleinen Hundchen?« fragte Gaborn. Der Junge schniefte und unterdrückte blinzelnd eine Träne. Er nickte.

»Warum bist du so traurig?«

»Ich hab' ihnen zugesehen, seit sie auf die Welt gekommen sind. Ich will nicht, daß ihnen etwas zustößt, Euer Hoheit.«

Gaborns und Grovermans Blicke trafen sich. Der Herzog lächelte und deutete mit dem Kopf auf den Jungen.

»Also, Kaylin«, fragte Gaborn, »wärst du bereit, hier in der Burg zu bleiben und sie für mich zu versorgen?«

Dem Jungen fiel vor Staunen die Kinnlade herunter. Myrrima vermutete, daß Groverman das Kind auf diese Entwicklung nicht vorbereitet hatte.

Gaborn lächelte den Herzog nur freundlich an. »Wie viele dieser Welpen könnt Ihr mir besorgen?«

Der Herzog lächelte. »Ich habe sie jetzt vier Jahre lang sich beliebig vermehren lassen. Ich habe den Ärger gewittert, der sich zusammenbraut. Würden eintausend Eurer Hoheit zusagen?«

Gaborn schmunzelte. Das war ein fürstliches Hochzeitsgeschenk, trotz des Umstandes, daß Iome den Eindruck erweckte, als könnte sie jeden Augenblick vor Wut aus der Haut fahren und dem Herzog die Haare ausreißen.

»Könnt Ihr so viele bis zum Frühjahr liefern, was meint Ihr?« fragte Gaborn. »Die Zahl scheint mir sehr hoch.«

»Sehr viel eher«, antwortete Groverman. »Draußen warten siebenhundert Welpen – auf Karren. Die anderen werden in wenigen Wochen soweit sein.«

Normalerweise war der Herbst nicht gerade die beste Jahreszeit, um Hunde zu züchten, das wußte Myrrima. Im Frühjahr und Sommer waren Geburten wesentlich häufiger. Diese siebenhundert Welpen mußten ungefähr während der letzten sechzehn Wochen geboren worden sein.

»Meinen Dank«, sagte Gaborn. Er setzte seinen Welpen auf dem Fußboden ab und machte sich wieder über sein Frühstück her, während Groverman mit Kaylin im Schlepptau den Raum verließ.

Der Welpe des Königs tappte herbei und versuchte einen Moment lang, Myrrima den Fuß vom Bein zu rei- ßen, indem er an ihrem Schuh herumzerrte, bis sie ihm schließlich ein Würstchen von ihrem Teller gab.

Iome schien die Anwesenheit der Welpen so sehr aus der Fassung zu bringen, daß Myrrima sich erbot: »Wollt Ihr, daß ich die Hunde hinaus zu den anderen bringe?«

Iome nickte, und Myrrima schnappte sich die kleinen Hunde und nahm einen Teller voller Würstchen mit. Sie verließ den Bergfried und traf Kaylin auf der Wiese an, wo er etwas hilflos vor einem Karren mit jungen Hunden stand.

Gaborns neuer Berater Jureem, der bis vor kurzem in Diensten Raj Ahtens gestanden hatte, stand, Myrrima den Rücken zukehrend, neben ihm und gab dem Jungen Anweisungen. Jureem sprach mit lauter Stimme, um bei dem Gekläff der Tiere gehört zu werden.

»Natürlich wirst du unermüdlich deinen Dienst versehen«, sagte Jureem. »Die Hunde werden, was Futter, Wasser, Unterkunft und das Waschen anbetrifft, auf dich angewiesen sein. Du mußt dafür sorgen, daß sie bei Kräften bleiben.«

Kaylin nickte heftig. Myrrima blieb hinter Jureem stehen. Während der letzten paar Tage hatte sie den Mann dabei beobachtet, wie er dem Hauspersonal Anweisungen erteilte und hier ein Zimmermädchen, dort einen Pferdepfleger herumgescheucht hatte. Jetzt wollte sie hören, was der ehemalige Sklave aus einem fernen Land zu sagen hatte.

»Ein guter Diener gibt für seinen Lord das Beste«, intonierte Jureem mit gespielter Übertreibung in schwerem taifanischem Akzent. »Er erlaubt sich keine Müdigkeit und drückt sich nie vor seiner Pflicht. Niemals darf er in seinem Eifer erlahmen. Er dient seinem Lord mit jedem Gedanken und jeder Tat und erfüllt die Wünsche seines Lords, noch bevor sie ausgesprochen werden. Sein eigenes Leben – seine Träume und Vergnügungen – gibt er auf, um seinem Lord zu dienen. Bist du dazu in der Lage?«

»Aber«, wandte der Junge ein, »ich will mich doch bloß um die kleinen Hunde kümmern.«

»Wenn du ihnen dienst, dann dienst du deinem Lord. Das ist die Aufgabe, die er für dich ausgewählt hat. Sollte er dir aber eine andere Aufgabe auftragen, dann mußt du bereit sein, jeden seiner Befehle zu befolgen. Hast du das verstanden?«

»Meint Ihr, er könnte mich von den Hunden wegnehmen?« greinte der Junge.

»Eines Tages, ja. Wenn du deine Arbeit gut machst, wird er deine Pflichten erweitern. Zusätzlich zu den Hundezwingern könnte er dir die Verantwortung über die Pferdeställe übertragen oder dich bitten, Hunde für den Krieg abzurichten. Vielleicht fordert man dich sogar auf, Gardist zu werden und Waffen zu tragen – denn selbst die Übereignerhunde in den Zwingern könnten zum Ziel für Raj Ahtens Meuchelmörder werden.

Schau dir den König an. Er arbeitet unermüdlich für sein Volk. Lerne aus seiner Hingabe. Wir alle leben, um einander zu dienen. Ein Mann ist nichts ohne seinen Lord. Ein Lord ist nichts ohne seine Diener.« Damit ließ Jureem ihn stehen und eilte fort, um sich anderen Pflichten zu widmen.

Der Junge schien über die Worte des Beraters nachzudenken, dann blickte er auf und sah Myrrima an. Ihm stockte der Atem. Er lächelte sie auf jene hoffnungsvolle Weise an, die viele Männer vor ihr präsentierten, seit sie eine Gabe der Anmut übernommen hatte.

Sie setzte beide Welpen zu ihren Füßen ab und streichelte sie, während die ihre Würstchen gierig hinunterschlangen. Bis zu diesem Augenblick hatte selbst Myrrima nicht gewußt, wie sie sich verhalten würde.

Dennoch wußte sie, daß sie sich darauf vorbereiten mußte, und zwar von nun an unermüdlich, wie ihr bei Jureems Worten soeben klargeworden war, jede Bedrohung im voraus zu erahnen.

»Die kleinen Hunde mögen Euch«, meinte Kaylin versonnen.

»Kennst du die Welpen gut?« fragte Myrrima. »Weißt du, welche Hunde von welchen Hündinnen geboren wurden?«

Kaylin nickte ernst. Natürlich wußte er das. Das war doch der Grund, weshalb Groverman den Jungen in die Dienste des jungen Königs Orden entsandt hatte. »Ich will vier von ihnen«, bat Myrrima, leise, falls jemand zuhörte.

Mit einem Schrecken wurde es ihr bewußt: Sie nahm die Hunde ihrem eigenen König weg, ohne zu fragen. Kaylin würde jedoch nie dahinterkommen, daß sie im Begriff stand, zu stehlen. Hatte er sie nicht soeben mit dem König und der Königin speisen gesehen? Der Junge würde glauben, sie sei irgendeine hochherrschaftliche Dame, die ein Recht auf diese Welpen hatte. Wenn sie hart arbeitete, hoffte Myrrima sich dieses Vorrecht wirklich zu verdienen. »Zwei für Durchhaltevermögen, einen für den Geruchssinn und einen für den Stoffwechsel. Kannst du mir die besten heraussuchen?«

Kaylin nickte eifrig.

Nach dem Frühstück gingen Iome und Gaborn für einen Augenblick auf ihr Zimmer, schlossen hinter sich die Tür und ließen ihre Days draußen im kleinen Nebenraum zurück.

Iome gelang es nie, sich in diesem Raum völlig unbeschwert zu fühlen. Das riesige Bett mit den geschnitzten Abbildern von Narren und Herren in den Seitenteilen und den Ananasfrüchten am Kopfende war noch vor einer Woche das Bett ihrer Mutter und ihres Vaters gewesen. In der Truhe neben dem Erker, dort wo das Mondlicht am hellsten war, befanden sich die Parfüms und Schönheitsmittel ihrer Mutter. In den Schränken hingen noch immer die Kleidungsstücke ihres Vaters. Gaborn hatte einige eigene Kleider aus Mystarria mitgebracht, doch die ihres Vaters paßten ihm durchaus gut.

Doch mehr als die Gegenstände in diesem Zimmer erinnerte sie dessen Duft an ihre Eltern. Sie konnte das Haar ihrer Mutter auf dem Kopfkissen riechen, ihre Körperöle, ihr Parfüm.

Soll ich es ihm sagen? überlegte sie. Iome war mit Gaborns Kind schwanger, dessen fühlte sie sich sicher. Sie waren erst seit vier Tagen verheiratet, und Iome verspürte keinerlei Übelkeit. Frühestens in ein paar Tagen würde sie wissen, ob ihre Monatsblutung ausgeblieben war. Dennoch verspürte sie eine Fremdheit in ihrem Körper, und Myrrima hatte es heute ebenfalls bemerkt. Sie hatte behauptet, sie ›glühe‹.

Aber war das Beweis genug? Iome bezweifelte das. Sie traute sich nicht, Gaborn von ihren Hoffnungen zu erzählen.

Sie setzte sich auf die Bettkante und überlegte, ob es Gaborn nach ihr verlangte. Er jedoch ging bloß zum Erker hinüber und blickte lange, tief in Gedanken, Richtung Süden.

»Hast du schon beschlossen, was du als nächstes tun willst?« fragte sie. Vor der Hochzeit hatte er ständig innerlich aufgewühlt darüber gegrübelt, wo Raj Ahten als nächstes angreifen würde. Als Erdkönig war er der Beschützer der Menschheit. Und nun schauderte es ihm schon bei dem Gedanken, ein Menschenleben zu nehmen, und sei es das Leben eines Feindes. Die morgendlichen Nachrichten von Raj Ahtens Angriffen hatten ihn zutiefst bestürzt.

Sie hatte ihn ermutigt, auf die Jagd zu gehen, und darauf gehofft, wenn er ein paar Tage fort von seinem Zuhause wäre, könne er seine Gedanken neu ordnen, während gleichzeitig die Sorgen und Zweifel des Volkes beruhigt würden.

»Wirst du Gaben übernehmen? Tausende haben sich dir als Übereigner angeboten.«

Gaborn senkte nachdenklich den Kopf. »Das kann ich nicht«, erwiderte er. »Das wird mir immer klarer.«

Vor einer Woche waren ihre beiden Väter ermordet worden. Anschließend hatte Gaborn Gaben übernehmen wollen – die Kraft von eintausend Mann, die Anmut von weiteren eintausend, das Durchhaltevermögen von zehntausend und den Stoffwechsel von hundert Männern – und sie alle dazu benutzen wollen, Raj Ahten zu erschlagen.

Jetzt jedoch schien das Unterfangen ihn zu überfordern. Eines Mannes Gaben zu übernehmen war riskant. Ein Mann konnte durchaus bereit sein, sie abzutreten, trotzdem bestand stets Gefahr. Wer Muskelkraft abtrat, stellte womöglich fest, daß sein Herz plötzlich zu schwach zum Schlagen war und schied innerhalb weniger Augenblicke dahin. Wer Anmut abtrat, konnte sein Essen nicht richtig verdauen oder seine Lungen nicht genügend entspannen, um die Luft herauszulassen, und wurde womöglich zum Opfer von Auszehrung oder Luftmangel. Wer seinem Lord Durchhaltevermögen abtrat, konnte an einer Infektion sterben, sobald die nächste Krankheit in der Burg die Runde machte.

Wer die Gaben eines anderen übernahm, konnte zudem schnell entdecken, daß ihn das Schuldgefühl vergiftete. Schlimmer noch, da ein mächtiger Runenlord nahezu unbesiegbar war, würde nur ein Narr ihn unmittelbar angreifen. Statt dessen wurden die Übereigner eines Runenlords zum Ziel von dessen Zorn. Mit dem Tod der Übereigner eines Lords kappte man jene magische Verbindung, die die Eigenschaften dieses Lords verstärkte, und machte ihn dadurch menschenähnlicher und Angriffen gegenüber verletzlicher.

Borenson hatte vor einer Woche Iomes Übereigner umgebracht. Das war überraschend schmerzhaft gewesen. Brave Männer und Frauen waren dabei umgekommen. Nacht für Nacht hatte sie bittere Tränen darüber vergossen, denn die Übereigner waren oft gute Freunde gewesen, Menschen, die das Königreich geliebt hatten und es daher hatten stärken wollen.

Als Erdkönig war es Gaborns Ziel, sein Volk zu verteidigen. Er konnte seine Übereigner in Wehrtürmen wegschließen, sie von seinen mächtigsten Rittern bewachen lassen, die besten Ärzte zu ihrer Versorgung bereitstellen. Und doch war das womöglich nicht genug.

Gaborns Argumente gegen das Übernehmen von Gaben waren moralisch einwandfrei. Und doch mußte Iome sich wundern. Er war der Erdkönig, die Hoffnung der Welt. Aber wie mächtig konnte er als König sein, wenn er sich selbst angreifbar machte?

»Vergangene Woche«, meinte Iome, »hast du mir geschworen, du seist ein Eidgebundener Lord. Du bist ein guter Mann. Wenn du nur von einem Erwählten Gaben übernimmst, weiß ich, du wirst weisen und besonnenen Gebrauch von ihnen machen. Das macht dich zu einem besseren König. Und weil du der Erdkönig bist, wirst du wissen, wann deine Übereigner in Gefahr sind, und sie besser schützen können.«

»Zu wissen, daß ein Mann in Gefahr schwebt, und ihn zu retten, sind zwei ganz verschiedene Dinge«, antwortete Gaborn ernst. »Nein, ich werde keine Gaben mehr übernehmen. Niemals. Stünde es in meiner Macht, auf meine bisherigen zu verzichten, wäre ich kein Runenlord.«

»Aber was ist mit Raj Ahten? Was geschieht, wenn er tatsächlich seine Meuchelmörder schickt? Denn das wird er ganz sicher tun.«

»In dem Falle werde ich die Gefahr wittern, und wir werden fliehen«, sagte Gaborn. »Aber solange ich es vermeiden kann, werde ich nie wieder gegen einen anderen Menschen kämpfen.«

Derlei Gerede verwirrte Iome. Sie hatte Achtung vor dem Leben, und vor allem vor dem Leben der Menschen ihres Volkes. Aber sie konnte nicht einfach so tun, als gäbe es Raj Ahten nicht mehr. Sie würde ihm seine Untaten niemals vergeben können. Iomes Mutter und Vater waren durch seine Hand gestorben. Und Gaborns Eltern ebenfalls.

Er hätte nach Rache schreien müssen. In diesem Augenblick marschierte Raj Ahten nach Mystarria ein. Alle Mitglieder seines Rates waren darin übereingekommen, Heredons Streitkräfte seien zu schwach, den Wolflord Richtung Süden zu verfolgen. Dafür fehlten ihnen die Krieger und die Kraftpferde. Raj Ahtens Truppen hatten bei ihrer Flucht sämtliche guten Pferde aus Sylvarrestas Stallungen gestohlen. Als eines der ersten Dinge, die Gaborn nach seinem Eintreffen auf Burg Sylvarresta tat, hatte er die Namen sämtlicher gestohlener Pferde sowie ihrer Übereigner auswendig gelernt. Anschließend hatte er die Liste zu Herzog Groverman geschickt, wo die Übereignerpferde untergebracht waren, und sie töten lassen.

Es war der verzweifelte Versuch, Raj Ahtens Sturm auf Heredon zu bremsen. Dessen Ritter wären gezwungen gewesen, gewöhnliche Pferde zu reiten. Vielleicht hatten Skalbairns Unabhängige Ritter wegen dieses Gemetzels unter den Übereignerpferden einige Hinterhalte legen können, die Raj Ahtens Unbesiegbaren einen beträchtlichen Blutzoll abverlangt hatten.

Auf diese Weise in Verlegenheit gebracht, wäre der Wolflord Raj Ahten immer wieder gezwungen, Dörfer um der Lebensmittel und des Futters willen zu plündern, so daß ein Marsch, der von Kraftpferden in zwei oder drei Tagen zu bewältigen gewesen wäre, den Wolflord jetzt mehr Zeit kostete.

Gaborn hatte Herzog Paldane jenen Zeitvorsprung verschafft, den er benötigte, um sich zu verschanzen, und eventuell hatte er sogar ermöglicht, daß Teile von Raj Ahtens Truppen zu sehr beansprucht wurden. Gaborns Heimat Mystarria war das größte und wohlhabendste Land unter sämtlichen Königreichen Rofehavans. Ein volles Drittel aller Kraftsoldaten im Norden stand unter dem Oberbefehl von Paldane, dem Jäger.

Iome bezweifelte jedoch, daß Paldane Raj Ahtens Armeen aufhalten konnte.

Sie hoffte nur, Paldane könne den Wolflord auf irgendeine Weise in Schach halten, bis es den Königen des Nordens gelang, ihre Armeen zu vereinen. Gaborn hatte Boten mit der Bitte um Hilfe durch ganz Rofehavan gesandt.

Dennoch – Gaborn hatte keine Männer aus Heredon geschickt, um den Jäger zu unterstützen.

»Warum nicht?« fragte Iome. »Warum willst du Raj Ahten nicht Einhalt gebieten? Du brauchst es doch nicht selbst zu tun. Hier kommen viele zusammen, viele Lords aus ganz Heredon. Du verfügst über kampferprobte Männer, die es kaum erwarten können, sich zu rächen! *Ich* würde kämpfen! Es fällt mir schwer, dich das zu fragen, aber hast du vielleicht Angst vor ihm?«

Gaborn schüttelte den Kopf und sah sie voller Hoffnung an. »Ich habe keine Angst vor ihm. Trotzdem hält mich etwas zurück.

Es gibt da etwas ... ich empfinde so tief ... und kann es doch nicht gut ausdrücken. Ich bin der Erdkönig und damit beauftragt worden, den Samen der Menschheit durch die bevorstehenden finsteren Zeiten zu retten. Ich habe nicht das Gefühl, daß die Menschen von Indhopal meine Feinde sind, und kann ihnen kein Leid zufügen. Willentlich werde ich nicht die Leben von Männern und Frauen zerstören. Nicht, solange ich ganz deutlich spüre, daß die Greifer meine wahren Feinde sind.«

»Unser Feind ist Raj Ahten«, widersprach Iome. »Er ist ebenso schlimm wie jeder Greifer.«

»Das stimmt«, gab Gaborn ihr recht, »aber bedenke eins: für je vierhundert lebende Männer und Frauen verfügen wir nur über einen einzigen Kraftsoldaten, einen Beschützer, der imstande wäre, einen Greifer zu besiegen. Kommt dieser eine Beschützer um, dann werden sehr wahrscheinlich vierhundert Menschen deswegen sterben müssen.«

Das war eine erschreckende Vorstellung. Während der letzten sieben Tage, als ihr allmählich die ungeheuren Ausmaße des Problems bewußt wurden, hatte sie kaum über etwas anderes als Logistik nachgedacht. Wie viele Krieger würde Gaborn im Kampf gegen Raj Ahten opfern? War sogar schon ein einziger bereits einer zu viel?

Immer wieder verdeutlichte Gaborn ihr, daß er genau dies glaube. Mit den vierzigtausend Zwingeisen, die sein

Vater bei Longmot erbeutet hatte, konnte er vielleicht viertausend Kraftsoldaten ausstatten. Das war das Zehnfache dessen, was Iomes Vater zur Verfügung gehabt hatte. Und doch stellte es im Vergleich zu dem, was Raj Ahten aufbieten konnte, eine kleine Streitmacht dar.

Und dann war da noch der Wolflord selbst. Er besaß selbst Tausende von Gaben. Gaborn hatte davon gesprochen, die Zwingeisen zu benutzen, um Raj Ahten ebenbürtig zu werden, um mit dem Wolflord Mann gegen Mann kämpfen zu können.

Doch wenn er dies tat und von mehreren hundert Männern Gaben übernahm, befürchtete er, seine Mittel zu vergeuden. Er wußte nicht, ob er je wieder ein weiteres Zwingeisen bekommen würde. Jureem hatte ihn gewarnt; die Blutmetallminen von Kartish seien erschöpft. Diese vierzigtausend Zwingeisen waren Gaborns beste Waffe im Kampf gegen die Greifer.

Doch plötzlich wurde Iome etwas klar, das ihr zuvor entgangen war. »Warte, soll das heißen, du willst Raj Ahten gar nicht töten?« Bis zu diesem Augenblick hatte sie angenommen, Gaborn werde einfach hier in Heredon bleiben, sich hinter die schützenden Grenzen des Dunnwaldes zurückziehen und sich von den Schatten seiner Vorfahren vor Raj Ahten beschützen lassen. Gaborn wirkte jedoch nervös, strahlte eine Anspannung und Dringlichkeit aus, die sie zu der Erkenntnis zwang, daß er ihr etwas mitzuteilen hatte, das sie nicht hören wollte.

Er wandte sich ab und sah sie aus dem Augenwinkel an, als brächte er es nicht über sich, ihr ins Gesicht zu blicken. »Eins mußt du verstehen, meine Liebste: Das

Volk von Indhopal ist nicht mein Feind. Die Erde hat mich zu ihrem König gemacht, und auch Indhopal gehört zu meinem Reich. Ich muß retten, wen ich retten kann. Auch das Volk von Indhopal braucht einen Beschützer.«

»Du kannst unmöglich dorthin reiten«, fuhr Iome auf. »Daran darfst du nicht mal *denken.* Raj Ahtens Männer werden dich töten. Außerdem wirst du *hier* gebraucht.«

»Schon richtig«, gab Gaborn ihr recht. »Aber Raj Ahten verfügt über die größte Armee der Welt, und er ist der mächtigste Runenlord von uns allen. Kämpfe ich gegen ihn, werden wir vielleicht alle getötet. Beachte ich ihn nicht, dann tue ich das ganz sicher auf eigenes Risiko. Versuche ich, vor ihm davonzulaufen, wird er mich gefangennehmen. Ich sehe nur eine Alternative ...«

»Soll das heißen, du würdest von deiner Kraft Gebrauch machen, um ihn zu Erwählen? Nach allem, was er angerichtet hat?« Iome gelang es nicht, das Entsetzen und die Verärgerung in ihrer Stimme zu verbergen.

»Ich hoffe, einen Waffenstillstand zu erzielen«, gestand Gaborn ein, und seinem Ton entnahm sie, wie endgültig seine Entscheidung war. »Ich habe bereits mit Jureem über diese Möglichkeit gesprochen.«

»Raj Ahten wird dir keinen Waffenstillstand gewähren«, stellte Iome entschieden fest. »Nicht, solange du die Zwingeisen nicht zurückgibst, die dein Vater mit seinem Leben errungen hat. Und *das* wäre kein Waffenstillstand, sondern eine *Kapitulation!*«

Gaborn nickte und blickte sie ruhig und gelassen an.

»Begreifst du nicht?« setzte Iome hinzu. »Es wäre nicht einmal eine ehrenhafte Kapitulation, denn hast du die Zwingeisen erst einmal zurückgegeben, wird Raj Ahten sie gegen dich verwenden. Ich kenne meinen Vetter. Ich kenne ihn. Er wird dich nicht in Frieden lassen. Daß die Erde dir die Herrschaft über die Menschheit gegeben hat, bedeutet noch lange nicht, daß auch Raj Ahten dir diese Ehre zugesteht.«

Gaborn knirschte mit den Zähnen und erweckte den Eindruck, als wollte er sich abwenden. Sie sah die Zerrissenheit in seinem Gesicht. Sie wußte, wie sehr er sein Volk liebte, daß er es nach bestem Vermögen beschützen wollte und er in diesem Augenblick keine Möglichkeit sah, Raj Ahten zu Fall zu bringen.

»Ich muß ihn trotzdem um einen Waffenstillstand bitten«, erwiderte Gaborn. »Und wenn kein Waffenstillstand erzielt werden kann, dann ... muß ich um die Bedingungen für eine ehrenhafte Kapitulation ersuchen. Erst wenn deren Bedingungen sich als unannehmbar erweisen, werde ich gezwungen sein zu kämpfen.«

»Eine Kapitulation kommt nicht in Frage«, protestierte Iome. »Mein Vater hat kapituliert, und sofort darauf hat Raj Ahten die Bedingungen ganz nach seinem Gutdünken verändert. Du kannst nicht Raj Ahtens Übereigner *und* Erdkönig sein!«

»Ich fürchte, du hast recht.« Gaborn seufzte. Dann trat er zu ihr, setzte sich neben ihr aufs Bett und ergriff ihre Hand. Ein schwacher Trost.

»Warum kannst du ihn nicht einfach töten?« wollte Iome wissen. »Dann hättest du es hinter dir.«

»Raj Ahten hat möglicherweise zehntausend Kraftkrieger in seinen Diensten«, erläuterte Gaborn. »Sogar, wenn ich ihn besiege und dabei halb so viele Männer verlöre, wäre es das wert? Denk darüber nach, Frau, viereinhalb Millionen Kinder! Kann ich wissentlich auch nur das Leben eines einzigen von ihnen einfach verschwenden? Wer wagt außerdem zu behaupten, es habe damit ein Ende? Wäre es nach dem Verlust so vieler Krieger überhaupt noch möglich, die Greifer aufzuhalten?«

Plötzlich wurde Gaborn still. Er hielt einen Finger an seine Lippen, bedeutete Iome, nichts zu sagen, dann trat er an König Sylvarrestas alten Schreibtisch, zog ein kleines Buch aus der obersten Schublade und begann einige Blätter hervorzuziehen, die im Einband verborgen waren.

Er brachte sie hinüber zu Iome und sagte leise: »Im Haus des Verstehens, im Saal der Träume, werden die Days auf diese Weise über das Wesen von Gut und Böse unterrichtet.« Iome war überrascht. Die Lehren der Days blieben den Runenlords gewöhnlich verwehrt. Jetzt wußte sie auch, weshalb er so leise gesprochen hatte. Die Days standen unmittelbar vor der Zimmertür.

Gaborn zeigte ihr das folgende Diagramm:

Die drei Sphären des Menschen

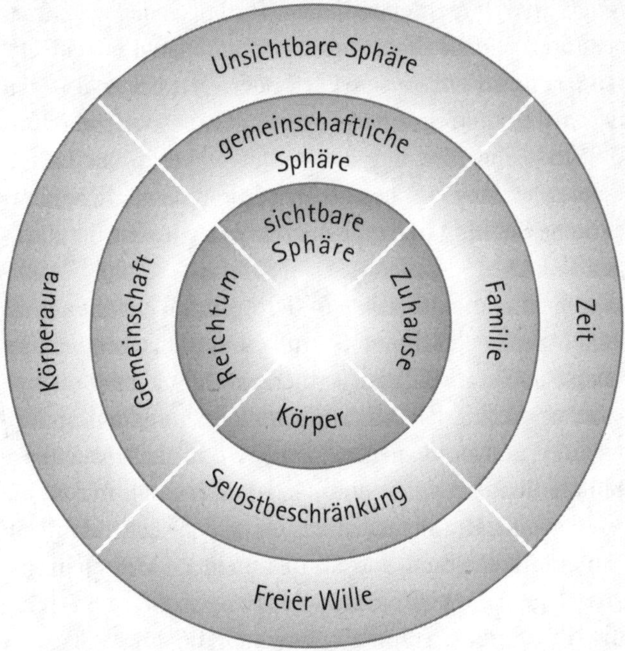

»Jeder Mensch sieht sich als Lord«, erläuterte Gaborn, »und herrscht über drei Sphären: die unsichtbare, die gemeinschaftliche und die sichtbare.

Jede dieser Sphären kann aus vielen Teilen bestehen. Die Zeit eines Menschen, seine Körperaura, sein freier Wille, das alles sind Teile seiner unsichtbaren Sphäre, wohingegen alle anderen Dinge, die er besitzt, alle, die er sehen kann, zu seiner sichtbaren Sphäre gehören.

Wenn nun jemand unsere Sphäre verletzt, so nennen wir ihn böse. Trachtet er nach unserem Land oder unserem Gemahl, trachtet er danach, unsere Gemeinschaft zu zerstören oder unseren guten Namen, macht er schlechten Gebrauch von unserer Zeit oder versucht er, uns den freien Willen streitig zu machen, so hassen wir ihn dafür.

Wenn aber jemand deine Sphäre vergrößert, dann nennen wir ihn gut. Lobt er dich vor anderen, verbessert er deine Stellung in der Gemeinschaft, wirst du ihn dafür lieben.

Iome, tief in mir steckt ein Gefühl, das ich nicht anders zum Ausdruck bringen kann als so: Das Leben aller Menschen, ihr Schicksal, ist hier, ein Teil meiner Sphäre!«

Er zeigte auf das Diagramm, mit einer vagen Handbewegung auf die gemeinschaftliche und die unsichtbare Sphäre deutend. Iome hob den Kopf und sah ihm in die Augen, als hätte sie begriffen. Sie war ihr Leben lang ein Runenlord gewesen, war auf bescheidene Weise mit den Angelegenheiten des Staates betraut worden. Sie hatte die Hoffnungen, Träume und Schicksale ihres Volkes als Teil ihrer Sphäre akzeptiert.

»Verstehe«, erwiderte sie leise.

»Ich weiß.« Gaborn atmete auf. »Zum Teil, aber nicht ganz. Ich spüre … ich spüre, wie der Umsturz näher rückt. Die Erde warnt mich. Gefahr ist im Anzug. Nicht nur für mich und dich, sondern für jeden Mann, jede Frau und jedes Kind, das ich Erwählt habe.

Ich muß alles in meiner Macht Stehende tun, um sie zu beschützen – was ich nur kann, selbst wenn ich zum Scheitern verdammt sein sollte.

Ich muß ein Bündnis mit Raj Ahten anstreben.«

Iome bemerkte seine Inbrunst bei diesen Worten und wußte, daß er nicht bloß seiner Entschlossenheit Ausdruck verleihen wollte. Er war um ihr Einverständnis bemüht.

»Und wo passe ich in deine Kreise hinein?« fragte sie mit einem Wink auf das Blatt in Gaborns Schoß.

»Du bist das Ganze«, antwortete er. »Begreifst du nicht? Dies ist weder dein Bett noch meins. Dies ist *unser* Bett.« Er deutete auf sich selbst. »Dieser Körper gehört weder dir noch mir, er gehört *uns*. Dein Schicksal ist mein Schicksal. Und mein Schicksal ist deines. Deine Hoffnungen sind meine Hoffnungen, und meine Hoffnungen müssen zwangsläufig deine sein. Ich will keine Mauern zwischen uns. Existierten sie, dann wären wir nicht wirklich verheiratet. Wir wären nicht richtig eins.«

Iome nickte. Sie verstand. Sie hatte zuvor schon Paare erlebt, die im Laufe der Zeit so viel miteinander geteilt hatten und sich so nahe gekommen waren, daß sie sogar die merkwürdigsten Eigenheiten und Vorstellungen voneinander übernommen hatten.

Iome sehnte sich nach einer solchen Vereinigung.

»Du hältst dich für so klug«, meinte sie, »wenn du verbotene Lehren zitierst. Aber auch ich habe etwas aus dem Saal der Träume gehört.

Im Haus des Verstehens, im Saal der Träume, heißt es, ein Mensch werde weinend geboren. Er weint, weil er die Brust will. Er weint, weil es ihn nach Wärme und Liebe verlangt. Mit dem Älterwerden lernt er, seine Wünsche auseinanderzuhalten. ›Ich will Nahrung!‹ greint er. ›Ich will Wärme. Ich will, daß es wieder hell wird.‹ Und wenn eine Mutter ihr Kind tröstet, sind auch ihre Worte nichts als ein einziges Gejammere, ›Ich will, daß du Freude hast‹.

Während man die Sprache erlernt, sind fast alle unsere Äußerungen nur genauer definierte Klageschreie. Höre auf jedes Wort, das ein Mann dir gegenüber äußert, und du lernst, die Bitten herauszuhören, die in jeden von ihm ausgesprochenen Gedanken eingebettet sind. ›Ich will Liebe.‹ ›Ich will getröstet werden.‹ ›Ich will Freiheit.‹«

Iome hielt, der besseren Wirkung wegen, einen Augenblick inne, und in dieser tiefen und plötzlichen Stille wußte sie, daß sie seine ganze Aufmerksamkeit besaß.

Dann brachte sie ihre Bitte vor. »Gaborn, kapituliere nicht vor Raj Ahten. Wenn du mich liebst – wenn du dein Leben und dein Volk liebst, kapituliere niemals vor ihm.«

»Solange mir diese Wahl bleibt«, antwortete Gaborn, der endlich wieder vernünftig zu werden schien.

Sie stieß sein Buch zu Boden und nahm sein Kinn in die Hand, küßte ihn fest und zog ihn aufs Bett.

Zwei Stunden darauf stießen die Gardisten oben auf der Burgmauer einen entsetzten Schrei aus und zeigten zum Fluß Wye hinüber, wo dieser sich durch die frisch ergrünten Felder wand. Stromaufwärts hatte sich der Fluß rot verfärbt, rot wie Blut.

Die rote, stromabwärts gespülte Flut strömte den scharfen mineralischen Geruch von Kupfer und Schwefel aus. Es war nur Schlamm und Treibsand, dick genug, um das Gewässer zu verunreinigen, die Kiemen der Fische zu verstopfen und sie langsam zu ersticken.

Gaborn nahm seinen Zauberer mit, um der Sache nachzugehen. Binnesman stand knietief im Wasser, tauchte probeweise seine Hand ein, kostete, und zog ein säuerliches Gesicht. »Schlamm aus den Tiefen der Erde.«

»Wie ist er in den Fluß gelangt?« wunderte sich Gaborn laut. Er war am Ufer geblieben, da ihm der Gestank des verunreinigten Wassers nicht bekam.

»Der Oberlauf des Wye«, erläuterte Binnesman, »entspringt tief im Innern der Erde. Von dort stammt der Schlamm.«

»Könnte ein Erdbeben so etwas hervorrufen?« wollte Gaborn wissen.

»Eine Verschiebung im Innern der Erde *könnte* der Grund dafür gewesen sein«, stimmte der Zauberer nachdenklich zu. »Ich fürchte aber, so war es nicht. Die Ruinen an der Stelle, wo wir die Greifermagierin getötet haben, befinden sich in der Nähe der Wasserquelle. Meiner Vermutung nach legen die Greifer dort einen Tunnel an. Vielleicht haben wir nicht alle getötet.«

Sechs Stunden später, am frühen Nachmittag, trafen unter Gaborns und Binnesmans Führung volle fünfhundert Krieger-Ritter bei den uralten duskinischen Ruinen ein. Da sich wegen der Feierlichkeiten anläßlich des Hostenfests viele Lords vor Burg Sylvarresta eingefunden hatten, fiel es nicht schwer, rasch einige ehrenwerte

Männer zusammenzubringen und die dreißig Meilen hinauf in die Berge zu reiten. Die Ruinen hatten sich seit dem Abend zuvor nicht verändert, als Binnesman, Gaborn und Borenson sie verlassen hatten. Der Eingang lag auf einem Hügel, halb verborgen unter den knorrigen Wurzeln einer großen Eiche. Die Männer zündeten Fackeln an und begaben sich über eine uralte, zerbröckelnde Treppe nach unten zu einer Stelle, wo die Erde einen stark mineralischen Geruch ausströmte. Gaborn merkte sofort, daß der Geruch sich seit dem Vortag gewandelt hatte.

Der Eingang in die uralte duskinische Stadt bestand aus einem perfekten Halbkreis von gut zwanzig Fuß im Durchmesser. Die Mauersteine in den Wänden waren gewaltig, und jeder einzelne war so perfekt behauen und eingepaßt, daß sie selbst nach Tausenden von Jahren noch hielten.

Auf der ersten Viertelmeile gab es unzählige Seitengänge und Kammern, Häuser und Werkstätten, wo einst die Duskiner gelebt hatten und die jetzt von der fremdartig anmutenden Flora der Unterwelt überwuchert waren – dunkle, gummiartige Blätter von Mannesohr sowie eine schwammartige, verfilzte Blattpflanze, die sich an die Mauern klammerte. Schon vor Jahren hatte man sämtliche duskinischen Gegenstände, Werkzeuge und Gerätschaften restlos von diesem Ort entfernt, der jetzt zur Heimstatt schillernder Wassermolche, augenloser Krabben und anderer Bewohner der Unterwelt geworden war.

Die Soldaten waren die Wendeltreppe noch keine

halbe Meile nach unten gestiegen, als diese unvermittelt endete.

Der Pfad vor ihnen war vor kurzem abgeschnitten worden. Dort, wo die Treppe weiter nach unten hätte führen sollen – meilenweit bis hin zum Idymeanmeer –, kreuzte statt dessen ein breiter Tunnel ihren Weg.

Binnesman wollte sich vorsichtig bis zur untersten Stufe vortasten, doch das Gestein riß und bewegte sich unter seinen Füßen, daher sprang er zurück. Er hielt eine Laterne in die Höhe und spähte nach unten.

Der Tunnel, der sich hier auftat, bestand aus einer gewaltigen, kreisrunden Öffnung von wenigstens zweihundert Fuß Durchmesser, die man durch festes Erdreich und Gestein getrieben hatte. Den Grund bildete ein Gewirr von Schlamm und Trümmern. Kein Mensch hätte einen solchen Durchgang graben können. Und auch kein Greifer, was das anbetraf.

Binnesman strich sich durch den Bart und starrte nach unten. Dann hob er einen Stein auf und ließ ihn hineinfallen. »Dann habe ich also tatsächlich gespürt, wie sich unter meinen Füßen etwas bewegt«, dachte er laut. »Die Erde leidet.«

Gerade in diesem Augenblick schwirrte ein Schwarm kleiner dunkler Geschöpfe unten durch den schwarzen Tunnel, Geschöpfe der Unterwelt, für die das Tageslicht nicht ohne weiteres zu ertragen war. Sie stießen schrille, gequälte Schreie aus und flatterten dann von den Laternen fort.

Nervös brach Borenson das Schweigen. »Wer oder was könnte einen solchen Tunnel gegraben haben?«

»Da kommt nur eins in Frage«, antwortete Binnesman, »auch wenn mein Bestiarium der Unterwelt es als ein Geschöpf beschreibt, das zuvor erst ein einziges Mal von einem Menschen beobachtet wurde und es somit in den Bereich der Legende verweist. Ein solcher Gang kann nur von einem Hujmoth, einem Weltwurm, gegraben worden sein.«

KAPITEL 4
Die Greifer

Himmelsgleiter Averan«, sagte Tiermeister Brand, »du wirst gebraucht.«

Averan drehte sich, um ihn im Licht des Vordämmers zu betrachten, wenn auch nicht besonders schnell. Im riesigen, schattigen Schlag des Graakhorsts konnte sie Brand eher über das Geräusch seiner Schritte orten als mit den Augen. Sie beschäftigte sich gerade damit, einige soeben flügge gewordene Graaks zu füttern, und traute sich nicht, den Blick von den Reptilien abzuwenden. Die Graaks hatten ein Schultermaß von vierzehn Fuß und waren imstande, ein Kind wie Averan mühelos in einem Stück zu schlucken. Obwohl die Graaks sie geradezu vergötterten und Averan sie gefüttert hatte, seit sie sich mit ihren Krallen aus ihren ledrigen Eiern geschält hatten, würden sie wahrscheinlich nach ihr schnappen, wenn sie hungrig waren. Manchmal versuchten sie, ihr das Fleisch mit der langen Flügelkralle aus der Hand zu reißen. Averan hatte keine Lust, einen Arm zu verlieren, so wie Brand vor langer Zeit.

Himmelsgleiter, überlegte sie. Er hat mich *Himmelsgleiter* genannt, nicht *Tierpfleger.* Mit ihren neun Jahren war Averan zu groß und zu alt für eine Himmelsgleiterin. Seit zwei Jahren hatte man ihr nicht mehr zu fliegen erlaubt.

Brand stand in der Tür des Horsts, während das trübe

Morgenlicht ihn mit einem Hof umgab. An seinem Gürtel war, als Lockmittel für die Graaks, mit einer Seilschlinge eine Lammkeule befestigt. Er kniff die Augen zusammen und strich sich mit der Linken durch den Bart. Sie fragte sich, ob er gestern abend zu viel jungen Wein getrunken und ihr Alter vergessen hatte. »Ist das …?«

»Mein Ernst? Aber ja«, brummte Brand kurz angebunden und angespannt. Plötzlich merkte sie, daß er zitterte. »Außerdem müssen wir uns beeilen.« Schließlich machte er kehrt und ging auf die Schläge zu.

Im trüben Dämmerlicht stiegen die beiden über die in den Stein geschlagenen Stufen hinauf in den oberen Horst. Die Nester hier oben stanken. Die älteren Graaks hatten einen Geruch an sich, der dem einer Schlange nicht unähnlich war, und nach Jahrhunderten ihrer Anwesenheit war dieser bis in den Fels des Horsts gezogen. Averan hatte längst gelernt, den Geruch zu mögen, so wie manche Menschen angeblich am Gestank von Pferdeschweiß oder von Hunden Gefallen fanden.

Die Treppe weitete sich zu einem breiten Raum mit einem einzigen schmalen Eingang, den man in die Ostseite des Hügels gemeißelt hatte. Im schwachen Licht erkannte sie, daß er leer war. Die Graaks waren auf ihrer morgendlichen Jagd. Im kühlen Herbstwetter wurden sie oft ruhelos und hungrig.

Averan folgte Brand hinaus auf den Landeplatz. Er blieb einen Augenblick lang stehen, löste die Lammkeule vom Gürtel und vergewisserte sich, daß der Strick fest zwischen einer Sehne und dem Knochen des Gelenks klemmte. Dann stand er da und ließ den riesigen, unförmigen Köder kreisen. Es brauchte schon einen erwachsenen Mann, den Graakköder auf diese Weise herumzuwirbeln.

»Ledernacken!« rief er. »Ledernacken.«

Der Graak war darauf abgerichtet, auf seinen Namen zu reagieren. Das Lammfleisch diente der Belohnung für das Ungeheuer, sollte es tatsächlich kommen.

Averan suchte den morgendlichen Himmel ab. Das Reptil war nirgendwo zu sehen. Ledernacken war alt und groß, ein Tier mit großem Durchhaltevermögen, wenn auch nicht sehr schnell. Es wurde nur noch selten als Reittier benutzt. Im Laufe des vergangenen Sommers hatte es sich angewöhnt, sich beim Jagen zunehmend weiter zu entfernen.

Im Westen ragte das Hestgebirge auf, dessen schroffe Gipfel von den leichten Schneefällen der vergangenen Nacht weiß leuchteten. Am Hang unterhalb des Horsts erhob sich Bergfried Haberd – fünf steinerne Türme, deren Mauern sich über beide Flanken des schmalen Passes erstreckten, der in das Gebirge hineinführte. Innerhalb der Burgmauern herrschte Durcheinander – Menschen riefen und liefen umher. Einige hielten noch immer Fackeln in den Händen. Ihre Stimmen klangen dünn und fern. Unten auf dem Anger kletterten Frauen und Kinder auf Karren, um zu fliehen.

Erst jetzt erkannte Averan, daß da etwas ganz und gar nicht stimmte. »Was ist denn dort unten los?«

Brand legte die Lammkeule ab, als sei er müde, und betrachtete sie lange mit einem abschätzenden Blick.

»Eben traf ein Knappe mit Nachrichten aus den Bergen von Morneshire ein. Im Alcairgebirge ist ein Vulkan ausgebrochen. Außerdem sind Greifer aufgetaucht. Der Reiter schätzt, unter den Greifern befinden sich an die achtzigtausend Klingenträger, dazu weitere tausend niedere Magier und wenigstens eine grauenerregende Magierin. Über ihnen hängt eine Wolke Greefliegen, die den Himmel verdunkelt. Du mußt Herzog Paldane in Carris diese Nachricht überbringen.«

Averan hatte Mühe, die Bedeutung von Brands Worten zu verstehen. Morneshire war ein Gebiet im äußersten Westen von Mystarria, das an die Verbindung von Hest- und Alcairgebirge grenzte. Die Zitadelle hier, Bergfried Haberd, die nächstgelegene Festung, war alt und standfest. Sie diente als Zuflucht für Reisende, die sich auf dem Weg in die Berge befanden, und die Soldaten hier sorgten dafür, daß die Pfade vor Banditen und Greifern und anderem Ungeziefer sicher waren. Die Greifer würden die Mauern in einer halben Stunde überrennen, und sie würden keine Gefangenen machen.

Herzog Paldane war der Stratege des Königs. Wenn jemand die Greifer besiegen konnte, dann er. Aber Paldane hatte alle Hände voll zu tun. Raj Ahtens Männer hatten drei Burgen an der Grenze eingenommen oder zerstört, und sowohl Lords als auch gewöhnliches Landvolk flohen aus dem Norden.

Brand fragte sich laut: »Unser Lord ist der Meinung, der Vulkanausbruch habe die Greifer aus ihren Unterschlüpfen vertrieben. Das ist schon einmal passiert, zu Zeiten meines Großvaters. Der Vulkan füllte damals ihre Baue mit Lava, woraufhin die Ungeheuer die Flucht ergriffen. Doch dieser Ausbruch wird sehr viel mehr Leid nach sich ziehen als der damalige. In diesen Bergen haben sich die Greifer viel zu lange ungehindert vermehren können.« Er strich sich den Schnauzbart glatt.

»Und was ist mit dir?« fragte Averan. »Was wirst du tun?«

»Mach dir um mich keine Sorgen«, beruhigte sie Brand. »Wenn es sein muß, nehme ich es mit denen auch einhändig auf.« Er wedelte mit dem Stumpf seines rechten Armes und lachte gequält über seinen eigenen Scherz.

Trotzdem entging ihr die fürchterliche Angst in seinen Augen nicht.

»Mach dir um mich keine Sorgen. Nimm du nur einfach den alten Ledernacken«, fuhr er fort. »Du wirst ohne Sattel, Nahrung oder Wasser fliegen – um das Gewicht gering zu halten.«

»Was ist mit Derwin?« Averans Stimme klang heiser. »Sollte *er* nicht Herzog Paldane die Nachricht überbringen?« Derwin war jünger. Mit seinen fünf Jahren war er der offizielle Himmelsgleiter für Bergfried Haberd.

»Ich habe ihn gestern abend mit einem anderen Auftrag losgeschickt«, erwiderte Brand und suchte derweil den Himmel im Süden nach seinem Tier ab. Dann murmelte er erbittert: »Unser Lord, dieser Narr … er sendet Himmelsgleiter aus, um seiner Geliebten Briefe zu überbringen.«

Das wußte Averan längst. Vor Jahren war sie oft mit Briefen und Rosen ihres Lords Haberd zu Lady Chetham in Arrowshire aufgebrochen. Im Gegenzug hatte die Dame ihr Briefe mit Locken ihres Haares oder einem wohlriechenden parfümierten Taschentuch mitgegeben. Lord Haberd war offenbar der Ansicht, seine ehebrecherische Affäre ließe sich leichter verheimlichen, wenn er anstelle seiner älteren Soldaten Kinder als Boten einsetzte.

Die fruchtbaren Ebenen im Osten lagen unter einem Schleier morgendlichen Nebels, der sich blaßgolden in den ersten Sonnenstrahlen färbte. Hie und da erhob sich ein Hügel wie eine smaragdgrüne Insel aus dem Dunst. Averan hielt zwischen den Tälern nach einem Anzeichen des Graaks Ausschau. Dort trieb sich Ledernacken sicher herum und suchte etwas Langsames und Fettes zum Fressen.

»Wie bald werden die Greifer hiersein?« fragte sie.

»In zwei Stunden«, antwortete Brand. »Allerspätestens.«

Wohl kaum Zeit genug, um alles zur Verteidigung bereitzumachen. Wenn Lord Haberd in der nächsten Festung um Hilfe bat, dauerte dies einen Tag, selbst für Ritter auf Kraftpferden. Averan überlegte, ob die Männer hier so lange würden durchhalten können.

Brand legte die Hände an den Mund und rief erneut. In der Ferne sah Averan einen Punkt mit Flügeln aus dem Nebel auftauchen, hellbraune Haut, die im morgendlichen Licht zu gleißen schien. Ledernacken hatte den Ruf erhört.

»Ledernacken ist alt«, erklärte Brand. »Du wirst häufig haltmachen und ihn ausruhen lassen müssen.«

Averan nickte.

»Flieg über die Wälder im Norden, dann quer über die Hügel zu den Trostbergen. Es sind nur zweihundertvierzig Meilen – nicht sehr viel. Bis Einbruch der Dunkelheit kannst du Carris erreichen.«

»Werden mich die Pausen nicht zu sehr aufhalten?« fragte Averan. »Vielleicht sollte ich einfach in einem Stück durchfliegen?«

»So ist es sicherer«, sagte Brand. »Hat keinen Sinn, das Tier vor lauter Eile zu Tode zu hetzen.«

Was konnte er bloß damit meinen? Natürlich mußte sie sich beeilen – und der Tod ihres Tieres war nichts verglichen mit dem Tod der Männer.

Dann dämmerte ihr die Wahrheit. Bergfried Haberd war abgeschnitten. Was immer sie auch tat, nichts würde einen Unterschied ausmachen. Auf keinen Fall würde Hilfe rechtzeitig eintreffen können. Lord Haberd hatte wahrscheinlich längst Boten auf Kraftpferden ausgesandt. Und die Pferde würden schneller vorankommen als sie. Ihre Spitzengeschwindigkeit lag bei vierzig Meilen pro Stunde, und wenn sie zu dieser Jahreszeit Richtung Norden flog, mußte sie vielleicht sogar mit Gegenwinden kämpfen. Ein gutes Pferd, das über genug Gaben des Stoffwechsels, der Kraft und des Durchhaltevermögens verfügte, erreichte mühelos achtzig Meilen.

»Du schickst mich nicht los, um eine Nachricht zu überbringen«, beschwerte sich Averan. Ihre Stimme klang ihr gepreßt, und ihr Herz klopfte.

Brand blickte sie kurz von oben herab liebevoll lächelnd an. »Natürlich nicht. Ich rette dir das Leben, Kind«, gestand er. »Nimm die Nachricht für Herzog Paldane trotzdem mit, wenn du willst. Es besteht immer die Möglichkeit, daß die Reiter nicht durchkommen.«

Er beugte sich zu ihr vor und flüsterte verschwörerisch: »Aber wenn du meinen Rat hören willst, ich würde dort nicht haltmachen. Der Palast in Carris ist eine Todesfalle. Sollten die Greifer dorthin ziehen, nehmen sie ihn womöglich innerhalb von vierzehn Tagen ein, und es gibt keinerlei Garantie dafür, daß Paldane dich auf dem Tier, auf dem du gekommen bist, auch wieder davonfliegen läßt. Erzähl ihm, du hättest den Auftrag, eine Warnung weiter nach Norden zu befördern, zum Vetter zweiten Grades unseres Lords in Montalfer. Dann wird Paldane nicht wagen, dich festzuhalten.«

Ledernacken flog mühsam, das Mutterschaf irgendeines Schäfers in seinem riesigen Maul, mit den Flügeln schlagend von den nebelverhangenen Hügeln herauf. Er wirkte ungeduldig. Nervös sah er sich mit seinen kleinen goldenen Augen um.

Mit seinen mächtigen Schwingen flatternd, daß die Luft an Averans Haaren zerrte, setzte das riesige Tier auf dem Landeplatz auf. Er machte einen unbeholfenen Hüpfer, dann legte er den toten Schafskörper Brand zu Füßen, wie eine Riesenkatze, die seinem Herrchen eine tote Maus darbringt. Der Graak stand da und versuchte mit zitternden Hautfalten an der Kehle, wieder zu Atem zu kommen.

Er beugte sich vor, rieb seine Schnauze an Brands Brust.

Der lächelte versonnen, streckte die gesunde Hand aus, tätschelte die Nase des Tieres und entfernte einen Fleischbrocken aus den säbelartigen Zähnen.

»Du wirst mir fehlen, alte Echse«, sagte Brand. Er warf die Lammkeule in die Luft, so hoch er konnte. Ledernacken schnappte sie sich, bevor sie den Boden berührte.

Nun wandte sich Brand an Averan: »Früher, als kleiner Junge, bin ich auf ihm geritten, mußt du wissen, vor vierzig Jahren – genau wie König Orden. Du reitest also ein königliches Tier.«

Ledernacken war einer der ältesten Graaks im Horst und nicht gerade der, den sie sich ausgesucht hätte. Aber er war gut abgerichtet, außerdem hatte Brand immer eine besondere Zuneigung für das Ungeheuer empfunden. »Ich werde gut auf ihn aufpassen«, versprach sie.

Brand ballte, die Handfläche nach unten gedreht, die Hand zur Faust, und das große Reptil beugte sich vor und ging in die Hocke, damit Averan aufsteigen konnte. Sie nahm einen Schritt Anlauf und war mit einem Satz oben. Wie alle Himmelsgleiter besaß sie eine Gabe des Durchhaltevermögens und eine der Muskelkraft. Somit war sie kräftiger und ausdauernder als jeder gewöhnliche Mensch, und wegen ihrer geringen Größe war es für sie ein leichtes, aufzuspringen und auf dem Rücken des Monstrums herumzukrabbeln. Zusätzlich zu diesen Gaben besaß sie ebenfalls eine der Geisteskraft, die es ihr ermöglichte, praktisch jede Nachricht, die sie für ihren

Lord überbringen sollte, wörtlich wiederzugeben. Diese Gaben unterschieden sie von anderen Kindern. Sie war erst neun, hatte in ihrem kurzen Leben jedoch viel gelernt.

Averan machte es sich vor der ersten hornigen Schuppe im Nacken des Tieres bequem. Sie kratzte die lederne Haut des Graak.

»Stürze nie«, rief Brand. Das war die erste Regel, die man einem Himmelsgleiter als Kind beibrachte. Unter Himmelsgleitern war es außerdem der Abschiedsgruß, eine Beschwörungsformel vor Antritt jeder Reise.

»Niemals«, gab Averan zurück. Er warf ihr einen kleinen Beutel zu, in dem es klimperte, als sie ihn fing. Es klang nach Münzen. Vermutlich seine ganzen Ersparnisse.

Sie schlang dem Graak die Beine um den Hals, spürte, wie seine Muskeln sich spannten und entspannten, während er auf ihr Kommando wartete.

Gern hätte sie mehr Zeit gehabt, sich von Brand zu verabschieden. Ein Teil von ihr wollte nicht recht wahrhaben, daß die Greifer tatsächlich im Anmarsch waren. Der Bergfried sah an diesem Morgen genauso aus wie an jedem anderen Morgen im Herbst. Hier draußen auf dem Landeplatz, hoch über der Burg, rankten sich Frauenhaarfarne und ein paar Purpurwinden mit ihren weit geöffneten, tiefvioletten Blüten am Fels hinauf. Die Luft war still und friedlich. Von den Bollwerken unten wehte der Geruch von Kochfeuern herauf.

Ihr Verstand sträubte sich gegen die Vorstellung, diesen Ort zu verlassen. Unter normalen Umständen hätte sie den Graak vor einem so langen Flug ausgiebiger gefüttert. Sie hätte Ledernacken am liebsten erlaubt, mehr zu fressen, aber das Tier wäre dann wohl kaum in der Lage gewesen, sie zu tragen und seinen vollen Bauch dazu.

Ihre Kehle fühlte sich an wie ausgetrocknet. Bittere Tränen brannten ihr in den Augen. Schniefend fragte sie ein letztes Mal: »Was wirst du tun? Wirst du die Burg verlassen? Versprichst du mir, dich zu verstecken – wenn nicht deinetwegen, dann für mich?«

»Es wäre glatter Selbstmord, vor den Greifern davonzulaufen«, erwiderte Brand. »Sie würden mich wie eine Wurst in Stücke schneiden. Außerdem fürchte ich, in meinem Zustand würde ich einen schlechten Bogenschützen auf der Burgmauer abgeben.«

»Dann versteck dich mir zuliebe«, bettelte Averan. Brand bedeutete ihr alles – Vater, Bruder, Freund. Sie hatte keine Familie. Ihr Vater war vor ihrer Geburt bei einem Scharmützel mit Greifern gefallen, und ihre Mutter war nach einem Sturz gestorben, als Averan noch ein Kleinkind gewesen war – nach einem Sturz von einem Stuhl, als sie im Bergfried des Lords gerade eine Lampe hatte anzünden wollen. Averan hatte es nicht gesehen, sich aber nie recht damit abgefunden, daß man nach einem Sturz so leicht sterben konnte. Sie war selbst mehr als einmal aus einer Höhe von fünfzehn Fuß zu Boden gegangen, wenn ihr Reptil sie bei der Landung abgeworfen hatte – komisch, ihr war dabei nie etwas passiert.

»Ich werde mich verstecken, das verspreche ich –

vorausgesetzt, Verstecken ergibt einen Sinn«, versprach Brand.

Sie musterte ihn, um zu sehen, ob er log. Allerdings war Averan immer schrecklich schlecht darin gewesen, hinter die Augen von anderen zu schauen. Was andere Menschen wirklich dachten, was sie meinten, kam ihr oft wie ein unergründliches Rätsel vor.

Daher mußte sie sich damit zufriedengeben, daß Brand sich verstecken oder wegrennen oder auf andere Weise vor Raj Ahtens Männern fliehen würde.

Er hatte sie angesehen, doch plötzlich richtete er den Blick auf etwas hinter ihr, und ihm stockte der Atem.

Sie drehte sich um. Auf einem fernen Hügel, oben in der Schlucht, entdeckte sie sie plötzlich. Ihre ledrige Haut schimmerte blaßgrün im Morgenlicht, allerdings war auf diese Entfernung nicht zu erkennen, ob in ihre Haut Runen eintätowiert waren. Lediglich das Blinken der Klingen im Schein der Sonne war zu sehen und das Leuchten feuriger Stecken. Aus der Entfernung wirkten die sechsbeinigen Kreaturen bloß wie fremdartige Insekten, die unter einem Stein hervorkrochen. Averan wußte jedoch, daß jede einzelne dieser grausamen Bestien die dreifache Größe eines Mannes hatte.

Hinter ihnen stob ein dunkle Wolke auf. Die Gree schwärmten in beängstigender Zahl aus. Gree waren kleiner als Fledermäuse, aber größer als Maikäfer. Manchmal krabbelten sie aus ihren Höhlen hervor. Averan hatte noch nie eine solche Menge zu Gesicht bekommen, die sogar den Himmel verdunkelte.

»Los jetzt, sofort!« forderte Brand sie auf. Die Greifer

würden keine zwei Stunden mehr bis hierher brauchen. Bei ihrem Tempo würde es in fünf Minuten auf den Mauern von ihnen nur so wimmeln.

»Auf«, rief Averan.

Der Graak drehte sich um und sprang von der Felskante. Averan verspürte ein Gefühl der Übelkeit, als die Echse nach unten sackte. Sie blickte vorbei an ihrem Hals auf das Gewirr aus Felsbrocken Hunderte von Fuß unter ihr.

Für einen Augenblick waren die Greifer vergessen. So mancher junge Himmelsgleiter war im Laufe der Jahrhunderte über diesen Felsen abgestürzt. Averan hatte mit ansehen müssen, wie die kleine Kylis letztes Jahr abgestürzt war, und hatte den Todesschrei des Mädchens gehört. Eine kleine Ewigkeit lang fürchtete Averan jetzt, Ledernacken wäre nicht imstande, ihr Gewicht zu tragen, und würde sie beide in den Tod reißen.

Dann fanden die Flügel des Graaks in der Luft Halt, und sie glitt dahin.

Sie sah sich um. Brand winkte ihr von dem felsigen Ausguck des Graakhorsts zu, während ihm die Morgensonne ins Gesicht schien. Dann zog er sich mannhaft wieder ins Innere der oberen Schläge zurück.

Für Averan sah es so aus, als verschluckte ihn der Berg. Fast war sie versucht, ein paar Augenblicke über der Stadt zu kreisen, um das Eintreffen der Greifer zu beobachten, wußte aber, daß diese Bilder sie auf Jahre hinaus verfolgen würden.

Daher lenkte sie den Graak mit kleinen Stößen ihrer Füße und leise gesprochenen Kommandos in Richtung

Norden, hinweg über die wallenden, wie Meereswogen glitzernden Nebelschwaden. Und während Ledernacken sie von dannen trug, wischte sie sich bittere Tränen aus den Augen.

KAPITEL 5
Bärengeschichten

Also, kurz darauf schleudert Euer Sohn seinen Speer auf den alten Eber«, erzählte Baron Poll voller Schadenfreude, »und da er sich für einen Meisterschützen hält, zielt er ihm genau zwischen die Augen. Aber der alte Eber muß einen Dickschädel gehabt haben wie der Narr des Königs, denn der Speer prallt vom Schädel ab, und das Biest trägt kaum mehr als einen Kratzer davon!«

Baron Poll mußte schmunzeln, als er daran dachte, während Roland nach vorn auf die Straße blickte. Sie ritten gemächlich in den Nachmittag hinein, damit ihre Tiere verschnaufen konnten, und waren noch einen halben Tagesritt von Carris entfernt.

»Den alten Eber packt also die Wut, er senkt seine Schnauze und wühlt im Dreck, während ihm das Blut über die Hauer strömt. Nun wißt Ihr sicher, die Wildschweine im Dunnwald sind so groß wie Pferde und so zottelig wie Yaks. Und Euer Sohn, damals gerade dreizehn, erkennt, daß dieser Eber im Begriff steht anzugreifen, hat aber nicht genug Verstand zu tun, was jeder Mann in einer solchen Lage tun sollte.«

»Und das wäre?« fragte Roland. Er hatte noch keine Wildschweine im Dunnwald gejagt.

»Na ja, sein Pferd herumreißen und das Weite suchen!« grölte Baron Poll. »Nein, Euer Sohn sitzt da, starrt das Vieh an, daß sein Pferd zu einer prächtigen Zielscheibe wird, und hat sich mittlerweile zweifellos längst in die Hosen gemacht.

Also, der alte Eber attackiert und erwischt das Pferd genau unterm Bauch, reißt dem armen Tier die Därme raus und schleudert Euren Sohn gut vier Fuß weit in die Höhe.

Jetzt war es, wie ich schon erwähnte, ungefähr eine Stunde her, daß wir die Hunde aus den Augen verloren hatten, und wir waren die ganze Zeit geritten, um sie wiederzufinden. Wir konnten sie in den Bergen kläffen hören, müßt Ihr wissen.

Euer Sohn wird also abgeworfen, sein Pferd humpelt irgendwie von dannen, und der Eber sieht Euren Sohn dort stehen. Dann rennt er los, so schnell, daß ich dachte, ich schwöre es bei den Mächten, er hätte abgehoben!«

Baron Polls Augen leuchteten vor Freude, weil er die Geschichte zum besten geben konnte. Es klang, als hätte er sie bereits viele Male erzählt und sich alles gut zurechtgelegt.

»Dann hörte der junge Knappe Borenson das Gekläff der Hunde und denkt sich – wie wir später herausfanden –, *Ich renne zu den Hunden! Sie werden mich beschützen!*

Also flitzt er los und rennt durch den Farn, und der Eber, ihm dicht auf den Fersen, immer hinterher.

Nun hatte Euer Sohn damals gerade zwei Gaben des Stoffwechsels übernommen – Ihr könnt Euch also vorstellen, wie schnell er läuft. Während er mit dreißig Meilen in der Stunde losrennt, schreit er ständig »Mörder! Mörder!«, als sei er mit Gebrüll hinter einem Verbrecher

her – und jedesmal, wenn er langsamer wird, jagt ihm dieser Eber eine Todesangst ein.

Gut. Er rennt also ungefähr eine halbe Meile, die ganze Zeit bergauf, und so ganz langsam fange ich an zu denken, allmählich werde es Zeit, ihm das Leben zu retten, also stürme ich auf meinem Pferd ebenfalls den Hang hinauf, dicht hinter ihm und dem Eber, aber sie laufen so schnell durch das Unterholz, daß ich ständig Umwege machen und nach einem weniger überwucherten Pfad suchen muß, daher komme ich nie so recht auf Wurfweite an den Eber heran.

Dann erreicht Euer Sohn die Hunde. Sie hocken samt und sonders mit hängender Zunge unter dem Stamm dieser mächtigen Eberesche. Alle paar Augenblicke stimmt einer der Hunde wie zum Zeitvertreib ein Geheul an, und Euer Sohn denkt sich: *Ah, ich klettere auf den Baum, dann werden mich die Hunde sofort retten.*

Euer Sohn steigt also in den Baum. Die Hunde springen erwartungsvoll auf, betrachten ihn aufmerksam und wedeln mit ihren Stummelschwänzen, derweil der junge Borenson sich mit Armen und Beinen zwanzig Fuß am Baum hochzieht.

Und plötzlich ist der Eber mit einem Satz mitten unter den Hunden. Nun hat der alte Kerl, wie es scheint, schon einiges durchgemacht und kann die Hunde auch nicht besser leiden als Euren Sohn, und da er nun sieht, daß die Hunde sich allesamt schon ziemlich abgerackert haben und ein wenig erstaunt darüber sind, ein Fünfzehnhundert-Pfund-Ungeheuer in ihrer Mitte vorzufinden, senkt er die Hauer und schleudert den ersten Köter, der ihm vor die Nase kommt, in die Luft und hat zwei weitere aufgeschlitzt, bevor sie noch richtig begreifen, was eigentlich los ist.

Also beschließt der Rest der Hunde – das kleine Rudel bestand nur aus etwa fünf oder sechs –, das, was von ihren Stummelschwänzen noch geblieben ist, einzuklemmen und den nächsten Gasthof anzusteuern. Knappe Borenson fängt also an, nach mir zu rufen: ›Hilf mir – du verdammter Hurensohn! Hilfe!‹

Tja, denke ich bei mir, *das ist wirklich keine Art, sich an jemanden zu wenden, der einem das jämmerliche Leben retten soll,* und da ich ihn in Sicherheit auf dem Baum hocken sehe, zügele ich mein Pferd, als wollte ich es ein wenig verschnaufen lassen.

Und just in diesem Augenblick vernehme ich ein äußerst befremdliches Geräusch – ohrenbetäubendes Gebrüll! Ich schaue hoch und sehe, weshalb Euer Sohn so schreit. Wie sich herausstellt, steckt der Baum, auf den er geklettert ist, voller Bären! Drei große Bären! Die Hunde hatten sie dort hinaufgetrieben!«

Baron Poll mußte bei der Vorstellung so heftig lachen, daß er selbst zu brüllen anfing, und mittlerweile war er den Tränen nahe.

»Euer Sohn sitzt also auf diesem Baum fest, worüber nun die Bären nicht übermäßig glücklich sind, und unten hockt der Eber, also breche ich in heftiges Gelächter aus und kann mich kaum noch im Sattel halten.

Er beschimpft mich also lautstark – Freunde waren wir nie, müßt Ihr wissen – und befiehlt mir, ihn zu retten. Nun, ich bin zwei Jahre älter als er, und mit meinen fünfzehn Jahren ist mir klar, ich wolle lieber verflucht sein, als mich von einem Bengel herumkommandieren zu lassen, der noch vor zwei Wochen zwölf gewesen ist. Ich halte also beträchtlichen Abstand zum Baum und rufe ihm zu: ›Hast du mich gerade Hurensohn genannt?‹

Und Euer Sohn brüllt: ›Allerdings!‹

Nun ja, daß er die Wahrheit sagte, spielte keine Rolle«, fuhr Baron Poll fort. »Ich hatte nicht die Absicht, mich von einem Dreizehnjährigen beschimpfen zu lassen. Also schrie ich zurück: ›Nenn mich *Bursche*, oder du kannst dich alleine retten!‹«

Baron Poll verstummte, wurde nachdenklich.

»Was geschah dann?« wollte Roland wissen.

»Das Gesicht Eures Sohnes wurde rot vor Zorn. Wie gesagt, wir waren nie die allerbesten Freunde, ich hätte jedoch nie vermutet, wie sehr er mich haßt. Seht Ihr, ich hatte ihn, als er klein war, immer gnadenlos tyrannisiert, ihn als Bastard beschimpft, und ich glaube, er hat mich durchschaut. Er wußte, daß ich von niedriger Abstammung war, daher war er der Ansicht, ich sollte ihn besser behandeln als andere Jungs – und nicht schlechter. Vermutlich also hatte ich seinen Haß verdient, nur wußte ich nicht, wie sehr ein Junge hassen kann. Er brüllte: ›Wenn du tot bist und du eines ehrenhaften Todes gestorben bist, dann werde ich dich ›Bursche‹ nennen! Aber keinen Augenblick vorher!‹«

Ernster setzte Baron Poll hinzu: »Dann zog er sein Messer, kletterte diesen Baum hoch, fing an zu lachen und ging eigenhändig auf die Bären los.«

»Mit nichts weiter als einem Messer?«

»So ist es«, sagte Baron Poll. »Ihm standen Gaben der Muskelkraft und des Durchhaltevermögens zur Seite, vom Körperbau her war er jedoch nach wie vor nicht viel größer als ein Junge. Die Bären hatten sich auf einige dicke Äste zurückgezogen, und ich kenne keinen Mann, der noch bei Sinnen ist, der in einer solchen Situation gegen sie gekämpft hätte. Aber Euer Junge ging auf sie los, ich glaube, nur um mir zu zeigen, daß er dazu fähig war.

Vermutlich hätte er sie auch umgebracht. Aber sie sahen ihn kommen und sprangen hinunter. Jetzt sah der Eber sie also wie Bhilot aus dem Baum fallen und beschloß, von Eurem Sohn abzulassen und statt dessen auf Eichelsuche zu gehen …« Bei dieser Erinnerung mußte Baron Poll kichern.

»Ich glaube«, fuhr Baron Poll fort, »in diesem Augenblick wurde mir klar, daß der junge Knappe Borenson eines Tages Kommandant der Königlichen Garde werden würde. Entweder das, oder er würde ins Verderben rennen. Vielleicht beides.«

»Beides?« Roland betrachtete jetzt das Gesicht des Barons. Der Mann war ungeheuerlich – dreihundert Pfund Fett, dicht überwuchert von Haar so dunkel wie die Nacht. Sein Gesicht jedoch wirkte nachdenklich.

»Wer Kommandant der Königlichen Garde wird, behält den Posten selten lange. Wißt Ihr, daß König Ordens Familie während der letzten acht Jahre dreimal von Meuchelmördern heimgesucht wurde?«

Drei Angriffe in acht Jahren schien eine Menge. Roland hatte in der jüngeren Geschichte nichts Vergleichbares gehört. Als er seine Gabe des Stoffwechsels in die Dienste des Königs gestellt hatte, hatte er sich nicht träumen lassen, in solch finsteren Zeiten wieder aufzuwachen. Sein König tot, das gesamte Königreich Mystarria heimgesucht von Eindringlingen.

»Das wußte ich nicht«, sagte Roland. Er hatte zwanzig Jahre lang geschlafen und nicht recht Gelegenheit gehabt, sich über die jüngste Geschichte auf dem laufenden zu halten. Er fragte sich, ob Orden zu Hause irgendwelche Schwierigkeiten gehabt hatte – irgendeinen Nachbarn, der ihm ans Leder wollte. »Wer hat die Meuchelmörder geschickt?«

»Natürlich Raj Ahten«, antwortete Baron Poll. »Beweisen konnten wir es nie – aber wir hatten ihn stets im Verdacht.«

»Ihr hättet einen Meuchelmörder aussenden sollen, der *ihm* auflauert«, erwiderte Roland äußerst empört.

»Haben wir – zu Dutzenden. Alle Königreiche Rofehavans zusammen haben Hunderte, vielleicht sogar Tausende geschickt. Wir haben versucht, ihn und seine Erben zu töten, seine Übereigner und Verbündete auszuradieren. Auch die Unabhängigen Ritter haben ihre Streitkräfte geopfert. Verdammt, wir haben es hier nicht mit einem kleinen Grenzscharmützel zu tun.«

Es überraschte ihn, daß ein einzelner Wolflord so viele Angriffe abwehren und noch immer so mächtig sein konnte, wie Raj Ahten es den Gerüchten zufolge war.

Doch Indizien dafür gab es überall. Den ganzen Nachmittag über waren Roland und Poll auf ihrem Ritt Bauern begegnet, die von Norden kommend auf der Flucht waren. Männer und Frauen zogen Karren hinter sich her, die mit Kleiderbündeln, ein paar wenigen Vorräten und den kargen, ihnen verbliebenen Habseligkeiten beladen waren. Bei anderen Gelegenheiten hatten sie Anzeichen für jüngste Truppenbewegungen gesehen – die Krieger Mystarrias, die nach Norden in den Kampf marschierten.

Roland verstummte.

»Oho«, murmelte Baron Poll. »Was haben wir denn hier?«

Sie kamen um eine Biegung und blickten einen Hang hinunter. Vor ihnen auf der Straße lag ein gestürztes Pferd. Dem Anschein nach mit gebrochenem Bein. Das Tier hatte den Kopf gehoben und sah sich ermattet um, sein Reiter lag halb unter ihm begraben. Der Mann trug die Kleider eines königlichen Boten – Lederhelm, grünes Gewand, mitternachtsblaues Wams mit dem Bild des grünen Ritters auf der Brust.

Der Bote hatte sie, indem er ihnen zuschrie, sie sollten ihm den Weg freimachen, vor nicht mal einer Stunde überholt. Jetzt rührte sich der Mann nicht mehr.

Roland und Baron Poll jagten vorwärts. Die Senke in der Straße war vom Regen der vergangenen zwei Tage schlammig – nicht so schlammig, daß man es sofort bemerkte. Roland konnte jedoch erkennen, wo das Pferd in der Kurve ausgerutscht und einhundert Meter weit geschlittert war, wo es sich den Fuß verdreht und überschlagen hatte. Ein Kraftpferd – eines mit drei Gaben des Stoffwechsels – in vollem Tempo zu reiten stellte eine riskante Angelegenheit dar. Ein Pferd, das versuchte, bei sechzig Meilen in der Stunde eine Biegung zu bewältigen, setzte leicht einen Huf falsch auf und landete dann möglicherweise an einem Baum.

Der Bote war ganz offensichtlich tot. Der Kopf des Mannes lag in einem unansehnlichen Winkel vom Hals abgeknickt da, seine Augen waren glasig. Fliegen tanzten rund um seine Zunge in der Luft.

Roland sprang ab, zog dem Mann die Botentasche aus der Jacke, einen langen, gerundeten Beutel für Schriftrollen aus grünem, lackierten Leder. Das verletzte Pferd hob den Kopf, sah Roland an und stieß einen Schmerzensschrei aus. Roland hatte diesen Laut bei Pferden noch selten gehört.

»Seid ein bißchen gnädig zu dem Tier«, meinte Baron Poll.

Roland zog sein Kurzschwert hervor und versetzte dem Pferd, als es den Kopf abwendete, den Todesstoß.

Nun öffnete er die Botentasche, zog die Schriftrolle heraus und betrachtete sie eine halbe Sekunde lang. Er konnte kaum ein paar Worte lesen oder schreiben, hatte jedoch geglaubt, er würde das Wachssiegel erkennen. Das war nicht der Fall.

»Macht schon, öffnet sie«, drängte ihn Baron Poll. »Wir müssen zumindest herausfinden, für wen sie bestimmt ist.«

Roland erbrach das Wachssiegel, öffnete die Schriftrolle und fand eine hastig hingekritzelte Nachricht vor. Einige der Worte erkannte er: ›das‹, ›ein‹, ›und‹. Doch die längeren Worte konnte Roland nicht entziffern, sosehr er auch die Augen zusammenkniff.

»Also raus damit, verdammt!« greinte Poll.

Roland biß die Zähne aufeinander. Er war nicht dumm, allerdings auch nicht gebildet. Er warf Baron Poll die Nachricht zu. »Ich kann nicht lesen.«

»Oh«, entschuldigte sich Baron Poll, indem er die Schriftrolle entgegennahm. Er schien sie mit einem Blick zu überfliegen.

»Bei den Mächten!« stieß er hervor. »Bergfried Haberd ist bei Sonnenaufgang von Greifern überrannt worden – von Abertausenden. Die Nachricht ist für Carris bestimmt.«

»Ich glaube, Herzog Paldane wird über weitere schlechte Nachrichten wenig erfreut sein«, meinte Roland.

Baron Poll biß sich auf die Unterlippe und dachte nach. Er blickte nach Süden, dann nach Norden, offenbar unschlüssig, welche Richtung er einschlagen sollte. »Paldane ist der Großonkel des Königs«, erläuterte er, als könnte Roland dies während der letzten zwanzig Jahre vergessen haben. »Er herrscht jetzt als Regent anstelle des Königs. Aber wenn er bei Carris belagert wird, was wahrscheinlich ist, wird er gegen die Greifer nur verdammt wenig ausrichten können. Jemand sollte diese Nachricht zu den Höfen von Tide bringen, zu den Beratern dort, und zum König.«

»Man hat doch sicher nicht nur den einen Reiter losgeschickt«, mutmaßte Roland.

»Das kann man nur hoffen«, erwiderte Baron Poll.

Roland schickte sich an aufzusitzen, doch Baron Poll räusperte sich geräuschvoll und deutete mit einem Nikken auf den toten Boten. »Am besten schnappt Ihr Euch den Geldbeutel des Mannes. Hat keinen Sinn, ihn den Aasgeiern zu überlassen.«

Roland war nicht wohl bei dem Gedanken, einen Toten zu berauben, wußte aber, der Baron hatte recht. Wenn sie sich den Geldbeutel des Mannes nicht nahmen, würde dies der nächste tun, der vorüberkam. Außerdem, sagte er sich, wenn er schon die Nachricht des Königs überbrachte, dann stand ihm auch der Lohn des Boten zu.

Er schnitt den Geldbeutel ab und stellte fest, daß er schwerer als erwartet war. Vermutlich hatte der Mann seine ganzen Ersparnisse mit sich geführt.

Roland schüttelte den Kopf. Dies war das zweitemal in einer Woche, daß unvermittelt ein kleines Vermögen in seinen Besitz gelangte. Er fragte sich, ob dies vielleicht eine Art Zeichen war, daß er diesen Krieg gut überstehen würde.

Er sprang auf sein Pferd und brüllte Baron Poll zu: »Um die Wette!«

Dann bohrte er dem Pferd die Fersen in die Flanken, und sie galoppierten wie ein Sturm auf seinem Höhepunkt dahin. Baron Poll besaß das schnellere Rennpferd, Roland wußte jedoch, das Tier des Dicken würde schneller ermüden.

Auf einem Hang, ein Dutzend Meilen nördlich der Stelle, wo Roland und Baron Poll den toten Boten aufgefunden hatten, stand Akhoular, der Weitseher, in der Astgabel einer hohen weißen Eiche. Den Kopf auf einen Ast gestützt, beobachtete er zwei Männer, die sich auf einer schlammigen Straße am frühen Nachmittag ein Wettrennen lieferten.

Er wußte, das waren keine Bauern, die schweren Schritts vor der bevorstehenden Schlacht bei Carris flohen. Es waren auch keine berittenen Soldaten, die in den Krieg zogen.

Es schienen zudem keine Boten des Königs in der entsprechenden Amtstracht zu sein. Und doch mußte Akhoular sich wundern …

Im Laufe der vergangenen Woche hatten seine Männer mehrere Boten getötet und sich der Leichen am Straßenrand entledigt. Vielleicht waren die Boten des Königs klüger geworden und verkleideten sich jetzt.

Akhoular besaß fünf Gaben der Sehkraft. Selbst aus einer Meile Entfernung konnte er die Entschlossenheit in den Gesichtern der Männer erkennen. Der jüngere Bursche, ein kräftiger Kerl auf einem leichtfüßigen Pferd, trug eine dunkelgrüne Botentasche am Handgelenk. Der Dicke war gut bewaffnet.

Ja, die Boten des Königs wurden vorsichtiger. Nun ritten sie ohne die königlichen Wimpel, und dieser hier ließ sich von einem Ritter begleiten, der ihn beschützte.

Akhoular pfiff in Richtung Lagerplatz am Fuß des Baumes. Ihm gingen die Männer aus. In dieser Woche hatte er drei Meuchelmörder verloren. Trotzdem rief er einen jungen Mann herbei, einen Meister in der Bruderschaft der Stillen.

»Zwei Reiter, Bessahan! Sie haben eine Nachricht dabei«, sagte er. Er deutete in Richtung Straße, obwohl der Meuchelmörder unter ihm nicht durch den Wald sehen konnte.

»Sie werden Carris nicht erreichen«, versicherte Bessahan dem Weitseher. Der Stille sprang auf sein Pferd und zog sich seine verdreckte braune Kapuze tief ins Gesicht. Mit einem prüfenden Griff hinter den Sattel vergewisserte er sich, ob sein Hornbogen an den Satteltaschen festgebunden war. Dann gab er seinem Pferd die Sporen und jagte den Hang hinunter.

KAPITEL 6
Bei den kleineren Lords

Seht Ihr, das ist schon besser«, lobte Sir Hoswell. Myrrima sah zu, wie ihr Pfeil bogenförmig in den Himmel stieg und achtzig Meter entfernt ins Ziel traf. Ihr Schuß senkte sich einen Fuß zu kurz, dennoch hatte sie zum drittenmal in Folge den roten, an einem Heuhaufen festgesteckten Kreis aus Stoff getroffen, und darauf war sie stolz.

»Gut, meine Dame«, sagte Sir Hoswell. »Wiederholt das jetzt zehntausendmal, und dann habt Ihr es verinnerlicht. Lernt erst auf diese, dann auf immer größere Entfernungen zu schießen, und schon bald werdet Ihr mit dem Bauch und nicht mehr mit Kopf und Händen schießen.«

»Ich werde höher zielen müssen«, verbesserte sie ihn. Ihr machte die Vorstellung zu schaffen, noch zehntausendmal schießen zu sollen. Bereits jetzt schmerzten Finger und Arme von der Anstrengung. »Einen Unbesiegbaren hätte dieser Schuß nicht aufgehalten.«

»Ach was«, erwiderte Sir Hoswell. »Vielleicht hättet Ihr ihn nicht getötet, aber Ihr hättet ihn zum Eunuchen gemacht. Und hättet Ihr ihn an einer Vergewaltigung hindern wollen, wäre er bestimmt mit mehr als einem schlaffen Glied davongehumpelt.«

Myrrima warf ihm einen Seitenblick zu. Sir Hoswell grinste breit. Der Mann war drahtig, hatte einen buschigen Schnauzbart, einen dünnen Bart und die schweren

Lider einer Echse, die im Halbschlaf auf einem warmen Stein liegt. Man hätte sein Lächeln für freundlich halten können, wären seine Zähne nicht so schief gewesen.

Sir Hoswell stand ganz nahe bei ihr, zu nahe. Myrrima konnte nicht anders, ihr war unbehaglich zumute. Sie befanden sich auf einer Lichtung in einem engen Tal, unweit der von den kleineren Lords aus Heredon errichteten Zelte. Gestern noch hatten Hunderte von jungen Burschen hier Bogenschießen geübt, aber heute, am Tag des Großen Festes, war Myrrima hier auf einmal alleine mit Sir Hoswell. Auf allen Seiten rückten Bäume bis auf eine Entfernung von fünfzig Metern heran, und sie fühlte sich allein und verwundbar.

Sie kannte ihn fast ihr Leben lang – schließlich stammte er aus Bannisferre –, trotzdem traute sie ihm heute aus irgendeinem Grund nicht über den Weg. Der Nachmittag war fast verstrichen, und sie fragte sich, ob sie sich auf den Weg zurück in die Burg begeben sollte.

Die Eichen auf den Hügeln bildeten eine natürliche Barriere, hinter der ihr Tun verborgen blieb. Myrrima hatte keine weiteren Zeugen dabei. Sie wußte, hier mit einem anderen Mann als ihrem Gatten allein zu sein, mochte skandalös erscheinen, doch da sie sich einmal entschieden hatte, sich auf den Krieg vorzubereiten, wollte sie Borensons Aufmerksamkeit nicht auf sich lenken. Wenn ihr Gemahl dahinterkäme, was sie plante, würde er, so fürchtete sie, es ihr verbieten. Sie brauchte jemanden, der sie in der Kunst des Krieges unterwies.

Lord Hoswell war ein Freund ihres Vaters gewesen, außerdem ein ausgezeichneter Bogenschütze. Sie hatte ihn hier beim Üben seiner Fertigkeiten angetroffen, und er hatte sich bereit erklärt, ihr am Nachmittag Unterricht zu erteilen. Ihre Mutter hatte ihr eine Woche zuvor eine Gabe der Geisteskraft abgetreten, und Myrrima stellte fest, daß sie die Grundkenntnisse des Bogenschießens schneller begriffen hatte, als ihr dies möglich erschienen war.

»Versucht es noch einmal«, drängte Lord Hoswell sie. »Und zieht den Bogen diesmal weiter nach hinten. Ihr müßt das Ziel hart treffen, wenn der Pfeil richtig durchschlagen soll.«

Myrrima nahm einen Pfeil aus ihrem Köcher und betrachtete ihn kurz. Der Pfeilmacher hatte seine Arbeit übereilt erledigt. Eine der weißen Gänsefedern war nicht ordentlich verklebt. Sie befeuchtete den Finger mit der Zunge und drückte die Feder behutsam an ihren Platz, dann nahm sie den Pfeil fest zwischen die Finger, legte dessen Kerbe auf die Sehne und zog ihn bis zum Ohr zurück.

»Wartet«, unterbrach Sir Hoswell sie. »Ihr müßt Eure Haltung korrigieren.«

Er stellte sich hinter sie, und sie spürte die Wärme seines Körpers, die Wärme seines Atems in ihrem Nacken. »Drückt den Rücken durch und dreht den Körper ein wenig mehr zur Seite – so etwa.«

Er hob die Hand und umfaßte ihre linke Brust, korrigierte ihre Haltung um vielleicht einen halben Zoll, dann stand er bebend da und hielt sie fest. Dem Mann schlotterten die Beine.

Sie spürte, wie sie vor Verlegenheit errötete. In Gedanken aber hörte sie Gaborns, des Erdkönigs, Stimme, die sie warnte: »Lauf. Du bist in Gefahr. Lauf fort!«

Plötzlich erfüllte sie solche Angst, daß sie den Pfeil, ohne zu wollen, fliegen ließ. Sir Hoswell hielt einfach weiter ihre Brust, massierte sie.

So schnell sie konnte, so daß er es trotz seiner Gaben des Stoffwechsels nicht verhindern konnte, rammte sie ihm das Knie in den Unterleib.

Mit Erleichterung stellte sie fest, daß er keinen Hosenbeutel trug.

Sir Hoswell brach halb zusammen, allerdings klammerte er sich an ihre Bluse und versuchte sie mit nach unten zu zerren.

Gaborns Stimme erscholl ein zweites Mal in ihrem Kopf. »Lauf!«

Sie versetzte ihm einen Schlag auf den Adamsapfel. Er versuchte zurückzuweichen, wodurch er ihre Bluse soweit losließ, und nun kam sie frei.

Sie drehte sich um und wollte fliehen.

»Nein!« brüllte der Ritter und lief ihr wankend hinterher.

Er bekam ihren Knöchel zu fassen und brachte sie zum Stolpern. Myrrima schrie: »Vergewaltigung!«, schraubte sich herum und trat im Fallen nach ihm.

Dann war er über ihr.

»Verdammtes Weibsstück!« fauchte er und klatschte ihr eine Hand ins Gesicht. »Halt's Maul, oder ich schließe es dir für immer.«

Er drehte seine Hand, stemmte seine Handfläche unter ihr Kinn und drückte mit unglaublicher Kraft zu, wobei ihr Hals schmerzhaft zurückgebogen wurde. Dann brachte er seine Finger in die richtige Position, um ihr die Nasenlöcher zuzuhalten. Seine Handfläche lag über ihrem Mund, und sie bekam keine Luft mehr. Sein Körpergewicht lastete auf ihr, und sie konnte sich nicht befreien. Dennoch wehrte sie sich – stieß ihm den Nagel ihres Daumens so fest in sein rechtes Auge, daß das Blut aus der Augenhöhle schoß.

»Verdammt!« fluchte er. »Muß ich dich erst umbringen!«

Er boxte sie hart in den Unterleib, wodurch ihr die Luft aus den Lungen gepreßt und der Mageninhalt in die Kehle stieg. Eine Weile rang sie mit dem einzigen Ziel, Luft zu bekommen, stumm weiter, während er sich abmühte, mit seiner freien Hand den Gürtel zu lösen. Die Lungen brannten ihr vor Atemmangel, und die Welt vor ihren Augen färbte sich rot. Im Kopf drehte es sich ihr, als stürzte sie in die Tiefe.

Dann vernahm sie ein knackendes Geräusch, und alle Luft entwich aus Sir Hoswell.

Jemand hatte ihm einen Tritt verpaßt – einen so festen Tritt, daß ihm die Rippen brachen.

Myrrima schnappte nach Luft, spürte, wie ihre Lungen sich füllten und bekam doch immer noch nicht genug davon.

»Was ist denn hier los?« fragte eine Stimme. Es war die Stimme einer Frau, die mit starkem Akzent sprach, und Myrrima war anfangs überhaupt nicht bewußt, daß es sich um Rofehavanisch handelte.

Sie sah auf. Die Frau, die über ihr stand, hatte blaue

Augen und gewelltes schwarzes Haar, das ihr in Locken über die Schultern fiel. Sie mochte vielleicht zwanzig Jahre alt sein. Ihre breiten Schultern verrieten mehr Kraft, als ein Arbeitssklave besaß. Sie trug ein schlichtes, braunes Gewand über einem derben Kettenpanzerhemd, und hielt eine schwere Axt in der Hand.

Hinter ihr stand eine unscheinbare Frau im Gewand einer Gelehrten, eine Days.

Mit einem Blick hinüber zu Sir Hoswell wollte sich Myrrima schon fragen, ob ihm die Frau mit der Axt einen tödlichen Schlag versetzt hatte. Dies war keine gewöhnliche Frau. Sie war eine Pferdefrau aus Fleeds, eine Kriegerin mit vielen Gaben der Muskelkraft und Anmut, die es vermutlich sogar mit Hoswell aufnehmen konnte.

Doch Sir Hoswell lebte noch, und hielt sich, vornübergebeugt wie ein geprügelter Hund, die Rippen. Sein Gesicht war blutüberströmt. Trotzdem fauchte er: »Halte dich da raus, du fleedisches Weibsstück.«

»Och, ich würde mit einer jungen Frau nicht so derb reden, vor allem nicht, wenn sie eine Axt in Händen hält und man sie Euch nicht angemessen vorgestellt hat«, äffte sie lächelnd das höfische Benehmen einer Dame nach. Doch ihre Miene enthüllte reine Bosheit.

»Sie hat es gewollt«, verteidigte sich Sir Hoswell.

»Was hat sie gewollt – vergewaltigt zu werden? Selbst wenn sie so etwas gewollt hätte, käme nur die übelste Sorte Knappe von allerniedrigster Geburt auf die Idee, ihr diesen Wunsch zu erfüllen.«

Plötzlich hatte Hoswell den Dolch aus der Scheide an seinem Bein gezogen, machte einen Satz nach vorn und warf sich auf die Frau. Dank seiner Gabe des Stoffwechsels verschwamm sein Körper zu einem undeutlichen Fleck.

Die Frau aus Fleeds tauchte ebenso flink unter seinem Schlag hinweg und wirbelte ihre Axt peitschengleich in einem gekonnten Schwung herum. Sie schmetterte ihm die Seite gegen die Stirn, doch wenn sie die Absicht gehabt hatte, dabei behutsam vorzugehen, so hatte sie ihr Ziel verfehlt. Sein Kopf gab ein Geräusch wie eine zerplatzende Melone von sich, und als er zu Boden ging, schoß aus der Wunde Blut. Zuckend lag er da und trat mit den Beinen um sich.

Die Frau aus Fleeds wälzte ihn mit der Fußspitze auf den Rücken. Sie betrachtete ihn einen kurzen Augenblick lang und runzelte dann die Stirn.

»Och, wenn Heredon keine besseren Krieger hervorbringt als diesen hier«, meinte sie nachdenklich, »kriegt mich hier kein Mann ins Bett.«

Myrrima, entsetzt über die Geschehnisse, rang noch nach Atem. Die Worte der Frau drangen zwar kaum zu ihr durch, doch sie faßte sie eher als Scherz auf.

Die Pferdelords aus Fleeds züchteten seit über tausend Generationen Pferde, züchteten sie auf Kraft, Schönheit und Intelligenz.

Auf dieselbe Weise züchteten die adligen Frauen aus Fleeds ihre Kinder. Es kam durchaus vor, daß eine Frau von hoher Geburt im Laufe ihres Lebens ein Dutzend vielversprechender Männer bat, Kinder mit ihr zu zeugen, vielleicht heiratete sie sogar einen Mann, doch daß ein Gemahl über sie herrschte, geschah niemals. Allein den Frauen gebührte das Recht auf einen Titel, denn in Fleeds war man der Überzeugung, ›kein Kind könne seinen Vater wirklich kennen‹. Die Frauen aus Fleeds lachten über die seltsame Vorstellung, daß Männer herrschen sollten. In Fleeds war der ›König‹ daher nur ein Mann, der eine Königin geheiratet hatte. Und entschied sie sich, ihn zu verstoßen und einen anderen Gefährten zu erwählen, verlor er seinen Titel.

»Ich – äh«, stammelte Myrrima.

»Ihr – äh – was?« wollte die Frau wissen.

»Verzeiht«, sagte Myrrima. »Ich hatte ihn lediglich gebeten, mich im Gebrauch eines Bogens zu unterrichten.«

Die Frau spie auf Hoswells leblosen Körper. »Man sollte meinen, Eure Lords aus dem Norden hätten ein Interesse daran, daß Frauen lernen, wie man kämpft, jetzt, da Raj Ahten Eure Burgen niederreißt.«

Dem konnte Myrrima nicht widersprechen. Sie gab ihr recht. Trotzdem wollte sie Hoswell nicht einfach sterben lassen. Sie kniete über ihm. Der Mann hustete und versuchte sich blindlings krabbelnd auf die Knie aufzurappeln.

Sie versuchte, ihm aufzuhelfen, doch Hoswell glotzte sie offenen Mundes an und schlug ihre Hände zur Seite. »Laß mich in Frieden, du mystarrianische Hure! Ich hätte wissen müssen, daß du mir lediglich Ärger einbringst.«

Er schaffte es bis auf die Knie, erhob sich schließlich ganz und torkelte wankend davon. Hundert Meter schaffte er und brach dann zusammen, arbeitete sich erneut wieder bis zu den Knien hoch und ruhte sich eine ganze Weile aus, bevor er weitertaumelte.

Myrrima wußte nicht recht, wie ihr zumute war. Seine Worte hatten sie gekränkt – *mystarrianische Hure.* Sie war hier in Heredon geboren und aufgewachsen. Hoswell kannte sie. Nannte er sie eine Hure, weil sie einen Mann aus Mystarria geheiratet hatte?

Eine Stimme in ihr verlangte, sie solle Hoswell eigentlich helfen, aber sie wollte nicht in aller Öffentlichkeit mit ihm gesehen werden. Schlimmer noch, in diesem Augenblick war sie so wütend, daß sie ihm am liebsten einen Pfeil in den Rücken gejagt hätte.

Die Frau aus Fleeds riß sie aus diesen Gedanken. »Macht wegen dem kein trauriges Gesicht. Die Sorte kenne ich. Er wird überall herumerzählen, für ein Abendessen habe er mit Euch machen können, was er wollte, dann sei er gestolpert und mit dem Kopf auf einen Stein geschlagen.«

»Wir sollten einen Arzt holen gehen«, sagte Myrrima. »Ich bin nicht sicher, ob er es bis zurück ins Lager schafft.«

Die Pferdefrau widersprach: »Das gibt bloß Streit. Wenn Ihr Eure Ehre wiederherstellen wollt, dann jagt ihm einen Pfeil in den Rücken – jetzt.«

»Nein«, erwiderte Myrrima.

»Dann laßt ihn gehen.«

Myrrima runzelte die Stirn. Sie hielt sich nicht für ein Muster an Tugend, trotzdem hätte sie nie gedacht, daß sie einen Verwundeten sich selbst überlassen würde.

Ich sollte verdammt wütend auf diesen gemeinen

Lumpen sein und ihm keine Träne nachweinen, dachte sie. Myrrima festigte ihren Entschluß. Sollte sie tatsächlich in den Krieg ziehen, würde sie dort Schlimmeres zu sehen bekommen als einen Mann, der mit einer Beule am Schädel herumwankte.

»Danke«, sagte Myrrima zu der Reiterfrau. »Ich kann mich glücklich schätzen, daß Ihr zufällig des Wegs gekommen seid.«

»Oh, ich bin nicht zufällig vorbeigekommen«, meinte die Frau aus Fleeds. »Ich befand mich hinter den Ausläufern jenes Hügels dort, als der Erdkönig mir mitteilte, hier brauche jemand Hilfe.«

»Oh«, machte Myrrima überrascht.

Die Pferdefrau musterte Myrrima unverhohlen. »Ihr seid ein hübsches Ding. Welche Gaben besitzt Ihr?«

»Zwei der Anmut, eine der Geisteskraft«, antwortete Myrrima.

»Was seid Ihr? Hochgeboren oder eine reiche Hure? Auch wenn ich zwischen beiden keinen großen Unterschied erkennen kann.«

»Hochgeboren ...«, antwortete Myrrima und hielt inne, denn es war gelogen, »gewissermaßen. Ich heiße Myrrima. Mein Gemahl gehört der Königsgarde an.«

»Laßt Euch von *ihm* das Bogenschießen beibringen«, riet ihr die Frau, die aus ihrer Abscheu vor den Nordländern und deren einfältiger Art keinen Hehl machte. Sie machte kehrt, als wolle sie den Hang hinauf unter die Bäume gehen.

»Wartet!« bat Myrrima sie.

Die Frau drehte sich um.

»Mit wem habe ich das Vergnügen?« Myrrima fand, ihr Benehmen klang viel zu geziert, zu vornehm für eine so ungebildete Frau.

»Erin, Erin vom Clan der Connal.«

Sie war eine Prinzessin, die Tochter der Erhabenen Königin Herrin der Roten.

»Tut mir leid, wegen Eures Vaters«, sagte Myrrima, da ihr nichts anderes einfiel. Vor mehreren Tagen war in Heredon die Nachricht eingetroffen, Raj Ahten habe den Erhabenen König Connal gefangengenommen und bei lebendigem Leib an Frowth-Riesen verfüttert.

Lady Connal nickte bloß, ihre grünen Augen funkelten. Sie hätte eine abfällige Bemerkung über ihren Vater machen, seine Tapferkeit im Krieg herabwürdigen können. Derartige Herabsetzungen galten in ihrem Land als Bescheidenheit. Sie hätte durch irgend etwas ihre Liebe zu ihm andeuten können. Die Liebe eines Kindes für seinen Vater galt ebenfalls als achtbare Empfindung. Sie tat weder das eine noch das andere. »Viele Krieger sind gestorben«, war alles, was sie antwortete. »Männer *sowohl* als Frauen. Die Toten sind es, die sich glücklich schätzen können. Es gibt Schlimmeres als den Tod.«

Sie bückte sich und hob Myrrimas Bogen und Köcher auf, legte einen Pfeil auf, zog den Schaft ganz zurück und ließ los. Der Pfeil schlug in der Mitte der Zielscheibe auf dem Heuschober ein.

Sie gibt an, erkannte Myrrima. Sie will, daß ich sie respektiere.

Dreißigtausend Krieger aus Fleeds waren gezwungen worden, sich in Raj Ahtens Armee zu verdingen. Der

Wolflord besaß so viele Gaben der Anmut und der Stimmgewalt, daß nur wenige seinen Überredungskünsten widerstehen konnten.

Plötzlich verstand Myrrima Erin Connal. Sie war stolz auf ihren Vater, stolz, daß er tot war und man ihn nicht zum Frontwechsel hatte veranlassen können.

Noch einen winzigen Augenblick zuvor hätte Myrrima Angst gehabt, diese Edelfrau um eine Gefälligkeit zu bitten. Doch als sie Erins Verlegenheit gewahrte, erkannte sie auch das Menschliche dieser Frau. Wir sind gar nicht so unterschiedlich, stellte sie fest.

»Prinzessin Connal, könnt Ihr mich nicht unterrichten?« fragte sie.

»Wenn Ihr imstande seid zu lernen«, erwiderte Connal. »Aber zuerst werdet Ihr lernen müssen, mich nicht mit ›Prinzessin‹ oder ›Lady‹ oder irgendeinem anderen Eurer höfischen Titel zu beehren. Ich lasse mich nicht anreden, als sei ich das Hätschelwesen irgendeines Mannes. Und in meinem Land wird man durch Taten Erhabener Lord der Clans, nicht weil man es geerbt hat, also stehen mir Eure Titel wohl kaum zu. Ihr werdet mich Connal nennen, oder wenn Ihr unbedingt einen Titel benutzen wollt, dann nennt mich ›Pferdeschwester‹ oder einfach kurz ›Schwester‹.«

Myrrima nickte verwirrt.

Soeben war Sir Hoswell, nachdem er eine Wand aus Bäumen passiert hatte, hinter einer Biegung verschwunden. Schwester Connal sagte: »Hauen wir hier ab, bevor dieses Wiesel ein paar Freunde findet und zurückkommt.«

Myrrima nahm ihren Bogen und die Pfeile auf, und Schwester Connal führte sie durch den Wald hinauf. Connals Days folgte ihnen. Das Gras auf den Feldern fühlte sich trocken an, doch unter den Bäumen hatte der Regen der vergangenen beiden Nächte das tote Laub aufgeweicht, und man hatte das Gefühl, über einen durchnäßten Teppich zu laufen.

Sie stiegen durch den Eichenwald hinauf, und Schwester Connal beobachtete Myrrima mißbilligend aus den Augenwinkeln.

»Ihr müßt an Eurer Körperhaltung arbeiten. Als Frau sind einem beim Schießen dauernd die Brüste im Wege. Und die Euren sind dazu fülliger als die meisten. Ihr könntet ein Tuch benutzen, um sie damit zurückzubinden. Noch besser wäre ein ledernes Wams, wie ich es schon bei Frauen gesehen habe.«

Myrrima verzog das Gesicht. Sie war stets stolz auf ihren Busen gewesen, und die Vorstellung, sie festzubinden oder unter einer Lederhülle zu verstecken, behagte ihr überhaupt nicht.

Sie erreichten den höchsten Punkt der Anhöhe und blieben einen Augenblick stehen. Hier, neben der alten Straße in Durkin-Berge, hatten die kleineren Lords ihr Lager aufgeschlagen, und vom Gipfel der Anhöhe aus konnte Myrrima auf die Großzelte hinunterblicken. Das gesamte Land rings um die Burg lag vor ihr ausgebreitet.

Die Felder waren ein Meer aus Segeltuch und Seide. Hier, am Straßenrand, befanden sich die kleineren Lords, Männer und Frauen, die nur aufgrund von einer oder auch zwei Abstammungslinien von sich behaupten durften, Edelleute zu sein, Menschen, deren Väter oder Großväter zum Ritter geschlagen und somit in ihrer Stellung über die gewöhnliche Landbevölkerung gehoben worden waren. Ein hochgeborener Lord stammte normalerweise in allen vier Linien von Rittern ab, und seine Vorfahren hatten sich diese Ehre über Generationen verdient und damit edles Geblüt bewiesen. Doch soweit es Myrrima betraf, war Ritterschaft keine besondere Ehre. Jeder Rohling konnte sie sich an einem guten Tag erwerben. Die meisten Männer unter den kleineren Lords, die nur wegen ihres geschickten Umgangs mit irgendeiner Waffe zum Ritter geschlagen worden waren, hatten eins gemeinsam: ihr ungehobeltes Benehmen und ihre widerwärtige Veranlagung. ›Sir‹ Gylmichal, zum Beispiel, im Zelt unmittelbar unter ihr, stammte aus Myrrimas Heimat Bannisferre. Der Mann war von einem zotige Reden schwingenden Trunkenbold gezeugt worden, der irgendwie dem Gedanken verfallen war, er könne in einem Krug Whiskey sowohl gerechten Zorn als auch Mut finden. Als dieser Kerl hörte, ein Bandit habe einen Reisenden überfallen, trank er sich, wie gewöhnlich bis weit nach Mitternacht, in einen Zustand blinden Zorns, schnappte sich dann seine Jagdhunde und erschlug den Banditen im Schlaf. Dafür mußten sich die Bauern dann auf ewig vor seinen Nachkommen verbeugen, bis ihre Hüte über den Boden wischten.

Gylmichal galt daher als kleinerer Lord, der zwar einen Titel besaß, aber weder über Herkunft noch Stellung verfügte, um mit den wichtigen Lords zu verkehren, die ihre größeren und prächtigeren Zelte ein Stück entfernt östlich von Burg Sylvarresta aufgeschlagen hatten.

Westlich der Burg und an deren Vorderseite hatten Bauern ein paar schäbige Zelte aufgestellt – oder sie schliefen dort unter dem Dach des Himmels.

Noch weiter westlich standen ein paar leuchtendbunte Seidenzelte, in denen die Kaufleute aus Indhopal wohnten.

Schwester Connal hielt einen Augenblick auf dem Hügel inne und ließ den Blick schweifen. »Das ist mein Zelt«, erklärte sie. Sie zeigte nach unten auf ein fleckiges Zelt aus Segeltuch. Während die Großzelte aus Heredon stets an vier Ecken mit Pflöcken befestigt waren und in der Mitte von zahlreichen Pfosten gestützt wurden, wies Connals rundes Zelt den uneleganten, von Pferdelords bevorzugten Stil auf, bei dem nur ein einziger Pfosten in der Mitte stand.

Fast genau unterhalb von Myrrima bildete ein verschlammter Turnierplatz den Mittelpunkt der von den kleineren Lords errichteten Großzelte, der von Pfosten mit darüber gelegten Querhölzern umringt war, von denen aus die Zuschauer das Geschehen verfolgten. Einige der Querhölzer waren mit eleganten Wandteppichen behangen, um die eleganten Kleider der Zuschauer vor spritzendem Schlamm zu schützen. Überall zogen Verkäufer von Gebäck und gerösteten Haselnüssen durch das Gedränge und priesen ihre Ware an.

Die Flanken des Hügels, auf dem Erin und Myrrima standen, waren so steil und mit Unterholz und Felsen übersät, daß niemand von hier aus dem Geschehen zuschaute. Dennoch hielt Myrrima diese Stelle für fast perfekt, um über die Menschenmenge hinweg in die Arena zu blicken, und der Lärm wurde bemerkenswert gut heraufgetragen. An die rauhe Rinde einer Eiche geklammert, ließ sie den Blick über die gut achtzig Fuß unter ihr stehende Menge hinwegwandern und beobachtete zusammen mit Erin Connal und ihrer Days das Turnierspiel.

Einen Tjost zu reiten galt in Rofehavan als Zeitvertreib für junge Burschen – junge Männer, die noch in ihrer Kriegsausbildung steckten. Unter Runenlords, denen Gaben der Muskelkraft übermenschliche Stärke verliehen, konnte selbst ein beiläufiger Treffer mit einer Lanze tödlich sein. Daher gab es im Leben eines jeden Kriegers einen Zeitpunkt, an dem er sich von den Turnierspielen verabschiedete.

Auf dem Turnierplatz saßen zwei junge Burschen in voller Rüstung auf Schlachtrössern. Der Junge am westlichen Rand des Platzes schien von recht gewöhnlicher Herkunft zu sein. Er trug eine Turnierausrüstung, die aus einem überaus schweren Helm und einem Brustharnisch bestand, der auf der rechten Seite, dort, wo eine Lanze wahrscheinlicher mit Wucht aufprallen würde, üblicherweise dicker war als auf der linken. Dem Anschein nach handelte es sich um alte Rüstungsteile, die er aus allen möglichen geliehenen und gefundenen Stücken zusammengeschustert hatte. Sein einziger Schmuck bestand in einem leuchtendviolett eingefärbten Pferdeschwanz, den er sich neben die Gunstbezeigung seiner Dame, einem gelben, am Lanzenschaft festgebundenen Seidenschal, an den Helm gesteckt hatte. Myrrimas Herz flog dem Jungen zu.

Der Bursche auf der anderen Seite des Platzes war wohlhabender. Seine Turnierausrüstung war neu, ihre Herstellung hatte offenkundig wenigstens ein Jahr gedauert. Brustharnisch, Helm, Schulterstücke und Handschuhe, alles zusammenpassend, waren aus brüniertem, mit roter Emaille beschichtetem Silber, auf dem die Abbildung dreier kämpfender Mastiffs zu erkennen war. Er trug ein Cape aus golddurchwirktem Stoff, dazu gebleichte Pfauenfedern an seinem Zimier.

Der Lord der Spiele, Baron Wellensby, saß mit seinen drei feisten Töchtern und seiner gewaltigen Gemahlin in einem gesonderten Pavillon ein Stück seitab. Der Baron war in eine lächerliche hell purpurne Houppelande gekleidet, deren Arme so bauschig waren, daß sich Kinder darin hätten verstecken können. Darüber trug er einen weißen Hut mit einer breiten Krempe, die ihm so tief ins Gesicht hing, als glaube er, so werde niemand bemerken, wenn er das gesamte Turnier verschlief. Seine Gemahlin, die nicht gerade ein Ausbund der Mode war, trug eine smaragdfarbene Cotehardie mit prachtvoll bestickten, fließenden Ärmeln. Sie tätschelte das Hündchen in der geschlitzten Tasche in ihrem Schoß, das gerade weit genug hervorlugte, um zu kläffen, sobald die Ritter vorübergaloppierten. Ihre wenigen an die Krieger gerichteten Anfeuerungsrufe klangen dem Gekläff des Hundes seltsam ähnlich.

Es war offensichtlich ein Gang von vielen, den die jungen Burschen bereits geritten hatten. Ihre Namen waren bereits verkündet worden, und wenn sie um irgendeine besondere Ehre kämpften, dann waren die Bestimmungen des Kampfes bereits genannt und die Bedingungen festgelegt.

Jetzt senkte Baron Wellensby seine Lanze. Auf dieses Signal hin brachten auch die Burschen auf den Streitrössern ihre Lanzen in eine geneigte Stellung und hoben, die Fersen in die Rippen ihrer Tiere bohrend, zu lautem Gebrüll an.

Die Schlachtrösser warfen den Kopf zurück und stürmten mit klingender Rüstung und im Schlamm donnernden Hufen aufeinander zu. Der junge Mann, der das Cape aus golddurchwirktem Stoff trug, hatte Dutzende silberner Schellen an Mähne und Schweif seines Tieres befestigt, die ein leises Klingeln von sich gaben.

Hinter dem Pavillon des Barons stand eine Schar fahrender Musikanten. Sie spielten auf Pfeifen und Trommeln eine kleine Melodie und untermalten so mit einer sich dramatisch zuspitzenden Musik eine Attacke, die aller Wahrscheinlichkeit nach mit nichts weiter als ein paar zerbrochenen Lanzen enden würde. (Schließlich hatte man die Lanzen ausgehöhlt, damit die Krieger, so hoffte man, sich nicht tatsächlich aufspießten, sondern nur einer der jungen Männer von seinem Pferd geworfen wurde. Beim Aufprall zersplitterten die Lanzen mit lautem Krachen, das meilenweit zu hören war. Der Beifall der Zuschauer war dem Recken sicher.)

Trotzdem konnte Myrrima sich der Aufregung des Kampfes nicht entziehen. Oft kamen die Kontrahenten bei diesen Veranstaltungen zu Schaden. Selbst ein schlecht gezielter Stoß mit einer Lanze konnte schlimme Prellungen hervorrufen, und ein Ritter, der im Gebrauch der Turnierwaffe nicht sicher war, riß sich womöglich eine Sehne. Eine Lanze konnte sich einem Mann durch sein Visier in sein Gehirn bohren, oder jemand konnte sich beim Sturz vom Pferd das Genick brechen.

Gelegentlich kamen auch Reittiere im Gefecht zu Fall, überschlugen sich und zerquetschten ihre Reiter. Selten endete ein Fest ohne wenigstens ein paar Todesfälle, und das Spektakel wurde dadurch stets noch dramatischer, da es sich um örtlich begrenzte Angelegenheiten handelte, weshalb aller Wahrscheinlichkeit nach einer der Ritter ein Bekannter war, den man bewunderte, den man beneidete, haßte oder liebte.

So schmetterten die Hörner, und die Trommelwirbel raschelten, die Streitrösser rasten zum Klang der Schellen und unter dem Geklirr der Rüstungen um die Wette, und während dieser ganzen Zeit stockte Myrrima der Atem.

Dies waren Kraftpferde, von denen jedes eine Gabe des Stoffwechsels besaß, und während sie mit ungeheurer Geschwindigkeit aufeinander zurasten und ihre Hufe sich so geschwind bewegten, waren sie kaum noch zu erkennen. Eine Gänsehaut kroch ihr den Rücken hoch.

»Der arme Kerl zur Linken wird gewinnen«, sagte Connal teilnahmslos voraus. »Er hat die richtige Körperhaltung.«

Myrrima bezweifelte, ob es schon bald soweit sein würde. Ein Tjost verlangte von den Kombattanten womöglich zwanzig oder dreißig Gänge, bevor ein Sieg errungen werden konnte.

Die Krieger stießen aufeinander, und die Luft füllte sich mit dem Geräusch splitternder Lanzen und dem Geschrei der Pferde. Der reiche Bursche ging, von einer Lanze hintüber geworfen, die ihn voll in die Halsberge traf und seinen Kopf nach hinten stieß, zu Boden. Er versuchte noch, sich an den schweren Zügeln festzuhalten, doch die zerrissen unter seinem Gewicht.

Die meisten Zuschauer spendeten voller Anerkennung tosenden Beifall, während jene, die auf den gestürzten Ritter gewettet hatten, aus vollem Halse fluchten.

»Ah, der Bursche hat sich die hübschen weißen Pfauenfedern schmutzig gemacht«, heuchelte Myrrima mit weinerlicher Stimme Mitgefühl.

Schwester Connal lachte stillvergnügt in sich hinein. »Die werden Hammer und Zange brauchen, um ihm den Helm vom Kopf zu zerren.«

Doch der Bursche erhob sich rasch von seinem Sturz und verneigte sich, um der Menge zu versichern, daß er wohlauf war. Hinkend verließ er das Feld. Knappen eilten herbei und gingen daran, ihm seine Rüstung abzunehmen. Sie warfen sie auf einen Haufen, zum Zeichen, daß sie zum Preis für den Sieger geworden war. Myrrima freute sich für den armen Ritter.

Der Geruch frisch in Butter und Zimt gerösteter Haselnüsse stieg von den Händlern in der Menge auf und wässerte ihr den Mund. Sie wollte sich der Siegerehrung anschließen.

»Könntet Ihr den Ritter schlagen«, fragte Myrrima, als der Sieger das Feld, seine gebrochene Lanze hoch erhoben, umkreiste.

»Ach, sicher«, antwortete Schwester Connal. »Aber wo wäre dabei das Vergnügen?«

Das fragte sich Myrrima ebenfalls. Die Pferdelords aus Fleeds waren gefürchtete Krieger, die auf die Stärke einer Führerin mehr Wert legten als auf ihre Abstammung. Schwester Connal gehörte vermutlich zu den härtesten von allen, zudem besaß sie die Gaben der Muskelkraft, des Durchhaltevermögens und der Anmut, um es mit jedem Krieger aufzunehmen.

Während der verwundete Ritter das Feld verließ, kamen Ausrufer nach vorn, um die Namen der nächsten Wettkämpfer zu verkünden. Noch während sich der erste näherte, ging plötzlich ein dumpfer Aufschrei durch die Menge, ein aufgeregtes Tuscheln. Wegen der unzähligen Zwischenrufe konnte Myrrima von hier oben den Namen des Kriegers, den der Ausrufer bekanntgab, nicht verstehen, trotzdem merkte sie sofort, daß dies kein gewöhnlicher Kampf war. Der Ausrufer, der auf der anderen Seite des Feldes sprach, war kein junger Bursche, sondern ein ergrauter alter Veteran mit einem scheußlich vernarbten Gesicht. Er trug keines Königs Waffenrock, der mit dem Wappen des Lords, dem er diente, verziert gewesen wäre, daher hielt Myrrima ihn für einen Unabhängigen Ritter, durch seinen Eid allein dem Kampf gegen das Böse verpflichtet.

Am anderen Ende des Platzes ritt ein Ritter auf einem gewaltigen schwarzen Roß hervor, einem Ungeheuer von einem Pferd, dem man so viele Runen der Kraft eingebrannt hatte, daß es kaum noch wie ein Geschöpf aus Fleisch und Blut erschien, und das sich statt dessen mit der Sicherheit und Kraft eines zum Leben erweckten Wesens aus Eisen bewegte.

Der Mann auf diesem Tier schien kaum weniger ein Ungeheuer zu sein. Der Bursche maß an Kopf und Schultern bestimmt mehr Breite als jeder andere Mann, dem Myrrima je begegnet war, ganz so, als strömte das Blut von Riesen in seinen Adern.

Er führte den ungeschmückten Schild eines Unabhängigen Ritters, trug jedoch eine Rüstung von seltsam fremdem Stil. Der Schild selbst war geformt wie ein geflügelter Adler, aus dessen Auge ein einzelner Dorn ragte. Sein Helm war im Stil der Krieger aus Internook gehörnt, und sein Kettenhemd stach dadurch hervor, daß es ihm im Stehen bis über die Knöchel gereicht hätte. Jetzt, da seine Füße jedoch in den Steigbügeln steckten, bedeckte es diese sogar. Zudem reichten die Ärmel bis zu den Handgelenken. Der Mann war riesig, wirkte finster und nachdenklich.

Er trug keinen Turnierpanzer als Harnisch. Sein Kettenhemd, so gut es auch gearbeitet war, würde von einer Lanze so mühelos durchbohrt werden wie ein Stück Stoff von einer Nadel.

Dies war kein Tjost, wie man ihn gewöhnlich unter kleinen Lords sah. Bei den starken Runenlords, die Kraftpferde ritten, konnte *jeder* Stoß mit einer Lanze Knochen zersplittern oder das Innenleben eines Mannes in Gelee verwandeln. Kein Plattenpanzer ließ sich so dick fertigen, daß er einen Mann sowohl schützte, als ihm auch das Reiten eines Pferdes ermöglichte. Unter den Runenlords hatte sich die Kunst des Tjostes daher zu einer völlig neuen Form des Wettbewerbes gewandelt. Weder konnten diese Lords Stöße austauschen, noch vermochte ihre Rüstung viel zu ihrem Schutz beizutragen.

Statt dessen waren Runenlords gezwungen, von ihrer Anmut, ihrer Geisteskraft und Geschwindigkeit Gebrauch zu machen, um Hieben auszuweichen oder diese abzuwehren. Das meisterliche Geschick eines Mannes bei seiner Verteidigung wurde zu seiner sichersten – im Grunde zu seiner einzig echten – Rüstung. Daher trugen nur wenige Runenlords Plattenpanzer, die sie in ihrer vollen Bewegungsfreiheit behindert hätten, sondern legten statt dessen Ring- oder Schuppenpanzer über dicken Schichten aus Leder oder Stoff an. Wenn Runenlords überhaupt jemals bei einem Turnier kämpften, dann entwickelte sich dies zu einem packenden Spektakel, bei dem Lords auf schnellen Kraftpferden aufeinander zustürmten und mit hundert Meilen in der Stunde krachend aufeinanderprallten. Männer sprangen von ihren Pferden, um den Hieben auszuweichen, klammerten sich an den Bauch ihres Pferdes oder vollführten andere außerordentliche Bravourstücke. Das war beste Unterhaltung und einem königlichen Turnier angemessen.

Gleichzeitig war es ein Kampf auf Leben und Tod, den man nicht auf die leichte Schulter nehmen durfte.

Der Lord hier trug keinen Turnierpanzer. Was bedeutete, daß dieses Ungeheuer nicht auf das Feld herausgekommen war, um für Reichtum und Ruhm zu kämpfen, sondern, um ein Leben zu nehmen – oder seines zu verlieren.

»Sieh an, was haben wir denn hier?« meinte Schwester Connal. »Sieht interessant aus.«

»Wer ist das?« bettelte Myrrima. »Wer tritt an?«

»Der Hauptmarschall Skalbairn.«

»Der Hauptmarschall hält sich hier in Heredon auf?« fragte sie benommen. Sie hatte den Mann nie zuvor gesehen, hatte nie gehört, daß er jemals die Grenze überquert hätte. Normalerweise verbrachte er den Winter in Beldinook, drei Königreiche weiter im Osten.

Aber natürlich ist er gekommen, wurde ihr dann klar, *gleich nachdem er gehört hatte, daß sich ein neuer Erdkönig erhoben hatte. Die ganze Welt gibt sich hier in Heredon ein Stelldichein. Zudem war er so schnell geritten, daß kein Bote ihn hatte ankündigen können.*

Und jetzt war er hier, der Anführer der Unabhängigen Ritter. Myrrima war erstaunt. Unter den Unabhängigen Rittern gab es keine Lords. Ein Junge aus dem gemeinen Volk, der in ihre Reihen eintrat, konnte im Rang ebenso schnell aufsteigen wie ein Prinz. Sie waren einer Sache allein verschworen: der Vernichtung der Wolflords und Banditen, dem Kampf für die Gerechtigkeit.

Unter den Unabhängigen Rittern führte niemand den Titel ›Lord‹, doch es gab Ränge – Knappen, Ritter und Marschalls. Hauptmarschall Skalbairn war ihrer aller Anführer, ihr Herr und Herrscher. Auf seine Weise verfügte er über fast ebensoviel Macht wie jeder König in Rofehavan.

Und ohne Blutvergießen verdiente man sich diesen Rang nicht. Myrrima hatte den Mann noch nie gesehen, es hieß jedoch, Skalbairn sei ein Wahnsinniger, ein

Besessener, der kämpfte, als wünschte er seinen Tod herbei.

Aber den Ausrufer, der auf dieser Seite des Feldes heraustrat, erkannte sie. Die gedrungene Gestalt von Herzog Mardon schritt entschlossen, ganz in seinen besten Staat gekleidet, hinter dem Hauptpavillon hervor. Der Mann hielt die Hände in die Höhe, um die Menge zum Verstummen zu bringen.

»Herzog Mardon«, flüsterte Myrrima erschrocken. Wenn ein Herzog als Ausrufer für die Krieger auftrat, dann handelte es sich hier nicht um irgendeinen unbedeutenden Wettkampf. Es bedeutete, daß ein wichtiger Edelmann zum Kampf antrat, vielleicht sogar ein König, und Myrrima kam der Gedanke, es könnte der junge Gaborn sein, der einen Zweikampf ausfocht.

Doch wenn ein Edelmann zum Kampf antrat, wunderte sich Myrrima, warum dann hier? Die hohen Lords hatten eine weitere Arena oben auf dem Grün der Burg, und ein solcher Wettstreit müßte dort ausgetragen werden. Es sei denn, die hohen Lords wollten diese Auseinandersetzung geheimhalten.

»Meine hochverehrten Damen und Herren«, bellte Herzog Mardon mit einer Stimme, die weit über die Felder trug. Dann ging seine Stimme im aufbrandenden Jubel und vorzeitigen Applaus unter, und Myrrima verstand nichts mehr, bis er seine Stimme noch mehr hob, »… erst gestern im Dunnwald eine Greifermagierin erschlagen …«, und ihr Herz pochte so laut, daß sie fast glaubte, Schwester Connal würde es hören. »Sir Borenson, der Königstöter!«

Der Jubel und die Schreie, die von der Menge unten aufbrandeten, waren ohrenbetäubend. Einige bejubelten ihren Gemahl, andere verlangten lauthals seinen Tod. Sie hörte aufgebrachte Bauern brüllen: »Narr!«, »Bastard!«, »Hurensohn!«, »Königstöter!«

In dem Höllenlärm, der jetzt losbrach, kamen die Menschen aus den nahegelegenen Zelten herbeigeeilt, bis es von Zuschauern nur so wimmelte.

Jetzt glaubte Myrrima zu verstehen, warum der Wettstreit hier ausgefochten wurde. Ihr Gemahl hatte König Sylvarresta erschlagen, auf Anordnung König Ordens nach der Schlacht bei Longmot. Und obwohl König Sylvarresta eine Gabe der Geisteskraft an Raj Ahten abgetreten hatte und infolgedessen nur mehr eine unbedeutende Spielfigur in der Hand des Feindes darstellte, war er zu seiner Zeit ein guter König gewesen, der von seinem Volk geliebt wurde. Als Strafe für seine Verbrechen hatte Iome Sylvarresta Myrrimas Gemahl dazu verurteilt, einen Akt der Reue zu leisten. Doch offenkundig genügte das dem Hauptmarschall nicht. Er wollte Blut mit Blut vergelten und würde gegen Sir Borenson antreten. Der junge König Gaborn Val Orden hätte einen solchen Zweikampf niemals gutgeheißen. Er hätte nicht zugelassen, daß er in der oberen Arena ausgetragen wurde. Also kämpften sie hier mitten unter den kleineren Lords, den Hahnenkämpfern und den Bärenlockern.

»Bei den Mächten«, fluchte Schwester Connal leise. »Der einzige Mann im ganzen Königreich, den ich zwischen meinen Beinen haben will, und jetzt kämpft er hier einen Kampf auf Leben und Tod!«

Myrrima blickte, überrascht über diese Unverfrorenheit, in das Gesicht der Pferdefrau, und stellte fest: *Die Frau hat keine Ahnung, daß Sir Borenson mein Gemahl ist.*

Dann ritt Borenson auf das westliche Ende des Platzes hinaus: Seine eigene Gelenkrüstung tragend, saß er auf dem Rücken eines grauen Streitrosses und hielt einen schlichten grauen Schild in der Hand, von dem jedes Emblem entfernt worden war. Sein langes rotes Haar fiel ihm über den Rücken, seine blauen Augen lächelten. Er betrachtete seinen Gegner und schätzte dessen Stärke und Größe ab.

Ein Knappe in den Farben König Sylvarrestas eilte mit einem schweren Kriegshelm herbei, und Borenson stülpte ihn über.

Myrrimas Herz schlug wie ein Hammer. Sie hatte überhaupt nicht bemerkt, daß ihr Gemahl und der König so schnell von den alten duskinischen Ruinen zurückgekehrt waren. Noch mehr überraschte sie, daß ihr Gemahl sich hier auf einen Kampf vorbereitete, ohne ihr ein einziges Wort darüber mitzuteilen.

Ritter mit Lanzen liefen aufs Feld. Das waren keine in leuchtenden Farben bemalten, bunten Waffen aus ausgehöhltem Holz. Das waren massive Kriegslanzen aus poliertem Eschenholz, die von Eisenringen zusammengehalten wurden und mit Stahlspitzen versehen waren. Letztere hatte man mit Pech eingestrichen, damit sie beim Aufprall nicht vom Schild oder der Rüstung eines Mannes abglitten, sondern sich statt dessen hineinbohrten. Jede Lanze wog sicherlich weit über einhundertfünfzig

Pfund, und zum Ende hin verbreiterten sich die Lanzen auf einen Durchmesser von acht Zoll. War ein Mann erst einmal aufgespießt, riß die Lanze sein Fleisch und seine Knochen auseinander wie ein Keil und erzeugte damit eine klaffende Wunde, von der sich niemand, nicht einmal mit Gaben des Durchhaltevermögens, je wieder erholte. Es waren mörderische Waffen. Der Hauptmarschall führte eine schwarze, deren Farbe für Rache stand. Borenson nahm eine rote, in der Farbe unschuldigen Blutes. Festgebunden an ihrem Griff befand sich Myrrimas roter Seidenschal.

Die Musikanten fielen vor dem Angriff in eine lärmende Melodie ein.

»Ich muß fort von hier«, meinte Myrrima, der sich der Magen umdrehte. Verzweifelt blickte sie sich um und suchte nach einem Weg, der von der Anhöhe herunterführte. Das steile Gelände war mit großen Felsen übersät, zwischen denen junge Eichen hervorsprossen.

»Wohin?« wollte Schwester Connal wissen.

Stöhnend deutete Myrrima hinunter. »Dort unten, das ist mein Gemahl!«

Es tat gut, den erstaunten Ausdruck in Schwester Connals Gesicht zu sehen. Myrrima hatte die Frau bereits für einen Menschen gehalten, den nichts erschüttern konnte, und all die Erregung, der Schreck und das Entsetzen, das sie an diesem Tag bereits erleiden mußte, hatte Myrrima geschwächt und gab ihr das Gefühl, vergleichsweise flatterhaft zu sein. Sie wandte sich ab und lief, so schnell sie konnte, den Hang hinunter. Als sie den Fuß des Hügels erreicht hatte und die Straße in die Durkin-Berge überquerte, hatte sich um das Turniergelände eine dichte Menschenmenge angesammelt.

Sie versuchte, sich gewaltsam einen Weg durch das Gedränge zu bahnen, was ihr erst gelang, als sie plötzlich Schwester Connal neben sich sah, die »Aus dem Weg!« brüllte und Menschen zur Seite stieß.

Myrrima sah hoch und wollte sich bedanken. Schwester Connal entschuldigte sich für ihre Bemerkung von vorhin, indem sie schlicht erklärte: »Ich wußte nicht, daß er Euer Gemahl ist.«

Nachdem sie sich endlich durch die Menge weit genug nach vorn gekämpft hatten, um gut sehen zu können, griffen die Pferde bereits an.

Das war kein Turnierwettkampf für junge Burschen, fünfundzwanzig Gänge mit der Lanze, in denen der Verlierer keinen größeren Schaden erlitt als geprellte Rippen.

Das Geschrei der Menschenmenge war ohrenbetäubend, wild. Myrrima blickte in die Gesichter der Umstehenden, sah ihre Anspannung, ihren Übermut. Sie hofften auf Blut.

Beide Kämpfer wählten eigenartige Körperhaltungen. Sir Borenson stellte sich in den Steigbügel und lehnte sich weit nach rechts hinaus, wie es nur ein Krieger mit vielen Gaben der Muskelkraft vermochte. Des weiteren hielt er seine Lanze nicht in eingelegter Stellung, sondern hoch über den Kopf, so mühelos, als sei sie ein Speer.

Der Hauptmarschall dagegen lehnte sich auf seinem schwarzen Streitroß weit nach vorn, um auf diese Weise mit seinem massigen Körper ein kleineres Ziel zu bieten.

Als er Borensons Körperhaltung sah, stemmte er seine Lanze mit unbändiger Kraft seitlich von sich, zu einer Stellung, die Myrrima noch bei keinem Kämpfer gesehen hatte. Zudem entschied er sich, keinen Schild in seiner freien Hand zu führen. Statt dessen führte er ein kurzes Schwert.

Alles deutete darauf hin, daß Borenson die Absicht hegte, von oben in das Visier des Hauptmarschalls einzustechen, wohingegen dieser vielleicht hoffte, Borensons Achselhöhle zu durchstoßen, wo das Fleisch mangels Rüstung offenlag.

Doch als sie in der Mitte des Feldes aufeinanderprallten, gerieten beide Männer plötzlich in heftigste Bewegung.

Die beiden Pferde rasten aufeinander zu. Die Männer auf ihnen verschwammen zu einer undeutlichen Bewegung, während jeder von ihnen seinen Vorteil suchte und verschiedene Verteidigungshaltungen einnahm. Myrrima beobachtete, wie Borenson sich aufrichtete, dann in die Hocke ging, anschließend seinen Schild im Versuch nach unten senkte, Skalbairns Lanzenspitze zur Seite zu drängen.

Was Skalbairn anbetraf, so konnte sie unmöglich ihn und ihren Gemahl gleichzeitig beobachten. Ihr entging jedoch nicht, wie er sich nach links hinüberwälzte, vielleicht sogar bei dem Versuch, Borensons Lanze auszuweichen, eine halbe Sekunde lang den Boden berührte, um gleich darauf wieder auf sein Pferd zu springen.

Die Männer prallten gegeneinander, ein heftiges, kaum wahrnehmbares Gewühl.

Myrrima hörte das Klirren von Waffen und Rüstungen. Jemand schrie vor Schmerz, derweil das Publikum johlte und Hörner schmetterten. Borensons Schild wurde brutal hochgerissen, während Skalbairn mit seinem Kurzschwert auf ihn eindrosch.

Metall blitzte auf, ein Helm flog davon. Sir Borenson kippte rücklings von seinem Pferd.

Einen einzigen, ewig währenden Augenblick lang wähnte Myrrima ihren Gemahl enthauptet. Ein Aufschrei des Entsetzens kam über ihre Lippen, als der silberne Helm erst in die Höhe stieg und dann zu Boden polterte. Die Musiker stießen, zum Zeichen, daß jemand getötet worden war, schmetternd in ihre Trompeten, und die Menge brach in wilden Jubel aus.

Myrrima fühlte sich schwach und griff nach der Schulter der Pferdeschwester Connal.

Dann flogen die Pferde eine Handbreit voneinander entfernt aneinander vorbei, und sie sah, daß beide Männer gestürzt waren – und beide lebten!

Mit übernatürlicher Behendigkeit rangen sie, brüllend und mit gepanzerten Fäusten aufeinander eindreschend, im Schlamm des Turnierplatzes miteinander, um sich zu befreien.

Borenson sprang als erster auf und wich einen Schritt zurück. Selbst mit angelegter Rüstung bewegte er sich leichtfüßig, denn er besaß sieben Gaben der Muskelkraft und verfügte daher mit seiner eigenen über die Kraft von acht Männern. Blut rann ihm seitlich über das Gesicht. Die Menge johlte.

Borenson griff an seinen Gürtel, zog einen Morgenstern und ließ das Ding gekonnt kreisen, bis die schweren Kugeln am Ende ihrer Ketten kaum mehr zu erkennen waren. Mit seiner freien Hand hob er seinen Schild vom Boden auf.

Die Luft stank nach Schlamm und Blut.

Doch der riesenhafte Skalbairn war ebenso mühelos wieder auf die Beine gekommen und rannte quer über den Turnierplatz zu seinem Pferd. Aus der Scheide am Sattel zog er eine riesige Axt.

Diese schwang er nun über dem Kopf und rückte, gut anderthalb Fuß größer, gegen Sir Borenson vor.

Erst da verstummte die Menge für einen Augenblick so weit, daß Myrrima die beiden Männer sprechen hören konnte.

Ihr Gemahl lachte und gab jenes irre, nach innen gerichtete Kampflachen von sich, für das er berüchtigt war.

Er schwenkte seinen Morgenstern und zielte zur Warnung auf den Kopf des Hauptmarschalls, um das Ungeheuer zurückzutreiben.

Dieser drehte sich nach rechts und tauchte ab. Die Männer prallten gegeneinander, es kam zu einer wüsten, schnellen Balgerei, von der Myrrima nichts erkennen konnte und aus der niemand als eindeutiger Sieger hervorging. Doch als Borenson einen Schritt zurückwich, um Luft zu schnappen, sah sie das Rot von Blut, das ihm in Strömen von der Stirn herablief.

Abermals stürzten sie aufeinander los. Der Hauptmarschall holte zu einem heftigen Schlag mit der Axt aus. Borenson versuchte zu parieren, doch die Axt spaltete die stählerne Hülle seines Schildes und zertrümmerte die hölzernen Streben darunter. Der Schild zerbrach an Borensons Arm, während er, seinen Morgenstern schwenkend, zu einem Hieb auf des Hauptmarschalls Gesicht ausholte. Die Dornen auf den Stahlkugeln streiften das Kinn des Hauptmarschalls, die Hauptwucht des Hiebes jedoch wurde von dem robusten Helm abgelenkt.

Im Bewußtsein seiner zusammenbrechenden Verteidigung machte Borenson einen Satz in die Luft und versuchte, einen schnellen Hieb anzubringen.

Ein weiteres Mal verschwommen die Bewegungen der Männer zu einem undurchdringlichen Gewirr. Myrrima spürte mehr als daß sie Zeugin dessen wurde, wie der Hauptmarschall sich unter dem Angriff zur Seite duckte, seine Axt nach oben riß und wie sich die schweren Kugeln des Morgensterns darin verwickelten.

Dann flogen die Fäuste, und die Männer stöhnten. Ein Tritt von Skalbairn fegte Borenson die Beine unterm Körper fort.

Der ging zu Boden, versuchte sich wieder aufzurappeln, aber Skalbairn drosch ihm seine gepanzerte Faust ins Gesicht.

Der Hauptmarschall zog seinen Dolch, ließ sich fallen und bohrte dessen Klinge in Borensons Visier. Myrrima wollte über das Geländer klettern, denn sie befürchtete, der Kerl würde ihrem Gemahl den Dolch in die Kehle bohren, doch Schwester Connal bekam sie an den Schultern zu fassen und brüllte ihr ins Ohr: »Haltet Euch da raus!«

»Ergebt Ihr Euch? Ergebt Ihr Euch?« brüllte der große Skalbairn.

Aus der Menge wurde vereinzelter Applaus für den Hauptmarschall laut, gemischt mit Verwünschungen wie »Tötet ihn!«, »Tötet den Hurensohn von einem Lump!«, »Königsmörder!«

Normalerweise blieben derartige Verwünschungen den übelsten Feiglingen oder Dummköpfen vorbehalten. Die Heftigkeit, mit der die Flüche ausgestoßen wurden, versetzte Myrrima in Schrecken. Ihr Gemahl hatte eine Greifermagierin getötet und deren Kopf vor die Tore der Stadt geschleppt. Man hätte ihn als Held bejubeln müssen.

Doch die Menschen waren nicht bereit zu vergessen, daß ihr Gemahl König Sylvarresta getötet hatte. Allmählich wurde Myrrima bewußt, daß sie die Tat ihres Ehemannes niemals vergessen oder verzeihen würden.

Mystarrianische Hure hatte Sir Hoswell sie genannt. Und jetzt verlachte die Menge ihren Mann als *Königsmörder.* Sie warf rasch einen Blick auf die Umstehenden und sah die von Erregung geröteten Gesichter. Nichts würde ihnen mehr Freude bereiten, als mit anzusehen, wie ihr Mann getötet wurde.

Die Musikanten, die während der gesamten Attacke gespielt hatten, hatte sie kaum bemerkt, jetzt jedoch dröhnte ein Trommelwirbel, und ein einzelnes Horn schmetterte das schrille Zeichen zum Todesstoß, das einem das Blut erstarren ließ.

Er widerte Myrrima an, widerte sie bis ins Mark an. *Er*

ist besser als jeder von euch, hätte sie am liebsten gebrüllt. *Er ist besser als ihr alle zusammen!*

Die Menge verstummte, um Borensons Antwort durch den Trommelwirbel zu hören.

Und dort lag er auf dem schlammigen Feld, während ein aufgebrachter Riese ihm einen Dolch an die Kehle drückte, und reagierte mit einem schallenden Lachen, mit einem so herzhaften Lachen, daß Myrrima sich fragte, ob der Kampf nicht zum Vergnügen der kleineren Lords inszeniert worden war.

Vielleicht war dies doch kein Kampf auf Leben und Tod, hoffte Myrrima. Zwei erfahrene Krieger, die eine tödliche Fehde vortäuschen, um eine Menschenmenge zu begeistern. Es wäre nicht das erste Mal.

»Ergebt Ihr Euch?« brüllte Hauptmarschall Skalbairn erneut, und der Unterton in seiner Stimme verriet Myrrima, dies war kein Spaß.

»Ich ergebe mich«, lachte Sir Borenson, und tat, als wolle er sich erheben. »Bei den Mächten, ich bin noch nie einem Mann begegnet, der so mit mir umzuspringen wußte.«

Doch der Hauptmarschall fauchte zornig und stieß Borensons Kopf zurück.

Den Regeln des Zweikampfes gemäß hatte Sir Borenson mit seiner Aufgabe sein Leben in die Hand des Hauptmarschalls gelegt. Es gehörte nun Skalbairn, und der durfte ihn jetzt töten oder weiterleben lassen, je nach Gutdünken.

Doch der förmliche Kodex des Rittertums, wie man ihn auf dem Schlachtfeld beobachten konnte, wurde hier in der Arena selten ernst genommen. Ein besiegter Ritter mochte gezwungen werden, ein Lösegeld in Waffen oder Rüstungen zu bezahlen, manchmal sogar Münzen oder Land. Aber niemals wurde er einfach erschlagen.

»So einfach kommt Ihr nicht davon!« brüllte der Hauptmarschall wie ein Bulle. »Euer Leben gehört mir, gemeiner Bastard, und ich habe die Absicht, es mir zu nehmen!«

Sir Borenson lag auf dem Rücken, erstaunt über des Hauptmarschalls Ungestüm.

Ein anderer hätte vielleicht in der Hoffnung weitergekämpft, sich zu retten. Borenson jedoch, seinem Wort getreu, ließ sich nach hinten sinken und zog das Ganze ins Lächerliche. »Ich habe gesagt: ›Ich ergebe mich.‹ Wenn Ihr mein Leben wollt, so nehmt es Euch!«

Der Hauptmarschall setzte ein brutales Lächeln auf, dann beugte sich der Hüne über Borenson, als wollte er ihm die Klinge in die Kehle stoßen.

»Zuerst noch eine Frage«, sagte der Hauptmarschall, »und Ihr müßt ehrlich antworten, sonst bringt Euch das den Tod.«

Sir Borenson nickte, und seine blassen blauen Augen wurden hart wie Stein.

»Verratet mir«, blaffte der Hauptmarschall, »ist Gaborn Val Orden wahrhaftig der Erdkönig?«

Jetzt erkannte Myrrima, worum es wirklich ging. Der Hauptmarschall hatte es nicht auf das Leben ihres Gemahls abgesehen, sondern nur auf dieses Wissen. Das war für ihn wichtig genug, um bereitwillig sein Leben dafür aufs Spiel zu setzen.

Ein Ritter, der sich auf dem Schlachtfeld ergab, war durch seine Ehre dazu verpflichtet, die Wahrheit zu sprechen. Borenson würde jetzt aufrichtig antworten, solange er mit seiner Antwort nicht seinen Lord verriet.

Der Hauptmarschall brüllte so laut, daß alles auf dem Turnierplatz verstummte, um die Antwort zu vernehmen. Borenson antwortete mit einer Stimme, die keinen Widerspruch duldete: »Er ist tatsächlich der Erdkönig.«

»Das bezweifle ich ...«, erwiderte der Hauptmarschall. »In Süd-Crowthen sind mir seltsame Gerüchte zu Ohren gekommen. Dort erzählt man sich, Euer König habe im Haus des Verstehens, im Saal der Gesichter und im Saal des Herzens studiert – er habe die Kunst der Verstellung an einem Ort studiert, wo ein unehrlicher Mann eher die Kunst der Täuschung lernt. Und dann, am selben Tag, an dem er verkündet, er sei der neue Erdkönig, ist seine erste Tat ein ausgefeiltes Täuschungsmanöver, mit der er Raj Ahten aus diesem Land vertreibt! Viele halten es für ein merkwürdiges Zusammentreffen, daß der junge Orden ›zufällig‹ genau da Erdkönig wird, wo Heredon ihn am meisten braucht. Die Geschichte scheint mir doch zu praktisch, so als wolle man mit ihr die Hoffnung der Landbevölkerung schüren. Ich frage Euch also ein zweites Mal, ist er wahrhaft der Erdkönig – oder ist er ein Gaukler?«

»Bei meiner Ehre und bei meinem Leben, er *ist* der Erdkönig.«

Doch der Hauptmarschall grollte: »Einige bezeichnen ihn als Schuft ohne naturgegebene Eigenschaften. Andere fragen sich, wieso er aus Longmot geflohen ist und seine Männer und seinen Vater durch die Hand von Raj Ahten hat sterben lassen. Wenn er tatsächlich der Erdkönig ist, hätte er Raj Ahten doch sicher Widerstand leisten können. Ihr kennt den Jungen seit Ewigkeiten – habt ihn von klein an aufgezogen. *Wie lautet Eure Meinung?*«

Borensons Stimme bebte vor Wut. »Tötet mich auf der Stelle, lausiger Knappe, aber ich werde mir keine vergifteten Lügen anhören, die dieser Narr König Anders verbreitet!«

In diesem Moment erhob sich leises Getuschel, und viele Zuschauer blickten zum anderen Ende des Turnierplatzes, von dem aus Sir Skalbairn losgeritten war. Am Tor dort stand ein hochgewachsener Mann in einem eleganten Gewand. Er hatte strähniges blondes Haar, ein scharfgeschnittenes Gesicht und eine finstere Ausstrahlung. Er wirkte wie dreißig, aber wenn er Gaben des Stoffwechsels übernommen hatte, könnte er weit jünger sein. Myrrima hatte ihn noch nie zuvor gesehen und hätte ihn in einer Menschenmenge nicht bemerkt, doch jetzt wisperten die Menschen: »Prinz Celinor.« »Anders' Sohn.«

Der Hüne grinste unbarmherzig und blickte zu Prinz Celinor hoch, als wolle er dessen Zustimmung einholen. Der Prinz nickte und schien zufrieden.

Aha, erkannte Myrrima. *König Anders' Sohn steckte also hinter alledem.* Aber wollte er tatsächlich nur bestätigt haben, ob Gaborn der Erdkönig ist, oder hatte dies Schauspiel den Zweck, Zweifel in den Seelen der Landbevölkerung zu säen? War letzteres der Grund, hätte er sich keinen besseren Schauplatz für das Spektakel als hier mitten unter den kleineren Lords aussuchen können.

Hauptmarschall Skalbairn steckte sein Messer in die Scheide und bot Sir Borenson die Hand. »Dann erhebt Euch, Sir Borenson. Ich möchte diesen jungen König selbst in Augenschein nehmen.«

In wenigen Augenblicken hatte sich die Arena mit jungen Burschen und minderen Edelleuten gefüllt, die den Hauptmarschall bewundern wollten, jenen Mann, der Sir Borenson überwältigt hatte.

Einige gingen, um seine Lanze zu holen, andere, um ihm sein Pferd zu bringen.

Borenson erhob sich wankend, und niemand dachte daran, ihm Trost anzubieten oder ihm zu einem guten Kampf zu gratulieren. Statt dessen ging er zu seiner zersplitterten Lanze und kniete nieder, um Myrrimas roten Schal loszubinden, das Zeichen ihrer Gunst.

Myrrima kletterte über das Geländer an der Arena und fand sich in dickstem Schlamm wieder. Der Matsch war so tief, daß sie beinahe steckenblieb.

Sie eilte unter Mühen zu Borenson und stellte fest, daß sie zitterte und nicht wußte, was sie ihm sagen sollte.

Es war ihm gelungen, den Schal loszubinden, und er wandte ihr den Rücken zu, schlang sich das Tuch um den Hals und versuchte, noch immer mit den Panzerhandschuhen an den Händen, es zu verknoten, was er wegen des dicken Leders und der Verstärkung aus Stahlringen kaum zustande brachte.

Myrrima ging um ihn herum, band das verdammte

Ding für ihn fest, und ihre Hände zitterten selbst so stark, daß sie ebenso ungeschickt war wie er. Sie sah ihm ins Gesicht. Sein Haar war schlammverschmiert, und über einer tiefen Scharte über seinem rechten Auge gerann das Blut.

»Hast du zugeschaut?« fragte er.

Myrrima nickte wortlos und bekam das Ding endlich zugebunden. Sie konnte den Schal nicht mehr erkennen. Tränen traten ihr in die Augen.

»Verdammter Kerl, ich könnte dir das jetzt um deinen Leichnam binden.«

Borenson lachte, ein kurzes, nervöses Bellen.

»Bedeute ich dir so wenig, daß du mir so etwas nicht vorher erzählst?« fragte sie.

»Ich habe *versucht*, dich zu finden«, erklärte Borenson. »Aber du warst weder auf dem Fest des Königs noch beim königlichen Turnier. Seit heute morgen hat dich niemand mehr gesehen. Und Sir Skalbairn hatte mich herausgefordert und einen Zweikampf noch vor Sonnenuntergang gefordert. Es war eine Frage der Ehre!«

Myrrima wurde bewußt, daß sie natürlich niemand gesehen haben konnte. Sie war sorgsam darauf bedacht gewesen, daß niemand erfuhr, wohin sie ging. »Du hättest warten können. Liebst du mich weniger als deine Ehre?«

Nie zuvor hatte sie ihm gegenüber von Liebe gesprochen. Gaborn hatte ihre Hochzeit in die Wege geleitet, und sie hatte eingewilligt. Alles in allem kannte sie Borenson kaum eine Woche. Dennoch hatte sie ihn geheiratet, und obwohl sie erst kurze Zeit zusammen waren, war sie in ihn verliebt. Dasselbe wollte sie nun von Borenson hören.

»Natürlich nicht«, gab Borenson zurück. »Aber was bedeutet ein Leben ohne Ehre? Wäre ich ein geringerer Mann, könntest du niemals eine Zuneigung für mich entwickeln.«

Genau in diesem Augenblick blickte Borenson über ihre Schulter, und Myrrima drehte sich um und wollte sehen, was seine Aufmerksamkeit erregte. Es war die Pferdeschwester Connal, die Myrrima ihren Bogen und Köcher brachte. Myrrima hatte sie auf dem Hügel fallenlassen.

»Meine Dame«, sagte Connal. »Ihr habt dies vergessen.«

Myrrima nahm die Waffe mit einer Hand entgegen.

»Erin Connal, seid gegrüßt!« sagte Borenson. »Ich wußte nicht, daß Ihr im Lager seid.«

»Ich bin seit gestern hier«, antwortete Pferdeschwester Connal, »und habe nichts Besseres zu tun, als den verfaulenden Kopf des Greifers zu bewundern, den Ihr gestern im Morgengrauen hergeschleppt habt.«

»Ihr beide seid Euch schon begegnet?« fragte Myrrima.

Borenson erwiderte zögernd: »Ein paarmal. Der alte König Orden war ein Freund ihrer Mutter, daher hat er auf seinen Reisen durch Fleeds gewöhnlich in ihrem Palast haltgemacht.«

»Freut mich, Euch zu sehen.« Erin senkte den Kopf wie eine schüchterne Dame.

Myrrima gefiel das nicht. Sie mochte die Vorstellung nicht, daß die beiden sich kannten, daß Connal sich zu ihrem Gemahl hingezogen fühlte. Mit ungezierter Offenheit fragte sie: »Hast du das gewußt: Sie möchte von dir Kinder haben?«

Borenson schnaubte überrascht und wurde rot im Gesicht. »Na ja, natürlich will sie Kinder von mir haben, welche Pferdefrau wollte das nicht?« Er redete wie vor einem Haufen Saufkumpane. Dann wurde er unsicher, bemerkte seine Vorschnelligkeit und setzte scherzhaft hinzu: »Aber das kommt natürlich nicht in Frage, nicht wahr, mein Lämmchen?«

Myrrima, alles andere als besänftigt, lächelte mit zusammengepreßten Lippen.

KAPITEL 7
Der Hauptmarschall

Borenson wandte sich ab und wäre am liebsten vor seiner Gemahlin davongelaufen. Er wagte nicht zu fragen, was sie mit einem Bogen tat oder weshalb sie sich in Gesellschaft von Erin Connal befand.

Zum Glück mußte er seine Ausrüstung für die nächsten Herausforderer vom Platz schaffen, also ging er zu seinem Pferd und geleitete das Tier und die Frauen hinüber zum Hauptmarschall.

Der war in eine geflüsterte Unterhaltung mit dem Prinzen vertieft. Doch Borenson besaß zwei Gaben des Gehörs, so daß er deren Ende mitbekam. »Sagt Eurem Vater, er kann sein gottverfluchtes Geld behalten«, fauchte der Hauptmarschall. »Sollte dieser Junge tatsächlich der Erdkönig sein, werde ich meine Armeen nicht in Crowthen überwintern lassen. Ich werde sie dorthin schicken, wo sie gebraucht werden.«

»Natürlich, natürlich«, antwortete Celinor in fast flehentlichem Ton. Dann hob er den Kopf und sah Borenson.

Lächelnd rief Borenson über die kurze Entfernung: »Prinz Celinor, Sir Skalbairn, darf ich Euch meine Gemahlin vorstellen?«

Der Hauptmarschall grüßte mit einem Nicken, und Prinz Celinor musterte Myrrima lediglich anerkennend von Kopf bis Fuß.

»Ich werde mein Pferd holen«, verabschiedete sich Celinor. Als er vorüberging, roch Borenson den üblen Gestank von Alkohol an ihm. Der Prinz bahnte sich seinen Weg durch die Menge zum Nordende des Turnierplatzes.

»Was hatte das denn zu bedeuten?« fragte Borenson den Hauptmarschall und blickte dem hünenhaften Mann ins Gesicht. Skalbairn ragte über ihm auf wie ein Bär. »Wie war das mit dem Überwintern in Crowthen?«

Der Hauptmarschall betrachtete Borenson, als wollte er abschätzen, wieviel er ihm erzählen sollte. Was er zu sagen hatte, gehörte offensichtlich nicht zu den Dingen, die König Anders aus Süd-Crowthen in aller Öffentlichkeit besprochen wissen wollte. Doch der Hauptmarschall war ein robuster Kerl, der sich davon nicht beeindrucken ließ. »In Beldinook erreichte mich die Kunde von Raj Ahtens Angriff vor ungefähr vier Tagen. Es waren jedoch König Anders' Boten, die die Nachricht überbrachten und die mich baten, die Redlichen Horden der Unabhängigen Ritter nach Süd-Crowthen zu führen. Außerdem brachten sie Geld mit, um unseren Marsch zu finanzieren. Es war allerdings um die Hälfte zuviel Geld. Für mich roch das nach Bestechung.«

»Er will die Unabhängigen Ritter bestechen?«

»Ich hatte Verständnis für Anders' Notlage«, fuhr der Hauptmarschall fort. »Welcher König wollte nicht, daß die Unabhängigen Ritter in seinem Reich ihr Lager aufschlagen, wenn Raj Ahtens Armeen durch die Lande ziehen? Genaugenommen erschien mir der Zug nur logisch. Wir trieben Raj Ahten in die Berge, und ich befahl meinen Männern, ihn weiter zu verfolgen.

Als ich jedoch gestern abend in Crowthen eintraf, stellte ich fest, daß Anders noch immer wollte, daß meine Armeen nach Crowthen marschieren und dabei die größere Bedrohung für Mystarria außer acht lassen. Soeben bedrängte mich sein Sohn, an ihrer ›Übereinkunft‹ festzuhalten, wenigstens vorerst.«

»Was werdet Ihr tun?«

»Anders wird außer sich sein. Ich werde ihm sein Gold zurückschicken – wenigstens den größten Teil davon.«

»Das klingt, als sei Anders eine Memme«, sagte Borenson.

Woraufhin ein gefährliches Funkeln in den Augen des Hauptmarschalls aufblitzte. »Unterschätzt ihn nicht. Ich fürchte, er ist schlimmer als ein Feigling.«

»Wie meint Ihr das?«

»Er will meine Truppen, und das unbedingt. Ein Feigling würde sie zu seinem Schutz wollen. Doch auf meinem Ritt nach Crowthen kam mir ein Gedanke: Was, wenn er sich gar nicht vor Raj Ahten fürchtet? Was, wenn er in Wahrheit vor dem Erdkönig Angst hat?«

»Vor Gaborn?« erwiderte Borenson erstaunt, der sich nicht vorstellen konnte, Anders könnte vor dem Jungen Angst haben.

»An der Grenze erhielt ich den Beweis. König Anders hatte Truppen längs der Straße postiert und allen Bauern und sogar den Händlern verboten, nach Heredon einzureisen. Seine Truppen erklären Gaborn zum Betrüger und behaupten, es sei reine Zeitverschwendung, ihn aufzusuchen, und daher eine Verletzung von Anders' Interessen.«

»Wenn Anders kein Interesse daran hätte, selbst die Wahrheit zu erfahren«, grübelte Borenson laut, »wäre das eine Sache. Aber seinem Volk zu verbieten, hierherzukommen? Das ist schlimm.«

»Betrachtet es von seinem Standpunkt aus«, sagte Skalbairn. »Seit über zweitausend Jahren gab es in ganz Rofehavan keinen Erdkönig mehr. Seit jener Zeit jedoch wurden geringere Männer zum König ernannt, die Länder wurden aufgeteilt und man stritt sich um sie.

Was wird aus Anders werden, wenn das Volk sich erhebt und dem Geschlecht Orden seine Dienste anbietet? Wird man ihn in den Rang eines kleinen Lords zurückstufen? Oder wird man ihn bitten, sich zu verneigen und einen Kratzfuß zu machen wie ein gewöhnlicher Bauer?

Ihr und die Bürger haltet es vielleicht für eine gute Sache, einen Erdkönig zu haben, aber denkt an meine Worte: Könnte Anders den Jungen töten, würde er es tun. Und er dürfte nicht der einzige Lord in Rofehavan sein, der so empfindet.«

»Verdammt«, fluchte Borenson leise. Er sah sich um, Myrrima und die Pferdefrau standen nahe genug, damit sie alles, was der Hauptmarschall gesagt hatte, mit angehört haben mußten.

»Meine Mutter sagt, sollte sich in unserer Zeit jemals ein Erdkönig erheben, dann aus dem Geschlecht Orden«, mischte sich Pferdefrau Connal ein. »Sie hat mich gebeten zu prüfen, ob er tatsächlich derjenige ist, und falls ja, ihm die Unterstützung durch die Clans anzubieten.«

»Genau wie ich«, erklärte der Hauptmarschall, »vorausgesetzt, er ist tatsächlich der Erdkönig.«

»Er *ist* es«, stellte Myrrima mit Nachdruck fest. »In Longmot haben zehntausend Männer mit eigenen Augen gesehen, wie der Geist Erden Geborens ihn gekrönt hat. Und ich selbst habe gehört, wie Gaborn mir seine Befehle eingeflüstert hat.«

»Ich bin ihm heute morgen begegnet«, erzählte Erin, »und habe die Wahrheit erfahren. Ich werde ihn unterstützen.«

»Trotzdem verhöhnt König Anders die Berichte über seine Krönung als das Geschwätz einer von Geistern heimgesuchten Armee«, meinte Skalbairn. »Er weist darauf hin, seine eigene Abstammung sei in jeder Hinsicht ebenso makellos wie Ordens, und der Erdkönig könnte ebensogut von seinen Lenden stammen.«

»Er würde Prinz Celinor zum Erdkönig ernennen?« fragte Pferdeschwester Connal. »Celinor, diesen Trunkenbold? Ich habe zu viele bedauernswerte Geschichten über diesen Kerl gehört.«

»Niemals«, gab der Hauptmarschall leise zurück. »Warum sollte Anders sich die Mühe machen, seinen Sohn zu fördern, wo er sich doch selbst so sehr liebt?«

Borenson tat seine Ansicht über diesen Spott mit einem Lachen kund.

»Ich glaube«, fuhr der Hauptmarschall fort, »sein Sohn ist lediglich eine unbedeutende Spielfigur. Angeblich kam der Junge, weil er, wie der Sohn irgendeines kleinen Lords, um Aufnahme in die königliche Garde bitten will. Seinen Worten nach ist er aber eher ein Spion, der im

Auftrag seines Vaters unterwegs ist. Hört einfach, was er sagt, wenn er zurückkommt!«

»Dann verratet mir eins«, bat Borenson den Hauptmarschall. »Sollte der Erdkönig Eure Männer in die Schlacht berufen, wie viele könntet Ihr stellen?«

Der Hauptmarschall brummte, und seine unerbittlichen Augen flackerten. »Wenn wir jeden mitbrächten? Unsere Reihen haben sich gelichtet. Die Redliche Horde zählt über tausend Mann Kavallerie, weitere achttausend Bogenschützen, sechstausend Lanzenträger, fünfhundert Mann Artillerie und dazu natürlich fünfzigtausend Knappen und Marketender.«

Bei der Auflistung dieser Zahlen machte sich der Hauptmarschall gar nicht erst die Mühe, auf die Qualität seiner Truppen hinzuweisen. Seine eintausend Mann Kavallerie waren mehr wert als zehntausend Berittene eines jeden anderen Lords, während seine ›Bogenschützen‹ kampferprobte Meuchelmörder waren, die oftmals in gefährliches Gebiet vordrangen, um ganze Armeen in den Hinterhalt zu locken.

»Still …«, meinte Myrrima leise.

Prinz Celinor führte sein Roß heran, ein paar Schritte dahinter folgte sein Days. Obwohl es sich um ein Kraftpferd handelte, hingen die Ohren des Tieres schlaff herab, und es sah aus, als könnte es nach einem solchen langen Ritt – einhundertfünfzig Meilen seit Tagesanbruch – eine gute Mahlzeit in den Stallungen des Königs gebrauchen.

Prinz Celinor lächelte einfältig. »Gehen wir?« wollte er wissen. Borenson führte die Gruppe durch das Gedränge. Die Straßen waren an diesem Abend voller Menschen, da die Bauern aus dem Lager von einem gedeckten Tisch oder Turnier zum anderen zogen. Celinor wand sich geschickt durch das Gewühl, wenn auch auf weichen Knien. Er schien ziemlich tief ins Glas geschaut zu haben.

Niemand sprach, womit es dem Prinzen überlassen blieb, das schwerfällige Schweigen zu füllen, was ihm recht geschickt gelang, indem er plapperte: »Ich finde das alles unglaublich. Ich meine, ich *kannte* Gaborn. Ich habe mit ihm das Haus des Verstehens besucht, wenn ich auch nicht viel mit ihm gesprochen habe. Ich habe ihn nicht mal oft getroffen. In den Bierschenken sah man ihn selten …«

Pferdefrau Connal erwiderte: »Und natürlich können wir von Euch nicht erwarten, daß Ihr Euch ernsthaft mit jemandem anfreundet, der nicht seine gesamte Freizeit in Bierschenken verbringt.«

Celinor überging die Stichelei. »Ich wollte nur sagen, er war ein seltsamer Bursche. Da er im Saal der Gesichter und im Saal des Herzens lernte, hat er weder Waffen noch Taktiken studiert. Daher kannte ich ihn natürlich nicht sehr gut.«

»Vielleicht redet Ihr deswegen schlecht über ihn, weil Ihr eifersüchtig seid«, frotzelte Connal.

»Eifersüchtig?« höhnte Celinor. »Ich könnte niemals Erdkönig sein. Das soll keine Respektlosigkeit gegenüber Orden sein. Aber als ich noch klein war, träumte ich oft, zu meinen Lebzeiten würde ein Erdkönig geboren werden. Und stets stellte ich mir jemanden vor, der größer war als ich – jemanden, dessen Antlitz von tiefschürfender Weisheit nur so trieft, dem die Kraft einer ganzen

Armee die Brust schwellt, jemanden von sagenhafter Statur. Und was muß ich sehen? Gaborn Val Orden!«

Myrrima mußte über Prinz Celinors Worte staunen. Der junge Mann klang durchaus harmlos, ganz wie ein Bursche, der keine Sorgen kennt und einfach vor sich hin redet. Nur, war das wirklich harmloses Geschwätz? Jedes seiner Worte schien darauf abzuzielen, bei anderen Zweifel zu erzeugen.

»Gaborn dient seinem Volk«, erklärte Borenson Celinor. »Er dient ihm treuer und aufrichtiger als jeder andere, dem ich je begegnet bin. Vielleicht ist das der Grund, weshalb die Erde Gaborn erwählt und zu unserem obersten Beschützer eingesetzt hat.«

»Vielleicht«, antwortete Celinor. Er lächelte auf eine kalte, überlegene Art und neigte seinen Kopf zur Seite, als verlöre er sich in Gedanken.

Als Borenson mit Prinz Celinor, Hauptmarschall Skalbairn und Pferdefrau Connal im Großen Saal eintraf, waren an Tischen Dutzende von Lords und Barone mit Schlemmen beschäftigt. In der Mitte des Raums hockten Musikanten auf Kissen und spielten leise ihre Instrumente, während Kinder zwischen der Küche und der Vorratskammer hin- und hereilten, Speisen und Getränke servierten, sowie sie gewünscht wurden, und anschließend die Tische abräumten.

Während Borenson durch die Tür hereintrat und die anderen sich hinter ihm hereindrängten, erhob sich Gaborn auf der gegenüberliegenden Seite des Großen Saales lächelnd zur Begrüßung.

Er rief: »Sir Borenson, Lady Borenson, Prinz Celinor und Lady Connal, willkommen.« Dann sah er hoch zum Hauptmarschall und fragte: »Und wen haben wir hier?«

Die Musikanten hielten in ihrem Lauten-, Tamburin- und Flötenspiel inne. Gaborn starrte Skalbairn unverwandt an.

»Eure Hoheit, darf ich Euch Hauptmarschall Skalbairn vorstellen, den Herrn der Unabhängigen Ritter?«

Borenson erwartete, Skalbairn würde knapp nicken und Gaborns Gesicht von weitem mustern. Statt dessen handelte der Hauptmarschall ohne Zögern. Barsch sagte er: »Mein Lord, einige behaupten, Ihr seid der Erdkönig. Ist das wahr?«

Die Frage überraschte Borenson, denn er hatte geglaubt, der Mann sei bereits überzeugt. Zu spät erkannte er, daß sich der Hauptmarschall lediglich Borensons Glauben an den Erdkönig vergewissert hatte.

»Ich bin es«, erwiderte Gaborn.

Der Hauptmarschall sagte: »Es heißt, Erden Geboren habe in die Herzen der Menschen geschaut und einige zu seinen Beschützern ernannt. Wenn Ihr über diese Macht verfügt, dann, so bitte ich Euch, werft einen Blick in mein Herz und Erwählt mich, denn ich würde dem Erdkönig mit meinem Leben dienen. In meiner Begleitung befindet sich die Redliche Horde der Unabhängigen Ritter, Tausende von Kriegern, die an meiner Seite kämpfen.«

Er zog das Schwert und trat an den Tisch des Königs, dann kniete er nieder, bohrte die Klinge in den Fußboden und stützte die Hände auf das Heft.

Borenson wurde augenblicklich verlegen. Das war

keine Ehre, um die man den Erdkönig in aller Öffentlichkeit ersuchte. Doch Gaborn schienen die ungeschliffenen Manieren des Hauptmarschalls nicht aus der Fassung zu bringen.

Rings um die Tafeln des Königs setzte unter den Lords ein erstauntes Murmeln ein. Jemand zog die gute Kinderstube des Mannes in Zweifel, allerdings galt der Hauptmarschall als Krieger von hohem Ansehen und einer der größten in ganz Rofehavan, und sie wußten, er konnte Zehntausende von Kriegern stellen und die Armeen des Königs beträchtlich verstärken. Das wäre ein ungeheurer Dienst. Daher erlaubte sich niemand offene Kritik.

Zudem hatte noch kein Hauptmarschall angeboten, einem König die Treue zu schwören.

Bis zu diesem Augenblick.

Gaborn beugte sich über den Tisch vor, stemmte seine Hände zu beiden Seiten seines Silbertellers auf und blickte dem Hauptmarschall eine volle Minute fest in die obsidianschwarzen Augen.

Hauptmarschall Skalbairn hielt dem Blick stand.

Gaborns Gesicht erschlaffte, wie immer, wenn er eine Erwählung vornahm. Er blickte dem Hauptmarschall weiterhin tief in die Augen und hob den linken Arm im rechten Winkel, als wollte er die Zeremonie durchführen.

Dann ließ er seine Hand fallen, zitterte und blickte starr und schockiert vor sich hin.

»Hinaus!« rief er mit erblassendem Gesicht. »Hinaus, Ihr … widerwärtiger Kerl! Verlaßt sofort meine Burg. Hinaus aus meinem Land!«

Borenson war schockiert. Er hatte die Menschen gesehen, die Gaborn während der letzten Woche Erwählt hatte: Arme, Narren und alte Frauen, die keinen Dolch führen könnten, um sich zu verteidigen, viel weniger noch ein Schwert.

Jetzt lag einer der größten Krieger ihrer Zeit vor ihm auf den Knien, und Gaborn wollte den Mann verwerfen!

Der Hauptmarschall lächelte in unerklärlichem Triumph. »Warum, mein Lord?« fragte er zwanglos. »Warum wollt Ihr mich fortschicken?«

»Muß ich es aussprechen?« fragte Gaborn laut vernehmlich. »Ich sehe die Schuld, die in Eurem Herzen geschrieben steht. Muß ich es zu Eurer ewigen Schande aussprechen?«

»Ich bitte darum«, antwortete der Hauptmarschall. »Nennt meine Sünde, damit ich weiß, daß Ihr der Erdkönig seid.«

»Nein, ich werde sie nicht nennen«, tobte Gaborn, als würde ihm schon beim Gedanken daran übel. »Es sind Damen anwesend, außerdem halten wir ein Festmahl ab. Ich werde sie weder jetzt noch sonst irgendwann nennen. Aber ich werde Eure Dienste zurückweisen. Entfernt Euch.«

»Nur der *wahre* Erdkönig wüßte, daß ich mein Leben nicht wert bin«, erwiderte der Hauptmarschall, »und nur ein wahrer Ehrenmann würde sich weigern, meine Sünde offen auszusprechen. Mein Angebot steht. Ich stelle mich in Eure Dienste.«

»Und ich weise Euch trotzdem zurück«, entgegnete Gaborn.

»Wenn ich nicht in Euren Diensten leben kann«, meinte Skalbairn, »so will ich wenigstens in Euren Diensten sterben.«

»Das wäre vielleicht das Beste«, meinte Gaborn.

Hauptmarschall Skalbairn erhob sich und schob sein Schwert in die Scheide. »Ihr wißt gewißlich, daß Raj Ahten in Eilmärschen nach Süden zieht, in das Herz Eures Mystarria. Ihr werdet ihn angreifen müssen – und zwar bald. Eure Feinde sähen es gerne, wenn er Euch besiegte.«

»Das ist mir nicht unbekannt«, gestand Gaborn ein.

»Die Redliche Horde ist auf dem Marsch nach Süden. Ich werde an Eurer Seite kämpfen, auch wenn Ihr mich haßt.«

In dem überfüllten Raum herrschte vollkommene Stille, als der Hauptmarschall Heredon entschlossenen Schritts den Rücken kehrte.

Borenson bemerkte den Blick auf Celinors Gesicht. Der Prinz legte nur den Kopf ein wenig schief und verfolgte das Spektakel mit einem berechnenden Blick.

Borenson fiel auf, daß der junge Prinz es nicht wagte, sein eigenes Schwert in aller Öffentlichkeit anzubieten.

KAPITEL 8
Die grüne Frau

Averan sah sich während des Fluges immer wieder um, blickte in die Ferne zur Festung und zu Brand hinüber und suchte nach Anzeichen dafür, daß sich etwas verändert hatte. Sie erwartete, den Qualm brennender Gebäude zu sehen oder das Getöse des Untergangs zu hören.

Doch die Festung lag bloß schimmernd in der Morgensonne, das weiße Mauerwerk ihrer Türme glitzerte wie immer, bis es schließlich aus ihrem Blick entschwand – die wenigen Türme schrumpften erst zu einem winzigen Punkt über dem Horizont, dann, als immer mehr Wolken über den Niederungen aufstiegen, wurden sie vollkommen verschluckt. Selbst mit den Augen eines Weitsehers hätte Averan die Burg im Dunst verloren.

Stundenlang blieb sie in der Luft. Die Welt zog unter den Flügeln ihres Flugtieres dahin. Kalte Luft peitschte ihr ins Gesicht, und die Sonne wärmte ihr den Rücken. Während die Wolken noch immer über den Tälern aufstiegen, reichten einige von ihnen bis hinauf in die Lüfte und wurden dort zu kristallinen Säulen und seltsamen Skulpturen. Averan wußte, in sie hineinzufliegen war stets ein Fehler. Sie waren mit vom Wind gepeitschten Eispartikeln gefüllt, und die Luftströmungen um sie herum konnten gefährlich sein.

Man brauchte nur in ihre Nähe zu gelangen, um ihre

beißende Kälte zu spüren. Averan hätte gern noch ihre ledernen Reithandschuhe gehabt, um ihre Hände warm zu halten.

Sie schmiegte sich eng an den Hals ihres Tieres, um Ledernackens Körperwärme zu spüren, und lauschte auf den fast unmerklichen Rhythmus seines Atems, damit sie mitbekäme, falls er ermüdete.

Zweimal im Laufe dieses Tages hatte sie Ledernacken unter die Dunstschicht sinken und am Boden ausruhen lassen. Der Graak war alt und schnell erschöpft. Sie befürchtete, wenn sie ihn zu hart ritt, könnte sein Herz aussetzen.

Im Laufe ihrer Reise verschwand das Alcairgebirge allmählich aus ihrem Blick, bis sich die Höhenzüge schließlich im Dunst verloren und die Trostberge aus den Wolken zu ihrer Linken ragten. Averan kannte jeden Gipfel mit Namen und wußte, daß sie sich Carris, gleich hinter einem Sattelkamm siebzig Meilen weiter vorn, rasch näherte. Sie bezweifelte, ob sie Carris mit dem Dunkelwerden erreichen würde, und hoffte nur, daß die Wolkendecke dünn genug war, um die Lichter der Stadt von oben zu erkennen.

So verkrampfte sich ihr kurz vor der Dämmerung der Magen vor Hunger, und ihr Mund wurde vor Durst ganz trocken, denn sie wollte ihr Tier nicht zwingen, mehr zu tragen, als notwendig war. Sie lag an seinen Hals geschmiegt, lauschte auf den unablässigen Doppelschlag seines Herzens und überlegte, ob sie es noch einmal rasten lassen sollte.

Daher war sie im wichtigsten Augenblick ihres Lebens

abgelenkt. Denn genau bei Einbruch der Dämmerung stürzte die grüne Frau wie ein Komet vom wolkenlosen Himmel.

Averan hörte einen wortlosen Schrei, ein durchdringendes Klagen, und blickte hoch.

Der Himmel über ihr war vom makellosen Blau eines Rotkehlcheneis. Die Frau trudelte Hals über Kopf, nackt wie eine Neugeborene. Sie war groß, von schlankem Körperbau, ihre Rippen zeichneten sich deutlich unter ihren kleinen Brüsten ab. Der Haarschopf auf ihrem Kopf und das dunkle Dreieck zwischen ihren Beinen hatten die Farbe von Fichtennadeln, ihre Haut dagegen wies einen eher gedämpften Farbton auf und erinnerte fast an Fleisch.

Viel mehr konnte Averan nicht erkennen.

Sie blickte himmelwärts, um festzustellen, ob die Frau aus einem Luftfahrzeug gefallen sein konnte. Flammenweber fuhren oft in Heißluftballons, und es hieß, die Herren des Himmels reisten in Wolkenschiffen, auch wenn Averan noch nie eines zu Gesicht bekommen hatte.

Weder über ihr noch sonst irgendwo in der Nähe waren Wolken oder ein Ballon zu entdecken.

In diesem Augenblick spürte Averan, wie der kalte Wind ihre Hände taub werden ließ, durch die Ritzen ihres Gewandes und ihr ins Gesicht blies. Sie konnte alles deutlich erkennen. Konnte den Schrei der Frau hören.

Etwas in Averans Inneren zerbrach.

Sie hatte ihre Mutter von einem Stuhl stürzen und sich den Kopf heftig auf den Steinen am Fuß der Feuerstelle aufschlagen sehen. Sie hatte ihre fünf Jahre alte Spielgefährtin Kylis vom Landeplatz des Horstes fallen sehen, hatte beobachtet, wie sie tief unten am Fuß der Felswand zerschellte.

Sie konnte nicht untätig zusehen, wie ein weiterer Mensch zu Tode stürzte.

Ohne einen Gedanken an ihren Auftrag zu verschwenden, Herzog Paldane in Carris eine Nachricht zu überbringen, lehnte sie sich zurück, umklammerte Ledernacken fest mit den Beinen und schrie: »Runter! Schnell!«

Der Graak legte die Flügel eng an den Körper und schoß der grünen Frau im Sturzflug hinterher, wie ein Habicht auf der Jagd nach einer Maus.

Einen Augenblick lang starrte die Frau mit ausgestreckten Händen zu Averan hinauf und flehte um Hilfe. Ihr Mund war ein runder, vor Entsetzen aufgerissener Schlund, die Fänge entblößt, die langen grünen Fingernägel ausgestreckt wie Krallen.

Das ist kein Mensch, erkannte Averan. Sie wirkte durchaus menschenähnlich, wenn das auch schwer zu beurteilen war. In Sekundenschnelle stürzte sie in die Wolken und war aus dem Blick verschwunden.

Averan folgte ihr in den Dunst. Wassertropfen bildeten Perlen auf ihrer Haut.

Flügelschlagend bremste Ledernacken ab und weigerte sich, in den Nebel einzutauchen. Von unten erscholl das knackende Geräusch splitternden Holzes, dann war der schrille Schrei der Frau verstummt.

Als das große Reptil unter der tiefhängenden Wolkendecke zum Vorschein kam, entdeckte Averan die Frau sofort.

Sie war in einen Obstgarten gestürzt, mitten zwischen eine Dreiergruppe aus Holzapfelbäumen. Ein Baum war unter der Wucht des Aufpralls abgeknickt – eine einzige weiße Wunde, dort wo seine obersten Äste abgerissen worden waren.

Der Graak glitt über den Obstgarten hinweg. Averans Verstand schien zu erstarren, während sie nun Ledernacken zur Landung drängte. Die große Echse schlug mit den Flügeln, und Averan war abgesprungen, fast noch bevor das Tier aufsetzte.

Sekunden später hockte sie neben der grünen Frau.

Die Frau lag leicht schräg, die rechte Hand über dem Kopf, die Beine ausgebreitet. Der Aufprall auf dem weichen Untergrund hatte eine solche Wucht gehabt, daß ihr Körper jetzt in einer flachen Mulde lag.

Averan konnte keine äußeren Anzeichen für gebrochene Knochen entdecken. Nichts hatte sich durch die Haut der grünen Frau gebohrt. Und doch sah sie, verschmiert über der linken Brust der Frau, Blut, so dunkel, grün und ölig, daß es beinahe schwarz wirkte.

Averan hatte nicht oft eine nackte Frau gesehen – und noch nie eine wie diese. Sie war nicht nur hübsch, sie war wunderschön, nicht von dieser Welt, wie die Dame eines eleganten Runenlords, mit so vielen Runen der Anmut bedacht, daß eine gewöhnliche Frau beim Anblick eines solchen Geschöpfes bestenfalls verzweifeln konnte.

Doch selbst mit ihren perfekten Gesichtszügen und ihrer makellosen Haut war die grüne Frau ganz offenkundig kein menschliches Wesen. Ihre langen Finger endeten in Krallen, die scharf wie Angelhaken aussahen. In ihrem leicht geöffneten Mund, aus dem grünliches Blut sickerte, waren Eckzähne zu erkennen, länger als die eines Bären. Mit ihren Ohren … stimmte etwas nicht. Sie waren zierlich und anmutig, aber ein wenig nach vorn geneigt, wie bei einem Reh.

Die grüne Frau atmete nicht.

Averan legte der Frau den Kopf auf die Brust und lauschte auf ihren Herzschlag. Sie hörte ihn leise schlagen, als läge die Frau in tiefem Schlummer.

Averan tastete Arme und Beine der grünen Frau ab und suchte nach Verletzungen. Sie wischte in Halsnähe ein wenig grünes Blut fort und entdeckte etwas, das wie eine Stichwunde von ihren eigenen Fingernägeln aussah. Sie wischte der Frau das Blut von den Lippen und sah in ihrem Mund nach.

Sie hatte sich beim Sturz auf die Zunge gebissen, die stark blutete. Averan drehte den Kopf der Frau zur Seite, da sie befürchtete, das Blut könne sie ersticken.

Die grüne Frau gab ein tiefes, kehliges Knurren von sich, wie ein Hund, den man in seinen Träumen von der Jagd stört.

Plötzlich sprang Averan zurück. Zum ersten Mal befürchtete sie, die Frau könnte irgendeine Art Tier sein. Wild. Tödlich.

Ein Hund fing an zu bellen.

Averan hob den Kopf.

Sie befand sich am Rande eines Bauernhofes. Nicht weit entfernt stand eine Kate, eine Hütte aus Feldsteinen mit einem Dach aus Binsen. An einem Bretterzaun bellte ein wütender Wolfshund, der sich aber nicht in die Nähe des Graaks traute. Dieser wiederum betrachtete den Hund bloß hungrig, so als hoffe er auf einen Angriff.

Die grüne Frau öffnete ihre Augen zu Schlitzen und griff nach Averans Kehle.

Das Mädchen unterdrückte einen Schrei.

KAPITEL 9
Die Rettung

Roland und Baron Poll waren den ganzen Tag über forsch geritten, in einem Tempo, das ein normales Pferd nicht überstanden hätte, als sie das Knurren und Jaulen eines Hundes hörten, begleitet vom Schreien eines Kindes.

Soeben hatten sie am Fuß der Trostberge ein Dorf umrundet, und Rolands Pferd hatte, außer Atem, eine langsamere Gangart angeschlagen. Der Himmel war bedeckt, und wegen der Nähe der Berge wurden die abendlichen Schatten bereits dunkler.

Als Roland den spitzen Schrei hörte, näherte er sich gerade einem kleinen Bauernhof mit einem Obstgarten aus Wildbirnen- und Holzapfelbäumen dahinter.

Dort entdeckte er einen Graak, der immer wieder nach einem riesigen Wolfshund schnappte, während im Schatten eines Baumes ein Mädchen vor Entsetzen schrie.

»Bei den Mächten, das ist ein wilder Graak!« rief Baron Poll und gab seinem Streitroß die Sporen. Hier draußen, so nahe bei den Bergen, fielen oft wilde Graaks über die Haustiere von Bauern her. Eher selten fraßen sie jedoch Menschen.

Rolands Herz raste.

Baron Poll griff hinter sich, zog seine Axt heraus und hetzte sein Tier an der Kate vorbei, wobei er ein paar nervöse Jungenten aufscheuchte, die vor der Tür herumliefen. Dann setzte sein Pferd über den Bretterzaun hinweg. Der Hund, durch die Gegenwart des Barons mutig geworden, sprang hinter ihm her und rannte auf den Graak zu.

Plötzlich sprang Rolands Pferd über den Zaun, und Roland wurde bewußt, daß auch er gedankenlos den Graak angriff. Er griff nach dem Kurzschwert in seiner Jacke, auch wenn es ihm gegen eine so große Echse nicht viel nützen würde.

In diesem Augenblick schien die gesamte Welt zu schrumpfen. Weiter hinten im Obstgarten konnte er das Kind schreien hören und sehen, wie sich das riesige Tier aufrichtete und mit den Flügeln schlug. Baron Polls Streitroß bäumte sich auf und trat in die Luft.

Dem Aussehen nach war es ein altes Tier, und riesengroß. Zähne wie Dolche, die goldenen Augen voller Glut.

Der Hund sprang es an, und der Graak schnappte nach ihm und bekam den Hund mit seinen langen Kiefern zu fassen. Er schüttelte den Hund einmal heftig und zerschmetterte ihm damit die Knochen.

In diesem Augenblick, während die Echse abgelenkt war, hob Baron Poll die Axt mit beiden Händen, schlug mit aller Kraft zu und erwischte das Reptil genau zwischen die Augen.

»Ha, nimm das, du widerliche Bestie!« brüllte der Baron wie als Parodie auf einen großen Helden.

Der Graak riß überrascht den Kopf zurück. Blut quoll aus der entsetzlichen Hiebwunde, die Baron Poll ihm beigebracht hatte. Der Graak flatterte einmal mit den Flügeln, dann brach er zusammen.

Eine halbe Sekunde lang blieb Roland im Überschwang des Sieges noch im Sattel hocken, die Hände blöde um sein eigenes Schwert geklammert.

Als der Körper des Graak allmählich zu Boden sank, konnte Roland das Kind erkennen, denn es war einen Augenblick lang hinter seinen Flügeln verborgen gewesen – ein Mädchen von sieben oder acht, das neben den Bäumen kniete. Halb hatte es sich zu ihm herumgedreht. Durchdringende grüne Augen und welliges Haar im selben Rot wie Rolands.

Sie trug ein mitternachtsblaues Kapuzengewand mit dem Familienwappen des Königs – das Bild eines grünen Mannes, dessen Gesicht von Eichenlaub umringt ist. Darüber war in Rot ein Graak gestickt.

Ein Himmelsgleiter. Das Blut wich Roland aus dem Gesicht. Wir haben das Reittier eines königlichen Boten getötet, dämmerte ihm. Alles Gold, das er besaß, konnte den neuen König nicht entschädigen.

Das Kind stieß abermals einen Schrei aus, und Roland bemerkte noch etwas anderes. Der Holzapfelbaum, unter dem das Kind hockte, war gespalten, als sei ein Blitz dort eingeschlagen. Und im hohen braunen Gras unter den Bäumen lag etwas Grünes.

Eine Kralle dieses Wesens hatte sich im Gewand der Himmelsgleiterin verfangen.

Das Kind war überhaupt nicht vom Graak angegriffen worden. Etwas ganz anderes attackierte die Kleine.

»Hilfe!« jammerte sie.

Roland, plötzlich vorsichtig geworden, lief rasch ein paar Schritte vor, bis er die grüne Frau vollständig sah, wie sie dort in einer Blutlache von tiefgrüner Farbe lag.

Etwas diesem Ungeheuer Vergleichbares hatte er noch nie gesehen. Die grüne Frau war wunderschön und doch fremdartiger als Rolands kühnste Phantasien. Sie hielt das Gewand des Mädchens mit ihren Krallen fest, tat sonst jedoch nichts, sondern starrte nur auf das magische Zeichen, das die Brust des Kindes zierte. Fasziniert bewegte sie das Mädchen mal hierhin, mal dorthin und betrachtete dabei die bunten Fäden, die das Bild des grünen Mannes bildeten.

Roland war verwirrt. »Geh fort von diesem Wesen, Kind«, sagte er leise. »Hör auf zu schreien, und überlaß dem Wesen dein Gewand.«

Das Mädchen drehte sich, aschfahl im Gesicht, zu ihm um. Sie hörte auf zu schreien, fing statt dessen leise an zu wimmern, während sie das Gewand von den Schultern gleiten ließ und versuchte, sich daraus zu befreien.

Inzwischen war Baron Poll abgestiegen und kam, nachdem er sich seine Axt zurückgeholt hatte, wutschnaubend auf sie zu.

Roland sprang, das Schwert bereit, von seinem Pferd herunter.

Fast hätte die grüne Frau die beiden Männer nicht bemerkt. Dies geschah erst, da das Mädchen zurückwich. Dann schlug sie wild um sich, packte ihren Unterarm und musterte sie aus Augen, die ebenso dunkelgrün waren wie ihr Blut.

»Laß sie los!« schrie Roland und trat, das Kurzschwert

schwingend, einen Schritt vor. Baron Poll gesellte sich zu ihm.

Die grüne Frau wandte sich ihnen zu, starrte Roland an und durch ihn hindurch. Sie schleuderte das Kind wie eine Lumpenpuppe zur Seite und erhob sich, derweil sie Luft in sich aufsaugte, in eine hockende Stellung. Ihre kleinen Brüste schaukelten mit jeder Bewegung hin und her. Dann hatte sie eine Witterung aufgenommen und heftete den Blick auf Baron Poll.

Rolands Herz pochte vor Angst.

»Ganz recht«, meinte Baron Poll. »Ich bin es, auf den du es abgesehen hast. Ich bin es, den du willst. Riechst du das Blut? Willst du etwas davon? Dann komm und hol es dir.«

Und die grüne Frau kam, sprang auf Poll zu und legte die sechzig Fuß in drei Sätzen zurück. Roland wappnete sich für ihren Angriff. Er stemmte die Füße in den Boden, hob sein Schwert und bemaß seinen Schlag so, daß er der grünen Frau den Kopf abschlagen würde.

Genau als die grüne Frau Baron Poll erreichte, ließ er die Klinge mit einem mächtigen Aufschrei kreisen.

Roland legte sein ganzes Gewicht in diesen Hieb, senkte das Schwert auf den Nacken der Frau und hatte das Gefühl, als hätte er mit der Klinge auf Stein getroffen. Die Klinge prallte scheppernd von ihrem Hals ab und schlug Roland gegen das linke Handgelenk.

Er fühlte einen stechenden Schmerz, und zurück blieb sein pochender Schwertarm.

Dann hatte die grüne Frau Baron Poll gepackt. Er war – zu überrascht, um auszuholen – rücklings zu Boden gestürzt, und sie hockte auf ihm und hielt den Griff seiner Axt umklammert.

Angestrengt versuchte Baron Poll die Klinge von einer Seite auf die andere zu reißen, doch selbst mit seinen Gaben der Muskelkraft konnte er sie kaum bewegen.

Sie hielt die Axt fest und betrachtete sie. Sie schnupperte am Blut des Graak, leckte probeweise am verkusteten Blut auf der Klinge.

Das kleine Mädchen weinte noch immer.

Der Puls dröhnte Roland pochend in den Ohren, und die Brust unter seiner Jacke war schweißnaß.

Ganz offensichtlich verlangte es die grüne Frau nach Blut wie ein Ertrinkender nach seinem nächsten Atemzug.

»Bei den Mächten, schaff sie von mir runter!« rief Baron Poll keuchend vor Entsetzen. Er hielt die Axt umklammert und versuchte sie loszureißen, als die grüne Frau begann, die Klinge abzuschlecken.

Roland hatte noch nie etwas Vergleichbares gesehen, hatte noch nie von einem Wesen wie dieser grünen Frau gehört. Es mußte sich um ein Geschöpf handeln, das jemand beschworen hatte, vielleicht eines dieser grausamen Ungeheuer, die aus dem Jenseits hergelockt wurden. Aus einer Reihe kleiner Wunden floß dunkelgrünes Blut. Grün wie grüne Flammen, überlegte er.

Ganz in der Nähe wimmerte noch immer die Himmelsgleiterin des Königs. Roland rief ihr zu: »Verschwinde von hier, Kind. Geh langsam. Renne nicht.« Er selbst entfernte sich ebenfalls rückwärts, denn er wußte, daß er Baron Poll nicht würde beistehen können.

Die grüne Frau hörte auf, die Axtklinge abzulecken, drehte sich und betrachtete Roland, dann wiederholte sie mit sanfter Stimme seine Worte, wobei sie Tonfall und Intonation genau nachahmte: »Verschwinde von hier, Kind. Geh langsam. Renne nicht.«

Roland war unsicher, ob dieses Ungeheuer ihm einen Befehl erteilen wollte oder ihn lediglich wiederholte. Er trat einen Schritt zurück, seine Schritte raschelten im trocknen braunen Gras. Unter seiner Ferse knackte ein Zweig.

Die Frau leckte die Axtklinge ab und brüllte Baron Poll an: »Ich bin es, auf den du es abgesehen hast. Ich bin es, den du willst. Riechst du das Blut? Willst du etwas davon? Dann komm und hol es dir.«

Baron Poll verfolgte nickend, wie sie die Klinge sauberleckte, und überließ ihr die Axt. »Blut«, flüsterte er, »Blut.«

Die grüne Frau hörte auf zu lecken und starrte ihn an. »Blut«, wiederholte sie und fuhr mit der Zunge über die Klinge, »Blut.«

Roland war mittlerweile ein Dutzend Schritte zurückgewichen und überlegte, ob er davonlaufen sollte. Er wußte, daß man vor einem Hund oder einem Bären niemals fortlaufen durfte. Die Bewegung der Beine lockte diese Tiere bloß an. Er beschloß, es sei vernünftiger, auch vor der grünen Frau nicht davonzurennen.

Langsam trat er weiter zurück und drehte sich schließlich um. Kaum einen Herzschlag später stürzte sich die grüne Frau auf ihn und packte ihn von hinten.

»Blut!« stieß sie hervor, und wuchtete ihn in die Höhe. Sie beschnupperte sein Handgelenk, wo er sich nur Augenblicke zuvor gekratzt hatte, und sog den Duft des Blutes tief in sich ein.

»Nein!« schrie er, als sie ihn absetzte und ihn mit einem Stoß zur Seite wälzte. Erde drang ihm in den Mund, und er roch den bitteren Duft wilder Karotten und den wohlriechenden Schimmel auf der wilden Gerste, die hier überall wuchs.

Dann spürte er einen brennenden Schmerz, als ihm die grüne Frau eine lange Kralle ins Handgelenk bohrte. Er versuchte verzweifelt, ihr zu entkommen oder ihr ins Gesicht zu treten. Sie hielt ihn fest, fuhr ihm mit der Zunge über sein linkes Handgelenk und kostete von seinem Lebensblut.

Er trat ihr in die Knöchel. Obwohl sie feingliedrig wie eine Tänzerin wirkte, schien jeder Muskel in diesen Beinen aus Stahl zu bestehen. Seine Bemühungen waren zwecklos. Sie hielt ihn nur noch fester und zerquetschte ihm fast den Arm.

Er keuchte vor Schmerzen.

Die grüne Frau nuckelte an seiner Wunde und entzog ihm leise schlürfend seine Lebenssäfte. Er stieß einen Schrei aus, kämpfte ums nackte Überleben und fürchtete gleichzeitig, sie könnte ihm in die Kehle beißen.

»Hilfe!« schrie Roland und sah sich nach Baron Poll um. Doch der dicke Ritter hatte sich bloß zittrig wieder aufgerappelt und starrte seinen Gefährten in hilflosem Entsetzen an.

Bei den Mächten, dachte er. Zwanzig Jahre habe ich geschlafen, und jetzt wache ich auf, nur um schon in der ersten Woche zu krepieren.

Plötzlich rannte das Kind zu Baron Poll, schnappte sich seine Axt und kam auf die beiden zugerannt. »Nein! Nein!« schrie Roland.

Das Mädchen senkte die Axtklinge auf die Frau herab, und man hörte ein dumpfes Scheppern.

Die grüne Frau hielt inne und lockerte ein wenig ihren Griff.

Die Frau starrte das Mädchen an. Sie schrie: »Nein! Nein!«

Dann ließ die grüne Frau ihn vollends los, und Roland war frei. Er suchte sich einen Weg durchs Gras, geriet jedoch ins Stolpern und fiel drei Schritte weiter hin.

Die grüne Frau beäugte ihn gierig.

»Nein!« wiederholte das Mädchen. »Nicht ihn.« Sie holte ein zweites Mal mit der Axt aus und traf die Frau am Schädel.

Die grüne Frau hockte auf der Erde. Sie hob den Kopf, sah das Kind an und äffte es nach: »Nein!«

Das Mädchen ließ die Axt fallen. Sie hatte der grünen Frau eine Scharte in die Haut geschlagen, gerade mal einen winzigen Krater. Dunkles Blut sickerte daraus hervor.

Das Kind streckte die Hand aus und streichelte der Frau über den Haaransatz. Die grüne Frau bog den Rücken durch, als sei ihr die Zuwendung angenehm.

»Wenn man ein gefährliches Tier abrichtet«, erklärte

das Mädchen ruhig an Roland und Baron Poll gewandt, »muß man es für gutes Benehmen belohnen und für schlechtes bestrafen.«

Roland nickte. Natürlich kannte sich das Mädchen mit dem Abrichten von wilden Tieren aus. Sie war schließlich eine Himmelsgleiterin und mußte bestimmt die Graaks versorgen.

Roland war des Königs Metzger gewesen. Als Kind hatte es zu einer seiner ersten Aufgaben gehört, Knochen und Abfallbrocken zu den Hundehütten hinüberzuschleppen, wo Tiermeister Hamrickson die Kampfhunde des Königs abrichtete. Er glaubte zu wissen, was sie von ihm wollte.

Langsam, um zu verhindern, daß die grüne Frau auf ihn aufmerksam wurde, hinkte er unter Schmerzen zum toten Graak hinüber.

»Nein, das mache ich«, unterbrach ihn das Mädchen. »Ich will, daß sie mich für ihre Herrin hält.«

Sie rannte an ihm vorbei um die Echse herum. Mit leerem, schmerzgequältem Blick betrachtete sie das Reptil. Dann beugte sie sich vor und riß ihm den Hundekadaver aus dem Maul. Das war keine leichte Aufgabe. Der Wolfshund war ein riesiges Tier, das leicht hundert Pfund wog, trotzdem hatte das Kind keine Mühe, seinen leblosen Körper hochzuheben.

Ich bin ein Narr, dachte Roland. Das Mädchen war eine Himmelsgleiterin mit wenigstens einer Gabe der Muskelkraft. Trotz ihrer geringen Größe ist sie stärker als ich. Ich habe sie retten wollen, statt dessen hat das Kind *mich* gerettet.

Sie schleppte den Hund herbei und legte ihn der grünen Frau zu Füßen. »Blut«, sagte sie leise. »Für dich.«

Die grüne Frau beschnupperte den Tierkadaver und begann, ihm das Blut vom Fell zu lecken. Als sie sich sicher zu fühlen schien, daß niemand ihr das Tier wegnehmen würde, fiel sie darüber her und schlug ihre Zähne in Hinterteil und Hüften.

»Braves Mädchen«, lobte das Kind. »Braves Mädchen. Und klug bist du auch«, setzte die Kleine hinzu. Sie zeigte auf sich. »Averan. Averan.« Die grüne Frau sprach ihren Namen nach. Sie deutete auf Roland, und der nannte ebenfalls seinen Namen. Und auch Baron Poll kam herbei und stellte sich vor. Dann zeigte Averan auf die grüne Frau.

Die grüne Frau hörte auf zu fressen und starrte sie leeren Blickes an.

KAPITEL 10
Der Edelstein

Tränen der Wut und des Schmerzes drohten Averan bei der Arbeit die Sicht zu rauben – Wut und Schmerz über den Anblick des toten Graak. Sie wollte nicht wie ein Kind erscheinen, wollte sich nicht wie eines aufführen. Doch gelang es ihr kaum, die Fassung zu wahren.

Also versuchte sie, nachdem sie sich einander vorgestellt hatten, sich damit abzulenken, Rolands Wunde zu versorgen, und bewegte sich benommen wie in einem Traum. Der Sturz der grünen Frau aus dem Himmel, der Schreck. Ledernacken tot zu sehen, die grausigen Geschehnisse auf Burg Haberd, das alles hinterließ bei ihr ein lähmendes, bedrückendes Gefühl. Am liebsten hätte sie geschrien.

Statt dessen biß sie sich auf die Lippe und ging an die Arbeit.

Während sie die Wunde wusch, war Averan sich darüber im klaren, daß diese an Rolands Handgelenk wie ein Hornissenstich gebrannt haben mußte. Die Verletzung war tief, die Ränder ausgefranst, und es blutete stark. Sie war zu einem Brunnen neben der Kate gegangen, hatte in einem Eimer Wasser geholt, es über die Wunde gegossen und sie abgetupft. Er unterdrückte einen Aufschrei, während sich die grüne Frau gierig bettelnd wie ein Hund näherte.

»Nein«, warnte Averan die grüne Frau. »Der hier ist nicht für dich.« Baron Poll griff zur Axt und schwenkte sie bedrohlich. Die grüne Frau zog sich zurück.

Roland lachte jämmerlich. »Danke, Kind, daß du mich nicht an dein Haustier verfüttert hast.« Averan war mit dem Säubern der Wunde fertig. Schon beim vorsichtigsten Tupfen ging sie wieder auf, und jetzt verwendete sie Rolands Jacke als Kompresse.

»Sie ist nicht mein Haustier«, widersprach Averan.

»Versuch *ihr* das mal zu erklären«, gab Baron Poll zurück. »Noch eine halbe Stunde, dann wälzt sie sich vor dir auf dem Rücken und versucht, sich heimlich in dein Bett zu schleichen.«

Averan wußte, sie hatten recht. Die grüne Frau hatte sie von jenem Augenblick an anerkannt, da sie aufgewacht war und festgestellt hatte, daß Averan über ihr kniete. In dieser Hinsicht benahm sie sich wie ein junger, frisch aus dem Ei geschlüpfter Graak. Aber nur weil der Baron recht hatte, hieß das noch lange nicht, daß sie ihn mögen mußte. Schließlich hatte dieser Dummkopf Ledernacken getötet.

Die grüne Frau hält mich für ihre Mutter, erkannte Averan. Sie schüttelte den Kopf. Was sollte sie bloß mit dem Tier anstellen?

»Hast du das Tier beschworen?« wollte Baron Poll wissen.

»Beschworen?« fragte Averan.

»Nun, es handelt sich schließlich nicht um ein natürliches Wesen, oder?« erklärte Baron Poll, derweil er die grüne Frau aufmerksam beäugte. »Von einem solchen

Wesen habe ich noch nie gehört. Es muß also beschworen worden sein.«

Averan zuckte die Achseln. Baron Polls Frage war dumm. Abgesehen davon, was man gelegentlich von einem Heckenzauberer erfuhr, hatte sie von Magie keine Ahnung. Im Bergfried Haberd waren nur selten Gäste mit Macht bewirtet worden.

»Es ist das Grün des Feuers«, vermutete Roland. »Flammen können manchmal grün aussehen. Hast du Macht über das Feuer?«

Die grüne Frau erhob sich aus der Hocke, ging zu Ledernackens Kadaver hinüber und fing an zu fressen. Averan wandte sich angewidert ab.

»Nein«, erwiderte Averan mechanisch. »Gelegentlich entzünde ich das Feuer im Kamin unseres Horsts. Ich kann es gerade eben am Brennen halten. Ich bin kein Flammenweber.«

Mit einem Zipfel von seiner Jacke wischte sie ihm den letzten Blutrest aus der Wunde. »Auch die Erde kann grün sein«, sagte sie. »Genau wie Wasser.« Sie blinzelte eine Träne aus ihrem Auge.

Roland antwortete darauf nicht, dafür aber Baron Poll. »Recht hast du, Mädchen, aber die Kunst des Beschwörens wird von *Flammenwebern* praktiziert, nicht von Erdmagiern oder Wasserzauberern.«

»Sie ist vom Himmel gefallen«, erklärte Averan. »Mehr weiß ich auch nicht. Ich habe gesehen, wie sie genau vor meiner Nase aus dem Himmel fiel. Ich befand mich oberhalb der Wolken. Vielleicht ist sie ein Wesen der Lüfte.«

Baron Poll drehte sich halb herum und sah sie an. »Beschwören«, murmelte er nachdenklich, seiner Sache gewiß.

Averan runzelte die Stirn. Sie besaß eine Gabe der Geisteskraft und lernte daher schnell. Aber sie war erst neun, und die magischen Künste hatte sie nie studiert. »Dann haltet Ihr mich also für den Beschwörer? Das ist verrückt!«

Baron Poll war der älteste, und selbst Roland wandte sich um Rat an ihn. Er sagte: »Vielleicht. Ich habe jedoch gehört, die Mächte hätten ihre Gründe für das, was sie tun. Vielleicht hast du sie nicht so sehr beschworen, sondern sie wurde vielmehr geschickt.«

Das erschien ihr ebenso unwahrscheinlich. Rolands Blutung war endlich gestillt, und die Wunde sah halbwegs sauber aus.

Averan bemerkte, daß ein wenig vom Blut der grünen Frau auf ihre Finger gelangt war. Sie tauchte sie in den Eimer und versuchte, es abzuschrubben, doch das grüne Zeug war bereits in ihre Haut eingezogen und färbte ihre Hände mit unregelmäßigen Flecken, als hätte sie Tinte verschüttet. Wahrscheinlich würde es mit der Zeit abgehen.

»Tut mir leid wegen deines Graak«, entschuldigte sich der Baron zum drittenmal, seit er sich vorgestellt hatte. »Kannst du mir verzeihen?«

Averan mußte bitterliche Tränen unterdrücken. Ledernacken war nicht *ihr* Graak, redete sie sich ein. Mehr als jedem anderen gehörte er dem König oder Brand. Dennoch hatte sie das Tier jahrelang gefüttert, hatte es gepflegt, seine Zähne gesäubert und seine Krallen gekürzt. Sie hatte die alte Echse sehr gemocht.

Darüber, daß er alt war und nur noch einen oder höchstens zwei Sommer zu leben hatte, war sie sich im klaren gewesen.

Baron Poll konnte sie keinen Vorwurf daraus machen, daß er ihn getötet hatte. Brand hatte stets gesagt: »Bestrafe ein Lebewesen niemals für sein gutes Herz. Selbst das gutmütigste wilde Tier wird dich irgendwann einmal aus Versehen beißen.«

Dasselbe galt vermutlich auch für Menschen. Selbst für fette, alte Ritter, die es eigentlich besser wissen müßten. Ihr traten Tränen in die Augen.

»Schon vergessen, Sir Dickwanst«, erwiderte Averan, die versuchte, es nicht allzu schwer zu nehmen und sich ihren Schmerz nicht an der Stimme anmerken zu lassen.

»Nur zu, Kind, beleidige mich ruhig ordentlich, wenn du dich dann besser fühlst«, bot der alte Ritter an. »Das kannst du sicherlich noch besser.«

Averan hätte am liebsten geschwiegen, doch den Schmerz für sich zu behalten tat so weh.

»Wenn ich Euch damit eine Freude mache, Sir Dickbauch, Sir Fettbrocken, Sir Breitarsch.«

»Schon besser, Kind«, grunzte Poll mit mürrischer Miene.

»Dabei ist er eigentlich Baron«, verbesserte Roland das Mädchen, »und müßte treffender mit *Baron* Breitarsch angeredet werden.«

Averan lächelte schwach, schniefte und wischte die

Tränen ab. Sie hatte ihn genug beschimpft, wenigstens fürs erste.

»Wohin wolltest du überhaupt? Hast du eine wichtige Nachricht bei dir?« erkundigte sich Baron Poll nun.

Averan überlegte. Es war die wichtigste Nachricht, die sie je überbracht hatte – die Nachricht von einer bevorstehenden Invasion.

»Paldane weiß bereits Bescheid«, sagte Averan wahrheitsgemäß. »Aus den Bergen sind Greifer nach Burg Haberd gekommen. Haberd ist mittlerweile längst gefallen. Ich sollte Herzog Paldane eine Nachricht überbringen, allerdings wurden auch Reiter auf Kraftpferden losgeschickt. Meister Brand hat mich nur fliegen lassen, um mir das Leben zu retten.«

»Wir haben euren Boten gefunden«, sagte Poll. »Heute früh. Er war schlimm gestürzt, ich nehme also an, daß Paldane deine Nachricht noch nicht erfahren hat. Das sind schlechte Neuigkeiten heute. Der König tot, Raj Ahten im Vormarsch auf Carris – alles kommt zusammen! Und nun auch noch die Greifer.«

»Wir reiten in Richtung Norden, nach Heredon«, erklärte Roland und setzte sich auf. »Wir werden Paldane und auch dem König deine Nachricht überbringen.«

Baron Poll fügte hinzu: »Dich können wir in Carris absetzen.«

Sie mußte an Brands Warnung denken, sie solle sich aus Sicherheitsgründen Richtung Norden halten. »Ich will nicht nach Carris«, entgegnete sie. »Ich gehe nach Heredon, zusammen mit Euch.«

»Nach Heredon?« fragte Baron Poll. »Das glaube ich

kaum. Die Reise wird mit Sicherheit gefährlich, jetzt, da Raj Ahten auf dem Vormarsch ist. Du mußt doch gar nicht dorthin. Wir werden deine Nachricht überbringen.«

»Ich kenne den Weg nach Heredon«, bot Averan sich voller Hoffnung an. »Ich kenne die Straßen und die Berge, außerdem Abkürzungen. Ich könnte Euch führen.«

»Bist du schon dorthin geflogen?« erkundigte sich Baron Poll.

»Ja, zweimal«, log Averan. Sie hatte die Karten gesehen und sich die geographischen Gegebenheiten eingeprägt. Aber geflogen war sie nicht mal bis nach Fleeds.

Die Männer warfen sich einen vielsagenden Blick zu. Einen Führer könnten sie gut gebrauchen.

»Nein, wir haben nur zwei Pferde«, entschied Roland. »Wir setzen dich irgendwo ab, wo es sicher ist.«

»Ich könnte doch bei Euch auf dem Pferd mitreiten«, schlug Averan Roland vor. Sie hatte ihre Zweifel, ob sie angesichts von Baron Polls Wanst mit ihm zusammen auf einem Tier sitzen konnte. »Ich bin klein, und ich besitze eine Gabe der Kraft und des Durchhaltevermögens. Wenn Euer Pferd müde wird, kann ich absteigen und laufen.«

Das war ihr wichtig, wurde ihr auf einmal bewußt. Sie wollte unbedingt nach Heredon – sie verspürte einen nicht zu erklärenden und übermächtigen Drang. Ihre Nachricht für Paldane war wichtig, aber dieses Gefühl war noch viel überwältigender. Sie bebte am ganzen Körper vor Verlangen. Im Grunde wußte sie genau, wohin sie wollte. Sie schloß die Augen und rief sich die Karten in Erinnerung: Mitten in Heredon gelegen, sechshundert Meilen weiter nördlich, jenseits der Durkinberge. Burg Sylvarresta. Vor ihrem inneren Auge sah sie eine Art grünen, leuchtenden Edelstein.

»Hast du Familie in Heredon?« fragte Baron Poll.

»Nein«, gestand sie. »Eigentlich nicht.« Trotzdem mußte sie unbedingt dorthin. Sie wollte ihm noch mehr erzählen, ihm folgendes erzählen: Die Welt steht am Rande der Vernichtung, doch im Norden gibt es Leben, Sicherheit und Hoffnung. Leben gibt es dort – und nirgendwo anders.

»Wieso bist du dann so entschlossen, dahin zu gehen?« wollte Roland wissen.

Averan wußte, sie war klein und ein Kind, deshalb erwarteten andere, daß sie sich wie ein Kind benahm, daß sie zu Wutanfällen und Unvernunft neigte. Aber Averan war nicht wie andere Kinder, war nie so gewesen. Brand hatte gesagt, er habe sie unter all den anderen Waisenkindern in Mystarria ausgesucht, weil er, als er ihr in die Augen geschaut hatte, dort eine alte Frau gesehen habe. Sie hatte während ihres kurzen Lebens mehr erlebt als andere bis ins hohe Alter.

»Weil das mein Ziel gewesen wäre«, log sie, »sobald ich Herzog Paldane die Nachricht überbracht hätte. Mein Meister Brand hat dort eine Schwester auf Burg Sylvarresta. Er hat gehofft, sie würde mich aufnehmen. Er hat mir einen Brief für sie mitgegeben und Geld für meinen Lebensunterhalt.« Sie ließ den Beutel an ihrem Gürtel klingeln.

Roland bat nicht darum, sich den Brief anschauen zu dürfen. Mit Worten auf Papier war er ganz offensichtlich überfordert. Und Baron Poll war faul. Er wollte sich nicht damit abgeben, irgendwelche Briefe zu lesen. Averan hoffte, sie mit Geld ködern zu können.

»Und was wird aus deinem Schätzchen hier?« fragte Baron Poll und deutete mit einem Nicken auf die grüne Frau. »Wird sie uns nachlaufen, was meinst du?«

»Wir lassen sie hier«, erwiderte Averan, obwohl etwas in ihrem Innern sie davor warnte. Was, wenn Baron Poll recht hatte? Was, wenn eine der Mächte das Geschöpf für sie beschworen hatte? Es wäre Vergeudung, es zurückzulassen, vielleicht sogar gefährlich. Trotz alledem, Averan sah keine Möglichkeit, wie sie das Geschöpf mitnehmen konnten.

Baron Poll überlegte, wurde nachdenklich. In einem Tonfall, der keinen Widerspruch duldete, erklärte er: »Wir können nicht riskieren, dich weit mitzunehmen. Ich werde dich irgendwo absetzen, wo du dich in Sicherheit befindest, nördlich von Carris, wenn du willst. Dort habe ich in einer kleinen Stadt eine Cousine. Sie könnte helfen, für dich ein Unterkommen dort zu finden.«

Averan war den Umgang mit Lords gewöhnt. Sie handelten oft unüberlegt und mochten es gar nicht, wenn man sie des Irrtums bezichtigte. Baron Polls Tonfall verriet ihr, daß sie von ihm nichts Besseres zu erwarten hatte.

Doch in ihrem Herzen gelobte sie: Wenn Ihr mich verlaßt, laufe ich Euch, wenn es sein muß, hinterher und folge Euch auf Schritt und Tritt.

Averan rannte los und holte Rolands buntgeschecktes Füllen sowie Baron Polls schwarzbraunen Hengst, dann machten sie sich zum Aufbruch bereit. Die Sonne war fast untergegangen, doch noch immer war der Besitzer der Kate nicht nach Hause gekommen.

Baron Poll pflückte ein paar Wildbirnen und Holzäpfel in dem kleinen Obstgarten, dann sammelte er schnell ein paar Pastinaken und Zwiebeln in den Beeten hinter der Kate zusammen. Vor dem Haus watschelten ein paar dürre Enten herum, die in den vergangenen acht Wochen geschlüpft waren.

Averan fragte sich, wer hier wohl leben mochte – vielleicht ein alter Holzfäller, überlegte sie, denn der Obstgarten war zu klein, um auch nur einem Menschen den Lebensunterhalt zu sichern, und die Berge nach Süden hin waren bewaldet. Sie fragte sich, was er wohl denken würde, wenn er herausfand, daß sein Hund tot war, und neben ihm hinter seinem Haus ein toter Graak lag. Sie öffnete den Geldbeutel, den Brand ihr mitgegeben hatte, stellte fest, daß er nicht nur einige Münzen aus dem Norden enthielt, sondern auch einige goldene ›Tauschringe‹, wie sie von den Kaufleuten aus Indhopal verwendet wurden. Die Ringe wurden ebenso präzise ausgewogen wie jede Münze und wiesen eine Prägung mit den Symbolen Muyyatins auf, konnten aber an Fingern oder Zehen getragen werden oder auch an einer Schnur um den Hals und gingen daher nicht so leicht verloren wie eine Münze aus dem Norden.

Averan wählte einen einzelnen Silberring aus und legte ihn auf den Hundekadaver.

Dann setzte sie sich vor Roland auf dessen Pferd, und die drei entfernten sich in schnellem Tempo von der Kate und ritten über eine gewundene Straße hinauf in die Wälder der Trostberge.

Als sie die Kate verließen, war die grüne Frau noch immer damit beschäftigt, sich an Ledernackens Kadaver gütlich zu tun. Sie hob nicht einmal den Kopf, außer um einen gleichgültigen Blick in Averans Richtung zu werfen.

Eine Meile weiter machte die Straße ernst mit ihrem Anstieg hinauf in die Berge. Der Weg war von Erlen gesäumt, deren Blätter sich jetzt, Anfang des Herbstes, golden färbten. Weiter oben standen auch Fichten.

Hier wurde die Straße einsam, und die Bergflanken waren windumpeitscht. An einigen Stellen waren Felsbrocken herabgerollt und versperrten die Straße teilweise, so daß Roland gezwungen war, die Pferde um sie herumzulenken. Noch ein Dutzend Jahre zuvor war die gesamte Landstraße in gutem Zustand gewesen, mittlerweile wimmelte es in diesen Bergen dermaßen von Banditen, daß die Männer des Königs sich nicht mehr die Mühe machten, den Weg in Ordnung zu halten.

Es war eine Stunde nach Sonnenuntergang, und Bessahan war bei seinem Versuch, die Boten des Königs einzuholen, den ganzen Nachmittag forsch geritten. Im Wald jedoch hatte sein Pferd einen Huf verloren, und er hatte haltmachen müssen, um den Schaden zu beheben, was ihn fast eine Stunde gekostet hatte.

Nur durch Zufall entdeckte Bessahan den Graak am Straßenrand. In der Nähe einer Kate am Straßenrand stand eine kräftig gebaute Frau mit einer zerbeulten

Laterne und starrte auf das tote Reptil in ihrem Obstgarten. Die Laterne hatte eine Haube aus einem durchschimmernden Keramikmaterial, das nicht viel Licht nach draußen ließ. In der Dunkelheit verwechselte die Frau Bessahan mit einem anderen.

»He, Koby, bist du das?«

Bessahan beherrschte die rofehavanische Sprache nur spärlich. Er wagte nicht, sie seinen Akzent hören zu lassen, also antwortete er lediglich mit einem Brummen.

»Hast du das gesehen? Jemand hat diesen Graak hier direkt am Haus getötet und ihm glatt den Schädel gespalten. Hier sind Spuren von zwei Pferden. Warst du das etwa?«

Bessahan schüttelte den Kopf. Nein.

»Und das verdammte Ungeheuer hat auch noch meinen Hund getötet.« Die dicke Frau schüttelte angewidert den Kopf. Sie war eine ältliche Person mit strähnigem Haar und einer fettverschmierten Schürze. Bessahan hatte die Gaben des Geruchssinns zweier Hunde übernommen. Er konnte Kernseife an ihr riechen, selbst auf fünfzig Schritt. Ein schmutziges Weibsbild, das für andere Wäsche wusch.

»Wer immer ihn getötet hat, hat mir keinen Gefallen damit getan«, stöhnte die Frau. »Wenn sie zu mir gesagt hätten: ›Kitty, willst du, daß wir das Ungeheuer hinter deinem Haus töten‹, hätte ich geantwortet: ›Nein. Laßt es in Frieden. Wenn ihr es tötet, macht das meinen Hund auch nicht wieder lebendig – und meine wertlosen Enten könnt ihr ihm auch lassen‹. Aber hört jemand auf mich? Nein!«

Die Frau sank noch tiefer in Bessahans Achtung. Sie war nicht nur fett und schmierig, sie redete auch viel daher, ohne nachzudenken.

»Also«, fragte sie, »hilfst du mir, es fortzuschaffen? Der Kadaver lockt bloß Wölfe an. Genaugenommen sieht es ganz so aus, als wäre bereits einer dran gewesen. Er ist völlig zerfetzt.«

Bessahan blickte die Straße entlang. Die Boten waren vermutlich in die Berge hinaufgeritten, in die Dunkelheit hinein. Er fragte sich, ob sie nachts den Weg über die Bergpfade riskieren würden. Nein, es wäre klüger, hier in der Nähe zu bleiben. Sie konnten überall ihr Lager aufgeschlagen haben – im Obstgarten oder am Hang.

Außerdem stand Regen bevor. Er konnte ihn im Wind riechen. Es würde schwierig werden, ihre Witterung in der Nase zu behalten.

Er lenkte sein Pferd zu der alten Frau im schwachen Schein der Lampe. Sie blickte, plötzlich auf der Hut, hinter schweren Lidern zu ihm hoch.

»He, Ihr seid ja gar nicht Koby!« sagte sie vorwurfsvoll.

»Nein, tut mir leid«, antwortete Bessahan in seinem schweren Akzent. »Ich bin nicht dein Koby. Mein Name ist Bessahan.«

»Was tut Ihr hier?« fragte sie und wich, plötzlich in der Defensive, einen Schritt zurück.

»Ich bin auf der Suche nach den Männern, die den Graak getötet haben«, antwortete Bessahan.

»Wozu?« hakte die Alte nach. Bessahan lenkte sein Pferd noch näher heran.

»Bessahan?« fragte sie, plötzlich verängstigt. »Was für ein Name ist denn das?«

Sie hatte die Männer offensichtlich nicht gesehen und besaß kein weiteres Wissen von irgendeinem Wert. Also erzählte er ihr die Wahrheit.

»Das ist kein Name, sondern eher ein Titel. In meinem Land bedeutet der Name Menschenjäger.«

Die Alte schlug sich die Hand vor den Mund, als wollte sie einen Schrei unterdrücken.

Bessahan beugte sich rasch zu ihr hinüber, packte das alte Weib mit seiner rechten Hand und zog mit seiner Linken seinen Khivar, das langklingige Messer eines Meuchelmörders.

Er machte einen tiefen Schnitt, so daß die Klinge knirschend durch die Halswirbel fuhr, und der tote Körper der alten Frau sackte vor den Hufen seines Pferdes ins trockene Gras. Er schnitt ihr ein Ohr ab, dann warf er ihren Kopf neben ihren Körper.

Sie war ohne einen Laut gestorben.

Bessahan steckte das Ohr in einen Münzbeutel, dann sprang er vom Pferd und hob die Laterne auf. Er säuberte seine Klinge und ging um den Kadaver des Graak herum. Nun nahm er die Witterung eines jungen Mannes in einer Baumwolljacke und eines alten Mannes auf, wobei der Schweiß des letzteren eher wie ein Wildschwein stank. Diese Kerle aus dem Norden fraßen alle zuviel Käse und soffen zuviel Bier. Schon ihre Haut hatte für Bessahan einen unangenehmen Geruch – wie schlecht gewordene Milch. Außerdem waren sie schmutzig.

Doch er roch auch noch etwas anderes – ein junges

Mädchen, am Hals des Tieres. Das war kein wilder Graak, wurde ihm mit einem Mal bewußt. Er leuchtete mit der Laterne und sah die Schuppen am Hals des Graaks, am Schulteransatz des Tieres, die von jungen Beinen glattgescheuert worden waren. Auf diesem Tier hatte eine Himmelsgleiterin gesessen!

Sie hatte sich also den Boten des Königs angeschlossen.

Den Hufspuren in der Nähe des Graakkadavers zufolge waren tatsächlich zwei Boten Richtung Norden geritten.

Bessahan entfernte die Haube der Laterne, dann blies er den Docht aus und ließ sie im Gras liegen. Er zog es vor, wenn die Leiche der Frau nicht vor dem nächsten Morgen gefunden würde.

Im Dunkeln reckte er sich und blickte nach oben. Durch ein ausgefranstes Loch in der Wolkendecke waren Sterne zu erkennen, die wie Diamanten blinkten.

Eine wundervolle Nacht, vielleicht eine Wenigkeit zu kühl. In einer solchen Nacht hätte er zu Hause ein paar Mädchen mit aufs Zimmer genommen, um sich warm zu halten. Er hatte schon zu lange keine Frau mehr gehabt.

Er schob die Kapuze zurück, schüttelte sein langes dunkles Haar im Schein der Sterne und sog verblüfft die Luft ein.

Er roch etwas Eigenartiges, etwas, das anders war als alles, was ihm je begegnet war. Schwer, erdig. Wie frisch gepflügte Erde oder Moos – aber süßer.

Ich befinde mich in einem Wald des Nordens, erinnerte

er sich, weit fort von zu Hause. Natürlich wachsen hier Pflanzen, die ich noch nie zuvor gerochen habe.

Doch irgend etwas beunruhigte ihn. Er konnte die Luft schnuppern, die Witterung schmecken, aber nicht die eigentliche Quelle des Geruchs orten. Es war, als wäre ein fremdes Tier hier durchgekommen.

Bessahan stieg auf sein Pferd und ritt weiter in die Nacht hinein.

KAPITEL 11
Polierte Steine

Iome und Gaborn standen auf dem Bergfried des Königs und blickten hinunter auf die Felder unterhalb von Burg Sylvarresta. Obwohl dies der letzte Abend des Hostenfests und das Große Fest vorbei war, hatte Gaborn den ganzen Tag über kaum etwas gegessen. Nun brach traditionsgemäß die Zeit des Singens an.

Seit eintausend Jahren oder mehr hatte man das Ende des Hostenfestes mit Gesang gefeiert, und die Familien versammelten sich um die Feuerstellen und warfen Hände voller duftender, getrockneter Blätter und Blüten ins Feuer – Rosen und Jasmin, Lavendel oder Minze.

Dann stimmte man gemeinsam einen Gesang in Erwartung des neuen Königs an.

Jetzt bedeckten zweihunderttausend Zelte und Prunkpavillons die Felder vor Burg Sylvarresta. Jedes einzelne von ihnen erstrahlte dank der Lampen, und das nach außen dringende Licht ließ die Gebilde in Gold- und Silbertönen erglühen, in schillernden Tönen aus Blau und Grün. Dazu standen die Menschen Heredons vor ihren Zelten und hielten kleine Öllampen in die Höhe. Die Luft war angefüllt vom Duft der Blütenblätter, und der Lichtschein spiegelte sich auf ihren Gesichtern.

Menschen aller Art standen auf diesem Feld: Lords und Damen in ihren elegantesten Kleidern, eintönig gekleidete Bauern zu Hunderttausenden, Gelehrte und

Narren, Spielleute und Landarbeiter, Huren und Heiler, Kaufleute und Jäger. Die Kranken, die Gesunden, die Lahmen und die Sterbenden. Die Überraschten, die Freudigen, die Skeptiker, die wahren Gläubigen und die Verängstigten.

Es war der letzte Tag des Hostenfests, die Feier des Erdkönigs. Doch selbst in der Fröhlichkeit der Menschen schwang ein gewisser Schrecken mit.

Gemeinsam stimmten sie einen uralten Lobgesang an.

»Herrscher des Waldes, o Herr des Felds,
Vor dem ein jeder auf die Knie fällt.
Mit Freuden harren wir deiner Zeit.
Beginnt die Ernte, ruf uns herbei.
Senkt sich das Dunkel, stehen wir gereiht
Auf den Mauern der Burg und sind bereit.
Ich leih' dir mein Schwert, du bist mein Schild
Herrscher des Waldes, o Herr des Felds.«

Während die Menschen sangen, blickte Iome erstaunt nach unten, denn neben den buntschillernden Lichtern von den Prunkpavillons und den Lampen rings um die Burg erglühte im Burggraben ein seltsam saphirblaues Licht.

Die mächtigen Störe schwammen unbändig umher und zeichneten Schutzrunen um die Burg, als böten auch sie dem Erdkönig ihre Unterstützung an.

Als der Gesang endete, wurden auf den Mauern von Burg Sylvarresta und inmitten der riesigen Menschenmenge Hörner geblasen. Hunderttausende von Stimmen vereinten sich zu dem Ruf: »Gelobt sei der Erdkönig! Gelobt sei der König der Erde!«

Ihre Stimmen hallten von den Bergen und den Burgmauern wider. Männer, Frauen und Kinder reckten die Fäuste in die Höhe und schrien ihr Erstaunen heraus. So manches Tier scheute angesichts des Gebrülls und hetzte aufgeregt durch das Lager. Eine Menge von wenigstens fünfhunderttausend Menschen stürmte vor und fiel, ihre Waffen Gaborn zur Unterstützung anbietend, auf die Knie. Männer brüllten und Frauen weinten, die Hörner schmetterten ohne Unterlaß. Auf den Burgmauern schwenkten junge Burschen ausgelassen die Farben Sylvarrestas.

Iome hatte sich einen solchen Lärm, einen solchen Menschenauflauf niemals vorstellen können. Ihr lief es eiskalt über den Rücken.

Das ist erst der Anfang, wurde ihr klar. Die Menschen erinnern sich an die Legenden. Jeder Mann, jede Frau und jedes Kind – wer leben will, weiß, daß er dem Erdkönig dienen und sich seinen Schutz verdienen muß.

Millionen und Abermillionen von Menschen sind auf dem Weg hierher. Die ganze Welt wird sich hier versammeln.

Und so stand Gaborn Val Orden triumphierend auf den Mauern von Burg Sylvarresta.

Iome schaute ihm ins Gesicht, um seine Reaktion zu sehen. Er stand da wie erstarrt, den Blick nach Süden gerichtet, als lausche er auf eine ferne Trompete.

Iomes Blick wanderte zum Waldrand hinüber, aber sie konnte hinter den dunklen Bäumen nichts erkennen.

Doch Gaborn zitterte, während er mit entrücktem Blick hinter die Berge im Süden schaute.

»Was ist?« fragte sie.

Mit einem schweren Seufzer antwortete er: »Iome, ich spüre eine Warnung wie noch nie zuvor! Die Warnung der Erde. Die Felder hier sind schwarz. Mein Tod naht! Unser aller Tod naht!«

»Was soll das heißen?« fragte Iome.

»Wir müssen uns auf die Flucht vorbereiten«, erwiderte er. Eine weitere Erklärung gab er nicht. Statt dessen machte er kehrt, ergriff ihre Hand und rannte vom Dach des Königsturms herunter, durch die offenstehende Bodentür, die Treppen hinab, sechs Stockwerke tief, bis er die alten Kellergewölbe erreichte, wo seit langem kein Mensch mehr gelebt hatte.

Gaborns und Iomes Days mußten rennen, um mit ihnen Schritt zu halten.

Iome war sich unbestimmt bewußt, daß der Erdwächter Binnesman dieses dreckige Loch zu seinem Arbeitszimmer erwählt hatte, nachdem Raj Ahtens Flammenweber sein Haus im Garten niedergebrannt hatten, trotzdem war sie auf den Anblick alles andere als vorbereitet, als Gaborn die Tür aufstieß.

Zauberer Binnesman stand inmitten des Kellers, dessen Geruch nach Schimmel, Schwefel und Asche nur durch die an den Deckenbalken aufgehängten Kräuterbündel zu ertragen war. Binnesman hatte weder Kerzen noch Lampen irgendwelcher Art in diesem Raum angezündet. Halb vergraben im Schmutz auf dem Fußboden jedoch lag ein Seherstein. Es handelte sich um einen gewaltigen, runden Stein, einen geschliffenen Achat von reinstem Weiß. Weitere kleinere Kristalle waren, nach innen auf diesen gewaltigen Stein zeigend, um ihn herum angeordnet, und der Zauberer hatte magische Runen in die Erde rings um die gesamte Gruppe gezeichnet. Die Kristalle und der riesige, geschliffene Achat erglühten in ihrem eigenen Licht.

Binnesman stand auf seinen Stab gestützt neben dem Arrangement und blickte, eine Szene verfolgend, unverwandt auf den leuchtenden Stein. Darauf konnte Iome die Abbildung von vier Rauch, Asche und Feuer speienden Bergen erkennen. In der Ferne hörte man Donner grollen, der den Boden unter ihr erzittern ließ. Der Stein zeigte das Bild von mehreren ausbrechenden Vulkanen.

Das zumindest dachte sie zuerst. Denn dies waren keine gewöhnlichen Vulkane, sondern es handelte sich bloß um kleine Felskuppeln, aus denen Lava wie Wasser hervorsprudelte und Greifer zu Zehntausenden aus dem Erdboden ringsum krochen.

Auch übertrug der Seherstein nicht nur das Bild, sondern Iome merkte, daß der Geruch von Schwefel und Asche in der Luft davon ausging, zudem strahlte er eine Wärme aus, die den Raum wie einen Backofen erhitzte. Tatsächlich konnte sie alles genauso riechen, fühlen und hören, als betrachtete sie die Vulkane aus großer Ferne.

Iome war jedoch noch nie zu Ohren gekommen, daß Binnesman sich mit Sehersteinen beschäftigte. Tatsächlich hatte er dies sogar ausdrücklich abgestritten, als Raj Ahten ihn darauf angesprochen hatte.

Staunend starrte Iome auf das Bild im Stein.

»Greifer sind in Nord-Crowthen an die Erdoberfläche gelangt«, stellte der Zauberer nüchtern fest. »Andere gelangen weiter südlich an die Oberfläche, parallel zu den Alcair-Bergen. Euer Bergfried Haberd ist gefallen. Raj Ahtens Verteidigungsanlagen in Kartish ergeht es zur Zeit nicht besser.«

Noch während er dies sagte, erzitterte die gesamte Burg Sylvarresta unter einem Erdstoß. Zuerst dachte Iome, es sei eine Nachwirkung der auf dem Boden ausgelegten Sehersteine, doch der Zauberer blickte besorgt an den Mauern der Burg hoch. »Es ist nur ein kleines Beben«, erklärte der Zauberer. »Die Erde leidet.«

Iome warf einen Blick auf das Dayspaar, das in einer dunklen Ecke hinter ihr Zuflucht gesucht hatte. Ihre Gedanken waren mit denen ihrer Gefährten verbunden, daher wußten sie mehr über die Geschicke der Erde als jeder andere in diesem Raum, Zauberer Binnesman eingeschlossen. Was sie sah, bereitete ihr Sorgen. Gaborns Days starrte voller Grauen offenen Mundes auf die Szene, sein Gesicht war angstverzerrt.

»Was denkt sich Raj Ahten nur, mich zu dieser Zeit anzugreifen?« wollte Gaborn wissen. »Weiß er überhaupt von der Gefahr?«

»Ich bezweifle, daß er das Unheil bereits erkannt hat«, antwortete der Zauberer. »Nachdem was ich zuletzt gesehen habe, sind seine Truppen auf dem Weg nach Carris, wie es scheint. Zumindest vor ein paar Stunden noch.«

»Wo stehen sie jetzt?« fragte Gaborn.

Binnesman senkte den Kopf und schloß die Augen, als sei er zu abgespannt, um fortzufahren. Seit er seinen

Wylde erweckt und wieder verloren hatte, machte ihm seine Erschöpfung zu schaffen. »Es war ein langer Tag. Aber ich werde es versuchen.«

Der Zauberer legte die Hände auf den Lehmboden und rieb sich frische Erde auf die Handflächen und ins Gesicht. Dann nahm er ein paar Kristalle, schob sie am Rand des Sehersteins hin und her, zog einige zurück, verschob andere nach rechts oder links. Sein Gesicht erstarrte vor Konzentration.

Der Vorgang nahm mehrere Minuten in Anspruch, denn zuerst mußte der Zauberer Raj Ahtens Truppen orten, wie man sie von einem entfernten Berg aus erblicken würde, um sich dann zu besseren Aussichtspunkten vorzuarbeiten.

Doch was Iome nach und nach zu sehen bekam, ließ ihr die Haare auf den Armen zu Berge stehen: Raj Ahtens Truppen hatten sich rings um eine kleine Stadt – einhundert Steinhäuser mit Binsendächern – zusammengezogen. Eine niedrige Steinmauer umgab die Siedlung, eine, über die ein Ritter auf einem Kraftpferd mit Leichtigkeit hinwegsetzen konnte.

Auf den Mauern gab es keine Wachen, nirgendwo war das Bellen von Hunden zu hören. Es schien, als harrte der Ort ahnungslos der nahenden Bedrohung.

»Ich kenne diesen Ort«, sagte Gaborn. »Das ist das Dorf Twynhaven.«

Die Frowth-Riesen in Raj Ahtens Armee hoben ihre Schnauzen und sogen gierig die Luft ein, als versuchten sie, die Witterung frischen Blutes einzufangen. Die Ritter im Gefolge hielten ihre Lanzen und Streitäxte bereit.

Es waren jedoch Raj Ahtens Zauberer, die die Führung übernahmen.

Drei Flammenweber verteilten sich unmittelbar vor der Mauer auf einer Linie und stimmten einen leisen Sprechgesang an. Iome konnte sie deutlich hören, denn ihr Sprechgesang war ein Lied von Feuer und Zerstörung, vom flackernden Geräusch der Flammen, dem Knistern eines Scheites.

Plötzlich gerieten rings um jeden von ihnen Gras und Gestrüpp in Brand. Grüne Flammen schossen himmelwärts und hüllten die Flammenweber ein. Iome roch Asche, spürte die Hitze des Feuers. Sie begannen, gegen das Dorf vorzurücken und erklommen die niedrige Steinmauer.

Nun bemerkten die Hunde in der Stadt sie, und mehrere von ihnen fingen an zu bellen. Ein Pferd wieherte nervös. Noch immer schlug niemand Alarm.

Die Flammenweber sprangen über die Mauer. Mittlerweile waren die Feuer hinter ihnen beträchtlich angewachsen, so daß Iome die Zauberer von hinter einer Flammenwand betrachtete.

Rings um die Stadtmauer hatte die Spätsommersonne das Gras gebleicht und ihm alle Feuchtigkeit entzogen. Der Flammenweber links außen deutete nach links, und eine Feuerranke schoß aus seiner Hand hervor und raste schneller um die Mauer, als ein Pferd laufen konnte. Der Flammenweber zur Rechten folgte seinem Beispiel. In Sekundenschnelle trafen die beiden Feuerblitze auf der gegenüberliegenden Seite des Städtchens aufeinander, das somit vom Feuer eingekreist war.

Dann sprang das Feuer himmelwärts und begann sich rasch zur Kreismitte hin auszuweiten.

Eine Frau schrie auf und rannte entsetzt um sich blickend aus ihrem Haus am Rand der Siedlung. Nach und nach folgten ihr immer mehr Menschen und kamen aus ihren Häusern hervor – Kinder und Mütter. Einige Pferde traten ihr Gatter nieder und liefen nervös bockend in der Stadt umher.

Jetzt näherten sich die Flammenweber dem Dorf. Das wachsende Inferno speiste sie, verlieh ihnen Kraft. Einer von ihnen deutete auf eine große Scheune, und die Binsen auf ihrem Dach fingen Feuer, schienen geradezu zu explodieren.

Sekunden später näherte sich einer seiner Begleiter einem Haus, jagte einen gedrehten Flammenstrang in dessen Richtung, so daß sein Dach und das gesamte Holz mit einem Schlag verbrannte. Die Hitze hätte Iome um ein Haar versengt.

Menschen schrien im Innern des Hauses, und ein beleibter Stadtbewohner kam, an Haar und Kleidern brennend, ins Freie gestürzt. Eine Frau und ihr Sohn stürmten nach draußen, der Junge mit einem Schild in der Hand. Die Flammen spiegelten sich in seinen Augen und der Rüstung. Vom Feuer angestrahlter Rauch beleuchtete die Szene.

Scharfer Rauch stieg Iome in die Nase.

Dann brach in dem gesamten Städtchen die Hölle los, und die Flammen schlugen züngelnd ein-, zweihundert Fuß hoch in den Himmel. Der Gesang der Flammenweber wurde lauter, als sie in dieses Inferno hineinmarschierten und selbst zu glühenden Lichtwürmern wurden, die sich an den sterbenden Dorfbewohnern vorbeiwanden.

»Sie opfern diese Menschen der Macht, der sie dienen«, stellte Binnesman entsetzt fest, dann wandte der Zauberer den Blick vom Seherstein ab. »Dies ist eine schwarze Beschwörung.«

»Das ist es, was mir eigentlich Angst einjagt«, sagte Gaborn.

Die das Städtchen einhüllenden Flammen färbten sich allmählich grün, die verschiedenen Feuer darin verschmolzen zu einem eigenartigen Wunderland jenseitiger Schatten. Innerhalb von wenigen Augenblicken begannen die steinernen Wände der Katen und die Steinmauern zu flüssigen Lachen zu zerfließen.

Das ging schnell, dachte Iome. Kurz darauf war das Städtchen dem Erdboden gleichgemacht, waren die Knochen sämtlicher Kadaver, sowohl von Mensch als auch von Tier, von den Flammen blank geleckt.

Das stundenlange Reden und Flehen, das Iome bei einer Beschwörung für nötig hielt, war nicht erforderlich. Vielleicht verstärkte das Opfer den Bann der Flammenweber noch. Sie sangen und tanzten wie lebendige Fackeln.

Innerhalb einer Stunde erschien ein grün leuchtendes Portal auf dem Gelände, vor dem die Flammenweber standen und in der Sprache der Flammen und der Asche riefen.

Als nichts geschah, trat einer der Flammenweber an das Portal und verschwand in der Unterwelt.

Beinahe augenblicklich fielen die Flammen rings um

das Dorf zusammen und erloschen zu völliger Dunkelheit. Nur hier und dort leuchtete noch ein ausgeglühter Scheit im Dunkel auf.

Lange Zeit hielt Iome den Atem an. Sie glaubte, ein Flammenweber sei gestorben, sei in der Unterwelt verschwunden, um niemals zurückzukommen.

Dann sah sie, wie zwei gekrümmte Gestalten inmitten der Trümmer Form annahmen, wie Ringer, dachte sie zunächst. Doch nein, entschied sie, sie wanden sich wie Männer, die unter größten Mühen kriechend die letzten paar Meter einer langen und schwierigen Reise zurücklegten.

Das eine waren die dunklen Umrisse des halb mit Asche bedeckten Flammenwebers.

Neben ihm sah man eine größere Gestalt, die eines dunkelhaarigen Mannes mit einer zottigen Mähne aus lockigem Haar. Allerdings verstrahlte er ein reines blaues Licht, als wäre er aus Kristall. Flammen spielten züngelnd über seine Haut.

Der schwerfällige Kerl erhob sich wankend auf die Beine und breitete glitzernde, leuchtende Flügel aus. Blitze schienen über seine Stirn zu zucken und glühten voller Grimm in seinen Augen.

Überall in den Reihen von Raj Ahtens Truppen stießen kampferprobte Soldaten überraschte Schreie aus, während Kampfhunde vor Entsetzen knurrend zurückwichen.

»Bei den Mächten«, rief Gaborn, »er hat einen Glorreichen beschworen!«

Doch was für einen Glorreichen? überlegte Iome. Denn

in alten Zeiten hieß es, bei der Schlacht am Vaderleepaß habe der Erdkönig Erden Geborn einst mit einem Glorreichen zu seiner Rechten und einem weiteren zu seiner Linken gekämpft. Es hieß, als Gegner seien sie unbezwingbar. Sie hatte sie für Freunde der Menschheit gehalten.

Dieser junge Kerl jedoch hatte einen zerstörerischen Blick in den Augen, als er seine Flügel um die Schultern legte und sich das Licht, das er verströmte, in einen Abgrund tiefster Finsternis verwandelte.

»Laßt Euch nicht täuschen«, sagte Binnesman. »Er ist nicht wie die Glorreichen, die in den alten Legenden verehrt werden. Er ist ein Glorreicher der Finsternis. Dieses Geschöpf kommt, um einen Erdkönig zu töten, nicht um einen zu unterstützen.«

»Und wann?« fragte Gaborn. »Wann wird er kommen?«

Binnesman trat zu einem Schreibtisch und nahm einen dicken Wälzer zur Hand, ein illustriertes Manuskript, das die verschiedensten Kreaturen darstellte. Er blätterte in seinem Bestiarium bis zu den Seiten, die sich mit Geschöpfen aus der Unterwelt befaßten. Über Glorreiche der Finsternis gab es nur karge Aufzeichnungen, und selbst eine grobe Zeichnung fehlte. Offensichtlich hielten die Weisen es für ein reines Geschöpf der Legenden.

»Es handelt sich um ein Geschöpf der Luft und der Finsternis«, erläuterte Binnesman. »Es wird zu Euch geflogen kommen und mit seinem Angriff höchstwahrscheinlich warten, bis es Nacht ist. Aber morgen nacht ist es soweit, oder in der Nacht darauf. Es wird kommen.«

»Was soll ich tun?« fragte Gaborn.

Binnesman antwortete nicht, sondern las stirnrunzelnd den Eintrag über Glorreiche der Finsternis. Iome sah, daß er keine Antwort wußte.

Der Zauberer murmelte: »Dieser Raj Ahten ist ein Narr, in diesem Augenblick ein solches Ungeheuer freizusetzen.«

Binnesman kniete neben seinen Kristallen, verschob eins um die Breite eines Haares und veränderte seinen Blickwinkel, so daß er Raj Ahtens Armee besser in Augenschein nehmen konnte.

Eine ganze Weile starrte er darauf, dann fragte er Gaborn: »Raj Ahten selbst kann ich nirgendwo erkennen. Wo könnte er stecken?«

Gaborn betrachtete das Bild ebenfalls. »Dort ist es dunkel. Vielleicht befindet er sich im Schatten, irgendwo in der Nähe der Nachhut.«

»Nein«, erwiderte Binnesman. »Er ist sicher in der vordersten Reihe, um seinen neuen Botschafter zu begrüßen. Er ist verschwunden. Er hat sich aus irgendeinem Grund von seiner Hauptarmee getrennt.«

»Aber warum?« fragte Gaborn. »Könnt Ihr ihn finden?«

Binnesman schüttelte den Kopf und runzelte die Stirn. »Das bezweifle ich. Eine Armee oder ein Vulkan sind leicht auszumachen. Aber ein einzelner Mann, der durch die Nacht reitet? Das kann Tage dauern, außerdem bin ich erschöpft.«

Binnesman kehrte den Sehersteinen den Rücken zu, und das Bild verblaßte gänzlich, wenn auch die leuchtenden Kristalle im Raum noch ein wenig Licht spendeten. Bei dieser Beleuchtung wirkte er gebeugt und geschunden. Noch eine Woche zuvor war sein Gewand so grün gewesen wie Blätter im Hochsommer. Doch dann hatte er versucht, einen Wylde herbeizurufen, ein Geschöpf der Erde, das seine Kräfte stärken sollte. Unglücklicherweise war der Wylde verlorengegangen, und jetzt war Binnesman matt und geschwächt.

Sein Blick wirkte starr und mürrisch. »Ich habe mir die Vulkane genau angesehen«, meinte er, »und versucht, den Angriffsplan der Greifer zu durchschauen.

Ich muß gestehen, für mich ergibt er wenig Sinn. Die Greifer kommen an weit auseinanderliegenden Orten an die Erdoberfläche, von denen die meisten weit von jeder menschlichen Siedlung entfernt sind.

Eins ist mir jedoch aufgefallen. Überall dort, wo sie hervorgekommen sind, existiert entweder in der Nähe ein alter Vulkan, oder es handelt sich um ein Gebiet mit heißen Quellen oder Geysiren.«

»Und das bedeutet?« wollte Gaborn wissen.

»Im Herzen der Erde existiert ein Reich des Feuers«, erklärte Binnesman, »wie Ihr mit eigenen Augen sehen konntet, als wir beim Idymeanmeer eintrafen.

Ich denke«, fuhr Binnesman fort, »dieses Reich des Feuers reicht an manchen Orten näher an die Erdoberfläche heran als an anderen. Und an diesen Orten bilden sich dann heiße Quellen, und es entstehen Vulkane. Jetzt frage ich mich: Vielleicht treibt die Hitze die Greifer an die Oberfläche?«

Gaborn wechselte das Thema. »Raj Ahten scheint

einen ernsthaften Angriff auf Mystarria vorzubereiten. Ich muß einen Rat aus meinen Heerführern einberufen.«

»Krieg mit Raj Ahten?« fragte Binnesman. »*Fühlt* Ihr Weisheit in einer solchen Entscheidung, wo doch so viele Greifer an die Oberfläche drängen?«

Gaborn seufzte tief: »Nein. Ich wage es nicht, gegen ihn zu kämpfen, denn – ob er will oder nicht – ich bin sein Beschützer. Aber wenn ich wenigstens den Anschein erwecke, als wäre ich zum Krieg bereit, wird der Wolflord noch größeren Schaden anrichten. Hoffentlich erfährt er von den Gefahren, die seinem Land drohen, und zieht sich nach Indhopal zurück, um sich dort zu verschanzen. Vielleicht kann ich sogar einen Waffenstillstand aushandeln.«

Der Zauberer betrachtete ihn nachdenklich.

»Wenn Ihr wollt, könnt Ihr versuchen, Raj Ahten zu zähmen«, sagte Binnesman. »Aber ich weiß nicht, ob selbst *Ihr* ihn retten könnt. Vergeßt nicht, daß ich ihn vor einer Woche mit einem Fluch belegt habe. Solche Flüche brauchen ihre Zeit, um ihre volle Wirkung zu erzielen, vermutlich könnt Ihr ihm im Augenblick jedoch nicht helfen.«

»Zum Wohl meines Volkes muß ich es wagen«, erwiderte Gaborn.

Binnesman beäugte ihn unter seinen buschigen Brauen hervor. »Und zum Wohl Eures Volkes muß ich Euch warnen: Raj Ahten wird vermutlich keinen Rat von einem Feinde annehmen. Ihr begebt Euch in Todesgefahr, wenn Ihr Euch vor ihn stellt. Möglicherweise will er Euch sogar in eine Schlacht hineinziehen, da er weiß, daß er

Euch hier in der Nähe des Dunnwaldes nicht angreifen kann, wo die Wichte Euch beschützen.«

»Ich weiß«, antwortete Gaborn unbehaglich. »Werdet Ihr mich denn begleiten?«

»Euch ist bekannt, daß meine Stärken im Krieg nichts nutzen«, sagte Binnesman, »aber ich könnte Euch im Abstand von ein oder zwei Tagen folgen und Euch soweit helfen, wie es mir möglich ist. Im Augenblick jedoch muß ich mich auf den Kampf mit dem Glorreichen der Finsternis vorbereiten, denn ihm muß ich mich allein stellen.«

»Ihr?« fragte Gaborn. »Alleine, ohne einen Wylde? Ich kann fünfzigtausend Ritter aufbringen, die an Eurer Seite kämpfen.«

»Die würden Euch überhaupt nichts nützen – sie würden nur getötet werden«, hielt Binnesman dagegen.

»Welche Waffen besitzt Ihr?« fragte Gaborn.

»Ich … nun, das weiß ich noch nicht«, antwortete Binnesman. »Ich werde mir etwas einfallen lassen müssen. Was Euch betrifft, so haltet Euren Kriegsrat ab. Eure Männer kennen sich mit dem Kämpfen besser aus als ich. In der Dämmerung müßt Ihr die Menschen warnen, damit sie von Burg Sylvarresta fliehen. Bestimmt werdet Ihr *fühlen*, wie sich die Gefahr nähert. Und jetzt brauche ich Ruhe.«

Ohne weitere Vorrede wankte er in eine Ecke und legte sich im dicken Lehm nieder. Der Lehm konnte noch nicht lange hier gelegen haben, stellte Iome fest. Die Fußböden hier im Keller waren mit Steinplatten bedeckt, die man auf das festgetretene Erdreich gelegt hatte. Der Zauberer mußte diese Erde selbst hergebracht haben. Erdwächter verabreichten Kranken oftmals heilende Erde. Iome fragte sich, ob diejenige, auf der er jetzt schlief, über irgendwelche besonderen Eigenschaften verfügte. Er scharrte sie händeweise heran und besprenkelte sich damit, und kurz darauf war er friedlich eingeschlafen.

Iome sah sich um. Jetzt roch der Raum nur schwach nach Schimmel und nach den klaren Aromen der Kräuter des Zauberers. Sie spürte die Macht der Erde hier, dieses eigenartig kribbelnde Gefühl, das sie überkam, sobald sich Gaborn oder der Zauberer ihr näherten. Nur war es hier stärker. Unaufgefordert fiel ihr der Segensspruch ein, den sie in letzter Zeit so oft von Gaborn gehört hatte. »Möge die Erde dich verbergen. Möge die Erde dich heilen. Möge die Erde dich zu dem ihren machen.« Dieser Ort war ganz von Erde umgeben.

»Gehen wir«, meinte Gaborn.

KAPITEL 12
Im Rat des Königs

Sir Borenson brauchte Myrrima nur leicht zu rütteln, um sie aufzuwecken, dann berichtete er ihr die Neuigkeiten: Gaborn hatte um ihre Anwesenheit bei einer Ratsversammlung gebeten.

»Bist du sicher, daß er *mich* in seinem Rat dabeihaben möchte?« fragte Myrrima mit verblüffter Miene. Sie war nach dem Abendessen heraufgekommen, um sich aufs Bett zu legen, und in ihren Kleidern eingeschlafen. Ein wenig steif setzte sie sich auf.

»Bin ich«, versicherte ihr Borenson.

»Wenn er wissen wollte, welche Herbstblumen sich im Großen Saal am besten machen«, sagte Myrrima, »könnte ich ihm bis zum Morgengrauen mit Rat und Tat zur Seite stehen. Aber von Krieg verstehe ich nichts.«

»Gaborn mag dich«, sagte Borenson, selbst ein wenig ratlos. Natürlich verstand sie nichts von Kriegsführung, und er vermutete, Gaborn habe sie aus reiner Höflichkeit ihm gegenüber eingeladen, damit er mehr Zeit mit seiner Gemahlin verbringen konnte, ehe er nach Inkarra aufbrach. Doch dies wagte er ihr nicht zu erzählen, denn er fürchtete, dadurch könne er sie verletzen. »Hat er, als ihr euch kennengelernt habt, nicht gesagt, er möchte dich an seinem Hof? Er schätzt deine Meinung.«

»Aber – ich komme mir vor wie ein Scharlatan.«

»Dem König geht es ganz genauso«, wagte Borenson

zu behaupten. »Vor einer Woche noch war seine größte Sorge, ob er, wenn er um Iomes Hand anhält, eine Feder in seinem Helmschmuck tragen soll oder nicht. Jetzt ist sein Vater tot, und er muß einen Krieg vorbereiten. Ich bin sicher, vor einer Woche noch hat sich Iome die meisten Gedanken darum gemacht, von welcher Farbe der Faden sein soll, den sie für ihre Stickerei benutzt, trotzdem wird sie ebenfalls am Rat teilnehmen.«

Überrascht sagte Myrrima: »Das klingt, als hätte er jeden aus dem Königreich in seinen Rat berufen.«

»Jeden nicht. Kanzler Rodderman und Jureem werden jedoch daran teilnehmen, genau wie Erin Connal, König Orwynne, Hauptmarschall Skalbairn und Lord Ingris von Lysle.« Myrrima stand auf, warf einen Blick in den Spiegel, runzelte nachdenklich die Stirn und kämmte sich die langen, dunklen Haare.

Über die Rolle, die er selbst in dem Rat spielen sollte, war er sich nicht ganz im klaren. Seinem Gelöbnis nach war er jetzt ein Unabhängiger Ritter.

Vor ein paar Tagen hatte Borenson sich zwei Wochen der Vorbereitung für die Reise nach Inkarra zugestanden. Er wollte sich von seiner Heimat und seiner Gemahlin verabschieden. Soviel Zeit, glaubte er, könne er sich leisten. Aber da war er noch davon ausgegangen, Raj Ahten würde heim nach Indhopal fliehen, um dort zu überwintern. Statt dessen strebte der Wolflord weiter nach Süden, ins Herz von Mystarria hinein, und gönnte Gaborn keine Ruhepause. Dieser saß nun in Heredon fest und war von seinem eigenen Reich und seinen Beratern abgeschnitten.

Daher mochte Borenson nicht zu seiner Fahrt nach Inkarra aufbrechen. Nicht, solange sein Freund noch seines Rates bedurfte. Und so hatte der Unabhängige Ritter Borenson bis heute den Erdkönig nicht verlassen.

Aber eins wußte er: Sobald Gaborn gen Süden reiten würde, nach Mystarria, würde er ebenfalls aufbrechen. Und nachdem er einmal Heredon und seiner Frau den Rücken zugekehrt hätte, würde er erst zurückkommen, wenn er seine Suche beendet hatte.

Myrrima fragte: »Was ist mit dem Kräutersammler Binnesman? Wird er nicht am Rat teilnehmen?«

»Er schläft«, antwortete Borenson, »und darf nicht gestört werden.« Von allen, die nicht am Rat teilnehmen, fand Borenson Binnesmans Fehlen am erstaunlichsten. Er hatte sich erboten, den Zauberer mit einem Stiefeltritt in die Rippen aus dem Bett zu jagen, doch Gaborn hatte ihm dies untersagt.

»Was ist dann mit Prinz Celinor und den reichen Kaufleuten aus Lysle?«

Borenson runzelte die Stirn. Während der vergangenen Stunden hatte jeder am Hof mitbekommen, daß die Kaufleute in der Stadt eingetroffen waren, ihr Lager aufgeschlagen und Gaborn anschließend gebeten hatten, zu ihren Zelten zu kommen und sie zu Erwählen, ganz so, als sei er irgendein Hausdiener, der einen Botengang zu erledigen hat, und nicht der Erdkönig.

Borenson hätte sie allesamt zum Teufel gejagt, zu jedermanns Überraschung jedoch hatte Gaborn der Bitte stattgegeben und mehrere der hochmütigen Lords Erwählt.

»Der König traut Celinor nicht recht«, antwortete Borenson, »und obwohl er Lord Ingris eingeladen hat, ist er der Ansicht, die Kaufleute seien kaum eine größere Hilfe als eine Schar Gänse.«

Myrrima sagte: »Ich könnte mir vorstellen, daß inzwischen andere Lords im Lager eingetroffen sind. Was ist mit Nord-Crowthen oder Beldinook?«

»Aus Nord-Crowthen haben wir noch keine Nachricht«, erklärte Borenson. »Der Eiserne König konnte Sylvarresta noch nie leiden, und es kann sein, daß ihm wie seinem Vetter, König Anders, der Erdkönig eher ein Ärgernis ist. Vielleicht steckt er auch selbst in Schwierigkeiten. Heute abend sind in Nord-Crowthen Greifer an die Erdoberfläche gelangt. Gaborn hat dem Eisernen König bereits Boten geschickt und seine Hilfe angeboten.

Was Beldinook anbetrifft, König Lowicker ist gebrechlich …« Borenson wußte nicht, was er noch sagen sollte. Lowicker war stets ein Freund des Hauses Orden gewesen, doch Borenson traute dem Mann nicht recht. Ihm erschien es, als benutzte Lowicker seine Gebrechlichkeit stets dann als Ausrede, wenn ihm dies gelegen kam. Trotzdem wiederholte Borenson Gaborns Einschätzung der Lage wortgetreu. »Lowicker hat Raj Ahten die Erlaubnis erteilen müssen, auf dem Weg nach Mystarria durch sein Land zu marschieren. Kein Wunder, daß er keine Abgesandten geschickt hat.«

Nachdem Myrrima ihr Haar ordentlich gekämmt hatte, stand sie noch einen Moment da und betrachtete ihr Spiegelbild im Schein der Kerze. Sie war wunderschön und begehrenswert.

Borenson bot seiner Gemahlin die Hand und geleitete sie hinunter in den Großen Saal. Sie trafen Gaborn im Dunkeln mit dem Rücken zur Wand an einem Tisch sitzend an. Es gab weder Kerzen noch Lampen im Saal, kein Feuer im Kamin. Ein einziges Fenster war im Saal geöffnet, um ein wenig Sternenlicht hereinzulassen. Bei den übrigen waren die Läden verschlossen.

In dieser Dunkelheit hatte König Orwynne links von Gaborn Platz genommen, und Iome saß ein Stück vom Tisch entfernt in Gaborns Rücken. Gleich rechts neben Gaborn saß der Geck Lord Ingris – ein in Würde alternder Kerl mit einem kastanienbraunen Filzdreispitz, an dem eine buntgefärbte Straußenfeder steckte, und seine Ringe und Ketten und Schnallen funkelten selbst in dem schwachen Licht. Neben ihm saß Jureem, der diesmal von Lord Ingris in der Verwegenheit seiner Kleidung noch übertroffen wurde. Gaborn machte Borenson ein Zeichen und forderte ihn auf, rechts von ihm Platz zu nehmen, gleich neben Jureem.

Myrrima ging zur hinteren Wand, setzte sich neben Iome und ergriff die Hand der Königin. Borenson beobachtete seine Gemahlin einen Augenblick. Iome klammerte sich an Myrrima, als suche sie einen Halt. Das Gesicht der Königin war eingerahmt vom Licht der Sterne. An der Haltung ihres Kinns erkannte Borenson, wie sehr Iome sich ängstigte.

Er wandte sich zu Gaborn und sah im kargen Licht den Glanz von Schweiß auf seiner Stirn, die Perlen, die sich an seinem Haaransatz gebildet hatten. Sie haben beide

Angst, erkannte Borenson. Ein gewöhnlicher Rat würde dies mit Sicherheit nicht werden.

Wenige Augenblicke später betrat Erin Connal den Saal und nahm an der Gaborn gegenüberliegenden Seite des Tisches Platz, neben Kanzler Rodderman. Die Days standen an der Wand aufgereiht hinter ihnen.

»Wir haben das ganze Lager nach Hauptmarschall Skalbairn abgesucht«, berichtete Rodderman, »es läßt sich jedoch keine Spur von ihm finden. Wie es scheint, ist er bereits aufgebrochen.«

»Das hatte ich befürchtet«, sagte Gaborn.

»Ihr habt ihm kaum eine andere Wahl gelassen«, entgegnete Borenson, der sich gar nicht erst Mühe gab, seinen herausfordernden Tonfall zu verbergen. Seiner Ansicht nach hatte Gaborn einen Fehler begangen, als er das Angebot des Hauptmarschalls zurückgewiesen hatte, und, bei den Mächten, wenn auch niemand sonst es jemals wagen sollte, den Erdkönig für seinen Fehler zu schelten, hatte er jedenfalls nicht die Absicht, mit seinen Gefühlen hinter dem Berg zu halten.

»Sollen wir uns etwa hier im Dunkeln besprechen?« fragte Orwynne im Versuch, einen Streit abzuwenden.

»Ganz recht«, erwiderte Gaborn. »Kein offenes Feuer. Sogar die Glut im Kamin habe ich von einem Diener löschen lassen. Niemand darf wiederholen, was hier drinnen erörtert wird – weder bei Tageslicht noch vor offenem Feuer.«

Gaborn holte tief Luft. »Der Krieg steht vor unserer Tür«, erklärte er. »Die Erde hat mich gewarnt, daß wir in großer Gefahr schweben, und Zauberer Binnesman hat mir heute abend mit Hilfe seiner Sehersteine unsere Feinde gezeigt. Gerade in diesem Augenblick kriechen in Nord-Crowthen Greifer an die Erdoberfläche.«

»Wie bitte?« warf Lord Ingris ein. »Wann marschieren wir los?«

»Gar nicht – zumindest nicht gegen die Greifer«, erwiderte Gaborn. »Der Eiserne König hat in der vergangenen Woche auf keinen meiner Briefe reagiert, und ich bin mir nicht sicher, ob er, selbst unter diesen Umständen, unsere Truppen in Nord-Crowthen willkommen heißen würde.

Zudem bin ich der Meinung, auch König Anders würde uns nicht durch sein Reich ziehen lassen.

Daher habe ich Herzog Mardon mit Verstärkung nach Donyeis geschickt, für den Fall, daß die Greifer sich in unsere Richtung bewegen sollten, und sowohl König Anders als auch dem Eisernen König habe ich Hilfe angeboten. Mehr werde ich nicht unternehmen.«

»Dann glaubt Ihr also, die Greifer wären aufgehalten?« fragte Lord Ingris.

»Nicht im geringsten. Die Greifer haben Burg Haberd in Mystarria zerstört. Andere treiben in Kartish ihr Unwesen. Und noch immer kriechen weitere an die Oberfläche.«

In der Dunkelheit blickten die Versammelten einander an. Ein Ausfall der Greifer nach Norden war höchst beunruhigend. Doch ihr so überaus zahlreiches Auftauchen im Süden rief blankes Entsetzen hervor. Das zeugte nicht von einem vereinzelten Vorfall.

Im Gegenteil, es verhieß eine regelrechte Invasion.

Schlimmere Nachrichten hätte sich Borenson kaum vorstellen können. Sein Leben lang waren kaum Greifer an der Erdoberfläche gesehen worden. Alte Berichte wiesen jedoch warnend darauf hin, dies sei nicht immer so gewesen, und jeder hegte die Befürchtung, eines Tages könnten sie zu Zehntausenden an die Oberfläche gelangen.

Gaborn fuhr fort: »Demnach stehen wir einer ernsthaften Bedrohung gegenüber, und trotzdem können wir im Augenblick nichts dagegen unternehmen. Und außerdem haben wir es mit einer zweiten, ebenso unheilvollen Gefahr zu tun, denn während die Greifer noch an unseren Grenzen stehen, versucht Raj Ahten uns im Herzen zu treffen. Während der vergangenen Wochen sind seine Truppen Richtung Süden geflohen. Erschöpfung sowie die Unabhängigen Ritter haben von den Truppen des Wolflords einen fürchterlichen Blutzoll gefordert. Fleeds hatte er noch mit über vierzigtausend Mann verlassen. Herzog Paldanes Späher schätzen, daß ihn jetzt nur mehr viertausend Mann auf seinem Marsch begleiten – von denen wenigstens die Hälfte Unbesiegbare sind, dazu Bogenschützen, Frowth-Riesen, Kampfhunde und Magier.«

»Das klingt, als schrumpften seine Streitkräfte«, sagte Orwynne hoffnungsvoll. »Sie können nicht ewig auf der Flucht bleiben.«

»Richtig ist, Raj Ahtens Truppen sind müde«, entgegnete Gaborn, »und selbst die Pferde, die er aus Fleeds mitgenommen hat, sind erschöpft. Er hat eine Reihe von Riesen, Kampfhunden und gewöhnlichen Soldaten zurücklassen müssen, die allesamt zu ausgemergelt sind, um Schritt zu halten.

Fürs erste jedoch ist Raj Ahten uns entkommen. Er hat eine kleine Armee achtzig Meilen nördlich von Carris zurückgelassen. Kanzler Rodderman und ich haben uns die Karten angesehen, und es ist gut möglich, daß er bei der Festung Tal Dur zu seinen Truppen stoßen will, obwohl er vielleicht andererseits nach Burg Crayden oder Burg Fells unterwegs sein könnte.«

»In Fells wird er nicht sein«, warf Erin Connal ein. »Vor einer Stunde habe ich eine Nachricht erhalten. Einer unserer Späher berichtet, Raj Ahtens Truppen hätten Burg Fells so gut wie aufgegeben. Die Mehrheit von ihnen scheint nach Carris zu marschieren – allein über einhunderttausend Mann aus Fells, von denen die meisten gewöhnliche Soldaten sind. Es scheint, als würde Euer ›Jäger‹ Paldane in Kürze zum Gejagten.«

Borenson hatte Gaborn ebenfalls vor dieser Möglichkeit gewarnt. Er konnte sich nicht vorstellen, daß der Wolflord sich in eine Bergfestung zurückzog, wenn das mächtige Carris so nahe lag.

»Meine Mutter hat dem Bayburn Clan befohlen, Burg Fells für Mystarria zurückzuerobern«, berichtete Connal weiter.

Die Neuigkeiten der Pferdeschwester überraschten Gaborn offenbar, denn Borenson fiel auf, wie ihm der Atem stockte.

»Sehr gut!« rief König Orwynne.

Borenson sah vor seinem inneren Auge geradezu, wie Raj Ahtens Truppen sich zusammenzogen. Die Festung in Carris war eine der stärksten in Mystarria und daher von großem Wert, andererseits hatte Raj Ahten für die Zerstörung von Longmot seine Stimmgewalt benutzt. Vielleicht beabsichtigte er jetzt dasselbe in Carris. Borenson hoffte es nicht.

Und so warnte er: »Wenn Raj Ahten Carris einnimmt, fällt bis zum Winter halb Mystarria in seine Hand. Wir müssen ihn aufhalten.«

Jureem stellte die Ellenbogen auf den Tisch, faltete die Hände und stemmte sie unter sein schwabbeliges Kinn. Mit seinem taifanischen Akzent sagte er zu Gaborn: »Borenson hat recht. Einem Wolf gleich hofft Raj Ahten, Euch an Eurem weichen Bauch zu erwischen, in Mystarria. Damit will er den Erdkönig in eine Schlacht verwickeln und ihn zwingen, den Dunnwald zu verlassen. Er *wird* Carris angreifen.«

Leise erwiderte Gaborn: »Das weiß ich, und diese Sorge ist mir sehr zu Herzen gegangen. Doch Binnesman hat mir noch eine weitere Bedrohung vor Augen geführt. Heute abend haben Raj Ahtens Flammenweber einen Glorreichen der Finsternis aus der Unterwelt herbeigerufen.«

König Orwynne und Erin Connal entfuhr ein überraschtes Stöhnen, während die anderen die Nachricht mit Schweigen aufnahmen. Sir Borenson wußte nicht recht, wie er reagieren sollte. Er hatte schon von den Glorreichen gehört – Wesen aus Licht und Güte, die die Unterwelt bewohnten. Ganz vage wußte er, daß sie Feinde hatten, Wesen der Finsternis, die über ganz eigene Kräfte verfügten. Mehr wußte er nicht.

»Wir hatten schon Meuchelmörder befürchtet«, sagte der Kanzler. »Ein Angriff von Raj Ahten auf den Erdkönig scheint unausweichlich. Wird der Glorreiche der Finsternis hierherkommen?«

»Nein«, erlaubte Jureem sich eine Meinung. »Ich halte es für wahrscheinlicher, daß Raj Ahten ihn in Mystarria einsetzen wird, gegen Paldane in Carris.«

»Ihr täuscht Euch«, entgegnete Gaborn. »Der Glorreiche der Finsternis *wird* hierherkommen. Die Erde hat mich gewarnt.«

Jureem nahm es mit einem Nicken hin. »So sei es. Noch vor einer Woche kannte ich mich bestens mit Raj Ahtens Strategien aus, aber inzwischen haben sich die Spielregeln geändert.«

»Wir müssen unsere eigenen Strategien entwickeln und dieses Ungeheuer bekämpfen«, warf König Orwynne ein.

Gaborn schüttelte den Kopf. »Nein. Ich werde die Menschen fliehen lassen.«

»Dann sollten wir sie sofort in Kenntnis setzen«, schlug König Orwynne vor.

Erneut schüttelte Gaborn den Kopf. »Falls diese Neuigkeiten bekannt werden, bricht Panik aus. Die Ebene ist dunkel und voller Pferde und Ochsen – Kinder würden unter ihre Hufe geraten und totgetreten. Die Hälfte der Männer, die dort draußen lagern, sind nach dem Hostenfest betrunken. Nein, so schwer es mir auch fällt, ich warte bis zum Morgengrauen, bis ich die Warnung verkünde. Die Gefahr ist groß, doch noch weit entfernt.«

Unvermittelt fragte Erin Connal Gaborn: »Euer Hoheit,

könnt Ihr wirklich sicher sein, daß der Glorreiche der Finsternis es auf Euch abgesehen hat und nicht auf Herzog Paldane – oder gar auf Fleeds?« Borenson fand es klug von ihr, zuerst an ihre eigenen Länder zu denken.

»Nachdem ich meinen Vater Erwählt hatte«, erklärte Gaborn, »spürte ich rings um ihn Gefahr, eine alles erstickende Aura, die einer schwarzen Wolke glich. Seit heute morgen spüre ich, wie diese Aura um jeden hier im Saal zunehmend größer wird – genaugenommen um jeden auf Burg Sylvarresta. Seit einer Woche fürchten wir, Raj Ahten könne einen Meuchelmörder in unser Lager schicken. Inzwischen bin ich überzeugt, daß sich ein Meuchelmörder auf dem Weg zu uns befindet, nur handelt es sich dabei um etwas weit Grausameres als einen Unbesiegbaren. Zudem hat er es auf uns alle hier auf Burg Sylvarresta abgesehen. Für die Untergebenen, die ich auf Longmot Erwählt habe – und jene auf der Straße nach Norden – besteht nur geringe Gefahr.« Ernst setzte Gaborn hinzu: »Jeder einzelne von uns muß auf der Hut sein.«

»Wenn Ihr spürt, welche Gefahr *uns* droht«, fragte Lord Ingris, »spürt Ihr dann nicht auch die Gefahr für Mystarria oder Lysle? Vielleicht könnt *Ihr* uns sagen, wo Raj Ahten als nächstes zuzuschlagen plant.«

Gaborn schüttelte traurig den Kopf. »Solange ich einen Mann nicht vor mir sehe, kann ich ihn nicht Erwählen. Außerdem ist mir diese Kraft neu. Von ein paar Boten abgesehen, habe ich weder in Lysle noch in Mystarria jemanden Erwählt, um einschätzen zu können, was uns bevorsteht.« Er fügte hinzu: »Wir müssen uns also überlegen, wie wir vorgehen wollen, und einen Weg finden, uns gegen Raj Ahten zu verteidigen.«

»Ihr solltet wissen«, sagte Lord Ingris leise, »daß andere Lords bereits gegen Raj Ahten ins Feld gezogen sind. Sobald wir Kaufleute vom Einmarsch nach Mystarria erfuhren, haben wir ihn angegriffen – und wir stehen nicht allein.«

»Wie dem?« fragte König Orwynne.

»Während Ihr Euch mit Waffen und Männern zur Wehr setzt«, erläuterte Lord Ingris, »war in Lysle der Wohlstand schon immer unsere beste Verteidigung. Wir heuern Söldner an, die unsere Grenzen sichern, und wir zahlen unseren Nachbarn Tribut. Nachdem wir von dem Überfall Kenntnis erhielten, sandten wir Botschaften an bestimmte Lords in Inkarra und boten ihnen große Summen an, damit sie ihre Meuchelmörder losschicken, um Raj Ahtens Übereigner in den südlichen Provinzen zu erschlagen. Dort erwartet er es am wenigsten.«

»Gut gemacht!« lobte König Orwynne. »Ich habe tausend gute Kraftsoldaten in Orwynne, die ihn aus dem Norden angreifen können!«

Ingris grinste breit. »Die Kriegsherren von Toom werden vielleicht ebenfalls mitmachen, nach allem, was ich höre …«

Sir Borenson saß schweigend da und lauschte voller Unbehagen. Er persönlich hatte Raj Ahtens Übereigner ermordet, hier in Burg Sylvarresta, keine zweihundert Meter von diesem Saal entfernt. Diese grausige Tat hatte er nur begangen, da man sie ihm befohlen hatte und weil sie von großem Nutzen war, doch konnte er es nun kaum ertragen, sich das Gerede über weitere Metzeleien anzuhören.

Er wollte gerade das Wort ergreifen, da rief Gaborn: »Nein!« Streng blickte er Ingris und Orwynne an. »Solch einen Plan lasse ich nicht zu!«

»Warum nicht?« wollte Ingris wissen. Er zog ein seidenes Taschentuch hervor, putzte sich die Nase und ließ es auf den Boden fallen.

»Dieser Preis ist zu hoch«, antwortete Gaborn. »Ich kämpfe nicht *gegen* Raj Ahten, sondern *für* die Menschen. Eure Krieger auf seine zu hetzen ist töricht.«

Nüchtern hielt Ingris dagegen: »Die Pfeile sind bereits abgeschossen. Vielleicht könnt Ihr Raj Ahten nicht mehr vor seinem Schicksal bewahren.«

Gewißlich, dachte Borenson, dieser Mann ist sich seiner Sache zu sicher. Schließlich schicken wir schon seit Jahren Meuchler los. Zu seiner Überraschung wirkte Gaborn seltsam entsetzt.

»Sagt mir, wann habt Ihr die Entscheidung gefällt, Meuchelmörder aus Inkarra anzuheuern?« erkundigte sich Gaborn.

Lord Ingris dachte kurz nach. »Vor ungefähr einer Woche. Am Nachmittag des Tages, an dem Euer Vater den Tod fand.«

Gaborn starrte den Lord an. »An jenem Nachmittag hat Zauberer Binnesman Raj Ahten verflucht, hat ihm den Tod gewünscht. Wie Ihr, fürchtet auch er, daß dieser Fluch nicht mehr abgewendet werden kann. Mich verwundert nur das zeitliche Zusammenfallen beider Ereignisse. Vielleicht hat Euch die Erde als Werkzeug benutzt.«

Lord Ingris kicherte. Das erschien ihm nun doch ein wenig weit hergeholt. »Ich möchte es bezweifeln. Falls Raj Ahten fällt, so werden es mein Gold und die Gier der Inkarras sein, die ihm den Tod brachten, nicht der Fluch irgendeines Erdwächters.«

Nun meldete sich Iome, die hinter Gaborn saß, zu Wort: »Und woher stammt Euer Gold?« fragte sie. »Nicht etwa aus der Erde?«

In dem Schweigen, welches dieser Bemerkung folgte, fragte sich Borenson: Konnte eine so geringe Anzahl von Meuchelmördern tatsächlich einen so großen Schlag gegen den Wolflord ausführen?

Das mochte er nicht glauben. Raj Ahten hatte viel zu viele Übereigner, die weit über ein riesiges Königreich verstreut waren, und sie wurden hervorragend bewacht. Möglicherweise würde es ihn schwächen, umbringen jedoch sicherlich nicht.

Dazu mußte man ihm sehr wichtige Gaben entreißen. Falls er zum Beispiel Durchhaltevermögen verlor, konnte er zwar seine Kraft erhalten, allerdings bedeutete dann ein gutgezielter Hieb seinen Tod. Verminderten sich seine Gaben des Stoffwechsels, so verlangsamten sich seine Bewegungen so sehr, daß ihm ein jeder Krieger den Kopf vom Rumpf trennen konnte.

Unter den richtigen Umständen vermochten tatsächlich einige wenige Meuchelmörder dem Wolflord einen todbringenden Stoß zu versetzen.

Gaborn schüttelte nur den Kopf. »Guten Gewissens darf ich keinem Menschen den Tod wünschen. Und bestimmt kann ich nicht stillschweigend den Mord an unschuldigen Männern, Frauen und Kindern dulden, deren einziges Verbrechen darin besteht, Raj Ahten als Übereigner zu dienen. Ich werde mich ihm stellen, sollte sich dies als unvermeidlich erweisen, doch im Augenblick will ich ihn lediglich aufhalten – oder besser noch, ihn auf unsere Seite ziehen.«

»Ihr verdammter, weichherziger Narr«, fluchte König Orwynne und fuhr von seinem Stuhl auf. »Ich wußte, Ihr würdet genau das sagen!«

»Ihr zweifelt an der Weisheit Eures Herrn?« fragte Jureem.

König Orwynnes Züge verhärteten sich. »Vergebt mir, Euer Lordschaft«, sagte er, bemüht, seinen Zorn im Zaum zu halten. »Ihr dürft Raj Ahten nicht am Leben lassen. Das wäre mehr als unklug, es wäre töricht.«

»Ich treffe diese Entscheidung nicht, weil sie besonders verschlagen wäre«, entgegnete Gaborn, »sondern aus moralischen Beweggründen.«

Lord Ingris klang, als hätte er als einziger den Scherz hinter diesen Worten verstanden. »Ihr seid ein junger Mann voller edler Vorsätze, und Euch stehen die Erdkräfte zur Verfügung. Tatsächlich mögt Ihr hoffen, Raj Ahten auf unsere Seite zu ziehen – aber wenn ich mir die Frage erlauben darf: Wie wollt Ihr das vollbringen?«

Gleichmütig antwortete Gaborn: »Bei Longmot sind mir vierzigtausend Zwingeisen in die Hände gefallen.«

Vor Überraschung sprachlos fiel König Orwynne, Lord Ingris und Erin Connal die Kinnlade herunter.

Gaborn fügte hinzu: »Fünftausend davon habe ich

bereits eingesetzt, um die Reihen der Truppen von Heredon zu füllen und ihre Kavallerie wieder aufzubauen. Die verbleibenden genügen, um einer kleinen Armee reichlich Gaben zu gewährleisten – oder um einen einzigen Lord zu stärken, der danach so mächtig wäre wie Raj Ahten.

Noch letzte Woche, nach der Schlacht bei Longmot, glaubte ich dies tun zu müssen – ein Lord zu werden, der Raj Ahten an Macht gleichkommt und ihn überwinden kann. Wie Ihr, wollte ich kämpfen.

Aber es widerstrebt mir schon, den Wolflord nur als meinen Feind zu bezeichnen, obwohl er mein Volk überfallen hat. Ich werde ihm einen Waffenstillstand vorschlagen.«

König Orwynne war verblüfft. »Er hat seinen Krieg bis zu uns getragen«, protestierte er, sich der Tatsache bewußt, daß er viel zu laut sprach. »Wir können nicht einfach vor ihm davonlaufen.«

Jureem pflichtete ihm bei. »Er hat recht. Ich kenne Raj Ahten. Er wird keinen Waffenstillstand mit Euch schließen – es sei denn, Ihr tretet ihm persönlich eine Gabe ab. Er wird Eure Geistes- oder Muskelkraft wollen, etwas, das Euch zu einem solchen Krüppel macht, daß Ihr Euch nie wieder gegen ihn erheben könnt.«

»Vielleicht«, meinte Gaborn. »Ich werde ihm den Vorschlag dennoch unterbreiten. Ich werde einen Boten mit folgenden Worten schicken: ›Obwohl ich meinen Vetter hasse, ist der Feind meines Vetters auch *mein* Feind.‹ Wenn ihn diese Nachricht erreicht, wird er vom Fall der Burg Haberd und vielleicht sogar von seinen eigenen

Schwierigkeiten in Kartish gehört haben. Ich werde ihn an die Bedrohung durch die Greifer erinnern und ihn davon in Kenntnis setzen, daß ich jetzt durch Heirat sein Vetter bin. Um den Frieden zu besiegeln, werde ich ihm anstelle meiner Gabe zwanzigtausend Zwingeisen anbieten. Er weiß, daß ich ohne sie hilflos genug bin. Die Zwingeisen werde ich ihm allerdings nur unter der Bedingung überlassen, daß er sich einverstanden erklärt, aus Rofehavan abzuziehen.«

Borenson fuhr sich mit der Zunge über die Lippen. Vermutlich war Raj Ahten der Vernunft nicht zugänglich, aber zwanzigtausend Zwingeisen könnte er wohl kaum ausschlagen.

»Auch andere Männer haben ihm bereits solche Vorschläge unterbreitet«, warnte Jureem. »Aber er wird nichts kaufen, was er glaubt, sich mit Gewalt verschaffen zu können. Meiner Meinung nach wird er sich die Botschaft gar nicht anhören. Möglicherweise tötet er sogar Euren Boten.«

»Möglicherweise. Aber wenn ihm das Angebot nun von einem Angehörigen seines eigenen Volkes überbracht würde, von jemandem, den er liebt?« Er beugte sich nach rechts vor. »Jureem, letzte Woche habt Ihr mir erzählt, Raj Ahten halte in seinem Palast der Konkubinen in Obran Hunderte von Frauen verborgen. Ihr habt gesagt, kein Mann dürfe sie unter Androhung der Todesstrafe zu Gesicht bekommen. Welches ist seine Lieblingsfrau? Würde sie sich meine Bitte anhören?«

»Ihr Name ist Saffira, mein Lord«, antwortete Jureem und zupfte an seinem Spitzbart. »Die Tochter des Emirs von Owatt, aus Tuulistan. Sie liebt er am meisten, sie ist das Prachtstück seines Harems.«

»Der Emir von Tuulistan hat den Ruf eines guten Mannes«, sagte Gaborn. »Gewiß besitzt seine Tochter ein wenig seiner Güte und seiner Stärke.«

»Vielleicht«, sagte Jureem. »Aber gesehen habe ich sie noch nie. Hat eine Frau den Palast erst betreten, darf sie ihn nicht mehr verlassen.«

»Raj Ahten ist ein eitler Mann«, sagte Iome. »Ich kann mir nur einen Grund vorstellen, weshalb er die Frauen in seinem Harem so versteckt hält: mit wie vielen Gaben der Anmut hat er seine Lieblingsfrau überhäuft?«

Jureem dachte nach. »Eure Entscheidung ist sehr weise, meine Dame. Gewöhnlich gewährt er seinem Weib jedesmal eine Gabe der Anmut, wenn er ihr beiwohnt, so daß sie bei seinem nächsten Besuch noch schöner ist als in seiner Erinnerung. Saffira ist seit fünf Jahren seine Lieblingsfrau. Mittlerweile muß sie mehr als dreihundert Gaben besitzen.«

Borenson lehnte sich verblüfft zurück. Eine Frau mit einem Dutzend Gaben der Anmut machte die Männer bereits schwindelig vor Verlangen. Er konnte sich nicht vorstellen, wie eine Frau mit dreihundert solcher Gaben auf ihn wirken mochte. Das war vielleicht eine Chance.

Trotzdem war ihm noch immer unbehaglich zumute. »Ich kann nicht glauben, daß bisher niemand auf die Idee gekommen ist, sie als Waffe zu benutzen.«

»Ich war der vertrauteste Diener meines Lords«, erwiderte Jureem. »Es gehörte zu meiner Pflicht, die Konkubinen mit Schmuck und Gaben zu versorgen. Von zwei, drei anderen abgesehen, durfte niemand die Größe des Harems kennen.«

Gaborn blickte die anderen unverwandt an. »Was meint Ihr? Ich schlage vor, wir senden Saffira eine Nachricht und lassen sie diese dann an Raj Ahten weitergeben.«

»Es könnte gelingen«, erwiderte Jureem. »Dennoch wird er vermutlich auch ihren Rat nicht annehmen. Sie ist schließlich nur sein Weib.«

Borenson zweifelte ebenfalls. In vielen Teilen Indhopals galt es als unmännlich, sich von Frauen beraten zu lassen.

Etwas hoffnungsvoller sagte Iome: »Ja, es könnte gelingen. Binnesman hat erzählt, Raj Ahten sei verrückt geworden, weil er seiner eigenen Stimmgewalt zum Opfer gefallen ist. Saffira könntet ihr überreden.«

»Was wäre, wenn ich ihr weitere eintausend Gaben der Anmut und der Stimmgewalt schenke?« fragte Gaborn. »Als Zeichen meines guten Willens, damit selbst Raj Ahten ihr nicht widerstehen kann?«

»Es gibt in Obran Annektoren, die sich meisterlich auf die Übertragung solcher Gaben verstehen«, sagte Jureem.

»Und wir verfügen über die nötigen Zwingeisen«, warf Kanzler Rodderman ein. »Es könnte jedoch ein, zwei Tage dauern, die Frauen aufzutreiben, die als Übereigner dienen sollen.«

»Ich würde meine Anmut anbieten«, schlug Myrrima vor.

Nervös warf sie Borenson einen Blick zu, da sie seine Reaktion fürchtete. Denn mit ihrer Schönheit hatte sie ihn schließlich überzeugt, sie zu heiraten. Nun erschien es ihr ungerecht, diese fortzugeben. Aber Borenson bewunderte sie nur für ihre Bereitschaft.

»In Obran gibt es genug Frauen«, erklärte Jureem. »Raj Ahten hat zahlreiche Konkubinen, die allesamt Gaben der Anmut und der Stimmgewalt erhalten haben. Einige von ihnen haben sehr unter diesem langen Krieg gelitten. Sie hoffen ebenfalls auf Frieden, und ich vermute, viele von ihnen wären bereit, als Vektoren einzuspringen …«

»Ihr geht damit ein großes Risiko ein«, gab König Orwynne zu bedenken. »Wir kennen diese Frau nicht und wissen nicht, welche Wirkung eine solche Machtfülle auf sie hat. Was, wenn sie sich gegen Euch stellt?«

»Aber wäre es den Versuch nicht wert?« fragte Gaborn.

Borenson wäre ein solches Risiko nicht eingegangen. Die Erfolgsaussichten waren zu gering.

»Vielleicht«, stimmte Erin Connal zu. »Aber wir sollten mit der Vorsicht eines Rehs vorgehen. Ihr sagt, Ihr spürt die Aura einer großen Gefahr, die uns umgibt. Selbst wenn Ihr noch heute abend Reiter auf den Weg schickt, wird es Tage dauern, bis sie Indhopal erreichen …«

»Nicht, wenn sie die richtigen Pferde haben«, widersprach Jureem. »Obran liegt in den nördlichen Provinzen, gleich südlich von Deyazz – kaum sechshundert Meilen von hier.«

»Von Obran habe ich noch nie gehört«, wandte Borenson ein. »Aber wenn es tatsächlich so nahe liegt, könnte ich auf dem königlichen Roß und mit ein wenig Glück Fleeds über den Rabenpaß verlassen und gegen Mittag dort sein. Ihr Einverständnis vorausgesetzt, könnte Saffira Raj Ahten die Nachricht bereits morgen überbringen.«

Er hatte gesprochen, ohne sich die Sache recht zu überlegen. Es klang töricht. Was bewegte ihn dazu? Teils wollte er es tun, weil er wußte, daß er der beste Mann für diese Arbeit war. Er hatte in der Vergangenheit Dutzende von gefährlichen Missionen erledigt. Außerdem bot es ihm Gelegenheit, die Verteidigungsanlagen Indhopals und die Truppenbewegungen auszuspionieren. Zugleich wäre er dann bereits nach Süden – nach Inkarra – unterwegs.

Er würde mit der Suche beginnen, die Iome ihm aufgetragen hatte. Doch da war noch etwas: Er wollte Erlösung.

Sowohl Lord Ingris als auch König Orwynne nahmen den Tod von Übereignern achselzuckend in Kauf und hielten so an einer endlos blutigen Tradition fest, welche die Strategien der Runenlords in der Vergangenheit bestimmt hatte. Sicherlich waren solche Vorgehensweisen äußerst verläßlich, im gleichen Zuge jedoch stellten sie das Grauen schlechthin dar.

Borenson drehte sich allein bei dem Gedanken der Magen um. Dagegen bot Gaborns Plan, wenngleich er auch nur armselig ausgearbeitet war, die karge Hoffnung, daß Indhopal und Rofehavan zu einer Übereinkunft gelangen und so dem Wahnsinn ein Ende bereiten könnten.

An Borensons Händen klebte das Blut von über zweitausend Männern, Frauen und Kindern. Sollte ihm dieses

Vorhaben glücken, würde er sich eines Tages vielleicht wieder rein fühlen.

»Ich würde nicht alle meine Hoffnungen auf diesen einen Wurf setzen«, wandte König Orwynne ein. »Ihr müßt auch Sorge um Eure Verteidigung tragen. Vielleicht ist Saffira nicht bereit oder willens zu tun, was Ihr verlangt. Ihr hättet diesen Rat nicht einberufen, wenn Ihr Mystarria nicht verteidigen wolltet. Daher müßt Ihr Euch rüsten, und wenn es sein muß, persönlich gegen Raj Ahten antreten.

Oder Ihr könntet einen Kämpfer auswählen.

Ich habe einen Neffen – ein Löwe von einem Mann – Sir Langley. Er hält sich hier im Lager auf.«

»Einen Kämpen zu schicken ist ja gut und schön«, bedrängte Connal Gaborn, »aber ich finde, Ihr solltet Orwynne nicht allein kämpfen lassen. Mag sein, daß Raj Ahten Paldane fürchtet, aber wenn Ihr von Norden her geritten kommt, wird er vor *Euch* noch sehr viel mehr Angst haben. Zudem würdet Ihr damit jeden Mann im Norden um Euch scharen, der an Eurer Seite kämpfen will. Die Pferdeclans würden sich Euch anschließen.«

Gaborn saß da und dachte nach. In Borensons Augen wirkte er unentschlossen, wie gelähmt vor Angst. In seiner Sorge, die Hoffnungen seiner Gefolgsleute zu enttäuschen, wagte er überhaupt nichts mehr zu unternehmen.

So hatte er ihn noch nie erlebt. Stets hatte er den Jungen darauf gedrillt, Entscheidungen zu treffen und Schwierigkeiten anzugehen, und nun hielt Gaborn den Kopf schief, als lausche er einer fernen Stimme.

Dieser gutgläubige Bengel hoffte tatsächlich, diese Angelegenheit ohne Kampf zu überstehen, wurde Borenson klar, daher suchte er den Beistand der Erde. Der Krieg kam allerdings trotzdem auf sie zu, ob es Gaborn nun gefiel oder nicht.

»Was werdet Ihr tun?« drängte ihn Borenson zu einer Entscheidung.

Eine halbe Sekunde schaute Gaborn noch in sich hinein, dann nickte er. »Das Schicksal der Welt hängt von unserem Beschluß ab. Mein Volk kann sich nicht vor Raj Ahten verstecken, und ich kann ihn nicht vertreiben. Ich wäre augenblicklich zum Kampf bereit, wenn ich glaubte, es würde uns nützen. Das tue ich jedoch nicht. Daher muß ich meine Hoffnungen darauf setzen, ihn auf unsere Seite zu ziehen, obwohl die Aussichten sehr gering sind.«

Gaborn sah Borenson an. »Ihr werdet *mein* Pferd nehmen und noch in dieser Stunde aufbrechen.«

Borenson schlug mit der Faust auf den Tisch und erhob sich von seinem Stuhl. Er hatte es eilig, fortzukommen, ertappte sich jedoch dabei, wie er einen Moment lang aus Höflichkeit stehenblieb.

Schließlich wandte Gaborn sich König Orwynne zu. »Ich kenne Sir Langley. Er hat ein gutes Herz. Ich werde Euch zweitausend Zwingeisen zur Verfügung stellen, damit Ihr ihn seinen Wünschen entsprechend ausstatten könnt.«

»Ihr seid überaus großzügig«, sagte König Orwynne, scheinbar überrascht, daß der Erdkönig ein solches Geschenk gewährte. Wahrscheinlich hatte König Orwynne in einem einzigen Jahr noch nie zweitausend Zwingeisen zu Gesicht bekommen.

Zuallerletzt wandte sich Gaborn an Connal. »Ihr habt recht. Wenn ich an der Spitze unserer Armeen marschiere, kann Raj Ahten mich nicht ignorieren. Ich reise gen Süden, und auch Fleeds wird zweitausend Zwingeisen erhalten.«

Connal brummte erstaunt. Vermutlich hatten sie in ganzen fünf Jahren keine zweitausend Zwingeisen gesehen.

Damit war die Zusammenkunft beendet. Die verschiedenen Lords schoben ihre Stühle vom Tisch zurück und erhoben sich.

Gaborn griff in die Tasche seiner Weste, zog den Schlüssel für die Schatzkammer des Königs heraus und warf ihn Borenson zu.

Jureem sagte zu Gaborn: »Mein Lord, dürfte ich vorschlagen, Ihr laßt ihn siebenhundert Gaben der Anmut und dreihundert der Stimmgewalt mitnehmen?«

»Was immer er verlangt.«

Borenson verließ den Saal und machte sich zur Schatzkammer im Bergfried der Übereigner auf. Myrrima lief ihm hinterher und erreichte ihn am Ausgang des Bergfrieds des Königs. Sie begleitete ihn entlang der Steinmauer ein paar Schritte lang, blieb sodann stehen und ergriff seine Hand.

»Warte!« forderte sie ihn auf.

Er blickte sie im Schein der Sterne an. Die Nacht war kühl, jedoch nicht wirklich kalt. Myrrima sah ihn mit Sorge in den Augen an. Selbst in diesem kargen Licht war sie wunderschön anzuschauen – der Schwung ihrer Hüfte, der Glanz ihres Haars.

»Du wirst nicht zurückkommen, ja?«

Borenson schüttelte den Kopf. »Nein. Carris liegt siebenhundert Meilen südlich von hier. Von dort bis zur Nordgrenze Inkarras bleiben mir nur noch dreihundert Meilen. Ich werde weiterziehen.«

Sie betrachtete ihn eindringlich. »Wolltest du dich nicht einmal von mir verabschieden?«

Borenson bemerkte nun, daß sie es ihm nicht so leicht gestalten wollte. Er hätte sie am liebsten in die Arme genommen und geküßt. Wie gern hätte er noch verweilt. Die Pflicht hingegen rief ihn zu einem anderen Ort, und ihr war er stets treu ergeben. »Ich habe nicht viel Zeit.«

»Du hattest Zeit genug«, widersprach sie, »die ganze Woche. Warum bist du überhaupt noch in Heredon geblieben, wenn nicht, um dich zu verabschieden?«

Natürlich hatte sie recht. Er hatte ihr Lebewohl sagen wollen, ihr und ganz Rofehavan, ja, vielleicht auch seinem Leben. Dennoch fehlte ihm die Kraft, die Worte auszusprechen.

So küßte er sie zärtlich auf die Lippen und flüsterte: »Lebe wohl.«

Während er sich abwenden wollte, packte sie ihn erneut am Arm. »Liebst du mich wirklich?«

»Soweit ich weiß, wie das geht?« antwortete Borenson.

»Warum hast du mir dann nicht beigewohnt? Du hast mich gewollt. Ich habe es dir an den Augen angesehen.«

Dieses Thema hätte Borenson gern vermieden, dennoch antwortete er ihr so ehrlich wie möglich. »Weil ich es nicht riskieren wollte, dich zu schwängern …«

»Willst du denn kein Kind von mir?«

»… denn ein Kind auf die Welt zu bringen, erfordert es, sich gewissen Verantwortlichkeiten zu stellen …«

»Und du glaubst, dazu seist du nicht bereit«, erwiderte Myrrima ein wenig zu laut.

»Ich möchte lediglich nicht, daß jemand meinem Kind ›Bastard‹ hinterherruft, wenn ich sterben sollte!« erzürnte Borenson. »Oder ihn ›Sohn des Königsmörders‹ nennt!«

Heiß schoß ihm das Blut ins Gesicht, und er zitterte vor Zorn.

Aha, dachte er – und er fühlte sich fast so, als würde er sich von außen betrachten – wie die alten Wunden doch schmerzen können. Da war er wieder, der Königsmörder, der Greifertöter, der Wächter des Erdkönigs, einer der gefürchtetsten Krieger von Rofehavan – und das mit Recht. Und tief in ihm lief noch immer das Kind durch die Gassen auf der Insel Thwynn, während ihm andere Jungen Beleidigungen und Dreck und spitze Steine hinterherwarfen.

Stets hatte Borenson den Drang verspürt, sich zu beweisen. Nur deshalb war er einer der mächtigsten Krieger seiner Zeit geworden. Und nun hatte er vor keinem anderen Mann der Welt mehr Angst.

Doch der Gedanke, sein eigenes Kind könne verletzt werden, schmerzte ihn so unerträglich, als sei er selbst verletzt worden.

Immer noch fürchtete er sich vor den kleinen Jungen.

»Liebe mich!« verlangte Myrrima und zog ihn an sich.

Borenson zeigte mit dem Finger auf ihr Gesicht und sagte entschlossen: »Verantwortung!«

»Liebe mich!« flehte Myrrima.

Borenson schüttelte ihre Hand von seinem Ärmel ab. »Verstehst du es denn nicht? Sollte ich fallen – und das ist wahrscheinlich –, so trägst du meinen Namen und erbst meinen Besitz …«

»Ich habe hören sagen, du seist ein wollüstiger Kerl«, warf ihm Myrrima vor. »Bist du nie zuvor zu einer Frau ins Bett gestiegen?«

Die Wut drohte aus ihm hervorzubrechen, und er mußte mit ganzer Kraft seinen Zorn im Zaum halten. Er konnte seinen Haß auf sich selbst nicht in Worte fassen, seine Sehnsucht, die Vergangenheit ungeschehen zu machen. »Falls ich das getan habe, war es ein Fehler«, entgegnete er, »denn ich habe nicht geahnt, daß ich jemanden wie dich kennenlernen würde.«

»Es ist nicht die Verantwortung, die dich von meinem Bett fernhält«, sagte sie. »Du willst dich nur selbst bestrafen. Aber damit bestrafst du mich ebenfalls, und das habe ich nicht verdient!«

Sie klang, als wäre sie sich so sicher. Auf diesen Vorwurf wußte er nichts zu antworten, und so blieb ihm nur der feste Glaube daran, sie würde eines Tages einsehen, daß er nur zu ihrem Besten gehandelt hatte.

Er drückte ihre Hand und ging.

Myrrima fühlte sich betrogen, während sie ihm hinterherblickte. Das Klingeln seines Kettenhemdes hallte zwischen den steinernen Türmen wider. Einen Moment später hatte er das Fallgitter zum Bergfried der Übereigner erreicht und verschwand in den Schatten. Sie stand noch kurz da und betrachtete den Glanz der Sterne auf dem Pflaster des Burghofs.

Er glaubte, er sei im Recht, das wußte sie. Jemanden zu lieben bedeutete, Verantwortung für diesen Menschen zu übernehmen.

Doch während er die Zwingeisen holte, begann es in Myrrima zu brodeln.

Ein paar Minuten später erschien er wieder und trug eine Ledertasche, die mit Zwingeisen gefüllt war. Er bemerkte Myrrima zwar, drehte sich jedoch um und hielt auf die Stallungen zu, als wolle er ihr aus dem Weg gehen.

»Ich wollte dir noch ein einziges Wort sagen«, rief sie, »Verantwortung!« Borenson blieb stehen und sah sie an. »Wenn du auf deiner Verantwortung für mich bestehst, warum sollte ich dann nicht das gleiche für dich tun?«

»Du wirst mich nicht begleiten!«

»Glaubst du, ich wäre weniger zur Liebe fähig als du?«

»Du bist nur nicht fähig, dies zu überleben«, antwortete er.

»Aber …«

»Und sogar wenn, gibt es kein Pferd in Heredon, welches mit dem Roß mithalten könnte, das ich heute nacht reiten werde.« Er blickte zum Stall.

Sie dachte, er würde sie jetzt verlassen, zu ihrer Überraschung kam er zu ihr, legte ihr seine große Hand in den Nacken und küßte sie voller Leidenschaft. Lange Zeit stand er danach bei ihr, lehnte die Stirn an die ihre und schaute ihr in die Augen. Seine blaßblauen Augen spiegelten keinen einzigen Schimmer der Sterne. Sie wirkten wie leere Brunnen in finsterer Nacht.

Dennoch siedete das Ungestüm in ihm. Sie erkannte seinen Willen zu leben, zu kämpfen, zurückzukehren. Sie fühlte ihn in der Weise, in der Borensons kräftige Hände ihren Hinterkopf hielten. Zuletzt sagte er gleichmütig: »Wenn ich wieder da bin, werde ich dich so lieben, wie du es dir erwünscht – und wie du es verdient hast.«

Damit eilte er davon. Sein rascher Schritt, durch Gaben des Stoffwechsels gestärkt, überraschte sie. Eine Weile lang stand sie da, roch seinen Geruch und schmeckte seine Lippen auf den ihren. Zunächst wollte sie ihm in die Stallungen des Königs folgen, doch während sie sich noch besann und dann die ersten Meter ging, hatte er das Pferd des Königs bereits gesattelt, preschte wie der Sturmwind heran und rief den Wachen zu, sie sollten die Tore öffnen.

Ihr wurde kalt, und sie verschränkte die Arme vor der Brust. Sah ihm hinterher.

Gleich nachdem ihr Gemahl davongeritten war, nahm Myrrima sich eine Laterne und begab sich zu den Zwingern, wo der Bursche Kaylin ihre Welpen eingesperrt hatte. Sie hatte sich an diesem Tag erst zweimal fortschleichen können, um sie zu besuchen, und nachdem sie sie beschnuppert hatten, fingen die Welpen sofort an zu bellen und mit ihren Schwänzen zu wedeln. Kurz darauf bettelte ein Dutzend junger Hunde kläffend um Aufmerksamkeit.

Kaylin schlief, umringt von wenigstens zwanzig Welpen, die ihn warm hielten, im hinteren Teil des Zwingers auf einem Strohlager.

Myrrima ging zu ihm, deckte den Jungen mit ihrem Umhang zu, dann trat sie an den Käfig, in dem ihre Welpen untergebracht waren, und öffnete den Riegel.

Sie hatte ein paar Essensreste von der Tafel mitgebracht. Diese verfütterte sie an die Welpen und redete ihnen gut zu, bis sie sich so weit beruhigt hatten, daß sie sie auf die Arme nehmen konnte. »Ja, meine Kleinen«, girrte sie leise. »Heute nacht schlaft ihr bei mir.«

Es gelang ihr, zwei Welpen auf jeden Arm zu nehmen, dann begab sie sich zur Zwingertür, gefolgt von einem Dutzend junger Hunde, die an ihren Fersen knabberten und Aufmerksamkeit heischend an ihren Beinen kratzten. Sie hatte Angst, wenn sie die Tür zu lange offenließ, könnten sie fortlaufen.

So beschäftigte sie sich gerade mit dem Riegel, als die Tür weit aufgerissen wurde.

Dort stand, einen Diener im Rücken und dahinter ihre Days, Iome Sylvarresta, beleuchtet nur von den Sternen.

Myrrima war sicher, Iome wäre ihr nur gefolgt, um sie beim Diebstahl der Welpen zu erwischen. »Oh, Euer Hoheit«, brachte sie hervor, »welch Überraschung!«

Iome warf einen Blick auf die Welpen, dann blickte sie zurück zum Bergfried, als sei sie ebenso bestürzt, erwischt worden zu sein.

Daraufhin reckte sie plötzlich entschlossen das Kinn vor und setzte eine strenge Miene auf. »Schläft der Bursche Kaylin hier?«

»Ja, er ist hier«, antwortete Myrrima.

Iome entschuldigte sich nicht für das, was sie im Sinn hatte. Selbst als Königin weigerte sie sich, Gaben von anderen Menschen anzunehmen und deren Leben zu gefährden.

»Ich benötige ebenfalls ein paar von diesen hier«, sagte Iome steif und entschlossen. »Wenn ich Euch eine Hilfe sein soll.«

Spät an jenem Abend, nachdem die Lords gegangen waren, stand Gaborn hellwach in Sylvarrestas altem Studierzimmer im vierten Stock des Königsturms und blickte hinaus auf die Hügel im Südwesten. Der Fußboden war vor kurzem mit trockenem Mädesüß bestreut worden, und er hatte die goldenen Blüten bei seinem Weg durchs Zimmer zerdrückt und den Raum mit einem köstlichen, angenehmen Geruch erfüllt.

Borenson hatte den Bergfried fast drei Stunden zuvor verlassen. Iome hatte sich vor einiger Zeit auf ihr Zimmer zurückgezogen, wenn Gaborn sich auch nicht vorstellen konnte, daß sie schlief. Schließlich waren sie frisch verheiratet, und er stellte sich vor, wie sie wach dalag und sich sorgte, genau wie er.

Doch vielleicht auch nicht. Er hoffte, sie schlief. Eine Woche zuvor hatte Borenson ihre Übereigner erschlagen, und Iome hatte ihre sämtlichen Gaben des Durchhaltevermögens verloren. Sie brauchte jetzt Schlaf, genau wie jeder gewöhnliche Mensch. Gaborn dagegen besaß seine Gaben des Durchhaltevermögens und der Muskelkraft noch. In Zeiten übergroßer Anstrengung schlief er daher nicht viel, sondern zog es vor, im Stehen auszuruhen, wobei er seinem Verstand gelegentlich gestattete, sich in einen Wachtraum zurückzuziehen.

Hoffentlich wartete Iome nicht auf ihn. In dieser Nacht wollte er allein sein.

Ein Teil der Gärten des Königs befand sich dort hinten unterhalb des Studierzimmers. Ein Froschpaar quakte im Wasser eines spiegelnden Teiches. Ein rattenähnlicher Ferrin in zerlumpter Kleidung trat an den Weiher, um zu trinken. Die Frösche verstummten. Das seltsame Geschöpf blickte sich mit hellen Augen um. Gaborn sog den Duft der frischen Luft ein, die durch das offene Fenster hereinwehte, und blickte hinaus zu den Sternen.

Die Lager unterhalb der Stadt lagen jetzt im Dunkeln, und die Menschen bildeten eine dichtgedrängte Masse. Gaborn spürte noch immer die Gefahr, die sie umgab, spürte, wie sie, einer Schlinge um seinen eigenen Hals gleich, sich immer mehr zusammenzog. Und er fühlte, wie sie anwuchs, während sie nach Norden kamen. Eine halbe Million Menschen mitsamt ihren Pferden und ihrem Vieh, und sie alle standen unter seinem Schutz. Der Glorreiche der Finsternis befand sich unaufhaltsam in nördlicher Richtung ziehend auf dem Weg hierher.

»Möge die Erde euch verbergen. Möge die Erde euch heilen. Möge die Erde euch zu den ihren machen«, sprach er leise den alten Segen.

Die bevorstehende Aufgabe machte ihm angst. Im Morgengrauen würde er sein Volk verlassen und nach Süden in den Krieg ziehen. Er konnte nichts weiter tun als hoffen, daß die Menschen dem Zorn des Glorreichen der Finsternis entgingen.

So viele waren von ihm abhängig, und er wollte einen jeden retten und würde alles in seiner Macht Stehende dahingehend unternehmen. Denn obwohl er der Erdkönig war, stellten seine Kräfte etwas Neues für ihn dar, wenngleich sie in ihm anwuchsen. Er fühlte sich unbeholfen. Unfähig.

Falls irgendwer von uns dies überlebt, dachte er, werde ich mit dem Andenken an jene fertig werden müssen, denen ich nicht helfen konnte. Zum Wohle meines eigenen Gewissens darf ich keinen im Stich lassen.

Lange Zeit grübelte er über einige Worte aus dem Buch, das der Emir Owatt von Tuulistan verfaßt hatte – nicht über die verbotenen Worte aus dem Haus des Verstehens, sondern über ein dummes Gedicht, das von Selbstverständnis handelte. Er hatte es sich nicht vollständig eingeprägt und erinnerte sich nur mehr an zwei Zeilen:

Liebe und Geliebte werden nicht immer überdauern,
und dennoch wähle ich die Liebe.

Und ob ich auch falle und die Schlacht verliere,
dennoch wage ich den Kampf.

Wie der Emir, so sah auch Gaborn Weisheit im Streit. Das Universum war ein mächtiger Feind. Eines Tages holte der Tod jeden Menschen ein. Doch solange er lebte, besaß Gaborn die Freiheit der Entscheidung, was für ein Mensch er werden wollte. Wichtiger war noch, ob er mit diesem Mann leben konnte.

Seine Gedanken schweiften zu dem Emir Owatt von Tuulistan ab. Das kleine Buch, welches der König Sylvaresta übersandt hatte, schlug ihn in seinen Bann. Offensichtlich war der Emir ein Juwel unter den Menschen. Und im Augenblick setzte Gaborn alle Hoffnung auf dessen Tochter Saffira.

Das Flackern eines Geisterlichts, ein schimmernder, gräulicher Lichtschein oben auf dem Hügel am Rand des Dunnwaldes, genau an der Baumgrenze, erregte seine Aufmerksamkeit.

Dort in der Dunkelheit saß auf seinem gespenstischen Roß ein Wicht und blickte unverwandt zur Burg und den dichtgedrängten Menschenmassen herüber.

Er wacht über mein Volk, erkannte Gaborn, genau wie ich es ihm befohlen habe. Wie ein Schäfer oben auf dem Berg, der nachts seine Herde beobachtet.

Aus einer so großen Entfernung konnte Gaborn nicht erkennen, wer es war. Er stellte sich vor, es sei der Geist von Erden Geboren selber oder vielleicht sein eigener Vater.

Jetzt vermißte er den Rat seines Vaters.

Im Hintergrund des Zimmers räusperte sich sein Days. Gaborn drehte sich um, betrachtete den Mann im Schatten und fragte sich, was der wußte.

»Was haltet Ihr von unseren Plänen? Habe ich meine Sache heute gut oder schlecht gemacht?«

»Das vermag ich nicht zu sagen«, antwortete der Days in einem Ton, der Gaborn nicht das geringste verriet.

»Angenommen, ich wäre im Begriff zu ertrinken, einen

Fuß vom Ufer entfernt, würdet Ihr mich retten?« fragte Gaborn.

»Ich würde in meinen Aufzeichnungen jenen Augenblick festhalten, in dem Ihr zum letzten Male untergingt«, erwiderte sein Days, den das Spiel sichtlich amüsierte.

»Und wenn die Menschheit mit mir unterginge?« wollte Gaborn wissen.

»Das wäre ein trauriger Tag für die Bücher«, meinte der Days ein wenig ernster.

»Wo befindet sich Raj Ahten? Welche Pläne verfolgt er?«

»Alles zu seiner Zeit«, antwortete der Days. »Ihr werdet das alles nur zu bald wissen.«

Eben das bezweifelte Gaborn. War Raj Ahten ebenfalls nach Norden geeilt? Rückte er womöglich zusammen mit dem Glorreichen der Finsternis an? Oder plante er noch Schauderhafteres?

»Euer Hoheit, dürfte ich *Euch* eine Frage stellen?« sagte der Days.

»Natürlich.«

»Habt Ihr, Euer Hoheit, jemals das Schicksal der Days bedacht? Habt Ihr daran gedacht, ob Ihr mich – oder einen anderen Days – Erwählen wollt?«

Gaborn ließ sich die Gelegenheit nicht entgehen, sah dem Mann in die Augen, blickte hinter sie und sah die Hoffnungen und Träume des Days.

Er hatte in das Herz seines Vaters geblickt und erkannt, daß es rein war. Er hatte in das Herz von Molly Drinkhams Kind geblickt und gesehen, daß es keine Liebe empfand – lediglich Dankbarkeit für die Brust der Mutter, für die Wärme ihres Körpers und ihre freundliche Art, wie sie es in den Schlaf sang.

Doch selbst dieses Kind mit seinen unbestimmten Sehnsüchten erschien Gaborn klarer und verständlicher als der Days.

Mit Hilfe des Erdblicks sah er vor sich nicht etwa einen Mann, sondern einen Mann und eine Frau – eine Frau mit Feder und Pergament, mit weizenblondem Haar und smaragdgrünen Augen.

Gaborn wäre nie auf die Idee gekommen, der Schreiber seines Zeugen könne eine Frau sein. Jetzt sah er, daß die beiden einander liebten, daß sie, weil sie einen gemeinsamen Verstand teilten, ein Glück und eine Intimität empfanden, die Gaborn nie vermutet hatte.

Er blickte noch tiefer und erkannte, daß sie noch mehr als das gemeinsam hatten – eine Vorliebe für alte Erzählungen, Heldentaten und Lieder eine kindliche Freude darüber, zu betrachten, wie sich die Ereignisse entwickeln, ganz wie ein alter Gärtner, der gerne zusieht, wie die ersten Krokusse des Frühlings ihre weißen Blütenblätter öffnen oder wie die Samenkörner auf einem frisch bepflanzten Feld treiben. Für sie war das Studium der Geschichte ein fortwährendes Vergnügen.

Und keiner von beiden wollte mehr als das, mehr als einfach zuzuschauen. Sie wollten weder die Welt verbessern noch den Schmerz der anderen lindern. Sie waren nicht auf ihren Vorteil aus.

Sie gaben sich damit zufrieden, zuzuschauen, weiter nichts.

Gaborn war fassungslos. Er stand sprachlos da und

staunte. Er hatte nie für möglich gehalten, daß das Herz eines Menschen so eigenartig sein könnte wie jenes, das er in dem Historiker schlagen sah.

Er überlegte. Vorhin hatte er Iome erzählt, daß er ziemlich genau das gleiche wollte; seine Sphäre sollte die gleiche sein wie ihre, und er wolle mit ihr zusammenwachsen. Doch vielleicht war das nicht zu erreichen, solange sie zwei getrennte Geschöpfe blieben. Die Days dagegen hatten eine Möglichkeit gefunden, einen Weg, wie zwei Menschen sich vereinen konnten, um einen Verstand und ein Herz zu teilen, und diesen Weg hatten sie verfolgt.

Gaborn beneidete sie fast. Er hätte mit Iome über diese Möglichkeit gesprochen, doch für sie beide war es zu spät. Sie hatte Raj Ahtens Vektor bereits eine Gabe der Anmut abgetreten, und obwohl der Vektor tot und Iomes Schönheit zu ihr zurückgekehrt war, machte der Umstand, daß sie eine Gabe abgetreten hatte, es ihr unmöglich, jemals eine weitere abzugeben.

Sie und Gaborn würden diese Intimität niemals erfahren können.

»Ich werde über Euer Ansinnen nachdenken«, sagte Gaborn.

»Danke, Euer Hoheit«, erwiderte der Days.

Gaborn setzte sich ans Fenster, sah hinaus und lauschte den Fröschen, während die frische Nachtluft ihm ins Gesicht wehte.

Lange Stunden saß Gaborn dort und gönnte sich seine Ruhepause nach Art der Runenlords: wanderte mit offenen Augen durch ein Reich der Träume.

In seinen Träumen war er ein junger Mann, der einen Hengst durch eine düstere Felsspalte auf einer schmalen Bergstraße reitet, die er einst mit seinem Vater passiert hatte.

Er kannte diesen Ort, diese trostlose Landschaft. Vergangene Woche hatte er seinen Days gefragt, warum man ihresgleichen früher ›Die Wächter der Träume‹ genannt hatte. Er hatte geantwortet, eines Tages werde er diesen Ort im Schlaf aufsuchen: dieses Land in seiner Traumlandschaft, in dem alle seine Ängste verborgen lagen. Er hatte Gaborn aufgetragen, nach diesem Ort zu suchen. Nur war er in diesem Traum alleine, und Spinnweben versperrten ihm den Weg, Spinnweben, so fest wie Bänder aus Stahl. In den Rissen des dunklen Gesteins konnte er die mehr als krebsgroßen Spinnen durch die Schatten huschen sehen, deren Augen funkelten wie leuchtende Kristalle.

Jetzt blickte Gaborn aus der dunklen Schlucht voller Spinnweben nach oben. Sein Herz schlug vor Entsetzen, und seine Brust schnürte sich zusammen. Schweißperlen traten ihm auf die Stirn. Er zog seinen Säbel und bahnte sich seinen Weg durch die kräftigen Ranken, die zerrissen wie die Saiten einer Laute. Er drängte sein Pferd voran.

Er verfehlte einen Strang. Der prallte gegen seine Stirn und zerschnitt ihm das Gesicht, bevor er riß. Gaborn ritt weiter, während ihm das Blut über den Nasenrücken zwischen die zusammengepreßten Lippen lief.

Dies ist das Land der Ängste, dämmerte ihm. Hier sind meine Schrecken zu Hause. Jetzt eilte er ihnen entgegen.

Tief gebückt ritt er in forschem Tempo die enge

Schlucht hinauf, einerseits in Todesangst, andererseits in der Hoffnung, er werde dort seinen Vater vorfinden oder seine Mutter oder irgendeine andere angemessene Belohnung.

Doch weiter vorn wand und schlängelte sich der Spalt. Schließlich weitete er sich zu einer breiten Schlucht, in der ein trübes Licht schimmerte.

Über ihm, hoch auf einem dunklen Roß, hockte sein Days. Sein schmaler Kopf ein dunkler Keil, sein kurzgeschorenes Haar zerzaust. Er wirkte noch dürrer als sonst. Er war kaum mehr als Knochen und ein Bündel Stoff. In der Hand hielt er ein flackerndes grünes Licht, ähnlich der Flamme einer vom Wind verwehten Laterne, auch wenn das Licht aus keiner Lampe zu stammen schien.

»Ich habe Euch erwartet«, rief ihm der Days, das fahle Licht hochhaltend, entgegen, als wollte er es Gaborn reichen.

»Ich weiß«, erwiderte Gaborn. »Ich will versuchen, Euch nicht zu enttäuschen.«

Gaborn griff nach dem Licht. »Was ist das?« fragte er, da es seine Hand berührte.

»Die Hoffnung der Welt und alle ihre Träume«, erwiderte der Days und verzog die dünnen Lippen zu einem Lächeln, das die Haut über seinem Schädel spannte.

Gaborn bebte vor Angst, als er sah, wie winzig das Licht war, und seine Hand zitterte so stark, daß ihm die Flamme entglitt und auf den steinigen Erdboden zustürzte.

ZWEITES BUCH

Der 31. Tag im Monat der Ernte: Die Boten der Finsternis

KAPITEL 13
Das vierte Ohr

Trotz der wechselnden Winde witterte Bessahan drei Meilen weiter den Pfad entlang den Rauch des Lagerfeuers der Boten. Er befand sich hoch oben in den Trostbergen, in einem tiefen Fichtenwald. Die stark nach Niederschlag riechenden Wolken waren genau bei Sonnenuntergang aufgezogen, eine halbe Stunde später hatte ein prasselnder Regen eingesetzt, und überall zuckten Blitze über den Himmel. Die Windböen rüttelten die riesigen Fichten und schleuderten Äste an den Straßenrand. Herabgewehtes Laub wirbelte umher. In dieser brütenden Dunkelheit würden die Verfolgten nicht wagen weiterzureiten, also waren sie gezwungen, im Schutz der Bäume haltzumachen. Nach einer Stunde hatte das Gewitter nachgelassen, und jetzt erhellte nur gelegentlich noch ein kurzer Blitz den Horizont im Norden. Der Regen fiel jedoch unvermindert.

Er näherte sich leise dem Rauch, ließ sein Pferd auf dem weichen Straßenrand gehen, um keinen Lärm zu verursachen, und hielt sich geduckt, bis der Geruch des Feuers am stärksten war.

Er hatte erwartet, ihr Lager an der Straße vorzufinden, doch nachdem er die Quelle des Geruchs passiert hatte, kam er zu dem Schluß, daß sie vorsichtig waren. Sie hatten einen Nebenweg gewählt und waren den Berg bis zu einer verdeckt gelegenen Lichtung hinaufgestiegen. Von der Straße aus konnte er ihr Feuer nicht sehen.

Bessahan stieg also ab, band das Pferd an einem Baum fest und bespannte seinen Bogen. Dann zog er seinen Khivar und untersuchte ihn. Er hatte die Klinge gesäubert, nachdem er die alte Frau enthauptet hatte. Jetzt ließ er sich einen Augenblick Zeit, um sie in der Dunkelheit mit einem Ölstein zu wetzen.

Nachdem er sich endlich gewappnet fühlte, zog er sein festes Schuhwerk aus, damit seine nackten Füße auf der kalten, schlammigen Straße Halt fanden, und bereitete sich darauf vor, den Hang zu erklimmen.

Für einen Meister in der Bruderschaft der Geräuschlosen stellte dies keine große Herausforderung dar. Der Aufstieg in der Dunkelheit durch das Gestrüpp war nicht schwierig, nur kalt und elend und manchmal schmerzhaft. Im Unterholz tastete er mit den Händen vor sich, um den Weg sowie Äste und Zweige zu erkennen.

So begann er also seinen langsamen Aufstieg. Der Pfad war nicht schwierig zu begehen, wie er bald bemerkte. Das Moos hier war dick, und er schlich durch dichte Farne, die ihm bis zum Hals reichten. Der Wald war alt und stand hier so seit Hunderten von Jahren, daher gab es wenig Äste, und die meisten, auf die er stieß, waren dünn. Da sie naß waren, alt und faulig, brachen sie, wenn überhaupt mal einer knickte, leise, und sowohl der Farn als auch der prasselnde Regen dämpften ihr Knacken noch.

Nur ein einziges Mal auf seinem Weg bekam er

Schwierigkeiten. Während er so dahinschlich, stieß seine im Moos eingesunkene Handfläche auf etwas Scharfes – ein schartiges Stück Knochen, zurückgelassen von einem Wolf, wie er vermutete. Die Wunde war klein, ein winziger Einstich, der kaum blutete. Er beachtete den Schmerz nicht.

Nach einer halben Stunde erreichte er die Spitze des Hügels, stieg über eine kleine Anhöhe hinweg und sah das Feuer. Eine große Fichte, ein Baum von vielleicht zwölf Fuß im Durchmesser, war umgestürzt und lehnte in schrägem Winkel am Hang.

Die Gruppe hatte ihr Lager unter dem vom Sturm umgeworfenen Baum aufgeschlagen und benutzte ihn als Dach. Zum Feuermachen hatten sie einen Teil der trockenen Rinde abgeschält, doch sogar die war feucht und entwickelte viel Rauch.

Jetzt lagen sie in Decken gehüllt neben dem Feuer und unterhielten sich. Der riesige Ritter, der große rothaarige Bote und das kleine Mädchen.

Er lauschte auf ihre Worte. »Hör auf, dich zu zerfressen«, sagte der große rothaarige Bote. »Du wirst nicht schlafen, wenn du dir ständig Sorgen machst.«

»Aber es ist eine Stunde her, seit wir sie zum letzten Mal gehört haben. Was, wenn sie sich verlaufen hat?«

»Das war's dann, würde ich sagen«, warf der dicke Ritter ein. »Ein Glück.«

»Ihr habt sie mit Eurem Feuer verschreckt«, warf das Kind dem Ritter vor. »Davor fürchtet sie sich ganz bestimmt.«

Bessahan erstarrte reglos. Sein Herz pochte. Er hatte

angenommen, er sei hinter drei Personen her. Jetzt sah es ganz so aus, als gäbe es noch eine vierte. Sein Lord bezahlte ihn für seine Morde nach Ohren. Er wollte das Ohr dieser vierten Frau.

Wenn sie nach ihnen suchte, würde es vermutlich nicht mehr lange dauern, bis sie ins Lager gestolpert käme. Selbst wer nicht die Nase eines Wolflords hatte, mußte dieses Feuer riechen.

Bessahan beschloß, sich zurückzuziehen und abzuwarten.

Doch während er sich windend auf dem Bauch nach hinten kroch, wieder zurück über den Rand der Erhebung, stieß er gegen etwas Festes.

Er sah sich um und hob den Kopf. Eine nackte Frau mit dunkler Haut blickte blöde lächelnd auf ihn herab. Das vierte Ohr.

»Hallo?« fragte er leise und hoffte, sie würde nicht vor Schreck losschreien.

»Hallo?« erwiderte sie flüsternd.

War sie vielleicht schwachsinnig? überlegte er kurz. Dann kniete sie sich hin und betrachtete ihn eingehend. Im trüben Licht, das von den Ästen über ihren Köpfen zurückgeworfen wurde, konnte er sie kaum erkennen. Langhaarig und wohlgeformt.

Er war zu lange ohne eine Frau gewesen. Er beschloß, sich mit ihr zu vergnügen, bevor er sie tötete. Rasch langte er nach oben, schlug ihr eine Hand über den Mund und versuchte sie herunterzuziehen.

Doch sie war stärker, als sie aussah. Statt auf ihn zu fallen, packte sie einfach seine Hand und schnupperte mit einem Ausdruck reiner Verzückung daran, als handelte es sich um einen Strauß Blumen.

»Blut«, sagte sie sehnsüchtig, den Geruch seiner Wunde witternd. Dann biß sie ihm ins Handgelenk, und er spürte einen explosionsartigen Schmerz. Mit einem einzigen Biß trennte sie Sehnen und Bänder glatt durch; Blut schoß aus einer Arterie und spritzte wie eine Fontäne in die Höhe.

Er wollte seine Hand zurückziehen, doch die Frau hatte ihn fest gepackt. Er hatte drei Gaben der Muskelkraft zu seinen Gunsten, also zog er kräftig und versuchte sich loszureißen. Die Knochen in seinem Handgelenk brachen, als er es verdrehte, doch noch immer hielt sie ihn fest. Mit einem Schlag wurde ihm klar, daß das, was er für Fingernägel gehalten hatte, überhaupt keine Fingernägel waren – es waren Krallen oder Klauen! Das war keine gewöhnliche Frau!

Sie öffnete mit einem Ausdruck freudigen Erstaunens den Mund und sah zu, wie das Blut aus seiner Wunde spritzte.

Bessahan riß seinen Khivar, in der Absicht, ihr die Kehle durchzuschneiden, in einem tödlichen Streich nach oben. Die dünne Stahlklinge verhakte sich in ihrer Haut, und trotz seiner Gabe der Muskelkraft drang ihre Spitze kaum ein. Statt dessen brach die Klinge sauber ab, und die Frau hatte ihn ganz in ihrem Griff.

Sein Gesicht und seine Hände waren überall mit Blut verschmiert. Jetzt kniete die Frau nieder, als wollte sie ihm das Gesicht ablecken.

Er sträubte sich, doch die Frau drückte ihn zu Boden

und leckte ihm mit rauher Zunge das Blut vom Gesicht. Er wehrte sich, als sie daranging, an seinem Kinn zu knabbern und zu nagen wie ein junges Kätzchen, das noch nicht gelernt hat, die Maus zu töten, die es fressen will. Er kämpfte, bis sich die Zähne der grünen Frau in seine Kehle schlugen.

Dann erlahmten seine Bemühungen, auch wenn seine Beine noch lange nach Erlöschen seines Bewußtseins um sich traten und zuckten wie die eines rennenden Mannes.

Es war bereits kurz vor Morgengrauen, als die grüne Frau im Lager eintraf. Roland hatte fest geschlafen, da spürte er plötzlich ihre Berührung, und sie legte sich neben ihn.

Averan lag wie ein Löffel an seinen Bauch geschmiegt, und die grüne Frau versuchte, sich hinter Rolands Rücken niederzulassen.

Sie zitterte vor Kälte. Das Feuer war erloschen und nur mehr ein Häufchen rauchender Asche. Während der letzten Stunde hatte sich Schnee unter den Regen gemischt.

Roland schlief unter einer Decke und seinem neuen Umhang aus Bärenfell. Er wachte halb auf, nahm den Mantel und deckte ihn schützend über ihre nackte Haut, dann drängte er sie mit ein paar geflüsterten Worten und Bewegungen, zu ihm und Averan unter die Decke zu kriechen.

Die grüne Frau, als sei sie nicht ganz sicher, was er wollte, gehorchte zögernd. Nachdem er sie zwischen sich und dem Kind liegen hatte, wo ihre beiden Körper sie wärmen würden, legte Roland sogar noch den Arm über sie.

Minuten später hatte sie zu zittern aufgehört und schmiegte sich behaglich an ihn.

Im langsam aufziehenden Grau der Morgendämmerung konnte Roland die Gesichtszüge der grünen Frau erkennen. Sie war eine der schönsten Frauen, die er je zu Gesicht bekommen hatte, und das trotz ihrer eigenartigen Hautfarbe und ihrer dunkelgrünen Lippen.

Sie lag neben ihm, doch plötzlich merkte er, daß sie noch immer verängstigt in die rauchende Glut des Feuers starrte.

»Keine Sorge«, sagte er leise, »es wird dir nichts tun.«

Sie packte seine verletzte Hand und schnupperte am Verband. »Blut – nein!« sagte sie leise.

»Ganz recht«, erwiderte Roland. »Blut, nein! Du bist ein kluges Kind«, lobte er staunend. »Und gehorsam. Zwei Eigenschaften, die ich bei Frauen – oder was immer du bist – bewundere.«

»Du bist ein kluges Kind«, äffte sie ihn nach. »Und gehorsam. Zwei Eigenschaften, die ich bei Frauen – oder was immer du bist – bewundere.«

Roland roch an ihrem Haar. Es duftete eigenartig … wie eine Mischung aus Moos und Basilikum, entschied er. Sie war groß – so groß wie er, nur muskulöser.

Er nahm ihren Daumen und flüsterte: »Daumen. Daumen.«

Sie wiederholte seine Worte, und in wenigen Minuten hatte er ihr alles über Hände und Arme und Nasen beigebracht und ging zu den Bäumen, dem Herbstlaub und dem Himmel über.

Er wurde müde und sank zurück in den Schlaf. Vielleicht, weil er eine Frau in seinen Armen hielt, vielleicht, weil er sich nach der Gesellschaft einer Frau sehnte und sich immer noch an seine Ehefrau erinnerte, die ihn vor zwanzig Jahren abgewiesen hatte, dachte er an Sera Crier und an das Pflichtgefühl, das ihn nach Norden getrieben hatte.

Ihm fiel ein, wie er vor sieben Tagen aufgewacht war …

Roland hatte seine weiten Hosen übergestreift und zu Sera Crier gesagt: »Ich habe meine Gaben vor zwanzig Jahren abgetreten, an einen Mann namens Drayden. Er war Unterkommandant in der Garde des Königs. Ist dir der Name bekannt?«

»Lord Drayden?« verbesserte sie ihn. »Der König hat ihm vor mehreren Jahren gestattet, sich auf seinen Ländereien zur Ruhe zu setzen. Er ist ziemlich alt – ich glaube, Ihr wart nicht der einzige, von dem er eine Gabe des Stoffwechsels übernommen hat. Er reist jedoch noch immer jedes Jahr nach Heredon – zur königlichen Jagd.«

Roland nickte. Alles deutete darauf hin, daß Lord Drayden von einem Pferd abgeworfen worden oder einem der alten Keiler aus dem Dunnwald begegnet ist, dachte er. Die riesigen Eber waren groß wie Pferde und hatten schon manchen Jäger auf die Hörner genommen.

Der Gedanke war noch nicht ganz wieder aus seinem Kopf heraus, als ein Ruf durch die engen Steinflure des

Bergfrieds der Übereigner hallte. »Der König ist tot! Mendellas Val Orden ist gefallen!«, und von einer anderen Stelle im Bergfried rief jemand: »Sir Beaufort ist gestorben!«, und eine Frau schrie: »Marris ist gefallen!«

Roland staunte, daß so viele Lords und Ritter gleichzeitig umgekommen waren. Das zeugte von mehr als einem Zufall, von mehr als einem Unfall.

Er hatte seinen Stiefel zu Ende übergestreift und rief: »Lord Drayden hat seine letzte Ruhe gefunden!« Anschließend, als immer mehr Todesfälle gemeldet wurden, überschlugen sich die Rufe aus dem Blauen Turm der Übereigner – zu viele Namen, zu viele Ritter und Lords und gewöhnliche Soldaten, als daß jemand hätte Buch führen können.

Wildschweine töteten nicht so viele Menschen auf einmal. Es klang nach einem großen Gefecht. Während er den Dutzenden von Stimmen lauschte, die mit Nennung der Gefallenennamen miteinander zu verschmelzen begannen, dachte er: Nein, auch kein Gefecht. Das klingt nach einem Gemetzel.

Roland stürzte aus seiner Kammer in den engen Flur im Bergfried der Übereigner und stellte fest, daß seine winzige Pritsche am oberen Ende einer Treppe stand. Aus einer Kammer in der Nähe torkelte eine Frau heraus und rieb sich die Handgelenke. Auf der anderen Seite des Flures sah sich ein Mann blinzelnd um. Er hatte irgendeinem Lord die Nutzung seiner Augen überlassen.

Sera Crier folgte Roland auf dem Fuß.

Leidgeplagte Rufe gellten durch den Blauen Turm. Der Legende nach war er nicht von Menschenhand erbaut worden, da kein Mensch so gewaltige Steine behauen und heben könne wie jene, die seine äußeren Brüstungsmauern bildeten. Dreißig Stockwerke hoch ragte der Bergfried über dem Carollmeer auf. Mit seinen Zehntausenden von Zimmern bildete er eine eigene, weitläufige Stadt. Über wenigstens drei Jahrtausende hinweg hatte er die Übereigner Mystarrias beherbergt, all jene, die ihre Geistes- oder Muskelkraft, ihren Stoffwechsel, ihre Anmut oder ihre Stimme abgetreten hatten. Der Legende zufolge war die Burg von einem vergessenen Volk der Riesen gestaltet worden.

Roland stürzte an ein paar Menschen im Turm vorbei und schob eine dicke Frau zur Seite. Sera mußte rennen, um mit ihm Schritt zu halten. Er ergriff ihre Hand, bahnte sich seinen Weg durch die verstopften Flure und drängte sich an anderen Menschen vorbei, bis er und Sera endlich über den Rand eines Balkons in eine elegante Halle hinabblickten, in der sich bereits Tausende von Übereignern versammelt hatten – den Großen Saal.

Dort herrschte großes Gerufe und Gebrüll, einige Menschen schrien lauthals nach Nachrichten, andere weinten ganz offen aus Liebe zu einem untergegangenen König. Eine alte Frau kreischte, als hätte man ihr das Kind von der Brust gerissen und auf den Steinfliesen zerschmettert. Roland fand seine Vermutung bestätigt, als Sera erklärte: »Das ist die alte Laras. Sie ist hier Köchin. Ihre Jungs befinden sich im Gefolge des Königs. Sie sind bestimmt ebenfalls tot!«

Die jetzt wiederhergestellten Übereigner versammelten sich unten in dem großen Saal, zusammen mit den

Köchen und Dienern, die sich normalerweise um die hier im Blauen Turm untergebrachten Übereigner kümmerten. Es herrschte ein gedrängtes Gewühl. Als ein stämmiger Kerl auf einen anderen einzuschlagen begann, folgte dem Streit ein allgemeines Durcheinander. Inzwischen schrien die, die Neuigkeiten erfahren wollten, alle anderen im Gedränge nieder, sie sollten den Mund halten. Der Tumult hallte ohrenbetäubend von den Wänden wider.

Der Große Saal besaß eine gewaltige Kuppeldecke von gut siebzig Fuß Höhe, und auf fünf Stockwerken zogen sich Balkone um den Saal. Wenigstens dreitausend ehemalige Übereigner hatten sich im Saal, in jedem Türdurchgang und Treppenhaus versammelt und quollen auf sämtlichen Balkonen über die Eichengeländer.

Das Ausmaß dessen, was sich dort abspielte, vermochte er kaum zu erfassen. Tausende von Übereignern gleichzeitig wiederhergestellt? Wie viele tapfere Ritter waren im Kampf gefallen? Und das in so kurzer Zeit!

Dann nahmen sieben Männer unterschiedlichen Alters an einem mächtigen Eichentisch Platz. Einer von ihnen begann mit einem riesigen Messingkandelaber gegen den Tisch zu hämmern und brüllte: »Ruhe! Ruhe! Wir wollen alle die Geschichte hören! Die Geistesgaben des Königs können sie am besten wiedergeben!«

Bei diesen Männern handelte es sich um die ›klugen Köpfe‹ des Königs, Männer, die König Mendellas Val Orden persönlich den Gebrauch ihres Verstandes abgetreten und dadurch ihre Köpfe zu einem Gefäß für die Erinnerungen eines anderen Mannes gemacht hatten.

Der König war zwar tot, dennoch lebten Bruchstücke seiner Gedanken und seines Erinnerungsvermögens in jedem dieser wiederhergestellten Männer fort. In den folgenden Tagen würden sie wahrscheinlich zu geschätzten Beratern des neuen Königs werden.

Kurz darauf zerrte man die schreiende Alte aus dem Großen Saal, da die anderen ihr Geschluchze und Gebrüll nicht mehr ertrugen. Sera Crier drückte sich an Rolands Rücken und kletterte halb auf seine Schultern, um den Aufruhr unten besser verfolgen zu können.

Roland kam es fast so vor, als hätte die Menschenmenge in völliger Übereinstimmung geatmet, als hätte jeder einzelne von ihnen leise, mit verhaltenem Atem, darauf gewartet, Neuigkeiten von der Schlacht zu erfahren.

Dann sprachen die klugen Köpfe des Königs. Der älteste von ihnen war ein Graubart namens Jeremias. Roland hatte ihn damals, als Kind, bei Hofe kennengelernt, jetzt konnte er ihn allerdings kaum wiedererkennen.

Jeremias ergriff als erster das Wort. »Der König ist während einer Schlacht gestorben, das ist sicher«, berichtete er. »Ich erinnere mich an einen Gegner. An einen Mann mit finsterem Gesicht, bekleidet mit der Rüstung des Südens. Sein Schild trug das Abbild eines roten Wolfes mit drei Köpfen.«

Es war das Bruchstück einer Erinnerung, ein Bild. Mehr nicht.

»Raj Ahten«, vermuteten daraufhin zwei der anderen klugen Köpfe. »Er hat mit Raj Ahten gekämpft, dem Wolflord.«

»Nein. In dieser Schlacht ist unser König nicht gestorben«, führte ein vierter kluger Kopf. »Er ist von einem Turm gestürzt. Ich erinnere mich daran zu fallen.«

»Man hat sich mit ihm zu einem Schlangenring zusammengeschlossen«, fügte der alte Jeremias hinzu. »Vor seinem Tod hat er den Schmerz eines Zwingeisens gespürt.«

»Er hat seinen Stoffwechsel abgetreten«, krächzte ein anderer Bursche, als sei er krank und könne kaum sprechen. »Alle haben eine Gabe des Stoffwechsels abgetreten. Ich sah zwanzig Lords in einem Zimmer. Der Schein der Zwingeisen stand in der Luft wie glühendes Gewürm, und Männer schrien auf vor Schmerz, als diese sie berührten.«

»Das stimmt, sie hatten einen Ring gebildet. Einen Schlangenring, um gegen Raj Ahten kämpfen zu können«, pflichtete ihm ein kluger Kopf bei.

»Er wollte seinen Sohn verschonen«, sagte Jeremias, »jetzt erinnere ich mich. Prinz Orden war nach … irgendwohin aufgebrochen, um Verstärkung zu holen, und stand gerade im Begriff, eine Armee nach Longmot zu führen. König Orden wurde verwundet und konnte nicht weiterkämpfen, also warf er sein Leben fort, in der Hoffnung, den Schlangenring aufzubrechen und auf diese Weise seinen Sohn zu retten.«

Daraufhin nickten viele der klugen Köpfe des Königs. Früher einmal waren Roland und ein paar Freunde als Kinder in eine alte Ruine geklettert, das Gutshaus eines Lords. In längst vergangenen Zeiten hatte dort ein Mosaik aus bunten Fliesen den Fußboden geziert. Roland und seine Freunde hatten einen ganzen Vormittag damit verbracht, die Fliesen zusammenzusetzen und zu erraten, wen das Bild darstellte. Es handelte sich um einen Wasserzauberer, der gemeinsam mit einigen Delphinen ein Ungetüm aus der Tiefe des Ozeans bekämpfte.

Jetzt beobachtete er, wie die klugen Köpfe des Königs, jeder für sich, die Mosaikstücke aus Ordens Gedächtnis zur Hand nahmen und versuchten, sie zu einem einheitlichen Bild zusammenzufügen.

Ein anderer Mann schüttelte verwirrt den Kopf. »Auf Longmot befindet sich ein gewaltiger Schatz. Sämtliche Könige des Nordens werden ihn in ihren Besitz bringen wollen.«

»Pssst ...«, zischten mehrere andere übereinstimmend. »Sprecht davon nicht in aller Öffentlichkeit!«

»Orden hat für die Befreiung Heredons gekämpft!« schrie einer der klugen Köpfe des Königs den Burschen an, der von dem Schatz gesprochen hatte. »Er wollte keinen Schatz. Er hat für das Land und das Volk gekämpft, das er liebte!«

Anschließend, während die klugen Köpfe nachdachten, war es eine ganze Weile nur noch völlig still. Kein einziger von ihnen konnte sich an alles erinnern, was Orden gewußt hatte. Ein Bruchstück hier, ein Brocken da. Ein Bild, ein Gedanke, ein einzelnes Wort. Die Einzelteile waren vorhanden, doch obwohl die klugen Köpfe des Königs ihr Bestes gaben, waren sie kaum in der Lage, die einzelnen Stücke zusammenzufügen. Denn einige fehlten – jene Erinnerungen, die Orden mit ins Grab genommen hatte.

Ein König war gestorben.

Roland dachte darüber nach, worin seine Pflicht bestand, und erkannte es schließlich. Sein König war in Heredon gestorben.

»Was ist mit Prinz Orden?« rief Roland. »War irgend jemand hier Übereigner des Prinzen?« Roland hatte diesen Prinzen nie zu Gesicht bekommen und wußte nur deshalb von seiner Existenz, weil Sera Crier ihm von ihm erzählt hatte. König Orden hatte erst eine Woche, bevor Roland zum Übereigner geworden war, geheiratet.

Roland wartete mehrere Herzschläge lang. Niemand antwortete. Keiner der Übereigner des Prinzen war wiederhergestellt worden.

Roland ließ Sera Crier los und bahnte sich seinen Weg durch die Menschenmenge, mit dem Ziel, sich zu einem Boot durchzuschlagen. Er wollte so schnell wie möglich verschwinden. Die klugen Köpfe des Königs brauchten vielleicht noch Stunden, um ihre betrübliche Geschichte zu erzählen. In wenigen Augenblicken jedoch würden andere unter den Wiederhergestellten versuchen, in größter Hast aufs Festland zu ihren Lieben zu gelangen. Er wollte eher bei den Booten sein als die anderen.

Sera packte ihn am Ärmel und hielt ihn zurück. »Wo wollt Ihr hin?« fragte sie. »Wann kommt Ihr zurück?«

Er warf einen Blick nach hinten in die Menschenmenge und sah Seras bleiches, mitgenommenes Gesicht. Er war sich darüber im klaren, daß seine Antwort, ganz gleich, wie behutsam er sie vorbrachte, in ihren Ohren nicht freundlich klingen würde, daher erklärte er in aller Offenheit: »Ich weiß nicht, wohin ich gehe. Ich … ich will einfach fort von hier. Und ich komme auch nicht mehr zurück.«

»Aber …«

Er legte ihr den Zeigefinger auf die Lippen. »Du hast mir sehr geholfen, viele Jahre lang.« Roland wußte, die Menschen lernen jene am meisten lieben, denen sie von ganzem Herzen dienen. Sera Crier hatte sich jahrelang um ihn gekümmert, hatte ihn im Schlaf mit Liebe überschüttet, hatte vielleicht davon geträumt, was er tun würde, wenn er erwachte.

Die, die hier im Bergfried der Übereigner Dienst taten, waren oft herumstreunende Kinder, die als Gegenleistung für die geringe Entlohnung niedere Arbeiten verrichteten. Bliebe Sera hier, würde sie wahrscheinlich irgendeinen Jungen in derselben mißlichen Lage heiraten, und die beiden würden im Schatten des Blauen Turms eine Familie gründen. Möglicherweise würde sie nie wieder im strahlenden Schein der Sonne über das grüne Festland wandern und hätte stets das Donnern der Brandung oder das Geschrei der Möwen in den Ohren. Sera Crier hoffte jedoch auf etwas Besseres. Doch Roland hatte nichts, was er ihr geben konnte. »Ich bin dir für deine Dienste dankbar, sowohl in meinem Namen als auch in dem meines Königs. Aber ich bin kein Übereigner mehr, und mein Platz ist nicht mehr hier.«

»Ich … könnte mit Euch kommen«, erbot sie sich. »Jetzt, da so viele Männer wiederhergestellt und mit dem heutigen Tag aus ihrer Unfreiheit entlassen sind, würde mich niemand wirklich vermissen, wenn ich ginge.«

Ich war ein guter Diener, dachte er. Ich habe alles für meinen Lord gegeben. Du solltest es genauso machen.

Er kniff die Augen zusammen und schaute zur nächstgelegenen Tür hinüber, einem dunklen Durchgang, in dem sich die Leiber stauten. Dann bereitete er sich geistig darauf vor, sich an ihnen allen vorbeizudrängen. Sein König war nach einundzwanzig Jahren Schlaf gestorben. Rolands Mutter und sein Onkel Jemin waren schon damals alt gewesen. Aller Wahrscheinlichkeit nach lebten sie nicht mehr. Er würde sie nicht wiedersehen. Zwar bezeichnete man ihn jetzt als *wiederhergestellt*, doch im Grunde fühlte er sich nicht so, als sei er zu irgend etwas wiederhergestellt worden. Aber er hatte einen Sohn, und den mußte er finden.

»Sera«, sagte er leise, »paß auf dich auf. Vielleicht sehen wir uns eines Tages wieder.«

Damit wandte er sich ab und ging. Er war der erste, der den kleinen Hafen am Blauen Turm erreichte.

Jetzt rieb Roland lächelnd seinen Kopf am Haar der grünen Frau und fragte sich, ob er Sera jemals wirklich wiedersehen würde.

»Einen schönen Morgen euch allen!«

Roland sah auf. Die Sonne stand ein gutes Stück über dem Hügel, und Baron Poll blickte boshaft grinsend auf ihn herab. Er hatte einen Laib alten Brotes in der Hand, brach ein Stück ab und starrte ihn munter kauend weiter an.

Averan erwachte in den Armen der grünen Frau. Sie wälzte sich herum und betrachtete sie erstaunt. »Was hat sie gefressen?«

Roland kam einen halben Zoll weit hoch. Im trüben Licht vor Sonnenaufgang hatte er das getrocknete Blut, mit dem das Kinn der grünen Frau über und über verschmiert war, nicht bemerkt.

»Sieht aus, als hätte sie etwas gefangen«, mutmaßte Roland.

»Unsere Pferde waren es jedenfalls nicht«, stellte Averan mit einem Unterton von Erleichterung fest. Die Tiere drängten sich unter dem umgestürzten Baum.

»Sie hat nicht *etwas* gefangen«, vermutete Baron Poll mit sichtlichem Behagen, »sondern *jemanden.*«

»Ich würde sagen, sie hat ihm recht geschickt aufgelauert. Kommt und überzeugt Euch selbst.«

»Doch keinen Reisenden?« rief Averan erschrocken.

Baron Poll antwortete nicht, drehte sich nur um und führte sie hügelabwärts.

Roland sprang auf, Averan ebenfalls, und die beiden folgten ihm über den Kamm des Hügels. Die grüne Frau lief ihnen hinterher, offenbar, um den Grund für die Aufregung zu erfahren.

»Wie habt Ihr ihn gefunden?« fragte Averan.

»Ich war gerade auf der Suche nach einem glücklichen Schößling, auf den ich meine Blase entleeren konnte«, erzählte Baron Poll, »als ich über seine Überreste gestolpert bin.«

Just in diesem Augenblick stießen sie auf eine flache Senke. Der gräßliche Anblick, der sie dort erwartete, würde sich für immer in Rolands Gedächtnis einbrennen.

Averan schrie nicht erschrocken auf, wie andere Kinder ihres Alters es vielleicht getan hätten. Statt dessen ging sie zu den Überresten hin und untersuchte sie fasziniert.

»Er wollte sich an uns ranschleichen, würde ich sagen«, meinte Baron Poll, »da hat sie ihn von hinten angefallen. Seht hier, er hatte bereits einen Pfeil eingelegt, außerdem hatte er ein langes Messer. Aber das ist jetzt zerbrochen.«

Roland war Metzger des Königs gewesen. Mit Messern kannte er sich aus. Ein solches hatte er einmal auf einem Markt erstanden. »Ein Khivar«, verbesserte er. Der Mann war mit einem schwarzen Baumwollburnus unter seinem Gewand bekleidet gewesen. Eine gerissene Halskette neben seiner zerfetzten Kehle war mit goldenen Tauschringen bestückt. »Einer von Raj Ahtens Meuchelmördern?«

»Er hatte einen kleinen Beutel mit Menschenohren bei sich«, gab Baron Poll ihm recht. »Ich glaube kaum, daß er Arzt war.«

Roland beugte sich vor, riß die Halskette mit den Tauschringen los und ließ sie in seine Tasche gleiten. Er sah Baron Poll an. Der feixte. »Ihr fangt an zu lernen, Mann. Es hätte keinen Sinn, sie für die Aasgeier liegenzulassen.«

»Blut«, sagte die grüne Frau. Dann wiederholte sie leiser: »Blut.«

Daraufhin setzte Averan ein unverschämtes Grinsen auf und schrie fast: »Blut – ja!« Sie ging zur Leiche, tat, als wische sie sich ihre Finger in dem ekelhaften Chaos ab. »Gutes Blut! Mmmm … Blut – ja!«

Die grüne Frau starrte sie an, während ein Anflug des Verstehens in ihren Augen aufblitzte. Sie ging zu der

Leiche hinüber und beschnupperte sie. »Blut – ja.« Aber offensichtlich wollte sie keins.

»Sie mag es lieber frisch«, sagte Roland.

»Ich bringe ihr nicht bei, daß sie töten soll«, erklärte Averan. »Aber sie soll sich für das, was sie getan hat, nicht schuldig fühlen. Sie hat uns gerettet, nichts Unrechtes getan!«

»Stimmt, und weil sie ihre Gier nach Blut jetzt abreagiert hat, wird sie den ganzen Tag bei bester Laune sein«, erwiderte Baron Poll. »Aber wenn sie das nächstemal Hunger bekommt, wird sie sich natürlich wieder einfach jemanden vom Straßenrand wegschnappen.«

»Nein, das wird sie nicht«, widersprach Averan. »Sie ist sehr klug. Ich bin sicher, sie weiß mehr, als Ihr glaubt.« Sie streckte die Hand aus und kraulte der grünen Frau wie einem Hund den Kopf.

»Oh, klug ist sie ganz sicher«, meinte Baron Poll. »Und wenn der Erhabene König das nächstemal Steuern erhebt, lasse ich sie sofort herbeischaffen, damit sie berechnet, was ich zahlen muß.«

Averan funkelte den Baron wütend an. »Baron Kugelbauch, ist Euch je der Gedanke gekommen, sie könnte uns vielleicht von Nutzen sein? Was, wenn sie diesen Mann getötet hat, weil sie wußte, daß er uns Schwierigkeiten bereiten wollte? Was, wenn noch weitere Meuchelmörder auf der Straße unterwegs sind? Sie könnte sie für uns töten. Sie scheint eine gute Nase zu haben, und diese Kerle riechen alle nach Ingwer und Curry. Vielleicht erkennt sie sie am Geruch. Meint Ihr nicht auch, Roland?«

Roland zuckte bloß die Achseln.

»Ich esse selber manchmal gerne eine Portion Curry«, meinte Baron Poll. »Nur behagt mir die Vorstellung nicht, daß mir die Eingeweide herausgerissen werden, nur weil man mir in einem Gasthaus die falsche Vorspeise gebracht hat. Davon abgesehen ist sie nicht klug«, fuhr Baron Poll fort. »Ich habe schon Raben gesehen, die einem die Worte ebensogut nachsprechen wie sie.«

Averans Plan schien ein bißchen weit hergeholt, fand Roland, andererseits hatte die grüne Frau an diesem Morgen tatsächlich eine Menge Worte hinzugelernt. Noch ein, zwei Tage, und sie konnten ihr vielleicht beibringen, wie man jagt.

Und was noch entscheidender war: Er wußte selbst nicht recht, wie sie dieses Wesen überhaupt loswerden sollten. Gestern hatte er versucht, sie zu töten, und war nicht gerade mit Erfolg gesegnet worden.

Sie hatten ihr davonlaufen, sie gestern abend irgendwo zurücklassen wollen, und die grüne Frau war einfach hinter ihren Pferden hergetrottet und hatte nach Blut gerufen.

Nein, die grüne Frau stellte ein Problem dar, vielleicht eines, das nur der König selbst ergründen konnte. Im Augenblick paßte Averan auf sie auf, und Roland hatte keine brauchbare Idee, wie man mit ihr umgehen sollte.

KAPITEL 14
Deyazz

Der anbrechende Morgen sah Sir Borenson weit entfernt von seinem Zuhause. Den größten Teil der Nacht war er in südlicher Richtung nach Fleeds und anschließend hinauf zum Rabenpaß geritten.

Jetzt ließ er Gaborns schwarzbraune Stute durch die roten Vorberge oberhalb von Deyazz rennen und folgte den Straßen, die Jureem ihm geraten hatte, war sich allerdings nach wie vor nicht recht im klaren über sein Ziel. Der Name *Obran* war eine Zusammensetzung aus zwei indhopalesischen Wörtern – *obir*, altern, und *ran*, Stadt des Königs. Am besten ließ er sich mit ›Stadt des Alten Königs‹ übersetzen. Das klang, als müßte es sich um eine Provinzhauptstadt handeln. Trotzdem hatte er noch nie von dem vermaledeiten Ort gehört, zudem würden ihn Jureems Angaben nur bis zur nördlichen Grenze an der Großen Salzwüste führen, wo die muttayinischen Nomaden zu Hause waren.

Jureem hatte ihm versichert, er werde einen Führer benötigen, der ihm den Standort des Palastes zeigt – einen, der selbst ein kleinerer Lord sein mußte. Borenson trug eine Standarte in seiner linken Hand – den grünen Wimpel des Waffenstillstands über dem Eber Sylvarrestas.

Die Morgenluft war frisch und belebend. Seine Stute lief weit, bevor sie die nächste Ruhepause benötigte. Der

Atem dampfte kalt aus Borensons Mund, und mit jedem Hufschlag seines Rosses klirrte seine Rüstung. Das Pferd betätigte seine Lungen wie ein Blasebalg. Die Straßen in dieser Gegend waren schmal und hatten ihre Tücken, wenn auch nicht wegen des Schlamms, wie sonst in Mystarria: Manchmal rollten Felsbrocken von den Hängen oben herab, und die kleinen hellbraunen Backenhörnchen, die man in dieser Region überall antraf, schienen die Gefahr nicht zu bemerken, die auf sie zukam, wenn sie das Donnern der Hufe auf dem harten, verkrusteten Boden hörten.

Also jagte Borenson sein Roß mit einer Geschwindigkeit von bis zu fünfzig Meilen in der Stunde die Hänge hinunter.

Die Landschaft unterhalb von ihm bestand aus einer ausgedehnten Savanne, in der man da und dort einen trostlosen, olivgrünen Baum fand. Wo der rote Lehm nicht durchschimmerte, standen sandfarbene Gräser. Ein einziger, breiter Fluß versah die Landschaft am Horizont mit einem Silberstreifen, an dessen Rändern Städte aus Zelten und Lehmhütten glitzerten. Längs des Wasserlaufs gab es Weizenfelder und Haine voller Orangen und Mandeln.

Bislang war er noch an keinem Dorf vorbeigekommen. Die Bürger von Deyazz lebten ausschließlich entlang der großen Flüsse.

Im Verlauf der Nacht war er durch die Berge geritten und auf überraschend wenig Hindernisse gestoßen.

Des öfteren begegnete er kleineren Karawanen von Händlern auf dem Weg nach Norden. Es war jedoch zu spät für diese Jahreszeit, als daß ihre Geschäfte sie treiben mochten. Er konnte sich nur einen einzigen Grund denken, weshalb sie nach Norden zogen: Es waren Flüchtlinge aus Indhopal, die den Erdkönig sehen wollten.

Einmal hatte er eine große Armee umgangen, die auf einem Bergpaß ihr Feldlager aufgeschlagen hatte. Obwohl er eine Fackel auf dem Pfahl seiner Standarte befestigt hatte, damit alle weithin sahen, daß er die Farben des Waffenstillstands trug, hatten ihn dreimal Meuchelmörder verfolgt.

Doch Borenson ritt ein königliches Roß, eines, das diese Woche zwei weitere Gaben des Stoffwechsels und zwei der Sehkraft erhalten hatte, damit es selbst bei Sternenlicht flink dahinfliegen konnte. Er war seinen Verfolgern entkommen, und nur ein einziger an seiner Rüstung abgebrochener Pfeil deutete auf diese Schwierigkeiten hin.

Doch selbst Borenson konnte den Zweifeln nicht entrinnen, die an ihm nagten. Während des ganzen Ritts hatte er über die Ratsversammlung nachdenken müssen, die am Abend zuvor abgehalten worden war.

Ich vergeude meine Zeit mit diesem unsinnigen Auftrag, entschied Borenson. Es war viel zu spät, um einen Frieden zu erwirken.

Besser, man kämpfte jetzt, überlegte er. Besser wäre man jetzt Langley, der unterwegs war, um sich Raj Ahtens Kopf zu holen, als um Waffenstillstand zu betteln. Raj Ahten gab vielleicht vor, den Frieden zu wollen, dabei verschob er die ganze Zeit über gleichzeitig seine

Armeen von hier nach dort, um seinen nächsten Angriff vorzubereiten. Vielleicht ließe er sogar für einen Tag oder eine Woche ganz von der Sache ab.

Doch was würde geschehen, nachdem die Greifer besiegt waren? Was dann? Der Wolflord würde sich berechtigt fühlen, seinen Kampf fortzuführen.

Besser, man tötete ihn jetzt.

Borenson stellte sich vor, er wäre Sir Langley und nähme die Gaben entgegen, die man für einen Kampf gegen Raj Ahten brauchte. Das wäre eine Ehre! Eine Ehre, zu der Borenson hätte gelangen können, hätte er sich getraut.

Doch das hatte er nicht, und die Gründe dafür erfüllten ihn mit Furcht. Er hatte nicht gewagt, darum zu bitten, weil Myrrima nicht gewollt hatte, daß er sein Leben unnütz aufs Spiel setzt. Borensons Gefühle für sie wuchsen. Ungeachtet der Tatsache, daß er nicht bei ihr geschlafen hatte, wollte er sie nicht alleine lassen.

Und während er über den gestrigen Tag nachdachte, wunderte er sich.

Am meisten darüber, was Celinor gesagt hatte. Gaborn hatte ihn nicht zum Rat eingeladen. Gewiß, Celinor sprach sich bei jeder Gelegenheit gegen Gaborn aus. Doch vieles von dem, was der Prinz am Vortag gesagt hatte, ergab Sinn.

Sogar jetzt noch erinnerte sich Borenson an den Erdkönig, wie er ihn sich als Kind vorgestellt hatte: ein stattlicher Mann, alt wie die Berge, mit sehnigen Muskeln wie die knorrigen Wurzeln der Bäume. Die Weisheiten aller Zeiten stünden ihm auf die Stirn geschrieben, wie auch eine gewisse Unerbittlichkeit. Er wäre so stark wie die Berge selbst.

Kurz, er war kein Vergleich mit Gaborn. Der junge Orden war zu jung, zu unschlüssig und kein großer Kriegsherr.

Und doch hatte ihn der Erdgeist zum neuen Beschützer der Erde in ihrer dunkelsten Stunde auserkoren.

Aber warum? fragte sich Borenson. Der Junge besaß keine großen politischen Fähigkeiten. Auf diesem Gebiet unterlief ihm ein tölpelhafter Patzer nach dem anderen – er hatte sich in der dunkelsten Stunde seines Volkes zum Eidgebundenen Lord ernannt, hatte sich geweigert, die Übereigner seines Feindes zu töten, hatte die Dienste der Unabhängigen Ritter zurückgewiesen und Raj Ahten mit einer Armee aus Rindern angegriffen, die von Frauen und Kindern getrieben wurden.

Auch für den Krieg war er nicht hinreichend ausgebildet. Celinor hatte daran erinnert, daß er im Haus des Verstehens nichts von Wert gelernt hatte, wenigstens nicht für einen Kriegsherrn. Er war ein ganz passabler Kämpfer, sicher, mit der entsprechenden Anzahl Gaben jedoch hätte sich fast jeder Bursche ebensogut schlagen können.

Tatsächlich war Gaborn als Runenlord benachteiligt. Besäße Borenson vierzigtausend Zwingeisen, er würde Tag und Nacht Gaben übernehmen.

Doch selbst nachdem er die Zwingeisen eine Woche lang in seiner Waffenkammer aufbewahrt hatte, hatte Gaborn nicht eine einzige Gabe übernommen.

Statt dessen hatte er sich einen Jagdausflug genehmigt – auf dem Borenson um ein Haar einer Greifermagierin zum Opfer gefallen wäre. Zum Glück war es keine starke Magierin gewesen.

Seitdem war eine ganze Woche verstrichen, ohne daß Gaborn einen einzigen Gegenangriff ersonnen hätte.

Kurz, der Junge war unschlüssig. Ein Mann, der in der Schlacht zaudert, ist verloren. Besser man führt einen schlechten Angriff schnell aus als einen guten viel zu spät.

Gaborn besaß nur eine einzige Eigenschaft, die einem Erdkönig anstand: er liebte sein Volk. Und dafür wiederum liebte ihn Borenson.

Allerdings hatte der Erdgeist Gaborn gewarnt, alle seine Anstrengungen wären womöglich umsonst. Ihnen drohte das Ende des Zeitalters der Menschheit.

Nein, je länger Borenson darüber nachdachte, desto klarer wurde ihm, daß Gaborn ein Narr war. Ein Narr, der ihrer aller Tod in Kauf nahm, während er tatenlos herumsaß.

Doch Gaborn verfügte über einen Vorzug, den Borenson selten in Betracht gezogen hatte. Er erinnerte sich an die Worte des alten Orden, als sie darüber gesprochen hatten, was geschehen würde, sollte er je gegen einen gewissen Herzog in Beldinook zu Felde ziehen, der ihm Schwierigkeiten bereitete. Damals hatte er gesagt: »Mit Herzog Trevorsworthy komme ich zurecht, wer mir angst macht, sind seine Frau und dieser verdammte Unterkommandant Arrants.«

Borenson hatte sich über die Vorstellung amüsiert, ein König könnte sich vor einer Frau und einem einfachen

Unterkommandanten fürchten, doch der König hatte ihm das Wort abgeschnitten. »Die Frau ist eine brillante Taktikerin, und Unterkommandant Arrants ist der vielleicht einfallsreichste Artillerieexperte, den ich je gesehen habe. Er kann aus einem Butterfaß ein Katapult bauen, das eine Burgmauer zum Einsturz bringt, oder einem auf vierhundert Meter eine Eisenkugel zwischen die Augen brennen.«

Dann hatte er Borenson folgende Lektion erteilt: »Vergeßt niemals, kein Lord ist jemals nur ein einzelner Mann. Er ist die Summe aller Männer in seinem Gefolge. Wenn Ihr gegen einen Lord kämpft, müßt Ihr die Stärken eines jeden Mannes unter seinem Befehl bedenken, bevor Ihr einen Begriff von seiner wahren Größe bekommen könnt.«

Also mußte Borenson auch Gaborns menschliche Vorzüge wertschätzen. Es gab Tausende von edelmütigen Männern unterschiedlichen Ranges und Titels in Mystarria, angefangen von kleineren Lords bis hin zu Gaborns klugem Großonkel Paldane. Viele waren Seeleute oder Bauarbeiter, Männer, die große Scharen von Bauern auf dem Feld befehligten, Männer die Pferde züchteten oder Schilde schmiedeten. Die Stärke eines Volkes ließ sich nicht nur anhand seiner Krieger bemessen.

Und wenn man einen Lord nach den Stärken der Männer beurteilte, die er befehligte, dann hätte der Erdgeist keinen besseren als Gaborn erwählen können. Mystarria war das größte und reichste Land in Rofehavan.

Vielleicht hatte sich der Erdgeist zum Teil wegen der Stärke seines Volkes für Gaborn entschieden.

Wenn das stimmte, dann hatte der Erdgeist ihn nicht nur aufgrund seiner eigenen Verdienste als Erdkönig erwählt, sondern weil er wußte, er könne auf Borenson, den Beschützer des Erdkönigs, zählen.

Der Gedanke erstaunte ihn und erfüllte ihn mit Demut. Denn demnach wäre er vielleicht doch viel tiefer in die ganze Angelegenheit verwickelt als gedacht.

Es bedeutete auch, daß die Erde ihm vielleicht seine besten Bemühungen abverlangte. Möglicherweise mußte er Gaborn sogar vor sich selber schützen.

Erst vor einer Woche hatte Borenson sämtliche Übereigner des Hauses Sylvarresta getötet, um Raj Ahten auf diese Weise ihre Gaben zu nehmen. Das Grauen dieser Tat hatte seiner Seele Wunden zugefügt, die er nicht in Worte zu fassen wußte. Er hatte aus Gaborns Diensten fliehen, zum Unabhängigen Ritter werden und den leeren Schild nehmen wollen.

Jetzt erkannte er, daß dies nicht möglich war, nicht, solange er Gaborn helfen wollte.

Er konnte auch nicht nach Süden reiten und den Akt der Reue vollbringen, den Iome von ihm gefordert hatte. Es war unsinnig, nach einem Fabelwesen zu suchen. Sie hatte es nur deswegen verlangt, weil ihr Volk über Borensons Mord am König empört gewesen war. Dabei hatte Sylvarresta ohne seine Geisteskraft nur mehr einen Strohmann dargestellt.

Borenson hatte sich diesen Auftrag aus Gründen ausgesucht, die denen Gaborns widersprachen. Der Erdkönig wollte um Frieden bitten, doch was er wirklich brauchte, war ein Mann, der fähig war, heimlich nach Indhopal zu reiten und Kindern die Kehle aufzuschlitzen, die man betrogen hatte, damit sie Raj Ahten Gaben abtraten. Er brauchte einen Mann, der den Greifern die Stirn bot, sobald sie aus ihren Höhlen krochen. Er brauchte einen Mann, der Gaborns Schwächen kannte und der ihn nicht verachtete, weil er nur ein junger Mann und als Erdkönig nicht geeignet war.

Er brauchte einen Meuchelmörder.

Solche Gedanken trieben Borenson, während er über die schmalen Bergpfade nach Deyazz galoppierte.

Als er um eine Biegung kam, flog eine Schar Krähen auf. In der Haarnadelkurve vor ihm tauchte plötzlich ein Trupp von einhundert Soldaten auf.

Die Straße rechts war zu steil, um sie hinaufzuklettern. Nach links ging es fast senkrecht in die Tiefe. Sein Pferd war klug gewesen, anzuhalten, noch bevor Borenson die Zügel zurückreißen konnte.

Allerdings hatte man das Tier darauf abgerichtet, die Wappenfarben von Raj Ahtens Truppen zu hassen. Es trat mit einem Huf in die Luft, stampfte, schnaubte und zerrte an der Trense, als es so viele goldene Wappenröcke erblickte, auf denen das karminrote Wolfskopftrio zu erkennen war.

Der Kommandant des Trupps war ein Unbesiegbarer, ein kräftiger Kerl mit einer schiefen Nase, pockennarbiger Haut und düster funkelnden Augen. Er hielt eine langstielige Keule in der Hand. Hinter ihm zogen mehrere Männer ihren Bogen.

Plötzlich hörte Borenson hinter sich Hufschlag. Er sah sich um, blickte die Straße hinauf. Ein weiterer Trupp Lanzenträger ritt von hinten heran. Offenbar waren sie vom Hügel oben heruntergekommen. Er hatte nicht einmal ihre Späher bemerkt.

In der Falle. Er saß in der Falle.

»Wohin des Wegs, Rotschopf?« erkundigte sich der Unbesiegbare.

»Ich trage eine Nachricht des Erdkönigs bei mir und reite unter dem Banner des Waffenstillstands.«

»Raj Ahten steht nicht hier in Indhopal, wie Ihr sehr wohl wißt«, erwiderte der kräftige Kerl. »Er befindet sich in Mystarria. Ihr könntet Euch einige Unannehmlichkeiten ersparen, wenn Ihr zurück in Euer eigenes Land reiten würdet.«

Borenson fügte sich mit einem Nicken, die Augen zum Zeichen des Respekts halb geschlossen.

»Meine Nachricht ist nicht für Raj Ahten bestimmt«, erklärte Borenson. »Statt dessen soll ich eine Nachricht zum Palast der Konkubinen in Obran bringen, zu einer Frau namens Saffira, der Tochter des Emirs von Tuulistan.«

Der Unbesiegbare neigte seinen Kopf nachdenklich zur Seite. Auf derartige Neuigkeiten war er sichtlich nicht gefaßt. Ein alter Mann in einem eleganten grauen Seidenburnus unter seinem gelben Reiseumhang flüsterte dem Kommandanten von hinten ins Ohr: *»Sabbis etolo! Verissa oan.«* Tötet ihn! Er ist auf verbotene Früchte aus.

Borenson heftete den Blick auf den Alten. Er war

offenkundig kein Soldat, und weder Händler noch Reisender. Er war eine Art Berater Raj Ahtens. Höchstwahrscheinlich im Range eines *kaif* – was sich mit ›alter Mann‹ oder ›Ältester‹ übersetzen ließ. Wichtiger jedoch, er schien Borenson feindlich gesinnt zu sein.

»Es gilt als verbotene Frucht, einen Blick auf die Konkubinen zu werfen«, sagte Borenson. »Ich wußte nicht, daß es als verbotene Frucht gilt, eine Nachricht zu überbringen.«

Der Alte funkelte Borenson wütend an, schaute scheel und hielt es offensichtlich für eine Beleidigung, einem Mann seines Ranges zu widersprechen.

»Was Ihr sagt, ist richtig«, antwortete der Unbesiegbare. »Ich bin allerdings überrascht, daß Ihr vom Palast in Obran gehört habt. Von den einhundert Männern hier haben nur der Kaifba und ich jemals gehört«.

Kaifba. Großer Ältester. »Dann darf ich meine Nachricht also überbringen?«

»Wozu braucht ein Bote Rüstung und Waffen?« wollte der Unbesiegbare wissen.

»Die Pässe in den Bergen sind gefährlich. Eure Meuchelmörder nehmen keine Rücksicht auf das Waffenstillstandsbanner.«

»Seid Ihr sicher, daß es *meine* Meuchelmörder waren?« fragte der Unbesiegbare, als hätte Borenson ihn beleidigt. »Die Berge sind voller Räuber und noch üblerem Gesocks.« Der Unbesiegbare wußte verdammt gut, daß es seine Meuchelmörder waren.

Borenson ließ seinen Schild fallen. Er zog die Axt aus ihrer Halterung und warf sie auf die Straße. Dann nahm er seinen Helm ab und zog seinen Ringpanzer aus und ließ diese ebenfalls fallen.

»Bitte, seid Ihr jetzt zufrieden?« fragte Borenson.

»Ein Bote braucht keine Gaben«, erklärte der Unbesiegbare. »Zieht Eure Jacke aus, damit ich sehe, wessen Stärken Ihr übernommen habt.«

Borenson streifte seine Jacke ab und zeigte ihm die weißen, unregelmäßigen Narben, wo ihn die Zwingeisen zweiunddreißigmal zart berührt hatten. Durchhaltevermögen, Muskelkraft, Anmut, Stoffwechsel, Geisteskraft. Alles war vorhanden.

Der Unbesiegbare brummte: »Ihr behauptet, der Bote eines Königs zu sein, und doch führt Ihr einen leeren Schild wie ein Unabhängiger Ritter. Die kommen oft hierher, um die Übereigner meines Lords zu töten. Andererseits muß ich mich fragen, welcher von ihnen so dumm wäre, in aller Öffentlichkeit zu reiten? Und ich frage mich, welcher Unabhängige Ritter besitzt so viele Gaben?«

»Mein Name lautet Borenson. Ich war früher Gardist des Erdkönigs. Jetzt bin ich ein leerer Schild und kann tun und lassen, was ich will. Und ich habe beschlossen, diese Nachricht des Erdkönigs zu überbringen und um Frieden zu ersuchen.« Er stand schwer atmend und trotzig da. Ohne Waffen oder Rüstung wäre er nicht einmal imstande, es mit diesem einen Unbesiegbaren aufzunehmen, von den anderen ganz zu schweigen. Er war ihnen auf Gedeih und Verderb ausgeliefert.

»Meuchelmörder«, ging ein Murmeln durch die Reihen der Männer, und sie blickten ihn finster an. Einer schlug vor: »Schafft ihn zum Abgrund – und bringt ihm das Fliegen bei!«

Der Kaifba jedoch sagte leise in der Sprache von Deyazz: »Die Geschichte, die Ihr erzählt, klingt interessant – schwer zu beweisen, schwer zu widerlegen. Ihr kennt den Palast der Konkubinen, obwohl kein Mensch aus Eurem Land je von ihm gehört hat. Und ich habe noch nie von dieser Saffira gehört, ich weiß allerdings, daß der Emir zahlreiche Töchter hat.« Er schien davon überzeugt, daß er, wäre sie eine Person von Bedeutung, ihren Namen gekannt hätte.

»Es gilt in Eurem Land als verbotene Frucht, ihren Namen auszusprechen«, erwiderte Borenson. »Ich habe ihn von einem Mann erfahren, der früher als Berater des Großen Lichts persönlich gedient hat – Jureem. Er sitzt jetzt an der Seite des Erdkönigs. Ein Kaifba würde Jureem, der Raj Ahtens oberster Berater gewesen war, sicherlich kennen.«

»Wie lautet Eure Nachricht?« fragte der Kaifba. »Verratet sie mir, vielleicht gebe ich sie dann weiter.«

Bei den Deyazz konnte eine Nachricht ohne weiteres von einem Dritten überbracht werden, ohne daß man damit den Sender oder den Empfänger der Nachricht beleidigte. Borenson wußte jedoch, daß Geschenke persönlich überreicht werden mußten. »Ich habe ein Geschenk bei mir, einen Gunstbeweis für Saffira«, sagte er. »Nicht bloß die Nachricht.«

»Zeigt mir das Geschenk«, verlangte der Kaifba. Unter Mitgliedern der königlichen Familie wäre, bevor man um einen Gefallen bat, ein Geschenk von Gold oder

Parfüm ein angemessener Gunstbeweis gewesen. Borenson fragte sich, ob solche Gegenstände die Soldaten nicht vielleicht in Versuchung führten. Die Männer hockten unruhig auf ihren Pferden.

Er griff in seine Satteltaschen und nahm so viele Zwingeisen heraus, wie er mit einer Hand fassen konnte. Er hielt vielleicht siebzig in der Hand. »Es handelt sich um das Geschenk der Schönheit. Siebenhundert Zwingeisen der Anmut. Dreihundert der Stimmgewalt.«

Unter den Soldaten erhob sich aufgeregtes Murmeln. Zwingeisen waren weit mehr wert als Gold.

»Ruhe!« schnauzte der Unbesiegbare seine Männer unnachgiebig an. Dann starrte er Borenson feindselig an. »Und jetzt sagt mir die Nachricht.«

»Ich soll ihr ausrichten: ›Obwohl ich meinen Vetter hasse, ist der Feind meines Vetters auch mein Feind.‹ Und dann soll ich sie bitten, Raj Ahten diese Nachricht in unserem Auftrag zu überbringen – im Namen des Erdkönigs.«

»Bringt ihn um«, wisperte der Kaifba. Einige Soldaten bedrängten den Kommandanten mit demselben Rat. Ihre Pferde stampften mit den Füßen, sie spürten die Spannung in der Luft, das elektrisierende Kribbeln.

Borenson machte sich auf den tödlichen Hieb gefaßt. Er zweifelte nicht daran, daß die anderen, sollte der Kaifba einen Tod befehlen, diesem Befehl nachkommen würden.

Doch der Kommandant der Unbesiegbaren neigte den Kopf zur Seite, ging über den Befehl hinweg und dachte nach.

Nach einer ganzen Weile fragte er: »Und Ihr glaubt, das Große Licht aus Indhopal wird sich das anhören?«

»Es ist nur eine Hoffnung«, erwiderte Borenson. »Der Erdkönig ist durch Heirat jetzt Raj Ahtens Vetter. Zudem haben wir Nachricht, daß Greifer Kartish und den Süden Mystarrias angreifen. Der Erdkönig hofft, den Konflikt zwischen ihm und dem Wolflord beilegen zu können, wenn stärkere Feinde uns beide bedrohen.«

Der Unbesiegbare nickte. »Das klingt, als seien es die Worte eines Erdkönigs. Er ersucht um Frieden. Mein Großvater meinte immer, sollte sich jemals ein Erdkönig erheben, ›dann wird er im Krieg stark sein, aber stärker noch im Frieden‹.«

Er sah zu dem Kaifba, und der Alte funkelte ihn wütend an, erzürnt, weil der Kommandant Borenson nicht auf der Stelle tötete.

»Ihr werdet Eure Nachricht überbringen«, erklärte der Unbesiegbare. »Aber nur, wenn Ihr Euch bereit erklärt, Handschellen zu tragen, solange Ihr Euch in unserem Land aufhaltet. Ihr müßt geloben, unsere Gesetze nicht zu brechen – Ihr dürft den Palast nicht betreten und Ihr dürft keine Konkubine ansehen. Darüber hinaus werde ich die ganze Zeit an Eurer Seite reiten. Seid Ihr damit einverstanden?«

Borenson nickte.

Kurz darauf brachte ein Bursche die Handschellen – riesige Eisenfesseln, speziell für Männer mit Gaben der Muskelkraft angefertigt – und schloß sie um Borensons Handgelenke. Dann verband er die Handschellen mit einer Eisenkette hinter Borensons Rücken, damit er die Hände nicht heben konnte.

Nachdem der Bursche seine Arbeit erledigt hatte, erwartete Borenson, er werde dem Unbesiegbaren einen Schlüssel übergeben. Doch das tat er nicht.

Statt dessen ergriff der Unbesiegbare die Zügel von Borensons Pferd und führte es den Hang hinunter.

»Habt Ihr den Schlüssel für die Handschellen?« erkundigte sich Borenson.

Der Unbesiegbare schüttelte den Kopf. »Den brauche ich nicht. Ein Schmied wird sie entfernen – sollte das je nötig sein.«

Borenson wurde unbehaglich zumute. Eine neue Angst überkam ihn. Raj Ahten brachte selten jemanden um. Er nahm den Menschen nicht das Leben. Sondern er stahl ihnen ihre Gaben.

Ein Mann wie Borenson war ein phantastischer Fang.

Der Unbesiegbare lächelte angesichts dieser Erkenntnis.

Borenson hatte sich kampflos ergeben.

KAPITEL 15
Ein Volk wird aufgescheucht

Am Morgen nach einer unruhigen Nacht wurde sich Iome einer Stimme bewußt, die wie eine Glocke durch ihren Kopf schallte: »Flieht, Ihr Erwählten, die Ihr auf Burg Sylvarresta wohnt. Ein Glorreicher der Finsternis wird kommen, und die Zeit ist knapp. Flieht in den Dunnwald. Flieht.«

Der Befehl durchfuhr sie mit einer solchen Heftigkeit, daß jeder Muskel sich zu verkrampfen schien. Ihr Herz schlug wild, und sie rang nach Atem. Sie ergriff eine Steppdecke, warf sie sich um die Schultern, sprang vom Bett herunter und scheuchte die Welpen auf, die neben ihr geschlafen hatten. Sie wollte bereits nur damit bekleidet Hals über Kopf aus der Burg stürzen, als ihr klar wurde, daß das zu unschicklich wäre. Mit einem Satz war sie bei ihrer Garderobe und streifte ein Hemd und einen Rock über, dazu ihr Reisegewand und ihre Stiefel, während ihre fünf gelbbraunen Welpen kläffend und schwanzwedelnd um sie herumtobten und sich zu fragen schienen, was dies wohl wieder für ein neues Spiel sei.

Sie konnte nur noch an die Stallungen denken und überlegte, wie sie auf dem schnellsten Weg zu ihren Stallungen und ihrem Hengst gelangen konnte. Schon war sie drauf und dran, mit leeren Händen aus der Burg zu fliehen, als sie wie angewurzelt stehenblieb.

Warte, bremste sie sich atemlos. Binnesman hatte

gesagt, der Glorreiche werde nicht vor heute abend eintreffen. Was bedeutete, ihr bliebe noch der ganze Tag.

Andererseits hatte der Erdkönig sie und alle in und um die Stadt über seine Kräfte gewarnt.

Während sie sich noch besann, wurde ihr klar, was für ein Bravourstück dies darstellte. Es gab Zelte und Tiere, die man fortschaffen mußte, karrenweise Gepäck und Lagerbestände. Und je weiter man sich von der Burg entfernte, desto besser. Schlimmer noch, die Menschen waren aus ganz Heredon und allen umliegenden Gebieten nach Burg Sylvarresta herbeigeströmt. Noch nie hatte die Stadt mehr als einhunderttausend Menschen beherbergt, jetzt jedoch drängten sich auf den Feldern rings um die Burg siebenmal so viele. Wenn alle gleichzeitig flohen, wären alle Straßen hoffnungslos verstopft.

Gaborn hatte sich entschieden, sie jetzt zu warnen, um ihnen so einen Vorsprung zu verschaffen. Statt in den Wald zu laufen, wie es ihr jeder Instinkt einzuschärfen versuchte, blieb Iome stehen und streichelte die Welpen einen Augenblick lang, dann schloß sie sie in ihrem Zimmer ein und eilte auf das Dach des Bergfrieds des Königs.

Oben traf sie Gaborn an, der hinaus auf die Stadt blickte. Dort ging es zu wie im Tollhaus.

Tausende von Menschen flohen schreiend und weinend auf den Dunnwald zu, viele mit nicht viel mehr als den Kleidern, die sie am Leib trugen. Andere rissen ihre Prunkzelte so schnell wie möglich nieder. Pferde scheuten und bekamen es mit der Angst zu tun, flohen vor ihren verzweifelten Besitzern. Dennoch befolgten nicht alle Gaborns Befehl. Viele im Lager waren noch nicht Erwählt worden und hatten Gaborns Befehl daher gar nicht vernommen. Zu Tausenden rannten sie in Richtung Burg, als wollten sie gesprochene Befehle hören oder gar die Burg verteidigen. Inzwischen hatten einige Leute beschlossen, daß es vernünftiger wäre, wenn man nach Norden, fort vom Dunnwald, floh. Blindlings strömten sie in Richtung Eels, einer Stadt gut zweieinhalb Meilen nördlich von Sylvarresta.

Auf der anderen Seite des Lagers hatte König Orwynne gut fünfhundert Ritter aufgestellt. Weitere eintausend Lords aus Heredon standen bei ihm, bereit, nach Süden zu marschieren – jeder Lord oder Ritter in seinem Gefolge, der in der Lage war, ein Kraftpferd zu lenken.

Es war keine ausreichend große Streitmacht, um sie Raj Ahten entgegenzuwerfen, aber eine mächtige, die nur auf solchen Kraftpferden ritt, die imstande waren, am Tag zweihundert Meilen zurückzulegen. Die Krieger sahen aus, als könnten sie es kaum erwarten loszureiten und würden nur noch auf Gaborn warten.

Doch der König stand auf seinem Turm und besah sich den Irrsinn, den er selbst mit seiner Warnung durch die Erdkräfte angerichtet hatte. Er trug ein einfaches Reiterkettenhemd unter seinem Cape, dazu seine Reiterstiefel. Seinen Helm hatte er noch nicht aufgesetzt, so daß sein dunkles Haar bis auf die Schultern wallte.

»Was machst du?« erkundigte sich Iome. »Du hast mich fast zu Tode erschreckt! Du hast uns alle fast zu Tode erschreckt!« Vergeblich versuchte sie, ihr Herz und ihren

Atem zu beruhigen, indem sie sich eine Hand auf die Brust schlug.

»Tut mir leid«, sagte Gaborn. »Ich habe die ganze Nacht dem Drang widerstanden, die Warnung auszugeben. Ich mußte ihnen soviel Zeit als möglich zur Flucht lassen, wollte aber nicht mit ansehen müssen, wie sie blindlings in die Dunkelheit hineinrennen.«

Seine Stimme klang so reumütig, daß Iome wußte, er meinte es ernst. Er hatte nur das Wohlergehen seines Volkes im Sinn. Und doch mußte sie sich fragen, ob es nicht eine bessere Möglichkeit gab, die Massen zu warnen. »Hättest du gestern abend nicht Ausrufer durch das Lager schicken können? Das wäre einfacher gewesen.«

»Daran habe ich auch gedacht«, gestand Gaborn ein. »Aber ich wollte es unbedingt beobachten. Ich hatte noch nie mehr als ein paar Menschen auf einmal angesprochen. Ich wollte sehen, was passiert, wenn ich eine ganze Stadt aufrüttele, ich mußte herausfinden, wie man es am besten macht.«

Er zeigte nach unten auf die brodelnde Masse aus einstürzenden Zelten und fliehenden Bürgern. »Siehst du, was geschieht? Viele der Menschen, die in der Nähe des Flusses kampiert haben, stammen aus West Heredon und werden jetzt auf dem Weg nach Hause jeden im Lager niedertrampeln.

Und dort unten, siehst du das rote Zelt, vor dem die Kinder weinen? Ihre Eltern sind ohne sie geflohen! Ich finde den Gehorsam ihrer Eltern löblich, allerdings hatte ich auf eine etwas überlegtere Reaktion gehofft.

Den Mann und die Frau im Zelt nebenan dagegen habe

ich Erwählt, und keiner von beiden hat, soweit ich das erkennen kann, bis jetzt irgendwelche Anstalten gemacht, auch nur aus dem Bett zu steigen! Ich nehme an, sie packen, doch was, wenn die Bedrohung unmittelbarer wäre? Soll ich sie für ihr besonnenes Verhalten loben, oder werden sie eines Tages daran zugrunde gehen?

Und sieh, dort oben haben viele Menschen bereits den Rand des Dunnwaldes erreicht, laufen verwirrt im Kreis umher und wissen nicht, was sie als nächstes tun sollen, während andere vermutlich erst zu rennen aufhören werden, wenn sie erschöpft zusammenbrechen. Wer von ihnen hat recht? Die, die meine Befehle wortgetreu befolgen, oder die, die zu erbittert handeln?

Und da drüben, siehst du die alte Frau, die mit aller Macht zu entkommen versucht? Sie muß an die Neunzig sein. Sie kann unmöglich mehr als zwei Meilen am Tag laufen. Glaubst du, jemand wird ihr helfen?«

Gaborn stand vor Entsetzen und Staunen der Mund offen, während er den wimmelnden Herd menschlicher Schwächen betrachtete.

Jetzt verstand Iome, warum er das tun mußte. Seine Macht war ihm noch so neu, so unvertraut, daß er nicht recht damit umzugehen wußte, und das konnte er sich nicht leisten. Seine Kraft glich einem Schwert, einer Waffe, die nur dann von Nutzen war, wenn der Arm, der sie führte, exakt parieren und angreifen konnte. Im Augenblick übte er.

Und von seinen Fertigkeiten hing viel ab – das Leben jeden Mannes, jeder Frau und jeden Kindes in diesem gewaltigen Gedränge.

Plötzlich erscholl seine Stimme erneut in ihrem Kopf. »Beruhigt euch. Ihr habt den ganzen Tag Zeit. Tut euch zusammen. Bringt die Alten, die Kinder und die Kranken in Sicherheit. Entfernt euch bis zum Einbruch der Nacht so weit wie möglich von der Burg.«

Damit ebbte die Verwirrung plötzlich ab. Die Menschen hielten einen Augenblick inne und sahen zu Gaborn hoch. Nach wie vor wurden Zelte und Pavillons mit erstaunlicher Geschwindigkeit abgerissen, doch jetzt liefen die Eltern zurück zu ihren Kindern, während Junge daran gingen, den Älteren zu helfen. Iome brauchte sich nicht mehr zu sorgen, die Menschen vorne könnten unter den Füßen ihrer Mitmenschen totgetreten werden.

Gaborn nickte anerkennend, drehte sich zu Iome um und nahm sie in die Arme.

»Brichst du jetzt auf?« fragte sie, obwohl sie nicht wollte, daß er ging.

»Ja«, gab er zurück. »König Orwynne und die anderen sind bereits aufgesessen, und wir haben heute einen langen Weg vor uns. Nur wenige Pferde werden ein solches Tempo gehen können. Ich habe Boten zu Königin Herrin der Roten und weiter nach Beldinook geschickt und dort anfragen lassen, ob man uns für einen Tag aufnehmen kann. Wir werden ohne Köche und Troß reisen.«

Iome nickte. Es würde ein harter Marsch werden, ohne Köche oder Waschfrauen, ohne Zelte oder Knappen, die sich um die Rüstungen und Tiere kümmerten. Doch wenn sie schnell vorankommen wollten, würden sie sich ohne sie behelfen müssen. In schweren Zeiten wie diesen würde es kein Lord wagen, ihm die Verköstigung seines Gefolges abzuschlagen. Sie würden froh sein über die Verstärkung, und ein Abendessen und die Unterkunft für eine Nacht wären ein nur geringer Preis dafür.

Dann stellte Gaborn eine unerwartete Frage. »Willst du mit mir reiten?« Es war nicht üblich, daß ein Lord seine Gemahlin in den Krieg mitnahm, allerdings war es unter Lords auch nicht üblich, daß eine Frau ihren Gatten während der ersten sechs Monate nach der Hochzeit alleine ließ. Vermutlich war ihm die Frage sehr schwer gefallen.

»Jetzt bittest du mich, dich zu begleiten? Du hättest mich vor Stunden fragen können. Dann wäre ich bereit gewesen.«

»Vor Stunden habe ich bei dir ins Zimmer gesehen. Du hast unruhig geschlafen, außerdem besitzt du nicht das Durchhaltevermögen, ohne Ruhe den ganzen Tag im Sattel zu sitzen. Also bat ich Jureem, heute morgen ein paar Stunden hierzubleiben und Notizen zu machen, das Lager zu beobachten und soviel wie möglich in Erfahrung zu bringen, damit ich das nächste Mal, wenn ich eine Stadt warnen muß, weiß, wie ich dabei vorzugehen habe. Ich dachte, du könntest bei ihm bleiben und dann später am Vormittag losreiten. Eure Pferde sind schnell, und ihr werdet uns rasch einholen.«

»Darf ich Myrrima mitnehmen?« fragte Iome. »Sie wäre sicher gern dabei. Ich brauche eine Dame, die mir Gesellschaft leistet.«

Gaborn legte nachdenklich die Stirn in Falten. Er wollte die Gattin eines anderen Lords nicht auf eine Reise mitnehmen, die sich womöglich als gefährlich erweisen würde, andererseits sah er das Bedürfnis seiner Gemahlin, die Regeln der Schicklichkeit zu wahren.

»Natürlich«, antwortete er, klang aber ein wenig unschlüssig.

Er blickte sie fest an, schätzte sie mit seinen dunkelblauen Augen ab. »Ich habe die Welpen bei dir im Bett gesehen.«

»Du warst nicht da«, verteidigte sie sich. »Ich brauchte etwas, um mich warm zu halten.«

»Sind die Nächte so kalt?«

»›Nicht nur die Nächte sind heiß in Heredon‹«, zitierte sie den Titel einer schlüpfrigen Ballade, die sie in ihrer Gegenwart niemals hatte öffentlich singen hören.

Gaborn lachte schallend und wurde rot. »Sieh an, meine Gemahlin möchte also ein Wolflord sein und sich in Bierschenken herumtreiben, zotige Lieder singen und allen ihre Beine zeigen!« unkte er. »Königin der Seitengassen! Die Leute werden behaupten, ich hätte einen schlechten Einfluß auf dich.«

»Du bist also dagegen?«

Gaborn lächelte. »Nein. Wenn ich nicht längst meine Gaben hätte, vielleicht hätte ich dann vergangene Nacht auch bei ein paar Welpen geschlafen. Ich bin erleichtert, daß du Herzog Grovermans Geschenk angenommen hast. Er wird hoch erfreut sein, dir einen so guten Dienst erwiesen zu haben. Vielleicht sollte ich den Schatzmeister bitten, für dich ein paar Zwingeisen herauszugeben. Hundert sollten genügen.«

»Dann werde ich Jureem ein paar zusätzliche Welpen

für dich herbringen lassen«, entschied Iome. »Du ziehst bald in die Schlacht.«

Sie zog ihn an sich und gab ihm, einer plötzlichen Eingebung folgend, einen Kuß, dann wurde ihr auf einmal bewußt, daß währenddessen wahrscheinlich nicht weniger als zehntausend Augen auf sie gerichtet waren. Sie schob ihn verlegen von sich. »Entschuldige«, sagte sie. »Die Menschen beobachten uns.«

»Sie haben gesehen, wie wir uns bei der Hochzeit geküßt haben«, entgegnete Gaborn, »und wenn ich mich recht erinnere, haben einige gejubelt.« Er gab ihr noch einen Kuß. »Dann also bis heute nachmittag?«

»Danke«, antwortete sie.

Gaborn biß sich auf die Lippe und lächelte besorgt. »Danke niemals einem Mann, daß er dich in die Schlacht mitnimmt, bevor der Krieg vorüber ist.«

Dann machte er kehrt und verschwand hastig in der Luke oben auf dem Dach des Turmes. Augenblicke später sah sie ihn entschlossenen Schritts den Bergfried verlassen und über die gepflasterten Straßen auf die Königspforte zusteuern, bis er schließlich auf dem Weg hinunter zur schwarzverbrannten Ecke der Marktstraße in der Menge verschwand, dort, wo er vergangene Woche einen Flammenweber getötet hatte. Steinmetze hatten hart gearbeitet, um die Schäden an den Gebäuden zu beheben, doch die Erneuerung der steinernen Fassaden des Marktes würde Monate oder Jahre dauern, und bereits jetzt hatte die Stelle von den Einheimischen den Namen ›die Schwarze Ecke‹ verpaßt bekommen. Iome stellte sich vor, wie einst Fremden der Weg zu einem

Geschäft mit den Worten beschrieben würde: »Ganz recht, der Silberschmied ist oben an der Schwarzen Ecke, gleich beim Fallgatter«, und jeder würde wissen, was gemeint war.

Wenn die Menschen das Glück haben, so lange zu leben, dachte sie.

Dann ging sie an die Arbeit. Sie packte ihre Sachen und ließ sich anschließend von einigen Dienern und einem neuen Gardisten – einem kräftigen jungen Burschen mit Namen Sir Donnor – hinaus zur Burg Donyeis begleiten, zur Schatzkammer des Königs, um das Gold, die wertvollen Gewürze, die Rüstungen und Zwingeisen von dort abzutransportieren.

Gaborn hatte zwanzigtausend Zwingeisen nach Süden mitgenommen, um sie Raj Ahten zurückzugeben, vorausgesetzt, der Wolflord stimmte einem Waffenstillstand zu. Und doch hatte er neben den anderen Geschenken, die ihm in der letzten Zeit von den Lords aus Heredon gemacht worden waren, immer noch zehntausend Zwingeisen in der Schatzkammer. Unter den Geschenken befanden sich Rüstungen für Gaborn und Kovertiuren für seine Pferde, die ihnen Herzog Mardon zur Hochzeit geschenkt hatte, die er jedoch wegen ihres drückenden Gewichts nicht in diese Schlacht mitnähme. Dazu gab es eine ganze Menge Gold und Gewürze, die als Einnahmen abgeführt worden waren, denn üblicherweise wurden die Erntesteuern in der Woche des Hostenfests bezahlt. Die Gesamtsumme belief sich auf ein Vermögen von mehreren tausend Pfund. Sie hieß die Diener alles still und leise zu den Gräbern hinaufzutragen, wo sie es in der Grabkammer zwischen den Gebeinen ihrer Großeltern einschloß.

Diese Arbeit kostete sie zwei Stunden, und als sie fertig war, kam ihr plötzlich der Gedanke, nach Binnesman zu schauen, denn sie hatte ihn nicht mehr gesehen und war besorgt, er könnte die Hilfe einiger Diener brauchen, bevor sie alle die Stadt verließen.

Doch im Keller des Bergfrieds fand sie ihn nicht. In einem alten Kamin brannte jedoch ein Feuer, und die Luft roch stark nach köchelndem Eisenkraut, das zitronenartig duftete und oft für die Herstellung von Parfüms abgesiedet wurde. Tatsächlich füllten die frischen Gerüche das gesamte Kellergeschoß und rochen nach reinem Sonnenschein. In der Vorratskammer entdeckte Iome Kanzler Roddermans Tochter, ein scharfsichtiges Mädchen von acht Jahren, die im Bergfried zurückgeblieben war, während ihr Vater dafür sorgte, daß dieser ordnungsgemäß geräumt wurde. Sie sagte, sie habe Binnesman noch am frühen Morgen gesehen, wie er auf der Suche nach Kräutern – Goldlorbeer, Zichorie und Rabenglaub – in die Pachtgärten unten in der Stadt geeilt sei.

Iome verwarf diese Sorge für den Augenblick und ging statt dessen in den Bergfried der Übereigner, um sich zu vergewissern, ob die Übereigner evakuiert worden waren.

In der vergangenen Woche hatte sich der Bergfried verwandelt. Sir Borenson hatte, auf Befehl von Gaborns Vater handelnd, sämtliche Bewohner erschlagen, da Raj Ahten die Truppen ihres Vaters gezwungen hatte, ihm als Vektoren Gaben abzutreten, womit er sich der Eigenschaften Tausender Menschen aus Sylvarrestas Volk bemächtigt hatte. Borensons Tat war blutig und grauenhaft gewesen, und obwohl Iome teils dankbar war, daß jemand den Mut dazu besessen hatte, war sie tief im Herzen noch immer schockiert und voller Traurigkeit. Viele der Übereigner waren Bedienstete gewesen, die den Gebrauch ihres Verstandes oder ihrer Muskelkraft, ihres Durchhaltevermögens oder Stoffwechsels zur Unterstützung König Sylvarrestas angeboten hatten. Ihre einzige Schuld hatte darin bestanden, daß sie ihren Herrn liebten und danach trachteten, ihm nach besten Fähigkeiten zu dienen. Als dann die Ritter, denen sie Gaben abgetreten hatten, gefangengenommen und gezwungen wurden, selbst Gaben abzutreten, waren die Übereigner zum Übertritt in die Dienste eines Ungeheuers wie Raj Ahten gezwungen worden. Da niemand die Hoffnung hegen durfte, Raj Ahten zu erschlagen, konnten seine Feinde bestenfalls darauf hoffen, ihn zu schwächen – was auf das Töten der entkräfteten und unschuldigen Übereigner hinauslief.

Seit jener Nacht benahm sich Borenson ihr und Gaborn gegenüber kalt und abweisend. Er konnte mit seiner Schuld nicht gut umgehen.

Auch Iome kam mit ihren Erinnerungen an diesen Ort nicht gut zurecht, als sie jetzt über den Burghof ging. Die hohen, schmalen Mauern, die das Gebäude umgaben, verliehen ihm etwas Erdrückendes. Der Bergfried der Übereigner barg zu viele düstere Erinnerungen.

Im Burghof wuchsen nur ein paar kleine, durch mangelndes Licht verkümmerte Bäume, und noch vor einer Woche hatte Iomes Mutter hier gelegen, nachdem Raj

Ahten sie ermordet hatte. Nachdem ihr Vater seine Gabe der Geisteskraft an den Wolflord abgetreten hatte, war Iome noch einen Tag hier geblieben und hatte sich um ihn gekümmert, dabei hatte er seine Tochter nicht einmal wiedererkannt, wenn er sie anschaute, denn er war nicht nur ohne Verstand, sondern auch sie hatte Raj Ahtens Vektor eine Gabe der Anmut abgetreten und war häßlich geworden.

Als Iome daher den Burghof erreichte, traute sie sich nicht in den eigentlichen Bergfried hinein, aus Angst, das könnte zu viele Erinnerungen an verlorene Freunde wecken, aus Angst, sie könnte sich dabei ertappen, wie sie auf Matten und Fußböden nach Blutspuren Ausschau hielt. (Obwohl die Pfleger ihr versicherten, die Betten seien sämtlich verbrannt und Böden und Wände und sogar – bei den Mächten – die Decken seien völlig blank gescheuert worden.) Sie konnte sich unmöglich bewußt vorstellen, wie es ausgesehen haben mochte.

Am Ende schickte sie Sir Donnor hinein, um Myrrima zu suchen, während sie im Hof bei ihrer Days wartete.

Einige Karren standen im Innenhof, und Iome beobachtete ein paar Gardisten, welche die Blinden zu dem einen Wagen führten und jene, die Anmut oder Muskelkraft abgetreten hatten, zu einem anderen trugen. Sie boten einen traurigen Anblick, diese Menschen, die sich aufgeopfert hatten, nur um im Dienst für ihren König zu Krüppeln zu werden.

Kurz darauf kam Sir Donnor wieder aus dem Bergfried heraus und versicherte Iome, Myrrima habe auf ihre

Mutter und Schwestern gehört und sei in diesem Augenblick in ihrem Zimmer und packte.

Also bat Iome Sir Donnor, zu den Stallungen zu gehen und ihre Pferde zu satteln, anschließend sagte sie Myrrima Bescheid, sie würden zusammen aufbrechen und mit dem Erdkönig nach Süden reiten. Iome war nicht überrascht, Myrrima inmitten ihrer kläffenden Welpen anzutreffen. Auf dem Bett lag ein Langbogen und ein Köcher voller tödlich aussehender Pfeile. Sie staunte jedoch, als sie Myrrima dabei ertappte, wie sie ein ziemlich schäbiges und altes, dick gepolstertes Wams anprobierte, ein Kleidungsstück, das kaum zum Fußbodenschrubben geeignet schien.

»Glaubt Ihr, es wird meine Brüste fest genug zusammendrücken?« wollte Myrrima wissen.

Iome blickte sie verblüfft an und fragte: »Wenn Ihr Eure Brüste schon zerquetschen wollt, warum nehmt Ihr dann nicht gleich etwas viel Schwereres?«

Myrrima zog eine säuerliche Miene. »Ich meine es ernst.«

»Also gut, zusammendrücken, aber zu welchem Zweck?«

»Damit sie nicht im Weg sind, wenn ich schieße!«

Iome hatte nie einen Pfeil abgeschossen, kannte aber Hofdamen, die es getan hatten, daher ahnte sie Myrrimas mißliche Lage.

»Ich habe ein ledernes Reitwams in meinem Kleiderschrank, das Euch möglicherweise bessere Dienste leistet. Ich werde es holen gehen«, bot Iome an.

Anschließend erzählte sie Myrrima, sie würden zusammen nach Süden reiten. Die Aussicht, den Männern in den Krieg zu folgen, schien Borensons Gemahlin sowohl zu überraschen als auch ehrlich zu erfreuen.

Eine Stunde darauf nahmen Myrrima und Iome zusammen mit Iomes Days und Sir Donnor ein reichhaltiges Frühstück zu sich. Um zehn Uhr vormittags war Binnesman noch immer nicht zurückgekehrt, also schickten sie zu den Stallungen nach ihren Pferden und machten sich zum Aufbruch bereit. Iomes Welpen blieben in der Küche des Königs zurück, bis es losginge.

In der ganzen Aufregung hatte Iome noch immer nicht mit Jureem gesprochen. Während sie das Stadttor erreichten, sah sie ihn, wie er Menschen anbrüllte, die draußen vor der Burg herumlungerten.

Iome hatte geglaubt, inzwischen hätte ein jeder das Gelände vor Burg Sylvarresta verlassen, doch das war nicht der Fall. Ein Blick durch die Stadttore verriet ihr, daß die Straßen nach Süden und nach Westen, die in den Dunnwald führten, mit den Karren und Ochsen von Bauern verstopft waren, von denen viele den Gedanken an ein Vorankommen aufgegeben hatten. Von den Prunkzelten in der Nähe der Burg stand ein volles Viertel noch, und viele ihrer Bewohner zeigten keinerlei Interesse, überhaupt irgendwohin aufzubrechen.

Jureem hatte alle Hände voll zu tun. Obwohl er ein ausgezeichneter Berater war – vielleicht der fähigste, den sie je kennengelernt hatte –, konnte auch er nicht das Unmögliche vollbringen.

Und die Situation, die sich ihm bot, war eindeutig unmöglich. Fünftausend kleinere Lords und Ritter und sogar einige Bauern, die lediglich Langbögen als Waffe trugen, belagerten die Tore der Burg und verlangten Einlaß. Die Stadtgarde – ungefähr vierzig Mann – versperrte ihnen den Weg.

»Was geht hier vor?« verlangte Iome zu wissen.

Jureem bat sie mit flehender Stimme. »Euer Hoheit, diese Männer haben beschlossen, daß sie die Burgmauern bewachen wollen.«

»Aber …« Einen Augenblick lang wußte Iome nicht weiter. »… aber Gaborn hat doch alle aufgefordert zu fliehen.«

»Das weiß ich!« erwiderte Jureem. »Sie haben jedoch beschlossen, nicht auf ihn zu hören.«

Sie fand es erstaunlich, daß ein Vasall den Befehl seines Königs nicht befolgte. So blickte sie Donnor an, als erwarte sie eine Erklärung. Doch der blonde junge Mann funkelte die Unruhestifter nur wütend an. Sie ließ den Blick über die dichte Menge schweifen. »Ist das wahr?« fragte sie. »Keiner von euch ist Erwählt? Habt ihr die Befehle nicht vernommen?«

Daraufhin senkten Hunderte von Männern verschämt den Kopf. Sie wagten es vielleicht, Jureem, einem bloßen Bediensteten, die Stirn zu bieten, aber nicht Iome.

Verwirrt fragte sie: »Wißt ihr überhaupt, was ein Glorreicher der Finsternis ist? Habt ihr eine Vorstellung, über welche Kräfte er verfügt?«

Ein Mann trat vor, ein kleinerer Lord mit Namen Sir Barrows, den sie schon einmal gesehen hatte. »Wir haben von den Glorreichen und den Hellen gehört – wir alle«, sagte er. »Und wenn die alten Geschichten recht haben, können sie im Kampf ebenso sterben wie ein Mann. Also dachten wir, wir könnten uns mit den Katapulten, den Wurfgeschützen, Schleudern und den Stahlbögen oben auf den Festungsmauern verschanzen und ihn töten, bevor er Schaden anrichten kann.«

»Habt ihr den Verstand verloren?« schrie Iome. Der Mann machte ihr angst. »Ich weiß, ihr seid alle tapfer, aber seid ihr auch töricht? Habt ihr den Befehl eures Lords nicht vernommen? Er hat euch befohlen zu fliehen!«

Sir Barrows antwortete: »Natürlich haben wir ihn gehört, Euer Hoheit, aber der Befehl war doch gewiß nur für Frauen und Kinder bestimmt. Wir sind kräftige Männer!«

Daraufhin schwenkten die Männer ihre Speere und Äxte, hoben ihre Schilde und stimmten ein gewaltiges Gebrüll an, das von den Bergen widerhallte.

Iome war überrascht. Sie hatte die Worte des Erdkönigs vernommen und beschlossen, selbst einen Rat abzuhalten. An den Kommandanten der Königsgarde gewandt sagte sie: »Besetzt die Mauer mit zweihundert Bogenschützen. Schießt jeden dieser Männer nieder, der in die Reichweite der Bögen kommt.«

»Meine Dame«, sagte Sir Barrows gekränkt.

»Ich bin nicht *Eure* Dame«, fuhr Iome ihn wütend an. »Und wenn Ihr die Worte meines Lords nicht befolgt, dann seid Ihr auch nicht *sein* Diener, sondern dazu verdammt zu sterben, ihr alle! Eure Kühnheit mag vielleicht meinen Beifall finden, aber ich verdamme Eure Torheit und werde sie bestrafen, wenn ich muß!«

»Euer Hoheit!« stieß Sir Barrows hervor und ließ sich wie in Erwartung eines Befehls auf die Knie fallen. Einen Augenblick darauf nahmen die anderen Aufstellung und folgten seinem Beispiel, wenn auch einige langsamer ihre Knie beugten als andere.

Sie wandte sich an Jureem. »Wieso laufen diese Menschen auf den Straßen herum?« erkundigte sie sich. »Können sie die Stadt nicht verlassen?«

»Die langsameren Flüchtlinge sind ihnen im Weg«, erklärte Jureem. »Viele der Karren sind schwer beladen, und bei einigen sind Achsen oder Räder gebrochen, so daß jeder ihnen ausweichen muß.«

Iome wandte sich an die Soldaten, die vor dem Burgtor knieten. »Sir Barrows, schickt auf jede Straße eintausend Mann und laßt sie die liegengebliebenen Karren beiseite räumen. Die notwendigen Reparaturen sollen vorgenommen werden. Und was die Menschen anbetrifft, die sich entschieden haben, weiterhin auf dem Feld zu kampieren, stellt fest, weshalb sie noch hier sind. Haben sie keine guten Gründe für ihr Bleiben, erklärt ihnen, Ihr hättet Befehl, jeden zu töten, der in einer Stunde noch innerhalb von fünf Meilen um die Burgmauer angetroffen wird.«

»Euer Hoheit«, rief Sir Barrows verblüfft. »Wollt Ihr im Ernst, daß wir sie töten?«

Seine Einfältigkeit erstaunte Iome. Doch dann fiel ihr ein, wie Gaborn Anfang dieser Woche davon gesprochen hatte, er halte es für falsch, einen Mann dafür zu töten, daß er töricht war, denn Dummköpfe waren hilflos und auf ewig dem Wohlwollen der Gerissenen ausgeliefert. »Ihr werdet sie nicht töten müssen«, warnte sie. »Der Glorreiche der Finsternis wird das für Euch erledigen.«

Sir Barrows öffnete den Mund. Plötzlich hatte er begriffen. »Wird erledigt, Euer Hoheit.« Er machte kehrt und erteilte Befehle.

Jureem verneigte seinen dicklichen Körper vor ihr, bis der Ziersaum seines Seidengewandes durch den Staub wischte. »Vielen Dank, Euer Hoheit. Ich habe nicht vernünftig mit ihnen reden können, mich jedoch nicht getraut, Euch zu behelligen.«

»Traut es Euch nächstes Mal«, gab sie zurück.

»Da wären noch einige andere Dinge«, fügte er hinzu.

»Zum Beispiel?«

»Hunderte Menschen sind zu krank zum Fliehen. Einige sind zu alt, zu sehr geschwächt. Darunter befinden sich auch Frauen, die während der letzten Stunden Kinder entbunden haben, oder Krieger, die bei den Wettkämpfen gestern verletzt wurden. Sie haben in der Burg um Zuflucht ersucht. Ich habe sie in die Gasthäuser schaffen lassen, bis entschieden würde, was zu tun ist.«

»Können wir sie auf Karren laden?« fragte Iome.

»Ich habe Ärzte mit denen sprechen lassen, die überhaupt reden können. Wer auf einen Karren geladen werden kann, ist längst fort. Einige Ärzte haben angeboten, hierzubleiben und sich um die Kranken zu kümmern.«

Iome verzog verzweifelt das Gesicht. Natürlich waren sie nicht transportfähig. Diese Leute konnten sich keine fünf Meilen – erst recht nicht die erforderlichen fünfzig –

pro Tag fortbewegen. »Laßt sie hier«, entschied sie. »Einige werden eben bleiben und sich verstecken müssen.«

Sie überlegte, ob sie die Ärzte abkommandieren sollte, da sie befürchtete, diese überaus erfahrenen Männer und Frauen zu verlieren, wagte aber nicht, den Kranken und Sterbenden ihren Beistand vorzuenthalten.

In diesem Augenblick schlenderte Binnesman von irgendwo außerhalb der Stadt durch das Gedränge der Krieger heran. Der Sack auf seinem Rücken war über und über mit Goldlorbeerblättern vollgestopft. »Laßt sie hierbleiben, Euer Hoheit«, rief er aus einiger Entfernung, »aber nicht in den obersten Zimmern der Gasthäuser. Geht statt dessen in die tiefsten Keller, tief unter der Erdoberfläche. Ich werde Runen an den Türen anbringen, die helfen sollen, sie zu verbergen, außerdem werde ich ihnen einige Kräuter dalassen, die vielleicht ein wenig Schutz bieten.«

Iome war über jegliche Vernunft hinaus erleichtert, Binnesman zu sehen. Während er näher kam, verstand sie den Grund. In der Vergangenheit hatte sie oft die Kraft der Erde gespürt, die sich in ihm sammelte, eine leicht beunruhigende Kraft, die Geburt und Wachstum verhieß und sie mit schöpferischer Sehnsucht erfüllte. An diesem Morgen jedoch mußte er mächtige Schutzbanne ausgesprochen haben, denn sie fühlte sich wie ein gehetzter Reiter auf der Flucht vor Feinden, der sich plötzlich sicher innerhalb der Mauern einer Burg weiß.

Das ist es, erkannte sie. An diesem Morgen fühlte sie sich in seiner Gegenwart sicher. »Ihr wirkt übermüdet. Kann ich Euch irgendwie helfen?«

»Ja«, erwiderte Binnesman. »Ich würde mir weniger Sorgen um Euch machen, Euer Hoheit, wenn Ihr wie alle anderen die Stadt verließet.«

Iome ließ den Blick über die Felder schweifen. »Noch sind nicht alle aufgebrochen, außerdem kann ich erst fort, wenn ich alles in meiner Macht Stehende für die Sicherheit meines Volkes getan habe.«

Binnesman räusperte sich. »Das klingt, als hätte Euer Gemahl gesprochen.« Seine Stimme jedoch verriet keine Mißbilligung. Einen Augenblick lang betrachtete er Myrrima und sie eingehend. »Es gibt etwas, das Ihr tun *könntet*, wenn ich auch zögere, darum zu bitten.«

»Nur zu«, forderte Iome ihn auf.

»Besitzt Ihr einen schönen geschliffenen Opal, den Ihr bereit wärt, mir zu überlassen?« fragte Binnesman. Sein Ton ließ darauf schließen, daß sie ihn niemals wiedersehen würde.

»Meine Mutter hatte eine solche Halskette mitsamt Ohrringen.«

»Mit dem entsprechenden Zauberspruch können sie mächtige Schutzzauber gegen die Geschöpfe der Finsternis bilden«, erklärte Binnesman.

»Dann sollt Ihr sie bekommen, vorausgesetzt, ich kann sie aus ihrer Fassung brechen.«

»Laßt sie, wie sie sind«, sagte Binnesman. »Je größer und leuchtender der Stein ist, desto besser ist der Schutz. Und Opal bricht leicht.«

»Ich werde sie holen gehen«, sagte sie. Sie hatte sie nicht in die Schatzkammer gebracht, und jetzt fiel ihr ein, daß sie die Schmucktruhe ihrer Mutter hinter dem Schreibtisch in ihrem Zimmer versteckt hatte.

»Ihr findet mich in der Nähe der Gasthäuser«, meinte Binnesman. »Die Zeit wird knapp.«

Iome und Myrrima ritten zurück zum Turm des Königs und stiegen hinauf zum obersten Zimmer. Sir Donnor und Iomes Days trauten sich nicht, das Schlafgemach der Königin zu betreten, daher blieben sie draußen im Nebenraum zurück.

Die Schmucktruhe enthielt die Krone ihrer Mutter, ein schlichtes, aber elegantes Schmuckstück aus diamantenbesetztem Silber. Darüber hinaus fanden sich Dutzende und Aberdutzende von Ohrringen, Broschen, Arm- und Fußreifen und Halsketten.

Iome entdeckte die Halskette, an die sie sich erinnert hatte. Sie war aus Silber gearbeitet, mit einer Einlegearbeit aus zwanzig zueinander passenden Opalen. Ein großer, funkelnder Stein an einem Silberanhänger bildete das Mittelstück.

Iomes Mutter hatte ihr erzählt, König Sylvarresta habe die Steine gekauft, als er nach Indhopal gereist war und um ihre Hand angehalten hatte.

Iome erstaunte dies. Ihr Vater war um die halbe Welt geritten, um ihre Mutter zu finden. Es erschien ihr sehr romantisch, so weit zu reisen, auch wenn Gaborn für sie keine geringeren Anstrengungen unternommen hatte.

Doch irgendwie wurde die Romantik von Iomes Hochzeit mit Gaborn dadurch gemildert, daß ihre Väter die besten Freunde gewesen waren und beide die Verbindung schon lange gewünscht hatten. Gaborn zu heiraten war ein wenig so, als gehe man mit dem Jungen von nebenan die Ehe ein, auch wenn sie ihn erst vor zehn Tagen kennengelernt hatte.

In der Schmucktruhe ihrer Mutter entdeckte Iome noch weitere Opale. Die große Truhe hatte den Königinnen des Hauses Sylvarresta über Generationen gedient und enthielt viele Stücke, die ihre Mutter nie getragen hatte. Sie sah eine Brosche aus Feueropalen, die wie Augen in eine Gruppe von drei Fischen aus mattiertem Kupfer eingesetzt waren. Des weiteren einen alten, tränenförmigen Anhänger mit einem Opal, der in den lebhaftesten Grüntönen leuchtete.

Diese nahm sie, da sie die größten Steine besaßen, an sich und reichte sie Myrrima, die in ihrer Weste Taschen hatte. »Hoffen wir, daß das genügt.«

Sie legte den Schmuck ihrer Mutter in die Truhe zurück und schob sie unters Bett.

Als sie damit fertig war, blickte sie aus dem Erkerfenster über die Burg.

Die Straßen der Stadt waren nun verwaist und still. Zum ersten Mal in ihrem Leben sah sie nicht einmal den Rauch eines einzigen Kochfeuers aus einem Kamin in der Stadt aufsteigen. In der Ferne erblicke sie die Zelte, die sich auf den Feldern ausbreiteten. Jetzt, da die Ritter damit drohten, ihr Volk umzubringen, beeilten sich die Menschen überall mit der Flucht.

Plötzlich erschien ihr die Szene unter ihr vertraut.

»Das habe ich geträumt«, sagte Iome.

»Was habt Ihr geträumt?« wollte Myrrima wissen.

»Das hier, letzte Woche, als Gaborn und ich durch

Longmot ritten. Oder zumindest etwas sehr Ähnliches. Raj Ahten war auf dem Weg hierher, um uns zu töten, und jeder in der Burg habe sich in Distelwolle verwandelt und sei mit dem Wind davongetragen worden, aus seiner Reichweite.«

Deswegen, wurde ihr mit einem Mal bewußt, wirkte alles so vertraut. Die Menschen, die in alle Richtungen davonstoben, erinnerten sie an Distelwolle in einem heftigen Wind. »Nur in meinem Traum waren Gaborn und ich die letzten, die aufgebrochen sind. Wir wurden alle davongeweht. Aber … mir war bewußt, daß wir nie zurückkehren würden. Nicht hierher.« Der Gedanke erschreckte sie.

In der Legende hieß es, die Erde spreche zu den Menschen in Zeichen und Träumen, und wer am genauesten hinhörte, werde zu einem rechtmäßigen Lord oder König. In Iomes Adern floß das Blut solcher Könige.

»Das war nur ein Traum«, sagte Myrrima. »Wäre es eine wahrhaftige Sendung, wäre Gaborn jetzt bei Euch.«

»Ich glaube, er ist bei mir«, erwiderte Iome. »Ich glaube, ich trage sein Kind in mir.« Sie blickte zu Myrrima. Sie war von gewöhnlicher Herkunft, und Iome wußte, daß sie kein Omen auf die leichte Schulter nehmen würde.

»Oh, meine Dame«, hauchte Myrrima. »Ich gratuliere!« Schüchtern schloß sie die Königin in die Arme.

»Bald werdet Ihr ebenfalls an der Reihe sein«, versicherte Iome Myrrima. »Ihr könnt dem Erdkönig unmöglich nahe sein, ohne auf seine schöpferischen Kräfte anzusprechen.«

»Hoffentlich«, erwiderte Myrrima.

Iome hatte den Schlüssel zur Schmucktruhe nicht versteckt. Sie öffnete diese jetzt und entnahm ihr die Krone ihrer Mutter sowie die wertvollsten Stücke, die sie fand. »Nur für alle Fälle«, redete sie sich ein. Den Schmuck wickelte sie in einen Kopfkissenbezug, der, wie sie glaubte, gut in ihre Satteltaschen passen würde.

Sie war gerade damit fertig, da stieß draußen im Innenhof jemand – ein junges Mädchen – einen verzweifelten Ruf aus.

»Hallo? Hallo? Ist da jemand?«

Myrrima öffnete das Erkerfenster. Iome lehnte sich über die Fensterbank und schaute hinunter.

Ein Mädchen von zwölf Jahren in einem braunen Kittel, dem Aussehen nach eine junge Magd, sah Iome und rief: »Hilfe! Euer Hoheit, ich hatte gehofft, einen Gardisten des Königs zu finden. Lady Opinsher hat sich in ihren Gemächern eingeschlossen und weigert sich herauszukommen!«

Lady Opinsher war eine ältliche Freifrau, die in der ältesten und feinsten Gegend der Stadt wohnte. Iome kannte sie gut. Sie wußte ganz sicher, daß Gaborn sie bei ihrer Vorstellung anläßlich der Hochzeit Erwählt hatte. Lady Opinsher hatte die Warnung des Erdkönigs ganz gewiß vernommen.

»Einen Augenblick, ich bin gleich da«, sagte Iome und fragte sich, welcher Ärger sich damit ankündigte.

Sie und Myrrima eilten die Treppen hinunter in den Innenhof. Sir Donnor und die Days schlossen sich ihnen an. Verängstigt kletterte das Mädchen auf Myrrimas Stute, dann jagten sie die Tiere durch die Königspforte in die Stadt und durch die engen Straßen zu Lady Opinshers Haus.

Im Reiten hob Iome kurz den Kopf und sah ein Kind in einem offenen Fenster. Es war später Vormittag, wie sie feststellte, und noch immer hatten nicht alle den Anordnungen ihres Gemahls Folge geleistet.

Beim Haus von Lady Opinsher hielten sie an der Tordurchfahrt an, wo weiße Säulen ein Dach über einem ummauerten Innenhof stützten. Vor der Eingangstür des Hauses standen zwei Gardisten in elegant emaillierter Rüstung Wache.

»Was hat das zu bedeuten?« fragte Iome sie. »Solltet Ihr nicht längst aufgebrochen sein?«

»Wir bitten um Nachsicht«, sagte einer der Posten, ein alter Bursche mit klaren blauen Augen und einem silbergrauen Schnauzbart, der ihm über den Mund herabhing. »Doch wir haben einen Eid geleistet, Lady Opinsher zu dienen, und sie hat uns gebeten, auf unserem Posten zu bleiben. Deswegen haben wir auch das Mädchen geschickt.«

»Dürfen wir passieren?« erkundigte sich Sir Donnor theatralisch, als sei er sich über die Befehle der Gardisten im unklaren. Wenn der Wahn dieser Dame sehr weit fortgeschritten war, hatte sie ihren Bewachern womöglich befohlen, alle Besucher umzubringen.

»Natürlich«, antwortete der ältere Gardist. Er trat zur Seite.

Iome stieg ab und eilte unter der Führung des Serviermädchens ins Haus.

Lady Opinshers Haus war weit neuer als der Bergfried

des Königs. Die Burg war vor zweitausend Jahren gebaut worden und hatte einem Lord und seinen Rittern dienen sollen, das Haus hier war dagegen weniger als achthundert Jahre alt und in einer Zeit des Wohlstands ohne Hast errichtet worden. Zudem war es weit verschwenderischer und prunkvoller als der Bergfried des Königs. Iome fand, daß es eher einem Palast in Tide glich. Durch die Fenster über dem Eingang fiel das Sonnenlicht an einem silbernen Kronleuchter vorbei auf das fein gearbeitete Fliesenmosaik des Fußbodens bis hin in einen großen Saal. Die Wände waren sämtlich aus poliertem Holz getäfelt. Auf hohen Ständern ruhten elegante Lampen.

Der Diener geleitete Iomes Gefolge eine große Treppe hinauf. Iome fühlte sich entsetzlich befangen. Sie trug Stiefel und Reitkleider, dabei glaubte sie, in einem solch eleganten Haus eigentlich das leise Rascheln ihrer Röcke hören zu müssen.

Dort, im zweiten Stock, führte der Diener Iome zu einer riesigen Eichentür, die mit einer kunstvollen Schnitzerei von Lady Opinshers Wappen verziert war.

Iome versuchte die Tür zu öffnen, stellte jedoch fest, daß sie verschlossen war, also trommelte sie mit den bloßen Fäusten dagegen und rief: »Im Namen der Königin, macht auf.«

Als daraufhin keine Reaktion erfolgte, klopfte Sir Donnor fester.

Iome hörte leise Füße auf Stein scharren, doch noch immer öffnete die Dame nicht die Tür.

Laut und vernehmlich sagte Iome zu Sir Donnor: »Holt eine Axt, dann werden wir die Tür einschlagen.«

»Bitte, Euer Hoheit, tut das nicht«, flehte Lady Opinsher.

Sir Donnor hielt inne, da die Freifrau ihre Tür entriegelte und einen Spaltbreit öffnete. Die Frau war nicht mehr jung, ihr Gesicht von Falten zerfurcht, aber sie besaß noch immer eine schlanke Figur. Da ihre Gabe der Anmut unangetastet war, stellte die Freifrau eine gutaussehende Dame dar, auch wenn sie während der letzten drei Jahre selten aus dem Haus gekommen war.

»Was kann ich für Euch tun, Euer Hoheit?« fragte die Freifrau mit einem steifen Knicks.

»Ihr habt die Warnung des Erdkönigs vernommen?« fragte Iome.

»Das habe ich«, antwortete die Freifrau.

»Und?«

»Ich bitte darum, hierbleiben zu dürfen«, sagte Freifrau Opinsher.

Iome schüttelte erstaunt den Kopf. »Warum?«

»Ich bin alt«, erklärte die Freifrau. »Mein Gemahl ist tot. Meine Söhne sind allesamt in den Diensten Eures Großvaters gefallen. Ich habe nichts mehr, wofür ich leben kann. Ich möchte mein Haus nicht im Stich lassen.«

»Es ist ein prachtvolles Haus«, befand Iome. »Und es sollte auf Euch warten, wenn Ihr zurückkehrt.«

»Achthundert Jahre lang hat meine Familie hier gelebt«, erzählte die Freifrau. »Ich will nicht fort. Ich werde nicht fortgehen. Weder Euch oder sonst jemandem zuliebe.«

»Nicht einmal Euch selbst zuliebe?« fragte Iome. »Nicht einmal für Euren König?«

»Mein Entschluß steht fest.«

Ich könnte Sir Donnor befehlen, sie aus dem Haus zu zerren und mit den Posten zu kämpfen, überlegte Iome. Sie bezweifelte, ob die alten Herren Sir Donnor viel Ärger bereiten würden, denn er galt als hervorragender Krieger. Borenson war einmal gegen ihn angetreten und hatte ihn anschließend zum Kommandanten der Königsgarde befördert.

»Das Leben hat einen Sinn«, beschwor Iome sie. »Wir leben nicht ausschließlich für uns selbst. Ihr seid vielleicht alt, doch Ihr könnt anderen helfen. Wenn Euch noch ein wenig Weisheit, Freundlichkeit oder Mitgefühl erhalten geblieben ist, könnt Ihr anderen noch immer helfen.«

»Nein«, erwiderte Freifrau Opinsher. »Ich fürchte, nicht.«

»Gaborn hat in Euer Herz geblickt. Er hat gesehen, was in Euch steckt. Euer Lord kennt Euer Herz.« Freifrau Opinsher war für ihre Wohltätigkeit bekannt, und Iome glaubte zu verstehen, warum Gaborn die alte Frau Erwählt hatte. »Er hat Euren Mut erblickt und Euer Mitgefühl.«

Mit einem trocken-vergnügten Lachen gab Freifrau Opinsher zurück: »Diese Eigenschaften sind mir gerade heute morgen ausgegangen. Könnte mein Dienstmädchen sie auf dem Markt erstehen, ich würde sie holen und vor meiner Schlafzimmertür ablegen lassen. Nein«, setzte sie mit Nachdruck hinzu. »Ich gehe nicht fort!«

Damit schloß sie die Tür.

Iome war verzweifelt. Die alte Frau empfand vielleicht

Mitgefühl, aber sie glaubte nicht mehr daran, daß das Morgen besser sein könnte als das Heute, daß es sich lohnte, für ihr Leben zu kämpfen, oder daß sie etwas von Bedeutung zu geben hätte. Iome konnte die Beweggründe der Frau nur vermuten.

»Dann könnt Ihr bleiben«, sagte Iome zur Tür. Sie würde niemanden aus dem eigenen Haus zerren, der sich mit Händen und Füßen dagegen sträubte. »Aber Ihr werdet Eure Bediensteten entlassen. Ihr werdet nicht erlauben, daß sie mit Euch zugrunde gehen. Sie müssen fliehen.«

»Ganz wie Ihr wünscht, Euer Hoheit«, antwortete die Freifrau.

Iome drehte sich um und wollte den Befehl erteilen, doch das Dienstmädchen rannte bereits, froh, fliehen zu dürfen. Iome starrte Myrrima einen Augenblick lang an. Die dunkeläugige Schönheit wirkte nachdenklich.

»Selbst Euer Gemahl kann niemanden retten, der nicht gerettet werden will«, sagte sie. »Es ist nicht seine Schuld. Und unsere auch nicht.«

»Sir Donnor, geht zur Stadtgarde und laßt jedes Gebäude in der Stadt durchsuchen«, trug sie ihrem Begleiter auf. »Stellt fest, wie viele es von ihrer Sorte noch gibt. Warnt sie in meinem Namen, daß sie fortgehen müssen.«

»Sofort«, antwortete Sir Donnor, drehte sich auf dem Absatz um und eilte hastig von dannen.

»Das wird Stunden dauern«, sagte Myrrima, nachdem er gegangen war.

Iome war der leicht fragende Unterton in Myrrimas

Stimme keinesfalls entgangen. Was sie meinte, war: »Wenn wir das tun, wann brechen *wir* dann auf?«

Iome biß sich auf die Unterlippe und schaute zu ihrer Days hinüber, als suche sie nach einer Antwort. Die würdige alte Dame blieb wie gewöhnlich stumm. »Wir verfügen über schnelle Pferde«, meinte Iome. »Wir können in einer Stunde weiter kommen als ein Bauer an einem ganzen Tag.«

Iome traf den Zauberer Binnesman unten bei einem Gasthaus an, wie er versprochen hatte. Das Gasthaus, ein ehrwürdiges, altes Haus mit dem Namen ›Der Hort des Ebers‹, war das größte in der Stadt, und sein Keller war ein regelrechter Irrgarten. Riesige Eichenfässer verströmten hier unten den Geruch von Bierhefe, und von den Deckenbalken hing büschelweise getrocknetes Bierkraut. Auch nach Mäusen roch es, obwohl überall wilde Katzen davonhuschten, als Iome, Myrrima, Sir Donnor und Iomes Days zwischen Stapeln leerer Weinschläuche und Behältern mit Pastinaken, Zwiebeln und Porree hindurchgingen, vorbei an Weinpressen und Fässern mit gesalzenen Heringen und Aalen, zwischen in feuchte Tücher gewickelten Käselaiben und gewaltigen Mehlsäcken hindurch.

In den entlegensten Winkeln des Kellers, hinten, wo gewaltige Bottiche mit Bier vor sich hin gärten, hatte man Kranke hingelegt, damit die Ärzte sie versorgen konnten.

Hier, im Dämmerlicht einer einzigen Kerze, arbeitete Zauberer Binnesman. Er hatte vor einigen großen Eichentüren Blätter von Goldlorbeer und Rabenglaubzweige ausgelegt und die Türen mit Runen bemalt.

Als Myrrima näher kam und die Juwelen der Königin aus ihrer Tasche zog, schloß Binnesman die Türen zu den Krankenstuben.

Er ergriff die Opale mit gierigen Händen und legte sie auf dem Holzfußboden aus, der vom Schmutz zahlloser Jahre starrte. Zwischen den bis zur Decke reichenden Ölfässern war es fast so finster wie in einer sternenklaren Nacht.

Binnesman legte die Opale auf den Fußboden und zeichnete Runen in den Staub ringsum. Dann kniete er nieder, machte kreisende Bewegungen mit den Fingern und sprach mit monotoner Stimme:

»Einst wärmte das Sonnenlicht die Erd',
Durchströmte einen wie ein Kind,
Das sich erwärmt am winterlichen Herd.

Einst gleißten Sterne am Firmament,
Auf daß die Erinnerung der Steine
Ihr leuchtend Strahlen wiedererkennt.«

Daraufhin flüsterte er: »Wacht auf und gebt euer Licht frei.« Er hielt in seinen Bewegungen inne und erhob sich erwartungsvoll. Bis jetzt hatten die Steine dunkel auf dem Boden gelegen.

Doch plötzlich sah Iome, wie sie anfingen zu glühen, wie das tief in ihrem Innern eingefangene Feuer zu lodern begann. In ihrer Kindheit hatte Iome oft mit der Halskette ihrer Mutter gespielt und dabei das funkelnde Farbenspiel beobachtet, wenn sie einen Opal in der Hand hielt und ihn im Licht drehte. Sie hatte grüne, rote und goldene Partikel in ihnen herumwirbeln sehen.

Doch nichts hatte sie auf das blendende Licht vorbereitet, das jetzt aus diesen Steinen hervorleuchtete. Strahlen von tiefstem Karminrot, sattem Smaragdgrün, dunkelstem Saphirblau und strahlendem Weiß tanzten wilder durch den Raum als jedes Feuer. Man schien geradewegs in die Sonne zu blicken, und Iome wandte sich ab, aus Angst, sie könnte erblinden.

Hinter ihr wich Myrrima verängstigt einen Schritt zurück. Sie erschrak und sah sich verwundert im Raum um, als die vibrierenden Lichtpunkte sich verschoben und umhersprangen, wie von einer Wasserfläche zurückgeworfen.

Binnesman starrte die leuchtenden Opale unverwandt an. Einige glühten heller als andere. Nach einer Weile wurden sie wie erkaltende Kohlen schwächer. Er schob die Feueropale mit einem Finger nach links hinüber, denn obwohl sie leuchteten, verblaßte ihr rötliches Licht rasch.

Mit einer Hand hob er den Anhänger auf, der den grünen Opal enthielt. Die anderen Steine wurden bereits dunkler, dieser jedoch erstrahlte nach wie vor so hell, daß die von ihm ausgehende Hitze sengend wurde, und sein Grün erschien ihr wie eine Waffe, die sie bestrafen wollte.

Iome hatte Binnesman stets als einen freundlichen alten Mann gekannt, bis zu diesem Augenblick – da erfüllte sie das rings um ihn aufflackernde Licht mit

Entsetzen. Er stopfte den Anhänger in seine Tasche. Das Licht schien immer noch wie ein brennendes Feuer durch den Stoff hindurch.

»Ich danke Euch vielmals, Euer Hoheit«, sagte er. »Ich hätte mir keinen schöneren Stein erhoffen können. Für die anderen habe ich keine Verwendung. Ihr werdet feststellen, daß sie jetzt ein wenig stumpf geworden sind, aber legt Ihr sie für ein paar Tage in die Sonne, kehrt ihr Feuer strahlender als je zuvor zurück.«

Vorsichtig postierte er einen einzelnen Ohrring auf den Fußboden, bevor er die Tür zur Krankenstube schloß, dann gab er Myrrima die übrigen Opale zurück.

Iome stand geblendet in der Dunkelheit. »Wird es funktionieren?« fragte sie. »Könnt Ihr ihn mit diesem Stein töten?«

»Töten? Einen Glorreichen der Finsternis?« fragte Binnesman. »Auf den Gedanken bin ich noch nicht gekommen. Ich hoffe zunächst einmal, ihn einzufangen.«

KAPITEL 16
Nebelschwaden

Der Ritt von den Trostbergen hinunter nach Carris erschien Roland zu einfach. Und zwar in jeder Hinsicht. Er, Baron Poll, Averan und die grüne Frau waren an diesem Morgen auf der Bergstraße gut vorangekommen, hauptsächlich, weil die Straßen menschenleer waren.

Schon das allein kam ihm verkehrt vor. Angeblich hielt sich König Ordens Oberster Berater und Stratege, Paldane, der Jäger, in Carris auf. Man hätte erwarten sollen, seine Truppen über die Hauptstraße eilen zu sehen, während sie sich für die bevorstehende Schlacht in Stellung brachten.

Als sie durch Espen und Fichtenhaine von den Bergen herunterritten, nahm sich Roland ein paar Augenblicke Zeit und setzte sich auf einen Felsen, um die steinübersäte Ebene unter ihnen nach Soldaten abzusuchen. Zwischen einigen Bachläufen lagen dichte Schwaden morgendlichen Nebels, der so dicht war, daß sich eine Armee darin hätte verstecken können. Dahinter gab es überreichlich viele Stellen im Gelände, wo sich eine Armee verborgen halten könnte – an einer Reihe von Stellen erhoben sich bewaldete Hügel über der Ebene, und zwischen zwei Ausläufern eines Berges weiter westlich gab es ein tiefes Tal. Überall sah man Städte und kleinere Ortschaften.

Barrens Wall oben im Norden war acht Meilen breit und erstreckte sich zwischen zwei großen Hügeln. In grauer Vorzeit war dieses Gebiet zwischen Muttaya und Mystarria sehr umkämpft gewesen. Daß Mystarria nicht immer gesiegt hatte, zeigte sich vor allem in der uneinheitlichen Architektur – in den Orten fand man mit Kuppeln versehene Gutshäuser mit ummauerten Veranden und Teichen. Die Straßen waren breiter als in Tide, wo Roland großgezogen worden war.

Auch in den Namen der Dörfer spiegelte sich die wechselvolle Geschichte des Landes wider. Dörfer wie Hinterhalt, Gillens Sturz und Rückzug lagen Seite an Seite mit Ortschaften namens Aswander, Pastek und Kishku. Alles in allem, dachte Roland, nachdem er die Landschaft betrachtet hatte, hatte ein Stratege wie Paldane, der Jäger, damit ein ausgezeichnetes Gelände für seine Soldaten ausgewählt. Mehrere Festungen konnten als Sammelpunkte dienen. Er stellte sich vor, wie sich ein Bogenschütze hinter steinernen Mauern verstecken ließ oder sich berittene Truppen hinter den Toren eines größeren Bergfrieds verbargen.

Und doch konnte er in der Ebene unten nichts entdecken, was auf Armeen hingedeutet hätte – kein Blitzen der Morgensonne auf einer Rüstung, kein Rauch, der über Lagerfeuern aufstieg, keine Prunkzelte eines Lords, die in einem entlegenen Tal aufgeschlagen waren.

Tatsächlich wirkte die Gegend oberhalb von Carris wie ausgestorben. Roland, Baron Poll, Averan und die grüne Frau standen fünfzehn Minuten lang auf einer Kuppe und schauten blinzelnd in das unter ihnen liegende Tal.

Roland konnte Hunderte von Bauernhäusern erkennen, dazu Heuschober in großer Zahl. Felder überzogen das Land mit einem Schachbrettmuster – ein Weingarten unterteilte ein Feld in Streifen, während Hopfen das nächste dunkel färbte.

Die Gehöfte waren von Steinmauern umgeben. Von hier oben war deutlich zu erkennen, daß es in Carris Steine im Übermaß gab, genug, um Häuser und Mauern zu errichten, trotzdem blieben noch so viele übrig, daß die Bauern sie an manchen Stellen einfach übereinandergeschichtet hatten. Diese muttayinischen Sonnenkuppeln – kreisrunde Krematorien, aus Stein als Ebenbild der untergehenden Sonne erbaut – waren auf vielen Hügeln zu erkennen. Sie waren charakteristisch für die früheren Schlachtfelder. Carris war ein altes Land.

Es hieß, die Festung reiche in eine Zeit vor die letzte Erinnerung der Menschen zurück, als Erden Geboren mit seinen einhunderttausend Rittern hergeritten war, um sie zu verteidigen. Viele dieser Sonnenkuppeln unten dienten als Verbrennungsöfen, in die die erobernden Armeen die Unterlegenen geworfen hatten. Solche Orte wurden zweifelsohne von Wichten heimgesucht.

Doch falls es hier Wichte gab, schien das die Einheimischen nicht zu stören. Carris selbst, noch gut zwanzig Meilen entfernt, war aus dieser Entfernung schwer auszumachen. Man hatte die alte Festung auf einer Halbinsel in einem tiefen See am Horizont erbaut. Über dem Wasser lag dichter Nebel, die Festung jedoch ragte daraus hervor, und ihre Granitwände und hohen Wachtürme leuchteten golden in der Dämmerung. Morgendliche Kochfeuer hinterließen eine dünne Rauchspur, die über der Anlage hing.

Ein Graak strebte über der Burg nach oben, einen Himmelsgleiter auf dem Rücken. Averan seufzte, als hätte sie selbst gerne auf dem Tier gesessen.

In der Nähe jedoch stieg über keinem der Kamine in den Häusern Rauch in die Höhe. Kein Wind wehte. Auf den Feldern stand kein einziges Tier.

Ausgestorben. Die gesamte Ebene von Carris wirkte bis auf ein paar dahinziehende Gänseschwärme vollkommen ausgestorben. Selbst hier am Berghang war es viel zu still: kein Eichelhäher schrie, kein Eichhörnchen sprang umher.

»Das gefällt mir nicht«, sagte Baron Poll. »Ich bin in diesem Land geboren. Als Junge bin ich hier herumgetollt. Etwas Derartiges habe ich noch nicht gesehen.«

Er deutete auf ein paar grüne Felder etwas weiter links, nur zwei Meilen unterhalb von ihnen, wo ein Obstgarten eine Reihe von Eichen unterbrach. »Zu dieser Jahreszeit zieht hier stets ein Schwarm Krähen von Norden her auf seiner Bahn vorbei. Wenn Ihr der Eichenreihe mit dem Finger in den Himmel folgt, müßtet Ihr eine recht gute Vorstellung von ihrer Flugbahn bekommen.

Aber heute sehe ich hier nichts davon. Nicht einen einzigen Vogel. Krähen sind kluge Tiere. Sie erkennen Gefahren besser als ein Mensch. Sie wissen, daß sich eine Schlacht zusammenbraut, daher folgen sie den Soldaten in der Hoffnung, sich anschließend den Bauch vollschlagen zu können.

So, und dann schaut dort hinunter, wo diese Nebelbank dicht über dem etwas höher gelegenen Gelände hängt.« Jetzt zeigte er fast genau geradeaus, auf eine Stelle fünf Meilen nördlich vom Fuß des Hügels. »Seht Ihr, wie die Gänse darüber hinwegziehen? Auf diesen Feldern wächst guter Hafer, außerdem gibt es Teiche, in denen sie schwimmen können. Jede Gans, die eines Ganters würdig ist, sollte eigentlich dort unten sein. Aber sie kreisen nicht über den Feldern, um sich zu vergewissern, ob die Landung sicher ist. Sie wissen, daß Gefahr droht, fliegen von einer Nebelbank zur nächsten und trauen sich nicht zu landen.«

»Aber warum?« fragte Averan.

»Sie fürchten sich. Zu viele Soldaten in der Nähe, die durch den Nebel schleichen.«

Averan sah ihn von der Seite an, als glaubte sie, Baron Poll versuche bloß, ihr angst zu machen. Das Mädchen wirkte auf Roland müde oder krank. Ihre Augen trieften, und sie hüllte sich in ihren Umhang, als litte sie an einer Erkältung.

»Ich meine es ernst. Seht Ihr die Nebelbank dort hinten, links von uns, jenseits der Hügel? Sie liegt bestimmt zweihundert Fuß höher als alle anderen Nebelbänke, und die Farbe ist ein wenig zu bläulich. Sie zieht bergab, obwohl sie eigentlich, von der Morgensonne angewärmt, nach oben steigen sollte. Raj Ahtens Männer, wette ich, mit einem Flammenweber, der sie verbirgt. Unsere Späher behaupten, er habe sich eines solchen Nebels bedient, um sich darin auf seinem Marsch durch Heredon zu verstecken. Würdet Ihr in diese Nebelbank hineinspazieren, Ihr würdet auf jede Menge Kampfhunde, Frowth-Riesen und Unbesiegbare stoßen.

Und dort, ein Stück weiter hinten auf dem hügeligen Gelände, befindet sich eine weitere Bank aus diesem ölig blauen Nebel.

Dann seht hier links von uns nach oben. Eine dritte Truppenkolonne.«

Roland sperrte staunend den Mund auf und lehnte sich auf seinem Roß zurück. Baron Poll mochte recht haben. Die drei Nebelbänke bewegten sich aufeinander zu, dabei hätte keine wie auch immer geartete Windströmung dies je bewirken können.

»Und dann, dort unten, auf der anderen Seite von Carris, in der Nähe des Flusses. Ich wette, dort sind Wasserzauberer am Werk. Seht Ihr den riesigen Nebel dort?«

»Ich glaube, das ist nur natürlicher Nebel«, entgegnete Roland. »Er ist nicht verfärbt.«

Baron Poll zog eine Braue hoch. »Mag sein. Aber er entfernt sich nur an dieser einen Stelle vom Fluß und nirgendwo sonst. Das Werk von Wasserzauberern. Der Nebel wird von besserer Qualität sein und natürlicher aussehen als der Rauch eines Flammenwebers. Ich würde sagen, in *diesem* Nebel verbirgt sich das Gros von Paldanes Verstärkungen, die von Cherlance aus in Richtung Süden marschieren.« Der Baron zog sich die Hosen hoch wie ein Bauer, bevor er an die Arbeit geht. »Wir müssen uns vorsehen. Die Straßen vor uns wirken menschenleer, aber der Schein kann trügen.«

Die grüne Frau zeigte auf den Nebel über den Niederungen und fragte: »Nebel?«

»So ist es, Nebel«, erwiderte Roland und erweiterte ihren Wortschatz um ein Wort.

Sie zeigte auf eine Wolke am Himmel. »Nebel?«

»Wolke«, verbesserte er und überlegte, wie man den Unterschied deutlicher erklären konnte. Er sah blinzelnd in die Sonne und zeigte darauf. »Und da oben ist die Sonne. *Sonne.*«

»Sonne, nein«, rief die grüne Frau und warf verängstigt rasch einen Blick auf die gleißend helle Scheibe. Sie zog den Umhang aus Bärenfell fest um ihre Schultern.

»Ich hab's Euch doch gesagt, sie ist kein Geschöpf des Feuers«, frohlockte Averan. Sie ging zur grünen Frau und zog ihr die Kapuze des Umhangs hoch, damit sie sich darunter verstecken konnte. »Das Sonnenlicht behagt ihr ebensowenig wie unser Lagerfeuer.«

»Vermutlich hast du recht«, meinte Baron Poll. »Ich möchte mich bei dem Eingeweide fressenden jungen Mädchen mit der avocadofarbigen Haut entschuldigen.«

Roland lachte.

Averan funkelte Baron Poll nur wütend an. »Und ich werde Euch noch etwas verraten, Baron Brotkorb …«, sagte sie und holte tief Luft, als wollte sie zu einer ausführlichen Erklärung ansetzen.

Doch dann erbleichte sie, fing an zu zittern und verstummte. Sie zog den Umhang eng um sich, als ob sie sich ebenfalls vor der Sonne verstecken wolle.

In ihren Augen lag ein abwesender Blick. Roland sah, sie zitterte nicht etwa, weil sie befürchtete, Baron Poll könnte ihr nicht glauben, sondern weil sie etwas sagen wollte, das ihr Furcht einflößte.

»Nun red schon …«, forderte Baron Poll sie ungeduldig auf.

Averans Augen füllten sich mit Tränen. Sie schlug beide Hände vor ihren Bauch, ließ sich hart auf den Boden fallen, dann wälzte sie sich auf die Seite und blieb keuchend liegen.

»Bist du krank, Kind?« fragte Roland. Er stieg von seinem Pferd herunter.

Averan starrte Roland und Baron Poll aus weisen, kleinen Augen an. Sie besaß eine Gabe der Geisteskraft und konnte sich weit mehr merken als jedes andere Kind, daher wirkte sie erwachsener, als bei ihren neun Jahren möglich schien.

»Baron Poll«, fragte sie abweisend, »was werden wir mit der grünen Frau machen?«

»Das weiß ich nicht«, antwortete der Baron. »Aber wenn sie aufhören würde, uns nachzulaufen, wäre ich um einiges glücklicher.«

»Wenn sie uns nach Carris folgt, was wird Herzog Paldane dann mit ihr machen?«

Baron Poll sah kurz zerstreut zur grünen Frau hinüber. »Das weiß ich nicht, Kind. Vermutlich wird er sie einsperren wollen. Sie ist sehr kräftig und gefährlich, und wir haben keine Ahnung, woher sie kommt und was sie will.«

»Und wenn sie sich gegen ihn wehrt? Was, wenn sie versucht, sich zu schützen?«

»Wenn sie einem Untertan seiner Majestät Schaden zufügt, wird er sie einsperren.«

»Und wenn sie jemanden umbringt?«

»Die Strafe dafür kennst du«, erwiderte der Baron.

»Er wird sie töten, nicht wahr?« fragte Averan.

»Vermutlich.« Baron Poll nickte und gab sich Mühe, der Feststellung einen Unterton von Mitleid beizumischen, das er ganz offenkundig nicht empfand.

»Wir dürfen nicht zulassen, daß er sie tötet«, sagte Averan. »Auf keinen Fall können wir mit ihr nach Carris gehen.«

»Aber wir haben eine Nachricht zu überbringen«, erinnerte sie Baron Poll. »Bei allem, was recht ist, wir hätten gestern abend unbedingt trotz des Unwetters weiterreiten sollen, nur war mir die Vorstellung unangenehm, Raj Ahtens Truppen im Dunkeln in die Arme zu laufen. Trotzdem haben wir eine Nachricht zu überbringen, und du, *Himmelsgleiterin* Averan, bist durch einen Eid verpflichtet, sie abzuliefern.«

»Wovor fürchtest du dich?« fragte Roland, da das Mädchen offensichtlich im Begriff stand, vor Angst den Verstand zu verlieren.

»Niemand aus meiner Familie hat je eine Sendung empfangen«, erwiderte Averan.

»Und du glaubst, du hast eine empfangen?« fragte Roland. Das Mädchen krallte seine Hände ineinander und hielt sich den Bauch. Sie zitterte vor Aufregung.

»Gerade habe ich etwas gesehen. Ich habe die grüne Frau gesehen, tot, am Ende eines Pfahles, draußen vor den Burgmauern.«

Roland war kein gebildeter Mann, in Mystarria kannte jedoch jedes Kind die Legenden über die Sendungen.

»Wenn es eine echte war, dann war es nur eine Warnung, und du kannst vielleicht noch verhindern, daß es soweit kommt.«

Baron Poll kniff die Augen zusammen und kniete nieder, um näher bei dem Kind zu sein. »Du willst nicht nach Carris? Wir könnten die Stadt vermutlich umgehen, aber wenigstens einer von uns muß hinein.« Er zog die Möglichkeit nur kurz in Betracht, dann setzte er heftiger hinzu: »Nein, die Straßen sind bestimmt nicht sicher! Wir stehen uns besser, wenn wir zusammenbleiben. Ich bin ziemlich sicher, daß ich uns durch Carris führen kann, aber darüber hinaus verspreche ich nichts.«

Roland war sich darüber im klaren, daß Baron Poll seine eigene Warnung wirklich glaubte – dort unten auf der Ebene hielten sich Armeen verborgen, und Raj Ahtens Männer hatten entlang der Straßen sämtliche Boten abgefangen.

»Laßt mich irgendwo zurück, während Ihr die Nachricht überbringt«, flehte Averan. »Die grüne Frau folgt *mir*, nicht Euch. Sie wird bleiben, wo immer Ihr mich absetzt. Ihr könntet mich dann später holen kommen.«

Baron Poll kratzte sich am Kinn. Sich so nahe an Carris heranzuwagen war gefährlich genug, das Kind jedoch bat ihn, sein Leben zu riskieren, indem er auch noch zurückritt.

Trotzdem, das Mädchen hatte recht, wenn sie sich um das Schicksal der grünen Frau sorgte. Baron Polls Augen zuckten abwägend zu Roland hinüber. »Es ist zu gefährlich. Kommt nicht in Frage.«

Er sprach mit Autorität in der Stimme, als wollte er jedes weitere Gespräch unterbinden.

»Erst sagt Ihr, Ihr wollt mich nicht in den Norden nach Heredon bringen, jetzt sagt Ihr, Ihr wollt mich nicht hier lassen! Habe ich in der Angelegenheit überhaupt kein Wörtchen mitzureden?« wollte Averan wissen.

»Nein«, antwortete Baron Poll vernünftigerweise. »Ich bin vielleicht ein fetter, alter Ritter, aber ich bin ein Lord und du nicht. Wir befinden uns im Krieg. Ich tue nur, was am besten für dich ist.«

»Ihr tut nur, was am besten für *Euch* ist«, schrie Averan. »Ich zähle überhaupt nicht.«

»Ich denke ausschließlich darüber nach, was für *Menschen* am besten ist – und nicht« – er machte eine wegwerfende Handbewegung zur grünen Frau – »für irgendein grünes Ungeheuer mit hübschen Brüsten.«

»Ich weiß, was für mich am besten ist!« protestierte sie.

»Ach, wirklich?« fragte Baron Poll. »Gestern abend hast du geschmollt, weil du nach Heredon wolltest. Jetzt bekommst du einen Wutanfall, weil du hierbleiben willst! Was ist nun am besten für dich?«

»Ich kann doch meine Meinung ändern«, sagte Averan laut.

»Stimmt«, pflichtete ihr Baron Poll zu, »deine ja, aber nicht meine.«

Er packte Averan derb am Arm und zerrte sie zu seinem Streitroß. Averan fing an zu kreischen, und Baron Poll gab ihr einen ordentlichen Klaps auf den Hintern.

»Verdammt, Mädchen, wenn du mit deinem Gebrüll Raj Ahtens Truppen zusammenschreist, dann, schwöre ich, schlitze ich dir die Kehle auf, bevor sie mich erwischen, und wenn es das letzte ist, was ich tue.«

Baron Poll sprang auf sein Streitroß, dessen große Kraft seine geringe Körpergröße Lügen zu strafen schien, und zog Averan zu sich hinauf.

Roland hatte das Mädchen zu sich aufs Pferd nehmen wollen, wagte aber nicht, sich einzumischen. Schließlich war Baron Poll ein Runenlord und hatte das Recht, das Mädchen herumzukommandieren, wie er es für richtig hielt.

Er saß auf. Augenblicke später donnerten sie, gefolgt von der leichtfüßig trabenden grünen Frau, den Hang hinunter. Während sie sich der Ebene näherten, riß Baron Poll sein Pferd plötzlich seitlich herum und jagte es unter die Bäume, wo er einen Wildwechsel über einen Ausläufer des Berges als Abkürzung benutzen wollte.

Er schien der Straße nicht mehr zu trauen, und vielleicht hatte seine Angst sich schließlich auf das Mädchen übertragen, denn Averan verstummte und wehrte sich nicht länger. Er ließ die Pferde den Hang hinunterrennen, und Roland hatte Mühe, sich festzuhalten. Er lehnte sich in seinem Sattel zurück, aus Angst, sein Sattelgurt könnte rutschen oder reißen und er den Hang hinunterrollen. Baron Poll jedoch ließ keinen Augenblick in seinem Tempo nach.

Nach mehreren halsbrecherischen Minuten erreichten sie eine alte Holzfällerstraße, auf der Baron Poll eine Weile entlangjagte, dann lenkte er die Pferde durch einen Bach und ließ sie über den Zaun eines Bauern springen und über eine Weide galoppieren.

Mehrere Meilen ritt er auf diese Weise, traute niemals einer Straße und hielt ständig zur einen oder anderen Seite Ausschau.

Sie kamen an ein großes Dorf, jagten hindurch und ließen die Pferde gleich dahinter rasten. Eine Reihe von Walnußbäumen säumte die Straße, deren Nüsse gerade begannen, aus ihren grünen Hülsen zu bersten, und Averan, immer noch in ihr Gewand gehüllt, schaute sehnsüchtig zu ihnen hoch. »Kriegen wir heute irgendwann noch einmal was zu essen?«

»Sobald wir in der Burg sind«, sagte Lord Poll. »Vielleicht.«

»Ihr habt schon gestern abend versucht, mich mit Hoffnungen auf ein Abendessen abzuspeisen, und jetzt, zum Frühstück, kriege ich nicht mal mehr das. In der Burg sind sie längst mit Frühstücken fertig und werden bis heute abend nichts mehr essen. Und gestern habe ich gar nichts bekommen.«

»Na ja«, erwiderte Lord Poll, »um so leichter fällt es dir, deine zierliche Figur zu bewahren.«

»Das solltet Ihr vielleicht selber mal versuchen, Baron Dickbauch«, konterte Averan. »Euer Pferd würde es zu schätzen wissen.«

Baron Poll schüttelte Averan grob. Das Kind besaß eine Gabe der Muskelkraft, Baron Poll jedoch besaß mehr als eine und hatte sie sicher im Griff.

Roland fand es hartherzig, ein Kind auf diese Weise verhungern zu lassen. »Ich hole dir ein paar Walnüsse«, bot er an, sprang von seinem Pferd ab und ließ es grasen. Das Tier schwitzte, und seine Lungen gingen wie ein

Blasebalg. Hier am Nordrand des Dorfes standen mehrere Katen dicht beieinander, und es gab wenig Futter für die Tiere. Schafe hatten die Weiden nahe der Straße abgefressen. Jetzt war von ihnen nichts mehr zu sehen. Wahrscheinlich waren sie zur Burg hinüber getrieben worden. Da es sonst kaum etwas zu fressen gab, ging das Pferd zu einem Blumenkasten draußen an einer Kate, fiel gierig über ein paar weiße Blüten her und fraß dabei so schnell, wie dies nur einem Pferd mit Gaben des Stoffwechsels möglich war.

Währenddessen suchte Roland den Boden nach Walnüssen ab, allerdings hatten hier Schweine gewühlt und sich die besten schon herausgepickt. Schließlich kletterte er auf den Baum, um einige zu pflücken.

»Ich muß mal«, sagte Averan und rutschte auf dem Sattel hin und her, wo Baron Poll sie festhielt.

»Halte es noch eine Stunde zurück«, befahl Baron Poll ihr. »Ein Mädchen mit einer Gabe der Muskelkraft kann seine Blase den ganzen Tag unter Kontrolle halten.«

»Ich halte es schon seit gestern nacht zurück«, entschuldigte sich Averan. »Ich wollte im Lager nicht vor Euren Augen pinkeln. Bitte laßt mich gehen! Ich möchte nicht, daß alles über Euren Sattel läuft.«

Baron Poll verdrehte die Augen. »Dann verschwinde, widerliche kleine Ratte. Hinter der Kate müßte es einen Abtritt geben.«

Averan ließ sich vom Pferd fallen und rannte los. Die grüne Frau folgte ihr auf dem Fuße wie ein treuer Hund.

»In zwei Minuten bist du wieder hier«, knurrte Baron

Poll, »oder ich verpasse dir noch eine Abreibung, und die wird schlimmer als die erste.«

Roland kletterte in die Gabel eines Walnußbaumes und begann, sich die Taschen zu füllen. Er war gerade erst eine Minute dabei, als sein Blick zufällig auf die Straße fiel.

Staub stieg dort auf, in der Richtung, aus der sie gerade gekommen waren. Die Staubwolken waren noch ein paar Meilen entfernt, daher verdeckten Bäume und Häuser sie. Trotzdem würden die Reiter bei dem Tempo, das Kraftpferde zu gehen imstande waren, jeden Augenblick hier eintreffen.

»Reiter, und sie kommen schnell näher«, warnte er Baron Poll. Sein Herz schlug wie ein Hammer. Hätte er nicht in diesem Baum gestanden, er hätte sie niemals gesehen.

»Welche Farben?«

Er sah etwas Gelbes aufblitzen. »Die von Raj Ahten. Sie sind uns dicht auf den Fersen.«

Er sprang vom Baum herunter und landete hart genug, um sich die Knöchel zu verstauchen.

»Averan«, rief Baron Poll. »Hör auf zu pinkeln und komm sofort zurück!«

Er riß sein Schlachtroß herum, jagte es um die Ecke der Kate und begann zu toben und zu fluchen. Roland sprang auf sein Pferd, umkreiste die armselige Hütte gerade rechtzeitig, damit er noch mitbekam, wie Baron Poll einen verwitterten Abtritt hinter dem Haus umtrat.

»Das verdammte Mädchen ist abgehauen«, fluchte der

Baron. Steinzäune teilten das Land hinter der Kate von den dahinterliegenden Gärten und Höfen ab. Roland sah sich nervös um. Er sah keinerlei Spuren, weder von Averan noch von der grünen Frau.

»Weit können sie nicht sein«, meinte Roland. Er wußte jedoch, daß das keinen Unterschied machte. Selbst wenn das Mädchen sich ganz in der Nähe versteckte, hatten sie nicht die Zeit, nach ihm zu suchen.

»Gleichgültig!« rief Baron Poll. »Das Mädchen wollte hierbleiben, also laßt sie doch!«

Der Baron schwenkte sein Pferd herum, Roland dagegen folgte nur zögernd. Er hatte Angst, die grüne Frau und Averan alleine hier zurückzulassen. Er mochte sie mehr, als er sich eingestehen wollte.

Während Baron Poll davonjagte, suchte Roland nach dem Kind und hoffte vergeblich darauf, die grüne Frau irgendwo zu entdecken. Augenblicke später hörte er den donnernden Hufschlag von der anderen Seite des Ortes.

»Viel Glück!« rief Roland Averan zu. »Ich komme zurück und hole dich!« versprach er. Dann machte er kehrt und sprengte in Richtung Carris davon.

Vier Katen von Baron Poll entfernt kauerte Averan an einem Steinzaun hinter einem Fliederbusch und beobachtete, wie Roland und der Baron in nördlicher Richtung davongaloppierten. Sie hatte der grünen Frau den Bärenfellumhang abgenommen, so daß ihre Hautfarbe jetzt mit der des Fliederbusches verschmolz und sie tarnte.

Averan hielt ihre neue Gefährtin fest umklammert und

sprach leise besänftigend auf sie ein, damit sie sich nicht bewegte.

Averan konnte Roland und Baron Poll nicht erklären, warum sie das Gefühl hatte, fortgehen zu müssen. Die Männer würden das niemals verstehen. Seit dem gestrigen Tag jedoch verspürte Averan ein seltsames Gefühl, das immer mächtiger wurde.

Sie war nervös geworden, als sie am gestrigen Abend ins Lagerfeuer geblickt hatte, und die Morgensonne tat ihren Augen weh, bis sie brannten. Und während Averan heute morgen über der Leiche von Raj Ahtens Meuchelmörder gekniet und so getan hatte, als esse sie, hatte sie danach gegiert, vom Blut des Mannes zu kosten.

Jetzt glaubte sie zu spüren, was die grüne Frau brauchte, verstand es vielleicht sogar noch besser als die grüne Frau selbst.

Sie brauchte die Erde. Sie mußte sich von deren Kraft erneuern lassen.

Also hatte Averan sich an die grüne Frau geschmiegt, während Baron Poll herumfluchte und Roland versprach zurückzukommen.

Augenblicke später preschten zwanzig von Raj Ahtens Rittern unter dem Geschepper ihrer Rüstung und dem Donnern der Hufe ihrer Schlachtrösser auf dem harten Untergrund der baumgesäumten Straße vorüber.

Die grüne Frau rührte sich nicht, lehnte sich in Averans Umarmung, bis die Unbesiegbaren vorüber waren. Dann hob sie die Nase wie ein Hund, der versucht, eine Witterung aufzunehmen, und fragte. »Blut, ja?«

»Blut, ja«, versprach ihr Averan, froh, daß die grüne

Frau den Geruch von Raj Ahtens Soldaten wiedererkannt hatte. »Aber nicht jetzt. Du mußt dich ausruhen. Ich weiß, was du brauchst.«

Averan hatte es in einer Vision gesehen, dessen war sie sicher. Sie hatte nicht verstanden, was ihr erschienen war, doch sie spürte, wie ein Verlangen sie antrieb, eine Gier, die tief aus ihrem Innersten herrührte. Die grüne Frau war ein Geschöpf der Erde, und in diesem Augenblick benötigte sie deren Umarmung.

Noch immer hatte Averan Angst, sich zu bewegen. Eine morgendliche Brise strich seufzend durch den Ort und verbog den Fliederbusch. Die grüne Frau starrte hinauf in die Blätter, als fürchte sie sich vor dieser geheimnisvollen Kraft.

»Es ist nichts«, versuchte Averan sie zu beruhigen. »Nur der Wind. Der Wind.«

Sie hielt die Hand der grünen Frau hoch, ließ sie spüren, wie der Wind zwischen ihren Fingern hindurchströmte. Doch die grüne Frau zog ihre Hand entsetzt zurück.

»Wind, nein!« flüsterte sie. Sie sah sich verzweifelt um, als suche sie nach einem Ort, an dem sie sich verstecken könnte.

KAPITEL 17

Unter staubigem Gewand

Die Straße durch die Durkinberge war eine einzige Staubwolke. Erin Connal war sie wenige Tage zuvor entlanggeritten, nachdem die Regenfälle der vergangenen Woche die Straße an den tiefergelegenen Stellen unter Wasser gesetzt hatten. Aber da hatte der Schmutz wenigstens fest am Boden gehaftet, zudem war sie alleine unterwegs gewesen.

Jetzt, nach nur wenigen heißen Tagen, war die Straße nach Süden so trocken wie im Hochsommer. Hinzu kam, daß sie während der letzten Woche viel benutzt worden war und die Hufe zahlloser Tiere und die Räder Tausender Karren das Erdreich aufgewühlt und zu einem feinen Pulver zermahlen hatten, das allenthalben schmutzigbraun in die Höhe stieg und ihren Weg markierte. Immer wieder verspürte Erin den Wunsch, einfach unter die Bäume des Dunnwaldes und parallel zur Armee reiten zu können, um den Staub zu vermeiden. Doch das Gestrüpp neben der Straße war dicht, die Pfade holprig, außerdem konnte sie sich keine Verzögerung leisten. Die Armee hatte es zur Zeit eilig.

Sie zog jetzt vorn bei der Vorhut in den Krieg, fast in allervorderster Reihe – an der Seite von König Gaborn Val Orden und dem dicken König Orwynne, einer Schar Lords und natürlich aller ihrer sie begleitenden Days.

Man hatte auf der Straße vor ihnen eine Kette aus ein

paar Dutzend Spähern und Gardisten gebildet, und der von ihnen aufgewirbelte Staub stieg hoch in die Luft. Grus verfing sich in Erins Zähnen und brannte ihr in Augen und Nasenhöhlen. Schmutz klebte an den gefetteten Gliedern ihrer Rüstung, und schwerer Staub setzte sich in den Falten ihrer Kleidung ab. Obwohl sie erst den halben Tag geritten waren, würde es vermutlich eine Woche dauern, bis sie sich wieder sauber fühlte.

Im Augenblick war daran nichts zu ändern. Sie war nur froh, daß sie nicht noch weiter hinten in der großen Masse der Soldaten reiten mußten, denn je näher man dem Ende der Kolonne kam, desto unerträglicher mußte es werden.

Viele Krieger in Gaborns Gefolge trugen Helme, die ihre Gesichter bedeckten, daher klappten sie bloß die Visiere herunter und gewährten so Gesicht und Augen ein wenig Schutz vor dem Staub. Erin beneidete sie. Sie bildete sich ein, selbst die höllische Hitze im Innern des verdammten Kopfschutzes wäre leichter zu ertragen.

Ihr Helm, der einer Reiterfrau, war ein rundes, offenes Stück mit einem Schutz für die Ohren, allerdings sogar ohne Nasenband. Ein Pferdeschweif, königlich blau gefärbt, bildete das Zimier.

Sie hielt sich beim Reiten ein Tuch vors Gesicht. Von hinten hörte sie lauten Hufschlag, als ein Reiter am Straßenrand entlanggaloppierte.

Er warf einen Blick auf Erin und machte Anstalten, sie zu überholen, als er plötzlich Gaborn erblickte und sein Pferd zügelte. Das Gesicht des Mannes bot ein Bild der Überraschung. Erin wurde klar, daß er nach dem Erdkönig gesucht hatte, doch sowohl König Gaborn Val Orden als auch König Orwynne waren übel verdreckt, und so konnte man sie kaum von gewöhnlichen Soldaten unterscheiden.

»Euer Hoheit«, beschwor der Bursche Gaborn, »die Truppen im hinteren Teil bitten um Erlaubnis, sich zurückfallen zu lassen. Der Staub setzt den Lungen der Pferde zu.«

Erin hätte fast lauthals gelacht. Offenbar machte es den Kriegern aus Heredon nicht das geringste aus, diesen Staub einzuatmen. Ihre Pferde waren es, die litten.

»Sie sollen sich zurückfallen lassen«, erwiderte Gaborn. »Ich sehe keinen Grund, in geschlossener Formation zu reiten, Hauptsache, alle erreichen Burg Groverman bis Einbruch der Nacht.«

»Danke, mein Lord«, antwortete der Mann nickend. Er kehrte jedoch nicht nach hinten zurück, um die frohe Kunde zu verbreiten. Statt dessen ritt er neben Gaborn her, als wollte er ihn um eine weitere Gefälligkeit bitten.

»Ja?« fragte Gaborn.

»Ich bitte um Verzeihung, mein Lord, aber Ihr seid doch der Erdkönig, könntet Ihr da nicht noch etwas tun?«

»Soll ich den Staub ganz verschwinden lassen?« fragte Gaborn amüsiert.

»Das würde man sehr zu schätzen wissen«, antwortete der Ritter, dessen Stimme vor Dankbarkeit nur so triefte.

Gaborn lachte, doch ob aus Vergnügen oder um den Mann zu verhöhnen, vermochte Erin nicht zu entscheiden. »Ich bin vielleicht der Erdkönig«, fuhr Gaborn fort, »und ich mag den Geschmack von Straßenstaub ebensowenig wie Ihr. Aber glaubt mir, meine Macht kennt ihre Grenzen. Könnte ich dafür sorgen, daß der Staub sich legt, würde ich es tun. Öffnet die Reihen. Laßt jeden Mann die Gangart seines Pferdes selbst bestimmen. Wer die schnellsten Pferde hat, wird zuerst auf Groverman eintreffen.«

Der Bursche musterte Gaborn von Kopf bis Fuß. Der Erdkönig war mit einer Schmutzschicht bedeckt. »Jawohl, mein Lord«, erwiderte der Mann, dann schwenkte er sein Pferd herum und gab Befehl, die Formation aufzulösen.

In diesem Augenblick ließen die Könige ihren Pferden ihren Willen und jagten von den gewöhnlicheren Pferden davon. Erin schloß sich ihnen an, und Gaborns Späher in allervorderster Reihe mußten sich anstrengen, um weiterhin vor der Armee zu bleiben.

In ihren Steigbügeln stehend ritt Erin an die Seite ihres Königs und ließ sich vom Wind einen Teil des Staubes aus Kleidern und Haar fegen.

Prinz Celinor an ihrer Seite folgte ihrem Beispiel. Sie sah hinüber und ertappte den Prinzen dabei, wie er sie anstarrte. Er wandte sich ab, als er ihren prüfenden Blick bemerkte.

Erin besaß keine Gabe der Anmut, die ihr Gesicht hätte verderben können. Fleeds war ein armes Land, daher wurden auf Erlaß der Erhabenen Königin keine Gaben der Anmut gewährt. Man konnte es sich nicht leisten, Blutmetall dafür zu verschwenden, die Schönheit einer Frau zu mehren, solange es für das Erz eine bessere Verwendung gab.

Trotzdem, auch ohne eine Gabe der Anmut fanden manche Männer sie attraktiv. Sie wunderte sich nur, daß Prinz Celinor sie so anstarrte. Er besaß wenigstens zwei Gaben der Anmut und war demzufolge ein prächtig anzusehender Mann. Sein Haar war von platinblonder Farbe, fast weiß, sein Gesicht schmal, aber kraftvoll. Die Augen leuchteten wie dunkle Saphire. Er war groß und maß annähernd zwanzig Hände. Ein wirklich stattlicher Mann, dachte sie, wenn sie auch nicht das Bedürfnis verspürte, ihn in ihr Bett zu lassen. Denn wie sagte man in Fleeds: ›Sein Ruf folgt ihm wie die Fliegen dem Dreck.‹

Celinors Days, der hinter dem Prinzen ritt, war insofern bemerkenswert, da er fast genauso groß war sie sein Lord.

Nein, Erin hatte kein Interesse an einem Trunkenbold. Letztes Jahr beim Tolfest, erzählte man sich, habe Prinz Celinor Almosen an die Armen von Burg Crowthen verteilt, sei dabei in einem Wagen durch die Straßen gefahren und habe mit Speisen und Kleidungsstücken um sich geworfen. Im benommenen Zustand völliger Trunkenheit hatte er dann bald gemerkt, daß ihm die Almosen ausgegangen waren, also hatte er sich seine eigenen goldurchwirkten Hosen heruntergerissen und sie zum Entsetzen jener Mütter, die Kinder hatten, in die Menge geschleudert. (Gerüchten zufolge sollte er auf mehr als eine Weise mit großzügigen Gaben gesegnet gewesen sein.)

Es hieß, er saufe in solchen Mengen, daß niemand ganz sicher war, ob er je gelernt hatte, auf einem Pferd zu reiten, denn man sah ihn häufiger von einem herunterfallen denn darauf sitzen.

Seine Vasallen hatten ihm den Spitznamen ›Toller Hund‹ verliehen, denn oft sah man den Schaum von Bier vor seinem Mund.

Eine Stunde später hatten sie den Fluß Dwindell erreicht, in der Höhe des Dorfes Hayworth.

Dort machten die Lords und ihre Days halt und lenkten ihre Pferde zum Flußufer östlich der Brücke hinunter, damit die Tiere ihren Durst löschen konnten. Während diese tranken, stieg Erin ab und taxierte das Wasser. Der Dwindell war an dieser Stelle breit und tief, und sein klares Wasser bildete kreisende Strudel. Während des Tages hatte sich der Himmel zugezogen, doch selbst durch diese Wolkendecke drang genug Sonne, daß Erin riesige Forellen und sogar einige Lachse in den Tiefen des Flusses schwimmen sehen konnte.

Erin nahm das Tuch, das sie über ihrer Nase getragen hatte, kniete am Ufer, tauchte es in das kalte Wasser und ging daran, sich den Schmutz aus dem Gesicht zu waschen. Nichts hätte sie lieber getan, als ihre Rüstung abzulegen und ein wenig zu schwimmen. Doch dafür war keine Zeit.

Prinz Celinor gesellte sich zu ihr und nahm seinen Helm ab, ein Ding aus gebräuntem Silber. Er füllte ihn zweimal mit Wasser, schwenkte es darin, um den Staub auszuspülen, dann füllte er ihn ein drittes Mal und trank wie aus einem Becher in tiefen Zügen.

Als er fertig war, bot er Erin den Helm an, während er sich das Gesicht wusch. Sie trank gierig und spürte, wie ihre Kehle vom Staub befreit wurde. Noch nie hatte sie so erfrischendes Wasser getrunken.

König Gaborn hatte haltgemacht und ließ sein Pferd trinken, als sei er zu erschöpft, um abzusteigen. Wie alle anderen war er mit schmierigem Schmutz und Staub bedeckt.

Celinor blickte zum König hoch. Die Sonne schien ihm genau ins Gesicht.

»Seht Ihr, so sieht ein richtiger Erdkönig aus«, raunte ihr Celinor zu. »Schaut nur, wie gut ihm sein Reich zu Gesicht steht.« Er lachte über seinen eigenen Scherz stillvergnügt in sich hinein.

»Ich denke, keinem steht es besser zu Gesicht«, gab sie zurück, da sie eine ebenso respektlose Bemerkung nicht wagte.

»Das sollte keine Grobheit sein«, entschuldigte Celinor sich rasch, und den Ton schien er aufrichtig zu bedauern.

Erin drückte ihm seinen Helm grob zurück in die Hände. Celinor füllte ihn erneut, dann sprang er auf, brachte ihn zu Gaborn und ließ ihn daraus trinken. Während der Erdkönig trank, tränkte Celinor ein Tuch im Fluß und brachte es ihm.

Er reichte es Gaborn, damit er sich damit das Gesicht wasche. Der tupfte sich ab und bedankte sich herzlich bei Celinor. Dennoch fragte sich Erin, ob der Prinz Gaborn ihretwegen bedient oder tatsächlich keine Respektlosigkeit beabsichtigt hatte.

Nachdem Gaborns Roß getrunken hatte, hatten er und König Orwynne es eilig, die Brücke zu überqueren, da hochprozentige Getränke den Staub bekanntlich besser hinunterspülen als Wasser. Erin vermutete, angesichts der vielen hundert Ritter, die heute hier durchkämen, würde der Gastwirt diesen Tag als Geschenk des Himmels betrachten.

Also beeilte sie sich, Gaborn und König Orwynne zu folgen. Sie stieg auf ihr Pferd, gab ihm die Sporen und ritt über die Brücke, dabei entging ihr nicht, daß Celinor neben ihr herritt.

Beim Gasthaus eingetroffen, stieg sie ab, doch Celinor blieb auf dem Pferd sitzen und beobachtete sie. Sie stand im Schatten der Veranda und sah sich um. Der hefige Geruch von Bier war mit den Jahren in die Dielenbretter eingezogen.

»Kommt Ihr nicht mit hinein?« fragte sie.

Sein Gesicht wirkte starr, entschlossen. Er schüttelte nur den Kopf, dann entschuldigte er sich. »Ich reite schon vor und gönne meinem Pferd noch ein paar Minuten Ruhe.«

Erin ging in das Gasthaus hinein, gefolgt von ihrer Days, und setzte sich mit ihr an einen Tisch. Kurz darauf eilte ein Serviermädchen herbei und fragte: »Was wünscht die Dame?«

Der Besitzer der Herberge, ein dickbäuchiger Kerl, saß bei König Orden und unterhielt sich freundlich. Sie hörte mit, wie der Mann Gaborn zu seiner noch nicht lange zurückliegenden Hochzeit gratulierte.

»Einen Krug Bier«, sagte sie. Die Magd eilte davon.

Kurz darauf stieg der Gastwirt persönlich die Stufen hinab und half, einige Bierkrüge heraufzuholen. Der dicke König Orwynne sagte mit seiner hohen Stimme: »Sieht ganz so aus, Euer Hoheit, als hätte Prinz Celinor Angst, sich zu uns zu setzen.«

»Gut«, erwiderte Gaborn. »Ich hatte gehofft, daß er vielleicht die Kraft besitzt, diesen Ort nicht zu betreten.«

»Aber glaubt Ihr wirklich, das dauert lange?« fragte König Orwynne. »Ich für meinen Teil glaube, nicht einmal der Zorn des Erdkönigs wird ihn die ganze Woche über dem Trunke entsagen lassen. Ich wette zehn Goldadler, mein Lord, bis zum morgigen Sonnenuntergang stürzt er von seinem Pferd.«

»Hoffentlich nicht«, sagte Gaborn und schlug die Wette aus.

Erin fragte erstaunt: »Euer Hoheit, habt Ihr mit Prinz Celinor gesprochen?«

König Orwynne warf ihr einen jener abweisenden Blicke zu, mit denen manche Kriegslords die Frauen aus Fleeds bedachten. Er respektierte sie nicht, trotzdem antwortete er: »Der Trunkenbold besaß die Dreistigkeit, sich heute morgen, bevor wir losgeritten sind, dem Erdkönig zu präsentieren und ihm sein Schwert anzubieten. Der Erdkönig hat ihn selbstverständlich abgewiesen.«

Gaborn saß, die Hände auf dem Tisch gefaltet, erschöpft da und starrte in sie hinein. »Seid nicht so grob. Der Mann hat ein gutes Herz, aber ich konnte nicht guten Gewissens einen Mann Erwählen, der harte Getränke lieber mag als sich oder seine Mitmenschen.«

»Ihr habt ihn also abgewiesen?«

»Abgewiesen nicht«, sagte er. »Ich bat ihn um ein

Zeichen seiner Reue. Ich bat ihn, sein größtes Vergnügen aufzugeben. Wenn es ihm gelingt, nüchtern zu bleiben, werde ich ihn als Gegenleistung Erwählen.«

Erin hatte noch nie gehört, daß sich der Erdkönig mit Männern auf solche Handel einließ. Sie hatte er vorbehaltlos Erwählt. Trotzdem war sie froh darüber, daß der Mann sich bei Belohnung vielleicht besserte.

Als ihr Bier kam, trank sie nur einen kleinen Schluck, nahm den Krug und ging nach draußen, wo ihr Pferd am Geländer festgebunden war. Sie goß sich Bier in die Hand für das Tier, ließ es saufen, wobei die Haare an seiner Schnauze sie kitzelten. Ein ordentlicher, kräftiger Schluck würde ihrem Pferd guttun und ihm die nötige Kraft verleihen, mit den Pferden der anderen Lords Schritt zu halten. Ihr Roß war ein gutes Kraftpferd, das je eine einzige Gabe der Körperkraft, des Stoffwechsels und der Anmut besaß, es war jedoch nicht so verschwenderisch mit Gaben ausgestattet wie Gaborns Streitroß oder einige der anderen Reittiere im Gefolge.

Sie fand Gaborns Bemerkung erstaunlich. Er hatte gesagt, Celinor habe ein ›gutes Herz‹. Was genau bedeutete das? Celinor hatte gestern nichts anderes getan, als seinen Zweifel an Gaborns Anspruch zu äußern. Der Hauptmarschall hatte angedeutet, Celinor könnte sogar ein Spion sein, der die Absicht habe, Gaborn zu vernichten. Der dagegen hatte in den Mann hineingesehen und ein gutes Herz entdeckt?

Das ergab keinen Sinn.

Vielleicht, so überlegte sie, machte es Gaborn nichts aus, wenn Celinor Bedenken hatte.

Nachdem sie ihrem Pferd etwas zu trinken gegeben hatte, brachte sie den Krug ins Haus zurück und warf eine Kupfertaube auf den Tisch. Ihre Days folgte. Zusammen ritten sie aus der Stadt.

Erin entdeckte Celinor und dessen Days auf einer Wiese, die mit gelbem Löwenzahn und weißem Wiesenklee übersät war. Der Prinz striegelte sein grasendes Pferd.

Sie machte halt, folgte seinem Beispiel und nahm sich einen Augenblick Zeit, nach den Hufen und Fesseln des Tieres zu sehen. Es hatte zwei Nägel verloren, ansonsten war das Pferd in bestem Zustand. Celinor konnte nicht die Augen von ihr lassen.

»Ich bin überrascht, daß Ihr nicht bei den anderen seid«, sprach er sie schließlich an. »Es wird auf dem Weg durch diese Berge bis Bannisferre nur wenig Annehmlichkeiten geben.«

Sie traute sich nicht zuzugeben, weshalb sie gekommen war. Ihr Ehrenkodex verlangte, daß sie einem Mann im Kampf zur Seite stand, selbst wenn der nur gegen seine eigenen Laster kämpfte. »Ich dachte, es wäre vielleicht bequemer, einen kleinen Vorsprung herauszureiten«, erklärte sie. »Sollen die anderen eine Weile *meinen* Staub zwischen den Zähnen spüren.«

»Ich bin überzeugt, sie werden ihn sich schmecken lassen«, lachte Celinor. Erin mußte lächeln. Er hatte also wirklich nicht die Absicht gehabt, sich gegenüber Gaborn respektlos zu verhalten. Er scherzte einfach, weil es seine Art war.

»Dann glaubt Ihr also doch«, fragte Erin offen heraus,

»daß Gaborn der Erdkönig ist? Wie mir zu Ohren kam, habt Ihr vor ihm das Knie gebeugt.«

»Nachdem er den Hauptmarschall zurückgewiesen hatte«, antwortete Celinor, »dachte ich, entweder ist es der Erdkönig oder ein Verrückter. So verrückt sieht er nicht aus. Mich hat er natürlich auch abgelehnt. Aber ich hatte mir auch nichts Besseres erhofft.«

»Abgelehnt nicht«, wandte Erin ein. »Wie ich höre, behält er sich sein Urteil noch vor.«

»Das stimmt«, lächelte Celinor und legte den Kopf zur Seite. »Und ich hoffe, mich eines Tages seines Segens würdig zu erweisen. Jetzt habe ich schon zwanzig Stunden durchgehalten, ohne etwas zu trinken.«

Bei dem Versuch, sich ein Lob für eine solch unbedeutende Großtat einfallen zu lassen, geriet Erin ins Grübeln. Zwanzig Stunden? Er hatte sich erst an diesem Morgen bereit erklärt, sein Schwert in die Dienste Gaborns zu stellen. Dabei waren die Bierschenken rings um Burg Sylvarresta gestern abend, als die Menschen das Ende des Hostenfestes gefeiert hatten, voll gewesen.

Zudem verlangte die Tradition, daß man vor dem Schlafengehen einen Trinkspruch auf das Ende des Hostenfestes ausbrachte. Sie konnte sich nicht vorstellen, daß er die Nacht verbracht hatte, ohne etwas zu trinken.

»Zwanzig Stunden?« fragte sie. »Aber Ihr habt ihm erst heute morgen Eure Dienste angeboten?«

»Ich habe dem Trinken gestern abgeschworen«, erwiderte Celinor.

Sie sah ihn neugierig an.

»Ihr habt mich verachtet«, erklärte er, »und das zu

Recht. Denn ich begriff, Ihr spracht die Wahrheit: Alle meine besten Freunde sind in der Bierschenke zu Hause. Das konnte ich nicht ertragen. Ich konnte Euch nicht mehr in die Augen blicken und mich Eurem Mißfallen aussetzen.«

Erin lächelte. Sie freute sich, daß sie mit ihrer einen Bemerkung vielleicht eine Veränderung in dem Mann bewirkt hatte. So ganz traute sie der Sache jedoch nicht.

»Wollt Ihr mich heute begleiten?« fragte Erin.

»Ich würde mich freuen, wenn ich Gelegenheit dazu bekäme«, antwortete Celinor. Sie saßen auf und galoppierten Seite an Seite davon.

KAPITEL 18
Ein Tag für die Bücher

Gaborn hockte auf seinem Stuhl im Gasthaus am Dwindell. König Orwynne hielt einen endlosen, unzusammenhängenden Monolog über eine Reihe von Themen, Gaborn war jedoch viel zu sehr mit sich selbst beschäftigt, um zuzuhören. Den ganzen Vormittag über hatte er ein zusammenschnürendes Gefühl in seiner Brust verspürt, ein aufkeimendes Bewußtsein von Gefahr.

Als sein Volk aus Burg Sylvarresta geflohen war, hatte seine Sorge um die Menschen nachgelassen. Doch nicht alle hatten Burg Sylvarresta geräumt. Er spürte Iomes Anwesenheit dort bei Myrrima sowie die Dutzenden von Gardisten und Stadtbewohnern, die der Gefahr noch immer trotzten.

Schlimmer noch, er spürte, wie sich das Leichentuch des Todes über seine eigenen Truppen legte. Diese kleine Armee, diese wenigen tausend tapferen Ritter und Lords, ritten mitten in eine Gefahr hinein, die ebenso groß war wie jene, die der Glorreiche der Finsternis darstellte.

Gaborn wußte nicht, ob er den Glorreichen selbst fürchtete oder etwas anderes. Jedenfalls ritten sie nach Süden, dem Ungeheuer entgegen, und er stellte sich vor, wie es auf seinem Weg nach Burg Sylvarresta womöglich über seine Truppen hinwegflog. Aber würde es so viele Ritter in ihren Rüstungen anzugreifen wagen?

Die Antwort lautete vermutlich ja. Binnesman hatte

ihn gewarnt, kein gewöhnlicher Soldat könne gegen dieses Ungeheuer zu bestehen hoffen. Der Glorreiche der Finsternis würde auf ganzer Linie siegen.

Er spürte die Gefahr, die jedem seiner Männer drohte. Diejenigen, die am weitesten im Süden standen, trugen das größte Risiko, jene, die Burg Sylvarresta am nächsten waren, befanden sich noch am ehesten in Sicherheit.

Ein Feind eilte ihnen entgegen. Doch was für ein Feind war das?

Er hatte entlang der Straße nach Süden, nach Longmot, viele Menschen Erwählt, und doch hatte er nicht das Bedürfnis verspürt, sie zu warnen. Er vermutete, sein Volk glich einem Hühnerhaufen, und der Glorreiche der Finsternis war ein Habicht, der sich über offenem Feld auf sie stürzt. Gaborn hätte die Gefahr für die Menschen im Süden spüren müssen, sobald der Schatten des Habichts auf jeden einzelnen von ihnen fiel.

Doch nur seinen Truppen drohte Gefahr. Vielleicht war der Glorreiche der Finsternis nicht daran interessiert, Bauern Schaden zuzufügen, überlegte er. Vielleicht hatte er es nur auf Soldaten abgesehen.

Aber irgend etwas daran stimmte nicht.

Schlimmer noch, Gaborn spürte noch eine weitere Bedrohung – eine, vor der er und Borenson und gewisse Boten aus Mystarria standen und die von einer anderen Front her stammte.

Welche Kräfte mochte dieser Glorreiche der Finsternis besitzen, daß er ihn so zur Verzweiflung brachte?

Zwei Tage zuvor, in den duskinischen Ruinen, hatte

Gaborn die Gegenwart der Greifer gespürt, hatte das drohende Verhängnis geahnt und seine Truppen fast zu spät vor dem Hinterhalt gewarnt. Sein Gespür für das Verhängnis wuchs, und er nahm sich vor, nicht zu lange abzuwarten, bevor er die anderen warnte.

Also nickte er zu König Orwynnes unsinnigem Geplapper und sagte kaum ein Wort, traute kaum sich zu bewegen. Er fühlte sich abgelenkt und sorgte sich vor allem um König Orwynne. Der alte Mann war fett, aber er wirkte, als wäre er aus zähem Leder gemacht. Dennoch spürte Gaborn etwas um den Mann herum, das ihm einen Schauder über den Rücken jagte.

Ihn zu verlieren wäre ausgesprochen schlecht. Auf ihn mußte er besonders gut aufpassen.

König Orwynne war ein getreuer Verbündeter. Mehr und mehr erkannte er dessen Wert, denn Treue war heutzutage eine seltene Eigenschaft. Und auf dieser Reise würde Gaborn seine Kraftkrieger dringend benötigen.

Es war lange nach ein Uhr nachmittags, als er das Dwindell-Gasthaus verließ.

Noch immer strömten Hunderte von Rittern, die auf eine kurze Pause aus waren, nach Hayworth herein. Die Straßen waren von Pferden gesäumt, und der Wirt hatte Fässer mit Bier auf die Veranda geschafft. Eine Magd füllte die Becher, so schnell die Männer trinken konnten. Ihr blieb keine Zeit, die Becher zu spülen. Sobald ein Mann einen Becher zusammen mit einer Kupfertaube einfach durch das Gedränge nach vorn reichte, nahm sie die Münze und füllte nach.

Daher waren die Könige gezwungen, sich mit der

Schulter einen Weg durch die Menge zu bahnen. Gaborn band sein Pferd los. Die Zeit war knapp.

In diesem Augenblick tippte ihm sein Days auf die Schulter. Gaborn drehte sich um und blickte dem Gelehrten in die Augen. Der braun gekleidete Mann wirkte blaß, erschüttert. Seine Stimme bebte. »Euer Hoheit …«, setzte er an, dann breitete er die Hände aus, als wollte er sagen: »Worte können meinen Kummer nicht beschreiben.«

»Was?« fragte Gaborn.

»Es tut mir leid, Euer Hoheit«, fuhr der Days fort, ein Schluchzen unterdrückend. »Das wird ein schlechter Tag für die Bücher werden. Es tut mir leid.«

»Ein schlechter Tag für die Bücher?« fragte Gaborn, den eine entsetzliche Vorahnung beschlich.

Er sah den Abgrund vor sich. Ein Angriff. Ich werde angegriffen, dachte er, und die Aura des Todes, die ihn umgab, war überwältigend. Die Dunkelheit, die ihn einhüllte, wurde dichter. Doch konnte er keinen Angreifer erkennen.

»Was? Was geschieht hier?« fragte er laut.

Der dicke König Orwynne hatte seine Worte vernommen, und jetzt wanderte sein Blick zwischen dem Days und Gaborn hin und her, dabei stand ihm die Besorgnis auf die Stirn geschrieben. »Euer Hoheit?«

Gaborn schaute hoch zu den stählern-grauen Wolken, die sich über ihm zusammenbrauten, und schickte Iome und den anderen, die immer noch auf Burg Sylvarresta weilten, eine Warnung. »Flieht!«

Er stellte einen Fuß in den Steigbügel und wollte sich auf sein Pferd schwingen, doch plötzlich spürte er, wie die Erde sich drehte. Eine heftige, schlagartige Übelkeit befiel seinen Magen, als seine Kraft ihn plötzlich verließ.

Gaborn glitt aus dem Sattel und stand einen Augenblick an sein Pferd gelehnt da.

Ich werde, dachte er, von einer unsichtbaren Macht angegriffen.

»Euer Hoheit?« erkundigte sich König Orwynne. »Seid Ihr wohlauf?« Die heftige Übelkeit flammte erneut auf, und eine Sekunde lang stand Gaborn wie benommen da, betäubt, und wußte nicht recht, wo er sich befand.

Gaborn schüttelte den Kopf und kippte halb hintüber, während er sich auf der Veranda des Gasthauses niederließ. Die Veranda war schmutzig, aber warm. Die Menschen rückten zur Seite, um ihm Luft zu verschaffen.

»Ich glaube, er wurde vergiftet!« rief König Orwynne.

»Nein – nein! Meine Übereigner sterben«, widersprach Gaborn mit schwacher Stimme. »Raj Ahten befindet sich im Blauen Turm.«

KAPITEL 19
Im Blauen Turm

Den ganzen Vormittag hatte über dem Meer dichter Nebel gelegen, während Raj Ahten, angelockt vom Ruf der Seevögel und dem Geräusch der Wellen, die sich auf den Felsen brachen, zum Blauen Turm hinüberruderte.

Im dichten Nebel hatte er die zur Bewachung des Turmes abgestellten Kriegsschiffe umschifft, bis er vor dessen Grundmauern stand.

Seine Schulter schmerzte beim Rudern. König Mendellas Orden hatte ihn bei der Schlacht vor Longmot mit einem Fußtritt schwer verletzt, hatte ihm die Knochen seiner rechten Schulter zertrümmert. Dank Tausender Gaben des Durchhaltevermögens würde er es überleben, in der vergangenen Woche jedoch hatte er sich von Ärzten ein dutzendmal das Fleisch aufschneiden und die Knochen, in dem Versuch, sie zu richten, erneut brechen lassen. Seine Wunden waren in Minutenschnelle verheilt, die Schmerzen waren jedoch überaus quälend gewesen, und noch immer ging es seiner Schulter kaum besser.

Im gleichen Zeitraum war es ihm gelungen, genügend Zwingeisen in die Hände zu bekommen, um seinen Stoffwechsel wieder zu erhöhen und sich für den Krieg zu rüsten.

In jener Woche hatte er gelernt, seine Stimmgewalt als Waffe besser einzusetzen.

Jetzt näherte er sich dem Blauen Turm, sah, wie er aus dem Nebel aufstieg. Sie war gewaltig, diese uralte Festung, die die große Mehrheit der Übereigner Mystarrias beherbergte.

Raj Ahten stand im vorderen Teil eines kleinen, mit Häuten überzogenen Bootes aus Weidengeflecht und erzeugte in der Tiefe seiner Lunge einen tiefen und gewaltigen Ton. Das war kein Rufen. Eher ein Grollen, ein monoton gesungener Ton, der die Knochen durchrüttelte und die Luft erstarren ließ und der das Mauerwerk des Blauen Turmes in ein harmonisches Klirren versetzte.

Er hielt den Ton lange, bis er das Krachen zersplitternden Gesteins vernahm, bis die Bediensteten im Blauen Turm entsetzt zu schreien begannen, mit Stimmen, die so fern und unbedeutend klangen wie der Schrei der Möwen, bis gewaltige Gesteinsbrocken donnernd aus der Festungsmauer brachen und eine Gischt emporschleudernd im Meer versanken.

Noch immer hielt er seinen Ton, bis Dächer in Fußböden stürzten und Menschen sich im verzweifelten Versuch, dem Unheil zu entkommen, aus den Fenstern warfen.

Und er hielt den Ton, bis Turm gegen Turm kippte, und Wasserspeier, die gräßliche Entstellungen der Menschen darstellten, von den Mauern fielen, bis der Blaue Turm in seiner Gesamtheit sich zur linken Seite neigte und mit lautem Klatschen ins Meer geschmettert wurde.

Und weiterhin hielt er seinen Ton, bis Rauch und Staub von den Ruinen aufstiegen und die todbringenden

Kriegsschiffe, die den Blauen Turm bewachten, die Segel hißten und auf ihn zuglitten.

Der Blaue Turm war gefallen, und so sicher wie er gefallen war, würde auch Mystarria fallen. Die Übereigner in seinem Innern waren tot, genau wie ihre sämtlichen Bewacher.

Raj Ahten wendete das Boot und legte sich aufs neue in die Ruder. Er glitt schneller durch den Nebel, als die Kriegsschiffe manövrieren konnten.

Der Rücken tat ihm weh. Es war ihm jedoch ein Trost zu wissen, daß Gaborn Val Orden noch weitaus größere Schmerzen litt.

KAPITEL 20
Und dennoch ein Erdkönig

Gaborn hatte noch nie das Sterben eines Übereigners gespürt. Man hatte ihm das Gefühl beschrieben, die plötzlich auftretende Übelkeit, das Gefühl des Verlustes, wenn einem Muskelkraft oder Durchhaltevermögen entrissen wurden.

Jetzt spürte er es in aller Schärfe. Woge auf Woge befiel ihn diese Übelkeit, während man ihn seiner Gaben beraubte. Seine Rüstung schien plötzlich schwer auf seinem Körper zu lasten – ein erdrückendes Gewicht, das ihn nach unten zog.

Er hatte drei Nächte lang nicht geschlafen. Dank seiner Gaben des Durchhaltevermögens hatte ihm das nicht viel ausgemacht, jetzt dagegen überwältigte ihn die Erschöpfung.

Er war verstört, todmüde. König Orwynnes Gesicht war starr vor Entsetzen.

Gaborn klappte nach vorn zusammen und legte sich eine Hand auf den Bauch, als krümmte er sich unter einem Schlag. Doch seine größte Sorge galt nicht einmal sich selbst.

Der Blaue Turm beherbergte den weitaus größten Teil aller Übereigner, die Mystarria dienten. Wichtiger noch, die Krieger von Mystarria stellten annähernd ein Drittel aller Kraftsoldaten in sämtlichen Königreichen Rofehavans.

Herzog Paldanes Krieger, die besten in ganz Mystarria, würden in wenigen Augenblicken zu wertlosen Gewöhnlichen oder, wegen des Verlustes ihrer Haupteigenschaften, zu ›Kriegern von mangelnder Ausgewogenheit‹ werden: stark vielleicht, doch langsam, oder klug und dabei schwach.

Selbst in diesem Augenblick hielt Herzog Paldane seine Krieger noch dazu an, vor Raj Ahtens Truppen Aufstellung zu nehmen, dabei wetzten dessen Unbesiegbare bereits die Klingen für das Gemetzel.

Vergangene Nacht hatte Gaborn sich gefragt, wo Raj Ahten steckte. Jetzt wußte er es.

Mystarria würde zerstört werden, und damit würde höchstwahrscheinlich der gesamte Norden zusammenbrechen. Gaborn fragte sich, wie es dazu hatte kommen können.

Gewiß, Herzog Paldane hatte die Verteidigungsanlagen des Blauen Turms verstärkt – hatte die Bewachung verdoppelt oder vervierfacht.

Vor seinem inneren Auge sah Gaborn, wie die Turmmauern zersplitterten und ein riesiges Bruchstück nach dem anderen ins Meer stürzte.

Gaborn hatte das Gefühl, auf die gleiche Weise zu zerbröckeln. Seine Kräfte schwanden, während ihm seine drei Gaben der Muskelkraft entrissen wurden. Seine Augen trübten sich, als die blinden Übereigner im Turm fielen.

Er war stolz auf das gewesen, was man ihm im Haus des Verstehens beigebracht hatte, als ihm jedoch seine zwei Gaben der Geisteskraft genommen wurde, vergaß er in wenigen Augenblicken mehr als die Hälfte dessen, was er je gelernt hatte, und konnte sich nicht mal mehr das Bild von Iome ins Gedächtnis rufen. Die fernen Rufe der Singvögel über der Stadt klangen plötzlich gedämpft, da sein Gehör nachließ.

Als ihn die Ungeheuerlichkeit dessen, was geschah, mit ihrer ganzen Wucht traf, brüllte Gaborn seinen Days in einem Anfall blinder Wut an: »Bastard! Feiger Bastard! Wie könnt Ihr es wagen, mich nicht zu warnen?« Doch seine eigene Stimme kam ihm schwächlich vor, weit entfernt, während die Stummen in seinen Diensten für immer zum Schweigen gebracht wurden. »Ein schlechter Tag für die Bücher, fürwahr!«

»Es tut mir leid«, entschuldigte sich der Days vergeblich noch einmal.

König Orwynne setzte sich neben Gaborn auf die Veranda und faßte ihn bei den Schultern. »Ruht Euch aus«, sagte der alte Mann. »Ruht Euch aus. Hat er alle Eure Übereigner umgebracht?«

Gaborn saß da und kämpfte gegen das Verlangen an, sich der Erschöpfung hinzugeben, sich der Grausamkeit auszuliefern und alle Hoffnung aufzugeben. »Sie sind tot!« rief er. »Der Blaue Turm existiert nicht mehr.«

»Euer Hoheit, Ihr seht aus wie eine Leiche«, sagte König Orwynne. »Was sollen wir jetzt tun? Wohin sollen wir gehen? Wollt Ihr nach Burg Sylvarresta zurückkehren und weitere Gaben empfangen, bevor wir nach Süden weiterreiten?«

Gaborn war nur einen halben Tag von der Burg entfernt. Die Krieger, die ihn jetzt begleiteten, waren vielleicht alles, was er hatte, um sich Raj Ahten entgegenzustellen. Doch er wagte nicht, nach Burg Sylvarresta zurückzukehren.

»Nein, wir müssen weiterreiten«, erklärte er. »Ich bin so kräftig wie jeder andere. Noch bin ich der Erdkönig.«

Er erhob sich mühsam von der Veranda und kletterte in den Sattel.

Die Gefahr, die seinen Männern drohte, durfte er nicht länger ignorieren. Der Glorreiche der Finsternis war nicht mehr weit entfernt. »Seid gewarnt«, ließ er seinen Erwählten Kriegern zukommen. »Der Tod ist nah.«

KAPITEL 21
Der Preis eines Mahls

Kurz nach Mittag verlor Borenson seine Gaben. Er saß auf seinem Pferd und spürte, wie ihn sein Stoffwechsel im Stich ließ, wie sich sein Dasein bis zu jenem Tempo verlangsamte, in dem andere Menschen leben.

Anfangs verwunderte ihn die Übelkeit, die ihn überwältigte, und er glaubte, sein Magen verkrampfe sich. Dann erfolgte der Verlust der Gaben derart jäh, daß er nicht recht zu unterscheiden wußte, was als nächstes verlorenging – Körperkraft oder Durchhaltevermögen, Geruchssinn, Gehör oder Sehkraft. Alles ging in wenigen Augenblicken zur Neige und ließ ihn als leere Hülle zurück.

Zur gleichen Zeit, da ihm seine Gaben entschwanden, ergriff ihn eine verzweifelte Trauer. Er blickte in die Augen der jungen Bauernburschen, die ihm vor Jahren Muskelkraft überlassen hatten. Vielversprechende Jungen, die ihm ihre vielversprechenden Leben geopfert hatten.

Eigentlich sollten sie sich lieber mit ein paar Mädels vergnügen, dachte Borenson. Und nicht im Blauen Turm sterben. Er erinnerte sich an die alte Tamara Scane, die ihm kleine Küchlein geschenkt hatte, als er noch ein Kind gewesen war, und später, als er diese brauchte, eine Gabe des Stoffwechsels. Er dachte an all jene, welche die alte Frau vermissen würden.

Doch sosehr er auch um sie trauerte, viel mehr verzweifelte er über sich selbst, denn der Tod seiner Übereigner rief ihm die alptraumhaften Bilder wieder ins Gedächtnis, die er vor einer Woche auf Burg Sylvarresta gesehen hatte: Damals hatte er die dortigen Übereigner gnadenlos hingeschlachtet.

Borensons Bewacher hatte den größten Teil des Vormittags geschwiegen. Sie waren wie der Wind durch Deyazz geritten, ein Land, in dem die Sonne, soweit Borenson sich erinnerte, heller schien als irgendwo sonst. Es war ein wunderschönes Land, und obwohl er sich nur fünfhundert Meilen südlich von Heredon befand, war das Wetter westlich des Alcairgebirges beträchtlich wärmer.

Deyazz lag im Norden der großen Salzwüste, dem heißen Herzen Indhopals, deren Wüstenhitze von den Winden herübergeweht wurde. Deyazz war kein tropisches Land, trotzdem gefror das Wasser selbst im tiefsten Winter selten.

Die Felder der Bauern längs des Flusses Anshwavi waren von üppig grüner Farbe. Reiher gingen in den oft überfluteten Feldern auf Jagd. Kleine Jungs in weißen Leinenlendenschurzen halfen ihren Müttern und Schwestern, die Reisernte in Weidenkörben einzubringen.

Borenson war durch Städte aus weißgetünchten Lehmziegeln geritten, in denen die Lords des Landes majestätische Paläste mit von vergoldeten Kuppeln überkrönten Dächern errichtet hatten. Dunkelhäutige Schönheiten in Kleidern aus Seide und mit Ringen aus Gold und Rubinen als Schmuck in Ohren und Nase lustwandelten zwischen den imposanten Säulen der Paläste oder saßen an glitzernden Brunnen.

Die Städte bestanden nicht aus den engen Straßen, wie man sie in den ummauerten Städten von Burg Sylvarresta antraf, sondern aus breiten, sonnendurchfluteten Alleen. Als Folge davon rochen die Städte in Deyazz sauber – und nicht so sehr nach Mensch und Tier wie die im Norden.

Und doch waren überall Spuren des Krieges zu erkennen. Borenson hatte Kolonne auf Kolonne von Soldaten überholt, und die Burgen längs der Grenze waren zum Bersten mit Menschen gefüllt. Als er und der Unbesiegbare durch kleinere Ortschaften kamen, verfolgte das gewöhnliche Volk Borenson mißtrauisch mit den Augen. Kleine Jungs bewarfen ihn mit Feigen, während ihre Mütter ihn mit Flüchen überhäuften.

Nur ein- oder zweimal hatte er von einem alten Mann oder einer alten Frau den hoffnungsvollen Zuruf: »Habt Ihr den Erdkönig gesehen?« gehört.

Während ihn dann seine Gaben verließen, sackte Borenson nach vorn und schlang die Ketten seiner Handschellen um seinen Sattelknauf, um zu verhindern, daß er herunterfiel. Tränen traten ihm in die Augen.

»Hilfe!« rief er. Er hatte seit Tagen nicht geschlafen und seit gestern spät am Abend nichts mehr gegessen. Dank seiner Gaben des Durchhaltevermögens hatte er weder Hunger noch Erschöpfung verspürt. Jetzt jedoch war er fast blind vor Ermattung, was es schwierig machte, den Blick auf ein bestimmtes Ziel zu konzentrieren, zudem zog sich sein Magen in Hungerkrämpfen zusammen.

Sein Häscher sah sich finster nach ihm um und schien eine List zu befürchten. Im Augenblick ritten sie durch eine Marktstraße zwischen den Toren einer Stadt. Die Aromen von Curry, Ingwer, Kümmel, Anis, Paprika und scharfen Pfefferschoten erfüllten die Luft. Zahnlose, alte braunhäutige Männer mit Turbanen hockten unter Schirmen in der Mittagssonne, lächelten Borensons Häscher zu und boten ihm ihre Speisen zu günstigem Preis an. Viele kochten Wasser in Messingtöpfen, über denen sie Reis in Bambuskörben dünsteten. Dazu wurden Currysoßen und andere würzige Zutaten gereicht. An manchen Ständen steckten Reihen von gegrillten Tauben auf langen Spießen und wurden mit Pflaumensoße gesüßt. An anderen gab es eingelegte Stareneier oder Artischocken in gewaltigen Fässern zu erstehen. Überall wurde Obst – Mandarinen, Orangen, Melonen, Feigen, kandierte Datteln und Stapel getrockneter Kokosnüsse – feilgeboten.

»Halt!« bat Borenson abermals. »Euer Herr befindet sich im Blauen Turm in Mystarria.«

Er beugte sich vor, wobei es ihn größte Mühe kostete, überhaupt nur wach zu bleiben, denn er hatte seit Tagen nicht geschlafen. Alles drehte sich, und vor seinen Augen sah er alptraumartige Visionen. Die Mattigkeit überfiel ihn wie ein Schmerz in den Knochen.

Der Unbesiegbare betrachtete ihn aus den Augenwinkeln. »Der Blaue Turm wäre kein schlechter Ort, um zuzuschlagen. Ich werde meinem Lord den Plan empfehlen.« Er musterte Borenson argwöhnisch, doch falls der irgendeine List ersonnen hatte, um seinen Häscher zu überwältigen, dann wäre dieser Markt der denkbar schlechteste Ort für einen Versuch. Schließlich fragte er: »Kann ich etwas für Euch tun?«

»Nein, nichts«, erwiderte Borenson. Es gab keinen Balsam, der den Schrecken und die Trauer über den Verlust seiner Übereigner lindern konnte. Der Unbesiegbare wäre nicht in der Lage, die Erinnerungen zu ersetzen, die Borenson verloren hatte oder die betäubende Erschöpfung zu verscheuchen, welche ihn nun ergriff. Statt dessen bettelte er nur um den wenigen Beistand, den er sich zu erhoffen wagte. »Aber ich fühle mich plötzlich so erschöpft und ausgehungert. Ich weiß nicht, ob ich die Augen noch lange offenhalten kann. Ich habe seit Tagen nicht geschlafen.«

»Es stimmt, was man sich erzählt«, sagte der Unbesiegbare. »Ein Krieger ohne Gaben ist kein Krieger mehr.«

Ein Verkäufer hatte bemerkt, daß sie haltgemacht hatten, eilte herbei und bot dem Unbesiegbaren eine Kostprobe seines mit viel Pfeffer gewürzten, süßen Krokodils an. Augenblicke später folgten weitere Händler seinem Beispiel. Doch kein einziger bot Borenson etwas an, dem rothaarigen Krieger aus Mystarria. Das köstliche, warme Essen ließ Borensons Magen knurren.

Borenson richtete das Wort an seinen Häscher. »Können wir vielleicht etwas essen?«

»Ich dachte, Ihr hättet es eilig?« erwiderte der Unbesiegbare mürrisch und mit vollem Mund, während die Verkäufer sein Pferd umringten.

»Ich habe es eilig, aber Hunger habe ich auch«, antwortete Borenson.

»Was ist größer«, fragte der Unbesiegbare, »Eure Eile oder Euer Hunger? Ich habe bislang nicht angehalten, weil ich spürte, daß Ihr es eilig habt. Außerdem soll sich ein Mann nicht zum Sklaven seines Magens machen. Vielmehr sollte sich der Magen nach dem Mann richten. Das könntet ihr Nordlichter mit den dicken Bäuchen euch merken.«

Borenson war ein stämmiger Kerl und breit gebaut. Für fett hätte er sich nie gehalten. Andererseits war ihm auf seinem Ritt durch Deyazz kein einziger Mann begegnet, der es an Gewicht mit ihm aufnehmen konnte.

Er entschuldigte sich. »Ich will nur eine Kleinigkeit zu essen. Wir brauchen uns nicht lange aufzuhalten.«

»Was zahlt Ihr mir, wenn ich Euch etwas zu essen gebe?« wollte der Unbesiegbare wissen.

Borenson ließ den Blick über die Stände der Straßenhändler schweifen. Er war Gefangener und hatte keine große Wahl. Hier im Süden verköstigten Lords ihre Gefangenen meistens nicht. Statt dessen erwartete man, daß Angehörige oder Freunde sich um Ernährung, Kleidung und ärztliche Betreuung der Gefangenen kümmerten.

Ihm als Gefangenem wäre es nicht einmal erlaubt, Speisen von einem der Verkäufer zu erstehen.

»Ich habe Gold in meinem Beutel«, erklärte Borenson und fragte sich, wie lange dieses wohl reichte, wenn er seinen Häscher für das Essen bezahlen mußte. Der Unbesiegbare würde einen hohen Preis verlangen, um sicherzustellen, daß Borensons zukünftige Gefängniswärter nichts davon abbekamen.

Sein Wächter lachte und sah sich amüsiert nach Borenson um. »Ihr seid in Ketten, mein Freund. Ich kann mir Euern Beutel nehmen, wann immer es mir gefällt. Nein, da müßt Ihr Euch schon eine bessere Bezahlung ausdenken.«

»Nennt Euren Preis«, erwiderte Borenson, zu müde, um zu streiten.

Der Unbesiegbare nickte. »Ich werde es mir durch den Kopf gehen lassen …«

Der Mann erstand gebratene Ente mit Reis und zwei Zitronen von einem alten Händler, der auch billige Tonschalen stellte, aus denen man aß.

Anschließend ritt der Unbesiegbare rasch aus der Stadt heraus und machte an einer Biegung des Anshwavi halt. An dieser Stelle war vor vielleicht tausend Jahren ein alter Palast in sich zusammengesunken.

Sie ließen die Pferde trinken und grasen. Der Unbesiegbare führte Borenson an den Handschellen zum Wasser, damit er sich vor dem Essen waschen konnte. Dann setzten sich die Männer zum Essen auf eine uralte Marmorsäule. Der grün gemaserte Stein war glattgewetzt, als hätten sich an dieser Stelle schon oft Reisende zum Essen niedergelassen.

Der Unbesiegbare schnitt seine Zitronen mit einem gebogenen Dolch auf und preßte ihren Saft über die köstlich gewürzte Ente und den Reis. Borenson zog sich bei dem Anblick der Magen zusammen. Er streckte die

Hand nach der Schale aus, doch der Unbesiegbare lächelte nur und meinte spöttisch: »Erst Eure Bezahlung.«

Borenson zog ein erwartungsvolles Gesicht, wartete darauf, daß der Mann seinen Preis nannte. Vielleicht seinen prachtvollen Bogen oder einen Teil seiner Rüstung.

»Erzählt mir vom Erdkönig«, sagte der Unbesiegbare. »Erzählt mir, was für ein Mann er ist, und sprecht die Wahrheit.«

Borenson überlegte erschöpft. »Was wollt Ihr wissen?«

»Es heißt, Raj Ahten sei in der Schlacht vor ihm geflohen. Ist das wahr?«

»Ja«, antwortete Borenson.

»Er muß ein furchterregender Krieger sein«, erwiderte der Unbesiegbare. »Mein Lord Raj Ahten räumt nur selten das Feld.«

»Eigentlich nicht«, sagte Borenson. Er hatte nicht die Absicht, die volle Wahrheit zu erzählen. Er wollte nicht zugeben, daß Gaborn es haßte, Gaben von anderen Männern zu übernehmen, und er Raj Ahten in keinster Weise ebenbürtig war.

»Aber er ist doch groß?« fragte der Unbesiegbare. »Und stark?«

Borenson lachte ganz unverblümt. Er hatte das Spiel erkannt, das der Mann spielte. Er hatte den gleichen Traum vom Erdkönig gehabt wie sein Gegenüber.

»Nein, groß ist er nicht«, erklärte Borenson, denn großer Wuchs galt in einigen Teilen Indhopals als Tugend. Von Anführern erwartete man, daß sie groß waren. »Er ist eine Hand kleiner als Ihr.«

»Aber trotzdem sieht er sicherlich gut aus?« fragte der Unbesiegbare. »So gut wie mein Lord Raj Ahten?«

»Er übernimmt keine Gaben der Anmut«, gestand Borenson. »Raj Ahtens Schönheit ist ein Freudenfeuer. Die Schönheit meines Lords gleicht der verglühenden Kohle, die hoch in den Nachthimmel steigt.«

»Ah!« sagte der Unbesiegbare, als sei ihm soeben ein Licht aufgegangen. »Dann stimmt also, was ich gehört habe: Der Erdkönig ist klein und häßlich!«

»Ja«, gestand Borenson. »Er ist kleiner und weniger gut aussehend als Raj Ahten.«

»Aber er ist sehr weise«, sagte der Unbesiegbare. »Sehr schlau und gerissen.«

»Er ist jung«, gestand Borenson. »Weise ist er nicht. Und er wäre gekränkt, wenn Ihr ihn als schlau und gerissen bezeichnen würdet.«

»Und doch hat er meinen Lord Raj Ahten in der Schlacht überlistet?«

»Das war vermutlich Glück«, antwortete Borenson. »Tatsächlich war es nicht eigentlich Gaborns Idee. Der Vorschlag stammte von seiner Gemahlin.«

»Ah, er läßt sich also von Frauen beraten?« fragte der Unbesiegbare. In Teilen Indhopals legte die Behauptung, ein Mann nehme Rat von Frauen an, nahe, daß dieser entweder unmännlich oder ein Narr sein mußte.

»Er hört auf den Rat von Männern *und* Frauen«, verbesserte ihn Borenson.

Der Unbesiegbare blickte Borenson überlegen lächelnd an. Die Pockennarben in seinem Gesicht traten deutlicher hervor, als er sein Gesicht schräg in die Sonne hielt.

»Ihr habt meinen Lord Raj Ahten gesehen?« wollte der Unbesiegbare wissen.

»Ich habe Euren Lord gesehen«, bejahte Borenson.

»Es gibt keinen besseren. Es gibt keinen, der besser aussieht oder im Kampf so leidenschaftlich ist«, ereiferte sich der Unbesiegbare. »Seine Feinde fürchten sich zu Recht vor ihm, und sein Volk hört auf sein Wort.«

Und doch irritierte Borenson etwas an seinem Ton. Er hatte das Gefühl, der Unbesiegbare stellte ihn auf die Probe. »Darin sind wir einer Meinung. Niemand ist stärker oder gerissener oder sieht besser aus oder wird mehr gefürchtet.«

»Und warum dient Ihr dann dem Erdkönig?« fauchte der Unbesiegbare ihn an.

»Niemand sieht so gut aus wie Euer Lord«, erwiderte Borenson, »und niemand ist in seinem Herzen so korrupt. Ist es vielleicht unangemessen, wenn ich behaupte, sein eigenes Volk fürchtet ihn ebensosehr wie seine Feinde? Und das zu Recht.«

»So etwas in Indhopal zu behaupten«, drohte der Unbesiegbare, »bedeutet den Tod!« Seine Augen flackerten, und seine Hand verirrte sich zu dem gebogenen Dolch an seiner Seite. Er zog ihn halb aus seiner Scheide.

»Die *Wahrheit zu sagen* bedeutet in Indhopal den Tod?« fragte Borenson ungläubig. »Dabei habt Ihr selbst von mir verlangt, ich solle die Wahrheit sprechen. Stellt der Preis für mein Mittagessen etwa mein Leben dar?«

Der Unbesiegbare erwiderte nichts, also fuhr Borenson

fort: »Aber ich habe die Frage noch nicht ganz beantwortet: Ich diene dem Erdkönig, weil er ein gutes Herz hat. Er liebt sein Volk. Er liebt sogar seine Feinde, und sein Ziel ist es, sie alle zu erretten. Ich diene dem Erdkönig, weil die Erde ihn Erwählt und ihm ihre Kraft verliehen hat, und das ist etwas, das Raj Ahten mit all seinen Armeen und seinem hübschen Gesicht niemals erreichen wird!«

Der Unbesiegbare brach in freundliches Gelächter aus. »Ihr habt Euch Euer Mittagessen verdient, mein Freund! Ihr wart aufrichtig, und dafür danke ich Euch.« Er reichte Borenson die Hand. »Ich heiße Pashtuk.«

Pashtuk reichte ihm die Schale mit Reis und Ente. Borenson war nicht entgangen, daß er ihn ›mein Freund‹ genannt hatte. In Indhopal kamen solche Worte niemandem leicht über die Lippen.

Er gab sich einen Ruck und fragte: »Als Ihr ein kleiner Junge wart, Pashtuk, habt Ihr da nicht auch geträumt, eines Tages würde der Erdkönig kommen? Wolltet Ihr nicht auch immer ein Ritter in seinem Gefolge werden? Dient Ihr von nun an dem Erdkönig?«

Der Unbesiegbare nahm einen Löffel Reis und betrachtete ihn nachdenklich. »Ich hätte nicht gedacht, daß er klein und häßlich ist und Rat von Frauen annimmt. Ich wußte auch nicht, daß er aus Feindesland stammt …«

Borenson aß nachdenklich. Die Schale Reis war nicht sehr groß und stillte kaum seinen Hunger. Sie füllte seinen Magen, ohne ihn zu sättigen, und gab ihm ein wenig seiner Kraft zurück.

Er dachte über die Folgen der Katastrophe im Blauen Turm nach. Wenn er seine Gaben verloren hatte, war es Tausenden von anderen Kriegern sicher ebenso ergangen. Viele Lords hatten es vorgezogen, ihre Übereigner unter ihren persönlichen Schutz zu stellen. Andererseits hatte der Blaue Turm Jahrtausende überdauert und war seit der Meeresblockade von König Tison dem Kühnen vor vierhundert Jahren nicht mehr erfolgreich angegriffen worden.

Die Lords von Mystarria waren sicherlich in Panik.

Schlimmer noch, Borenson mußte sich fragen, was aus Gaborn geworden war. Der hatte seine Gaben mit Sicherheit ebenfalls verloren.

Raj Ahten war es nicht gelungen, Gaborn aus seinem Versteck in Heredon zu vertreiben. Er wußte, solange die Wichte des Dunnwalds dem Erdkönig dienten, konnte er nicht nach Heredon vordringen und nicht riskieren, seine Armeen nach Norden marschieren zu lassen. Also trachtete er danach, Gaborn unter Druck zu setzen und ihn in seine Reichweite zu locken. Der Erdkönig hatte sich darauf verlassen, daß Herzog Paldane alle Angriffe gegen Mystarria zurückwarf. Paldane war alt und weise, ein ergrauter Veteran, der in Ordens Interesse Dutzende von Feldzügen gegen kleine Despoten und Banditen geführt hatte. Niemand war zuverlässiger als der Herzog.

Aber auch er konnte nicht kämpfen, wenn ihm die Hände gebunden waren, und genau das hatte Raj Ahten herbeigeführt.

Selbst in seinem geschwächten und erschöpften Zustand erkannte Borenson das in voller Deutlichkeit. Raj

Ahten wußte, Gaborn konnte der Versuchung, in den Kampf zu ziehen, nicht länger widerstehen.

Es hätte kein geeigneteres Lockmittel geben können als das Leben eines ganzen Volkes, das Leben eines jeden, den Gaborn kannte und liebte.

Am liebsten hätte Borenson jetzt, in diesem Augenblick, mit ihm gesprochen und seinen Lord bedrängt, zu fliehen und in den Norden zurückzukehren. Er war jedoch nicht sicher, ob er das konnte. Denn wenn Gaborn nicht nach Süden marschierte, würde Raj Ahten Mystaria zerstören.

KAPITEL 22
Der Glorreiche der Finsternis

Erin und Celinor galoppierten ein gutes Stück vor den anderen und ritten gerade durch die Berge südlich von Hayworth, als Gaborns Warnung sie erreichte. »Versteckt Euch!«

Sie schoß Erin durch den Körper, und sofort begann ihr Herz heftig zu klopfen. Augenblicklich sah sich die Pferdekriegerin nach der Gefahrenquelle suchend um und verhielt ihr Roß.

Celinor folgte ihrem Beispiel und fragte: »Was ist passiert?«

Erin blickte hinauf zu den stahlgrauen Wolken. Über dem Horizont kam eine noch dunklere Wolke auf sie zugerast.

Ihr Atem ging schnell, sie brachte kaum ein Wort hervor. »Macht Euren Bogen bereit«, raunte sie, denn sie glaubte, genug Zeit zu haben.

Sie sprang aus dem Sattel, schnappte sich ihren Bogen und wollte die Sehne einhaken. Celinor tat es ihr nach, während er offenen Mundes den Streifen der immer näher kommenden Nacht anstarrte. Er glich einem gewaltigen Fisch, der hinter den Wolken schwamm, fand Erin. Ein riesiger Fisch, der in den Tiefen lauert, halb verborgen, kaum zu erkennen, und der nur darauf wartet, zuzuschnappen.

Ich habe keine Angst, versuchte sie sich einzureden.

Ich bin eine Pferdeschwester. Die Pferdefrauen aus Fleeds geben ihrer Angst nicht nach.

Trotzdem spürte sie die Furcht bis auf den Grund ihrer Seele. Als Kind hatte sie immer davon geträumt, eines Tages werde sich ein Erdkönig erheben. Damals war ihr das stets wie eine prachtvolle und heldenhafte Zeit erschienen, wenn sie in seine Dienste eintrat und gegen das Böse kämpfte.

Doch obwohl Erin eine Pferdefrau war und oft an Scheingefechten und Wettkämpfen teilgenommen und sich gelegentlich sogar auf einen Streit eingelassen hatte, einer Gefahr wie dieser hatte sie sich noch nie gegenübergesehen. Noch nie war sie sich hilflos vorgekommen.

Sie hatte ihren Bogen fertig gespannt, als Gaborn abermals zu ihr sprach. »Flieht, Erin!«

Sie ließ ihren Bogen fallen und sprang wieder in den Sattel. Sie saß zu Pferd, noch bevor ihr einfiel, daß Celinor nicht Erwählt worden war und Gaborns Anordnung nicht gehört haben konnte. Er stand noch immer da und beschäftigte sich mit seinem Bogen. »Dafür ist keine Zeit!« schrie sie. »In den Wald! So kommt schon!«

Celinor sah überrascht zu ihr hoch. Sein Bogen war einsatzbereit. Der Hang über ihnen war mit Erlen bewachsen, von denen viele ihre Blätter noch nicht verloren hatten. Erin hoffte, sich dort verstecken zu können.

Die Dunkelheit stieg aus den Wolken herab, eine brodelnde Masse dunkler Nacht, die für das Auge undurchdringlich war. Oberhalb dieser Masse gab es nichts als Finsternis, die sich fast über den gesamten Himmel erstreckte. Ein gewaltiger Feuerwirbel schien wie ein Tornado mit einer Nabelschnur an der Kugel aus Finsternis befestigt und alles Licht ins Zentrum dieses Unwetters einzuspeisen.

Und so drehte und kreiste ein Feuerwirbel über der wallenden Dunkelheit, während diese sich auf sie herniedersenkte.

»Lauft«, schrie Erin. Celinor griff seinen Bogen, sprang auf sein Pferd, und im Galopp sprengte sie von der Straße herunter.

Die Dunkelheit hatte sich genau entlang der Straße in die Durkinberge bewegt. Jetzt drehte sie bei und senkte sich tiefer.

Hinter ihnen schrien Erins und Celinors Days entsetzt auf, eilten ihnen hinterher und versuchten mit aller Kraft, zu den schnelleren Pferden aufzuschließen.

Erin trieb ihre Stute eine Böschung hinunter und hetzte in den Wald. Ihr Pferd galoppierte zwischen vereinzelten Bäumen hindurch, sprang über Gestrüpp und kleine Felsen, während ihr der Wind ins Gesicht schlug und sich ringsum die Nacht auf sie herabsenkte.

Sie sah sich um, als die geballte Dunkelheit, eine halbe Meile im Durchmesser, den Erdboden berührte. Eine gewaltige Wand aus Wind fuhr tosend in die Bäume auf dem Hügel und walzte sie nieder. Gewaltige, alte Patriarchen der Wälder knickten um wie dünne Zweige. Die Bäume protestierten schreiend, und das Tosen des Windes glich dem Fauchen eines wilden Tieres. Geäst und Herbstlaub wirbelte im wühlenden Wind umher. Erin konnte nur die Ränder des Unwetters erkennen, nur den

Wind, der Trümmer hochwirbelte, denn in seiner Mitte flog eine Wolke schwärzester Nacht heran.

Der Wind hatte gewaltig zugenommen. Die Vorderfront der Wand fegte über die Straße und traf das Pferd von Erins Days mit solcher Wucht, daß die Stute zur Seite taumelte und sich über seine Reiterin wälzte.

Dann packte der Wind Pferd und Reiter. Wie von Geisterhand wurde die Days hochgehoben und in die Luft geschleudert.

Erin mußte an eine Zeile aus einem alten Buch denken, die Beschreibung eines Glorreichen in der Schlacht: »Und mit ihm kamen die Sonne und der Wind, ein Wind, der von seinen Schwingen ausging wie ein Sturm und der die Schiffe bei Waysend zerschmetterte und aus dem Wasser hob, um sie schließlich in die Tiefe zu schleudern.«

Sie hatte die Beschreibung stets für eine Ausgeburt der Phantasie gehalten. Sie hatte große Graaks im Flug gesehen, und niemals hatte der Sog ihres Flügelschlags etwas der Beschreibung in dem alten Buch Vergleichbares bewirkt. Das Wesen jedoch, das sie jetzt heimsuchte, hatte eine übernatürliche Gewalt über den Wind. Die Luft bewegte sich unter seinen Schwingen wie eine Verlängerung seines Körpers.

In diesem Augenblick stieß ihre Days einen Schrei aus, aus dem unbändiges Entsetzen sprach und der in dem Sturm fast unterging. Vor Erins Augen traf ein gewaltiger Stamm – eine von allem Geäst befreite Fichte – die Frau mitten in den Leib, pfählte sie und schoß glatt durch sie hindurch wie ein Pfeil. Blut und Eingeweide traten hervor. Dann riß der Wind den Kadaver und das Pferd der Days volle einhundert Fuß hoch in die Luft, bis beide schließlich Hals über Kopf im undurchdringlichen Knäuel aus Dunkelheit verschwanden.

Erin hatte ihre Days nie gemocht, hatte nie wirklich Zugang zu der Frau gefunden. Die einzig nette Geste, die Erin ihr je hatte zuteil werden lassen, hatte darin bestanden, ihr bei den wenigen Gelegenheiten, an denen sie sich wegen einer Erkältung krank gemeldet hatte, Tee zu kochen. Der Anblick dieser Frau jedoch, durchbohrt und vollkommen zerfetzt, erfüllte sie mit Entsetzen.

Celinors Days erreichte den Straßenrand. Sein Pferd kam nur mühsam voran, da seine Hinterbeine plötzlich vom Wind nach hinten gerissen wurden. Das Tier schrie, als der Glorreiche der Finsternis es plötzlich in die brodelnde Masse hineinsog. Erin vermied es hinzusehen.

Die Wand aus Wind raste auf sie zu. Erin drehte sich genau im selben Augenblick um, als ihr Pferd hart in einer sandgefüllten, kleinen Senke landete. Ein ausgetrockneter Bachlauf bahnte sich hier schlängelnd seinen Weg. Die Bäume ringsum waren hoch. Celinor hatte sein Pferd herumgerissen und galoppierte durch das ausgetrocknete Bachbett, um sich in Sicherheit zu bringen, floh vor dem Knäuel aus Dunkelheit, das ihn verfolgte, hielt auf eine Reihe hoher Fichten zu, die sich vor ihnen auftat wie ein düsterer Tunnel. Er floh vor dem Wind, vor der Finsternis.

Plötzlich umwirbelten sie Laub und trockene Gräser. Erin bohrte ihre Fersen in die Muskeln ihres Pferdes und spürte, wie der Wind an ihrem Umhang zerrte. Sie blickte sich um.

Kein Dutzend Meter hinter ihr heulte der Wind wie eine Bestie, und sie starrte in die Finsternis, die ihr wie ein düsterer Schacht erschien. Bäume stürzten mit lautem Krachen zu beiden Seiten von ihr um. Die Dunkelheit, die hinter alledem gähnte, glich einem gewaltigen Schlund, der sie zu verschlingen suchte. Ein langer Pfahl schoß aus der Dunkelheit hervor und traf sie ins Kreuz wie eine Lanze. Er prallte mit heftigem Krachen auf ihre Rüstung, zersplitterte beim Aufprall und stieß Erin nach vorn.

Sie erreichte die Fichtenreihe. Celinor hatte sein Pferd unmittelbar innerhalb ihrer Zufluchtsstätte zum Stehen gebracht. Weiter vorn war der Bach vor einiger Zeit über die Ufer getreten, und ein gewaltiges Gewirr aus Baumstämmen versperrte den Durchlaß.

»Versteckt Euch!« schrie Gaborns Stimme in ihrem Verstand.

Erin lief zu Celinor hinüber. Der Wind trug sie halb zu ihm.

Sie stieß ihn von seinem Pferd und duckte sich unter einen umgestürzten Baum, unter ein Gewirr von Stämmen.

Hinter sich hörte sie das angsterfüllte Wiehern der Pferde, wagte jedoch nicht, einen Blick nach hinten zu riskieren.

Statt dessen krabbelte sie, umgeben vom Heulen und Tosen des Windes, unter den Baumstammhaufen. Bäume knickten ab, Äste splitterten. Eine Fichte kippte um und fiel krachend in den Holzstoß über ihr, als hätte der Glorreiche der Finsternis die Absicht, sie alle zu zermalmen. Es roch stark nach Harz und Fichtenreisig. Die Äste verbargen sie, als sich die Dunkelheit herabsenkte.

Rings um ihr kleines Versteck toste das Unwetter. Selbst hier, selbst unter den umgestürzten Bäumen, riß der Wind die Rinde von den alten Stämmen und trieb schwerfällig rollende Steine vor sich her durch das Flußbett.

Celinor schlang die Arme um Erin, umklammerte sie, versuchte, sie mit seinem Körper zu schützen. In der völligen Finsternis hatte sie das Gefühl, von ihm erdrückt zu werden. Trotzdem hatte sie Angst, ihn loszulassen.

»Bleibt unten!« schrie er.

Jetzt verstand sie, wieso Gaborn sie gewarnt hatte. Die Macht des Glorreichen der Finsternis schien ungeheuer. Kein Pfeil hätte diesen tosenden Sturm durchdringen können. Kein Reiter, ganz gleich wie tapfer oder tüchtig, hätte sich mit einer Lanze auf die Bestie stürzen können.

Gegen diese Bestie konnte sie nicht kämpfen, sie wußte nicht einmal, ob sie sich vor ihr verstecken konnte.

Ein Blitz schlug krachend über ihnen ein, und die trockenen Stämme gingen in Flammen auf wie trockener Zunder.

Im gleißenden Lichtblitz konnte sie für einen winzigen Augenblick etwas erkennen: Hinter dem Stamm der umgestürzten Fichte, zwischen ihren noch unversehrten Ästen, erkannte sie einen schwach glänzenden Umriß.

Die tief geduckte Gestalt eines Mannes mit Flügeln. Er stand im Flußbett, pirschte sich an sie heran. Dunkle Flammen umzüngelten ihn, so als erzeugte und verzehrte er gleichzeitig Feuer.

Erin spürte, wie die Luft sich auflud. Ihr Haar stand senkrecht in die Höhe, als statische Elektrizität sie einhüllte. Sie bekam Angst, der nächste Blitz könnte sie durchbohren.

In diesem Augenblick, als der Glorreiche der Finsternis sich an sie heranschlich, flaute der Wind ganz plötzlich ab. Erin wagte nicht, sich in der völligen Finsternis von der Stelle zu bewegen. Sie spürte, daß sie sich im Zentrum des Sturms befand.

Über ihr, dort wo der Blitz eingeschlagen hatte, gingen die trockenen Stämme und das Unterholz, unter dem sie sich verbarg, tosend in Flammen auf. Der Glorreiche der Finsternis hob ab und fachte die Flammen mit seinen Flügeln an.

Die Bestie stieß ein unheimliches Geheul des Entzückens aus – ein Laut, schöner und gleichzeitig schmerzerfüllter als jeder, den sie je gehört hatte, die Arie eines Verdammten.

Rauch hüllte sie ein, drohte sie zu ersticken. Aststücke und Borkenfetzen segelten lichterloh brennend durch das Gewirr aus Stämmen, regneten überall herab. Ein Stamm stürzte herab und verpaßte Celinor einen deftigen Schlag ins Kreuz. Ein heißes, glühendes Scheit landete auf Erins Hand.

Sie stieß es fort, und das Feuer entzündete trockene Gräser in der Nähe. Aus dem trüben Licht heraus erblickte sie links von sich eine Böschung. Der Bach hatte ein wenig Erde ausgewaschen und einen Überhang geschaffen, und sie glaubte, wenn es ihr gelang, die Unterhöhlung zu erreichen, könnte das Erdreich darüber sie womöglich vor dem Inferno schützen.

Sie berührte Celinor am Arm und bedeutete ihm, sich links zu halten, stellte jedoch erschrocken fest, daß er bewußtlos war. Er hatte versucht, sie mit seinem Körper zu schützen. Jetzt erkannte sie, daß der herabstürzende Baumstamm ihn härter getroffen hatte als angenommen. Er war bewußtlos, wenn nicht gar tot.

Sie wälzte sich unter ihm hervor, packte den Kragen seines Kettenhemdes und ging daran, ihn unter großen Mühen unter dem brennenden Holz hervorzuzerren, ihn Zentimeter für Zentimeter in Sicherheit zu bringen.

Ein heißer Ast stürzte herab und traf Celinor mit einem dumpfen Schlag in den Rücken. Er schrie vor Schmerz, blickte mit schweiß- und blutverschmiertem Gesicht kurz zu ihr hoch und verlor erneut das Bewußtsein.

Sie mühte sich weiter, schaffte es, indem sie über den einen Stamm kletterte, unter dem anderen hindurchkroch, zur Hälfte aus dem Gewirr der Stämme heraus, als sie plötzlich merkte, daß der Wind sich gelegt hatte. Helles Tageslicht beleuchtete das Inferno.

Sie hob den Kopf und schöpfte Hoffnung, immer noch unsicher, ob sie es überhaupt alleine schaffen konnte, unter dem Gewirr aus brennenden Stämmen hervorzukriechen, bevor dieses unter seinem eigenen Gewicht zusammenbrach.

Doch der Glorreiche der Finsternis war verschwunden.

Dumpf wurde ihr bewußt, daß Celinors Aufschrei sie womöglich gerettet hatte. Der Glorreiche der Finsternis muß ihn für tot gehalten haben. Sie wälzte Celinor mit einem Ruck auf den Rücken und fragte sich, ob der Glorreiche der Finsternis damit vielleicht sogar recht behalten hatte.

KAPITEL 23
Tapfere Lords

Gaborn konnte nur tatenlos mit ansehen, wie der Glorreiche der Finsternis das Licht aus dem Himmel sog und zu einem Feuerstrudel verdichtete, der wirbelnd bis in ein Knäuel tiefschwarzer Nacht hinunterreichte.

Gaborn fühlte sich matter als je zuvor, konnte kaum seine Augen offenhalten, viel weniger seine Gedanken ordnen. Seit Tagen hatte er nicht geschlafen, hatte ganz plötzlich seine Gaben verloren und war kaum noch in der Lage, seinen Kopf hochzuhalten.

Mit dem Näherkommen der Bestie wurde der Sog ihrer Bewegungen zum peitschenden, heulenden Sturm. Flüche drangen aus dem Wind hervor, haßerfüllte Rufe, Drohungen. Der Glorreiche der Finsternis wollte ihn öffentlich bloßstellen.

Er flog tief über die unbefestigte Landstraße dahin, ganz so, wie eine Eule auf der Jagd nach Mäusen im Mondschein über eine winterliche Straße gleitet.

Der Luftzug entwurzelte Bäume, schleuderte gewaltige Felsbrocken umher. Eine halbe Meile weiter vorn flohen Soldaten und Pferde aus seiner Flugbahn, allerdings nicht schnell genug, nur selten schnell genug.

Blitze zuckten knisternd aus der Wolke, den Bolzen eines Wurfgeschützes gleich, zerschmetterten Soldaten, rissen Pferden die Eingeweide heraus.

Die nachmittägliche Luft war vom fauchenden Grollen

des Donners erfüllt, in das sich die Todesschreie und das Krachen zersplitternder Bäume mischten.

Während sich das Unwetter auf der Straße austobte, vermengte sich ein alles verdunkelnder, wirbelnder Staub mit dem Gemenge.

»Zu mir«, brüllte der dicke König Orwynne an Gaborns Seite. »Für Orwynne und Mystarria!«

Der alte Narr glaubt, mich zu beschützen! merkte Gaborn. Ich habe meine Gaben verloren, und schon hält Orwynne mich für einen Gewöhnlichen.

Jetzt erkannte er, daß er die Geschwindigkeit des Glorreichen der Finsternis unterschätzt hatte. Er mußte seine Leute drängen, sich schneller zu bewegen. Er ritt in der Vorhut seiner Armee, seine Ritter dagegen waren hinter ihm über Meilen versprengt.

»Versteckt Euch!« sandte er eine Warnung an seine Erwählten Krieger. »Versteckt Euch! Wagt nicht zu kämpfen!«

König Theovald Orwynne jedoch ließ sich von seiner Warnung nicht zurückhalten. Der dicke König senkte die Lanze, bis ihr Schaft in der Beuge seines Armes ruhte, sprengte auf seinem Pferd voran und attackierte das wirbelnde Knäuel aus Dunkelheit und Sturm.

Sein ältester Sohn, Barnell, war gerade sechzehn, aber schon ein Krieger. Tapfer zog er seinen Kriegshammer und griff auf seines Vaters rechter Seite an, während König Orwynnes zuverlässigster Gardist, Sir Dreacon, zu seiner Linken vorwärts stürmte.

Einhundert Ritter ritten einen Angriff, um Orwynnes Attacke zu unterstützen. Einige schleuderten Speere in den Mahlstrom, während Bogenschützen einen Pfeil nach dem anderen in die Höhe jagten.

Die Bogenschützen erzielten keinerlei Wirkung. Speere und Pfeile, wild aus ihrer Bahn gerissen, veränderten inmitten der vom Glorreichen der Finsternis beherrschten magischen Winde ihre Richtung und wurden einen Augenblick später gegen die Angreifer zurückgeschleudert.

Einige Männer bemühten sich nach Kräften, ihren König zu beschützen, doch nur König Orwynne, sein Sohn Barnell und Sir Dreacon erwiesen sich als tapfer genug, dieses Dunkel anzugreifen.

Jemand hinter Gaborn rief: »Mein Lord – hier entlang!« Der Jemand kam herangaloppiert und ergriff die Zügel von Gaborns Pferd.

Gaborn war so todmatt – so durch den Verlust seiner Gaben und seinen Schlafmangel geschwächt –, daß er nicht nachdenken konnte, was zu tun war. Er ließ sich blindlings führen. Ohne seine Gaben des Durchhaltevermögens fühlte er sich so kraftlos wie nie zuvor. Ohne seine Muskelkraft konnte er sich kaum aufrecht im Sattel halten. Ohne seine Gaben der Geisteskraft waren ihm die Namen der meisten entfallen, die er während der letzten Woche Erwählt hatte – Männer, deren Gesichter plötzlich vor seinen Augen aufblitzten, wenn er die Gefahr für sie spürte.

Er fühlte sich an Geist und Körper entkräftet.

Gaborns Days galoppierte an seiner Seite. Wie durch einen Schleier erkannte der Erdkönig jetzt den jungen Ritter wieder, der sein Pferd führte – Sir Langley, Orwynnes Kämpe.

Gaborn war froh, daß Orwynnes beste Männer klug genug waren, ihm nicht in den Tod zu folgen. Die Tiere flohen vor dem Sturm auf einen Erlenhain zu, deren weißlich-graue Stämme prächtig inmitten der herbstlich-goldenen Blätter in die Höhe ragten.

Er sah sich um. König Orwynne und seine Männer gaben das Letzte, ihre flinken Streitrösser wurden noch schneller, und die zu Zöpfen geflochtenen Mähnen der Tiere peitschten im Wind hin und her.

Plötzlich keimte in Gaborn die Hoffnung auf, ihr Angriff könne Erfolg zeigen, auch wenn die Erdkräfte in seinem Innern ihm sagten, daß dies unmöglich sei.

Ein Blitz zuckte aus der dunklen Kugel hervor und teilte sich gabelförmig.

Eine Zinke schlug krachend in Sir Dreacon zur Linken von Orwynne ein, während die andere ein Loch in den jungen Barnell auf seiner anderen riß.

Übrig blieb allein König Orwynne, der, einen Schlachtruf brüllend, sein Pferd anspornte, in dieses aufgewühlte, undurchdringliche Rund zu preschen.

Gerade noch sah es so aus, als könnte das Tier in dieses Dunkel eindringen, da ergriff eine unwiderstehliche Bö das Pferd und hob es mitsamt dem dicken König Orwynne in die Höhe.

Plötzlich wurde Orwynne auf grauenerregende Weise verdreht, sowohl er als auch sein Pferd – wie ein Lappen, der von einem Waschweib ausgewrungen wird.

König Orwynne besaß mehrere Gaben der Stimmgewalt, und die Seelenqual in seinem schrillen Todesschrei war von verblüffender Lautstärke. Sie versprach, auf

Wochen zum Gegenstand von Alpträumen zu werden. Blut quoll aus den verdrehten Leibern hervor. Die Magengrube seines Streitrosses zerplatzte wie eine Melone, Innereien spritzten heraus, dann kreiste das gesamte grauenerregende Schauspiel – der König und sein Roß – hoch in der Luft, als hätte es jemand in feierlichem Jubel in die Höhe geschleudert.

»Mögen die Hellen uns beschützen!« rief Sir Langley an Gaborns Seite.

Ihre Streitrösser erklommen einen flachen Hang und befanden sich jetzt im Erlenhain. Die Pferde schnaubten und rasten vor Entsetzen. Gaborn sah sich ermattet um, als König Orwynne und sein Streitroß eine Viertelmeile hinter dem höchsten Punkt ihrer Flugbahn auf dem Erdboden aufschlugen. Die Ermattung an Geist und Seele nahm noch zu.

Er konnte nicht mehr weiter. Ich bin nicht nur wegen des Verlustes meiner Gaben so ermattet, erkannte er. Ich bin auch geistig ausgezehrt.

Daß er über seine Erdkräfte mit Hunderttausenden von Menschen verbunden war, Kenntnis hatte von der Gefahr, in der sie schwebten, daß er Warnungen an jeden seiner Erwählten sandte, sobald er die Bedrohung erkannte – all das war mehr, als er ertragen konnte.

Ich kann nicht schlafen. Er hatte entsetzliche Angst davor. Er fürchtete, im Schlaf seine Kräfte nicht einsetzen, seine Erwählten nicht warnen zu können.

Schwach sandte er eine Warnung an seine Erwählten aus. »Versteckt Euch!«

Von diesem günstig gelegenen Punkt aus konnte er

die Straße fast zwei Meilen weit nach hinten überblicken. Er beobachtete, wie seine Männer auseinandersprengten, sich blitzschnell von der Straße entfernten und in die Wälder hineingaloppierten.

Vor Enttäuschung brüllend hielt der Glorreiche der Finsternis in einem Querschwenk auf das nächstgelegene erkennbare Ziel zu, einen Ritter, der von seinem Pferd gefallen war. Das Rund aus Dunkelheit stürzte sich herab, doch diesmal zuckten keine Blitze hervor, und keine Krallen aus Luft zerrissen ihn zu Fetzen.

Statt dessen senkte sich der dunkle Ball auf den armen Kerl herab, und es blieb Gaborn überlassen, sich auszumalen, welch grauenhaftes Schicksal den Mann ereilte.

Dann stiegen der wirbelnde Wind, die Trümmer und die Schwärze in die Höhe und schwenkten ganz leicht in seine Richtung.

»Kommt«, forderte ihn Sir Langley auf. Er ergriff Gaborns Zügel und trieb sein Pferd voran. Sie galoppierten los, setzten über einen umgestürzten Baum hinweg, jagten unter die Bäume und über einen langgezogenen Hang davon.

»Wenn Ihr die Macht habt, uns zu retten, wäre dies ein guter Zeitpunkt, davon Gebrauch zu machen.«

Gaborn horchte verwundert in sich hinein. Ja, die Gefahr war immer noch groß.

»Haltet Euch links!« rief Gaborn und befahl Langley, auf die spärliche Deckung zuzuhalten. Zur Linken waren die meisten goldenen Erlenblätter abgefallen. Sie bedeckten in großen Haufen den Waldboden. Logischerweise schien es verkehrt, ins offene Gelände hinauszureiten.

Der Glorreiche der Finsternis griff an, ein tosender Wind, der durch die Wälder peitschte und sie knapp oberhalb der Baumwipfel verfolgte.

Er senkte sich auf sie herab, das goldene Laub auf dem Waldboden wurde hochgewirbelt und allenthalben in einem gewaltigen Strudel hineingesogen. Der Wind heulte schrill.

Ein Blitz zuckte herunter und zersplitterte den Baumstamm neben Gaborn.

»Nach links«, brüllte Gaborn.

Sir Langley und Gaborns Days schwenkten herum und rannten mit dem Wind um die Wette.

Plötzlich wurde Gaborn klar, was der Wind beabsichtigte. Der Glorreiche der Finsternis konnte inmitten der herumwirbelnden Blätter nicht besser sehen als Gaborn. Sie raubten der Bestie die Sicht, während sie das Ungeheuer kreisförmig umgangen hatten.

»Und jetzt scharf rechts!« schrie Gaborn. Langley gehorchte. Gaborns Days ritt unmittelbar hinter ihm.

Augenblicke später galoppierten sie auf einem Pfad, der zwischen den Bäumen hindurchführte, in südlicher Richtung, parallel zur Straße in die Durkinberge, während der Glorreiche verwirrt hinter ihnen tobte.

Sie näherten sich einem Gehölz und ritten in den Schutz einiger dunkler Fichten. Dort versteckten sie sich, während die Pferde vor Angst zitterten und keuchend um Atem rangen.

Augenblicke später erhob der Glorreiche der Finsternis

sich vom Waldboden und schwenkte nach Norden ab, wo er jeden Mann angriff, der töricht genug war, auf der Straße zu bleiben.

»Er hat uns verloren«, sagte Sir Langley leise. »Wir haben Glück gehabt.«

Gaborn schüttelte den Kopf. Nicht Glück hatte ihn gerettet. Er erinnerte sich an das Treffen mit dem Erdgeist in Binnesmans Garten vor mehr als einer Woche. Der Erdgeist hatte Gaborn eine Schutzrune auf die Stirn gezeichnet, eine Rune, die ihn vor den Dienern des Feuers verbarg, wenn auch nicht vor den allermächtigsten.

Gaborn lächelte bitter. Binnesman hatte behauptet, der Glorreiche sei ein Geschöpf der Luft und der Dunkelheit, ein Geschöpf, das Licht eher verzehrte, als daß es ihm diente. Vermutlich hatte die Bestie nicht gewußt, daß er sich hier befand, wäre gar nicht in der Lage gewesen, ihn zu finden, und hatte es nur auf Langley und den Days abgesehen.

»Versteckt Euch!« schickte er abermals eine Nachricht an seine Truppen.

Fast wie als Reaktion auf seinen Befehl unterbrach der Glorreiche der Finsternis vorübergehend den Angriff und stieg hoch in die Lüfte auf. Die kreisende Flammenspirale über ihm wuchs an und wurde mächtiger.

Die Bestie entfaltete ihre gesamte Kraft, sog das Licht aus den entlegensten Winkeln des Himmels, als hätte sie die Jagd gefräßig gemacht.

Er verhält sich wie eine Katze, überlegte Gaborn. Er hat uns nur angegriffen, weil wir eine leichte Beute darstellen. Wenn er für sein Vergnügen arbeiten muß, wird er keinen von uns wollen.

Dann tat der Glorreiche der Finsternis etwas Unerwartetes. Im Nu verschwand er mit einer Geschwindigkeit hinter dem Horizont, mit der sich zu messen nicht einmal ein Kraftpferd hoffen konnte.

Er flog auf Burg Sylvarresta zu, siebzig Meilen hinter ihnen. Bei der Geschwindigkeit, die er plötzlich entwickelte, würde er die Burg jedoch in wenigen Augenblicken erreichen. Gaborn fuhr die Ranken seiner Kraft aus. Entfernt spürte er die Aura des Todes, die sich wie ein Mantel um Iome legte, und fragte sich, wieso sie die Burg noch nicht verlassen hatte.

»Lauf weg!« warnte er ein letztes Mal. »Lauf sofort weg! Lauf um dein Leben!«

Die Anstrengung, so viele Botschaften abzuschicken, zehrte an ihm. Ihm schwindelte, und durch den Verlust seiner Gaben war er so matt und kraftlos geworden, daß er immer noch das Gefühl hatte, als wirbelte das Laub um ihn herum, als kreiste es und drehte sich mit ihm als Mittelpunkt.

Er wollte zurück nach Burg Sylvarresta galoppieren und Iome retten. Zumindest wollte er kämpfen, um das Bewußtsein nicht zu verlieren und ihr Rat schicken zu können.

Doch er quälte sich: Ich habe sie den ganzen Vormittag über gewarnt, und Iome hat noch immer nicht auf mich gehört!

Vielleicht *kann* sie mich nicht hören, überkam es ihn. Vielleicht haben meine wiederholten Warnungen sie überhaupt nicht erreicht. Oder vielleicht haben sie nur ihr Urteilsvermögen getrübt, sie in Sicherheit gewogen, so daß sie mir jetzt, wo die Gefahr am größten ist, nicht mehr glaubt.

Durch und durch zu erschöpft, um sich auf dem Pferd zu halten, umklammerte er, da ihn die Erschöpfung überwältigte, den Sattelknauf und ließ sich auf den Waldboden sinken.

KAPITEL 24
Warten auf die Finsternis

Myrrima hatte recht gehabt, als sie Iome erzählte, ihre Garnison werde Stunden brauchen, um die Stadt zu durchkämmen.

Iome ließ sie trotzdem weitersuchen. Sie nahm ihr Pferd und ihre Welpen und ließ sie im Burghof herumlaufen, während sie von der Stadtgarde jeden Stadtbewohner herbeischaffen ließ, der dort herumirrte.

Burg Sylvarresta war von einer großen Stadt umgeben, einer alten Stadt mit Tausenden von Wohnhäusern. Einige waren elegante Gebäude, wie das der Freifrau Opinsher, während sich oberhalb der Enge des Marktes, längs des Butterweges, armselige Hütten drängten.

Überall, wo die Soldaten suchten, überall stießen sie auf Menschen. Sie erwischten Dutzende von Dieben beim Plündern der verlassenen Häuser der Reichen, einige sogar beim Ausräumen der verlassenen Häuser ihrer armen Nachbarn.

Iome wußte nicht, was sie mit ihnen anstellen sollte. Töten wollte sie die Übeltäter nicht, doch angesichts des Glorreichen der Finsternis, der sich auf dem Weg hierher befand, wäre ein Zurücklassen oder Einsperren auf das gleiche hinausgelaufen. Die meisten Diebe jedoch waren eher dumm als boshaft – einfältige alte Männer und Frauen, hoffnungslos verarmte Bettler, die der Versuchung nicht hatten widerstehen können, als sie so viele leere Häuser sahen.

Diesen Menschen nahm sie ihre Diebesbeute ab und schickte sie mit der Auflage, sich zu bessern, fort.

Bei anderen Plünderern handelte es sich um Menschen mit verdorbenem Charakter, verschlagen dreinblickende Kreaturen, denen Iome niemals allein in einer dunklen Gasse begegnen wollte. Diese bereiteten ihr die größten Probleme. Sie hatte ihr Volk retten, nicht Verbrecher mit dem Tod bestrafen wollen.

Andererseits sah sie ein, wie gerissen und grausam einige von ihnen waren. Das waren keine von der Versuchung fehlgeleitete Dummköpfe, sondern schlaue Männer und Frauen, die es sich zum Beruf gemacht hatten, Unheil über andere zu bringen.

Daher ließ sie diese von der Garde fesseln und in den Schatten in der Nähe des Burgtores schaffen, während sie sich überlegte, wie am besten mit ihnen zu verfahren sei. Ein großer, betrunkener Bär von einem Kerl wurde beim Plündern des Geschäftes eines Kaufmanns erwischt. Er unternahm nicht einmal den Versuch zu fliehen, sondern wollte dem Gardisten, der ihn gestellt hatte, gleich die Kehle aufschlitzen. Dem Soldaten gelang es, den Angriff abzuwehren, und mit Hilfe von mehreren anderen wurde der Dieb vor die Königin geschleppt. Der riesenhafte Kerl brüllte und bedrohte seine Bewacher. Er beschimpfte und bespuckte die Königin.

Aus Angst, er könnte jemanden verletzen, wagte sie nicht, ihn laufenzulassen. Schweren Herzens bat sie die

Gardisten, ihn aus der Stadt zu bringen, ihn zu beseitigen, ihn ihr aus den Augen zu schaffen.

Nicht bei allen, die innerhalb der Stadtmauern aufgestöbert wurden, handelte es sich um Plünderer. Manche, wie Freifrau Opinsher, waren einfach nicht bereit, ihr Zuhause zu verlassen, auch wenn ihr Heim vielleicht nicht mehr war als eine Hütte mit nacktem Lehmfußboden. Andere reagierten ungehobelt oder dumm. Ein alter Narr beschwerte sich, ›der König mache viel Aufhebens um nichts‹, und stellte die Weisheit von Gaborns Aufforderung zur Flucht in Frage.

Eine schmuddelige Witwe mit neun Kindern beschwerte sich, sie habe keine Möglichkeit, ihre Brut aus der Stadt zu schaffen, also ließ Iome sie und ihre Kinder von Gardisten auf Pferden in Sicherheit bringen.

Und so ging es weiter, Stunde um Stunde. Myrrima wäre, genau wie Iome, am liebsten aufgebrochen, doch es schien, als wollte die Königin alles daransetzen, ihrem Traum zu gehorchen und das letzte menschliche Wesen sein, das, getragen vom Wind, Burg Sylvarresta verließ.

Um Mittag sprach Gaborn abermals zu Myrrima. »Flieht!« warnte er, und obwohl Iome und zahlreiche Gardisten zusammenzuckten, als sie den Befehl hörten, gehorchten sie nicht.

Myrrima fühlte sich hilflos. Er weiß, daß wir hier sind, dachte sie. Er weiß, wir sind hilflos, und er kennt die Gefahr, die uns droht, besser als wir selbst.

Doch obwohl der Erdgeist Gaborn die Macht verliehen hatte, seine Erwählten zu warnen, stand es nicht in

Myrrimas Macht, zu antworten, ihm zu erklären, wieso sie blieben, ihm darzulegen, daß sie gute Gründe hatten.

Eine steife Brise kam auf – ein kräftiger, gleichmäßiger Wind von Süden her, der stahlgraue, tiefhängende Wolken vor sich hertrieb, die sich an die Berge schmiegten und Regen verhießen. Die Wolken brachten eine Kälte mit sich, die Myrrima eine Gänsehaut an den Armen machte. Sie sorgte sich um ihre Mutter und ihre Schwestern, die bei diesem Wetter unterwegs waren.

Eine Stunde später erscholl die Warnung abermals, dringlicher jetzt als zuvor. »Flieht!«

Aber gerade erst hatte man einen Großvater aufgestöbert, der sich mit seinen drei kleinen Enkeln auf einem Speicher über dem Stall eines Lords versteckt hatte, zudem war die Stadt erst zu drei Vierteln abgesucht. Wie die Witwe war auch er nicht in der Lage, für die Kinder zu sorgen, jedoch zu stolz, andere um Hilfe zu bitten.

Iome wagte nicht zu fliehen, obwohl sie den Männern, die keine Kraftpferde besaßen, befahl, sofort aufzubrechen und sich schnellstens in den Dunnwald zu begeben.

Währenddessen eilte Binnesman durch die Türme des königlichen Bergfrieds, verstreute Kräuter und zeichnete Runen über die Tore.

Gegen zwei Uhr nachmittags ertönte Gaborns Befehl lauter denn je zuvor. »Flieht jetzt, ich flehe Euch an! Euch allen droht der Untergang!«

Binnesman kam seinen Turm heruntergerannt. »Meine Dame«, rief er Myrrima zu, da Iome in einen Streit mit einem Tuchhändler verwickelt war, der sich weigerte, sein Geschäft im Stich zu lassen. Er war gerade damit beschäftigt, Wolle scharlachrot einzufärben, und das war ein heikles Unterfangen. Zog er die Wolle vorzeitig aus den Fässern, bekäme sie eine verschwommen rosa Farbe. Wurde der Stoff nicht gewendet, so waren ungleichmäßige Flecken die Folge. Ließ er ihn zu lange drin, würde sich die Wolle weiten und das Gewebe sich auflösen, womit der Stoff ruiniert wäre.

»Meine Dame«, rief Binnesman abermals zu Myrrima hinüber. »Ihr müßt Ihre Hoheit *augenblicklich* von hier fortschaffen! Der Erdkönig hat gesprochen. Es darf keine weiteren Verzögerungen geben.«

»Ich bin ihre Dienerin«, entgegnete Myrrima. »Nicht ihre Herrin.« Doch dann fiel ihr Jureems Bemerkung vom Vortag ein, die er vor dem Hundehändler fallengelassen hatte: Ein Diener kommt den Wünschen seines Herrn stets zuvor.

Myrrima packte eine fürchterliche Angst. Immer wieder hatte Gaborn sie gewarnt, und jedesmal hatte in seiner Warnung größere Verzweiflung mitgeschwungen. Sie konnte sich dem Willen ihres Königs schwerlich widersetzen. »Ich werde mir alle Mühe geben«, erwiderte Myrrima. »Ich werde versuchen, sie dazu zu bringen, daß sie zuhört.«

»In ein paar Minuten bin ich zurück«, erwiderte Binnesman. »Ich möchte ein letztes Mal nach den Kranken sehen, bevor ich meine Mündel auf freien Fuß setze. Seid bitte fort, wenn ich wiederkomme.«

Er griff in die Taschen seines Gewandes und zog ein mit Blättern gefülltes Spitzentaschentuch hervor. »Seht zu, daß Ihr Iome, Sir Donnor und Jureem ein paar von diesen gebt. Es ist stark wirkender Goldlorbeer sowie Malvenwurzel, Chrysanthemenblätter und Rabenglaub. Das sollte ein wenig Schutz vor dem Glorreichen der Finsternis bieten.«

»Danke«, antwortete Myrrima ein wenig verwirrt. Das Bündel war klein, und sie wußte kaum, wie sie es aufteilen sollte. Binnesman war ein meisterlicher Kräuterkenner. Seine Macht als Erdwächter ermöglichte ihm, die Wirkung eines jedes Krautes zu verstärken. Selbst ein kleines Bündel seiner Kräuter wäre eine große Hilfe.

Er lief den Butterweg hinauf zum ›Hort des Ebers‹.

Myrrima blieb einen Augenblick lang stehen und überlegte, wie sie den Beutel aufteilen sollte. Noch vor zwei Wochen hatte sie Blumen auf dem Markt in Bannisferre verkauft. Vielleicht hatte sie deshalb eine hiesige Kräuterfrau unter ihre Fittiche genommen. Manchmal, im Spätherbst oder Vorfrühling, bat sie Myrrima ihr bei seltsamen Ernten zur Hand zu gehen – wenn sie die Felder nach Wurmsamen oder Wiesenfrauenmantel absuchte. Auf solchen Ausflügen erzählte die Frau dann endlos über die Macht der Kräuter. Zwar war Myrrima die Kraft der blühenden Kräuter selber wohlvertraut, doch was sie hier in Händen hielt, gehörte zu jener Sorte geheimnisvoller Wurzeln, mit denen Zauberer sich befaßten. Trotzdem kannte sie ihre weltliche Verwendung. Kalmus und Lorbeer boten Schutz gegen Blitze. Viele Lords pflanzten es neben ihren Häusern oder Pferchen an, auch wenn keine Sorte so wirkungsvoll war wie Goldlorbeer. Malvenwurzel galt als Heilmittel bei Verbrennungen, und Chrysanthemen, rings um das Haus gepflanzt, konnten es vor Übergriffen durch ein Feuer von außen bewahren. Rabenglaubblätter konnten jedem anderen Kraut beigemengt werden, um dessen Wirkung zu erhöhen.

Myrrima kannte zwar die Wirkung der Kräuter, nicht aber deren Dosierung. Sie würde einige Minuten brauchen, um den Beutel aufzuteilen.

Myrrima ging zu Iome: »Meine Dame, bitte laßt uns aufbrechen. Die Stadt ist größtenteils durchsucht, außerdem wird es spät.«

»Bis zum Einbruch der Nacht sind es noch Stunden«, erwiderte Iome. »Es sind sicher noch mehr Menschen in der Stadt zurückgelassen worden.«

Myrrima flehte sie an: »Dann überlaßt es der Stadtgarde, sich um sie zu kümmern. Ihr könnt einen Kommandanten ernennen, der an Eurer Stelle eine Lagebeurteilung vornimmt.«

Iome wirkte erregt und besorgt. Schweißperlen traten ihr auf die Stirn. »Das kann ich nicht«, sagte sie leise, damit es niemand aus der Stadtgarde hörte. »Ihr seht doch, wie sie sind. Es sind grobe, ungebildete Männer. Um mein Volk muß ich mich persönlich kümmern.«

Iome hatte recht. Der Kommandant der Garde wirkte geradezu glücklich, so viele Diebe gefaßt zu haben. Nach vielen Jahren der Jagd auf Verbrecher war er nur zu bereit, so gut wie jeden umzubringen, den er fand. Iome konnte nicht darauf vertrauen, daß die Gardisten das gleiche Ausmaß an Mitgefühl walten ließen wie sie selbst.

»Dann wenigstens bald«, flehte Myrrima. »Vergeßt nicht, Ihr habt ein Kind, um das Ihr Sorge tragen müßt.«

Der Anflug von Gequältheit, der über Iomes Gesicht kam, verriet Myrrima, daß sie das Falsche gesagt hatte. Iome hatte ihr Kind nicht vergessen. Vermutlich dachte sie an kaum etwas anderes und hatte entsetzliche Angst.

Doch sie erwiderte kühl: »Ich darf wegen der Sorge um ein einziges Kind, das in meinem Bauch heranwächst, meine Pflichten nicht vernachlässigen.«

»Verzeiht, Euer Hoheit«, sagte Myrrima. »Ich habe das Falsche gesagt.«

In diesem Augenblick brachte der Kommandant der Garde einen klumpfüßigen Jungen aus dem Butterweg herauf. Er schleppte ihn nicht heran wie einen Dieb, sondern stützte den Jungen und half ihm. Der Gardist ging langsam mit ihm, denn er schien kaum in der Lage, sein unförmig angeschwollenes Bein nachzuziehen.

Der Bursche hatte sichtlich Schmerzen. Gefangen in der Rolle zwischen Erwachsenem und Kind hatte er vermutlich zuviel Angst, andere um Hilfe zu bitten, doch alleine fliehen vermochte er ebensowenig.

»Wen haben wir denn hier?« fragte Iome.

»Einen elternlosen Jungen«, antwortete der Kommandant der Garde.

Jetzt wußte Myrrima, daß Iome nicht aufbrechen würde. Jedenfalls nicht so bald, solange noch die Möglichkeit bestand, daß sich weitere Kinder in der Stadt versteckt hielten.

Sie ging zu den Pferden, um sich zu vergewissern, daß sie zum Aufbruch bereitstanden. Jureem war schon dagewesen, hatte die Sattelgurte festgezurrt und Wasserflaschen und Bündel auf jedes Tier gebunden. Auch die

Welpen hatte er eingesammelt und in zwei Weidenpicknickkörben sicher verstaut. Die Welpen kläfften und wedelten mit ihren Schwänzen, als Myrrima nahte.

Sir Donnor stand bei den Pferden. »Meine Dame«, drängte er. »Wir müssen aufbrechen. Ich würde mich besser fühlen, wenn Ihr endlich aus der Burg fliehen würdet.«

»Und Ihre Hoheit zurücklassen?« fragte Myrrima.

»Ich stehe zu ihrer Bewachung zur Verfügung«, antwortete Sir Donnor. »Ihr Pferd ist schneller als das Eure. Ihr brauchtet Jureem nur ein paar Meilen weit die Straße hinunter zu begleiten und hättet einen guten Vorsprung. Dort würdet Ihr die Bäume erreichen, unter denen Ihr Euch verstecken könnt. Hinzu kommt, wenn Ihre Hoheit Euren Aufbruch bemerkt und sich allein gelassen fühlt, folgt sie Euch vielleicht.«

Gaborns Stimme erscholl in ihrem Kopf deutlicher als je zuvor und rief verzweifelt: »Lauft fort! Lauft augenblicklich fort! Lauft um Euer Leben!«

Myrrima war so erschüttert, daß sie fühlte, wie ihr die Sinne schwanden. Ohne sie um Erlaubnis zu fragen, umfaßte Sir Donnor ihre Hüfte, hob sie hoch und setzte sie in den Sattel.

Jureem, der bereits auf seinem Pferd saß, wirkte plötzlich aufgebracht. »Er hat recht, laßt uns wenigstens bis zum Waldrand reiten.« Sir Donnor reichte Jureem die Körbe mit den Welpen, der beide in der Beuge eines Armes hielt.

Dann ergriff Jureem die Zügel ihres Pferdes, pfiff, und das Kraftpferd setzte sich mit einem Ruck in Bewegung.

Bevor Myrrima dazu kam, es sich anders zu überlegen, donnerten sie über die Zugbrücke zu den Toren von Burg Sylvarresta hinaus.

Sie warf einen Blick in den Burggraben und sah die mächtigen Störe, die verzweifelt noch immer Runen zeichneten und ihre Kreise zogen, obwohl sie schon eine ganze Nacht und einen Tag hier waren. Draußen auf dem Feld kreisten Lerchen in einer Wolke, wandten sich nervös mal hierhin, mal dorthin, als fürchteten sie sich vor dem nahenden Winter und wüßten nicht, wohin sie fliegen sollten.

Der Himmel über ihnen hatte sich in den letzten Stunden zunehmend verdunkelt und mittlerweile eine bleierne Farbe angenommen. Dahinter glaubte Myrrima eine mächtige schwarze Gewitterwolke zu erkennen, die rasch von Süden näher kam.

Während sie diese beobachtete, beschlich sie eine entsetzliche Angst. Blitze zuckten aus der Wolke, und fernes Donnergrollen brach sich an den Bergen und verhieß Regen.

Die Wolkendecke strebte in nordöstliche Richtung, diese eine schwarze Wolke jedoch eilte von Süden herbei.

Das ist keine Wolke, überlegte sie. Fast im selben Augenblick, als diese Erkenntnis sie traf, rief Gaborns Stimme sie ein weiteres Mal an: »Versteckt Euch! Es ist zu spät, zu fliehen! Versteckt Euch – alle!«

Sie sprengten den Hügel hinauf, und Jureem schwenkte von der Straße ab und hielt auf den schützenden Herbstwald zu. Die Welpen in den Körben knurrten und kläfften wie Hunde, die ein Wildschwein wittern.

Während die Pferde den Schutz der Bäume erreichten, deren Äste fast blattlos waren, griff Myrrima nach dem Beutel mit den Kräutern in der Tasche ihres Wams und merkte plötzlich, daß sie diese nicht, wie von Binnesman gebeten, verteilt hatte.

Der Glorreiche der Finsternis würde mit seinem Angriff nicht bis zum Einbruch der Nacht warten, denn er brachte die Finsternis mit sich.

Myrrima riß Jureem die Zügel aus der Hand, wendete ihr Pferd und galoppierte zurück nach Burg Sylvarresta.

KAPITEL 25
Der Junge mit dem Klumpfuß

Iome saß in einem vergoldeten Sessel, den ihre Diener herbeigeschafft hatten, und befragte den klumpfüßigen Jungen. Er stand gesenkten Kopfes auf dem Pflaster des Burginnenhofes, sichtlich verlegen, weil man ihn gefunden und vor die Königin geschleppt hatte. Es war jedoch nicht so sehr seine Verlegenheit, die Iome Sorge bereitete. Er war ein kränkliches Geschöpf.

Jemand hatte ihn kahlgeschoren, damit die anderen seine Schuppenflechte sahen und ihre Kinder von ihm fernhielten. Sein rechtes Bein war bis zur Unförmigkeit angeschwollen und so dick, daß er keine Hosen hätte tragen können. Daher war er mit nichts weiter als einem langen Hemd aus altem Sackleinen bekleidet, das aussah, als hätte es der ärmste Burgbewohner weggeworfen. Außerdem stank er.

»Wie alt bist du?« fragte Iome freundlich.

»Zehn«, antwortete der Junge. Dann, nach einer ganzen Weile, fügte er hinzu, »Euer … äh … Damenschaft.«

Iome schmunzelte. Er hätte sie mit ›Euer Hoheit‹ oder ›Meine Dame‹ anreden können, hatte sich aber statt dessen seine eigene, seltsam ungeschliffene Formulierung ausgedacht.

»Zehn Jahre?« fragte sie. »Hast du die ganze Zeit auf Burg Sylvarresta gelebt?« Er war ihr zuvor nie aufgefallen.

»Nein«, antwortete der Junge zögernd, der kein einziges Mal wagte, den Kopf zu heben. »Ich bin aus Balliwick.« Das war ein Dorf an der Westgrenze Heredons.

»Das ist weit entfernt – fast einhundert Meilen«, staunte Iome. »Bist du vielleicht Kärrnerlehrling? Wer hat dich hergebracht?«

»Ich bin hergekommen, weil ich den Erdkönig sehen wollte«, antwortete der Kleine. »Ich bin zu Fuß gegangen. Mittwoch bin ich hier angekommen, aber da war er gerade auf Jagd …«

Iome betrachtete das Bein des Jungen. Es war aufgequollen wie eine Melone, und sein Fuß in entsetzlichem Winkel nach innen gedreht. Kein Stiefel hätte darüber gepaßt, daher hatte er die Entstellung einfach umwickelt und war auf der Bandage gelaufen. Vermutlich hatte er sich das Bein als Säugling gebrochen, und es war auf diese Weise wieder zusammengewachsen. Trotzdem konnte sie sich nicht vorstellen, wie jemand mit einem solchen Bein den weiten Weg von Balliwick bis hier zu Fuß zurücklegen konnte. Er mußte es unter Schmerzen hinter sich hergezogen haben, einen quälenden Schritt nach dem anderen.

»Der Erdkönig ist nicht mehr hier«, sagte Iome, »er ist nach Süden in den Krieg gezogen.«

Der Junge hielt den Kopf hartnäckig gesenkt und kämpfte mit den Tränen. Sie fragte sich, was sie mit ihm anfangen sollte.

Ich könnte ihn im Gasthaus unterbringen, bei den anderen Kranken, überlegte sie. Ihn hier, auf der Burg, zurückzulassen wäre jedoch gefährlich.

Dieser Junge war einhundert Meilen weit zu Fuß gegangen, um ihren Gemahl zu sehen, doch Gaborn war zu Pferd nach Süden unterwegs, und ihr wurde klar, dieser Junge war so langsam, daß er den Erdkönig vermutlich nie einholen und es wahrscheinlich nicht schaffen würde, sich ihm zu präsentieren und seinen Segen zu erbitten.

Voller Bitterkeit mußte sie an die reichen Kaufleute aus Lysle denken, die sich nicht einmal die Mühe gemacht hatten, ihr Feldlager zu verlassen, um ihren Gemahl zu sehen, während dieser Junge für eine Audienz vermutlich durch halb Heredon gekrochen wäre.

Sie konnte ihn unmöglich zurücklassen. Aber mitnehmen konnte sie ihn auch nicht einfach.

»Ich reise nach Süden«, sagte sie schließlich. »Du könntest mit mir zusammen auf meinem Pferd reiten. Aber zuerst mußt du ein Bad nehmen und dir ein paar anständige Kleider anziehen.«

Der Junge blickte verwundert auf, denn ein Waisenkind wie er hätte sich niemals eine solche Gunst zu erhoffen gewagt. Noch während er aufsah, überkamen Iome Bedenken. Es war keine fünf Minuten her, da hatte Gaborn seine letzte Warnung geschickt.

Myrrima hatte, zusammen mit Jureem, die Burg bereits verlassen. Nach Iomes Einschätzung war es jedoch erst kurz nach zwei. Bis zum Einbruch der Nacht waren es noch Stunden. Fast hätte sie ihren Traum verwirklicht. Bald hätte sie die ganze Burg durchsucht und auch den letzten Untertanen aufgelesen und nach Süden geschickt. Zwei weitere Stunden, und es wäre ihr gelungen.

»Lauf hinauf in den königlichen Bergfried«, trug Iome dem Jungen auf. »Im obersten Stock gehst du in den linken Flur. Dort findest du meine Gemächer. Schau in die Kleiderkammer und nimm dir ein ordentliches Hemd und ein Reisegewand, anschließend wasche dich im Pferdetrog dort hinten im Hof. Wenn du damit fertig bist, kommst du zurück und wartest, bis wir aufbrechen.«

»Ja, Euer Lordschaft«, antwortete der Junge. Iome zuckte zusammen, als er sie mit einem männlichen Titel bedachte. Er sprang auf, hinkte halb, halb lief er mit seinem verdrehten, plumpen Fuß die Marktstraße hinauf.

Iome schloß die Augen und kostete den Augenblick aus. Noch zwei Stunden. Länger würde es nicht dauern, die Stadt zu räumen.

Dann hallte ihr Gaborns Warnung durch den Kopf. »Versteckt Euch! Zum Fliehen ist es zu spät! Versteckt Euch – Ihr alle!«

Iome fuhr aus ihrem vergoldeten Sessel hoch. Von dieser Stelle des Innenhofes versperrten ihr die Burgmauern nach allen Seiten den Blick.

Doch ein Wächter auf dem Torturm rief: »Euer Hoheit – es nähert sich von Süden – ein gewaltiger Schatten über den Wolken.«

Er hatte den Satz noch nicht beendet, als es über dem Dunnwald krachend donnerte. Blitze zuckten. Iomes Pferd tat einen Sprung und scheute.

Sir Donnor packte die Zügel von Iomes Stute und stieg auf sein Pferd, genau wie Iomes Days.

»Euer Hoheit«, brüllte er, »wir müssen fort!«

»Versteckt Euch!« befahl sie ihm, überrascht, daß er

fliehen wollte – wo der Erdkönig ihnen doch befohlen hatte, sich zu verstecken.

»Aber wir haben schnelle Pferde«, bedrängte Sir Donnor sie, »schneller als alles, was fliegt.«

Iome rechnete nach. Vierzehn Stunden war es her, daß Raj Ahtens Flammenweber den Glorreichen der Finsternis aus der Unterwelt herbeigerufen hatten. Sie hatten in der Nähe von Carris gestanden, was einer Entfernung von fast siebenhundert Meilen entsprach.

Der Glorreiche der Finsternis war mit kaum weniger als fünfzig Meilen in der Stunde hierher gefolgt, und Iome hatte nicht die geringste Vorstellung, wie oft er haltgemacht haben mochte, um sich auszuruhen oder Nahrung aufzunehmen.

Vielleicht hat Sir Donnor recht, überlegte sie. Ein schnelles Kraftpferd *könnte* ein solches Wesen hinter sich lassen – ach, warum versuche ich, mir etwas vorzumachen? Das Risiko würde ich niemals eingehen.

»Versteckt Euch!« erreichte Gaborns Warnung sie erneut.

Iome rannte los und sprang auf ihre Stute. Sir Donnor wendete sein Pferd und galoppierte zum Stadttor hinaus, über die Zugbrücke und fort von Burg Sylvarresta, ohne sich ein einziges Mal umzusehen. Er war sicher, sie würde nachkommen. Iomes Days galoppierte dicht hinter ihm, doch nach all den Jahren, in denen sie die Mitglieder der königlichen Familie nicht aus den Augen gelassen hatte, riskierte die matronenhafte Frau kurz einen Blick über die Schulter und bemerkte, daß die Königin nicht folgte.

Das Gesicht der Frau wirkte entsetzt, bleich vor Angst.

Aber Iome konnte den klumpfüßigen Jungen nicht zurücklassen. Das Kind hatte den Erdkönig noch nie gesehen, hatte nie die Gelegenheit gehabt, Erwählt zu werden. Er würde nicht die geringste Warnung hören, bevor der Tod ihn ereilte.

»Ich gehe den Jungen holen!« rief sie.

Iome wandte ihre Stute herum und galoppierte die Marktstraße hinauf. Die Hufe des Tieres klapperten auf dem Pflaster, und sein Atem wehte heiß aus seiner Schnauze.

Ihre Days folgte einhundert Meter hinter ihr. Sie suchte die Straße nach dem Jungen mit dem Klumpfuß ab, hoffte, er habe den königlichen Bergfried noch nicht erreicht, denn er stand oben auf dem Hügel, und sie konnte das Gebäude nicht erreichen, ohne von oben gesehen zu werden.

Als Iomes Streitroß die Schwarze Ecke erreichte, herumschwenkte und unter dem Fallgatter der Königspforte hindurchjagte, warf Iome rasch einen Blick nach hinten über das Tal. Von hier oben konnte sie sämtliche Felder vor Burg Sylvarresta überschauen – den Wye, der sich wie ein silbernes Band durch die grünen Felder im Osten der Burg wand, die herbstlichen Gold- und Rottöne des Dunnwaldes oberhalb der vom Feuer schwarzverbrannten Felder im Süden.

Und dort auf den Äckern riß Sir Donnor soeben sein Pferd herum und ritt im Galopp zur Burg zurück, nachdem er gemerkt hatte, daß Iome ihm nicht gefolgt war.

Sie war sich über den jungen Mann aus Donyeis nicht

ganz im klaren gewesen, er schien aber schließlich doch das Zeug zu einem Gardisten zu haben.

Zu ihrem Entsetzen kam auch Myrrima im Galopp aus den Hügeln zurück. Sie holte Sir Donnor ein und überholte ihn sogar.

Noch während Iome dies beobachtete, senkte sich eine gewaltige dunkle Kugel aus der Wolkendecke herab. Plötzlich färbte sich der Himmel über ihr schwarz, schwärzer als jede Nacht. Oberhalb der Kugel wirbelte ein gewaltiger Tornado aus Licht und Hitze und Feuer.

Einem vollendeten Flammenweber gleich entzog der Glorreiche der Finsternis dem Himmel Licht und Wärme und lenkte die Energie auf sich um. Im Herzen der Kugel konnte Iome nicht das geringste erkennen. Massen herumwirbelnder Luft und Schleier aus nächtlicher Dunkelheit verbargen den Glorreichen der Finsternis.

Und doch senkte er sich auf die Menschen herab, die zur Burg hinüberrannten, und stürzte sich auf Sir Donnor wie ein Habicht auf einen Taubenschlag.

Myrrima flog, derweil sie ihrem Streitroß in Hoffnung auf eine noch größere Geschwindigkeit die Fersen in die Flanken bohrte, im Galopp über das waldlose Hügelland. Sie umklammerte den Beutel mit den Kräutern, den Binnesman ihr gegeben hatte, und jagte dahin, um sie ihrer Königin auszuhändigen. Myrrima war keine Pferdefrau. Nie hatte sie ein Pferd besessen, hatte gerade mal reiten gelernt, und das auch nur, weil die Jungs in Bannisferre sie manchmal geradezu dazu gedrängt hatten.

Und jetzt hielt sie im Galopp auf die Burg zu, trieb ihr Pferd erbarmungslos an, während der Glorreiche der Finsternis auftauchte, der Wind in ihrem Rücken heulte. Sir Donnor war ihr, aus der Burg fliehend, entgegengeeilt. Jetzt riß er sein Pferd herum, stieß einen wortlosen Schrei aus und versuchte, mit ihr Schritt zu halten.

Mit dem Glorreichen der Finsternis zog eine Dunkelheit herauf, die finsterer war als jede Winternacht.

Myrrimas Pferd stürzte sich in die immer dichter werdende Düsterkeit. Sie blickte kurz zur Stadt hinauf und sah, wie Iome zum königlichen Bergfried hinüberlief.

Ihr kam es so vor, als bremste der Glorreiche der Finsternis plötzlich ab, als schwebte er lautlos dicht hinter ihr.

Sie hatte gehofft, die Bestie hinter sich lassen zu können, denn mit jeder Sekunde rückte die Burg mit all ihren Befestigungsanlagen, steinernen Türmen und der Verheißung auf Geborgenheit näher.

»Versteckt Euch!« flehte Gaborns Stimme sie an. »So versteckt Euch doch!«

Ihr Streitroß gelangte an eine Biegung. Im Versuch, einen Sturz zu verhindern, klammerte sich Myrrima fest an das Tier. Sie sah sich um. Sir Donnor galoppierte hinter ihr und hatte Mühe, Schritt zu halten. Der Ritter drehte sich halb zur Seite und zog seine gewaltige Reiteraxt. Er machte den Eindruck, als wollte er kehrtmachen und kämpfen.

Ein Windknäuel raste aus der Dunkelheit hervor. Myrrima beobachtete, wie es die Asche des Feuers der vergangenen Woche aufwirbelte und dicht über das schwarzverbrannte Feld jagte, sich zu einer nur unklar zu erkennenden Hand formte und Sir Donnors Streitroß die Beine unter dem Leib regelrecht wegschnitt.

Der Ritter stieß einen Schrei aus, als sein Pferd zu Boden ging und er mit dem Gesicht voran zu Boden fiel.

Myrrima schrie, ihr Pferd solle rennen. Hastig griff sie Bogen und Köcher aus ihrem Gepäck.

Sir Donnor brüllte, doch sein Schrei ging im anschwellenden Geheul des Windes unter, der von allen Seiten an ihnen zerrte. Myrrima blickte sich um. Die Finsternis hatte Sir Donnor verschlungen.

Myrrima linste mit zusammengekniffenen Augen nach vorn. Sie hatte die Zugbrücke fast erreicht. Im dunkler werdenden Dämmerlicht konnte sie das Tor deutlich erkennen. »Spring!« schrie sie ihrem Streitroß zu.

Sie vernahm das Krachen eines Blitzes und spürte, wie ihr Pferd zuckte und bebte. Plötzlich verdoppelte sich sein Schwung, als es von einem Blitz vorangetrieben wurde. Das Pferd drehte sich Hals über Kopf in der Luft, und schließlich segelte auch sie durchs Nichts.

Iome konnte den Jungen mit dem Klumpfuß nirgendwo entdecken und war erstaunt, daß sie den weiten Weg zum Bergfried des Königs in so kurzer Zeit hatte zurücklegen können.

Sie sprang ab, als ihr Pferd langsamer wurde, und rannte den Bergfried hinein.

»Junge?« schrie Iome. »Bist du hier irgendwo?«

»Mein Lord?« rief er vom oberen Ende der Treppe.

Ein krachender Donnerschlag draußen ließ die Fenster erzittern. Wind strich wie ein gequältes Tier heulend über das Mauerwerk des Bergfrieds.

»Versteck dich!« rief Gaborn Iome über all die Meilen zu.

»Komm runter, hierher!« brüllte sie. »Der Glorreiche der Finsternis!«

Er kam sofort angelaufen, stolperte und stürzte die mit Teppichen ausgelegten Stufen hinunter. Sekunden später stand er vor ihr – er wirkte lächerlich in der elegantesten Brokatjacke des Königs, einem prachtvollen Stück aus golddurchwirktem Stoff mit scharlachroten Streifen. Der Junge hatte nicht widerstehen können, es anzuprobieren.

Wieder krachte ein Donnerschlag, und alles Licht schien zu entweichen, während sich Nacht über die Burg herabsenkte. Wind strich heulend durch den königlichen Bergfried, und Hagelkörner prasselten gegen die Fenster. Iome drehte sich zur Tür, just als draußen ein Blitz den Himmel teilte. Ihr Pferd schrie schmerzgequält auf, dann vernahm sie ein nasses, dumpfes Klatschen, als sein lebloser Körper zu Boden ging. Der Wind hob das Tier in die Höhe, drehte es vielleicht zehn Fuß über dem Erdboden langsam in der Luft, wie eine Katze, die fasziniert eine Maus in ihren Krallen hält.

Der Junge mit dem Klumpfuß schrie vor Angst. Iome sah sich verzweifelt um. Ihre Days war ihr nicht in den Bergfried gefolgt, und Iome wunderte sich, wohin die Frau gelaufen sein mochte. Nie zuvor, wie groß die Gefahr auch war, hatte eine Days sie im Stich gelassen.

Sie wollte nach draußen rennen, doch der Wind packte die riesige Eichentür und schlug sie ihr krachend vor der Nase zu.

»Versteck dich!« erklang Gaborns Stimme in ihrem Innern. »Um unserer Liebe willen, versteck dich!«

»Hier entlang!« rief sie dem Jungen zu und packte ihn bei der Hand. Eine erdrückende Finsternis hüllte die Burg ein. Das war nicht die Dunkelheit einer sternenreichen Nacht, nicht einmal die einer stürmischen Nacht, wenn die Wolken den Himmel mit einer dichten Decke verhüllen. Dies war die völlige Abwesenheit allen Lichts, die Finsternis in einer tiefen Höhle.

Doch Iome kannte den Bergfried und all seine Gänge und Flure. Sie tastete sich den Korridor entlang und steuerte auf die Vorratskammer zu, um sich in einer hintersten Ecke eines Gemüseverschlags zu verstecken.

Dann fiel ihr Binnesmans Kammer in den Kellern unten ein. Sie erinnerte sich an das Gefühl von Kraft, das sie in diesem Raum verspürt hatte. Dort unten, tief unter der Burg, umgeben von der Erde.

Unvermittelt machte sie kehrt, rannte auf den unteren Korridor zu, der selten benutzt worden war, stieß die Tür zu. Die Steinplatten, die nach unten führten, waren rauh und uneben. Die vierte hinter dem Treppenabsatz drehte sich lose unter den Füßen. Sie ermahnte sich aufzupassen. Der Keller war nie dafür gedacht gewesen, daß jemand dort wohnte.

Vorne sah sie ein Licht.

Iome erreichte die Tür am Ende der Stufen, schloß sie hinter sich, verriegelte sie. Draußen heulte der Wind.

Donner krachte, und noch immer prasselte der Hagel auf die Mauern ein.

Oben zerbarsten sämtliche Fenster des Bergfrieds wie unter einem gewaltigen Schlag. Iome fuhr zusammen. Das bunte Glas der Fenster war überaus alt. Einige der Erker in den Gemächern des Königs hatten bereits eintausend Jahre hinter sich. Der Schaden war nicht wiedergutzumachen.

Nachdem Iome die Tür verriegelt hatte, konnte sie unten den schwachen Schein eines Feuers erkennen. Die Luft roch ekelhaft süßlich nach Zitroneneisenkraut, das auf Binnesmans Feuerstelle köchelte. Iome hatte den Zauberer seit einer halben Stunde nicht mehr gesehen. Zuletzt hatte er sich auf den Weg zum Gasthaus in der Stadt gemacht, um den Kranken zu helfen, es war jedoch gut möglich, daß er zurückgekehrt war. Vielleicht hatte er eine der Nebenstraßen hinauf zum Bergfried genommen.

Binnesman hatte die Absicht gehabt, gegen dieses Ungeheuer zu kämpfen. Sie wagte zu hoffen, ihn in seiner Kammer zu finden.

So rannte sie in den Keller hinunter, stellte fest, daß der Topf mit Eisenkraut noch immer köchelte und in der Feuerstelle noch einige Kohlen glommen. Iome warf die Tür zu und suchte nach einer Möglichkeit, sie zu verriegeln. Aber die besaß nicht einmal eine Klinke.

Sie durchsuchte Binnesmans Kammer nach irgend etwas, mit dem sich die Tür versperren ließe. Unter den Sehersteinen gab es verschiedene größere Steine, zu groß, um sie allein fortzurollen.

»Versteck dich!« brüllte Gaborn in ihrem Kopf. »Er hat es auf dich abgesehen!«

Binnesman besaß nicht einmal ein Bett, unter dem man sich hätte verstecken können – nur den Haufen Erde in der Ecke.

Myrrima wachte mit dem Gesicht nach unten im Burggraben auf. Sie schmeckte kaltes Wasser und Algen.

Jeder Muskel schmerzte pochend. Vage erinnerte sie sich an ihren Sturz vom Pferd und war überzeugt, sich beim Aufprall die Knochen gebrochen zu haben, dann drehte sie sich im Wasser herum. Über ihr war alles schwarz.

Ihr Pferd warf sich ganz in der Nähe schreiend im Burggraben hin und her. Die Wellen seines Todeskampfes ließen Myrrima auf der Wasseroberfläche tanzen wie ein Stück Korkeiche.

Das ist das Ende, dachte sie benommen.

Sie trieb im tiefen Wasser, das kalt war wie das Eis des Winters und ebenso betäubend. Sie fühlte sich sehr schwach.

Bewegen konnte sie sich nicht. Vergebens versuchte sie, eine Hand zu heben und zu schwimmen – irgendwohin, zum Ufer, zur Burgmauer. In dieser Dunkelheit war kein Ziel zu erkennen.

Über sich spürte sie den Wind, den Sog der riesigen Flügel eines Wesens, das über ihr in der Luft zu stehen schien.

Es spielte keine Rolle, wohin sie sich wandte, wenn sie nur schwamm.

Doch sie mühte sich, nur währenddessen fühlte sie, wie sie unterging.

Es spielt keine Rolle, dachte sie. Es spielt keine Rolle, ob ich heute sterbe, ob ich mich heute zu den Geistern des Dunnwaldes geselle.

Durch ihren Tod würde Myrrima ihre Gaben verlieren. Ihre Mutter würde ihre Geisteskraft zurückerlangen. Sie würden sich abrackern und sparsam leben in ihrem kleinen Häuschen außerhalb von Bannisferre, und vielleicht wären sie glücklich. Es spielte keine Rolle, wenn Myrrima starb.

Sie mühte sich ab und spürte, wie sie aus Regionen der Finsternis in die vollkommene Dunkelheit des Burggrabens hinabschwebte.

Ein riesiger Stör schwamm neben ihr, streifte ihre Hand und flitzte peitschenschnell durchs Wasser davon. Sie spürte den Sog seiner Bewegung.

Dumpf, den Verstand vollkommen leer, spürte sie, wie er sich entfernte und einen Augenblick später wiederkam. Er umschwamm sie träge in einem seltsamen Muster, einem geheimen Tanz.

»Hallo«, formte Myrrima Worte mit dem Mund. »Ich sterbe.« Sie schloß die Augen und verharrte eine ganze Weile in dieser Stellung, ließ sich vom Wasser betäuben. Das eiskalte Naß umschmeichelte ihre Muskeln, zog ihr sogar die Schmerzen aus den Knochen.

Hier ist es wunderschön, dachte sie. Wenn ich doch nur zum Abendessen bleiben könnte.

Sie merkte, wie sie einen Augenblick dahindämmerte, und fuhr erschrocken hoch.

Mittlerweile gab es wieder ein wenig Licht, genug, um etwas zu erkennen. Sie lag auf dem schlammigen Grund des Burggrabens.

Ein Stör schwebte durch das Wasser, näherte sich ihr, blieb dann reglos stehen und musterte sie aus einem Auge in der Farbe von gehämmertem Silber. Der riesige Stör, länger als sie selbst, tat nichts weiter als seine knochigen Lippen zu öffnen, deren Fühler wie ein Schnauzbart herabhingen, öffnete und schloß seinen Mund ein winziges Stück mit jeder Bewegung der Kiemen.

Sie war überrascht, daß sie noch lebte. Ihr Verstand wurde klarer, und ihre Lungen erwarteten sehnsüchtig den nächsten Atemzug. Zwei weitere große Störe schossen im Zustand höchster Erregung an ihr vorbei und wirbelten in einem wilden Tanz umher.

Ihr fielen die Runen ein, die sie gezeichnet hatten.

Schutz, Heilkraft. Immer wieder, tagelang. Schutz, Heilkraft. Die Wasserzauberer waren mächtig.

Mit der Erkenntnis, daß sie überleben würde, begann Myrrima, sich plötzlich um die anderen zu sorgen. Sie schaute vom Grund des Burggrabens nach oben. Die Wasseroberfläche befand sich dreißig Fuß über ihr. Nach wie vor bedeckte Dunkelheit den halben Himmel.

Sie drückte ihre Zehen in den Schlick, spürte Süßwassermuscheln unter ihren Füßen, tauchte auf und durchbrach die Wasseroberfläche.

Sie hustete, stieß das Wasser aus ihren Lungen.

Das schwerelose Treiben im Wasser war ihr leicht erschienen. Jetzt stellte sie fest, wie schwierig es war, in Kleidern zu schwimmen. Mit hektischen Bewegungen bahnte sie sich ihren Weg durch den eisigen Burggraben und paddelte los, um zwischen den Teichkolben ans Ufer krabbeln zu können.

Das Wasser zog schwer an ihrer Reitkleidung, und ihr war, als versuchte sie in einem Kettenhemd zu schwimmen. Sie sah ihren Bogen mitsamt Köcher in der Nähe treiben. Die Hälfte ihrer Pfeile war aus ihrem Köcher herausgeschleudert worden.

Sie griff sich ihre Waffen.

Dann schwamm sie zu den Teichkolben hinüber, kletterte ans Ufer und sank erschöpft ins Gras. Das eisige Wasser hatte sie gefühllos gemacht, sie zitterte vor Kälte. Hagel prasselte auf sie herab.

Im Gras liegend blickte sie hinauf in den düsteren, bedrückenden Himmel. Ringsum herrschte Finsternis, größtenteils jedoch sammelte sie sich hügelaufwärts über dem königlichen Bergfried.

Myrrima kämpfte sich auf die Knie hoch. Ihr Pferd soff aus dem Burggraben. Sie war überrascht, es lebend vorzufinden, denn sie war überzeugt gewesen, der Blitz hätte es durchbohrt. Andererseits hatte sie in Bannisferre einen Mann gekannt, den bei drei verschiedenen Gelegenheiten der Blitz getroffen hatte und der nichts weiter als ein paar Brandnarben und ein taubes Gesicht zurückbehalten hatte. Entweder hatte das Pferd Glück gehabt, oder die Banne der Wasserzauberer hatten es geheilt.

Weiter draußen auf dem Feld lagen Sir Donnor und sein Pferd – tot. Myrrima brauchte nicht nachzusehen, um sicher zu sein. Sir Donnor war in mehrere Teile zerfetzt worden, und sein Tier lag so verrenkt da, als wäre es nie ein Pferd gewesen.

Myrrima rappelte sich mühsam hoch, bespannte ihren Bogen und legte einen Pfeil ein.

Wiehernd vor Angst gelang es ihrem Pferd, sich einen Weg das Ufer hinauf zu wühlen, dann galoppierte es fort von der Burg, quer durch das Tal hinüber zu den Bergen, wo Jureem sich versteckt hielt. Myrrima lief in der Dunkelheit über die Zugbrücke und hinauf zur Burg Sylvarresta.

Staunend betrachtete der klumpfüßige Junge die Kammer des Zauberers, die von den Deckenbalken hängenden Kräuterbündel, die aus gedrehtem Seil gefertigten Körbe über dem Kaminsims, die getrocknete Kräuter enthielten. Iome mußte an Binnesman denken, der sich am Morgen auf die Suche nach diesen Kräutern gemacht hatte, und sah sich verzweifelt nach irgend etwas um, mit dem der Zauberer sich vielleicht gewehrt hätte. Sie hoffte, daß Binnesman seinen Stecken hiergelassen hatte, doch der war nirgends zu sehen.

Sie erblickte einen Beutel auf einem niedrigen Hocker und lief hin. Es war derselbe Beutel, in dem Binnesman am Morgen die Kräuter hergebracht hatte. Sie stülpte ihn um. Dutzende Goldlorbeerblätter, Rinden- und Wurzelstücke sowie Blütenblätter fielen heraus, die Überbleibsel seines Handwerks.

Iome sammelte sie auf und hielt sie in der Hand. Sie zuckte zusammen und lauschte. Das Herz schlug ihr bis in die Ohren. Der klumpfüßige Junge stöhnte vor Entsetzen und rang keuchend nach Atem. Sturm umtoste die Burg, daß das Feuer im Kamin unruhig flackerte.

Oben in meinem Zimmer befinden sich Opale, überlegte Iome, und erinnerte sich, wie hell sie unter Binnesmans Händen aufgeglüht hatten. Verglichen mit denen, die sie dem Zauberer mitgebracht hatte, waren sie von minderer Qualität, doch im Augenblick sehnte sich Iome alles herbei, was ihr nur den geringsten Schutz bieten konnte.

Sie hörte Schritte über sich, schwere Füße auf Dielenbrettern. Ihr Herz pochte.

Binnesman? überlegte sie. War es möglich, daß der Zauberer im Bergfried war? Oder war es der Glorreiche der Finsternis?

Wer immer es war, er befand sich im Erdgeschoß.

Der Glorreiche kann es nicht sein, versuchte Iome sich einzureden. Ein solches Geschöpf würde auf das Dach hinauffliegen. Dort würde es landen wie Graak, dahocken und gelegentlich mit den Flügeln schlagen. Es würde nicht vor der Eingangstür landen und das Haus wie eine gewöhnliche Dienstmagd betreten.

Er hat es auf dich abgesehen, hallte Gaborns Warnung immer wieder in ihrem Kopf wider.

Die Bestie schlich über den Fußboden. Sie hörte das Scharren von Krallen auf den hölzernen Dielenplanken, als es die Tür oben erreichte. Sie hörte, wie das Wesen schnupperte, die Luft prüfend durch die Nase sog und eine Witterung aufnehmen wollte.

Dann hörte sie Holz zersplittern, als die Tür am oberen Ende der Treppe explosionsartig nach innen flog.

Eiserne Türangeln und Bolzen rollten klirrend über die groben Steinplatten der Stufen. Bretter polterten herab.

Die Überreste der Tür mit dem Fuß zur Seite tretend, rückte der Glorreiche der Finsternis an, näherte sich schnuppernd.

Eben noch hatte der Wind draußen geheult und getost.

Jetzt plötzlich legte er sich. Alles wurde still. Aber noch immer spürte Iome den Sturm als eine erdrückende Schwere, die in der Luft lag.

Eine tiefe, unmenschliche Stimme sprach leise auf der anderen Seite der Tür: »Ich rieche dich, Frau.«

Iome unterdrückte das Verlangen, aus vollem Hals zu schreien. Verzweifelt suchte sie nach einer Waffe. In Binnesmans Kammer fand sich nicht viel, was als solche dienen mochte – weder Schwert noch Keule, weder Bogen noch Speer. Er war kein Krieger.

Er hatte nur seine Magie.

Sie hörte, wie an der Tür geschnuppert wurde. »Kannst du mich verstehen?« fragte das Wesen.

»Ich kann dich ebenfalls riechen«, rief sie zurück. Die Bestie stank nach Verwesung, nach Haaren, Wind und Blitzen.

Sie sah sich hektisch um. Erdwächter benutzten magische Erdsorten für zahlreiche Banne. Sie erinnerte sich, wie Binnesman sich in der Ecke zusammengerollt und die Erde wie eine Decke über sich gezogen hatte.

Sie nahm eine Handvoll des trockenen Erdreichs und warf es gegen die Tür.

»Komm zu mir«, sagte der Glorreiche der Finsternis.

»Du kannst hier nicht herein!« schrie Iome und hoffte,

daß es stimmte. Sie spürte die Erdkraft in diesem Raum. Plötzlich fielen ihr wieder Binnesmans Worte ein: Der Glorreiche der Finsternis war ein Geschöpf der Luft und der Dunkelheit. Der Zauberer hatte in dieser Kammer Runen des Schutzes und der Erdkraft auf den Boden gezeichnet.

Und Erde war stets das Verderben der Luft. Draußen hatte der Glorreiche der Finsternis den Wind dazu benutzt, ihr Pferd in die Höhe zu heben, etwa so, wie eine Katze ihre Pfote benutzt. Doch jetzt war der Wind verstummt.

Hier unten war die Bestie ein geschwächter Krüppel. Sie wiederholte mit mehr Gewißheit: »Du kannst hier nicht rein.«

Der Glorreiche der Finsternis fauchte wie eine grauenerregende Bestie. »Ich kann dich sehr wohl holen kommen. Und das werde ich auch tun, wenn ich muß.«

Iome schleuderte abermals eine Handvoll Staub auf die Tür, in der Hoffnung, die Bestie damit zu vertreiben.

»Komm zu mir«, hauchte der Glorreiche der Finsternis. »Komm heraus zu mir, und ich lasse dich leben.«

»Nein«, gab Iome zurück.

»Überlasse mir den Sohn des Königs«, sagte der Glorreiche der Finsternis. »Ich wittere einen Sohn.«

Iomes Herz pochte. Sie drückte sich in die Ecke. Der klumpfüßige Junge klammerte sich wimmernd fest an sie. »Der König hat keinen Sohn«, antwortete Iome mit bebender Stimme. »Das ist bloß irgendein Junge.«

»Ich rieche einen Sohn …«, versicherte ihr der Glorreiche der Finsternis, »in deinem Bauch.«

Keuchend vor Anstrengung rannte Myrrima, den Bogen in der Hand, die Straßen von Burg Sylvarresta hinauf zum Bergfried des Königs. Sehen konnte sie das Bauwerk nicht. Der Glorreiche der Finsternis hatte es in Schleier aus nächtlicher Dunkelheit gehüllt.

Um sie herum prasselte Hagel auf das Straßenpflaster, prallte im Viertel der Kaufleute geräuschvoll von den mit Blei beschlagenen Dächern ab.

Ein Flammenwirbel schien über dem Bergfried zu lauern. Das Feuer wirbelte im Kreis und verlor sich in einem Schleier aus Dunkelheit. Myrrima wußte, daß Iome sich im Bergfried befinden mußte. Sie hatte ihre Königin erst wenige Augenblicke zuvor dabei beobachtet, wie sie dort hinaufgerannt war.

Der Himmel über ihr blieb überall schwarz, während der Glorreiche der Finsternis das Licht aus dem Himmel sog. Und doch leuchteten überall an der Grenze des Gesichtsfeldes Lichtstrahlen hernieder, als loderten in der Ferne silbrige Feuer. Im Widerschein dieses schwachen Lichts tastete sie sich über das unebene Pflaster.

Noch im Laufen, ihr Herz hämmerte rasend, überlegte sie, wie sie diese Bestie, diesen Glorreichen der Finsternis, erschießen konnte.

Sie hatte in den letzten zwei Tagen nur ein paar Stunden mit dem Bogen geübt. Alle ihre Pfeile hatte sie aus einer Entfernung von achtzig Metern abgeschossen. Einen Schuß auf größere Entfernung traute sie sich nicht zu.

Bei den Mächten, überlegte sie. Ich traue mir überhaupt keinen Schuß zu!

Das beste wäre, wenn sie sich ganz nah heranschlich, auf eine Entfernung, bei der sie sich sicher fühlte. Ihr Herz schlug wie ein Hammer. Ihr Atem ging in unregelmäßigen Stößen.

Wenn ich danebentreffe, bin ich tot, ging es ihr durch den Kopf. Ein einziger Schuß, zu mehr werde ich keine Gelegenheit habe.

Der Glorreiche der Finsternis schleuderte Blitze. Sie würde keine Gelegenheit zu einem zweiten Schuß erhalten.

Sie erreichte die Schwarze Ecke. Weiter vorne ragte das Tor, durch das man die Königspforte erreichte, in die Höhe – ein Monolith, der sich dunkler vor dem fast vollkommen schwarzen Hintergrund abhob.

Unter dem Tor, beim Fallgitter, stand Zauberer Binnesman.

Er hielt den Stecken über seinen Kopf und ließ ihn mit großer Gebärde kreisen, während er voller Ehrfurcht leise Worte sprach, die sie nicht hören konnte. Ein schwaches, grünes Licht ging von seinem Stecken aus, als wäre er ein glimmendes Stück Holz. Myrrima konnte ihn, vom Licht klar umrissen, deutlich erkennen. Sein unverwandter Blick war auf das Knäuel aus Dunkelheit gerichtet, das den königlichen Bergfried umgab.

Etwas Seltsames war geschehen. Kein Wind strich pfeifend um den Bergfried, kein Blitz gleißte.

Der Glorreiche der Finsternis schien verstummt zu sein.

Er ist dort drinnen bei Iome, erkannte Myrrima. Bei

dem Gedanken wurde ihr schwindelig, und sie geriet auf dem Pflaster ins Stolpern.

Leise lief sie weiter, aus Angst, der Glorreiche der Finsternis könnte ihre Schritte hören.

Plötzlich erscholl ein unmenschlicher Schrei aus dem Herz der Finsternis.

Binnesman ließ seinen Stecken kreisen und sang triumphierend:

»Adler der Unterwelt, verflucht sollst du sein!
Für die Mächte der Erde, dein Tod werde mein,
Dein Grab werde diese Stätte aus Stein!«

Der Glorreiche der Finsternis legte die Hand an die Tür zu jener Kammer, in der Iome sich versteckte. An knarrenden Angeln schwenkte sie nach innen.

Der Gang im Rücken der Bestie war düsterer als jede Nacht. Ein Finger, der aus Dunkelheit zu bestehen schien, tastete sich verstohlen durch den Raum. Die glühenden Scheite im Kamin erloschen.

»Meine Dame!« jammerte der Junge mit dem Klumpfuß und stahl sich hinüber zum Feuer.

Der Glorreiche der Finsternis knurrte leise irgendwo im Dunkeln. Ein Lichtblitz sirrte knisternd durch die Luft, passierte Iomes Kopf und explodierte an den uralten Wänden aus Holz.

Sie hielt ihren kleinen Beutel mit Blättern und Wurzeln in die Höhe, in der Hoffnung, die Bestie damit abwehren zu können.

Der klumpfüßige Junge erreichte das Feuer im selben

Augenblick, als die letzten Kohlen erloschen. Er packte den schweren Eisenkessel. Wie einen Morgenstern schwenkte er ihn und schleuderte ihn auf die Tür.

Der Sud aus Eisenkraut schwappte heraus und verteilte sich tröpfchenweise. Iome wurde mit dem nach Zitrone riechenden Sirup bespritzt.

Der Glorreiche der Finsternis schrie gequält auf. Der gesamte Bergfried bebte.

Eine Warnung von Gaborn hallte Iome durch den Kopf. »Duck dich!«

Mit einem Satz war sie bei dem klumpfüßigen Jungen.

Plötzlich erzitterte der Bergfried, als hätte ihn ein Erdbeben erschüttert. Überall gerieten die Mauern ins Wanken. Mit ohrenbetäubendem Krachen zersplitterte Holz, Steine knirschten. Körbe fielen aus den Regalen. Ächzend protestierten die schweren Balken der Decke gegen ihre Zerstörung.

In völliger Dunkelheit sanken sechs Stockwerke aus Stein in sich zusammen.

Während seine Soldaten sich neu formierten, sank Gaborn in einen ohnmachtsähnlichen Schlaf. Obwohl einige Männer es versuchten, gelang es keinem von ihnen, ihn wach zu rütteln, und nachdem er einen Augenblick auf seinen Herzschlag gelauscht hatte, sagte Sir Langley nur: »Bindet ihn auf seinem Pferd fest und laßt ihn schlafen, wenn er sich das in den Kopf gesetzt hat. Ich werde jeden auspeitschen lassen, der es wagt, seinen Schlummer zu stören.«

In seinen Träumen schwebte Gaborn über einem großen, weitläufigen Gebäude.

Es hätte der Blaue Turm sein können, in der Nähe der Höfe von Tide, überlegte er, obwohl Gaborn diesen nie betreten hatte.

Doch nein, dieses Bauwerk wirkte schmutziger und düsterer als jedes andere. Weder schmückten Behänge die Wände, noch hingen irgendwo Lampen. Das Mauerwerk war alt, der Innenputz bröckelte ab.

Das Gebäude war alt wie ein Verlies. Viele der grauen Steine, aus denen es errichtet war, waren gesprungen oder aus der Wand herausgebrochen. Doch selbst die Bezeichnung Verlies schien nicht recht zu passen. Es handelte sich um eine Ruine, einen Irrgarten aus Mauern ohne Dach.

In diesem feuchtkalten alten Gemäuer flohen Myrrima und Iome mit verbundenen Augen vor Raj Ahten. Gaborn hockte in einem metallenen, von einem mächtigen Baum herabhängenden Käfig. Starren Blicks schaute er auf den Irrgarten hinunter, sah durch die klaffenden Löcher im Dach.

Er hörte das nasse Klatschen der Füße des Wolflords auf Stein, hörte ein Scharren, das ihn an Krallen erinnerte. Ab und an erhaschte er einen Blick auf Raj Ahtens ungeschlachten, massigen schwarzen Körper. Iome und Myrrima aber waren im Nachteil und schienen sich der Gefahr nicht bewußt zu sein – es sei denn, er warnte sie.

Flehentlich rief Gaborn immer wieder: »Versteckt euch! Versteckt euch!« Doch jedesmal, wenn sie versuchten, sich in eine Ecke zu kauern, trottete das finstere Traumwesen schweren Schrittes unfehlbar auf sie zu.

»Versteckt euch!« rief er warnend.

Binnesman beendete den Sprechgesang seines Bannes und ließ seinen Stecken kreisen. Ein grünes Aufblitzen, einem ersten Anflug von Sommer gleich, der durch die Blätter birst, schoß aus seinem Stecken hervor und jagte auf den Bergfried zu.

Das Licht durchdrang die Finsternis und ging verloren.

Im Bergfried rissen die Steine und zersplitterten, als tonnenweise Felsgestein in sich zusammenstürzte.

Der Feuerwirbel über dem königlichen Bergfried kreiste und zerbarst.

Plötzlich erstrahlte am ganzen Himmel hellster Sonnenschein. Staub wirbelte durch die Luft, und Myrrima rannte zum Fallgatter und blieb an Binnesmans Seite stehen.

Der Zauberer trug einen triumphierenden Blick im Gesicht.

Myrrimas Miene war vor Schreck wie erstarrt.

Der Bergfried des Königs war in sich zusammengefallen, und nur eine Ruine war geblieben. Auf dem Boden lag ein Steinhaufen von fünfzehn Fuß Höhe, über dem Staub in die Höhe stieg.

Bruchstücke des Mobiliars und Fetzen der Wandteppiche schenkten dem Trümmerhaufen ein paar Farbtupfer, und ein steinerner Wasserspeier, der den oberen Teil des Bergfrieds geziert hatte, lag umgestürzt auf dem

Haufen zertrümmerten Gesteins, und die Fratze, die er darstellte, grinste wie zum Hohn.

Myrrimas Blick war starr, schockiert, ihr Verstand wie gelähmt.

Binnesman sah sie kurz an. »Ich habe die Bestie eingesperrt«, erklärte er mit matter Stimme, »sie in der Erde versiegelt.« Voller Entschiedenheit stützte er sich auf seinen Stecken. »Wir wollen nur hoffen, daß ich ihn dort auch festhalten kann.«

Myrrima ließ den Blick durch den Burghof vor dem Bergfried schweifen. Erst Minuten zuvor hatte sie Iome hier hineinreiten sehen. Jetzt konnte sie ihre Stute jedoch nirgends entdecken.

Plötzlich erblickte sie das Tier, dort drüben, aufgespießt auf den Zinnen des Bergfrieds der Übereigner, achtzig Fuß hoch in der Luft. Sie deutete auf das Streitroß und rief: »Aber Iome war in dem Bergfried! Ihr habt sie zusammen dort eingeschlossen!«

Taumelnd wankte sie in wachsendem Entsetzen zurück.

»Nein!« schrie Binnesman.

In Myrrimas Kopf erschallte eine deutliche Warnung. Der Erdkönig rief: »Versteckt Euch!«

Und damit wogte der Hügel aus Steinen und Schutt, der einst der Bergfried gewesen war, in die Höhe. Felsbrocken wurden zur Seite geschleudert.

Ein Wirbelsturm aus Flammen kreiste oberhalb des klaffenden Lochs, und abermals durchzog eine Finsternis den Himmel, vollkommener und schwärzer als zuvor.

Binnesman stieß einen entsetzten Schrei aus. Myrrima

fiel nichts Besseres ein, als dem Rat des Erdkönigs zu folgen. Sie rannte unter das Fallgatter und drückte sich zitternd mit dem Rücken an die Mauer.

Wind erhob sich und fegte heulend durchs Fallgatter, peitschte gegen die Burg. Die Steinmauer in Myrrimas Rücken erzitterte unter der eisigen Bö, doch Binnesman stand inmitten dieses Sturmes, zeichnete mit der Spitze seines Steckens Runen in den Boden und brüllte Worte, die der Orkan ihm von den Lippen riß und davontrug.

Der Anblick des Zauberers versetzte Myrrima in Erstaunen: Obwohl der Wind ihn umtoste, schien er ihn nicht zu berühren. Er hob nicht einmal den Saum seines Gewandes.

Blitze zuckten aus dem Dunkel und explodierten zu seinen Füßen, doch Binnesmans Schutzbanne waren mächtig genug, so daß kein Blitz sie durchdringen konnte. Sein Stecken verstrahlte ein stetes grünes Licht, und der Erdwächter blickte entschlossen nach vorn.

Er griff in seine Tasche und holte einen Opal hervor.

Zuerst glaubte Myrrima, dieser verströmte Licht wie in der Vorratskammer des ›Horts des Ebers‹. Doch dann erkannte sie, daß sich statt dessen etwas anderes abspielte. Der Stein sog das Licht auf. Der Feuerwirbel, den der Glorreiche der Finsternis aus dem Himmel zog, krümmte sich plötzlich, und nun wurde dieses Licht in den Stein eingespeist. Er füllte sich mit Licht wie ein Schwamm mit Wasser.

Die Düsterkeit hellte auf, und der alles mit sich reißende Sturm, der durch die Burg toste, wurde plötzlich schwächer, erlahmte, wurde zu einem starken Wind. Die

Schatten lichteten sich, so daß der Himmel oben nur noch so dunkel war wie am Abend.

Aus den tieferen Schatten rings um die Ruinen des königlichen Bergfrieds vernahm Myrrima ein Lachen – von einer tiefen, unmenschlichen Stimme.

»Du glaubst, du kannst mir meine Kraft stehlen, jämmerlicher Zauberer? Dein Stein könnte eine solche Menge niemals aufnehmen!«

Myrrima zitterte am ganzen Körper. Sie spürte den Bogen in ihren Händen, hielt in fest umklammert. Der Pfeil hatte sich gelockert. Sie legte ihn wieder auf.

Daraufhin spannte sie die Sehne bis zum Ohr, fühlte sie an den Fingern, dort, wo das Üben während der letzten beiden Tage die Haut abgescheuert hatte.

Sie atmete tief durch und wagte sich vor.

Vor ihr im tiefen Schatten stand der Glorreiche der Finsternis. Der Gestalt nach glich er einem großen Mann – acht oder neun Fuß groß, bedeckt mit dunklem Haar. Aus seinem Rücken wuchsen gewaltige Flügel. Kalte weiße Flammen züngelten über seine nackte bleiche Haut, und er betrachtete sie voller Verachtung.

Auf Glück wollte sie sich beim Schuß nicht verlassen. Er stand ungefähr sechzig Meter entfernt, und etwas anderes als seinen Rumpf konnte sie nicht hoffen zu treffen – wenn überhaupt.

»Versteckt Euch!« war Gaborns nachdrückliche Warnung zu vernehmen.

Blitzschnell erfaßte sie ihr Ziel und schoß einen Pfeil ab. Der Wind rings um sie begann plötzlich zu heulen, als der Glorreiche der Finsternis mit den Flügeln schlug.

Aus der Handfläche der Bestie schoß ein Lichtblitz hervor und schlug krachend in einen steinernen Bogen über ihrem Kopf. Gesteinssplitter regneten ihr in den Nacken.

Ihr Pfeil näherte sich seinem Ziel in hohem Bogen und schien den Kopf des Ungeheuers zu verfehlen.

Doch durch das Flügelschlagen hatte der Glorreiche der Finsternis einen Fuß vom Boden abgehoben, der Pfeil traf ins Schwarze und durchbohrte die Kreatur an der Schulter.

Der Kopf des Glorreichen der Finsternis wurde nach hinten geworfen, und die Bestie zuckte krampfartig zusammen. Das Untier stürzte auf das Pflaster des Innenhofes und wand sich verwundet, versuchte, sich mit den Flügeln zu bedecken, sich zu schützen. Es schrie vor Schmerz und Entsetzen.

Myrrima zog einen weiteren Pfeil und rannte, von einer mächtigen Blutgier erfaßt, zu ihm hin. Noch immer strömte Licht aus dem Himmel wie durch einen Trichter in Binnesmans Opal.

Jetzt hallte ihr Gaborns Schrei dröhnend in ihrem Kopf wider, und sein Befehl erreichte sie mit solcher Wucht, daß sie ihm nichts entgegenzusetzen hatte. »Greift an! Greift sofort an!«

Myrrima rannte zum Glorreichen der Finsternis. Die Kreatur zischte sie an wie eine Schlange. Voller Entsetzen und Verachtung blickte sie hinter einer Flügelfalte zu ihr hoch.

Sie zog die Sehne ganz durch, schoß und traf das Wesen ins Auge.

Strahlend helles Tageslicht strömte vom Himmel herab, während Myrrima schwer atmend über dem Glorreichen der Finsternis stand.

Plötzlich wurde ihr bewußt, daß sie dieses Wesen anschrie, die ganze Zeit über angebrüllt hatte: »Du verdammtes, ekelhaftes Etwas. Verdammt, ich bringe dich um!«

Das Ungeheuer hatte Sir Donnor und Iome getötet und weiteres unsägliches Unheil angerichtet.

Sie lief hin und fing an, seinen immer noch zuckenden Leib mit den Füßen zu treten. Das Monstrum schien mit einer behaarten, dreifingrigen Kralle nach ihr zu greifen. Sie sprang einen Schritt zurück und ertappte sich dabei, wie sie noch immer schrie, ihr ganzes Entsetzen, ihre Erleichterung und Angst hinausbrüllte.

Binnesman gesellte sich zu ihr, nahm sie in den Arm, zog sie dicht an sich und versuchte, sie zu trösten.

Als die Gier nach Blut verebbte, fing sie unkontrolliert an zu zittern. Das Herz schlug ihr so laut in den Ohren, daß sie kaum etwas hören, sich kaum einen Reim auf Binnesmans Worte machen konnte.

Verwundert staunte er: »Das, meine Lady, hätte eigentlich nicht möglich sein dürfen!«

»Was? Was meint Ihr damit?« fragte sie.

Doch er hielt sie bloß noch einen weiteren Augenblick fest und fügte hinzu: »Ihr seid ja naß. Ihr seid ganz naß, von Kopf bis Fuß!«

Sie lehnte sich an ihn, um sich zu stützen. Ihr kamen die Tränen. Über seine Schulter hinweg starrte sie auf den Glorreichen der Finsternis, auf den Steinhaufen, dort, wo der königliche Bergfried in sich zusammengestürzt war. An der Stelle befand sich jetzt ein riesiger Riß, eine Spalte, aus der das Geschöpf entkommen war.

Dort unten ist Iome, dämmerte Myrrima. Ich sollte ihre Leiche suchen gehen und für ein anständiges Begräbnis sorgen.

Doch noch während sich der Gedanke in ihrem Verstand festsetzte, gewahrte sie am Rand der Grube eine Bewegung.

Iome, vollkommen mit Staub bedeckt, schob ihren Kopf aus dem Trümmerhaufen hervor und sah sich neugierig um. Hinter ihr kroch der klumpfüßige Junge ins Freie.

»Wir haben uns in Eurer Kammer versteckt«, erzählte Iome Binnesman. »Dort war die Erdkraft am stärksten, und der Glorreiche der Finsternis wagte sich nicht allzu dicht heran. Als der Bergfried einstürzte, wurden der Junge und ich in einer Ecke unter ein paar Balken eingeschlossen.«

»Wir haben Glück gehabt«, sprudelte der klumpfüßige Junge hervor. In seiner Jacke aus golddurchwirktem Stoff wirkte er wie ein Hofnarr. »Die Königin hat Glück gehabt!«

»Nein, Glück war das nicht«, widersprach die Königin mit einem Kopfschütteln. »Ich spürte, wie Gaborn mich warnte und mir sagte, ich solle mich verstecken. Ich stieß uns in die Ecke, weil mir das sicher schien, und als das Dach einstürzte, hielten die Balken dort fest genug, um uns zu schützen.«

»Wenn Ihr ihn das nächste Mal seht, könnt Ihr Euch beim König dafür bedanken, daß er Euch das Leben gerettet hat«, schlug Binnesman ihr vor.

»Später dann«, fuhr Iome fort, »als der Glorreiche der Finsternis ausbrach, krochen wir einfach durch die Trümmer, bis wir uns befreit hatten. Ich habe mich erst getraut, nach oben zu klettern, nachdem ich Euch und Myrrima sprechen hörte und wußte, daß die Gefahr vorbei ist.«

Myrrima betrachtete den Trümmerhaufen, unter dem der Glorreiche der Finsternis unter der Erde eingeschlossen gewesen war. Es schien unmöglich, daß ein Mensch sich beim Einsturz in dem Gebäude aufgehalten hatte und mit dem Leben davongekommen war.

Binnesman ließ Myrrima los. Sie zitterte noch immer, wenn auch nicht so arg wie zuvor. Der Erdwächter trat näher an die Leiche des Glorreichen.

Jetzt züngelte kein gespenstisches Feuer mehr über seine Haut. Er sah lediglich aus wie ein ungeheuer großer und überaus kräftiger Mann, nackt, mit windzerzaustem Haar und Haut und Flügeln aus Elfenbein. Seine Augen jedoch glichen in keinster Weise denen eines Menschen. Statt dessen schienen sie aus einer Art milchiger Achate zu bestehen, die in seinem Schädel glühten. Zwischen seinen Zähnen waren grünliche Reißzähne zu erkennen.

Das Wesen hatte aufgehört, sich zu winden, und lag vollkommen still.

»Ich begreife es noch immer nicht«, wunderte sich Binnesman. »Ein ganz normaler Pfeil hätte diese Bestie eigentlich nicht durchbohren dürfen.«

Er zerrte einen Pfeil aus der Haut des Ungeheuers, jenen, der es an der Schulter verwundet hatte. Den untersuchte er nun eingehend. Er betrachtete die schmale Spitze aus kaltem Eisen, die in das obere Ende geklemmt und schwarz vom geronnenen Blut des Ungeheueres war. Betastete die weißen Gänsefedern im Federbusch des Pfeils.

Schließlich zog er eine Braue hoch und sah Myrrima an. Seine Stimme war voller Argwohn. »Er ist feucht.«

»Ich bin in den Burggraben gestürzt«, erklärte Myrrima.

Binnesman lächelte, als hätte er eine bedeutende Entdeckung gemacht. »Natürlich. Luft ist ein Element der Unbeständigkeit. Wasser dagegen wirkt ihrem instabilen Wesen entgegen. Wie die Erde, so ist auch das Wasser das Gegenstück zur Luft. Ein ausschließlich aus Erde hergestellter Pfeil könnte den Glorreichen der Finsternis nicht durchdringen, einer aus Erde *und* Wasser dagegen schon. Das könnte der Grund sein. Außerdem habe ich ihn gerade zu der Zeit geschwächt.«

Für Myrrima klang das verdächtig danach, als versuchte der Zauberer, das Verdienst für die Tötung des Ungeheuers für sich zu beanspruchen, dabei war sie ziemlich sicher, daß sie es war, die *ihm* das Leben gerettet hatte.

Augenblicke später galoppierte Jureem, Myrrimas Stute hinter sich, zum Bergfried herauf. Die Hufe der Pferde klapperten auf dem Pflaster.

Das Tier zeigte eine weiße Brandwunde am Leib, wo es der Blitz getroffen hatte. Myrrima staunte, daß das Tier überhaupt laufen konnte. Aber schließlich handelte es sich um ein Kraftpferd mit Gaben des Durchhaltevermögens, daher konnte es sehr viel mehr ertragen als jedes gewöhnliche.

Jureem sprang von seinem Streitroß herunter und stellte die Körbe mit den Welpen auf dem Boden ab. Die Hunde kläfften aufgeregt, und einer der Kleinen drückte seine Schnauze durch den Deckel des Körbchens, kletterte heraus und sprang zu Myrrima.

Sie bückte sich und streichelte ihn gedankenverloren.

Jureem ließ den Blick von einem zum anderen schweifen, als wollte er sich überzeugen, daß tatsächlich alle überlebt hatten.

Er stapfte entschlossen hinüber zum Glorreichen der Finsternis, zückte seinen Krummsäbel und betrachtete die Bestie einen Augenblick lang. Dann zog er den Kopf des Wesens nach hinten, bereit, ihn abzutrennen wie den einer Schlange. Offenbar verspürte er das Bedürfnis, dafür zu sorgen, daß sie nie wieder zuschlagen würde.

»Sir Binnesman«, wandte er sich an den Zauberer, bevor er den Hieb durchführte. »Wollt Ihr die Trophäe für Euch?«

Binnesman schüttelte den Kopf. »Sie steht mir nicht zu. Ich hatte ohnehin nicht vor, das Wesen zu verletzen. Lady Borenson hat es getötet.«

Der dicke Berater glotzte Myrrima staunend an, und zum ersten Mal seit Tagen fühlte Myrrima sich glücklich. »Lady Borenson«, fragte Jureem, »möchtet Ihr den Kopf behalten? Diese schwarzen Flügelfedern geben möglicherweise ebenfalls eine ausgezeichnete Trophäe ab, etwas, das man an einen Damenhut stecken könnte?«

»Ich werde den Kopf nehmen«, antwortete Myrrima. Sie wollte eine Kriegerin sein, doch eine geradezu unanständig große schwarze Feder an ihrem Hut stellte alles mögliche dar, nur nicht die Trophäe eines Kriegers.

Jureem ließ den Pfeil im Auge stecken, entfernte den Kopf des Wesens mit einem einzigen Hieb und kam, um ihn ihr zu überreichen.

Iome mußte lachen. »Gestern erschlägt Euer Gemahl eine Greifermagierin und bringt ihren Kopf mit nach Hause, und heute müßt Ihr ihn sogar noch übertreffen. Welche Trophäe werdet Ihr als nächstes einsammeln?«

»Ich wüßte nur eine, die noch besser wäre«, erwiderte Myrrima gut gelaunt. »Raj Ahtens Kopf.«

Jureem stellte sich vor sie und verneigte sich. »Meine Dame, Eure Trophäe.«

Zu ihren Füßen stimmte Myrrimas Welpe ein wildes Geknurre und Gekläffe an, als wollte er über den widerlichen Kopf herfallen. Sie hatte wirklich nicht die Absicht, ihn anzufassen, und merkte, daß ihr bereits die Vorstellung eine Heidenangst einjagte.

»Packt ihn für mich ein«, trug sie Jureem auf. »Ich möchte ihn meinem Gemahl zeigen.«

»Ganz wie Ihr wünscht«, schmunzelte Jureem.

Doch Iome blickte wie gebannt auf Myrrimas Füße, auf den Welpen.

»Was ist?« fragte Myrrima.

»Der Welpe will Euch beschützen«, antwortete Iome. »Er ist bereit, Euch eine Gabe abzutreten.«

Das überraschte Myrrima. Wie Herzog Groverman behauptet hatte, waren Hunde dieser Rasse rasch bereit, sich an ihr Herrchen zu binden.

Myrrima kniete vor Iome nieder und legte der Königin ihren Bogen zu Füßen. Sie hatte gehofft, man werde sie für würdig befinden, eine Kriegerin zu werden, hatte gehofft, sich das Recht zu verdienen, Gebrauch von den königlichen Zwingeisen zu machen. Der Preis für die Übernahme von Gaben war ungeheuer hoch, und sie wußte, wegen der Seltenheit von Blutmetall in diesen Zeiten war es kaum möglich, auf andere Weise in den Genuß von Zwingeisen zu kommen.

»Euer Hoheit«, sagte Myrrima. »Ich trete vor Euch, um meinen Treueschwur zu leisten. Ich erkläre mich bereit, meine Klinge und mein Leben in Euern Dienst zu stellen, und bitte um die Ehre, in Euern Diensten Waffen zu tragen.«

Iome sah sich nach einem Schwert um. Jureems war blutverschmiert, daher zog er einen Krummdolch aus seiner Scheide und reichte ihr die mit Rubinen besetzte Klinge.

Die Königin berührte Myrrimas Kopf und Schultern mit der Klinge und sprach feierlich: »Erhebt Euch, Lady Borenson. Mit Freude nehmen wir Euch in unsere Dienste auf und erkennen Euch für Eure Taten heute Land in Heredon, fünfzig Zwingeisen sowie den Unterhalt Eurer Übereigner zu.«

Fünfzig Zwingeisen. Schon der Gedanke trieb Myrrima die Tränen in die Augen, und vergeblich ermahnte sie sich, daß sie als zukünftige Kriegerin besser nicht weinte. Mit fünfzig Zwingeisen jedoch konnte sie genügend Gaben übernehmen, um Borenson ebenbürtig zu sein. Es war ein großzügiges Geschenk, weit mehr, als sie erwartet hatte. Wenn sie sich jedoch überlegte, was sie für das Königreich getan hatte, dann wußte sie, Iome war überzeugt, daß selbst diese Menge Zwingeisen nur ihr gerechter Lohn war.

Myrrima nahm ihren Bogen und erhob sich. Von Rechts wegen war sie jetzt Kriegerin Heredons und jedem Ritter standesgemäß gleichgestellt. Noch nie hatte sie sich so gut gefühlt.

Iome begab sich zu den Grabstätten und kehrte zwanzig Minuten später mit einem Bündel Zwingeisen zurück. In ihrer Abwesenheit kam Iomes Days aus ihrem Versteck hervor, das Gesicht noch immer blind vor Angst, und Binnesman und Jureem erzählten ihr, auf welche Weise der Glorreiche der Finsternis getötet worden war.

Myrrima dagegen sprach kein Wort. Statt dessen hockte sie mit ihren hellbraunen Welpen auf dem Boden und spielte mit ihnen, ließ sie an ihren Fingern nagen und sich von ihnen durchs Gesicht schlecken.

Ihre Hunde. Der Schlüssel zu ihrer Macht. Heute abend würden sie auf Burg Groverman eintreffen, und dort würde ein Annektor seinen Sprechgesang anstimmen und einem Welpen eine Gabe abnehmen. Der Welpe, der sie hatte beschützen wollen, war auf Durchhaltevermögen gezüchtet worden. Myrrima würde diese Eigenschaft dringend benötigen, sollte sie die Absicht haben, ihrem Weg als Ritterin weiterzugehen.

Ein Wolflord. Am Morgen würde sie ein Wolflord sein.

Gerüchten zufolge verwilderten Menschen, die Gaben von Hunden übernahmen. Sie fragte sich, ob es sie tatsächlich verändern würde, ob sie mit der Zeit anfangen würde, Raj Ahten zu ähneln.

Als Iome zurückkam, hatte sie mehr als fünfzig Zwingeisen bei sich. Sie kniete neben Myrrima nieder. »Ich habe ein paar mehr mitgebracht, für mich. Ihr sollt nicht der einzige Wolflord in Heredon sein.«

»Natürlich nicht«, antwortete Myrrima. Sie saßen auf.

Jureem überließ Iome sein Pferd und ging zum Stall, um sich eines der Reservepferde zu besorgen, die die königliche Garde zurückgelassen hatte. Myrrima und Iome hielten jeweils ihre Körbe mit den Welpen in den Armen, während Zauberer Binnesman neben dem klumpfüßigen Jungen ritt.

Während sie gemächlichen Schritts durch die gepflasterten Straßen ritten, sah Myrrima sich immer wieder um und betrachtete die Silhouette der Stadt. Ohne den Bergfried des Königs wirkte sie höchst seltsam.

Als sie die Zugbrücke erreichten, sah Myrrima den Kopf des Greifers, der noch immer drüben auf der anderen Seite des Burggrabens lag. Sie ließ ihr Pferd auf der Brücke halten und blickte hinunter ins Wasser. Fische konnte sie keine erkennen – keine, die unterhalb der Wasseroberfläche ihre Kreise zogen, keine, die, wie in den vergangenen zwei Tagen, ihre Schutzrunen zeichneten.

Schließlich entdeckte sie einen Stör, der sich im Schatten der Brücke ausruhte, mitten in einer Ansammlung goldener Wasserlilien.

Ausruhte. Und nicht mehr danach trachtete, die Burg

zu schützen. Vermutlich wußten die Wasserzauberer nur zu gut, was sie geleistet hatten. Ihre Banne hatten vielleicht mehr als alles andere dazu beigetragen, den Glorreichen der Finsternis zu besiegen.

»Binnesman«, fragte Myrrima. »Wir sollten etwas für die Zauberer tun. Wir müssen uns doch auf irgendeine Weise bei ihnen bedanken.« Die Bemerkung entsprang einem Gefühl der Schuld, denn gestern vormittag noch hatte sie gehofft, einen von ihnen zu verspeisen. Jetzt erkannte sie, wie sehr sie in der Schuld dieser Fische standen.

»Natürlich«, erwiderte Binnesman. »Heute wird sich der Schlamm im Fluß setzen. Wir können jetzt die Sperre des Überlaufs entfernen und die Zauberer ziehen lassen, wohin sie wollen. Das ist etwas, zudem sie allein nicht in der Lage sind.«

Myrrima versuchte sich vorzustellen, ein Fisch zu sein, der im Burggraben eingeschlossen war. Im Fluß mußte es einfach schöner sein – Unmengen von Fröschen, Aalen, Jungenten und anderen Köstlichkeiten.

Mit Hilfe von Jureem und Binnesman stemmte Myrrima die Planken heraus, die den Überlauf blockierten, wodurch sie den Kanal öffneten, der den Burggraben mit dem Fluß verband. Als sie aus dem Flutgang hervorkletterte, erblickte sie die dunklen Schatten der Zauberer, ihre bläulichen Rücken, schattengleich in der Tiefe. Die riesigen Fische wedelten mit ihren Schwänzen und schossen flußaufwärts zum Dunnwald und weiter zum Oberlauf des Wye davon.

KAPITEL 26
Obran

Auf dem Ritt zum Palast der Konkubinen schonte Borenson seine Augen. Noch immer setzten ihm Trauer und Erschöpfung arg zu. Nie war er ganz sicher, ob er bloß einen Moment lang eingenickt war oder eine ganze Stunde geschlafen hatte. Die Pferde galoppierten unablässig weiter. Es schien nur Augenblicke gedauert zu haben, bis Pashtuk Borenson in die Rippen stieß.

»Wir sind da«, sagte der Unbesiegbare und deutete mit dem Kopf auf ein Tal unten. »Der Palast der Konkubinen.«

Borenson hob den Kopf. Er fühlte sich durch die kleine Pause nicht erfrischt, fühlte sich überhaupt nicht, als hätte er geschlafen. Und auch der ›Palast‹ wurde seinen Erwartungen nicht gerecht. Er hatte sich ein verschwenderisches Bauwerk aus Stein vorgestellt, ähnlich den mit goldenen Kuppeln überkrönten Palästen im Norden, mit hoch aufstrebenden Bögen über den Säulengängen und weiten, offenen Innenhöfen.

Doch dort, auf der anderen Seite des Tales, lehnten nur ein paar windschiefe alte Steinhäuser an der felsigen Wand eines steilen Abhangs.

Aus der Ferne schien es sich um einen sehr alten Ort zu handeln, eine verlassene Ruine. Das Tal ringsum war übersät mit zerklüfteten Felsen und uralten Findlingen, mit stacheligem Gestrüpp und Fettholz. Er konnte kein Wasser in der Nähe riechen. Nichts deutete auf

Viehherden hin – weder auf Kamele noch Pferde oder Ziegen. In der Stadt schienen nirgendwo Feuer zu brennen. Nirgendwo auf den Mauern waren Posten zu erkennen.

»Seid Ihr sicher?« fragte Borenson.

Der Unbesiegbare nickte bloß.

»Natürlich«, erkannte Borenson. »Niemand würde seinen kostbarsten Schatz in aller Offenheit verstecken.« Der Palast lag im Verborgenen, eine namenlose Ruine in der Ödnis. *Obran.* Borenson hatte geglaubt, das Wort bedeute *Stadt des Alten Königs.* Doch jetzt kam ihm eine andere mögliche Übersetzung in den Sinn: *Ruinen des Königs.*

Pashtuk führte ihn den Pfad hinunter.

Sein Pferd trottete bereits im Paßgang durch die Tore der uralten Stadt, während Borenson noch immer keine Spur von Wachen sah. Tatsächlich war das Torhaus ein nicht mehr zu verteidigender Steinhaufen, der vor Jahrhunderten in sich zusammengefallen war. Die übereinandergeschichteten Steine dessen, was er für den Palast gehalten hatte, erwiesen sich bei genauerem Hinsehen als prächtiges Nest für Skorpione und Nattern.

Wohin er auch ging, überall sonnten sich große graue Echsen auf den Steinen. Sie huschten davon, sobald er sich näherte. Vögel gab es reichlich – Wüstenspatzen im Fettholz und gelbbrüstige Fliegenschnäpper.

Es gibt doch Wasser hier, stellte er fest. Sonst wären die Tiere nicht so zahlreich. Trotzdem konnte er nichts erkennen, was auf Wasser hindeutete – keine Brunnen, keine üppigen Bäume, die in großer Zahl wuchsen.

Er ritt durch die Straßen der Stadt bis vor eine große, alte Ruine, eine Art Regierungsgebäude oder Rathaus. Der Unbesiegbare führte ihn, immer noch zu Pferd, mitten dort hinein, so als machte man sich hier nicht die Mühe abzusteigen, bevor man den Thronsaal eines Lords betrat.

Das Dach des Rathauses war eingefallen. Die Wände waren früher mit leuchtenden Wandgemälden von Lords alter Zeiten in langen weißen Seidenmänteln bemalt gewesen (die scheinbar alle seltsam lockiges Haar hatten). Jetzt jedoch hatte die Sonne die Wandgemälde so weit ausgeblichen, daß nur noch ein paar erdfarbene Pigmente zu erkennen waren.

Endlich entdeckte Borenson einen Beweis für Leben. In die gegenüberliegende Mauer des Thronsaals hatte jemand vor nicht langer Zeit einen Durchbruch gegraben, hinter dem ein schmaler, enger Felsspalt sichtbar wurde.

Auf dieser Seite lag dieser Spalt im Dunkeln, weiter vorn konnte er sehen, daß er sich weitete, denn dort schien Sonnenlicht herein, das den dahinterliegenden Pfad erhellte.

Und jetzt sah er die Wachen.

Zwei Unbesiegbare traten aus dem Schatten und begannen in einem indhopalesischen Dialekt, dem Borenson nicht ohne weiteres folgen konnte, laut auf Pashtuk einzureden.

Pashtuk zeigte ihnen die Zwingeisen und erläuterte Borensons Botschaft. Die Unbesiegbaren entboten die üblichen Todesdrohungen, die, wie Borenson allmählich dämmerte, den größten Teil der Gespräche unter Soldaten in diesem Land ausmachten.

Nach dem Verlust seiner Gaben fühlte er sich so erschöpft, daß es ihm schlicht gleichgültig war, ob sie ihn umbrachten oder nicht.

Eine der Wachen lief los, um seine Bitte um eine Audienz weiterzuleiten. Als er zwanzig Minuten später zurückkam, ließ Borenson sein Pferd zurück, und die Posten geleiteten ihn in den Felsspalt.

Das erste, was ihm beim Betreten der engen Schlucht auffiel, war der Geruch – nach feuchter Erde und üppiger Vegetation. Vor ihnen mußte eine Oase liegen.

Er ging durch den Felsspalt, betrachtete die goldenen Sonnenstrahlen, die über den gelben Sandstein spielten. Die steilen Felswände waren einhundertzwanzig Fuß hoch, und alles Licht, das jetzt so spät am Tag noch den Grund des Spalts erreichte, wurde von den Wänden oben zurückgeworfen.

Die Wände der Schlucht waren glatt und sandfarben. Borenson vermutete, daß dieser Ort jahrtausendelang verborgen gewesen und erst vor einiger Zeit wiederentdeckt worden war.

Eigenartig, dachte er. Äußerst eigenartig, daß Wasser, ein solch kostbares Gut hier in der Wüste, so lange unbemerkt geblieben war. Er fragte sich, was wohl dahintersteckte. Welcher Lord hatte diese Oase im Verborgenen gehalten und den Eingang hinter seinem Thron zugemauert? Und wie hatte das Wasservorkommen überhaupt je in Vergessenheit geraten können?

Die Schlucht wand sich schlangengleich durch die

Berge und öffnete sich zu einem kleinen, dreieckigen Tal hin. Nach Osten und Westen ragten steile Felswände empor, die sich drei Meilen weiter südlich in spitzem Winkel trafen. Im Norden erhob sich ein Felsgrat, den kein Lebewesen hätte überwinden können.

Und hier, im verborgenen Tal, am Ufer eines kleinen Sees, an dem die Palmen im Übermaß gediehen, stand ebenjener Palast, von dem Borenson geträumt hatte.

Seine sandfarbenen Außenmauern ragten vierzig Fuß weit in die Höhe, während die quadratischen Wachtürme in unregelmäßigen Abständen um weitere vierzig in die Höhe wuchsen. Der Palast wurde von einer gewaltigen zentralen Kuppel überspannt, die zu den Seiten hin offen war und vermutlich als Veranda diente. Die Kuppel war zur Gänze vergoldet, während die Türme Kupfer zierte. Mit dem Blau des Sees, dem lebendigen Smaragdgrün des Grases, den üppigen Palmen und dem wilden Geißblatt und Jasmin, die sich an den Palastwänden hinaufrankten, war dies in mancherlei Hinsicht vielleicht der prachtvollste Palast, den Borenson je zu Gesicht bekommen hatte. Er war einfach, aber von äußerster Eleganz.

Borenson näherte sich dem Palast in Handschellen und schleppte sich mit dem Bündel Zwingeisen ab. Eintausend Zwingeisen wogen ungefähr neunzig Pfund, und ohne seine Gaben der Muskelkraft mußte Borenson feststellen, daß er lange vor Erreichen des Palastes vor Anstrengung ächzte und keuchte.

Am Palasttor, einem riesigen Portal aus geschwärztem Gußeisen, verstärkt durch goldbeschlagenes Holz, hielt Pashtuk ihn zurück.

Es war ihm unmöglich, hinter das Tor zu blicken, also betrachtete Borenson staunend die Kolibris, die zu Dutzenden herumschwirrten und aus den tiefkelchigen Blüten tranken, die safrangelb und leuchtend rosa in üppigen Mengen von der Mauer des Palastes herunterhingen. Von dahinter hörte er das Plätschern eines Brunnens.

Eine oberhalb des Tores stehende Wache sprach Borenson mit lauter, hoher Stimme auf Tuulistanesisch an.

Pashtuk übersetzte: »Der Eunuch sagt, Saffira wird Euch hier im Innenhof empfangen. Er wird das Tor öffnen, damit Ihr sprechen könnt. Einem königlichen Beschluß zufolge ist es Euch verboten, sie anzuschauen. Solltet Ihr es dennoch tun, dürft Ihr auf Befehl des Königs getötet werden.« Mit gedämpfterer Stimme fügte er hinzu: »Ich sollte Euch jedoch warnen, sollte Saffira beschließen, in Eurem Interesse zu vermitteln, kann diese Strafe herabgemildert werden, und sie könnte sich statt dessen entschließen, Euch kastrieren zu lassen, damit Ihr als ihr Diener im Palast bleiben könnt.«

Borenson kicherte. Er hatte noch nie eine Frau mit mehr als zehn Gaben der Anmut gesehen, hatte die Möglichkeit nicht einmal in Betracht gezogen, war sich der Gefahr jedoch bewußt. Ein Mann, der Gaben der Anmut übernahm, wurde vielleicht in erschreckendem Maße gutaussehend, Borenson hatte sich jedoch zu einem solchen Mann noch nie sexuell hingezogen gefühlt – selbst Raj Ahtens erstaunlich gutes Aussehen ließ ihn kalt –, er kannte allerdings andere, von denen sich nicht dasselbe behaupten ließe. Bislang hatte er nie mit seinen Gefühlen ringen müssen, wenn er einen Lord vor sich hatte.

Wenn er gelegentlich einer Königin oder hochgestellten Dame mit mehreren Gaben der Anmut begegnete, hatte er sich dabei ertappt, daß er mit gewissen unkeuschen Versuchungen zu kämpfen hatte. Die Anmut einer Frau hatte eine weit größere Wirkung auf ihn als die eines Mannes. Doch obwohl Borenson Frauen bewunderte, hatte er immer das Gefühl gehabt, hochgestellte Damen mit mehreren Gaben der Anmut stünden über ihm – unberührbar und von solchem Liebreiz, daß sie etwas Übermenschliches bekamen. Saffira stellte mit ihren Hunderten von Gaben vermutlich eine überaus verlockende Versuchung dar.

»Ich denke, das Vergnügen werde ich mir ersparen«, erwiderte Borenson. »An meinen Walnüssen habe ich immer schon ein wenig gehangen.«

»Ich bin auch nicht gewillt, mich von derlei Anhängseln zu trennen«, sagte Pashtuk.

Borenson schmunzelte, und Pashtuk gab mit seinem Nicken das Zeichen. Die Wachen drehten an einer Kurbel und zogen das Tor hoch.

»Schließt Eure Augen fest«, warnte Pashtuk und ließ sich in einer förmlichen Geste der Ehrerbietung auf Hände und Knie fallen. »Kneift sie fest zu, damit die Gardisten wissen, daß Ihr nichts sehen könnt. Ihr seid ein Nordländer, und sie könnten nach einem Vorwand suchen, Euch zu töten. Natürlich könnten sie Euch auch eine Augenbinde anbieten, aber vielleicht wollen sie eine Ausrede haben, Euch umzubringen.«

Borenson kniff die Augen fest zu und wußte nicht recht, wie er sich verhalten sollte. Die höfischen Manieren waren von Land zu Land unterschiedlich. Saffiras Stellung war schwer einzuschätzen. Als Mitglied von Raj Ahtens Harems entsprach ihr Status nicht ganz dem einer Königin. Sie hatte ganz sicher keine Days an ihrer Seite. Andererseits war sie die Lieblingsfrau des Wolflords, ein Diamant, den er im verborgenen hütete.

Borenson beschloß, sie wie eine Königin zu behandeln. Erschöpft ließ er sich auf den heißen, sonnenüberfluteten Steinplatten auf Hände und Knie sinken, bis seine Nase auf gleicher Höhe mit den Ameisen war.

In Handschellen ein schwieriges Unterfangen.

Zu seiner Überraschung erreichte ihn Saffiras helle Stimme, als sie schließlich sprach, in Rofehavanisch, mit einem kaum merklichen Akzent.

»Willkommen, Sir Borenson«, sagte sie. »Wir hatten noch nie Besucher aus Rofehavan. Es ist mir eine außergewöhnliche Freude. Zu meinem Entzücken stelle ich fest, es stimmt, was man sich erzählt – es gibt Männer auf der Welt, die eine bleiche Haut und Haare wie Feuer haben.« Er lauschte angestrengt auf ihre Stimme. Sie klang weich und sinnlich, geradezu melodisch, und war überraschend tief. Vermutlich war Saffira eine elegante Frau, die über Dutzende von Gaben der Stimmgewalt verfügte.

Hinzu kam, wenn sie Rofehavanisch mit solcher Perfektion sprach, ohne je einem Menschen aus diesem Reich begegnet zu sein, dann hätte sie vermutlich auch ein oder zwei Gaben der Geisteskraft übernommen.

Saffira näherte sich ihm, das Rascheln ihrer Seidenkleider kündigte sie an. Augenblicke später fiel ihr Schatten, die Sonnenstrahlen aussperrend, auf ihn, und er roch ein mildes, exotisches Parfüm. Borenson antwortete nicht, denn noch hatte sie ihm die Erlaubnis zu sprechen nicht erteilt.

»Was ist denn das?« fragte Saffira. »Ihr habt braune Flecken auf dem Kopf! Sind das Tätowierungen?«

Borenson hätte fast losgelacht. Offenbar war ihr Sprachenstudium doch nicht allumfassend. Jetzt, da sie eine direkte Frage an ihn gerichtet hatte, fühlte er sich frei zu sprechen. »Die Flecken sind natürlichen Ursprungs, Euer Hoheit«, erläuterte Borenson. »Man nennt sie Sommersprossen.«

»Sommersprossen«, wiederholte sie. »Aber nennt man so nicht die Sprenkelung der Forellen?«

»In den nördlichen Reichen Rofehavans werden sie so genannt, Euer Hoheit, in Mystarria allerdings und in den südlichen Reichen nennen wir solche Zeichnungen ›Sprenkel‹.«

»Verstehe«, meinte Saffira amüsiert. »Ihr könnt Euch also nicht einmal im eigenen Land einigen, wie Ihr sie nennen wollt.«

Borenson hörte das Getrappel kleiner Füße. Aus dem Innenhof liefen Kinder herbei.

»Sir Borenson«, fuhr Saffira fort, »meine Kinder sind neugierig. Sie haben noch nie einen Mann aus Rofehavan zu Gesicht bekommen und fürchten sich natürlich. Mein ältester lebender Sohn bittet um Erlaubnis, Euch zu berühren. Habt Ihr dagegen etwas einzuwenden?«

Erst gestern hatte Borenson den Kopf einer Geifermagierin vor die Tore Burg Sylvarrestas geschleppt. Kinder und sogar zahlreiche ältere Menschen hatten sich um ihn versammelt, um ihn zu bestaunen. Frauen hatten sein graues Fleisch befühlt und in gespieltem Entsetzen zu kreischen angefangen. Jetzt, wurde ihm klar, würden die Kinder hier dasselbe mit ihm machen.

Haben wir so viele Meuchelmörder in dieses Reich geschickt, fragte er sich, daß sie so große Angst vor mir haben?

Doch natürlich lautete die Antwort ja. Diese Kinder hatten hier das Licht der Welt erblickt, waren ihr ganzes Leben hier versteckt gewesen. Und so mancher Unabhängige Ritter hätte den »ältesten lebenden Sohn«, hätte er von seiner Existenz gewußt, für ein lohnendes Ziel gehalten. Borenson wunderte sich in der Tat, was aus dem ältesten *nicht lebenden* Sohn geworden war.

»Es steht Euern Kindern frei, mich zu berühren«, antwortete Borenson. »Obwohl ich ein Unabhängiger Ritter bin, werde ich ihnen kein Haar krümmen.«

Saffira redete leise auf den Jungen ein, und dieser stöhnte, als er erfuhr, daß Borenson ein Unabhängiger Ritter war. Er näherte sich mit zögerlichen Schritten, berührte vorsichtig die kahle Stelle auf Borensons Kopf und lief anschließend sofort davon. Unmittelbar danach vernahm Borenson die Schritte eines kleineren Kindes, das angelaufen kam, und wieder wurde er berührt. Zum Schluß trippelte ein ganz kleines Kind heran, das noch kaum laufen konnte, ein Kind, das nicht älter als ein, zwei Jahre sein konnte, nach Borensons Haaren grapschte und ihn tätschelte, als sei er eine junge Katze.

Drei Kinder, registrierte Borenson. Rahjim hatte berichtet, Saffira sei seit fünf Jahren Raj Ahtens Lieblingsfrau. Er hatte gar nicht erst darüber nachdenken wollen, ob sie ihm ein Kind geboren hatte, und noch viel weniger deren drei.

Auf Geheiß der Mutter ließ das jüngste Kind von ihm ab.

»Ihr habt eine Nachricht für mich, und ein Geschenk?« fragte Saffira.

»So ist es, Euer Hoheit«, erwiderte Borenson, sich darüber im klaren, daß man ihn mit einer gewissen Feindseligkeit behandelte. Der Brauch verlangte, daß sie ihm etwas zu essen und zu trinken anbot, bevor sie ihm nach seinem Ansinnen fragte. Saffira jedoch bot nichts dergleichen an. »Ich komme aus Heredon, mit einem Geschenk und einer Nachricht von Gaborn Val Orden, dem Erdkönig.«

Es gab eine längere Pause, und Saffira holte tief Luft. Borenson stellte fest, daß sie hier, an diesem abgeschiedenen Ort, nichts von dem Erdkönig in Heredon erfahren hatte.

»Aber Heredon wird doch von König Sylvarresta regiert, oder etwa nicht?« fragte Saffira.

»Wir befinden uns im Krieg«, erklärte Borenson. »Euer Gemahl hat uns angegriffen ...«

»Er hätte König Sylvarresta niemals getötet!« fiel Saffira ihm ins Wort. »Das habe ich ihm untersagt. Er hat versprochen, Milde walten zu lassen. Sylvarresta war ein Freund meines Vaters!«

Sämtliche Luft entwich auf einmal Borensons Lungen, was ihn zu einem überraschten Hüsteln veranlaßte. Es stimmte, Raj Ahten hatte sich gegenüber Sylvarresta ungewöhnlich zuvorkommend gezeigt und ihm eine Gabe der Geisteskraft genommen und nicht das Leben. Doch nicht einmal in seinen wildesten Phantasien hätte Borenson die Möglichkeit in Betracht gezogen, daß es der Einfluß einer Frau gewesen war, der Sylvarresta eine solche Gnade eingebracht hatte.

Sein Verstand arbeitete. Er hatte den Versuch, hierherzukommen, um auf Gaborns Drängen mit Saffira zu sprechen, für sinnlos gehalten. Hatte Pashtuk es nicht am besten ausgedrückt, als er meinte, Gaborn sei ein Schwächling, weil er auf den Rat von Frauen hörte?

Und dennoch sah es ganz so aus, als hätte Saffira einen gewissen Einfluß auf Raj Ahten.

»Euer Hoheit«, gab Borenson zu, »Euer Gemahl hat Wort gehalten. Raj Ahten hat König Sylvarresta nicht getötet.«

»Könnt Ihr den Namen des Kriegers nennen, der ihn getötet hat?« fragte Saffira. »Ich werde dafür sorgen, daß er bestraft wird.«

Borenson wagte nicht, die Wahrheit zu sagen. Er getraute sich nicht zu sagen: »Ich, der ich hier vor Euch knie, habe König Sylvarresta getötet.« Hoffentlich war ihm die verlegene Röte im Gesicht nicht anzumerken.

Statt dessen behauptete er: »Den vermag ich nicht zu nennen, Euer Hoheit. Ich weiß nur, Gaborn Val Orden befindet sich in Heredon und wurde von der Erde erwählt, ihr König zu sein.«

Saffira zögerte. »Gaborn Val Orden – der Prinz von Mystarria – behauptet, ein Erdkönig zu sein?«

»Es ist wahr, Euer Hoheit«, sagte Borenson. »Der Geist von Erden Geboren persönlich ist einem Troß von mehr als zehntausend Soldaten erschienen und hat Gaborn mit Laub gekrönt.«

Sie wirbelte herum und fing an, den Torposten etwas auf taifanisch zuzurufen. Borenson konnte sich ohne Schwierigkeiten vorstellen, worauf ihre Frage abzielte. »Wieso hat man mir nichts davon erzählt?«

Die Eunuchen grunzten nur ausweichend.

Saffira wandte ihre Aufmerksamkeit wieder Borenson zu. »Das sind ernste Neuigkeiten. Und Ihr behauptet, der Erdkönig habe mir Geschenke und eine Nachricht geschickt?«

»So ist es, Euer Hoheit.« Borenson öffnete den Beutel mit den Zwingeisen und breitete sie behutsam auf dem Boden aus, damit das weiche Blutmetall nicht beschädigt wurde. »Er bietet Euch ein Geschenk aus Gaben der Anmut und der Stimmgewalt.«

Beim Anblick so vieler Zwingeisen schnappte Saffira überrascht nach Luft. Es handelte sich um ein überaus beeindruckendes Geschenk.

»Darüber hinaus schickt er folgende Nachricht. Gaborn hat vor kurzem Iome Sylvarresta geheiratet und ist durch diese Heirat jetzt der Vetter Eures Gemahls. Es geht die Kunde um von Greifern, die im Süden Mystarrias und in Kartish aufgetaucht sind. Der Erdkönig möchte diesen

Konflikt mit Euerm Lord Raj Ahten ruhen lassen und bittet Euch, ihm folgende Nachricht zu überbringen: ›Obwohl ich meinen Vetter hasse, ist der Feind meines Vetters auch mein Feind.‹«

Als Saffira daraufhin überrascht Luft holte, war dieser Laut die reinste Wonne. Sir Borenson erwartete von ihr eine Antwort. Sie wußte, worum er sie gebeten hatte. Sie wußte, daß sie von den Zwingeisen würde Gebrauch machen und an die Front in Rofehavan würde reisen müssen.

»Die Männer, die meinen Sohn getötet haben, ersuchen um einen Waffenstillstand?« wollte Saffira wissen. Borenson fluchte insgeheim. Vor einem ermordeten Sohn hatte Jureem nichts erwähnt.

»So ist es«, erwiderte Borenson, als trage er persönlich eine gewisse Verantwortung für den Tod ihres Sohnes.

»Angenommen, mein Gemahl erklärt sich damit einverstanden«, erkundigte sich Saffira, »bedeutet das dann, Ihr werdet aufhören, Unabhängige Ritter gegen uns zu schicken? Werdet Ihr aufhören, unsere Übereigner und die Mitglieder der königlichen Familie umzubringen?«

Borenson zögerte. Hier in Indhopal war es üblich, ein Ansinnen umzuformulieren, wenn man einen Handel tätigte, in der Hoffnung, auf diese Weise eindeutigere Zusagen zu erhalten. Die Frau verlangte eine Bestätigung, daß sie und ihre Kinder nicht mehr mit der Gefahr einer Ermordung durch die Unabhängigen Ritter rechnen mußten. Ein annehmbarer Wunsch.

Allerdings hatte Gaborn sich geweigert, den Hauptmarschall der Unabhängigen Ritter zu Erwählen, dabei hatte Hauptmarschall Skalbairn angeboten, ihm den Befehl über seine Truppen abzutreten. Konnte Gaborn allen Ernstes behaupten, er hätte das Kommando über die Unabhängigen Ritter?

Die Antwort lautete sowohl *ja* als auch *nein.* Gegenwärtig befehligte Gaborn diese Truppen nicht, aber er konnte es tun, vorausgesetzt, er entschied sich dementsprechend.

Dennoch, Saffira würde kein *Nein* hören wollen. Konnte er ihr Sicherheit zusichern? Würde Gaborn anbieten, den Hauptmarschall zu Erwählen, wenn das einen Waffenstillstand garantierte?

Was hatte Gaborn im Herzen des Hauptmarschalls gesehen, daß er diesem Mann den Tod wünschte?

Borenson war sicher, Gaborn würde Skalbairn Erwählen, ganz gleich, welche Schandtaten er begangen hatte, vorausgesetzt, er begriff, was auf dem Spiel stand. Die Antwort lautete *ja.*

»Man hat dem Erdkönig den Oberbefehl über die Unabhängigen Ritter angeboten«, erklärte Borenson und wich der Wahrheit so aus. »Gaborn Val Orden würde den Frieden garantieren.«

»Wo befindet sich mein Gemahl jetzt?« fragte Saffira. Borenson fiel auf, daß sie ihn nicht zum erstenmal als ›meinen Gemahl‹ bezeichnete. Diese Frau war also tatsächlich mit ihm verheiratet. Sie war tatsächlich mehr als eine Konkubine, sie war die Königin von Indhopal.

»Es ist kaum eine Stunde her, daß Raj Ahten die Übereigner im Blauen Turm getötet hat«, erklärte Borenson. »Vermutlich wird er jetzt im Eiltempo nach Carris stürmen, um Herzog Paldanes Truppen niederzumachen, die sich dort zusammengezogen haben.«

Wieder sog Saffira scharf den Atem durch die Zähne. Sie mußte erkennen, wieviel von ihr abhing. Ein ganzes Volk war ihrem Gemahl auf Gedeih und Verderb ausgeliefert wie ein überführter Missetäter, dessen Kopf auf dem Henkersklotz liegt. Genau in diesem Augenblick eilte Raj Ahten nach Carris. Die Axt senkte sich, und allein sie war vielleicht imstande, sie noch aufzuhalten.

»Carris ist fern«, sagte Saffira. »Wenn ich Gaben übernehmen und dorthin reiten soll, müssen wir uns sputen.«

»Ich wäre Euch sehr verbunden«, sagte Borenson.

Sie seufzte tief, als hätte sie einen Entschluß gefaßt. Mit einem Hauch von Verzweiflung in der Stimme fuhr sie fort: »Mein Lord hat den größten Teil der Palastgarde abgezogen und in die Armee übernommen. Ich habe niemanden, der mich nach Carris begleiten, niemanden außer meinen Leibwachen, der mir den Weg zeigen könnte, außerdem, fürchte ich, benötige ich die Führung eines Soldaten aus Mystarria.«

Borenson schwante, was nun folgte. Natürlich würde sie ihn brauchen. Eine Schar von Reitern aus Indhopal liefe Gefahr, in einen Hinterhalt durch mystarrianische Truppen zu geraten. Und Borenson war sich sehr wohl darüber im klaren, selbst wenn Saffira eine Waffenstillstandsstandarte mitführte, würden die Soldaten an den Grenzen diese vermutlich ebensowenig beachten wie die indhopalischen Gardisten.

Sie brauchte ihn. Er hatte geglaubt, sie würde mit

eintausend Mann an ihrer Seite reiten und ihm stände es nach Überbringen der Nachricht frei, sich wieder zu entfernen.

Ernst und voller Bedauern sagte Saffira: »Pashtuk, Sir Borenson, würdet Ihr mich nach Carris begleiten? Würdet Ihr, in Kenntnis des Preises, in meine Dienste eintreten?«

Borenson schwindelte. Natürlich war er als Führer ihre erste Wahl, ihre einzige Wahl, wenn sie Carris lebend erreichen wollte. Aber der Preis?

Er war frisch verheiratet. Er liebte seine Frau. Er hatte die Ehe noch nicht vollzogen. Er war vaterlos aufgewachsen und hatte sich als Kind oft bitterlich gewünscht, er wäre nie geboren worden, statt ohne Vater aufzuwachsen. Daher hatte er auf einem Hochzeitstag insgeheim geschworen, sich erst zu seinem Weib ins Bett zu legen, wenn er überzeugt war, daß sie ihr Leben gemeinsam führen konnten.

Genaugenommen war er, obwohl erst seit weniger als einer Woche verheiratet, geneigt zu behaupten, daß er Myrrima sogar *liebte,* so sehr, daß es eine Qual war. Trotzdem, aufgrund seiner strengen Vorstellungen von Liebe würden ihm diese Worte frühestens nach einem halben Dutzend Ehejahren über die Lippen kommen.

In den südlichen Provinzen von Mystarria, auf der Insel, wo Borenson geboren worden war, erklärten nur Lords, die lange Zeit verheiratet und sich daher ihrer Hingabe sicher waren, den Damen ihre Liebe – auch wenn einem solche Erklärungen gegenüber einer Schankmagd oder einem Bauernmädchen vielleicht ein wenig leichter über die Lippen kamen, wenn es einen nach einem unerlaubten Abenteuer verlangte.

Trotzdem, seine Männlichkeit aufzugeben! Schon bei der Vorstellung wurde ihm schwindelig, und er fühlte sich schwach wie ein kleines Kind. Schlimmer noch, sie erfüllte ihn mit dem Gefühl eines tiefgreifenden Verlustes, denn was wäre, fragte er sich, wenn ich die Liebe zu meinem Weib niemals vollziehen könnte?

Bin ich dazu fähig? Wage ich dies, selbst wenn es um Mystarria geht?

Pashtuk antwortete als erster. »Ich werde es tun, wenn Euer Hoheit dies für richtig hält.« Seine Antwort klang beherrscht, wurde jedoch mit einer gewissen Bedrücktheit vorgebracht.

Borenson wich aus, suchte nach einem Ausweg. »Euer Hoheit«, entschuldigte er sich, »ich fürchte, das kann ich nicht. Im Gegensatz zu Pashtuk hier verfüge ich über keine Gaben der Muskelkraft oder des Durchhaltevermögens. Sollte ich meine Männlichkeit aufgeben, könnte ich keine sechs Meter weit reiten, geschweige denn sechshundert Meilen!«

Pashtuk war ein Unbesiegbarer mit Gaben des Durchhaltevermögens und der Muskelkraft. Er konnte seine Männlichkeit aufgeben, und selbst wenn der Ritt ein paar Stunden später schmerzhaft werden würde, wäre er vermutlich in der Lage, ihn durchzustehen. Borenson dagegen wäre zu einem solchen Kraftakt niemals fähig.

»Euch gegenüber«, sagte Saffira, »würde ich natürlich Milde walten lassen. Ich würde von der Erfüllung der

Bedingungen absehen, bis ich bei meinem Lord eingetroffen bin.«

Auf schnellen Pferden, überlegte er, würden sie Carris irgendwann am nächsten Tag erreichen, kurz vor Sonnenuntergang.

Und bei Sonnenuntergang würde er den Preis bezahlen, vorausgesetzt, er erklärte sich bereit.

Die Vorstellung raubte ihm den letzten Nerv. Doch er war ein Krieger Mystarrias, ausgebildet für den Kampf, und sein Volk brauchte ihn. Er hatte keine Wahl.

»Euer Hoheit, ich werde es tun«, sagte er, stolz, daß seine Stimme nicht bebte.

Saffira erwiderte: »Dann also, Pashtuk und Sir Borenson, schaut mich an.«

Borenson hob zögernd den Kopf, sah vom Sandsteinpflaster auf und blickte in den herrlichen Innenhof. Sein Blick verweilte auf den Kindern. Vor ihm stand ein hübscher Junge von vier oder fünf Jahren mit feingeschnittenen Gesichtszügen und Augen, so dunkel wie die von Iome Sylvarresta, dabei war seine Haut sogar noch einen Hauch dunkler als ihre. Er trug ein prinzliches Gewand aus bestickter roter Baumwolle, in das Perlen eingenäht waren. In seinem Blick lag etwas Leidenschaftliches.

Die anderen beiden Kinder drängten sich dicht an ihre Mutter, wie verängstigte Kinder dies eben tun. Den reich verzierten Brunnen hinter ihr im leeren Innenhof bemerkte Borenson kaum, ebensowenig wie den großen Unbesiegbaren, der ihre Leibwache bildete und in ihrem Rücken stand.

Denn alles, was er sah, war Saffira, eine zierliche Frau mit einer Haut so dunkel wie Schokolade und dem zarten Körperbau und der Anmut eines Rehs. Nichts außer Saffira existierte. Weder hörte er sein eigenes Herz rasen, noch merkte er, wie er die Luft anhielt.

Zu behaupten, ihre Schönheit sei vollkommen, wäre sinnlos. Kein Blütenblatt war ihm je so liebreizend und zart erschienen. Kein einsamer Stern am Nachthimmel hatte einen Mann jemals mit solch hoffnungsloser Sehnsucht erfüllt. Keine Sonne hatte je so hell gestrahlt wie sie. Borenson richtete den Blick ganz auf sie, vollkommen, und war verloren.

Jeder Muskel seines Körpers schien sich anzuspannen, bis seine Beine schmerzten und er sich dabei ertappte, daß er nach Luft rang, weil er das Atmen vergessen hatte. Er war unfähig, die Augen zu schließen, wagte nicht einmal zu blinzeln.

Als Saffira kurz darauf abermals das Wort ergriff, verstand er nicht, was sie fragte. Während sie ihre Kinder um sich scharte und in den Palast führte, um ihre Gaben entgegenzunehmen, ertappte er sich dabei, wie er sich mühsam von seinem schmerzenden Knie erhob, bereit, ihr hinterherzulaufen, bis Pashtuk ihn zurückhielt.

»Dort könnt Ihr nicht hinein«, schrie Pashtuk ihm ins Ohr. »Es gibt dort noch andere Konkubinen.«

Borenson versuchte, sich aus Pashtuks Griff loszureißen, besaß jedoch keine Gaben der Muskelkraft mehr. Er verfügte über nicht einmal ein Zehntel der Körperkraft des Unbesiegbaren.

Also krabbelte er benommen zum Brunnenrand hinüber und gab sich mit dem Gedanken zufrieden, dort sitzen und abwarten zu können, bis Saffira zurückkehrte.

Borenson bedauerte den Preis nicht. Es war ihm vollkommen gleichgültig, daß er ihn nach Ablauf eines Tages bezahlen mußte. Es war die Sache wert. Ja, ganz bestimmt.

Also hockte er neben dem kühlen Brunnen wie ein armer Teufel und wartete eine volle Stunde, bis er schließlich in den Schlaf hinüberdämmerte. Dabei wurden ihm drei Dinge klar.

Das erste war, seine Häscher hielten es nicht mehr für nötig, ihn zu fesseln. Er war jetzt ein Gefangener von Saffiras Schönheit und ihr ohne Wenn und Aber ausgeliefert.

Zweitens war Saffira vollkommen anders, als er erwartet hatte.

Raj Ahten war ein Mann von Mitte Dreißig, der aufgrund seiner zahlreichen Gaben des Stoffwechsels weit darüber hinaus gealtert war. Er wurde daher ziemlich rasch zu einem ältlichen Mann.

Borenson hatte deshalb ganz selbstverständlich angenommen, Saffira sei eine reife Frau. Diese Schönheit jedoch, diese Mutter eines fünfjährigen Jungen, schien selbst noch fast ein Kind zu sein.

Saffira konnte die Sechzehn kaum überschritten haben.

Der Gedanke quälte ihn. Er hatte gewußt, daß Frauen in Indhopal oft jung heirateten, viel früher als in Mystarria. Doch Saffira konnte nicht älter als elf gewesen sein, als Raj Ahten sich das erste Mal zu ihr gelegt hatte.

Selbst darin grenzte die Vorstellung ans Obszöne.

Somit folgte die dritte Erkenntnis, die Borenson gewann, aus den ersten beiden. In einem Anfall von Wut, so heftig, daß er den gesamten Palast vor Borensons Augen rot färbte, schwor sich Sir Borenson im stillen, er werde – Waffenstillstand oder nicht – einen Weg finden, Raj Ahten zum Eunuchen zu machen, bevor er den Mann tötete.

KAPITEL 27
Im Nebel verirrt

Da habe ich all das viele Geld für ein Pferd bezahlt, und jetzt hetzte ich es zu Tode, überlegte Roland, während er, Raj Ahtens Ritter auf den Fersen, in forschem Tempo auf Carris zuhielt.

Sein Streitroß donnerte über eine hölzerne Brücke, jagte über das Land. Es keuchte, als sei jeder Atemzug sein letzter. Die Ohren hatte es flach angelegt, der Schaum stand ihm vor dem Maul und troff von Trense und Zaumzeug. Das Kraftpferd rannte mühelos sechzig Meilen in der Stunde, und trotzdem holten die Unbesiegbaren auf.

Baron Polls Roß war Roland eine halbe Meile weit vorausgeeilt. Soeben flog es im Galopp über einen Hügel. Polls Vorsprung war groß genug, der dicke Ritter mußte sich keine großen Sorgen machen. Sobald die Unbesiegbaren Roland erreicht hätten und ihn niedermachten, waren sie sicher ausreichend abgelenkt, damit Baron Poll seine Flucht erfolgreich beenden konnte.

Roland war mütterlicherseits in eine Familie von Schiffsbauern hineingeboren worden. Er fragte sich, ob er vielleicht schneller vorankäme, wenn er Ballast über Bord warf. Jedoch trug er weder Waffen noch Rüstung. Eigentlich hatte er überhaupt nichts Schweres in seinen Satteltaschen dabei. Seinen schweren Bärenfellmantel hatte er der grünen Frau vermacht. Sein Geldbeutel war voller Gold. Zwar hatte er Reichtum gegenüber noch nie so etwas wie eine gefühlsmäßige Bindung empfunden, trotzdem entschied er, lieber mit ihm zu sterben als ohne.

Der einzige Gegenstand, dessen Gewicht ihm zu schaffen machte, war das Kurzschwert, das Baron Poll ihm überlassen hatte, und er gelangte zu dem Schluß, daß es in seiner Hand womöglich wertvoller wäre als anderswo.

Also ließ er sein Pferd galoppieren, trat ihm, tief vorgebeugt, in die Flanken und hielt sich fest.

Carris war nur acht Meilen entfernt und lag in dichten Nebel gehüllt, dennoch konnte er von jeder Hügelkuppe aus sehen, wie die weißen Türme aus dem Dunst aufragten.

Er sah sich um. Die Unbesiegbaren waren bis auf zweihundert Meter herangekommen. Zwei Bogenschützen in der Vorhut hatten ihre Reiterbögen gespannt und bereiteten sich auf den Schuß vor. Roland jagte auf die Hügelkuppe zu. Sein Pferd hob einen Augenblick lang ab, bevor seine Hufe mit dumpfem Schlag abermals auf der unbefestigten Straße landeten.

Das Kraftpferd machte einen Schritt nach links, um einer Rille auszuweichen, die Karren in den Boden gefahren hatten. Das alleine rettete Roland das Leben, denn genau in diesem Augenblick sirrten zwei Pfeile an seiner Schulter vorbei und verfehlten seinen Rücken um weniger als einen Fuß. Sein Pferd machte einen Satz nach vorn und rannte auf einen Hain aus mächtigen Eichen zu, deren braun werdendes Herbstlaub sich im sanften Wind wiegte und deren Stämme und Äste von dunkelgrünem Efeu überwuchert waren.

Roland hoffte, die Straße werde sich weiter in Biegungen winden, denn dann boten ihm die Bäume vielleicht ein wenig Schutz. Während er auf das Wäldchen zuraste, warf er einen Blick über die Schulter.

Die Unbesiegbaren hielten auf dem Kamm des Hügels an, rissen ihre Hengste herum und galoppierten davon.

Roland überlegte, ob sie einen Hinterhalt befürchteten. Vielleicht versteckten sich befreundete Truppen unter diesen Eichen.

Oder sie wurden von einer weiteren von Raj Ahtens Patrouillen bewacht. Roland, der sein Pferd keinen Deut langsamer laufen ließ, sah in dem kleinen Wäldchen keine Menschenseele – weder Freund noch Feind.

Als er auf der anderen Seite wieder herauskam, führte die Straße vor ihm gewunden weiter. Baron Poll war nirgends zu entdecken. Die unbefestigte Straße führte hinauf in ein höhergelegenes, waldloses Gebiet, vorbei an einem kleinen Dorf. Heckenreihen blieben an der linken Straßenseite zurück, Steinzäune auf der rechten. Noch immer keine Spur von Baron Poll.

Ich habe ihn endgültig aus den Augen verloren, stellte Roland fest.

Im Wald hatte er ein paar Wege gesehen, ausgetretene Pfade mit ungewissem Ziel. Baron Poll mußte einen von ihnen eingeschlagen haben. Roland hatte jedoch weder eine Ahnung, welchen, noch die Absicht umzukehren.

Also galoppierte er weiter über das höhergelegene Land, am Dorf vorbei, bis die Straße jäh in eine Nebelbank abfiel. Er war jetzt kurz vor Carris, vielleicht noch fünf Meilen entfernt. Falls Poll recht hatte, verbargen sich in diesem Nebel freundlich gesinnte Truppen, die Soldaten von Herzog Paldane.

Er ließ sein Pferd langsamer gehen, da er nicht blindlings in den Nebel hineinrasen wollte, wo er leicht auf Lanzenträger oder Bogenschützen treffen konnte.

Nachdem er ein Dutzend Meter weit in den dichten Dunst vorgedrungen war, wußte er, daß Baron Poll recht gehabt hatte: dies war kein gewöhnlicher Nebel.

Noch nie hatte er so dichte Schwaden gesehen, nicht einmal in den Höfen von Tide. Der Nebel war dick wie Butter, und obwohl der Morgen noch einhundert Meter weiter hinten warm und strahlend hell gewesen war, wurde es jetzt düster und drückend wie in der Nacht. Bald darauf mußte er feststellen, daß er aus dem Sattel nicht einmal mehr die Straße zu seinen Füßen erkennen konnte.

Er fürchtete, sein Pferd könnte über eine Straßenböschung stolpern, daher kletterte Roland vom Rücken des Streitrosses herunter. Selbst gebückt, kaum mehr als vier Fuß von ihr entfernt, war die Straße unter seinen Füßen sowie das Gras gleich daneben kaum zu erkennen.

So kam es, daß er sein schnaubendes Streitroß, das die Ohren hängen ließ, zu Fuß durch den Nebel führte.

Fünf Meilen. Er hatte die Spitzen der weißen Türme in Carris aus dem Nebel hervorragen sehen und die Entfernung auf fünf Meilen geschätzt.

Nun führte er sein Pferd viele Stunden lang durch den Nebel, kam gelegentlich von der Straße ab, rutschte manchmal in Pfützen aus, aber stets war er sich im unklaren über die Richtung, in die er sich bewegte.

Die Schwierigkeit, überhaupt noch einen Weg zu finden, wuchs noch beträchtlich an, sobald er eine Ortschaft oder ein Dorf erreichte, denn dort stieß er auf zahlreiche Nebenstraßen, und zweimal ertappte er sich dabei, wie er um eine Häuseransammlung irrte.

Die Straße wand und schlängelte sich wie gottverdammte Serpentinen, und obwohl er ihr genau am Rand folgte, dort wo das Gras an den Schlamm grenzte, stand nach drei Stunden für ihn fest, daß er irgendwo abgebogen sein mußte, denn er war mit Sicherheit mehr als fünf Meilen gelaufen.

Während all dieser Zeit hatte er keinen einzigen mystarrianischen Soldaten, keinen einzigen Verteidiger gesehen. Im Nebel der Wasserzauberer hätten sich, einen lockeren Bogenschuß von der Straße entfernt, hunderttausend Soldaten verstecken können, ohne daß er einen einzigen zu Gesicht bekommen hätte.

Während er so dahinwanderte, begann er sich um Averan zu sorgen, die sich in einer kleinen Ortschaft südlich von hier versteckt hielt. Ihm war bewußt, welch entsetzliche Angst sie haben mußte, und er verfluchte sich, weil er ein solcher Narr gewesen und nicht bei ihr geblieben war.

Und wenn er sich die Wahrheit eingestehen sollte, er merkte, daß er sich ebensolche Sorgen um die grüne Frau machte. Abgesehen von dem Versuch, ihm das Blut aus der Hand zu saugen, hatte sie ihm nie etwas getan. Doch seine Empfindungen gingen tiefer über bloßes Mitleid hinaus.

Er wußte nicht recht, wie er es ausdrücken sollte. Sie

war so schön wie die elegante Gemahlin eines Runenlords. Roland hielt sich zwar nicht gerade für einen verträumt-romantischen Burschen, aber ehrlicherweise mußte er sich eingestehen, daß er sich der Schönheit wegen zu diesem Wesen hingezogen fühlte.

Andererseits bezweifelte er, ob er sich jemals in eine Frau verlieben könnte, die Reißzähne und grüne Haut hatte.

Er konnte auch nicht behaupten, daß er ihre Kraft oder ihren Charakter anziehend fand. Soweit er dies zu beurteilen vermochte, hatte sie gar keinen. Und das war überhaupt nicht böse gemeint. Es war schlicht die Wahrheit. Er wußte nicht, ob sie einen Glauben hatte, ob ihr Nächstenliebe oder Zutrauen bekannt war oder irgendeine andere menschliche Tugend. Sie hatte nie etwas anderes getan, als nach Blut zu schreien, herumzulaufen und anschließend auf die Jagd zu gehen.

Eins jedoch mußte er der grünen Frau lassen: Im Laufe des vergangenen Tages hatte er gemerkt, daß er sich in ihrer Nähe … geborgen fühlte. Er fühlte sich bei ihr sicher, so wie ein kleiner Junge in den Armen seiner Mutter, wenn sie ihn nach einem schlechten Traum tröstet.

Darüber hinaus spürte er, daß sie ihn brauchte – seine Klugheit und seinen Rat brauchte, damit er ihr den Namen für die Farbe Blau beibrachte, wie man Schuhe trägt oder auf einem Pferd reitet.

Keine andere Frau hatte ihm je dieses Gefühl gegeben. Keine andere Frau war ihm je so ungeheuer stark und dabei so verletzlich vorgekommen.

Sie war für ihn so undurchdringlich wie der Nebel. Gerade das Rätselhafte an ihr zog ihn an.

Er schwor sich, gleich nach Überbringung der Nachricht an Paldane im Schutz der Nacht nach Süden zurückzukehren und in besagtem Dorf nach Averan und der grünen Dame zu suchen.

Roland gab sich, was seine Person betraf, keinerlei Illusionen hin. Weder glaubte er, die grüne Frau werde ihn jemals lieben, noch daß er sie jemals tatsächlich lieben könnte.

Schließlich war er ein Nichtsnutz – das sagte ihm jeder. Seine Frau hatte ihn das ebenfalls stets spüren lassen. Sein König hatte ihn ausschließlich für wert befunden, eine Gabe des Stoffwechsels abzutreten. Er konnte weder Worte noch Zahlen lesen, konnte nicht kämpfen. Manchmal glaubte er, Bauer werden zu wollen, denn er sah die Dinge gern wachsen, aber er besaß kein Land, das er hätte bestellen können, und bereits jetzt gab es in Mystarria zu viele Bauern und viel zuwenig nutzbare Äcker.

Sein Sohn war mittlerweile Gardist des Erdkönigs. Demnach würde der Junge irgendwann einmal Land erhalten und vielleicht sogar ein Gutshaus besitzen. Vielleicht würde ihn sein Junge dort leben und auf den Feldern etwas anbauen lassen.

Lange dachte Roland über Gaborn nach. Er hatte sich nie viel damit beschäftigt, wie er sich verhalten würde, sollte sich jemals ein Erdkönig erheben.

Jetzt stellte er fest, daß es keinen großen Unterschied machte. Kein Erdkönig würde je einen Mann wie Roland

Borenson Erwählen, einen Mann, der nichts zu bieten hatte. Und das bedeutete, Rolands kurzes, hartes Leben würde vermutlich immer so bleiben, wie es war – kurz und hart.

Als er endlich aus dem Nebel herausgelangte, mußte er erkennen, daß er sich gründlich verlaufen hatte. Die Sonne hatte den Zenit längst überschritten, und weiterhin konnte er die Türme von Carris in der Ferne sehen, gut fünf Meilen von hier entfernt. Doch irgendwie war es ihm gelungen, die Burg vollständig zu verfehlen, denn jetzt lag Carris südlich von ihm.

Einen Augenblick stand er da und fühlte sich schwach und niedergeschlagen. Sein Rock war feucht vom Nebel, so durchnäßt, daß er ihn auszog, auswrang und das Wasser in den Staub zu seinen Füßen rinnen ließ. Dann zog er ihn wieder über und begab sich schweren Herzens zurück in den Nebel. Er fragte sich, ob er mit einer Fackel vielleicht mehr erkennen könnte.

Wenn überhaupt etwas, so erschien ihm der Dunst noch feuchter als zuvor. Nach ein paar Augenblicken entschied er, daß nicht einmal eine Fackel etwas nützen würde. Sie wäre in diesem grauenhaften Wetter erloschen.

Stunden später erreichte er abermals die Grenze des Nebels – und jenseits von Carris, das diesmal im Westen lag. Mittlerweile war es später Nachmittag.

Entmutigt ließ er sich auf den Boden fallen und unterdrückte den Drang, einfach loszuheulen.

Dann biß er die Zähne zusammen, schwor sich, diesmal genauer darauf zu achten, wohin er seine Füße setzte, und marschierte zurück in diese bedrückende Wolke, in das Dämmerlicht hinein.

Nach einer Stunde Fußmarsch mußte er feststellen, daß er den Straßenrand aus den Augen verloren hatte. Er lief im Kreis herum und erkannte an den zahlreichen Rillen und Spuren, daß er auf eine Straßenkreuzung gestoßen war. Schließlich entdeckte er an einer Ecke der Kreuzung einen Wegweiser.

Das Hinweisschild war in Hochschrift abgefaßt, die zu entziffern ihm stets Schwierigkeiten bereitet hatte, da alle Schreiber sich oft größte Mühe gaben, ihre eigene künstlerische Ausgestaltung des Alphabets zu entwickeln.

Ein Pfeil auf dem Hinweisschild zeigte an, wenn er einen bestimmten Pfad wählte, werde ihn dieser an einen Ort führen, der mit B oder D begann – in Hochschrift kannte er den Unterschied nicht. Wählte er dagegen den anderen Weg, würde ihn dieser zu einem Ort führen, der mit einem M begann.

Da ihn keiner der beiden Pfade nach Carris führte, verharrte er mitten auf der Kreuzung und wußte nicht weiter.

Unter normalen Umständen hätte vermutlich jeder Trottel, der imstande war, seiner eigenen Nase nachzulaufen, von hier aus die Türme von Carris sehen können, überlegte er. Daher war ein Hinweisschild natürlich überflüssig.

Da D und B im Alphabet nahe an C lagen, beschloß er, diesen Weg einzuschlagen, und wandte sich nach rechts.

Er war noch nicht weit gegangen, zwei Meilen vielleicht, da hörte er links von sich eine Glocke sechsmal schlagen. Es war spät geworden, und Roland wurde bewußt, daß die Nachricht, die er kurz nach dem Morgengrauen hatte überbringen wollen, sich mittlerweile bis zum Abend verspätet hatte. Er war den ganzen Tag in diesem Nebel herumgeirrt.

Bald darauf stieß er auf eine Straße, die nach links führte, und eine Meile später begrüßte ihn der Lärm des Lebens auf einer Burg – das Klirren von Metall, das gehämmert wurde, die Flüche irgendeines Lords, der verlangte, seine Untertanen sollten die Vorräte an den Burgmauern in Sicherheit bringen, Hähne, die in den letzten Strahlen des Tageslichts krähten.

Mehr noch als all das hörte er das Schreien von Krähen, das Gurren von Tauben und das Kreischen der Möwen am Himmel über ihm.

So kam es, daß er sich von seinem Gehör in eine Stadt leiten ließ, wo er auf eine schmale Straße stieß, die zu einem erhöhten Deichweg hinausführte. Er wußte, daß er sich auf einem Deichweg befand, denn zu beiden Seiten der Straße plätscherte Wasser, und der Nebel roch plötzlich nach Algen.

Schließlich stieß er auf ein Vorwerk, einen gewaltigen steinernen Torbau, den man mitten auf die Straße gesetzt hatte.

Der Nebel war so dicht, daß ihn kein Posten anrief, während er sich dem Tor näherte, denn sie konnten ihn nicht besser sehen als er die Burg.

»Jemand da?« rief Roland.

Von oben, oberhalb des Tores, war ein dröhnendes Lachen zu vernehmen. »Wir sind hier ungefähr eine Million, mein Freund. Sucht Ihr jemand Bestimmtes?«

»Ich habe eine Nachricht für Herzog Paldane«, antwortete Roland, der sich wie ein Narr vorkam, »eine Nachricht von Baron Haberd.«

»Na, dann kommt zum Seitentor, guter Mann, damit wir einen Blick auf Euch werfen können!«

Roland folgte dem riesigen Eisentor nach rechts und fand nichts weiter als ein schmales Türmchen mit Schießscharten für Bogenschützen oben und ein paar Schlitzen, durch die Lanzenträger attackieren konnten. Er linste in einen der Schlitze und konnte in den Turm hineinsehen – Fackeln brannten dort, und drinnen saßen wenigstens zwanzig Soldaten. Ein nicht übermäßig intelligent aussehender Bursche stieß mit seiner Lanze nach Roland und rief: »Buh!«

Roland folgte dem Eisentor zurück nach links und entdeckte ein kleines Fallgatter, an dem ihn mehrere Gardisten erwarteten. Im Nebel konnte Roland, von schattenhaften Umrissen abgesehen, nicht viel von ihnen erkennen.

»Tut mir leid«, meinte Roland. »In diesem Nebel sieht man seine eigenen Füße nicht.«

»Ich werde das Kompliment an die Zauberer weitergeben«, erwiderte der Kommandant der Garde. Er nahm Rolands Botentasche entgegen und untersuchte das Siegel. »Dieses Siegel wurde erbrochen.«

»Ich bin selbst kein Bote«, gab Roland zu. »Ich fand den Mann tot auf einer Straße und habe nur die Tasche hergebracht. Ich mußte sie öffnen, um zu wissen, wo ich sie abliefern soll.«

»Kluger Bursche«, lobte der Kommandant der Garde.

Er öffnete das Fallgatter und drängte ihn auf die Zugbrücke, dann weiter zu einem zweiten Vorwerk und schließlich einem dritten. Jedes Vorwerk wurde stärker bewacht als das vorhergehende. Unten waren Soldaten mit Kriegshämmern und Lanzen stationiert, während von oben Bogenschützen und Artillerie den Angriff erwarteten.

Der Nebel war so dicht, daß Roland das Wasser zu beiden Seiten der Brücke nicht sehen konnte, obwohl er es roch und an den Pfeilern plätschern hörte.

Während er Meile auf Meile durch den Nebel marschiert war, hatte sich bei Roland die Besorgnis breitgemacht, die Burg könnte vollkommen unverteidigt sein. Er hatte auf den Straßen keinen einzigen Soldaten entdeckt.

Als er in den Innenbereich gelangte, wurde sofort offensichtlich, daß überall Krieger waren. Ritter biwakierten zu Tausenden unten im Burginnenhof, und auf den Mauern wimmelte es von Verteidigern.

Doch erst nachdem er den Burghof hinter sich gelassen hatte und in die eigentliche ummauerte Stadt Carris vorgedrungen war, wurde ihm so recht bewußt, wie viele Menschen hierher geflohen waren. Als der Gardist auf der Mauer gemeint hatte: »Wir sind hier ungefähr eine Million«, hatte Roland dies für einen Scherz gehalten.

Jetzt erschien ihm dies möglich. Carris war groß, eine

langgezogene Insel, wie er aus der Ferne gesehen hatte. Die Mauern wiesen zahlreiche Türme auf, und die Verteidigungsanlagen innerhalb der Stadt bestanden aus Dutzenden von ummauerten Stadthäusern und kleinen Festungen.

Gut denkbar, daß Carris eine Million Menschen beherbergt, überlegte Roland. In den Gassen wimmelte es von Straßenjungs, die einem zwischen den Beinen herumliefen, von Frauen, die mit ernster Miene eilig ihres Weges gingen, und überall gab es Bewaffnete.

Auf jedem Giebel hockten Krähen, Möwen und Tauben. Stinkende Ziegen knabberten an Wäsche, die zu tief auf Leinen hing, nervöse Hühner liefen einem zwischen den Füßen herum, Gänse watschelten schreiend umher, in den Stallungen wieherten Pferde, während hellbraune Kühe einfach auf der Straße hockten.

So viele Menschen und Tiere auf so engem Raum erzeugten einen üblen Geruch. Schon nach wenigen Minuten Fußmarsch durch den Gestank sehnte Roland sich danach, auf einem Turm oder auf einer Burgmauer zu stehen – oder, noch besser, wieder auf der Straße, weit entfernt von diesem Ort, auf dem Weg zurück zu Averan und der grünen Dame.

Die Gardisten geleiteten ihn quer durch die Stadt hinauf in den Hauptinnenhof von Burg Carris selbst, und von dort in den Bergfried des Herzogs – einen mächtigen Turm, der alle anderen überragte.

Die Einrichtung im Bergfried war ebenso erlesen wie die eines königlichen Palastes. Das Holz eines jeden Türpfostens, Stuhls und Tisches war geölt und auf Hochglanz poliert. Die dekorativen Lampenhalterungen aus Messing an allen Wänden waren mit Glashauben aus Ashoven überkrönt. Die Teppiche unter den Füßen waren kostbar, und die verputzten Mauern waren mit Bildern von roten Mohnfeldern bemalt.

Der Herzog, ein verschlagen aussehender Kerl mit dreieckigem Gesicht, befand sich im obersten Teil des Turmes, umgeben von Beratern, die Roland schon einmal gesehen hatte – Männer, die König Orden Gaben der Geisteskraft abgetreten hatten und die eine Woche zuvor im Blauen Turm wiederhergestellt worden waren.

Einer der Berater sagte gerade: »Wenn der Erdkönig uns befohlen hat zu fliehen, dann müssen wir ihm gehorchen.«

Doch Herzog Paldane schlug krachend mit der Faust auf den Eichentisch. »Der Erdkönig ist nicht hier«, brüllte er. »Ich habe vierhunderttausend Zivilisten, die unter meinem Schutz stehen, und wir sind umzingelt von Raj Ahtens Truppen. Ich kann sie nicht einfach bitten, nach draußen auf die Ebene zu fliehen, wo seine Unbesiegbaren sich einen Spaß daraus machen werden, sie abzuschlachten.«

Der alte Berater Jerimas schüttelte den altersgrauen Kopf. »Das gefällt mir nicht«, widersprach er. »Wenn der Erdkönig uns gewarnt hat, sollten wir auch auf ihn hören, mein Herzog.«

»Auf ihn hören, wie denn?« fragte Paldane. »Er hat uns keinerlei Anweisungen erteilt. Fliehen? Wohin denn? Wann? Wovor?«

»Ihr tut, als wäret Ihr der Ansicht, die Mauern von

Carris könnten uns beschützen«, sagte der alte Jerimas. »Ihr setzt großes Vertrauen in Stein – und das nach allem, was geschehen ist. Vielleicht solltet Ihr Vertrauen in Euern König setzen.«

»Ich habe Vertrauen in meinen König«, entgegnete Paldane. »Aber warum belastet er mich mit widersprüchlichen Befehlen?«

Die Berater zogen ein besorgtes Gesicht. Bereits nach wenigen Augenblicken konnte Roland heraushören, daß sie zu viele Fragen hatten und zu wenige Antworten. Sie erweckten den Eindruck, als hätten sie sich bereits geschlagen gegeben.

Der Herzog sah kurz auf, erblickte Roland, und sein Mund klappte überrascht nach unten. »Sir Borenson? Was tut Ihr hier? Bringt Ihr weitere Anweisungen des Königs?«

»Nein«, sagte Roland. »Ich bin nicht Sir Borenson, wir sind allerdings verwandt.«

Roland überreichte Paldane die Botentasche, und der Herzog rollte daraufhin das Pergament auseinander, warf einen zerstreuten Blick darauf und gab es Roland dann mit einem knappen Danke zurück.

Greifer hatten Bergfried Haberd überrannt, und Herzog Paldane zuckte nicht einmal mit der Wimper.

»Mein Lord?« fragte Roland.

»Ich weiß«, erwiderte der Herzog. »Baron Poll hat dieselbe Nachricht schon vor Stunden überbracht. Daran ist nichts zu ändern. Wir befinden uns im Belagerungszustand, und die Boten des Königs bitten mich einfach, ich soll fliehen!«

»Belagerungszustand, mein Lord?« fragte Roland verblüfft. Raj Ahten hatte keine Katapulte in die Nähe der Mauern geschafft. Tatsächlich schien er im Umkreis von Meilen keine Truppen stationiert zu haben.

»Ganz recht«, antwortete der Herzog, als sei Roland ein wenig begriffsstutzig.

»Mein Lord«, fragte Roland, »ich hatte gehofft, die Burg wieder verlassen zu können. Ein paar Freunde halten sich südlich von hier versteckt, ein junges Mädchen, das auf mich angewiesen ist.«

Der Herzog überlegte eine halbe Sekunde. »Niemand verläßt die Burg. Das wäre zu gefährlich, zudem sind die Mauern seit der Zerstörung des Blauen Turmes hoffnungslos unterbesetzt.«

»Seit der Zerstörung?« fragte Roland, unsicher, ob er richtig verstanden hatte.

Der Herzog nickte ernst. »Kein Stein ist auf dem anderen geblieben.«

Roland unterdrückte einen erstaunten Ausruf. Zwanzig Jahre lang hatte er im Blauen Turm als Übereigner gedient. Er hätte dort im Schlaf getötet werden können. Jetzt wurde ihm bewußt, daß er gerade noch rechtzeitig davongekommen war.

Doch ohne Kraftsoldaten auf den Mauern von Burg Carris, erkannte er, waren vielleicht jene, die im Blauen Turm den Tod gefunden hatten, die Glücklicheren.

Roland fragte: »Wie ist er gefallen?«

Herzog Paldane zuckte die Achseln. »Das weiß ich nicht, aber soweit uns bekannt ist, wurde vor fünf Stunden jeder im Turm getötet.« Er musterte Roland mit kritischem Blick. »Ihr seht aus wie ein Borenson. Sagt mir, seid Ihr im Kriegshandwerk bewandert?«

»Ich bin von Hause aus Metzger, mein Lord.«

Herzog Paldane brummte und bemerkte das Kurzschwert in Rolands Gürtel. »Jetzt seid Ihr Soldat. Ihr übernehmt die Südmauer – zwischen den Türmen einundfünfzig und zweiundfünfzig. Tier oder Mensch, wer es über die Mauer schafft, dem schlitzt Ihr den Bauch auf. Verstanden? Gut möglich, daß wir noch vor Tagesanbruch beim Messerkampf angelangt sind, dann wird mir ein Metzger auf der Mauer sehr von Nutzen sein.«

Roland stand benommen da. Dann führte man ihn auf seinen Posten.